W0327430

BASTEI
LÜBBE

# MICHAEL PALMER

# ALEXANDER STATION

Aus dem Englischen von
Eva Malsch

BASTEI LÜBBE

BASTEI-LÜBBE-TASCHENBUCH
Band 12785

1. Auflage Februar 1998
2. Auflage März 1998

Deutsche Erstveröffentlichung
Titel der amerikanischen Originalausgabe:
Silent Treatment
Copyright © 1995 by Michael Palmer
Copyright © 1998 für die deutsche Übersetzung
by Bastei Verlag Gustav H. Lübbe GmbH & Co.,
Bergisch Gladbach
Printed in Germany
Einbandgestaltung: Gisela Kullowatz
Titelillustration: © 1995 Tom Hallman
Satz: KCS GmbH, Buchholz/Hamburg
Druck und Bindung: Elsnerdruck, Berlin
ISBN 3-404-12785-4

Der Preis dieses Bandes versteht sich einschließlich der gesetzlichen Mehrwertsteuer

*Dieses Buch widme ich Beverly Lewis, der Cheflektorin von Bantam Books, die mir zehn Jahre lang geduldig, verständnisvoll, freundschaftlich und humorvoll begegnet ist, die mir kluge Ratschläge gegeben, mich angespornt und an mich geglaubt hat.*

*Ich danke Susan Palmer Terry, David Becher, Shana Sonnenburg und besonders Paul Weiss für ihre Beiträge zu diesem Roman.*

*Stuart Applebaum, Bantam Doubleday Dell VP und PR-Manager, danke ich für eine Ermutigung, sein Verständnis, seine Energie und seine Liebe zur Literatur.*

*M. S. P.*

»Der Doktor will Sie jetzt sehen.«

Sobald Ray Santana diese Worte aus Orsinos Mund hörte, wußte er, daß er sterben würde, auf schreckliche Weise.

Zehn Stunden waren verstrichen, seit man das undurchsichtige Klebeband von seinen Augen gerissen hatte. Zehn Stunden lang geknebelt, an einen Stuhl mit hoher Lehne gefesselt, Kopf und Kinn so fest verklebt, daß er sich nicht bewegen konnte … Zehn Stunden lang hörte er die Mariachi-Bands und Sänger auf der Straße oberhalb seines Gefängnisses – und doch so weit entfernt, als würden sie ihre Fiesta de Nogales auf dem Mars feiern. Zehn Stunden, ohne irgendeine Bewegung wahrzunehmen, außer dem Krabbeln einer großen Kakerlake … Sie war fünf Zentimeter lang. Vielleicht noch länger. Gemächlich kroch sie aus einer Ritze in der schimmligen Kellerwand und dann zum Boden herab. Ray beobachtete das Insekt, bis es aus seinem Blickfeld verschwand, und wartete auf seine Rückkehr. Eine Zeitlang dachte er über die Kakerlaken und ihr Sexualleben nach. Suchten sie sich Partner fürs ganze Leben? Danach erinnerte er sich an seine Familie, an Eliza, die ihre unglaubliche Paella kochte und dabei sang – an Ray Jr., der sofort in den dritten Gang schaltete, wenn er ein Auto startete – an das Leben vor Eliza – die Road Warriors, die Drogen – an seinen Entschluß, die Clique zu verlassen und am College zu studieren – die Ironie seines Jobs. Ausgerechnet Geheimagent bei der DEA!

Jetzt, nach zehnjähriger gewissenhafter, sorgfältiger Arbeit sollte er den ›Doktor‹ kennenlernen. Und bald – sehr bald würde er sterben.

Aus unerklärlichen Gründen war alles schiefgegangen. Das Ende der Ermittlungen, die fast drei Jahre beansprucht hatten, stand bevor. Nun würden die Bundesbehörden Anklage erheben und das Militär hinzuziehen. Seine Tarnung war absolut luftdicht gewesen, die Übergabe seines Beweismaterials an Sean Garvey vom Innenministerium minutiös geplant worden, mit allen erforderlichen Vorsichtsmaßnahmen – vier Stunden in ständiger Action, ein halbes Dutzend Lockvögel und Leute, die ihm den Rücken decken sollten, eine Route, der man unmöglich folgen konnte. Trotzdem tauchten Alacantes Männer auf, ganz plötzlich, und innerhalb weniger Sekunden war alles vorbei. Kein Verteidigungsschuß, kein Fausthieb. Einfach – vorbei. Garvey wurde weiß Gott wohin verschleppt, und man verband Rays Augen, stieß ihn in den Kofferraum eines Mercedes und brachte ihn in die Stadt zurück. Nach einer Stunde hatte man ihn in einen Keller gezerrt und durch einen langen, feuchten Tunnel in einen anderen, sein Gefängnis.

Ray fragte sich, ob der Doktor schon mit Garvey gesprochen hatte.

Vielleicht konnte der alte Garvey die Namen eine Zeitlang verschweigen. Aber hinter seiner geschniegelten Fassade war er ein Schwächling. Beim ersten Anblick seines eigenen Blutes, beim ersten Schmerz – verursacht von Elektroschocks, Messern oder Schraubstöcken, oder was immer sie benutzten – würde er alles ausplaudern. Jeden einzelnen verdammten Namen, an den er sich erinnerte, würde er verraten und glauben, wenn er Alacantes Leuten nicht allzuviel Ärger machte, könnte er am Leben bleiben. Irrtum!

»... Tijuana? Oh, das muß ein gewisser Gonzales sein. Der hatte drei Jahre lang einen komischen kleinen Obststand in der City, aber in Wirklichkeit ist er ein FBI-Agent … Vera Cruz? Klar, den kenne ich auch …«

*Scheiße, Garvey, tut mir leid*, dachte Santana plötzlich, *ich versteh's ja … Was soll's, zum Teufel? Ich bin der Mann vor Ort, Sie tragen feine Anzüge. Hier sitze ich wie König Tutu und halte Sie für Abschaum, nur weil Sie klein beigeben. Aber mich hatten sie noch nicht in der Mangel. Außerdem wissen Sie längst nicht so viel wie ich über die mexikanische Geheimorganisation. Und davon erzähle ich nichts, auf keinen Fall. Um Himmels willen, meine gottverdammte Aufnahme bei den Road Warriors war schlimmer als alles, was sich diese Mistkerle ausdenken können. Tun Sie einfach nur Ihr Bestes, Garvey. Machen Sie's ihnen nicht zu leicht.*

Eine weitere halbe Stunde verstrich. Wahrscheinlich dauerte es noch länger. Santana schloß die Augen und wünschte, er könnte aus eigenem Antrieb sterben. Oder wenigstens schlafen. Die Kellerluft war schal und roch nach Schimmel. Wenn er durch die Nase atmete, strengte ihn das dermaßen an, daß er keinen Schlaf fand. Welch eine Ironie … Nach drei Jahren hatte er genug Material für mehrere Anklageschriften gesammelt und nur einen einzigen richtigen Fehlschlag erlitten – es war ihm nicht gelungen, die Alacante Pipeline ausfindig zu machen, den Tunnel, der ein oder mehrere Häuser in Nogales, Arizona, mit ihren Pendants in Nogales, Mexiko, verband. Und nun hatte er, wenn er sich nicht gewaltig täuschte, nicht nur die Pipeline gefunden – er war sogar hindurchgeschleift worden. Wie immer mußte er Eliza recht geben. Solange es noch möglich gewesen war, hätte er aussteigen, seinen Traum verwirklichen und Landschaftsarchitekt werden und die Heldentaten den Verrückten überlassen sollen. Aber jetzt …

Hinter ihm erklang ein knirschendes Geräusch, ein Teil der Wand schwang nach innen. Sekunden später erschien Orsino im Blickfeld. Der Alacante-Vasall und skrupellose Killer hatte eine Schrotflintenattacke überlebt. Seither fehlte ihm die Hälfte seiner Unterlippe und des Kinns. Was von seinem Mund übriggeblieben war, befand sich auf der rechten Gesichtsseite. Ray überlegte, ob das dem Kerl vicllcicht sogar gefiel.

»Nun ist's soweit«, knurrte Orsino, mit dem ganzen aufgeblasenen Stolz eines kleinen Mannes, der im Dunstkreis einer Legende lebt, »der Doktor will Sie sehen.«

Ein etwa vierzigjähriger Mann trat vor, mittelgroß, ein Durchschnittstyp. An seinem Gesicht war nur bemerkenswert, daß es kein bißchen bemerkenswert aussah. Nicht hübsch, aber nicht unattraktiv. Keine ungewöhnlichen Züge. Kein nervöses Zucken. Keine Narben. Kurzgeschnittenes braunes Haar. Kein zurückweichender Haaransatz. Keine Brille. Er rollte einen Tisch aus rostfreiem Stahl vor sich her, auf dem ein schäbiger Lederkoffer stand. Als der Mann ihn öffnete, kehrte er Ray den Rücken.

Krampfhaft umklammerte Ray die Armstützen seines Stuhls.

»Ich heiße Perchek, Dr. Anton Perchek«, erklärte der Mann.

Santanas Magen drehte sich um. In seiner Kehle stieg bittere Galle hoch. Dieser Name bedeutete das Todesurteil. *Der Doktor*. Beim Geheimdienst und in Washington wußte jeder, wer Perchek war. Aber bisher hatte niemand auch nur ein Foto von ihm gesehen.

»Wie ich Ihrer Miene entnehme, kennen Sie mich«, fuhr Perchek fort und schenkte seinem Gefangenen ein rätselhaftes Lächeln. »Das ist gut. Sehr gut.«

Rays Mund war staubtrocken geworden. In der Sowjetunion geboren und ausgebildet, hatte Dr. Anton Perchek seine Heimat schon vor langer Zeit verlassen. Jetzt gehörte er keinem Staat und allen Staaten. Ein echter Kosmopolit. Im Lauf der Jahre hatte er den Ruf erworben, er würde sein Fachgebiet besser als sonst jemand beherrschen – nämlich, Folteropfer am Leben zu erhalten, bei Bewußtsein und reaktionsbereit. Er war nur selten arbeitslos. In Sri Lanka, Bosnien, Paraguay, im Irak, in Südafrika und auf Haiti – überall, wo es Konflikte und politische Repressalien gab, wurden seine Dienste geschätzt. Unbegründeten Gerüchten zufolge erledigte er sogar gewisse Aufträge für den CIA. Ein US-Bundesgericht hatte ihn in seiner Abwesenheit wegen Mitschuld am Tod mehrerer amerikanischer Geheimagenten verurteilt. Zwei dieser Männer hatte Ray gut gekannt.

»Also, Señor Santana …« Percheks Spanisch klang akzentfrei und steril. »Sollen wir englisch reden?« Er wartete auf eine Antwort. Dann drehte er sich um, entdeckte den Klebestreifen auf Santanas Lippen und kicherte über sein eigenes Versehen. »Entschuldigen Sie, Señor Santana. Señor Orsino?«

Der halbe Mund verzerrte sich zur Andeutung eines Grinsens, dann riß Orsino unsanft alle Klebestreifen von Rays Gesicht.

»Nun, Spanisch oder Englisch?« fragte Perchek.

Santana bewegte seinen schmerzenden Kiefer. »Sicher ist Ihr Spanisch besser als meins.«

»Meinen Informationen zufolge sprechen Sie ein ausgezeichnetes mexikanisches Spanisch – insbesondere, wenn man bedenkt, daß Sie aus der Bronx stammen. Aber – gut, unterhalten wir uns auf englisch.«

Sein Englisch, mit schwachem britischem Akzent, ging ihm ebenso leicht von der Zunge wie sein Spanisch, und Ray vermutete, daß der Doktor mehrere Sprachen beherrschte.

Als hätte Perchek diesen Gedanken gelesen, fügte er hinzu: »Ich könnte Ihnen noch zwölf andere Sprachen anbieten. Aber mein Arabisch und mein Suaheli sind ein bißchen eingerostet.«

Sein Durchschnittsgesicht lächelte den Gefangenen an.

Und im selben Moment entdeckte Ray etwas, das gar nicht durchschnittlich wirkte. Die Augen mit der hellen, fast transparenten Iris. Eisblau, hart und kalt.

»Was soll das alles?« würgte Ray hervor.

Die eisigen Augen glitzerten. Ansonsten blieb Percheks Miene unverändert. »Oh, das werden Sie bald erfahren.« Er reichte Orsino eine Schnur und zeigte auf die Lampenhalterung an der Kellerdecke. Sobald die Schnur herabhing, nahm er eine Plastikflasche mit einer intravenösen Lösung aus dem Koffer, verband sie mit einer Infusionsröhre aus Plastik und befestigte sie an der Schnur. »0,9-prozentiges Natriumchlorid«, verkündete er und zog Gummihandschuhe an. »Eine ganz normale Kochsalzlösung.« Dann schlang er eine Aderpresse aus Latex um Santanas linken Arm, direkt über dem Ellbogen. Er wartete, bis die Adern anschwollen, stach den intravenösen Katheter hinein, schnell und mühelos, was auf langjährige Praxis hinwies, und wickelte die Manschette eines Blutdruckmessers um den anderen Arm.

»Hören Sie ...« Ray zwang sich, in ruhigem Ton zu sprechen. »Orsino, Sie müssen mir zuhören. Bei diesem Treffen wollte Garvey mir ein paar Informationen über die neue DEA-Strategie gegen Alacante verkaufen.«

»Sie lügen«, erwiderte Orsino.

»Nein, es ist wahr.«

»Nun, wir werden ja sehen, was wahr ist und was nicht«, bemerkte Perchek und füllte eine große Spritze mit einer trüben Flüssigkeit. Er steckte die Nadel in den Infusionsschlauch und klebte die Spritze an Rays Oberarm. »Gleich werden wir's sehen. Mr. Orsino? Fangen wir an.«

Orsino kniete nieder. Nun war sein Gesicht nur etwa dreißig Zentimeter von Santanas Nase entfernt. Ray zuckte vor einer Atemwolke zurück, die nach Zigaretten und Knoblauch stank. Angewidert starrte er auf eine halbe gelbe Zahnreihe.

»Namen.« In Orsinos unversehrtem Mundwinkel bildete

sich eine kleine Speichelblase. »Die mexikanischen Geheimagenten. Alle.«

Ray schaute an dem Mann vorbei zu Perchek hinüber und fragte sich, was in dem schäbigen Koffer auf ihn wartete. Vermutlich ein Wahrheitsserum. Soviel er wußte, pflegte der Doktor die Drecksarbeit seinen Angestellten zu überlassen. Sein Job bestand darin, die Opfer mit Hilfe diverser Drogen wach zu halten. Aber es war zu bezweifeln, daß der primitive, begriffsstutzige Orsino die Geduld und das nötige Geschick aufbringen würde, um die Schmerzen im richtigen Maß zu dosieren.

»Tut mir leid, Orsino, ich kenne sie nicht«, erwiderte Ray. »Das müssen Sie mir glauben.« Während seiner einjährigen Ausbildung beim Geheimdienst hatten die Schüler mehrere Kurse mit CIA-Aspiranten geteilt. Einer dieser Lehrgänge hieß ›Wie verhält man sich, wenn man vom Feind verhört wird?‹ Die Ausbilder nannten dies ›Folter 101‹, und der Lehrer, ein ehemaliger Jagdflieger namens Joe Dash, hatte vier Jahre in einem Vietcong-Kriegsgefangenenlager verbracht. Seither besaß er keine Augen mehr.

*»Bei einer Befragung durch den Feind müssen Sie drei Punkte beachten«*, betonte Dash. Nach seiner Ansicht gab es in allen Situationen drei wesentliche Punkte. *»Erstens, was immer man Ihnen zur Belohnung für Ihre Antworten verspricht – es ist Scheiße. Zweitens, wenn Sie den Leuten nicht erzählen, was sie wissen wollen, beschließen sie vielleicht, Sie vorerst leben zu lassen, und am nächsten Tag noch einmal ihr Glück zu versuchen. Und drittens, und das ist am allerwichtigsten – solange Sie leben, dürfen Sie hoffen, daß man Sie rettet.«*

»Wir wollen diese Namen hören«, sagte Orsino.

»Aber ich schwöre Ihnen, ich kenne sie nicht. Das müssen Sie mir glauben.«

*»Wenn Sie die Fragen des Feindes beantworten, sollten Sie*

*drei Phasen durchlaufen. Und jede Phase sollte möglichst in die Länge gezogen werden. Erstens, bestreiten Sie, irgendwas zu wissen. Bleiben Sie dabei. Zweitens, gestehen Sie ein, Sie würden irgendwas wissen, aber geben Sie den Leuten falsche Informationen – insbesondere, wenn sie Zeit brauchen, um Ihre Aussagen zu überprüfen. Je länger sie brauchen, um Sie als Lügner zu entlarven, desto besser stehen Ihre Chancen, gerettet zu werden. Lassen Sie sich das von jemandem sagen, der es überstanden hat. In der dritten Phase erzählen Sie den Leuten, was sie hören wollen. Ob Sie in diesem Stadium dazu gezwungen werden oder nicht, hängt von Ihrer Konstitution und von den Fähigkeiten Ihrer Befrager ab.«*

»Freut mich, daß Sie uns nichts verraten haben«, fauchte Orsino, streckte eine fleischige Hand aus und kniff schmerzhaft in Rays Wange.

Dann trat er zurück, und Ray wurde von den eisblauen Augen fixiert. »Verstehen Sie was von Chemie, Mr. Santana?« fragte Perchek. »Doch das spielt keine Rolle. Vielleicht möchten Sie den chemischen Namen der Substanz hören, die sich in dieser Spritze befindet. Das ist 4-Chloryl, 4-Hydroxyl, Trilethyl, 6-Fluorodimethyl-Karbonat. Genaugenommen gibt's noch zwei chemische Nebenringe, so daß der Name sogar noch länger ist.«

»Ich bin beeindruckt«, erwiderte Ray.

»Um den kurzen Namen zu nennen – er lautet Hyconitol Hydrochlorid. Die Zusammensetzung wurde von einem befreundeten Chemiker entwickelt, aber die Methode verdanke ich meiner eigenen Forschungsarbeit.«

»Bravo.«

»Am Ende jedes schmerzempfindlichen Nervs im menschlichen Körper befindet sich ein chemischer Transmitter, der ihn mit dem Nachbarnerv verbindet und diesen aktiviert. Sobald der Impuls diesen Nerv durchfährt, verbindet ihn ein weiterer Transmitter mit dem nächsten. Et cetera, et cetera.

Schließlich – und das geht ganz schnell – wird die Botschaft von der verletzten Stelle zum Schmerzzentrum des Gehirns transportiert, und … Autsch!«

»Wie hübsch Sie das ausdrücken!« Santana wußte bereits, was Perchek plante, und er vermutete, seine Augen würden diese Erkenntnis verraten.

»Hyconitol entspricht fast lückenlos der Neurotransmitter-Chemikalie in den Schmerzphasen, Atom für Atom. Und das bedeutet, daß ich all diese Nerven gleichzeitig aktivieren kann, nach Belieben. Jede einzelne. Denken Sie darüber nach, Mr. Santana. Keine Verletzung – kein Blut. Nur Schmerzen. Reine Schmerzen. Abgesehen von meiner Arbeit hat Hyconitol keinerlei klinischen Wert. Aber falls wir die Substanz jemals vermarkten sollten, habe ich mir schon einen passenden Namen ausgedacht – Agonyl. Wirklich, das Zeug ist unglaublich, falls ich das selber sagen darf. Eine kleine Injektion? Ein schwaches Prickeln. Eine größere? Nun, ich glaube, Sie haben begriffen, worauf's ankommt.«

Jetzt war Rays Mund so trocken geworden wie Wüstensand. Und sein Herz hämmerte so heftig, daß er glaubte, der Doktor müßte es sehen. *Bitte, tun Sie es nicht*, schrie er stumm, *bitte* …

Percheks Daumen drückte auf den Kolben. »Am besten beginnen wir mit einer bescheidenen Dosis. »Das fühlt sich ungefähr so an, als würde ein kalter Windhauch über Ihre Zahnlücken wehen.«

Kurz vor der Injektion schien Joe Dashs Stimme in Rays Ohren zu dröhnen. *Wenn man stirbt, kann man zwischen drei Möglichkeiten wählen* …

## Sechs Jahre später

Seit zwölf Jahren rühmte sich der Jade Dragon an der Upper West Side von Manhattan, erstklassiges Essen zu vernünftigen Preisen zu servieren. Deshalb waren die hundertfünfundsiebzig Plätze an einem durchschnittlichen Wochentag zweimal besetzt und an den Wochenenden fünfmal. An diesem warmen Freitag im Juni mußte man eine halbe Stunde auf einen Tisch warten.

Ron Farrell saß mit seiner Frau Susan und mit einem befreundeten Ehepaar, Jack und Anita Harmon, an seinem Stammtisch und bemerkte, das Lokal habe sich erheblich vergrößert, seit er mit Susan vor fast einem Jahrzehnt zum erstenmal hiergewesen sei. Obwohl sie inzwischen dreimal umgezogen waren, gingen sie immer noch jeden Freitag in den Jade Dragon, mit Freunden oder allein. Danach konnte man fast die Uhr stellen.

Nach der Mahlzeit, die den Harmons so gut geschmeckt hatte wie das beste chinesische Essen ihres Lebens, unterbrach sich Ron mitten im Satz und rieb seinen Magen. Er verspürte plötzlich Krämpfe und eine heftige Übelkeit, Schweiß brach ihm aus allen Poren, sein Blick verschleierte sich.

»Geht's dir nicht gut, Ronnie?« fragte seine Frau.

Farrell holte tief Atem, ganz langsam. Normalerweise konnte er Schmerzen mühelos ertragen. Aber diesmal wurde es immer schlimmer. »Ich fühle mich nicht gut«, würgte er hervor, »hier – hier tut's schrecklich weh.«

»Am Essen kann's nicht liegen«, meinte Susan, »weil wir alle das gleiche hatten ...«

Und dann färbte sich ihr Gesicht aschgrau. Auf ihrer Stirn glänzten Schweißperlen. Wortlos neigte sie sich zur Seite und erbrach.

Ein junger Gehilfe des Chefkochs wartete neben der Küchentür des überfüllten Restaurants und beobachtete, wie sich die vier Gäste am Tisch 11 übergaben. Schließlich kehrte er in die große Küche zurück und schlenderte nonchalant zur Telefonzelle, die nur von den Angestellten benutzt wurde. Die Nummer, die er wählte, stand in Handschrift auf einer kleinen Karteikarte.

»Ja?« meldete sich eine Männerstimme am anderen Ende der Leitung.

»Xia Wei Zen.«

»Ja?«

Sorgfältig las der Koch die Worte vor, die auf der Karte gedruckt waren. »Das Kleeblatt hat vier Blätter.«

»Sehr gut. Sie wissen, wo Sie nach Ihrem Schichtdienst hingehen müssen. Geben Sie dem Mann im schwarzen Auto das leere Fläschchen. Dafür bekommen Sie den Rest der vereinbarten Summe.« Ohne eine Antwort abzuwarten, legte der Mann auf.

Xia Wei Zen spähte nach allen Seiten, um sich zu vergewissern, daß er nicht beobachtet wurde. Dann kehrte er an seinen Arbeitsplatz zurück. Den restlichen Schichtdienst würde er leicht verkraften. Erstens erwartete ihn eine Menge Geld. Und zweitens würden die Gäste an diesem Abend nicht mehr allzuviel bestellen.

*

Um 21 Uhr 47 rief ein Sanitäter die Notaufnahme des Good Samaritan Hospital an. Die Ambulanz würde vier Patienten – Dringlichkeitsstufe 2 – aus einem chinesischen Restaurant, zwanzig Häuserblocks entfernt, in die Klinik bringen. Akute Lebensmittelvergiftung, lautete die vorläufige Diagnose.

*Dringlichkeitsstufe 2* – ernsthafte Krankheit oder Verletzung, keine unmittelbare Lebensgefahr.

Es war ein typischer ereignisreicher Freitagabend, und das Personal der großen Klinik hatte bereits drei Arbeitsstunden hinter sich. Ebenso wie das Wartezimmer waren auch die zwanzig verfügbaren Behandlungsräume besetzt. Die Luft roch nach Schweiß, Antiseptika und Blut. Überall hörte man die Geräusche von Krankheit, Leid und Schmerzen – Stöhnen, Babygeschrei, unkontrollierbares Husten.

»Haben Sie schon mal im Jade Dragon gegessen?« fragte die Schwester, die den Anruf des Notarztes entgegengenommen hatte.

»Ich glaube schon«, antwortete die Oberschwester.

»Gehen Sie das nächste Mal lieber zu einem Italiener. Gerade werden zwei Lebensmittelvergiftungen eingeliefert. Zwei weitere werden bald losfahren. Zwei Männer und zwei Frauen, alle über Vierzig, und alle haben sich übergeben.«

»Blutdruck, Atmung, und so weiter?«

»Im Augenblick okay. Aber die Sanitäter meinen, die Leute sehen nicht allzu gut aus.«

»Also viermal Spaß und Spiel.«

»Wohin soll ich sie bringen?«

»Was für Möglichkeiten gibt's denn?«

»Die Nummer 7 könnte frei gemacht werden, falls Sie Dr. Grateful Dead, oder wie immer er heißt, dazu überreden, ein paar Rezepte zu schreiben.«

»Perfekt. Bringen Sie den Patienten rein, der am schlimmsten aussieht, und die anderen in den Flur. Sobald es geht, verlegen wir sie in Zimmer. Lassen Sie EKGs und die üblichen Laboruntersuchungen machen.«

»Alles klar.«

*

Als Ron Farrells Bahre auf die Plattform der Notaufnahme gestellt wurde, stöhnte er vor Schmerzen. Er lag auf der Seite, in der Fötusposition, von unerträglichen Magenschmerzen gepeinigt. Da es Jack Harmon noch schlechter ging als Susan, waren die beiden Freunde gemeinsam in die Ambulanz transportiert worden. Jetzt sah Ron ihn kraftlos winken, während sie durch automatische Türen in grelles Neonlicht gerollt wurden.

In den nächsten Minuten hörte er undeutliche Fragen, spürte Nadeln und Krämpfe, und mehrere Leute in klinischer Kleidung untersuchten ihn. Dann brachte man ihn in ein kleines Zimmer mit offenen Regalen voller Medikamente und einer Saugpumpe an der Wand. Das Personal behandelte ihn einigermaßen höflich. Aber sie fühlten sich alle offenbar gestreßt. Soviel Ron wußte, stand sein Hausarzt mit dem Good Samaritan in Verbindung.

Im Augenblick konnte Ron nichts tun, und so wartete er auf die schmerzlindernden Medikamente, die man ihm versprochen hatte.

»Ist's jetzt besser?« fragte eine Männerstimme mit starkem ausländischem Akzent, den Ron nicht identifizieren konnte.

Immer noch in der Fötusposition, die seine Qualen ein wenig milderte, blinzelte Ron und öffnete die Augen. Der Mann, wie die meisten Ärzte und Schwestern in blauem Kittel, lächelte ihn an. Rings um seinen Kopf bildete die Deckenleuchte eine helle Gloriole, sein Gesicht blieb im Dunkel. »Ich bin Dr. Kozlansky. Offensichtlich leiden Sie und die anderen Patienten unter einer Lebensmittelvergiftung.«

»Dieser gottverdammte Jade Dragon! Ist meine Frau okay?«

»O ja, o ja, es geht ihr sehr gut.«

»Wunderbar. Hören Sie, Doc, mein Magen bringt mich um. Können Sie mir nicht irgendwas gegen die Schmerzen geben?«

»Genau deshalb bin ich hier.«

»Großartig.«

Der Arzt hob eine Spritze, halb gefüllt mit einer klaren Flüssigkeit, und injizierte sie in eine Ader.

»Danke, Doc«, seufzte Farrell.

»Danken Sie mir erst, wenn – wir sehen, wie's wirkt.«

»Also gut …« Plötzlich konnte Farrell nicht mehr sprechen. In seiner Brust entstand eine grausige, verzehrende Leere. Und im selben Moment erkannte er, daß sein Herz zu schlagen aufhörte.

Der Mann lächelte ihn immer noch gütig an. »Fühlen Sie sich nun besser?«

Unkontrolliert begannen Rons Arme und Beine zu zittern. Er bäumte sich auf, so daß nur noch sein Hinterkopf und die Fersen das Bett berührten. Krampfhaft preßten sich seine Zähne zusammen, seine Sinne schwanden. Zwischen seinen Gedanken bestand kein Zusammenhang mehr. Die beklemmende Angst ließ nach. Schließlich verflog sie vollends, und sein Körper sank leblos aufs Bett hinab.

Eine volle Minute lang stand der Mann da und beobachtete ihn. Dann steckte er die Spritze in seine Tasche. »Leider muß ich Sie jetzt allein lassen«, flüsterte er akzentfrei. »Bitte versuchen Sie, sich auszuruhen.«

## Ein Jahr später

### 1

Als Harry Corbett seine fünfzehnte Runde drehte, spürte er den Schmerz in der Brust. Die Laufbahn, knapp eine Achtelmeile lang, zog sich um eine Galerie im obersten Stock des Grey Building im Manhattan Medical Center. Drei Meter darunter lag ein bescheiden ausgestatteter Fitneßraum mit den üblichen Geräten, Sandsäcken und ein paar Matten.

Dieses Fitneßcenter, einzigartig in der City, stand ausschließlich dem Klinikpersonal zur Verfügung, ein Vermächtnis Dr. George Pollocks, des Herzspezialisten, der zweimal über den englischen Kanal geschwommen war. Mit neunzig Jahren hatte er die Dachrinne seines Landhauses gereinigt, war von der Leiter gestürzt und gestorben.

Im Augenblick seiner Schmerzen dachte Harry tatsächlich an Dr. Pollock und stellte sich vor, wie es wäre, neunzig Jahre alt zu werden. Er verlangsamte seine Schritte und bewegte die Schultern. Aber der Schmerz verschwand nicht. Allzu schlimm war's nicht – vielleicht Stufe zwei auf der Skala zwischen eins und zehn, an der sich die Ärzte orientierten. Es widerstrebte ihm, den Lauf zu unterbrechen, und so schluckte er nur. Dann massierte er seinen Magen. Das Unbehagen ließ sich nicht lokalisieren. Eben hatte er's noch unter dem Brustbein gespürt, nun kroch es in die Rückenmitte. Er drosselte das Tempo von acht Minuten pro Meile auf etwa zehneinhalb. Jetzt verlagerte sich der Schmerz in die linke Brust – und verflog. Nein, da war er wieder, irgendwo zwischen der rechten Brustwarze und dem Schlüsselbein.

Harry lief noch langsamer. Schließlich blieb er stehen und beugte sich vor, die Hände auf den Oberschenkeln. Das ist keine Angina, überlegte er, nichts weist auf Herzprobleme hin. Seinen Körper kannte er sehr gut, und er wußte Bescheid über Schmerzen. Sicher bestand kein Grund zur Sorge. Wenn's nicht das Herz war, mußte er sich nicht aufregen.

Natürlich registrierte er die mangelnde Logik seiner Gedankengänge. Bei einem Patienten würde er niemals spekulative Schlüsse ziehen. Doch wie die meisten Ärzte mit Krankheitssymptomen neigte er dazu, deren Existenz zu leugnen, statt logisch zu denken.

Steve Josephson, der in die Gegenrichtung joggte, kam zu ihm. »Alles okay?«

Harry starrte den Korkboden der Laufbahn an und holte tief Luft. Nun war der Schmerz verflogen. Einfach so. Um ganz sicherzugehen, wartete er noch ein paar Sekunden lang. Nichts. Die letzten Zweifel schwanden. An der Pumpe lag's bestimmt nicht, sagte er sich. »Klar, mir geht's gut, Steve. Lauf nur weiter.«

»He, du hast mir diese blöde Joggerei eingeredet, und wenn ich damit aufhören kann, ist mir jeder Vorwand recht.« Josephson schwitzte viel stärker als sein Kollege, obwohl er wahrscheinlich nicht halb so viele Runden gedreht hatte. So wie Harry war er praktischer Arzt – nach Ansicht gewisser Bürokraten ein ›Familienspezialist‹. Beide betrieben eigene Praxen. Nachts und an den Wochenenden teilten sie sich den Dienst im Krankenhaus mit vier anderen Allgemeinmedizinern.

Jetzt war es kurz nach halb sieben Uhr morgens. Normalerweise absolvierten sie ihr Fitneßtraining etwas später. Aber diesmal stand ihnen ein arbeitsreicher, wichtiger Tag bevor.

Um acht, nach der Morgensvisite und einer Besprechung,

würde sich der ganze Stab im Auditorium treffen. Man hatte monatelang Befragungen und Untersuchungen durchgeführt. Nun mußte entschieden werden, ob man die Privilegien der Ärzte reduzieren sollte. Gerüchten zufolge würde das Sidonis-Komitee eine professionelle Kastration empfehlen.

Falls man Harrys Gehalt kürzen und seinem beruflichen Ansehen schaden wollte, mochte das tatsächlich Magengeschwüre oder Muskelkrämpfe heraufbeschwören, oder was immer den seltsamen Schmerz verursacht hatte. Und der Bericht des Komitees war nicht einmal sein größtes Problem.

»Seit fast einem Jahr laufen wir zusammen«, bemerkte Josephson. »Drei- bis viermal pro Woche. Und du bist noch nie vor deinen fünf Meilen stehengeblieben.«

»Irgendwann passiert alles zum erstenmal, Steve.« Harry musterte das sorgenvolle Gesicht seines Freundes und fuhr in etwas sanfterem Ton fort. »Hör mal, Kumpel, wenn irgendwas los wäre, würde ich's dir erzählen. Glaub's mir. Heute habe ich einfach keine Lust zu laufen, weil mir zuviel durch den Kopf geht.«

»Das verstehe ich. Kommt Evie morgen unters Messer?«

»Übermorgen. Ben Dunleavy, ihr Neurochirurg, redet so beiläufig von der Entfernung des Aneurysmas in ihrem Gehirn, als müßte er eine Warze rausschneiden. Aber wahrscheinlich wird er so was Ähnliches machen.«

Als zwei andere Jogger auftauchten, verließen sie die Laufbahn.

»Trägt sie's mit Fassung?« fragte Josephson, und Harry zuckte die Achseln.

»Im großen und ganzen wirkt sie ruhig und gelassen. Aber sie ist ziemlich verschlossen, was ihre Gefühle betrifft.«

*Verschlossen.* Die Untertreibung der Woche, dachte Harry wehmütig und konnte sich nicht entsinnen, wann Evie zum letztenmal irgendwelche tiefere Emotionen mit ihm geteilt hätte.

»Nun, dann sag ihr, Cindy und ich wünschen ihr alles Gute. Sobald das Ding aus ihrem Gehirn verschwunden ist, besuche ich sie.«

»Danke, darüber wird sie sich sicher freuen.« Aber Harry zweifelte daran. So warmherzig, klug und fürsorglich Steve Josephson auch war, Evie verabscheute seine Korpulenz.

»Hörst du ihn denn niemals atmen?« hatte sie einmal gefragt, um Harrys Lobeshymne auf die ärztlichen Tugenden seines Freundes zu unterbrechen. »Manchmal glaube ich, ein brünstiger Stier würde sich mit mir unterhalten. Und diese engen weißen T-Shirts, die er immer unter seinen weißen Hemden trägt …«

»Bevor wir duschen …« schlug Josephson vor, während sie die Umkleidekabine betraten. »Willst du mir nicht erzählen, was da draußen *wirklich* passiert ist?«

»Aber ich hab' doch schon …«

»Harry, ich joggte gerade drüben auf der anderen Seite und sah, wie du leichenblaß wurdest.«

»Da war nichts.«

»Jahrelang habe ich gelernt, Fragen zu stellen, die nirgendwo hinführen. Zwing mich bloß nicht, das zu bereuen!«

Wenn Harry und Josephson Belege für die Versicherung oder gelegentliche Rezepte brauchten, fungierte einer als der Arzt des anderen. Und obwohl sie einander ständig zu Vorsorgeuntersuchungen drängten, kam es nie dazu. Immerhin hatten sie kurz nach Harrys neunundvierzigstem Geburtstag eine Vereinbarung getroffen. Harry, vom Fitneßtraining und gesunder Ernährung besessen, hatte versprochen, seine Herzfunktionen überprüfen zu lassen. Und Steve, sechs Jahre jünger und fünfzig Pfund schwerer, hatte gelobt, regelmäßig zu joggen und sich den Weight Watchers anzuschließen. Aber keiner hielt sein Wort, abgesehen von Josephsons widerwilligem Training auf der Laufbahn.

»Nur eine kleine Magenverstimmung«, erklärte Harry.

»Das ist alles. Eine Minute lang hat's mir ein bißchen zugesetzt. Dann war's vorbei.«

»Hm, eine Magenverstimmung. Meinst du vielleicht Schmerzen in der Brust?«

»Wenn ich Schmerzen in der Brust hätte, wüßte ich's, Steve.«

»Irrtum. Du wüßtest es *nicht*. Wie viele Jungs hast du damals den Klauen des Todes entrissen?«

Wenn Harry auch nur selten darüber sprach, während der letzten Jahre hatten alle im Krankenhaus verschiedene Versionen über die Ereignisse in Nhatrang gehört oder selber welche erfunden. In diesen Geschichten variierte die Zahl der Verwundeten, die er vor seiner eigenen schweren Verletzung gerettet hatte, zwischen drei (die Zahl, für die er ausgezeichnet worden war) und zwanzig. Einmal hatte er einen Patienten prahlen hören, sein Doktor habe hundert Vietcongs getötet und ebenso viele GIs am Leben erhalten.

»Steve, ich bin wirklich kein Held. Wenn ich glaubte, der Schmerz hätte was zu bedeuten, würde ich's dir sagen.«

Skeptisch runzelte Josephson die Stirn. »Du bist mir noch ein Belastungs-EKG schuldig. Wann wirst du fünfzig?«

»In zwei Wochen.«

»Und das Datum dieses Familienfluches?«

»Ach, komm schon!«

»Harry, *du* hast mir doch davon erzählt. Also, wann?«

»Am 1. September.«

»Dann hast du noch vier Wochen Zeit.«

»Okay, okay. Sobald sich Evie von der Operation erholt hat, lasse ich mich untersuchen. Ehrenwort.«

»Ich mein's ernst.«

»Das wußte ich schon immer. Trotz allem, was die Leute von dir behaupten.«

Harry zog sich aus, ging zur Dusche und spürte, daß Steve Josephson unwillkürlich die Narben auf seinem Rücken anstarrte. Einunddreißig Schrapnellsplitter, eine halbe Niere, eine Rippe. Nach der Entfernung dieser Splitter hätte das Narbendesign in Rand McNallys Straßenatlas gepaßt. Harry erinnerte sich an jenes unglaubliche Gefühl, als Evies Brüste langsam über die verheilten Wunden geglitten waren. Diesen Liebesdienst hatte sie ihre patriotische Pflicht gegenüber einem Kriegshelden genannt.

*Wann ist's zum letztenmal passiert*?

Wie er sich traurig eingestand, hatte er's vergessen. Er ließ das heiße Wasser laufen, bis ihn der Dampf einhüllte.

Noch vier Wochen bis zum fünfzigsten Geburtstag. *Fünfzig*! Bis jetzt hatte er noch keine Midlife-crisis durchgemacht. Aber vielleicht hingen die Depressionen, die ihn neuerdings quälten, damit zusammen. Inzwischen müßte sein Leben in geordneten Bahnen verlaufen. Statt dessen schien er ständig die falschen Entscheidungen zu treffen. Und alles drohte zu zerbröckeln.

Seufzend dachte er an jenen Tag während seiner Rekonvaleszenz, wo er beschlossen hatte, die Chirurgie aufzugeben und sich auf die Allgemeinmedizin zu konzentrieren. Anderthalb Jahre hatte er in Vietnam verbracht, und da war irgend etwas mit ihm geschehen. Er wollte nicht länger im Mittelpunkt stehen.

Nicht, daß ihn die Dramatik und die hektischen Aktivitäten in den Operationssälen gestört hätten. Ganz im Gegenteil, diese Atmosphäre genoß er immer noch. Aber letzten Endes hatte er erkannt, was ihm am besten gefiel. Der Beruf eines Hausarztes. *Ganz einfach*. Wenn es ein Wort gab, das Harrys ersehntes Leben am besten beschrieb, dann lautete es *einfach*. Am morgen aufstehen und tun, was man richtigfindet. Ein paar Leuten helfen. Ein oder zwei Interessen außerhalb des Jobs entwickeln, und die Dinge würden früher oder später einen Sinn ergeben. Früher oder später würde er auch Antworten auf die großen Fragen finden.

Nun, in letzter Zeit gewann er den Eindruck, nichts auf dieser Welt würde irgendeinen Sinn ergeben. Auf die großen Antworten wartete er immer noch. Seine Ehe funktionierte nicht. Jahrelang hatte er sich Kinder gewünscht und keine bekommen. Die erhoffte finanzielle Sicherheit war mit ärztlichen Fachgebieten verbunden, die ihm mißhagten.

Nein, seine Praxis durfte sich nicht in eine medizinische Fabrik verwandeln. Niemals würde er ein Inkassobüro beauftragen, seine Honorare einzutreiben, und keinen einzigen Patienten abweisen, nur weil der nicht zahlen konnte. Er weigerte sich, an den Stadtrand zu übersiedeln, und Spezialkurse zu belegen. Und das Ergebnis seiner Prinzipien? Er fuhr ein sieben Jahre altes Auto, und seine Lebensversicherung würde ihn bis in alle Ewigkeit ernähren – solange er auf seinen Ruhestand verzichtete.

Jetzt trat er beruflich auf der Stelle, seiner Frau drohte das Skalpell eines Neurochirurgen, und vier Wochen vor dem Beginn seines einundfünfzigsten Lebensjahrs hatte er Brustschmerzen verspürt.

*

Bei der hastig einberufenen Besprechung der Allgemeinmediziner kam wenig heraus. Jeder Arzt, der während der emotionsgeladenen Dreiviertelstunde sprach, schien andere Informationen über die Forschungsergebnisse des Sidonis-Komitees zu besitzen.

Letzten Endes wurde nichts beschlossen, und man konnte sich nicht zu einer gemeinsamen Protestaktion durchringen. Abgesehen von einer einigen Front, die man im Auditorium bilden wollte, gab es nichts zu tun, bevor der Ausschuß seine Empfehlungen verlautbaren würde.

»Warum hast du kein Wort gesagt, Harry?« fragte Steve Josephson, als sie den Konferenzraum verließen.

»Weil es nichts zu sagen gab.«

»Sidonis und seine Spürhunde gehen auf Hexenjagd, das weißt du. Deshalb fürchten sich alle. Du hättest sie beruhigen können. Immerhin bist du der inoffizielle Guru.«

»Wie nett du's formulierst, daß ich älter bin als die meisten.«

»So meine ich's nicht. Ich arbeite im Kreißsaal, Sandy Porter verödet Krampfadern. Und die Kornetsky-Brüder sind tüchtiger als manche Herzspezialisten. Wir alle behandeln Patienten, die man uns heute wegnehmen könnte. Und du bist so ungefähr der einzige, der alles gleichzeitig macht.«

»Was sollen wir tun, Steve? Die Spezialisten zu einer medizinischen Olympiade herausfordern?«

»Ach, das ist doch verrückt. Harry, ich weiß nicht, was neuerdings in dich gefahren ist. Hoffentlich hast du's bald überwunden.«

Zunächst wollte Harry erwidern, er wisse nicht, wovon Josephson rede. Statt dessen murmelte er eine Entschuldigung. Er war nie besonders wortgewandt gewesen. Aber in den letzten Jahren hatte man seine direkte Art und sein Bestreben, schwelende Konflikte auf vernünftige Weise zu bewältigen, schätzengelernt. Und er schreckte niemals vor einem Kampf zurück. Er hätte etwas sagen können – etwas sagen *müssen*. Vor allem die jüngeren Ärzte sorgten sich ernsthaft um ihre Zukunft.

Die Krise im Manhattan Medical Center war entstanden, weil die Klinik innerhalb weniger Monate dreimal wegen ärztlichen Fehlverhaltens vor Gericht gestanden hatte. In alle drei Fälle waren Allgemeinmediziner verwickelt. Nach Harrys Ansicht beruhte diese Häufung der Prozesse auf reinen Zufällen. Vermutlich würde sich bei gezielten Ermittlungen herausstellen, daß auch den Spezialisten gewisse Fehler unterliefen. Aber der Ärztestab war in Panik geraten. Und so hatte man das Komitee für Allgemeinmedizin gegründet. Und Caspar Sidonis, einen charismatischen, renommierten Herzspezialisten, zum Vorsitzenden ernannt.

Aus unerklärlichen Gründen kamen Sidonis und Harry nicht gut miteinander aus. Nun saßen sie auf verschiedenen Seiten des Tisches und spielten um einen Einsatz, der nur die praktischen Ärzte betraf. Und Sidonis hielt alle Trümpfe in der Hand.

»Tut mir leid, Steve«, sagte Harry, als sie in den Korridor bogen, der durch die Notaufnahme führte. »Wahrscheinlich bin ich in letzter Zeit nicht ganz auf der Höhe. Keine Ahnung, warum. Vielleicht liegt's an den männlichen Wechseljahren. Ich glaube, ich fechte – ach, ich weiß nicht – einen Kampf gegen Windmühlen aus.«

Der Korridor war eine Abkürzung vom Versammlungsraum zum Auditorium und der Öffentlichkeit nicht zugänglich. Zu beiden Seiten, in allen Räumen der Notaufnahme, herrschte hektische Betriebsamkeit. Kleinere und größere Behandlungen, orthopädische Therapien, Pädiatrie, kardiologische Checks.

»In jedem Zimmer spielt sich eine Geschichte ab«, meinte Harry.

»Ja«, murmelte Steve, »und von heute an sollten wir uns dran gewöhnen, die Krankenkarteien der hohen Tiere zu lesen.«

Eine Schwester rannte vorbei und verschwand in einem kardiologischen Raum.

»Geben Sie ihm noch drei Morphiumspritzen«, hörten sie einen Arzt rufen.

»Wieviel Lasix hat er schon bekommen?«

»Achtzig, Doktor ...«

»Wahrscheinlich eine V-Tachykardie.«

»Der Blutdruck sinkt, Doktor.«

»Verdammt! Irgend jemand hätte die Kardiologie verständigen müssen.«

»Das habe ich getan, aber keine Antwort bekommen.«

Interessiert blieben die beiden Allgemeinmediziner in der

Tür stehen. Der Patient, ein kräftig gebauter, etwa siebzigjähriger Schwarzer, saß auf einer Bahre und rang mühsam nach Luft. Bei jedem Atemzug erklang ein lautes Röcheln. Der Puls stieg beinahe auf hundertsiebzig. Obwohl der junge Arzt recht tüchtig war, behaupteten viele seiner Kollegen, er würde in schwierigen Situationen die Nerven verlieren. »Blutdruck?« fragte er.

»Etwa siebzig, Doktor«, erwiderte die Schwester. »Ich kann kaum was hören.« In ihrer Stimme schwang ein unverhohlener drängender Unterton mit, und der wiederholte Gebrauch seines akademischen Titels forderte ihn auf, doch endlich etwas zu tun.

»Dann können wir nicht mehr auf die Kardiologie warten«, entschied er. »Bereiten Sie einen Elektroschock vor. Bitte, irgend jemand soll noch mal die Kardiologie verständigen. Janice, dreihundert Joule.«

Die Brauen hochgezogen, wandte sich Steve Josephson zu Harry. »Lungenödem.«

»Genau«, bestätigte Harry.

»Aber auf dem Monitor sehe ich keine V-Tachykardie.«

»Eine gewöhnliche Sinustachykardie, würde ich sagen. Hängt mit dem Streß zusammen.«

»Also darf er ihm keinen Elektroschock versetzen.«

Harry zögerte nur kurz, dann nickte er, und die beiden traten ans Bett.

»Sam, das ist eine Sinustachykardie«, wisperte Harry so leise, daß es nur der junge Arzt hörte. »Mit einem Schock könnten Sie ihn umbringen.«

Erst starrte Sam den Monitor an, dann die Schwestern und medizinisch-technischen Assistenten, die seinen Patienten umringten. Innerhalb weniger Sekunden wechselte seine Miene von Verwirrung zu Zorn und Verlegenheit über, schließlich zu Erleichterung. »Wollen Sie den Fall übernehmen?« fragte er unvermittelt. »Bitte, nur zu!«

Ohne zu antworten, ergriff Harry ein Handtuch und wischte die schweißnasse Stirn des Patienten ab. Er warf einen Blick auf die Plastikkennkarte am Armband. »Mr. Miller, ich bin Dr. Corbett. Drücken Sie meine Hand, wenn Sie mich verstehen. Gut. Gleich wird's Ihnen bessergehen. Aber jetzt müssen Sie versuchen, langsamer zu atmen. Ich weiß, das ist schwer, und Sie haben Angst. Trotzdem werden Sie's schaffen. Wir helfen Ihnen. EKG, Steve?«

»Vielleicht wäre vorher ein kleiner Check angebracht«, meinte Josephson. »Für genaue Messungen schlägt sein Herz viel zu schnell.«

»Hämatokritwert?«

»Fünfzig Prozent. Wenn er Nichtraucher ist, müßte sein Blut ziemlich dickflüssig sein.«

Beide schauten den diensthabenden Arzt an, der den Kopf schüttelte. »Sein Leben lang war er Nichtraucher. Aber was hat die Konzentration der roten Blutkörperchen mit alldem zu tun?«

Wie sich bei Harrys Untersuchung herausstellte, waren die Fußknöchel nicht angeschwollen. Auch sonst wies nichts auf einen exzessiven Blutfluß hin. Aus welchem Grund auch immer, erzeugte ein Herzanfall einen Gegendruck durch den gesamten Lungenblutkreislauf. Das Serum, der nichtzellulare Teil des Bluts, wurde durch die Blutgefäßwände in die Lungen des Mannes transportiert. Zu groß, um die Blutgefäßwände zu passieren, verdickten sich die roten Blutkörperchen.

Harry prüfte die Pupillen des Mannes. Wenn sie sich zusammengezogen hatten, würde das eine narkotische Wirkung anzeigen. Sie waren klein, aber nicht stecknadelgroß. »Noch dreimal Morphium«, sagte er. »Geben Sie mir bitte einen Aderlaßbeutel. Nun müssen wir ihm Blut abzapfen. Notfalls intubieren wir ihn.« Er wischte die Stirn des Mannes noch einmal ab. »Das machen Sie großartig, Mr. Miller. Versuchen sie noch ein bißchen langsamer zu atmen.«

»Verzeihen Sie«, flüsterte der diensthabende Arzt erstaunt, »aber Sie wollen ihm Blut *abnehmen*?«

»Allerdings.«

»Heutzutage macht man das nicht mehr.«

»Nun klappt's immer besser, Mr. Miller«, lobte Harry und wandte sich wieder zu dem jungen Doktor. »Heutzutage macht man's nicht mehr? Wir schon, Sam. Vor allem, wenn der Hämatokritwert eines Patienten so erhöht ist wie bei diesem Mann. Nur weil eine Methode nicht dem High-Tech-Standard entspricht, muß sie keineswegs nutzlos sein. Manchmal ist der Versuch, mit harntreibenden Medikamenten die Körperflüssigkeit zu reduzieren, längst nicht so effektiv wie unsere Therapie. Und wenn das Blut ohnehin schon dickflüssig ist, sind harntreibende Mittel manchmal gefährlich. Die würden die roten Blutkörperchen noch stärker konzentrieren. Wenn sie dick genug sind, können sie früher oder später ein Blutgefäß verstopfen. Blutdruck, bitte?«

»Achtzig, konstant«, erklärte die Schwester. »Jetzt hört man's besser.«

Harry nickte Josephson zu, der die lange Phlebotomie-Nadel in eine Ader einführte, mit einem Geschick, das seine dicken Finger Lügen strafte. Sofort glitt eine Blutsäule in die Röhre und füllte den Plastikbeutel.

Der Rückgang von Clayton Millers Lungenödem verlief spektakulär. »Nun – atme ich ein bißchen – freier«, würgte er nach einer Minute hervor.

»Was meinst du, Steve? Noch einmal hundert Kubikzentimeter?«

»Falls der Blutdruck oben bleibt, würde ich sagen, sogar zweihundert.«

Harry justierte die Nadel, und der Blutfluß verstärkte sich. Eine Minute lang herrschte tiefes Schweigen.

»Oh, mein Gott!« seufzte Miller und füllte seine Lungen dankbar mit Luft. »Jetzt geht's mir besser – viel besser.« Das

Atmen fiel ihm immer noch schwer. Aber er stand keine Todesängste mehr aus. Die Pulsfrequenz, die der Monitor anzeigte, hatte sich auf hundert verlangsamt, alles wirkte normal, und zwei Schwestern wechselten erleichterte Blicke.

»Unglaublich!« meinte Sam und trat zwischen die beiden Allgemeinmediziner. »Ich weiß nicht, was ich sagen soll. Mr. Miller, offenbar sind Dr. Corbett und Dr. Josephson gerade noch rechtzeitig gekommen – für Sie und für mich auch.«

Kraftlos hob der alte Patient einen Daumen.

»Hören Sie«, fuhr Sam fort, »ich habe von diesem Komitee gehört, das Ihre Privilegien beschneiden will. Falls ich den Leuten schreiben soll, was hier passiert, tue ich's gern.«

»Dafür ist's wahrscheinlich zu spät«, entgegnete Harry. »Aber Sie sollten Dr. Sidonis trotzdem einen kurzen Brief schicken. Vielleicht liest er ihn sogar, wenn Sie ihn mit ›Euer Gnaden‹ anreden.«

Hinter ihnen erklang ein leises Geräusch, und die drei Ärzte schauten zur Tür. Mit steinerner Miene wandte sich Caspar Sidonis ab und stolzierte zum Auditorium.

## 2

›Green Dolphin Street‹. Das Wes Montgomery Arrangement. Sobald Harry in der letzten Reihe des Auditoriums Platz genommen hatte, ertönte die Melodie in seinem Kopf. ›Green Dolphin Street‹. Sein Finger klopfte den Rhythmus auf die stählerne Armstütze des Sessels. Eigentlich liebte er jede Art von Musik, aber er war ein Jazzfan. Seit der Unterstufe in der High School spielte er Baß, und wenn er Zeit fand, musizierte er immer noch mit einer Combo.

Im Lauf der Jahre hatte er's schätzengelernt, daß er an die ›Green Dolphin Street‹ denken mußte, wann immer er aufgeregt war – angespannt und tatendurstig. Beim Examen in organischer Chemie hatte er die ersten Takte gesummt, auch später, während seines Praktikums. Und natürlich im Krieg. Entweder hatte er die Melodie in Gedanken gehört oder vom Tonband. Und jetzt kehrte sie zurück, nach endlos langer Zeit.

»Volles Haus, Harry«, meinte Doug Atwater und zeigte auf die Sitzreihen, die sich rasch füllten. »Man könnte fast glauben, die würden kostenlose Stethoskope verteilen.«

Das Manhattan Medical Center (MMC) war das größte von den drei Krankenhäusern der Manhattan Health Cooperative. Als Vizepräsident für das Marketing und die Entwicklung der zusehends expandierenden MHC verantwortlich, besaß Atwater in jeder Klinik ein Büro. Vor sechs oder sieben Jahren war er aus dem Mittelwesten nach New York gezogen und in die Firma eingetreten. Viele Mitarbeiter und auch Harry glaubten, ohne Atwaters kreative Energie und seinen hervorragenden Geschäftssinn wären die Cooperative und ihre Krankenhäuser längst zugrunde gegangen. Statt dessen hatte sie einen beträchtlichen Marktanteil erworben, und die Geschäfte gingen großartig. So wie Harry war Atwater ein Jazzfan, obwohl er selbst kein Instrument spielte. Alle zwei oder drei Monate besuchten die beiden einen Club. Und manchmal kam Atwater in den C.C.'s Cellar, wenn Harry zusammen mit der Combo auftrat.

»Hat Sidonis oder jemand vom Komitee mit dir über das alles gesprochen?« fragte Atwater.

»Natürlich. Dan Twersky, der Psychiater, wurde beauftragt, mich zu befragen. Kennst du ihn? Was für ein herablassender Typ! Der wollte wissen, wieso Marv Lorello den Daumen dieses Burschen so miserabel zusammengeflickt hätte. Und ich erklärte ihm, meines Wissens habe Marv gar nichts miserabel zusammengeflickt. Twersky fragte, warum Lorello keinen Chirurgen hinzugezogen habe, der auf Hände spezialisiert sei. Da erwiderte ich, niemand habe was anderes tun können, als die Wunde zu reinigen und zu nähen. Der tüchtigste Spezialist hätte vermutlich dasselbe unglückselige Resultat erzielt wie Marv. Manchmal werden solche Wunden nicht ausreichend durchblutet, und ein Teil des Gewebes geht verloren. Er behauptete, ich würde nur versuchen, die praktischen Ärzte zu verteidigen. Und ich betonte, bei tausend solcher Fälle käme ich kein einziges Mal auf die Idee, einen Spezialisten zu holen, und die Wunde würde neunhundertneunundneunzigmal perfekt zusammenwachsen. Grinsend saß er da, und seine Miene besagte: *Wie Sie meinen, Doc – solange Sie nicht meinen Daumen zusammenflicken ...*« Atwater klopfte ihm anerkennend auf die Schulter. »Klar, Harry, du bist ein verdammt guter Arzt. Daran wird das Sidonis-Komitee nichts ändern.«

Nun setzte sich Steve Josephson neben Harry und nickte Atwater zu. »Gerade haben sie Clayton Miller in sein Zimmer zurückgebracht. Der Mann macht sich phantastisch. Nachdem du gegangen warst, konnte er fast normal atmen, Harry, und redete pausenlos über Baseball. Früher war er Profi, ein Teamgefährte von Satchel Paige in der Negerliga. Und stell dir vor, sein Sohn spielt bei den Yankees. Wenn wir mal Eintrittskarten haben wollen, sollen wir uns bei ihm melden.«

»Solche Patienten sind mir am liebsten«, bemerkte Harry.

»Was ist passiert?« fragte Atwater, und Josephson schilderte den Zwischenfall so dramatisch wie ein Kampfflieger seinen gefährlichsten Einsatz. Fasziniert hörte der Vizepräsident zu. »Schade, daß Sidonis nichts davon gehört hat.«

»Oh, er weiß Bescheid«, erwiderte Harry. »Aber er ist wohl kaum so tief beeindruckt, daß er seine Spürhunde zurückpfeifen wird. Wahrscheinlich hat's ihm überhaupt nicht imponiert.«

»Wie auch immer, ihr Jungs seid grandios, und ich wünschte, ich könnte mit euch an der Front kämpfen, statt da oben zu sitzen und Bleistifte zu spitzen. Sag mal, Harry, was ist eigentlich mit Evie los?«

»In dieser Woche kommt sie dran. Vermutlich übermorgen.«

Atwater zog ein schwarzes Notizbuch hervor, kritzelte Evies Namen hincin und darunter: ›Blumen‹. »Ein tolles Mädchen. Sicher wird sie's großartig hinkriegen.«

Zunächst hatte Evie ihre Kopfschmerzen einer Allergie zugeschrieben, dann ihrem anstrengenden Job und schließlich dem Streß, den sie Harry verdankte. Aber die Ursache war bösartiger. Ein paar frustrierende Wochen lang hatte Harry seine Frau gedrängt, einen Arzt aufzusuchen. Letzten Endes landete sie in der neurochirurgischen Abteilung, mit Artikulationsproblemen und einem geschwächten rechten Arm. Wie sich bei den Untersuchungen herausstellte, litt sie an einer Geschwulst in der vorderen Gehirnarterie, die geblutet hatte und dann zugewachsen war. Zum Glück waren die Symptome bald verschwunden. Und nun sollte sie operiert werden.

»Sag's mir, wenn Anneke und ich irgendwas für euch zwei tun können«, bat Atwater.

»Anneke?«

Doug grinste vielsagend. Wenn er mit Harry in einen Jazzclub ging, tauchte er unweigerlich mit einer Freundin auf, jedesmal mit einer anderen, und sie wurden immer jünger und hübscher. »Halb Schwedin, halb Deutsche«, erklärte er. Nachdenklich runzelte er die Stirn, dann fügte er hinzu: »Ich glaube, die obere Hälfte ist schwedisch.«

»Heil dir, Caesar, wir Sterblichen grüßen dich!« Steve Josephson zeigte zur kleinen Bühne am unteren Ende der Sitzreihen hinab. Soeben hatte sich Caspar Sidonis an den Tisch gesetzt, flankiert von den sechs Mitgliedern seines Komitees.

»Ruhe, bitte!« rief Sidonis und klopfte auf sein Mikrofon. »Fangen wir an. Heute gibt's mehrere wichtige Themen zu besprechen … Bitte, würden Sie alle Ihre Plätze einnehmen …«

»Wenn die Leute weiterreden, wirft er vielleicht mit

Gegenständen um sich, so wie im OP«, wisperte Josephson. »Angeblich füllen die schriftlichen Beschwerden der Schwestern ganze Aktenschränke. Aber die Klinikleitung unternimmt nichts gegen seine Wutanfälle, weil sie fürchten, er könnte seine Show woanders abziehen. Immerhin bringt ihnen der Kerl Millionen ein.«

»Was Caspar will, kriegt Caspar auch«, murmelte Harry. »Irgendwie habe ich ein ungutes Gefühl.«

»Mit Recht.«

Caspar Sidonis, Anfang Vierzig, sah aus wie ein Filmstar, was er durch seine untadelige teure Kleidung noch unterstrich. An der Harvard Med war er der Beste seines Studienjahrgangs gewesen, und er erlaubte niemandem, das jemals zu vergessen. Außerdem hatte er mehrmals die MMC-Tennis- und Squashmeisterschaften gewonnen. Während seines Studiums war er sogar Boxchampion gewesen.

In Harrys Kopf intensivierten sich die Klänge der ›Green Dolphin Street‹. Verdammt, er wollte sich von niemandem sagen lassen, was er als Arzt tun durfte und was nicht – weder von Bürokraten noch von Versicherungsgesellschaften und schon gar nicht von einem aufgeblasenen Supertechniker wie Sidonis. Er schaute sich im Saal um, betrachtete die anderen praktischen Ärzte, dachte an die langen Studienjahre, die zahlreichen Weiterbildungskurse, die Bereitschaft, geringes Prestige und die noch geringeren Honorare hinzunehmen, die ein einfacher praktischer Arzt verlangen konnte. Zweifellos verdienten sie alle eine Belohnung – und keine Einschränkung ihrer Privilegien.

*

»Harry, um Himmels willen, sag doch was! Die kreuzigen euch.« Frustriert ballte Doug Atwater, der an Harrys rechter Seite saß, seine Hände, während das Sidonis-Komitee dem Ärztestab seine Vorschläge unterbreitete.

An Harrys linker Seite schüttelte Steve Josephson ungläubig den Kopf. Er hatte versucht, gegen die erste Empfehlung des Komitees zu protestieren, bei allen Entbindungen einen speziell ausgebildeten Geburtshelfer hinzuzuziehen. Einmal hatte er Schlagzeilen gemacht, als eine U-Bahn steckengeblieben und mit seiner Hilfe in einem der Waggons ein Zwillingspärchen auf die Welt gekommen war. Von nun an würde sich seine Tätigkeit, was Geburten betraf, auf solche Situationen beschränken.

Trotz Josephsons emotionaler Argumente und seiner PR-wirksamen Heldentat wurde der Vorschlag fast einstimmig angenommen. Nur die drei praktischen Ärzte, die bisher im Kreißsaal gearbeitet hatten, stimmten dagegen. Einige enthielten sich der Stimme. Vielleicht glaubten sie, die Spezialisten würden ihnen nicht zutrauen, die eigenen Kompetenzen zu überschreiten, und deshalb weitere restriktive Maßnahmen verhindern.

»Da schwindet der neue Kühlschrank dahin«, seufzte Harry.

Fast ebenso einmütig wurde der nächste Vorschlag akzeptiert, die Allgemeinmediziner müßten ihre herzkranken Patienten an einen Kardiologen oder Internisten überweisen. Der Herzspezialist, der Clayton Millers Behandlung übernommen hatte, gehörte zu den wenigen Gegnern der Empfehlung, die keine praktischen Ärzte waren. Danach wurde über das Ansinnen abgestimmt, die chirurgischen Aktivitäten der praktischen Ärzte auf Assistenztätigkeiten zu beschränken. Auch diesmal setzte sich das Komitee durch.

»Sicher wird der nächste Punkt als Marv-Lorello-Klausel in die Geschichte eingehen«, flüsterte Harry, bevor die Diskussion über den letzten Vorschlag des Komitees begann.

»Und schließlich empfehlen wir ...« Sidonis rückte seine Lesebrille zurecht, die er nach Harrys Meinung nur trug, um sein Image zu verbessern. »... daß ein Chirurg alle Wunden überprüfen soll, die in der Notaufnahme des Manhattan Medical Center von einem praktischen Arzt genäht werden ...«

Wie das Gemurmel im Auditorium verriet, wurde dieser letzte, besonders demütigende Vorschlag mit Verblüffung aufgenommen. Harry war vorgewarnt worden. Trotzdem fühlte er sich gekränkt.

»Unser Beschwerde-Komitee wurde über einige Fälle informiert«, fuhr Sidonis fort, »die gewisse Mitarbeiter ohne Spezialausbildung überfordert hatten. Dabei zeigen sich mangelhafte technische und diagnostische Fähigkeiten. Mrs. Brenner von unserem Risiko-Management-Büro versicherte mir, die regelmäßige Überwachung durch unsere Internisten würde Fehler der Allgemeinmediziner erheblich reduzieren.« Vage schaute er in Marv Lorellos Richtung, und einige Dutzend Augenpaare folgten seinem Blick. Nachdem Lorello drei Jahre lang für eine indische Gesundheitsbehörde gearbeitet hatte, war er erst vor kurzem ins MMC gekommen. Er konnte eindrucksvolle akademische Zeugnisse und einen erfrischenden Idealismus vorweisen. Wegen seines angeblichen Versagens war es zu einem der drei Gerichtsprozesse gekommen, und das ging ihm sehr nahe. Mühsam zwang sich Harry zur Ruhe. Aber in seinem Kopf dröhnte die ›Green Dolphin Street‹ immer lauter, in schnellerem Rhythmus.

Plötzlich verstummte die Musik. Es dauerte mehrere Sekunden, bis Harry merkte, daß er aufgesprungen war und mit seiner 1,85 großen Gestalt den Mittelpunkt der allgemeinen Aufmerksamkeit bildete. Als er sich räusperte, starrten ihn erwartungsvolle Gesichter an.

»Wenn es der Vorsitzende gestattet ...« hörte er sich sagen. »Bevor wir über diesen letzten Vorschlag des Komitees abstimmen, der die praktischen Ärzte zutiefst erniedrigt, muß ich mir einiges von der Seele reden.« Nun machte er eine Pause und schaute Sidonis an, der zwar die Stirn runzelte, aber keine Einwände erhob. »Okay. Danke. Ich beabsichtige keineswegs, die Verdienste der Spezialisten zu schmälern, indem ich behaupte, die Ärzte mit allgemeinerer Ausbildung wären genauso kompetent. Trotzdem möchte ich betonen, daß wir praktischen Ärzte gewissen Fällen durchaus gewachsen sind. Was wir als sogenannte Hausärzte leisten, darf nicht unterschätzt werden. Wir haben genauso Medizin studiert wie Sie, sorgen uns um die Patienten und bilden uns weiter, ebenso wie Sie, und was am allerwichtigsten ist – wir kennen unsere Grenzen, hoffentlich genauso wie *Sie*. Wenn man auf uns herabschaut, können wir's verkraften.«

Eindringlich sah er Sidonis an. Kein Hüsteln war zu hören, kein Stuhl knarrte. »Das nehmen wir hin, weil wir an unseren besonderen Beruf glauben. Für die Versicherungen und Kliniken bringen wir gewisse Vorteile. Wir sind sozusagen die medizinischen Verkehrspolizisten, die banale und unbedeutende Wehwehchen abchecken, damit sich die teuren Spezialisten nicht damit befassen müssen. Und das ist okay. An dieses neue System haben wir uns gewöhnt. Und wir werden uns auch damit abfinden, daß wir bei einfachen Blinddarmoperationen und anderen Eingriffen, die wir ein paar dutzendmal selber vorgenommen haben, nur mehr assistieren dürfen und unsere herzkranken Patienten zu Spezialisten schicken müssen, die sie nicht kennen. Aber das …«

Harry zeigte auf den großen Monitor hinter Sidonis, wo die letzte Empfehlung des Komitees flimmerte. »Das kann ich einfach nicht akzeptieren. Wissen Sie, wir Ärzte schieben die Schuld an unseren angeblichen Fehlern meistens den Anwälten in die Schuhe. Und es gibt viel zu viele Anwälte, die an uns verdienen wollen. Aber das ist noch längst nicht alles. Die Patienten kennen uns nicht mehr, wir sind nicht mehr ihre Partner im gemeinsamen Bestreben, die Gesundheit der Menschen zu erhalten. Statt dessen interessieren sich die Spezialisten nur mehr für jene Körperteile, über die sie am besten

Bescheid wissen, und suchen Ausflüchte. ›He, Lady, tut mir leid, Sie müssen nach Brooklyn fahren. Mein Terrain hört bei der Fortysecond Street auf.‹ Nun, ich weiß, wie man Wunden näht. So was habe ich schon in unglaublichen Situationen gemacht. Ich kann's verdammt gut. Das gilt auch für Dr. Josephson und Marv Lorello und alle anderen, die ihre Patienten behandeln, wenn sie sich in den Finger geschnitten haben. Mir muß man nicht erklären, was ich kann und was ich nicht kann – keinem von uns. Deshalb sage ich – *jetzt reicht's*. Wenn die Ärzte heutzutage auf Cocktailparties gehen, erzählen sie gern jene netten Anekdoten über den zerknitterten, überarbeiteten, grundgütigen Hausarzt früherer Zeiten. Aber wenn's drauf ankommt, ist keiner bereit, den großen Gott namens Wissenschaft herauszufordern und zu behaupten, wir würden immer noch Ärzte brauchen, die ihre Patienten als ganze Menschen betrachten und für sie sorgen wollen – ganz egal, was ihnen fehlt. Ich wünschte, Sie hätten nicht nur Ärzte in dieses Auditorium eingeladen, sondern auch ein paar Patienten. Wenn Sie verstehen, was es für diese Leute bedeutet, einen eigenen vertrauenswürdigen Arzt zu haben, erinnern Sie sich vielleicht, was es für *uns* bedeuten sollte, Arzt zu *sein*. All die Vorschläge sind eine einzige Demütigung und völlig überflüssig. Und dieser letzte ist der schlimmste. Stimmen Sie dagegen!«

Zögernd sank Harry in seinen Sessel zurück. Im Auditorium herrschte immer noch tiefe Stille. Schließlich ergriff Steve Josephson die Hand seines Freundes. »Dank dir«, sagte er heiser. »Danke, daß du's versucht hast.«

Dann erklang Applaus auf der anderen Seite des Raums und breitete sich rasch aus. Die Zuhörer standen auf, ein paar begannen laut zu jubeln, andere schlugen auf ihre hölzernen Stuhllehnen.

Wie erstarrt saß Caspar Sidonis an seinem Tisch. Unter der permanenten Sonnenbräune stieg dunkle Röte in sein Gesicht.

Die anderen Mitglieder des Komitees rutschten unbehaglich auf ihren Stühlen umher.

»Offenbar hat dieser letzte Vorschlag gewisse Emotionen geweckt«, bemerkte Sidonis, nachdem er seine Autorität endlich zurückgewonnen hatte. »Ich finde, darüber sollten wir noch einmal diskutieren, wenn unser Komitee eine weitere Besprechung mit dem Risiko-Management abgehalten hat. Danach wollen wir uns erneut mit dem Thema befassen.«

»Nein, stimmen wir ab!« schrie jemand.

»Und über die anderen Vorschläge stimmen wir auch noch mal ab!« rief ein anderer Arzt.

Plötzlich redeten alle durcheinander. Sidonis wußte nicht, wie er die Situation meistern sollte. Verwirrt und hilfesuchend schaute er sich um, bis ihn der Chefarzt rettete, ein kräftig gebauter Orthopäde, früher Verteidiger bei den All-Americans in Penn State.

»Okay, regt euch alle ab!« brüllte er. »Jetzt langt's! Ich möchte Dr. Sidonis und seinem Komitee für die gute Arbeit danken, die sie geleistet haben. Offensichtlich ist dieses letzte Thema umstritten. Denken wir in Ruhe drüber nach. Ich weiß, es ist schwierig zu entscheiden, wer dies oder jenes machen soll. Und ich danke den praktischen Ärzten für ihr Verständnis.« Zwei Allgemeinmediziner begannen zu buhen. »Ruhe!« befahl der Chefarzt. »Benehmen Sie sich doch wie erwachsene Männer! Wir haben Dr. Sidonis und seinem Komitee einen Auftrag erteilt, den sie erfüllt haben. Und ich glaube, nun sind wir ihnen den verdienten Beifall schuldig.«

Widerstrebend klatschten die Ärzte in die Hände. Dann endete die Sitzung mit einer weiteren Lobeshymne auf die harte Arbeit des Sidonis-Komitees und einer Bitte um die verständnisvolle Kooperation aller Kollegen. »Die praktischen Ärzte bilden immer noch die Grundlagen unseres medizinischen Systems«, fügte der Orthopäde hinzu. »Das dürfen Sie niemals vergessen.«

Harry nahm die Gratulationen Doug Atwaters, Steve Josephsons und einiger anderer Ärzte entgegen. Aber er wußte, daß die Allgemeinmediziner beträchtlich an Boden verlieren würden, wenn er ihnen auch geholfen hatte, das Gesicht zu wahren. Daran konnten die Jubelstürme nach seiner Rede nichts ändern. Er bahnte sich einen Weg durch das Gedränge, zum Ausgang des Auditoriums. Beinahe hatte er sein Ziel erreicht, als ihm Caspar Sidonis den Weg versperrte. Harry dachte sekundenlang, der ehemalige Boxer würde ihm einen Kinnhaken verpassen.

Statt dessen fauchte Sidonis: »Genießen Sie Ihre kleine Show, solang's noch geht, Corbett. Das wird keinen Unterschied machen. Klar, Sie waren schon immer ein Klugscheißer. Aber diesmal haben Sie sich den falschen Gegner ausgesucht.« Abrupt wandte er sich ab und marschierte davon.

»Hat er dich zum Tee eingeladen?« fragte Doug Atwater.

Harry erholte sich von seinem Schrecken und lächelte gezwungen. »Zwischen diesem Kerl und mir passiert was – irgend etwas unter der Oberfläche, das ich nicht definieren kann.«

»Vergiß ihn«, erwiderte Doug. »Komm jetzt, ich spendiere dir eine Cola. Wirklich, Harry, du bist ganz große Klasse!«

## 3

Am Vormittag diktierte Harry die Entlassungsberichte für zwei Patienten, dann verließ er die Klinik und ging zu seiner Praxis, an der West 116th Street, sechs Häuserblocks entfernt. Die Luft war kühl genug, um ihn zu erfrischen, der Himmel wolkenlos. Trotz des schönen Wetters verspürte er wieder die Depression, die ihn seit Monaten verfolgte. So hatte er sich nie zuvor gefühlt, nicht einmal in jenem Jahr voller Schmerzen, in der ganzen Zeit, wo er arbeitsunfähig gewesen war. Und der erfolglose Versuch, die trübe Stimmung zu verdrängen, frustrierte ihn. Gedankenverloren trat er bei Rot auf die Lexington Avenue und entkam nur um Haaresbreite einem Federal-Express-Laster.

»Hallo, Doc!« Auf der anderen Straßenseite winkte ihm ein Taxichauffeur zu. Er setzte gerade einen Fahrgast ab, und Harry erkannte den Ehemann einer Patientin, die vor kurzem entbunden hatte – einer seiner *letzten* Wöchnerinnen, dachte er grimmig.

»Hallo, Mr. Romero! Wie geht's dem Baby?« fragte er, nachdem er die Straße überquert hatte.

»Bestens. Soll ich Sie irgendwohin bringen?«

»Nein, danke, Mr. Romero.«

Lächelnd fuhr der Mann davon. Das kurze Gespräch munterte Harry auf, und er beschleunigte seine Schritte.

Neben dem Hydranten vor dem Gebäude, in dessen Erdgeschoß seine Praxis lag, parkte ein kanariengelbes Mercedes-Cabrio. Phil Corbett saß am Steuer und grinste ihn an.

»Scheiße«, flüsterte Harry. Er mochte seinen jüngeren Bruder. Aber an manchen Tagen konnte er ihn kaum ertragen. Und dieser Tag gehörte dazu.

»Ein alter 220 SL in erstklassigem Zustand«, erklärte Phil und bedeutete ihm, einzusteigen. »Gerade habe ich ihn aus meinem Ausstellungsraum in der City geholt. Hast du eine Ahnung, was das Baby wert ist?«

Einen Monat nach seinem Eintritt ins Gemeinde-College hatte er sein Studium beendet und war zur Navy gegangen, um mit Harry zu wetteifern. Drei Jahre später hatte er wieder Zivilkleidung getragen und Autos verkauft. Dieser Beruf war wie geschaffen für sein offenherziges Lächeln, seine robuste Psyche und seinen unverwüstlichen Optimismus. Fünf Jahre nach seinem ersten Geschäftsabschluß kaufte er die Autohandlung, für die er arbeitete, und das Unternehmen expandierte. Sechs weitere Autohäuser waren später dazugekommen. Nun besuchte sein Sohn eine Privatschule. Er hatte zwei Töchter, eine schöne Frau, die sein ganzes Geld nicht einmal ausgeben könnte, wenn sie's versuchen würde, und ein Dreier-Handicap in einem der exklusivsten Golfclubs von New Jersey. Was die großen Fragen des Lebens betraf, gab's keine Probleme, weil er sie gar nicht erst stellte.

»Achthundertdreiundsiebzigtausend und vierhundertzweiundneunzig Dollar und dreiundsiebzig Cent«, erwiderte Harry. »Plus Steuer, Zulassung und Provision. Warst du bei Mom?«

»Morgen geh ich zu ihr. Wieso weißt du, wieviel der Schlitten kostet?«

»Ich weiß es nicht. Aber das ist der Bruttoverdienst meines ganzen Lebens. Letzten Dienstag war ich daheim. Mom erkannte mich nicht.«

»Ja, so was gehört nun mal zu den Nachteilen eines Schlaganfalls.«

»Sehr komisch.«

Phil musterte seinen älteren Bruder. »Bist du okay, Harry? Du siehst grauenhaft aus.«

»Danke.«

»Wirklich, ich mein's ernst. Diese Tränensäcke ... Und dein Daumennagel ist schon wieder abgebissen.«

»Ich hab' eine ganze Menge um die Ohren, Phil«, seufzte Harry und schaute auf seine Uhr. »Hör mal, in ein paar Minuten muß ich reingehen und mich um meine Patienten kümmern.«

»Machst du dir Sorgen? Um Evie? Wann wird sie denn operiert?«

»In ein paar Tagen.«

»Sicher wird sie's schaffen. Sie ist aus – eh – Stahl gemacht.«

»Fang bloß nicht damit an, Phil.«
»Ich hab' doch nichts Schlimmes gesagt.«
»Aber beinahe.«
»Warum sollte ich was Schlimmes über meine Schwägerin sagen? Sie ruft an und bittet mich, ich soll meinen Bruder überreden, diesen Job als Vertriebsleiter eines Pharmakonzerns anzunehmen, der ihm angeboten wurde. Und ich erkläre ihr, dann hätte er zwar einen tollen Posten und mehr Geld, aber er muß selber entscheiden, ob er seine Arztpraxis aufgeben will, um Pillen zu verkaufen. Da nennt sie mich einen selbstsüchtigen Bastard, der sich von der Karriere seines Bruders bedroht fühlt.

Seither haben wir etwa ein Dutzend Wörter gewechselt. Warum sollte ich was Schlimmes über sie sagen?«
»Sie hatte recht, Phil, ich hätte den Job annehmen müssen.«
»Moment mal, du hilfst kranken Leuten. Verstehst du nicht, wie wundervoll das ist?«
»Es genügt mir nicht mehr.«
»He, du bist neunundvierzig, ich bin vierundvierzig. Jetzt beginnt *meine* Midlife-crisis. Wahrscheinlich hast du's schon hinter dir.«
»Keineswegs. Ach, ich weiß nicht, Phil, es ist ... Ich habe die Ereignisse meines Lebens zu oft akzeptiert und mir zu wenige Ziele gesetzt. Jetzt gibt's nichts mehr, wofür ich mich anstrengen müßte. Ich hätte den Job annehmen sollen, das wäre zumindest eine neue Herausforderung gewesen.«
»Du bist doch völlig in Ordnung, Harry. Vielleicht liegt dir der Geburtstag im Magen. Die magische Fünf ...«
»Schon gut, du mußt es nicht sagen.«
Harry hatte mit seinem Bruder über den Corbett-Fluch diskutiert, aber nur einmal, und Phils Protest gegen die Theorie war ebenso emphatisch wie vorhersehbar gewesen. An einem 1. September hatte der Großvater väterlicherseits einen tödlichen Herzanfall erlitten, nur wenige Monate nach seinem

siebzigsten Geburtstag. Fünfundzwanzig Jahre später – *genau* fünfundzwanzig Jahre später – hatte der Vater seinen ersten Herzinfarkt bekommen. An jenem ersten September war er sechzig Jahre und fünf Wochen alt gewesen. Daß er nicht sofort den Tod gefunden hatte, war tragisch und für Harry unwichtig. Nun vegetierte er bereits zwei Jahre lang dahin – eine Hölle für alle Betroffenen.

*Der 1. September*. Seit dem Herzanfall des Vaters konzentrierte sich Harrys Gedankenkalender auf dieses Datum. Und nach seiner Teilnahme an einem kardiologischen Fortbildungskurs hatte er's rot angestrichen.

»*Gesellschaftliche oder genetische Faktoren spielen eine Rolle*«, hatte der Kardiologe erklärt. »*Vielleicht beide. Aber wir erkennen sehr oft ein Schema in gewissen Familien, das ich ›Gesetz des Jahrzehnts‹ nenne. Um es einfach auszudrücken – der erste Herzanfall eines Sohnes scheint häufig stattzufinden, wenn er genau zehn Jahre jünger ist als der Vater bei seinem ersten Infarkt. Offensichtlich gibt es Ausnahmen von der Regel. Aber überprüfen Sie's mal. Wenn ein Vierundfünfzigjähriger einen Herzanfall bekommt, ist es durchaus möglich, daß sein Vater mit vierundsechzig Jahren das gleiche Schicksal erlitten hat, nicht mit dreiundsechzig oder fünfundsechzig. Genau zehn Jahre …*«

»Aber gesundheitlich fühlst du dich doch gut, oder?« fragte Phil.

»Klar. Ich glaube, ich weiß, woran's liegt. Seit drei Jahren hatte ich keinen richtigen Urlaub, mein Auto fällt auseinander, und …«

»He, ob du's glaubst oder nicht, das ist tatsächlich einer der Gründe, warum ich hierhergefahren bin. Ich habe einen neuen C 220 für dich, sehr günstig. Zum Selbstkostenpreis. Ein nagelneuer Mercedes. Überleg doch mal, wie er Evie gefallen wird! Wer weiß, vielleicht will sie …«

»Phil!«

»Schon gut. Aber du hast doch gesagt, daß du eine Herausforderung brauchst.«

Harry öffnete den Wagenschlag und stieg aus. »Liebe Grüße an Gail und die Kinder.«

»Harry, ich mache mir ernsthafte Sorgen um dich. Sonst bist du immer so witzig. Und was noch wichtiger ist – du findest *mich* witzig.«

»Heute bist du nicht witzig, Phil.«

»Gib mir noch eine Chance. Gehen wir nächste Woche essen?«

»Mal sehen, was mit Evie passiert.«

»Okay. Und reg dich nicht auf. Wenn du's wirklich brauchst, wirst du sicher ein Ziel vor Augen sehen, für das du dich anstrengen mußt.«

*

Nach einundzwanzig Einlieferungen ins Parkside Hospital schloß Joe Bevins die Augen und entnahm den Geräuschen und Gerüchen im Flur, an dem sein Zimmer lag, die Uhrzeit. Manche Schwestern und Pfleger erkannte er sogar an ihren Schritten – besonders im Pavillon 5. Meistens konnte er sich in diese Abteilung bringen lassen. Hier arbeitete das netteste Personal der ganzen Klinik. Die Leute kümmerten sich um die Patienten mit chronischen Nierenleiden, die regelmäßig zur Dialyse kamen. Außerdem gefielen ihm die Zimmer am südlichen Ende des Stockwerks am besten – die Zimmer mit Aussicht auf den Park und das ferne Empire State Building.

Natürlich war's unangenehm, wenn man dreimal pro Woche an den Apparat angeschlossen und jedesmal in aller Eile eingeliefert wurde, wenn der Kreislauf zusammenbrach, wenn sich ein Infekt einstellte oder der Blutzucker verrückt spielte, wenn er an Herzrhythmusstörungen litt oder die Prostata anschwoll, so daß er nicht pinkeln konnte. Aber ein

Einundsiebzigjähriger mit Diabetes und funktionsunfähigen Nieren durfte nicht wählerisch sein.

Vor der Tür ratterten zwei Bahren vorbei – Patienten, die nach irgendwelchen Therapien in ihre Zimmer zurückkehrten. Die eine, ein altes Mädchen, hatte infolge einer Gangränbildung beide Beine verloren. Jetzt blieb sie im Krankenhaus, bis in einem Pflegeheim ein Bett frei wurde. *Es könnte schlimmer sein*, dachte Joe. *Viel schlimmer*. Wenigstens hatte er Joe jr. und Alice und die Kinder. Wenigstens bekam er Besuch. Er schaute zum anderen Bett hinüber. Darin lag ein Mann, der zwanzig Jahre jünger war als er und auf seinen Darmeingriff wartete – eine gottverdammte Krebsoperation.

*O ja*, überlegte Joe. So schlecht er sich auch fühlte, er durfte nie vergessen, daß es schlimmer sein könnte.

Noch bevor er das Räuspern hörte, spürte er die Anwesenheit des Mannes, und als er sich zur Seite drehte, sah er einen Labortechniker im weißen Kittel auf der Schwelle stehen, der einige Teströhrchen in seinem Metallkorb zurechtrückte.

»Sie müssen neu hier sein«, meinte Joe.

»Ja. Aber keine Bange, ich arbeite schon lange in diesem Job.« Der etwa vierzigjährige Mann lächelte ihn an.

Eigentlich ein ganz nettes Gesicht, fand Joe. Nicht sonderlich sympathisch, aber nicht abgestumpft oder herzlos. »Was sollen Sie denn machen?«

Joes Ärzte erklärten ihm immer, welche Tests sie vornehmen ließen, weil sie wußten, daß er informiert werden wollte. An diesem Morgen hatten alle drei nach ihm gesehen und keine Blutuntersuchung erwähnt.

»Nur ein HTB-R29-Antikörper-Titer«, erwiderte der Mann beiläufig und stellte seinen Korb auf den Nachttisch. »In der Klinik kursiert eine Infektion. Jeder mit Nieren- oder Lungenproblemen wird untersucht.«

»Oh.« Der Techniker hatte irgendeinen Akzent. Nicht

besonders ausgeprägt und undefinierbar. »Woher kommen Sie?« fragte Joe.

Lächelnd bereitete der Mann sein Teströhrchen und die Nadel vor. An seinem Kittel steckte eine blaue Plastikkarte mit der Aufschrift »G. Turner, Phlebotomist«. Unauffällig musterte Joe die Erkennungsmarke, aber sie war herumgedreht und unleserlich.

»Was meinen Sie, woher ich stamme? Aus Australien. Aber ich lebe schon seit meiner Kindheit in den Staaten. Sie haben gute Ohren, Mr. Bevin.«

»Bevor ich krank wurde, war ich Englischlehrer.«

»Ah, ich verstehe.« Turner warf einen raschen Blick zur Tür hinüber, die er halb geschlossen hatte. »Nun, dann fangen wir an.«

»Passen Sie auf meinen Anschluß auf.«

Turner hob Joes rechten Unterarm hoch und strich behutsam über den Dialyse-Schlauch – das harte, ausgedehnte Blutgefäß an der Verbindung zwischen Arterie und Ader. Lange Finger mit gepflegten Nägeln, dachte Joe, Pianistenhände.

»Nehmen wir den anderen Arm.« Turner schlang eine Latex-Aderpresse um Joes Oberarm, knapp acht Zentimeter oberhalb des Ellbogens. Im Gegensatz zu den meisten Labortechnikern brauchte er nicht lange, um eine passende Ader zu finden. »Offenbar ertragen Sie das alles ruhig und gelassen. So was gefällt mir.« Er zog Handschuhe an und rieb die Haut über der Ader mit Alkohol ein.

»Daß ich noch lebe, verdanke ich nicht den Ärzten, sondern meiner Geisteshaltung.«

»Ja, das glaube ich Ihnen. Ich benutze eine kleine Butterfly-IV-Nadel, die gleitet viel sanfter in die Ader.«

Ehe Joe antworten konnte, stach die Nadel, die an einen dünnen Katheter aus durchsichtigem Plastik angeschlossen war, in seine Haut. Turner befestigte eine Spritze am Ende des Katheters und injizierte eine klare Flüssigkeit. »Nur damit alles sauber bleibt ...« Er wartete etwa fünfzehn Sekunden. Dann füllte er das Teströhrchen mit Blut, zog die winzige Nadel heraus und drückte Watte auf den kleinen Einstich. »Wunderbar! Sind Sie okay?«

*Ich bin okay*. Obwohl Joe glaubte, er würde die Worte aussprechen, hörte er nichts. Der Mann stand neben seinem Bett, lächelte ihn freundlich an und preßte die Watte auf den Einstich.

Erfolglos versuchte Joe zu antworten. Turner ließ den Arm los, legte die gebrauchte Nadel und das Teströhrchen in den Metallkorb. »Auf Wiedersehen, Mr. Bevin, Sie waren sehr kooperativ.«

Während die ersten Eisfinger einer wachsenden Panik in Joes Brust krochen, beobachtete er, wie sich der Mann abwandte und das Zimmer verließ. Er fühlte sich seltsam, von allem losgelöst – so als würde er schweben. Plötzlich erschien ihm die Luft ringsum bleischwer. Irgend etwas geschah mit ihm. Etwas Schreckliches. Er rief um Hilfe. Auch diesmal hörte er nichts. Er versuchte den Kopf seitwärts zu drehen, den Alarmknopf zu finden. Aus den Augenwinkeln sah er die Schnur. Er war gelähmt – unfähig, sich zu bewegen oder auch nur zu atmen. Nur einen halben Meter entfernt hing die Kordel herab. Er wollte danach greifen. Aber sein Arm war leblos.

Immer schwerer und stickiger hüllte die Luft ihn ein, und er spürte, wie seine Sinne schwanden. Er würde sterben, in der dichten Atmosphäre ertrinken. Und er konnte nichts dagegen tun, gar nichts.

Allmählich verschwamm das Muster der Zimmerdecke, verdunkelte sich und tauchte in schwarzem Nichts unter. Und mit der wachsenden Finsternis verebbte Joes Panik.

Jenseits der fast geschlossenen Tür erklang das Geräusch des Servierwagens, der von der Diät- zur Normalküche am anderen Ende des Flurs gerollt wurde. Dann roch er das Essen.

Und nach einundzwanzig Behandlungen im Parkside, meistens im Pavillon 5, kannte er die genaue Uhrzeit – 11 Uhr 15.

*

In Harrys Wartezimmer waren sieben der insgesamt zehn Stühle besetzt, drei von Mabel Espinozas Enkelkindern. Mabel, über achtzig Jahre alt, schenkte ihm jenes Lächeln, das weder Schmerzen noch persönliche Tragödien auslöschen konnten. Schon lange litt sie an hohem Blutdruck, Gefäßverengung, Unterfunktion der Schilddrüse, Harnverhaltung, einer Vorliebe für üppiges Essen und chronischer Gastritis. Harry erhielt sie seit Jahren am Leben, mit Geduld und Spucke. Irgendwie funktionierten die therapeutischen Taschenspielertricks. Deshalb konnte Mabel ihre Enkel betreuen, und ihre Tochter ging arbeiten.

Als Vertriebsdirektor von Hollins/McCue Pharmaceutical würde er keine Mabel Espinoza mehr kennen.

Mary Tobin, seine Sprechstundenhilfe spähte aus ihrer Glaskabine ins Wartezimmer, eine stämmige Schwarze und mehrfache Großmutter. Seit Harrys drittem Praxisjahr war sie bei ihm angestellt. Falls sie sich eine eigene Meinung gebildet hatte, nahm sie kein Blatt vor den Mund. Und es gab nichts, wozu sie keine Meinung hatte.

»Wie war die Versammlung?« fragte sie, als er ihre kleine Domäne betrat, um einen Blick in den Terminkalender zu werfen.

»Versammlung?«

»So schlimm, eh?«

»Sagen wir mal, Sie haben all die Jahre für einen Bariton gearbeitet, und jetzt arbeiten Sie für einen Tenor.«

Sie grinste. »Was wissen die schon? So, wie ich Sie kenne, werden Sie's schaffen, Dr. C. Sie haben viele schwere Zeiten durchgemacht und immer den richtigen Weg gefunden.«

»Daran sollten Sie mich möglichst oft erinnern. Irgendwelche Telefonate?«

»Nur Ihre Frau. Vor einer halben Stunde rief sie an.«

»Ist sie okay?«

»Ja, ich denke schon. Sobald Sie Zeit haben, sollen Sie in ihrem Büro anrufen.«

Harry ging an den drei Behandlungsräumen vorbei, zu seinem Sprechzimmer. Außer Mary Tobin beschäftigte er seit vier Jahren eine junge Krankenschwester namens Sara Keene und eine medizinisch-technische Assistentin, etwa die zwanzigste, die er aus der nahen Berufsschule geholt hatte. Eins dieser Mädchen war wegen Diebstahls gefeuert worden, die anderen hatten ihn verlassen, um Babys zu kriegen oder besser bezahlte Jobs anzunehmen.

»Hallo!« rief Sara fröhlich, blickte von ihrem Schreibtisch auf und winkte ihm zu. »Ich hab' von der Versammlung gehört, Dr. C. Machen Sie sich keine Sorgen.«

»Wenn mir noch jemand sagt, ich soll mir keine Sorgen machen, fange ich wirklich an, mir Sorgen zu machen.«

Sein großes Sprechzimmer lag im Hintergrund des einst eleganten Apartmentgebäudes. Neben einem alten Nußbaumschreibtisch mit passenden Stühlen stand eine Trotter-Tretmühle. Früher war sie für Belastungs-EKGs benutzt worden, bis die Gerichtsprozesse wegen diverser Behandlungsfehler teurere Testinstrumente erfordert hatten, und jetzt benutzte er das Gerät für sein Fitneßtraining. Die Holztäfelung im ›Elchjägerstil‹, wie Evie sich ausgedrückt hatte, war auf ihren Wunsch abgeschmirgelt und weiß gestrichen worden. Daran hingen die üblichen gerahmten Diplome, Zertifikate und Referenzen nebst einer Errungenschaft, die nur wenige Ärzte zur Schau stellen konnten – einem Silberstern aus Vietnam. Drei Ölgemälde, von Evie ausgewählt, vervollständigten die Sammlung – alle modern, alle abstrakt. Wäre Harrys eigener Geschmack berücksichtigt worden, hätte er kein einziges gekauft. Aber den meisten Patienten schienen die Bilder zu gefallen.

Auf dem Schreibtisch standen drei gerahmte Fotos. Harry und seine Eltern bei der Promotion – Phil, Gail und ihre Kinder – und Evie, ein Schwarzweiß-Porträt, von einem der bekanntesten Fotografen in der City aufgenommen.

In einer Schublade lagen mehrere Schnappschüsse, die Harry viel lieber aufstellen würde. Aber sie hatte auf diesem Porträt beharrt. Er setzte sich und griff danach, betrachtete die ausgeprägten hohen Wangenknochen, die sinnlichen Lippen, die dunkle Intensität in den Augen. Vor neun Jahren, als sie geheiratet hatten, war dieses Foto entstanden. Es zeigte eine neunundzwanzigjährige Frau, die schönste, die er je gekannt hatte. Damals ebenso wie heute.

Er nahm den Telefonhörer ab und wählte ihre Nummer beim *Manhattan Woman*-Magazin. »Bitte, ich möchte Evelyn DellaRosa sprechen«, erklärte er und stellte das Foto wieder an seinen Platz. »Hier ist ihr Mann.«

Seit fünf Jahren arbeitete sie in der Redaktion der Monatszeitschrift, die sich nur mühsam über Wasser hielt. Nach ihrer Tätigkeit als Fernsehreporterin war das ein gewisser Abstieg. Aber er bewunderte ihre Ausdauer, ihr Engagement, ihr Bestreben, ins Rampenlicht zurückzukehren. Nun schien sich die Mühe zu lohnen. Sie erzählte ihm nicht, womit sie sich gerade befaßte. Doch es war ungewöhnlich, daß sie erwähnt hatte, sie würde einen vielversprechenden Artikel schreiben.

Bevor sie sich meldete, verstrichen etwa drei Minuten. »Tut mir leid, daß du warten mußtest, Harry. Ein Techniker sollte das Tierversuchslabor im Keller eines Gebäudes verpfeifen, das InSkin Cosmetics gehört. Und nun hat der Bastard gekniffen.«

»Bist du okay?«

»Falls du meinst, ob ich zwischendurch ein paar Minuten

lang *nicht* an den verdammten Ballon in meinem Kopf denke – ja, dann bin ich okay.«

»Heute fand diese Versammlung im Hospital statt.«

»Versammlung?«

»Das Sidonis-Komitee hat seinen Bericht vorgelegt.«

»Oh – ach ja. Wie war's?«

»Vielleicht hätte ich den Job bei Hollins/McCue annehmen sollen.«

»Endlich geht dem alten Dickkopf ein Licht auf.«

»Bitte, Evie. Ich hab's ja zugegeben. Was soll ich sonst noch sagen?«

Natürlich gab es nichts zu sagen, was die Situation verbessern konnte. Vor über einem Jahr hatte er das Angebot abgelehnt und damit beinahe den endgültigen Nagel in den Sarg seiner Ehe gebohrt. Die Beziehung war wohl nicht mehr zu retten.

»Vorhin rief mich Dr. Dunleavys Büro an«, erklärte sie.

»Und?«

»Jetzt ist endlich ein Bett in der Neurochirurgie frei, und er hat auch einen Operationstermin bekommen. Morgen nachmittag soll ich hingehen, und am Donnerstag morgen werde ich operiert.«

»Je früher, desto besser.«

»Solange es nicht *dein* Kopf ist, nicht wahr?«

»Bitte, Evie ...«

»Hör mal, ich hab' versprochen, heute abend in den Club zu kommen, wo du mit deiner Combo auftrittst. Aber jetzt will ich nicht mehr.«

»Schon gut, ich muß nicht spielen.«

Er versuchte zu verbergen, wie verletzt er sich fühlte. Am Anfang der Beziehung und in den ersten Ehejahren hatte sie seine Musik geliebt und ihn gern spielen hören. Nun erinnerte er sich nicht mehr, wann sie das letzte Mal im Club gewesen war. Er hatte sich auf diese kleine Rückkehr ins einstige gemeinsame Leben gefreut. Doch er verstand, was Evie zu der Absage bewog.

»Harry, ich muß mit dir reden«, sagte sie plötzlich. »Kannst du heute abend früher Schluß machen und mit mir essen gehen?«

»Natürlich. Was gibt's?«

»Das erkläre ich dir, wenn wir uns treffen. Okay?«

»Sollte ich mir Sorgen machen?«

»Harry, bitte! Bis heute abend?«

»Okay, Evie. Ich liebe dich.«

Nach einer kurzen Pause erwiderte sie: »Das weiß ich, Harry.«

# 4

Kevin Loomis, erster Vizepräsident der Crown-Health-and-Casualty-Versicherungsgesellschaft, schob ein paar Notizen in seine Aktentasche und räumte seinen Schreibtisch auf. Dann schaute er in seinen Terminkalender, um sich über das Programm des nächsten Tages zu informieren. Er war sehr gewissenhaft, und bevor er sein Büro verließ, pflegte er möglichst viel aufzuarbeiten.

Nachdem er auf den Summer gedrückt und seine Sekretärin gerufen hatte, schaltete er in Gedanken eine Stoppuhr ein. Sechs Sekunden später betrat sie den Raum. »Ja, Mr. Loomis?«

Brenda war fabelhaft – intelligent, loyal, ein Organisationstalent. Und sie sah phantastisch aus. Er hatte sie von Burt Dreiser ›geerbt‹, dem jetzigen Präsidenten der Firma, und er glaubte, die beiden wären liiert. Doch das spielte keine Rolle. Dreiser hatte mehrere dienstältere und qualifiziertere Leute übergangen, um ihm den Posten zu verschaffen. Und wenn er mit Brenda schlief, konnte Kevin seinen Nutzen daraus ziehen.

»Müssen wir noch irgendwas erledigen?« fragte er. »Ich wollte gerade gehen.«

»Natürlich, der zweite und der vierte Dienstag.« In ihren Augen strahlte ein Lächeln. »Viel Glück.«

Die Pokerpartie. Jahrelang hatte Dreiser, ein legendärer Workaholic, sein Büro allmonatlich an jedem zweiten und vierten Dienstag schon um sechzehn Uhr verlassen – völlig uncharakteristischerweise. Das erforderte eine Erklärung, denn Brenda war zu tüchtig und eine zu aufmerksame Beobachterin, um sich nicht zu wundern. Und die Pokerpartie paßte perfekt ins Bild.

Nun hatte Kevin nicht nur Dreisers ehemaligen Posten, dessen Büro und Sekretärin übernommen, sondern auch – sofern es Brenda Wallace betraf – den Platz am Spieltisch. Am zweiten und vierten Dienstag. Um vier. Dreiser hatte die Poker-Story sogar vor Kevins Frau Nancy bekräftigt. Und so erklärte das notwendige, der Karriere dienliche Ritual auf plausible Weise, warum ihr Ehemann zweimal pro Monat in der City übernachten mußte. Da der Schauplatz des Spiels geheim bleiben mußte, konnte sie sich an solchen Abenden nur per Piepser mit ihm verständigen.

»Seit vier Monaten spiele ich nun schon mit, und in dieser ganzen Zeit habe ich vielleicht einmal gewonnen«, erwiderte Kevin trocken. »Wahrscheinlich hat Burt mich deshalb dazu eingeladen. Er merkte sofort, daß ich ein Grünschnabel bin. Da fällt mir ein – schauen Sie doch mal nach, ob Oak Hills den Vertrag mit uns verlängern will. Für die sollten wir mal was tun. Sie haben doch die Namen des Schulaufsichtsrats und des Direktors? Schicken Sie jedem Champagner. Oder lieber Schokolade. Godiva. Etwa hundert Dollar pro Kopf, das müßte reichen. Und schreiben Sie was Nettes auf die Karten.«

»Wird gemacht, Mr. Loomis«, versprach Brenda.

Bevor sie sein Büro verließ, schenkte sie ihm ein Lächeln, das einen Eisblock schmelzen konnte. Seine Erfolge waren auch ihre. Und wenn die Oak-Hills-Schule den Vertrag mit der Versicherung verlängerte, durften Kevin und seine Sekretärin triumphieren. Die Schule gehörte zu den größten von Long Island, die meisten Lehrer waren jung und gesund.

*Jung und gesund* – goldene Worte in den Ohren aller Krankenversicherungen. Zweifellos ein Ruhmesblatt für Kevin. Aber eigentlich gebührte das Verdienst der Tafelrunde. Der Verein hatte die Oak-Hills-Schule der Crown zugeteilt, und die einzigen Rivalen waren Nichtmitglieder. Natürlich wußte die Tafelrunde, wie man mit der Konkurrenz von Nichtmitgliedern umging.

Auch in anderer Hinsicht spielte der Oak-Hills-Coup eine wichtige Rolle. Während der ersten vier Monate, die Kevin als Burts Nachfolger in der Tafelrunde verbracht hatte, war es ständig zu Kontroversen gekommen. Infolge der problematischen Situation verlegte die Gruppe ihre Versammlungen vom Camelot Hotel in die Garfield Suites. Die Schwierigkeiten betrafen auch Kevin, obwohl er keinerlei Schuld an den Ereignissen trug. Hoffentlich sahen die anderen das auch so. Und wenn nicht? Er hatte keine Ahnung, was dann passieren würde.

Den Aktenkoffer und die Reisetasche in den Händen, betrachtete er das City-Panorama, den Fluß und die Landschaft dahinter. Kevin Loomis jr. war vom Mädchen für alles zum ersten Vizepräsidenten aufgestiegen, vom Laufburschenkämmerchen mit den Korkpappwänden in ein luxuriöses Büro. Würden seine Eltern noch leben, wären sie stolz auf ihn – verdammt stolz. Er schluckte den Kloß im Hals hinunter, den solche Erinnerungen unweigerlich erzeugten. Dann ging er zu den Aufzügen. Nun hatte seine Verwandlung in Sir Tristram von der Tafelrunde begonnen.

Die Garfield Suites lagen an der Fulton Street, anderthalb

Häuserblocks vom World Trade Center entfernt, und die Taxifahrt vom Crown Building aus dauerte zwanzig Minuten. Blicklos starrte Kevin durchs Autofenster. Die bemerkenswerten Veränderungen in seinem Leben hatten sich genauso abrupt ereignet wie ein Lottogewinn. Gewiß, er durfte sich tüchtig nennen. Jahrelang hatte er höchst erfolgreich Versicherungen verkauft, war Mitglied im Million Dollar Roundtable, Zweigstellenleiter und zuletzt Abteilungsleiter im Hauptbüro geworden. Für einen relativ jungen Mann, der aus dem falschen Teil von Newark stammte, eine erstaunliche Karriere. Aber plötzlich hatte Burt Dreiser angefangen, ihn zum Lunch einzuladen – und schließlich sogar zum Dinner.

*Was halten Sie von ...? Was würden Sie tun, wenn ...? Angenommen, man würde Sie bitten ...?* Immer wieder dieselben Fragen. Und da Kevins Antworten offensichtlich akzeptabel klangen, wurden Geheimnisse enthüllt. Die PR-wirksame Tafelrunde der Verkaufsstrategen habe ein Pendant, erläuterte Burt, auf höchster Ebene. Aber im Gegensatz zum Million Dollar Roundtable, der in Annoncen, Briefköpfen und auf Visitenkarten prangte, war die Mitgliedschaft *dieser* Tafelrunde nicht nur exklusiv, sondern auch streng geheim.

Als Kevin sich bereit erklärte, Sir Tristrams Rolle zu übernehmen und künftig die Crown an Burts Stelle zu repräsentieren, erkannte er, daß er mittlerweile zuviel wußte, um das Angebot abzulehnen und seinen Job trotzdem zu behalten. Zum Lohn für die Einwilligung erhielt er den Posten des Vizepräsidenten, eine großzügige Gehaltserhöhung und einen jährlichen Bonus von hunderttausend Doller oder ein Prozent des Betrags, den die Tafelrunde innerhalb eines Jahres für die Crown herausholte – je nachdem, welche Summe höher war. Wie Dreiser versicherte, entsprach der Deal den Vorteilen, die auch alle anderen Ritter genossen.

Aufgrund der jüngsten Probleme hatten die Ritter gewisse Regeln aufgestellt, die ihre kleine Organisation und deren

Mitglieder schützen sollten. Um eines dieser Gesetze zu befolgen, bezahlte Kevin den Taxifahrer an der Ecke Gold- und Beekman Street und steuerte die Garfield Suites auf einem Umweg an, der um zwei Häuserblocks herum und durch ein Kaufhaus führte. Nachdem er sich vergewissert hatte, daß er nicht beobachtet wurde, betrat er die Hotelhalle.

Sein Zimmer, unter dem Namen George Trist reserviert, war schon bezahlt. Wer immer versuchen mochte, den Namen zur Zahlungsanweisung zurückzuverfolgen, würde auf ein Scheinfirmenkonto stoßen, dessen Inhaber längst verstorben waren. Sir Galahad, für alle Sicherheitsmaßnahmen verantwortlich, leistete gute Arbeit. Was die Details anging, verhielt er sich geradezu paranoid. Und seit der Entlarvung einer Undercover-Reporterin war er noch besessener.

Am anderen Ende der Halle sah Kevin den Ritter Sir Percivale vor dem Aufzug stehen. Sir Percivale arbeitete für die Comprehensive Neighborhood Health Care, die größte Gesundheitsorganisation im Staat. Soviel wußte Kevin über den Mann – mehr nicht. Er kannte weder dessen richtigen Namen noch den Posten, den er beim CNHC einnahm. Aber Burt hatte ihm geraten, sich nicht um solche Dinge zu kümmern. Er selbst habe die Namen der sechs anderen Ritter erst nach drei Jahren erfahren. Sekundenlang trafen sich ihre Blicke, dann verschwand Sir Percivale im Lift. Kevin schaute auf seine Uhr. In drei Stunden würden sich alle im neunzehnten Stockwerk treffen.

Lässig schlenderte er zur Rezeption. Die Geheimhaltung, die Decknamen, die speziellen Projekte – in vollen Zügen genoß er das faszinierende Mysterium, das den kleinen Verein umrankte. Und allmählich lernte er auch die unangenehmeren Aspekte zu bewältigen – einige Methoden, die man anwandte, um gewisse Ziele zu erreichen, und das ständige Risiko der Entdeckung.

Die Nummer 2314 war eine Zwei-Zimmer-Suite mit hübscher Aussicht auf das World Trade Center. Im Wohnzimmer angekommen, öffnete er eine Heineken-Flasche aus dem üppigen Vorrat des Kühlschranks. Dann löste er seine Krawatte und legte das Jackett über eine Stuhllehne. Als er die Schuhe abstreifte, hielt er den Atem an. Er war nicht allein, irgend jemand hielt sich im Schlafzimmer auf. Daran zweifelte er nicht. Entschlossen eilte er zur Tür, die in den Flur führte. Neben dem Lift hingen Haustelefone. Er konnte Galahad oder den Sicherheitsdienst des Hotels anrufen.

»Hallo?« hörte er eine weibliche Stimme. »Ist jemand da draußen?«

Er ging zur Schlafzimmertür. Am Fußende des King-Size-Betts stand eine etwa zwanzigjährige Frau. Offensichtlich hatte sie geschlafen. Nun bürstete sie ihr taillenlanges, pechschwarzes Haar. Für Kevins Geschmack war sie etwas zu stark geschminkt, aber in jeder anderen Hinsicht großartig. Die asiatischen Züge, der schlanke Körper, die hoch angesetzten, vollen Brüste, die Beine – einfach perfekt. An der rechten Seite bis zur Hüfte geschlitzt, saß das smaragdgrüne Kleid hauteng.

»Wer sind Sie?« fragte er.

Bevor sie antwortete, legte sie die Bürste beiseite, strich ihr Kleid glatt und fuhr mit der Zunge über ihre Lippen. »Ich heiße Kelly.«

»Und wer hat Sie hergeschickt?«

»Ich – verstehe nicht …«

Durchdringend starrte er sie an. Nach dem Zwischenfall mit der Reporterin mußte das ein Scherz oder eine Art Test sein. »Woher kommen Sie? Eine ganz simple Frage. Wieso sind Sie hier drin? Noch eine simple Frage.«

Angst glitzerte in ihren dunklen Augen. »Vor der Tür erwartete mich ein Mann und ließ mich herein. Man nannte uns allen die Nummern der Suiten, wo wir uns bereithalten sollten. Und ich – ich bin hier, um Sie zu erfreuen, so wie Sie's wollen.«

»Setzen Sie sich.« Kevin zeigte aufs Bett. »Nein!« fauchte er, als sie nach hinten griff, um den Reißverschluß an ihrem Rücken zu öffnen. »Setzen Sie sich einfach nur!« Er kehrte ins Wohnzimmer zurück und warf die Tür zu.

Laut Burt Dreiser hatten die Frauen jeden zweiten und vierten Dienstag zum Programm der Tafelrunde gehört, seit sie vor sechs Jahren gegründet worden war. Dafür sorgte Lancelot, eins der ersten Mitglieder. Bis vor zwei Monaten hatte es keine Probleme gegeben. Die sexuell interessierten Ritter wurden ebenso bedient, wie jene, die nur eine Massage oder eine hübsche Tischgefährtin beim Dinner wünschten. Zu diesem Zweck beschäftigte Lancelot einen der besten, diskretesten Hostessenservices in der City. Aber irgendwie war der Ritterkreis unterwandert worden – nicht von der Polizei, sondern von einer Reporterin.

Kevin riß den Hörer vom Telefon. »Verbinden Sie mich bitte mit Mr. Lances Zimmer.« Lancelot, Pat Harper von Northeast Life and Casualty, war das einzige Mitglied der Tafelrunde, das er schon vor seinem Eintritt kennengelernt hatte. Seiner äußeren Erscheinung nach, glich er keineswegs einem Lancelot. Mit seinem runden Bauch, den roten Backen, der dicken Zigarre und dem schrillen Gelächter erinnerte er eher an Dickens als an Camelot. Einmal war Kevin bei einem Wohltätigkeits-Golfturnier, von der Branche gesponsert, gegen ihn angetreten und um zwölf Schläge besiegt worden. Der verheiratete Harper hatte drei oder vier erwachsene Kinder. Ansonsten wußte Kevin nichts über den Mann, abgesehen von dessen Vorliebe für schöne junge Mädchen.

»Hier ist Tristram. Ich dachte, wir hätten beschlossen, keine Frauen mehr zu engagieren.«

»Ah, Kelly … Wie gefällt sie Ihnen? Phantastisch, was?«

»Ja, aber sie dürfte nicht auf meinem Bett sitzen.«

»Entspannen Sie sich, mein Freund. Das Leben ist viel zu kurz. Natürlich beschäftigen wir nicht mehr den *alten* Service. Kelly und die anderen arbeiten für einen *neuen*. Keine Bange, jede einzelne Dame wurde gründlich durchgecheckt. Deshalb wird's keinen Ärger mehr geben.«

Unter dem Namen Desiree hatte die Reporterin zwei Dienstage mit Sir Gawaine und zwei mit Kevin verbracht. Wenig später informierte eines der Mädchen den Besitzer des Hostessenservice über Desirees Doppelspiel. Die Reporterin hatte versucht, diese junge Frau auszuhorchen, die zudem vermutete, es müßten Tondbandaufnahmen von den Gesprächen mit beiden Klienten existieren. Auf Galahads Wunsch wurde die Geschäftsbeziehung zu jenem Service sofort beendet, und die Tafelrunde übersiedelte in ein anderes Hotel.

Während des hochnotpeinlichen Verhörs, das dem Zwischenfall folgte, erfuhr Kevin einiges über Gawaine, das letzte Mitglied, das vor ihm selbst in die Gruppe aufgenommen worden war. Von Anfang an hatte er den verschlossenen Mann mit dem arroganten College-Akzent bedrohlich gefunden. Gawaine schien perfekt in den Ritterkreis zu passen. Hingegen wurde Kevin infolge seiner vulgären Newark-Abstammung sofort zum Außenseiter gestempelt. Jetzt wußte er, daß ihn wenigstens *etwas* mit Gawaine verband: Beide waren zufriedene Familienväter, die von den Hostessen nie etwas anderes verlangt und bekommen hatten als Massagen und amüsante Konversation.

Wie auch immer, jetzt hatte Lancelot offenbar die Erlaubnis erhalten, einen neuen Service zu engagieren. Kevin wollte ihm erklären, er würde keine Frauen mehr in seiner Suite empfangen. Doch dann erinnerte er sich an Burt Dreisers Warnung: »Alle mißtrauen einander, weil so viel auf dem Spiel steht. Verhalten Sie sich so wie die übrigen Ritter, dann kann Ihnen nichts passieren.«

Kevin war nie mit Lancelots Frauen ins Bett gegangen.

Aber das hatte er nicht erwähnt. Wäre er bei Galahads Ermittlungen nicht gefragt worden, ob er mit Desiree geschlafen habe, wüßte die Tafelrunde noch immer nicht Bescheid.

»Hören Sie, Lance«, erwiderte er nun. »Nehmen Sie's nicht persönlich. Kelly ist bildschön. Und sie gefällt mir sehr gut. Ich wollte mich nur vergewissern, daß es keine Probleme gibt.« Dann legte er den Hörer auf die Gabel und kehrte ins Schlafzimmer zurück.

»Alles okay?« Lächelnd blickte Kelly zu ihm auf und bürstete ihre dichte, ebenholzschwarze Mähne.

Der Anblick ihres rechten Beins, bis zur Hüfte entblößt, erhitzte sein Blut. »Alles bestens. Würden Sie den Zimmerservice anrufen und das Dinner bestellen? Suchen Sie sich was aus. Ich nehme ein Filetsteak, medium. Und danach vielleicht eine Massage. Können Sie das?«

»Sogar sehr gut.«

*

Harry hatte den Großteil seines Lebens in Manhattan verbracht, war aber noch nie im Tiffany's gewesen. Mit Mary Tobins Hilfe hatte er sich die letzten anderthalb Stunden in der Praxis frei genommen, um die Visite in der Klinik früher als üblich zu absolvieren. Die Idee, Evie etwas ganz Besonderes zu bieten, stammte von ihm, und Mary hatte das Tiffany's vorgeschlagen.

Nun summte er leise Joe Kincaids Fassung von ›Moon River‹ vor sich hin und versuchte George Peppards Nonchalance in ›Frühstück bei Tiffany‹ auszustrahlen, während die Verkäuferin ein unerschwingliches Schmuckstück nach dem anderen auf schwarzen Samt legte. »Dieses Armband aus Tennisrackets ist besonders hübsch, mit perfekt aufeinander abgestimmten Rubinen und Diamanten besetzt, jeder acht Karat ...«

»Leider spielt meine Frau nur selten Tennis. Eh – was kostet's denn?«

»Dreitausendsechshundert, Sir.«

*Gibt's vielleicht ein Pingpong-Armband?*

Schließlich entschied er sich für einen Anhänger aus einem halbkarätigen Diamanten, flankiert von zwei kleinen Rubinen. Evie liebte kostbare Steine. Unterstützt von ihrem Ex-Ehemann und mehreren Ex-Verehrern (das vermutete er zumindest), hatte sie sich eine beträchtliche Sammlung zulegt, bevor er ihr zum erstenmal begegnet war.

»Das alles will ich verkaufen«, erklärte sie kurz nach der Hochzeit, »damit wir uns einen Wohnwagen anschaffen und aufs Land fahren können.«

Harry wußte, daß sie noch nie auf Campingplätzen übernachtet hatte. Sicher würde sie wenig Gefallen an Insekten und verkohlten Hamburgern finden. Ihre Ankündigung gehörte zum Entschluß, die Überholspur zu verlassen und sich dem langsameren Tempo anzupassen, das er nach ihrer Meinung bevorzugte. Aber dann redete sie nicht mehr vom einfachen Leben und legte ihre Juwelen in ein Banksafe. Sie waren nie zum Camping gefahren.

*Kein Grund zur Sorge ... Hoffentlich ist das ein neuer Anfang für uns beide ... Alles wird gut ... Ob du's glaubst oder nicht, ich werde dich tatsächlich in Lokale führen, wo du so was tragen kannst ...* Harry erwog mehrere Texte für die beiliegende Karte, verwarf sie alle und entschied sich schließlich für die schlichte Botschaft: »Ich liebe dich.«

Immer wieder kreisten Evies Worte in seinem Kopf – *ich muß mit dir reden ...* Er fuhr mit einem Taxi zu dem Apartment, das sie seit der Hochzeit besaßen – fünf große Räume und ein winziges Studio im sechsten Stock eines gut instand gehaltenen Gebäudes an der Upper West Side, einen Häuserblock vom Central Park entfernt. Im Lauf der Jahre hatte sich die Wohnung verwandelt, nach Evies Ansicht von ›exquisit‹

in ›adäquat‹ und schließlich in ›klein‹, neuerdings in ›deprimierend‹.

*Ich muß mit dir reden* ... Über ihre Gesundheit? Geld? Die Ehe? Ihren Job? Oder war sie womöglich schwanger? Sie hatte schon so lange nicht mehr mit ihm reden *müssen*. Vielleicht wollte sie endlich reinen Tisch machen und noch einmal von vorn anfangen.

Im sechsten Stock lagen zwei Apartments. Der schmale Flur dazwischen wurde stets von Evies besonderem Fluidum erfüllt – wahrscheinlich einer Mischung aus Parfum, Shampoo und Make-up. Wie immer beschwor dieser Duft ihr Bild herauf. Aber an diesem Abend war Harry zu beunruhigt, um darauf zu achten. Er klopfte einmal an die Tür. Dann benutzte er seinen Schlüssel.

»Harry?« rief sie aus dem Schlafzimmer.

»Ja.«

»Gleich bin ich fertig.«

Wie er ihrem Tonfall entnahm, telefonierte sie gerade. Er legte das Tiffany's-Etui auf den Eßtisch und wanderte umher. Im Apartment herrschte untadelige Ordnung, Vasen mit frischen Blumen schmückten fast alle Räume – Evies Markenzeichen. Eric Clapton tönte aus dem CD-Player, eins seiner Idole. Hatte es etwas zu bedeuten, daß gerade diese Musik erklang? »Willst du was trinken?« fragte er.

»Auf der Küchentheke steht ein Wodka mit Tonic. Wenn du ein bißchen Eis hineingeben würdest ...« Jetzt telefonierte sie nicht mehr. »Nur noch einen Augenblick ... Ich habe einen Tisch im Seagrill reservieren lassen, wenn's dir recht ist.«

»O ja.« Erfolglos versuchte Harry, etwas aus ihrer Stimme herauszuhören – irgend etwas.

Sie tauchte aus dem Schlafzimmer auf, in schwarzer Hose und roter Seidenbluse. An ihr wirkten diese Farben sensationell. Aber es gab kaum eine Farbe, die ihr nicht stand. Sie küßte seine Wange – oder eher die Luft daneben – und ergriff ihren Drink. »War's schwierig, früher aus der Praxis wegzukommen?«

»Eigentlich nicht. Mary sagte ein paar Termine ab – und meinen Auftritt mit der Band. Wenn sie etwas will, schafft sie alles.«

»Wie geht's ihr?«

»Mary?«

»Ja.«

Harry erinnerte sich nicht, wann Evie das letzte Mal nach seinen Angestellten gefragt hatte – oder nach der Combo oder den Mitarbeitern im Krankenhaus. »Leider wird die Arthritis in ihren Hüften immer schlimmer. Aber sonst ist sie okay. Und du? Wie fühlst du dich?«

»Den Umständen entsprechend – gut.«

Evie nippte an ihrem Glas, und er gab's auf, irgendwas in den Small talk hineinzugeheimnissen. Statt dessen überreichte er ihr die Halskette mit dem Anhänger. Sie schien sich ehrlich zu freuen und vertauschte die Goldkette, die sie trug, sofort mit dem neuen Geschenk. »Wie lieb von dir!« rief sie und las zum zweitenmal, was auf der Karte stand.

»Nur damit du weißt, daß alles klappen wird.«

Ihr Lächeln wirkte rätselhaft, aber in den Augen lag unverkennbare Trauer. »Immer wieder erklärst du mir, die Dinge würden sich wunschgemäß entwickeln.«

»So bin ich nun mal – Harry Corbett, tagsüber der freundliche Onkel Doktor, abends der unergründliche Philosoph.«

Sie schaute aus dem Fenster. Geistesabwesend befingerte sie den Anhänger. Das Licht des frühen Abends ließ ihren hellen Teint schimmern und betonte ihr makelloses Profil.

Jetzt fand er sie sogar noch schöner als bei der ersten Begegnung. »Du sagtest – eh – du müßtest mit mir reden.« Während er seine eigene Stimme hörte, verfluchte er seine Ungeduld. Wäre sie bereit, das Gespräch zu eröffnen, würde sie's tun.

Nachdem sie ihm einen kurzen Blick zugeworfen hatte, wandte sie sich wieder zum Fenster. »Ich wollte nur mit dir zusammensein. An diesem besonderen Abend … Die medizinische Wissenschaft mag den Durchbruch geschafft haben. Aber eine Gehirnoperation bleibt eine Gehirnoperation.«

»Das verstehe ich«, log er. »Nun, bist du hungrig?«

»Wenn wir im Restaurant sitzen, kriege ich sicher Appetit.«

»Gehen wir zu Fuß?« Es war nur eine rhetorische Frage. Meistens hatte sie's zu eilig, um auf das Auto zu verzichten.

»Ja«, antwortete sie erstaunlicherweise. »Gehen wir zu Fuß.

Harry, das ist eine wunderschöne Halskette, und ich bin wirklich sehr gerührt.«

Vergeblich suchte er in ihren Worten nach dem gewohnten Zynismus. Seine Phantasien von einer Rückkehr ins frühere gemeinsame Leben begannen sich zu verdichten.

Daß das Telefon läutete, merkte er erst, als sie zum Schlafzimmer eilte. »Laß nur, ich geh schon ran!« rief sie. »Ich muß ohnehin meine Handtasche holen.«

Immer noch unbehaglich, zuckte er die Schultern, ging in die Küche und stellte sein Glas ins Spülbecken. Aus acht Lautsprechern, im ganzen Apartment verteilt, erinnerte ihn Eric Clapton, kein Mensch würde es wissen, wann er erledigt wäre.

*

Evie stand neben ihrem Bett. Die Hand über der Sprechmuschel, telefonierte sie hastig, fast im Flüsterton. »Nein – nein, ich habe ihm noch nichts von uns erzählt. Aber heute abend sag ich's ihm.« Sie legte auf und hielt den diamantenen Anhänger ins Licht. »Zumindest *glaub* ich's«, wisperte sie.

# 5

Galahad – Gawaine – Merlin – Tristram … Zur festgelegten Zeit steuerten sie alle das Konferenzzimmer im neunzehnten Stock an, in der festgelegten Reihenfolge, auf festgelegten Wegen. Galahad hatte das Hotel und den Sitzungsraum gewählt, das Protokoll ausgearbeitet, überall nach Wanzen und versteckten Kameras gesucht.

Obwohl die Hostessen für die ganze Nacht engagiert waren, hatte Kevin Loomis – Sir Tristram – seine Gefährtin vor einer Stunde weggeschickt. Er liebte seine Frau, und das eheliche Sexualleben befriedigte ihn. Aber es gab gewisse Mängel. Nancy massierte ihn nicht so gern, wie sie sich selber massieren ließ. Bestenfalls brachte sie eine phantasielose Kneterei zustande, fünf Minuten lang. Aber Kelly war unermüdlich, und das duftende Öl, das sie aus ihrer Tasche holte, mußte sogar einen Fürsten entzücken. Eine ganze Nacht mit ihr hätte Kevins Willenskraft auf eine zu harte Probe gestellt.

Nun schaute er völlig entspannt auf die Uhr, wählte Merlins Nummer und ließ das Telefon sechsmal läuten. Nachdem er sich vergewissert hatte, daß Merlin nicht mehr in seinem Zimmer war, fuhr er mit dem Aufzug zum zweiten Stock hinunter und dann mit einem anderen Lift zum achtzehnten Stock hinauf. Er fand die Sicherheitsmaßnahmen etwas übertrieben. Aber sie verstärkten das Gefühl der Gefahr, des Risikos. Dieses Prickeln hatte Kevin schon immer genossen, bei Autorennfahrten zur High-School-Zeit ebenso wie später, als er Mitglied eines Fallschirmspringerclubs gewesen war.

Er stieg die Treppe zur letzten Etage hinauf. Vorsichtig spähte er nach allen Seiten, ehe er in die Nummer 1902 schlüpfte, die Stuyvesant Suite, wo bereits drei Ritter am runden Tisch saßen. Goldplaketten mit den Decknamen markierten die einzelnen Plätze. Kühl und unverbindlich lächelten ihm die Männer zu. Im Abstand von genau drei Minuten erschienen Percivale, Lancelot und Kay.

Abgesehen von Galahad, der die Sicherheitsvorkehrungen kontrollierte, gab es keinen Chef im Ritterkreis. Bei den Versammlungen führten sie abwechselnd den Vorsitz. Die Sitzungen begannen um halb acht und wurden erst beendet, wenn alle geschäftlichen Transaktionen abgewickelt waren. Während Tristrams viermonatiger Mitgliedschaft hatten bereits zwei Besprechungen bis nach Mitternacht gedauert. Bei beiden war es um die Spionagetätigkeit der Reporterin gegangen, die sich Desiree genannt hatte. Drei anstrengende Stunden lang wurden Kevin und Gawaine verhört, Wort für Wort mußten sie ihre Gespräche mit der Frau wiederholen, sofern sie sich daran erinnerten.

*Hat sie nach Ihrem Beruf gefragt? ... Was haben Sie gesagt? ... Nannten Sie unsere Namen? ... Wofür schien sie sich am meisten zu interessieren? ... Haben Sie nach ihrem Nachnamen gefragt? ... Hat sie ihn genannt? ... Waren Sie mit ihr im Bett? ... Haben Sie sich beide ausgezogen? ... Sind Sie eingeschlafen, während sie bei Ihnen war? ... Haben Sie die Frau in der Suite allein gelassen – zusammen mit Ihrer Brieftasche? ... Ihrer Kleidung? ... Ihrem Aktenkoffer? ... Könnte sie Ihnen Drogen verabreicht haben? ...*

Im Lauf des Verhörs wirkte Galahad keineswegs feindselig. Aber sein kalter Professionalismus zerrte an Kevins Nerven. Noch schlimmer war das Gefühl, daß sich die Befragung mehr auf ihn konzentrierte als auf Gawaine, der Selbstsicherheit und Kompetenz ausstrahlte. In allen Lebenslagen bewies er seine gute Kinderstube.

Kevin war während des gesamten Verhörs im Alarmzustand – und danach maßlos erleichtert gewesen. An diesem Abend würde Galahad verkünden, was er über die Reporterin herausgefunden hatte, und Kevin hoffte, damit wäre die Sache beendet.

Aufmerksam beobachtete er die Männer, die sich setzten und ihre Notizen bereitlegten. Mit seinen siebenunddreißig Jahren war er wahrscheinlich der jüngste nach Gawaine, Lancelot alias Pat Harper vermutlich der älteste – zwischen Mitte und Ende Fünfzig. Allen merkte man an, daß sie sich längst an ihre Machtpositionen gewöhnt hatten. Noch vor einem knappen halben Jahr ein einfacher Angestellter und Mitglied des Million Dollar Roundtable, war er jetzt ein Waffenkamerad der Ritter. Sobald sie sich von seinen Fähigkeiten und seinem Engagement überzeugt hatten, würden sie ihn als ihresgleichen akzeptieren.

»Okay, Kumpels«, sagte Merlin, »fangen wir an.« Der etwa vierzigjährige, kräftig gebaute Mann, der bei den August-Versammlungen den Vorsitz führte, war intelligent und scharfsinnig. Aber sein schnodderiger Humor paßte nicht zu den ernsthaften Geschäften der Tafelrunde, und Kevin ärgerte sich darüber. Immerhin riskierten sie alle Kopf und Kragen. Wenn irgendwas schiefging, würden sie ihre Stellungen und ihren guten Ruf verlieren, hohe Geldstrafen zahlen müssen oder vielleicht sogar im Gefängnis landen. Sicher wußten die Chefs der betroffenen Firmen von der Existenz des kleinen Vereins, doch für solche Kontakte gab es keine Beweise. »Irgendwelche Anekdoten, neue Witze oder schlüpfrige Geschichten, bevor wir beginnen?« fuhr Merlin fort. »Gut, dann zuerst die Finanzen. Lancelot?«

Pat Harper legte die kalte Zigarre beiseite, an der er gekaut hatte, räusperte sich und verteilte Computer-Ausdrucke. Auf solchen Papieren basierten alle Transaktionen der Tafelrunde. »Derzeit beläuft sich unser privater Kontostand auf knapp hundertzweiundsechzigtausend Dollar. Also brauchen wir pro Mitglied fünfzigtausend, um das vereinbarte Betriebskapital von sechshunderttausend zu erreichen. Jeder ist mehr oder weniger innerhalb seines Budgets geblieben, außer Percivale. Haben Sic was dazu zu sagen?«

Zwischen den beiden Männern entstand eine knisternde Spannung, die Kevin nicht entging. Offensichtlich mißfiel es Percivale, dem Repräsentanten der Comprehensive Neighborhood Health Care, daß er so unverblümt angesprochen wurde. Dies war Tristrams achte Tafelrunde. Aber er lernte die einzelnen Ritter erst jetzt allmählich kennen. Zweifellos genoß Galahad, leitender Beamter einer staatlich verwalteten Gesundheitsorganisation, das höchste Ansehen. Und vielleicht wurde er auch am meisten gefürchtet. Hingegen schien Percivale den geringsten Einfluß auszuüben und weniger Verantwortung zu tragen als die anderen.

Falls es eine Clique gab, mußten Galahad, Lancelot und Merlin die Insider sein – möglicherweise auch Kay, ein mathematisches Genie, der Versicherungsstatistiker des Ritterkreises. Kevin und Gawaine, immer noch auf dem Prüfstand, waren vorerst nur Schachfiguren. Und Percivale wurde zwar toleriert, aber wie ein Außenseiter behandelt. Einmal hatte Kevin seinen Mentor Burt Dreiser gefragt, ob innerhalb der Tafelrunde ein innerer Kreis existierte. Die Antwort war ein beruhigendes Schulterklopfen gewesen, gefolgt von der rätselhaften Bemerkung, rückhaltloses Vertrauen würde seine Zeit brauchen.

»Hier habe ich die Zahlen der letzten beiden Monate zusammengefaßt«, fuhr Lancelot fort. »Wie Sie sehen, sind sie äußerst erfreulich. Laut Sir Kays statistischer Erhebung, liegt das Durchschnittsalter unserer Klientel 4,1 Jahre unter dem Durchschnittsalter der Kundschaft, die bei den übrigen Gesellschaften in New York versichert sind.«

Um die Information zu würdigen, klopften die Ritter mit ihren Kugelschreibern auf den Tisch. Kevin kannte die genaue Zahl nicht. Doch er wußte, daß jedes dieser Jahre eine jährliche Ersparnis von mehreren Millionen Dollar einbrachte. Der Trick bestand darin, Gruppenversicherungen von Firmen zu vermeiden, die ihre alten Angestellten nur zögerlich entließen oder – noch schlimmer – Personen über Vierzig einstellten. Solche Gruppen mußte man eliminieren – eine Kunst, die der Ritterkreis meisterhaft beherrschte.

Nun erstatteten die anderen Mitglieder Bericht. Gawaine erntete lebhaften Applaus, weil er die Namen von mindestens achtzig Prozent der Frauen im südlichen Staat New York vorlegen konnte, deren Vorsorgeuntersuchungen im vergangenen Jahr abnorme Resultate aufwiesen. Obwohl manche Tests nur minimale Entzündungen und keine verdächtigen Zellbildungen ergeben hatten, würde man bei den betroffenen Frauen die Gefahr eines Gebärmutterhalskrebses berücksichtigen, der möglicherweise innerhalb der nächsten zwölf Monate auftreten würde, oder sie gänzlich von der Versicherung ausschließen. Natürlich konnten andere Firmen Verträge mit ihnen abschließen, aber das wäre dann deren Problem.

Percivale legte Daten über die Sozialbeauftragten der zweihundertfünfzig größten Konzerne im Staat vor – nicht nur Angaben über Einkünfte, Familienstand, Ausbildung, Autos, Wohnkomfort und Glaubensbekenntnisse, sondern auch ihre Hobbies, Alkohol-, Kokain- und Marihuana-Konsum, sexuelle Neigungen und die jeweilige Stufe auf einer ›Zugänglichkeitsskala‹ von eins bis zehn. Daraufhin wurde abgestimmt, und die Ritter beschlossen, sieben dieser Männer aggressiv zu umwerben.

Nun kam Sir Tristram an die Reihe. Im Rampenlicht immer noch verlegen, fand Kevin, daß er während seines Vortrags viel zu oft stotterte. Er hatte Burt Dreisers Fachgebiet übernommen, politische Aktionen. In Washington, D.C. und Albany besaß die Versicherungsbranche bereits starke Lobbies. Deshalb hatte Dreiser seine Bemühungen auf ein paar staatliche Schlüssellegislativen konzentriert, den Leiter des Versicherungskommissariats, einer Regierungsbehörde und einen seiner Stellvertreter. In den meisten Fällen brauchte man nur Geld, um Druck auf die Behörden auszuüben. Aber der Versicherungsbeauftragte war ein zäher Brocken. Dreisers Privatdetektiv hatte fast sechs Monate gebraucht, um ein brauchbares Video zu drehen, das den Mann mit einer siebzehnjährigen Ferienpraktikantin aus Oneonta in seiner Jagdhütte zeigte.

»Wie sich inzwischen herausstellte, ist die Information korrekt, die Merlin bei der letzten Versammlung geliefert hat«, berichtete Kevin. »Der Versicherungsbeauftragte sprach tatsächlich mit einigen Assistenten über seinen Rücktritt. Durch unsere Kanäle nahm ich Kontakt mit ihm auf und erklärte, dies wäre zum jetzigen Zeitpunkt ein unkluger Entschluß. Im Augenblick denkt er nach. Aber er wird sicher bald Vernunft annehmen.« Er wußte nicht, wie die Tafelrunde reagieren würde, wenn's der Versicherungsbeauftragte drauf ankommen ließ. Laut Burt Dreiser war eine solche Situation noch nie entstanden. Das Erfolgsgeheimnis lag in gründlichen Recherchen und lückenlosen Vorbereitungen. Außerdem durfte man niemals überzogene Forderungen stellen.

Kevins Publikum nickte zustimmend, und er versuchte jene gleichmütige Miene aufzusetzen, mit der die älteren Ritter ihre Selbstsicherheit bekundeten. Trotz des Desiree-Debakels schien sein Ansehen zu wachsen. Und das beglückte ihn. Nach Nancys Entschluß, seinen Heiratsantrag anzunehmen, war die Mitgliedschaft in der Tafelrunde das bedeutendste Ereignis seines Lebens. Daß der Verein gegen die Gesetze verstieß, störte ihn nicht im mindesten. In einer wettbewerbsorientierten Branche wurden die Starken immer stärker, und die Schwachen waren zum Untergang verurteilt. Mochte die Zusammenarbeit zwischen mehreren Versicherungsgesellschaften auch illegal sein, in geschäftlicher Hinsicht verschaffte sie allen Beteiligten entscheidende Vorteile.

»Okay, liebe Brüder«, sagte Merlin. »Irgendwelche Kommentare zu Tristrams Information? Vorschläge? Sehr gut. Tristram, Sie haben ausgezeichnete Arbeit geleistet. Wenn's nichts weiter zu besprechen gibt, hören wir uns Galahads Bericht an.«

Der Sicherheitschef hüstelte und stellte einen Kassettenrecorder auf den Tisch. Inständig hoffte Kevin, man würde ihm die Angst vor dem Thema Desiree, das erneut aufgerollt werden sollte, nicht anmerken.

»Lassen Sie mich erläutern, was ich über unsere mysteriöse Hostess herausgefunden habe. Lancelot hat Page Proctor, die Leiterin des Hostessenservice stundenlang ins Verhör genommen. Außerdem sprach mein Assistent mit mehreren ihrer Angestellten. Wir taten unser Bestes, um diese Desiree zu identifizieren. Bisher ohne Erfolg. Sie gab Mrs. Proctor keine Telefonnummer. Statt dessen rief sie an bestimmten Abenden an, um zu fragen, ob sie einen Job übernehmen könne. Irgendwie erfuhr sie, daß Page über ihre Tätigkeit als Reporterin informiert war. Sie ließ fast einen Monat lang nichts von sich hören. Letzte Woche meldete sie sich und bat Mrs. Proctor um ein Exklusivinterview. Unglücklicherweise verlor Page die Nerven und verdarb uns die Chance, Desirees Identität festzustellen. Wenigstens hat sie das Telefonat aufgezeichnet. Nun werden Sie einen Auszug hören.« Galahad schaltete den Recorder ein.

*»...warum haben Sie mir das angetan?«*

*»Ich habe Ihnen gar nichts angetan.«*

*»Aber meine Kunden ärgern sich maßlos. Dieser Auftrag hat mir zehntausend Dollar pro Monat eingebracht. Und nun ist er mir durch die Lappen gegangen. Ein paar wütende, beunruhigte Leute sind immer noch hinter mir her und wollen wissen, was Sie rausgekriegt haben und was Sie mit der Information anfangen wollen.«*

*»Das habe ich Ihnen doch schon erklärt, Page. Ich recherchiere für eine Reportage über erstklassige Hostessenservices. Und Ihrer war nur einer von vielen, für den ich gearbeitet habe.«*

*»Was werden Sie mit der Story machen?«*

*»Das kann ich Ihnen noch nicht verraten.«*

*»Aber diese Leute interessieren sich dafür.«*

*»Dann erzählen Sie mir, wer sie sind, ich lade sie ein, und sie können mich fragen.«*

*»Wie selbstsüchtig Sie sind!«*

*»Sonst noch was ...«*

»Und so ging's weiter«, sagte Galahad. »Leider kam bei diesem Gespräch nicht mehr heraus. Die Frau gibt nur zu, daß sie eine Reportage über Hostessenservices schreibt. Uns oder die Versicherungsbrache hat sie kein einziges Mal erwähnt. Wir befragten die Leute von lokalen TV-Stationen, Zeitungs- und Zeitschriftenredaktionen, sogar einen Freund, der für ›60 Minutes‹ recherchiert. Offensichtlich weiß man nichts von einer Reportage über Hostessenservices.«

»Ich dachte, inzwischen hätten Sie herausgefunden, wer sie ist«, bemerkte Percivale nervös. »Glauben Sie, die Gefahr ist gebannt?«

»Was für Möglichkeiten haben wir?« warf Lancelot ein. »Wie können wir sie kaufen, wenn wir sie nicht aufspüren?«

Kay meldete sich zu Wort. »Erstens – wir haben keine Ahnung, was sie über uns weiß. Zweitens – wir lassen uns nicht erpressen. Sonst stünden wir auf verlorenem Posten.« Er besaß aristokratische Züge und eine sanfte, aber überzeugende Stimme. Wie die Mienen ringsum verrieten, legte man Wert auf seine Meinung.

Galahad zuckte die Achseln. »Immerhin beschwören Tristram und Gawaine, daß sie nur ein paar beiläufige Fragen nach dem Beruf der beiden gestellt hat. Bedauerlicherweise dachten sie nicht daran, diese Konversationen aufzunehmen – was die Frau sicher getan hat. Wahrscheinlich sagt sie die Wahrheit, wenn sie behauptet, sie würde nur an einer Story über Hostessenservices arbeiten. Doch da bin ich mir nicht sicher.«

»Und?« fragte Percivale.

Ehe Galahad antworten konnte, sagte Kay: »Meines Erachtens kann sie keine wesentlichen Informationen über uns gesammelt haben. Und daß sie damals in unser Hotel kam, war wohl nur ein unglückseliger Zufall.«

»Trotzdem sollten wir uns eine Zeitlang nicht treffen«, schlug Percivale vor, »und ich beantrage, gewisse Transaktionen um zwei Monate zu verschieben.«

Dazu gab niemand einen Kommentar ab, und Merlin führte die Abstimmung durch. Das Ergebnis lautete sechs zu null für die Fortsetzung aller üblichen Geschäfte und Sitzungen. Zunächst hatte sich Percivale der Stimme enthalten. Bei der zweiten Abstimmung wurde ein einmütiger Beschluß gefällt.

»So, das wäre erledigt«, seufzte Merlin. »Wollen Sie weiterhin versuchen, die Identität der Reporterin festzustellen, Galahad?«

»Natürlich. Wir haben zuviel erreicht, um ein Risiko einzugehen.«

»Aber überstürzen Sie nichts.« Lächelnd fügte Merlin hinzu: »Warten Sie zumindest, bis Sie herausgefunden haben, ob sie bei einer unserer Firmen versichert ist.«

## 6

Oft genug hatte Harry gesehen und erlebt, wieviel in Hospitälern schieflaufen konnte. Und deshalb fürchtete er den Augenblick, wo er vielleicht einmal die Rolle eines Patienten übernehmen würde.

Tag für Tag wurden in den Kliniken in und um Manhattan herum mehrere tausend Kranke versorgt. Die meisten Ärzte, Schwestern, Pfleger und medizinisch-technischen Assistenten arbeiteten hingebungsvoll, kompetent und konzentriert.

Aber nicht alle – und nicht immer. Es gab einfach zu viele Patienten, zu viele Krankheiten, zu viele Betreuer mit menschlichen Schwächen, und so konnte das System nicht perfekt funktionieren.

Im Lauf seiner fünfundzwanzigjährigen ärztlichen Tätigkeit hatte Harry von allen erdenklichen Katastrophen gehört, oder er war selbst damit konfrontiert worden. Manche hätte er sich nicht einmal in seinen wildesten Träumen vorstellen können. Eine Schwester injizierte einem Patienten Orangensaft, weil sie die telefonische Anweisung des Arztes falsch verstanden und nicht gewagt hatte, zurückzurufen und sich zu vergewissern. Oder einem Kind wurde eine tödliche Dosis eines Medikaments verabreicht, nachdem ein überforderter Doktor ein Dezimalkomma ausgelassen hatte. B-positives Blut gelangte in den Kreislauf eines Patienten mit der Blutgruppe A-negativ. Außerdem gab es die vielen Medikamentenschränke, die sich viel schneller leerten als vorgesehen, die achtlos herabgelassenen Bettgeländerstangen, die unerwarteten Psychosen, von Beruhigungs- oder Schlaftabletten verursacht.

Zu den vermeidbaren Katastrophen kamen noch die sogenannten Komplikationen – die dokumentierten und akzeptierten 1 Prozent, 0,1 Prozent oder 0,01 Prozent der unerwünschten Nebenwirkungen von Medikamenten oder Therapien, die auf den Zetteln mit den Gebrauchsinformationen und in wissenschaftlichen Büchern vermerkt waren. Um die kümmerte man sich nur, wenn man persönlich davon betroffen wurde.

Mit solchen beharrlichen, beklemmenden Gedanken im Hinterkopf ging Harry durch die Korridore des MMC zur neurochirurgischen Abteilung Alexander 9. Es war fünf Minuten nach acht Uhr abends. Von allen Seiten strömten die Besucher zu den Ausgängen. Er hatte gehofft, früher hier einzutreffen. Aber ein langjähriger Patient, der plötzlich Blut gespuckt hatte, war in die Notaufnahme eingeliefert worden.

Nachdem er das blutende Geschwür des Mannes stabilisiert hatte, konnte er endlich seinen Bereitschaftsdienst antreten.

Vor ein paar Stunden hatte er Evie in der Haupthalle getroffen und zum Aufnahmebüro begleitet. Er erbot sich, während des bürokratischen Rituals bei ihr zu bleiben. Doch das lehnte sie ab. Sie wirkte geistesabwesend und beunruhigt, so wie am Abend zuvor.

Sicher dachte sie an die Operation. Aber da war noch etwas anderes. Er spürte es. Am Vorabend waren sie schweigend vom Apartment zum Seagrill gegangen. Beim Dinner unterhielten sie sich. Nur ein einziges wichtiges Thema wurde angeschnitten. Evie nahm ihm das Versprechen ab, ihr Leben nicht künstlich verlängern zu lassen, falls sich ein Gehirnschaden herausstellte. Auf dem Heimweg bat sie ihn um Verzeihung, weil sie sich zu wenig um ihre Ehe bemüht hatte. Eine bittersüße Endgültigkeit schwang in diesen Worten mit. Aber Harry hatte die Entschuldigung angenommen, ohne zu erkennen, was sie bedeutete.

Im Alexander 9, einem L-förmigen Trakt mit je fünfzehn Räumen in beiden Flügeln, ging der Abend gerade in die Nacht über. Die Korridore waren leer, abgesehen von einer Hilfsschwester, die gerade einen Patienten aus dem Gemeinschaftsraum zu seinem Zimmer zurückrollte, und einem Hauswart, der seine große Poliermaschine hervorholte. Am Empfang saß eine hübsche rothaarige Schwester mit knallrot lackierten Fingernägeln und machte sich Notizen. Harry hatte sie nie zuvor gesehen.

»Hi, ich bin Dr. Corbett.«

»Ja, ich weiß. Ihrer Frau geht's gut.«

»Wunderbar! Vorhin telefonierte ich mit ihr. Ihre Stimme klang ganz okay. Aber sie ärgerte sich ein bißchen über ihre Zimmergenossin.«

Angewidert verzog die Schwester ihr Gesicht. »Da ist sie nicht die einzige. Wir alle haben die Nase voll von Maura

Hughes. Wirklich, man sollte alle alkoholischen Getränke höher besteuern und die Einnahmen verwenden, um Medikamente zu kaufen.«

»Ich verstehe nicht …«

»Hat's Ihre Frau nicht erwähnt? Maura ist Alkoholikerin. Delirium tremens. Leider war kein anderes Bett frei.«

»Evie meinte, es sei nicht allzu schlimm.«

»Solange das Librium wirkt, geht's einigermaßen. Vor drei Tagen wurde Maura eingeliefert. Sie war daheim die Treppe runtergefallen, sternhagelvoll, und hatte sich den Schädel gebrochen. Beim Röntgen kam subdurales Blut zum Vorschein, das abgezapft werden mußte. Bis gestern war alles in Ordnung. Dann begann sie plötzlich über Spinnen an der Zimmerdecke und Ameisen unter dem Bettlaken zu klagen.«

»Klingt tatsächlich nach Delirium tremens.«

»Oh, das ist es auch. Glauben Sie mir. Sie hat die ganze Abteilung durcheinandergebracht. Wie selbstsüchtig und rücksichtslos diese Leute sind! Keine Sekunde lang denken sie an die Konsequenzen ihrer Trunksucht, falls Sie wissen, was ich meine.«

Mittlerweile hatte Harry genug gehört. »Tut mir leid, daß ich nach der Besuchszeit komme. Ich mußte einen Patienten in der Notaufnahme versorgen. Kann ich für ein paar Minuten zu Evie gehen?«

»Klar. Wenn Ihnen Mauras Gejammer auf die Nerven fällt, zurren wir einfach die Gurte ein bißchen fester und rollen sie in den Flur hinaus. Übrigens, sie kriegt auch bald Besuch. Vor einer Weile hat ihr Bruder angerufen. Ausgerechnet ein Polizist. Er hat erst abends frei und will sie unbedingt sehen. Beinahe hätte ich ihm gesagt, er soll eine Peitsche mitbringen.«

»Nun, Miss …« begann Harry und warf einen Blick auf das Namensschildchen. »Miss Jilson, vielen Dank, daß Sie mir zuliebe gegen die Regeln verstoßen.«

»Gern geschehen. Ihre Frau ist sehr schön, Dr. Corbett.«

»Ja – ja, danke.« Er eilte den Flur hinab, zum Zimmer 928.

»… und deshalb sind sie so gemein zu mir. Gemein und eklig. Die mögen mich nicht, weil sie glauben, diese gottverdammte Abteilung wäre blitzsauber. Und ich zeige natürlich dauernd auf das Ungeziefer, das überall rumkriecht. O Gott, ich hasse diese Insekten – und die Leute auch. Arrogante Besserwisser …«

Schon ein paar Türen vorher hörte Harry den Wortschwall. Er hatte viele Alkoholiker behandelt, im Bellevue und später in seiner Praxis, in einem schäbigen Stadtteil. Manche Fälle von Delirium tremens wirkten amüsant, aber es führte gelegentlich zum Tod – Herzrasen, beschleunigter Atem, Temperaturanstieg, Irritationen des Nervensystems, Flüssigkeitsverlust durch starkes Schwitzen, Hyperventilation, Flüssigkeitsaufnahme minimal oder gleich null. In einigen Statistiken lag die Sterblichkeitsrate bei Delirium tremens bei fünfundzwanzig Prozent. Und vor drei Tagen hatte man Maura Hughes' Schädeldecke geöffnet. Sie war eine medizinische Zeitbombe, die letzte Zimmergenossin, die er seiner Frau wünschte.

Bedächtig schob der Hauswart seine Poliermaschine von einer Wand zur anderen. Über seinen Ohren klebten die Kopfhörer eines Walkmans, seine Schultern wippten im Takt der Musik. Die Dramen um Leben und Tod, die sich ringsum abspielten, schienen ihn kein bißchen zu berühren. Seufzend überlegte Harry, wie man sich fühlen mochte, wenn glänzende Fußböden den Gipfel der beruflichen Leistung darstellten.

Evies Bett stand am Fenster, und der Vorhang, der sic von ihrer Nachbarin trennte, war zugezogen. Als Harry an Maura Hughes vorbeiging, schaute er sie an. Man hatte sie mit breiten Gurten am Bett festgeschnallt, Lederriemen fesselten die Handgelenke an die seitlichen Metallstangen. Offenbar war sie noch nicht alt. Soviel konnte er feststellen, mehr nicht.

Unter der turbanartigen Bandage zogen sich violette Flecken um beide Augen und bis zu den Mundwinkeln hinab. Die Sauerstoffschläuche waren aus den Nasenlöchern geglitten und belüfteten das linke Ohr, die rissigen, trockenen Lippen hatten sich seltsam verzerrt. Zunächst glaubte Harry, sie würde ihn anknurren, dann merkte er, daß sie lächelte.

»Hi, ich bin Harry«, stellte er sich vor, »Evies Mann.«

»Doppelt plagt euch, mengt und mischt! Kessel brodelt, Feuer zischt.«

Nun brachte auch Harry ein Lächeln zustande. Er trat hinter den Vorhang, und Evie ließ sich auf die Stirn küssen, ohne mit der Wimper zu zucken.

»Sie kennt Shakespeare«, flüsterte er.

»Oh, sie weiß eine ganze Menge. Aber die Schlangen und Insekten kommen ihr dauernd in die Quere.«

»Irgendwie wär's komisch, wenn ihr die widerlichen Biester nicht so verdammt real erscheinen würden. In ein oder zwei Tagen müßte sie's überstanden haben.«

»Autsch! Verschwinde aus meinem Bett, du dreckiger Floh! He, würde mir bitte irgend jemand helfen?«

»Sag doch was!« drängte Evie. »Versuch sie zu beruhigen.«

Während Harry um den Vorhang herumging, klagte Maura: »Sie kommen zu spät, Gene. Jetzt hat mich das Vieh gebissen.«

»Tut mir leid.« Nun merkte er, daß sie sogar noch jünger war, als er angenommen hatte – vermutlich Mitte Dreißig. »Ich heiße Harry, nicht Gene.«

»Aber Sie sehen wie Gene Hackman aus.«

»Danke, ich mag Gene Hackman.«

»Ich auch. Wirklich, ich dachte, Sie wären Schauspieler.«

»Bin ich nicht. Wieso haben Sie's geglaubt?«

»Wegen Ihrer Anstecknadel.«

Es dauerte eine Weile, bis er sich an das Geschenk seiner

Nichte Jennifer erinnerte, Phils ältester Tochter. Diesen Preis, ein winziges lustiges und ein trauriges Gesicht, hatte sie bei einer Schultheateraufführung gewonnen. Vor einem Jahr hatte er ihr geholfen, die Nadel am Revers seines Sportmantels zu befestigen. Und da steckte sie immer noch. Er dachte kaum noch daran, und Maura Hughes hatte aus drei Meter Entfernung erkannt, was die kleine Brosche darstellte.

»Das haben Sie gesehen? Ich bin beeindruckt.«

»So was entgeht mir nicht.« Plötzlich wand sie sich umher und kämpfte gegen die Fesseln. »Verdammt, Gene, geben Sie mir einen Southern Comfort oder nicht? Sie haben's doch versprochen … Scheiße, Gene, passen Sie auf! Da drüben an der Wand, hinter Ihrem Kopf! Was ist das? Ein Skorpion? Eine Garnele?«

Unwillkürlich drehte er sich um. »Versuchen Sie zu schlafen.«

Er wandte sich wieder zu seiner Frau, die flach auf dem Rücken lag und die Zimmerdecke anstarrte.

*Schließ mich nicht aus*, wollte er sie bitten. *Nach neun Jahren, an diesem besonderen Abend … Warum erzählst du mir nicht, was du denkst und fühlst?*

Statt dessen erklärte er: »In der ganzen Abteilung ist kein Bett frei, kein Raum, in den man dich oder Maura verlegen könnte. Wenn man ihre Dosis nicht erhöhen darf – vielleicht sollte man dir was geben.«

»Ich will nichts«, entgegnete sie, ohne den Blick von der Decke abzuwenden. »Weil mein Gehirn funktionieren soll, bis zum letzten Augenblick.«

»Das verstehe ich. Du bist sehr tapfer.« Erst jetzt sah er die Flasche mit der fünfprozentigen Dextrose in Wasser, die zwischen den Vorhangfalten hing und langsam winzige Tröpfchen in einen Schlauch fließen ließ. »Wann haben sie dich dran angeschlossen?«

»Vor ein paar Stunden.«

»Ich hab's gar nicht bemerkt. Warum hast du's schon heute abend gekriegt – nicht morgen, vor der Operation? Weißt du, wer's verordnet hat?«

»Der Anästhesist, das hat die Schwester zumindest gesagt.«

»Hm.«

»Was für eine Rolle spielt's denn?«

»Vermutlich keine.«

Nun folgte ein langes drückendes Schweigen. »Hör mal, Harry«, sagte sie plötzlich, »ich wäre lieber allein.«

Die Worte trafen ihn wie ein schmerzhafter Schlag ins Gesicht. Unsicher schaute er sie an und wußte nicht, was er antworten sollte. »Würdest du mir bitte verraten, was los ist?« fragte er schließlich.

»Nichts. Mir geht nur – so viel durch den Kopf.« Sie holte tief Atem und schien sich zu entspannen. »Bis Mitternacht darf ich essen und trinken. Und ich hätte so gern eine Schokoladenmilch aus dem Alphano's. Hol mir eine, dann reden wir. Okay?«

Der Eissalon Alphano's lag zwei Häuserblocks hinter dem Apartment. Wenn sich der Verkehr in vernünftigen Grenzen hielt – eine Fahrt von fünfzehn Minuten. Aber jetzt, am Abend ... Nun, Harry war froh, daß er was für Evie tun konnte. »Abgemacht. Spätestens in einer Stunde bin ich wieder da. Und wir müssen nicht reden. Wenn ich mit dir zusammen bin, genügt's mir vollkommen.« Er beugte sich hinab. Auch diesmal zeigte sie keine Reaktion, und so gab er sich mit einem flüchtigen Kuß auf die Stirn zufrieden.

»Gene, Gene, sie sind so gemein«, sang Maura Hughes, als er an ihr vorbeiging. »Warum lassen Sie Ihre Frau allein?«

Draußen im Korridor hörte der Hausmeister zu arbeiten auf, kniete nieder und inspizierte die Poliermaschine, die Kopfhörer noch immer über den Ohren. Harry empfand eine seltsame Genugtuung, weil das Leben des Mannes doch nicht so unkompliziert verlief, wie er es vermutet hatte.

Weiter unten am Flur lächelte ihn Sue Jilson an. »Gehen Sie schon?«

»Meine Frau will einen Milchshake haben, den es nur in einem Eissalon an der West Ninetieth gibt. Um halb zehn bin ich wieder da, wenn's okay ist.«

»Kein Problem.«

»Möchten Sie auch einen Milchshake?«

»Nein, vielen Dank. Ich hab' meinen Jeans versprochen, ich würde noch eine Zeitlang reinpassen. Was macht das Klageweib?«

»Sie regt sich auf und ist ziemlich verwirrt. Wahrscheinlich könnte sie noch eine Dosis vertragen.«

»Ich kümmere mich darum. In dieser Abteilung gibt's nichts, was wir lieber tun, als Maura ruhigzustellen.«

»Danke. Also, dann sehen wir uns in einer Stunde wieder.«

Durch dunklen Nieselregen und dichten Verkehr fuhr Harry zur West Side. Die Warteschlange im Alphano's war länger als sonst, der Service furchtbar langsam. Zunächst bestellte Harry nur einen Schokoladenmilchshake, dann noch einen, in der Hoffnung, Maura Hughes zu beruhigen. Wenn sie's nicht schaffte, würde er sich opfern.

Um halb zehn verließ er den Eissalon, kurz vor zehn betrat er das Krankenhaus. Nach dem Ende der Besuchszeit war nur der Haupteingang geöffnet. Harry durchquerte die verlassene Halle und zeigte dem Sicherheitsbeamten, dessen Schreibtisch den Hauptkorridor versperrte, seinen Plastikausweis.

»Doc, Sie müssen sich eintragen«, sagte der Mann. »Das ist nach neun Vorschrift.«

Hastig schrieb Harry seinen Namen und sein Ziel ins Buch, und der Mann warf einen Blick darauf.

»Alexander 9 ...«

In diesem Augenblick tönte eine Stimme aus dem Lautsprecher, um Dr. Richard Cohen ins Zimmer Alexander 928 zu beordern. Harry rannte zu den Aufzügen.

Sicher ist irgendwas mit Maura Hughes passiert, dachte er. Sie hatte nicht allzu gut ausgesehen, aber ihr Zustand war nicht bedrohlich gewesen. Plötzlich fiel ihm ein, daß Richard Cohen mit Ben Dunleavy zusammenarbeitete, Evies Neurochirurg. Cohen hatte zweifellos die Nachtschicht übernommen. Von bösen Ahnungen erfüllt, drückte Harry auf den Liftknopf, bis sich endlich eine Tür öffnete. Die Fahrt nach oben schien eine Ewigkeit zu dauern.

Rasch stellte er die Tüte aus dem Alphano's ab und rannte den verlassenen Korridor hinunter, zum Zimmer 928. In der Schwesternstation ließ sich niemand blicken. Das Herz schlug ihm bis zum Hals. Sobald er um die Ecke gebogen war, bestätigten sich seine schlimmsten Befürchtungen.

Vor der Nummer 928 drängten sich ein halbes Dutzend Schwestern und Medizinstudenten und reckten die Hälse. Immer noch ans Bett gefesselt, war Maura Hughes zum anderen Ende des Flurs gerollt worden. Ein junger uniformierter Polizist stand neben ihr und streichelte ihre Hand.

Atemlos stürmte Harry an allen vorbei und ins Zimmer. Solche Szenen hatte er im Lauf der Jahre ein paar hundertmal beobachtet. Die Monitore, die Kabel, verschiedene Metallwagen, der Defibrillator, Schwestern, Ärzte und medizinisch-technische Assistenten, die grimmig zwischen den Geräten und dem Bett hin und her eilten, wie ein Soldatentrupp. Aber diesmal stand seine Frau im Mittelpunkt des kontrollierten Chaos, Schläuche in den Nasenlöchern, von einem Gummibeutel mit Sauerstoff versorgt. Der Herzmonitor zeigte einen regelmäßigen Rhythmus an. Alle zehn Sekunden streckten sich ihre Arme seitwärts aus und bewegten sich dann kreisförmig nach innen, die Handflächen in unnatürlicher, gespenstischer Haltung vom Körper abgewandt. *Enthirnungskrämpfe*. Ein schreckliches Anzeichen. Offensichtlich war das Aneurysma geplatzt. Er trat ans Bett, und Sue Jilson war die erste, die seine Anwesenheit bemerkte. »Wann ist es passiert?« fragte er.

Der Arzt, der den Wiederbelebungsversuch durchführte, blickte auf, und die Schwester erklärte ihm: »Dr. Corbett, ihr Mann.«

»Oh, tut mir leid«, sagte der diensthabende Doktor. »Anscheinend ist das Aneurysma geplatzt. Dr. Cohen wird Dr. Dunleavy vertreten. Gerade habe ich gehört, daß er auf dem Weg hierher ist.«

»Was ist denn geschehen?« stieß Harry hervor. »Vor einer guten Stunde bin ich weggegangen, und da war sie noch völlig okay.«

Sue Jilson schüttelte den Kopf. »Etwa eine halbe Stunde später kam ich rein, um Maura ihre Medikamente zu geben. Da hörte ich ein Stöhnen hinter dem Vorhang. Als ich nachschaute, hatte sich Ihre Frau übergeben, und sie war kaum bei Sinnen. Ich maß sofort den Blutdruck. Dreihundert zu hundertfünfzig. Und die eine Pupille hatte sich stark vergrößert.«

Entsetzt starrte er auf Evie hinab, und seine Gedanken weigerten sich, den Anblick mit seinen Kenntnissen über einen zerebralen Blutsturz in Verbindung zu bringen. Er neigte sich hinunter und hob vorsichtig ihre Lider. Inzwischen hatten sich beide Pupillen so stark geweitet, daß die Farbe der Iris nicht mehr zu sehen war. Seltsam – er fühlte sich benommen, wie in einem Traum. Es ging zu Ende.

Nun stürmte Dr. Richard Cohen ins Zimmer. Atemlos erklärte er dem diensthabenden Neurochirurgen, er kenne die Krankengeschichte der Patientin, und der Kollege berichtete ihm, was sich in den letzten achtunddreißig Minuten ereignet hatte.

»Sie haben alles richtig gemacht«, sagte Cohen, während er Evies Augen mit einem Ophthalmoskop untersuchte.

In aller Eile testete er ihre Reflexe, die Schmerzreaktionen.

Dann benutzte er den Griff seines Reflexhammers, um über ihre Fußsohlen zu streichen, von den Fersen zu den großen Zehen. Der Babinski-Reflex – der große Zeh zeigt nach oben, statt sich zu krümmen – wies unmißverständlich daraufhin, daß Evies Gehirnrinde, der Sitz des Denkvermögens, die Körperbewegungen nicht mehr beeinflußte. Wie erstarrt schaute Harry zu.

»Bringen wir sie zum Computertomographen!« entschied Cohen grimmig. »Aber ehrlich gesagt, ich glaube, wir können sie nicht operieren. Die Geschwulst im Gehirn ist riesig. Und in beiden Augen zeigt sich ein starkes Papillarödem.«

*Ein Papillarödem* – ein Blutandrang im Sehnerv, verursacht von einem heftigen, meistens nicht zu behebenden Druck im Schädel. Und diese Erkenntnis verlieh der ganzen Szene eine noch surrealere Aura.

»Sie – sie will nicht künstlich am Leben erhalten werden«, hörte Harry sich sagen.

»Immerhin funktioniert die Hauptader!« rief ein anderer Arzt. »Und der systolische Blutdruck liegt immer noch bei zweihundertneunzig!«

»Sehr sonderbar«, meinte Cohen. »Wir haben ihr schon Medikamente verabreicht, um den Blutdruck zu senken. Und es nützt nichts.«

»Bei einem Blutsturz muß er doch steigen, oder?« warf Harry ein.

»Vorübergehend. Vielleicht. Bei den meisten zerebralen Blutungen steigt der Blutdruck. Aber der reagiert fast immer auf eine konventionelle Behandlung, und die wurde bereits vorgenommen.«

»O Gott!« flüsterte Harry. Wieder glaubte er zu träumen.

»Natürlich versuchen wir weiterhin, den Blutdruck zu senken«, fügte der Neurochirurg hinzu. »Und wir benutzen einen Tomographen, um bestätigt zu finden, was wir bereits wissen.

In der Zwischenzeit, Harry – so schwer es Ihnen unter diesen Umständen auch fällt, Sie sollten jetzt über gewisse Dinge nachdenken.«

»Ja, ich verstehe«, murmelte Harry.

Evie war eine gesunde junge Frau, das Aneurysma ihr einziges organisches Problem. Jeder Transplantationsspezialist würde in ihr eine Fundgrube sehen, die mehrere Menschenleben retten konnte.

»Warten wir den Tomographen-Test ab, dann gebe ich Ihnen Bescheid«, fügte Harry hinzu. »Aber fangen Sie schon mal an, Blutproben zu entnehmen.«

# 7

Nach einer halben Stunde wurde der Kampf gegen Evies astronomischen Blutdruck endlich gewonnen. Aber alle Beteiligten wußten, daß der Krieg bereits verloren war.

Hilflos stand Harry neben der Tür, während ein medizinisch-technischer Assistent das Beatmungsgerät justierte – Evies einzige Verbindung mit dem Leben. In beiden Armen, im Magen, in der Blase und in den Lungen steckten Schläuche. Alle ein bis zwei Minuten spannte sich ihr Körper an, völlig grundlos, die grausigen Enthirnungskrämpfe. Im Lauf seines Berufslebens und in Vietnam hatte er solche Alptraumszenen oft genug mit angesehen und sich niemals daran gewöhnt.

Ein Teil seines Ichs weigerte sich, die unabwendbare Realität zu akzeptieren.

*Warten Sie. Geben Sie mir noch fünf Minuten. Haben Sie Geduld. Bald wird diese Frau aufstehen und aus dem Zimmer gehen ... Das werden Sie schon noch sehen ...*

»Nein, danke«, antwortete er einer Schwester, die ihm

Kaffee anbot. »Jetzt – muß ich Evies Familie verständigen.«

Er drehte sich um und schaute in den Flur hinaus. Nun wirkte Maura Hughes etwas ruhiger. Ihr Bruder, ein Rotschopf mit einem viel zu jungen Gesicht für die Uniform, streichelte immer noch ihre Hand und beobachtete das Grauen, das im Zimmer 928 geschah.

Inzwischen war es 11 Uhr 15. In fünf Minuten würde der Tomograph frei sein. Die Blutproben wurden bereits im Labor untersucht. Nach dem Tomographen-Test – falls sich nichts ereignete, das eine Operation erforderte – würde man das erste von mehreren Elektroenzephalogrammen vornehmen. Zwei flache oder fast flache EEGs im Abstand von zwölf Stunden galten als elektrophysiologisches Anzeichen des Todes. Automatisch wischte Harry eine Träne weg, die über eine seiner Wangen rollte.

»Was zum Teufel geht hier vor, Corbett?«

Immer noch halb benommen, wandte sich Harry in die Richtung, aus der die Stimme herangedrungen war. Ein paar Schritte entfernt stand Caspar Sidonis, seine Hände in die Hüften gestemmt, das Gesicht verkniffen.

»Ich weiß nicht, wovon Sie reden«, würgte Harry hervor. »Aber im Augenblick bin ich beschäftigt. Meine …«

»Selbstverständlich rede ich von Evie, verdammt noch mal!« fauchte Sidonis. »Ach, schon gut …« Er schob sich an Harry vorbei ins Zimmer, wo Richard Cohen, der Neurochirurg, noch einmal Evies Augen untersuchte. Auf der anderen Seite des Betts stand Sue Jilson und justierte das Beatmungsgerät. »Was ist passiert, Dick?«

»Oh – hi, Caspar! Ist diese Frau deine Patientin?«

»Nein, eine – gute Freundin.«

»Da drüben steht ihr Mann …«

»Von dem will ich nichts hören. Sag mir, was geschehen ist.« Es war keine Bitte, sondern ein Befehl.

Zunächst über die Aggressivität des Kollegen erschrocken, faßte sich Cohen sofort wieder. »Weißt du, daß ein Aneurysma entfernt werden sollte?«

»Ja, natürlich.«

»Vor einer Weile kam Sue Jilson herein, und da reagierte die Patientin nicht mehr. Eine Pupille war stark erweitert, der systolische Blutdruck auf dreihundert gestiegen. Mit einiger Mühe konnten wir ihn auf hundertdreißig verringern. Dabei ist's bis jetzt geblieben. Inzwischen ist auch die andere Pupille vergrößert. Ein bilaterales Papillarödem weist auf einen massiven Druck im Gehirn hin, und sie ist völlig verkrampft.«

»O Gott.« Sidonis' Erschütterung wirkte echt.

Von der Tür aus beobachtete Harry verblüfft, wie der Kardiologe Evies Hand ergriff und über ihre Wange strich. Auch Richard Cohen war sichtlich verwirrt, und Sue Jilson riß die Augen auf. »Hat sie eine Chance, Dick?« fragte Sidonis.

Für einen Arzt, insbesondere für einen Experten wie Sidonis, gab es keinen Zweifel. Cohen warf ihm einen sonderbaren Blick zu. »Eh – das bezweifle ich, Caspar. Wir warten, bis wir sie zum Tomographen bringen und ein EEG machen können.«

»War er bei ihr?« Sidonis zeigte zur Tür.

»Wie, bitte?«

Erst jetzt schüttelte Harry seine widerstrebende Faszination ab und betrat das Zimmer. Soviel er wußte, waren sich Evie und Sidonis auf irgendeiner Ärzteparty begegnet. Und sie hatte den Mann nie erwähnt. »Kennen Sie meine Frau, Caspar?«

Wie ein verschreckter Kater fuhr Sidonis herum. »Allerdings! Waren Sie bei ihr, bevor – das passiert ist?«

»Natürlich. Ich bin ihr Mann. Und wieso zum Teufel ...«

»Dick, war außer ihm noch jemand da?«

»Was?«

»Ich habe gefragt, ob nach Corbett noch jemand bei Evie war!« erklärte Sidonis und schrie beinahe.

»Beruhige dich, Caspar. Gehen wir in den Flur hinaus.«

Gefolgt von Sue Jilson, verließen die drei Ärzte das Zimmer. Nur der medizinisch-technische Assistent blieb bei Evie.

»Was soll das alles?« flüsterte Cohen. »Hat es irgendwas mit der gestrigen Versammlung zu tun?«

Sidonis konnte seine Wut nicht bezähmen. Ohne Rücksicht auf Maura Hughes, ihren Bruder und die beiden Ärzte, die in der Nähe standen, brüllte er: »Verdammt, ich will nur wissen ob nach Corbett – Verzeihung, *Dr.* Corbett – noch jemand bei Evie war! Und wann wurde sie in diesem Zustand gefunden?«

»Diese Fragen kann ich beantworten«, sagte Sue Jilson. »Da war niemand. Dr. Corbett ging um acht Uhr siebenundvierzig, das steht in meinen Notizen. Nach acht führt der einzige Weg in diesen Flur an der Schwesternstation vorbei. Officer Hughes, Mauras Bruder – der Mann da drüben an ihrer Seite – kam etwa um halb neun. Aber da waren wir schon bei Mrs. Corbett. Das wird Ihnen Alice Broglio bestätigen, die andere diensthabende Schwester.«

»Ich wußte es ja!« stieß Sidonis hervor und ballte die Hände.

»Caspar, würdest du mir bitte verraten, was das alles bedeutet?« verlangte Cohen.

»Frag *ihn*!«

»Harry?«

»Ich habe keine Ahnung, was hier vorgeht«, beteuerte Harry.

»Scheiße!« zischte Sidonis. »Evie wollte Sie meinetwegen verlassen. Das wissen Sie sehr gut. Gestern abend hat sie's Ihnen im Restaurant gesagt. Im Seagrill. Sehen Sie, ich kenne sogar das Lokal, wo Sie mit ihr waren. Also, was haben Sie ihr angetan?«

»Sie Hurensohn …«

Sofort wurden Harrys Zorn und Haß von tiefer Trauer verdrängt. Warum sollte er an der Information zweifeln, die er soeben erhalten hatte? Evie und der gottverdammte Sidonis. Plötzlich ergab so vieles einen Sinn. Die monatelange distanzierte Kälte. Die zahlreichen Reisen. Die Ausreden, die sie gebraucht hatte, um nicht mit ihm schlafen zu müssen. Und der rätselhafte Anruf am vergangenen Abend. »*Harry, ich muß mit dir reden …*« Über Sidonis!

*Sie lügen*, wollte er schreien. *Sie Bastard, Sie lügen*! Aber er wußte, daß der Mann die Wahrheit sagte. In all den Monaten hatte er den Eindruck gewonnen, einen beharrlichen, unerklärbaren Kampf gegen seine Verzweiflung auszufechten. Und nun verstand er die Zusammenhänge.

Wortlos kehrte er ins Zimmer 928 zurück. »Lassen Sie mich mit ihr allein«, bat er den medizinisch-technischen Assistenten. »Wenn's Probleme gibt, rufe ich Sie.«

Er schaltete die grelle Deckenlampe aus, rückte einen Stuhl neben Evies Bett und setzte sich. Leise surrte das Beatmungsgerät an seiner Seite, transportierte eine Dosis Luft, mit Sauerstoff angereichert, in Evies Lungen, hielt inne und begann wieder zu surren.

Vor fast zehn Jahren waren sie sich zum erstenmal begegnet. *Zehn Jahre.* Eine gemeinsame Freundin hatte geglaubt, sie wären füreinander geschaffen, und sie miteinander bekannt gemacht. Nach ihrer Ansicht brauchte Harry Abenteuerlust, Spontanität und ein paar Stempel in seinem fast leeren Reisepaß. Und Evie – Ruhe, Gelassenheit, Stabilität. Sie würde das Segel sein, er das Ruder, und es hatte funktioniert. Wenigstens eine Zeitlang. Aber letzten Endes konnte sie sich nicht so ändern, wie sie es erhofft hatte, dachte er. Sie wollte – einfach mehr, das ist alles.

»Verdammt, Evie«, flüsterte er, »hättest du doch mit mir geredet und mir erzählt, was los war! Warum wolltest du uns keine Chance geben?« Er griff zwischen den Gitterstäben des

Betts hindurch und umfaßte ihre Hand. Wie dumm und naiv zu glauben, sie könnte ein anderer Mensch werden – und das auch nur zu wünschen …

Sanfte Finger berührten seine Schulter. »Bist du okay, Harry?« Doug Atwater musterte ihn besorgt.

»Eh? Oh – hi, Doug. Nein, ich bin nicht okay. Ganz und gar nicht.«

»Was ist denn bloß in Sidonis gefahren? Der sitzt drüben in der Schwesternstation, telefoniert mit dem Amtsarzt und der Polizei. Als ich ihn fragte, was passiert sei, starrte er mich nur an. Sekundenlang dachte ich, er würde mich zum Teufel schicken.«

Harry schüttelte den Kopf. Was für ein Alptraum … *Der Amtsarzt … Die Polizei …* »Wirklich, Doug, ich habe keine Ahnung, was los ist. Evies Aneurysma ist geplatzt. Und sie wird's nicht schaffen.«

»O Gott.«

»Soeben verkündete Sidonis, sie habe mit ihm geschlafen und mich seinetwegen verlassen wollen. Er glaubt, das hätte sie mir gestern abend erzählt. Aber sie tat's nicht.«

»Harry, alter Kumpel, es tut mir so leid.«

»Danke. Was machst du hier, um diese Zeit?«

»Anneke und ich waren im Kino. Und dann wollte ich ein paar Papiere holen. Der Wachtposten im Eingang erklärte mir, hier oben sei irgendwas geschehen. Deshalb führte ich Anneke in mein Büro und kam hierher. Warum ruft Sidonis die Polizei an?«

Abrupt ließ Harry die Hand seiner Frau los und wandte sich vom Bett ab. Der Gedanke, das Caspar Sidonis sie angerührt hatte, erschien ihm ebenso traurig wie widerwärtig. »Weil ich als letzter bei ihr war. Offenbar bildet er sich ein … Ach, es ist mir scheißegal, was er denkt.«

Er verließ das Zimmer, und Doug Atwater blieb ihm auf den Fersen.

Soeben war die Bahre eingetroffen, auf der Evie nach unten zum Tomographen gebracht werden sollte. Richard Cohen schaute Harry an und zuckte die Achseln. »Gerade telefoniert Caspar mit dem Amtsarzt und der Polizei. Er glaubt, Sie hätten Ihrer Frau irgendwas gegeben, um den Blutdruck zu erhöhen. Vielleicht sollte ich Bob Lord und Owen anrufen und ihnen mitteilen, was hier los ist.«

Lord war der Chefarzt, Owen Erdman der Präsident des Krankenhauses.

»Rufen Sie an, wen Sie wollen«, entgegnete Harry. »Das ist doch lächerlich.«

»Ich werde Owen anrufen«, erbot sich Atwater. »Ist Sidonis übergeschnappt, Richard?«

»Keine Ahnung«, erwiderte der Neurochirurg. »Jedenfalls ist er schrecklich wütend. Er erzählte mir, er habe mit Ihrer Frau telefoniert, bevor Sie mit ihr in ein Restaurant gegangen seien, Harry. Und sie habe versprochen, Ihnen reinen Wein einzuschenken.«

»Gar nichts hat sie mir gesagt.«

»Jetzt müssen wir gehen. Ich rufe Lord aus der Röntgenabteilung an. Bleiben Sie in der Nähe, ja? Nach der Tomographen-Untersuchung komme ich zurück und gebe Ihnen Bescheid. Die EEG-Spezialistin ist schon unterwegs. Aber sie wohnt in der Bronx.«

Während Evies Bahre zum Lift geschoben wurde, eilte der medizinisch-technische Assistent neben ihr her, ein kleines Beatmungsgerät mit einem Gummibeutel in der Hand. Cohen, Sue Jilson und die beiden Ärzte, die auf Cohens Wunsch in der Klinik geblieben waren, folgten ihm.

Als Doug Atwater zu Maura Hughes hinüberschaute, erklärte Harry: »Evies Zimmergenossin. Und der Bulle ist ihr Bruder. Sie leidet an Delirium tremens.«

»Jetzt auch?«

»Wahrscheinlich hat sie sehr starke Medikamente bekommen, in hoher Dosis. Doug, ich glaube einfach nicht, was da passiert.«

Atwater führte Harry zu einem Plastiksessel und bedeutete ihm, Platz zu nehmen. »Bleibst du im Krankenhaus?« fragte er und ging in die Knie.

»Ja, ich – ich denke schon. Zumindest, bis die Untersuchungen abgeschlossen sind. Ich soll Cohen erlauben, daß Evies Organe gespendet werden. Vielleicht muß ich das noch in dieser Nacht entscheiden.«

»Großer Gott …« Atwater kannte Evie sehr gut. Ein- oder zweimal hatten die Corbetts ihn zum Dinner eingeladen, und sie waren auch zusammen ausgegangen, das letzte Mal allerdings schon vor zwei oder drei Jahren. Er war charmant, umgänglich und witzig – besonders nach ein paar Drinks. Evie hatte ihn mit einer Freundin verkuppeln wollen. Aber während die Ehe allmählich gescheitert war, hatte sie ihren Mann immer öfter aufgefordert, einen ›Männerabend‹ mit Doug zu genießen. *Kein Wunder.*

»Und ich dachte, Sidonis wäre verheiratet«, seufzte Harry.

»Jetzt nicht mehr. Soviel ich weiß, hat er ein oder zwei Kinder, die irgendwo anders leben. Aber er ist vor allem mit dem OP, seinem Börsenmakler, seinem PR-Agenten und natürlich seinem Spiegel verheiratet. Vor kurzem hörte ich das Gerücht, er sei schwul.«

Harry lachte bitter. »Offensichtlich nicht.«

»Hör mal, jetzt werde ich Owen anrufen. Und dann muß ich nach Anneke sehen. Wenn ich mit Sido reden soll … Oh, da kommt er.«

Sidonis stürmte durch den Flur. »Soeben hat der Amtsarzt das Labor angerufen und Blutproben von Evie angefordert«, verkündete er triumphierend. »Und ein Detective namens Dickinson ist unterwegs. Er will mit Ihnen reden, Corbett. Also bleiben Sie hier.«

»Natürlich werde ich die Klinik vorerst nicht verlassen. Aber ich habe diesem Polizisten nichts zu sagen. Und allen anderen Leuten, die Sie vielleicht hierherholen wollen, auch nichts.«

»Warum tun Sie das, Caspar?« fragte Doug.

Sidonis starrte ihn mißtrauisch an. Offenbar rechnete er Atwater zu seinen Feinden. »Wissen Sie das wirklich nicht? Seit über einem Jahr sind Evie und ich zusammen. Gestern abend teilte sie Harry mit, sie würde ihn verlassen. Und heute kommt sie mit ganz normalem Blutdruck hierher. Ihr Aneurysma hat sich während des letzten Monats nicht verändert. Als er sie besucht, geht's ihr gut. Dann verschwindet er, und eine knappe halbe Stunde später steigt ihr Blutdruck auf dreihundert, und das Aneurysma platzt. Würden Sie da nicht auch Verdacht schöpfen?«

Gleichmütig hielt Atwater dem Blick des Kardiologen stand. »Vielleicht, wenn ich Harry Corbett nicht kennen würde. Aber Sie müssen den Verstand verloren haben. Und falls es stimmt, was Sie über Ihre Beziehung zu Harrys Frau behaupten, sollte man Sie in den Hintern treten, weil Sie diese Ehe zerstört haben. Wenn Sie mich jetzt entschuldigen würden – ich muß Owen Erdman anrufen und ihn über die Ereignisse informieren. Bis später, Harry. Bleib cool.«

»Moment mal!« protestierte Sidonis und rannte Atwater nach. »Wenn Sie Erdman anrufen, ich will auch mit ihm reden …«

Dicht gefolgt von Sidonis, bog Doug Atwater um die Ecke. Plötzlich war es still im Korridor.

»Eh – verzeihen Sie …«

»Ja?« Harry drehte sich zu Maura Hughes' Bruder um, der immer noch neben ihrem Bett stand.

Verlegen räusperte sich der junge Mann und strich über das Hemd seiner Uniform. Harry entdeckte die drei Streifen. Also ein Sergeant.

»Ich bin Tom Hughes«, stellte sich der Beamte vor, mit schwachem New Yorker Akzent, »Mauras Bruder.«

»Hi«, erwiderte Harry tonlos und etwas unbehaglich, nachdem der Mann Zeuge von Sidonis' Wutanfall und den peinlichen Enthüllungen geworden war.

»Tut mir leid, was Sie durchmachen.«

»Danke.«

»Maura sagt, Sie seien freundlich zu ihr gewesen«, fügte Tom hinzu und musterte seine Schwester, die inzwischen eingeschlafen war und unnatürlich schnarchte. »Nun scheint das Beruhigungsmittel zu wirken.«

»Sieht so aus.«

»Glauben Sie mir, ich will mich nicht einmischen, aber weil ich die ganze Zeit hier stand, konnte ich natürlich alles hören.«

»Ja.« Harry ertrug es nicht mehr, noch länger still zu sitzen und ein belangloses Gespräch zu führen. Deshalb stand er auf und schob den Plastiksessel mit einer Fußspitze beiseite. Er hatte Evies Familie noch immer nicht angerufen. Vielleicht sollte er auch Steve Josephson verständigen. In Erwartung von Evies Operation hatte er die Vormittagstermine seiner Patienten abgesagt und an Steve überwiesen. Vielleicht müßte er sich den ganzen Tag frei nehmen.

»Verzeihen Sie, daß ich Ihnen mit meinem Gerede auf die Nerven falle«, sagte Hughes. »Ich weiß, wahrscheinlich liegt jetzt das Gewicht der ganzen Welt auf Ihren Schultern. Aber ich muß Ihnen unbedingt was sagen.«

Zögernd ging Harry zu dem jungen Polizisten hinüber.

»Dieser Arzt«, fügte Hughes hinzu, und seine Stimme sank beinahe zu einem Flüstern herab, »der dunkelhaarige, der behauptet …«

»Ja, ich weiß, wen Sie meinen – Sidonis.«

»Nun, dieser Dr. Sidonis nahm's furchtbar wichtig, daß die Krankenschwester behauptete, Sie seien als letzter bei Ihrer Frau gewesen, bevor …«

»Ja?«

»Aber das stimmt nicht.«

»Was?«

»Sie waren nicht der letzte. Kurz nachdem Sie das Zimmer verlassen hatten, ging ein Mann rein. Ein Arzt.«

»Sind Sie sicher?«

Bevor Tom Hughes antwortete, dachte er ein paar Sekunden lang nach. »Ziemlich sicher. Nein, völlig sicher.«

»Aber – wieso wissen Sie das?«

Wieder zauderte der Polizist und wandte sich zu Maura. Als er Harry anschaute, grinste er verlegen. »Meine Schwester hat's mir erzählt.«

# 8

»Im Augenblick sieht sie nicht so aus – aber sie ist ein ganz besonderer, hochbegabter, *guter* Mensch.«

Obwohl Harry erst seit wenigen Minuten mit Tom Hughes sprach, hatte er mehrere Erkenntnisse gewonnen. Der junge Polizist war intelligent und scharfsinnig. Trotz ihres offenkundigen Problems liebte er seine Schwester. Und er zweifelte nicht an ihrer Behauptung, sie habe einen Arzt in das Zimmer gehen sehen.

»Kurz nach Ihrem Besuch war ein Mann da drin, der einen weißen Kittel trug«, berichtete Hughes. »Maura begann gerade zu kreischen. Später erklärte sie mir, die Schwestern würden sie nur beachten, wenn sie schreit. Der Doktor lächelte sie an, strich über ihre Stirn und flüsterte, sie solle sich beruhigen. Dann verschwand er hinter dem Vorhang, redete mit Ihrer Frau und eilte wieder davon. Er ist zwischen dreißig und vierzig Jahre alt, etwa einssiebzig groß, hat kurzgeschnittenes braunes Haar und ungewöhnlich dunkle Augen. Am kleinen Finger seiner linken Hand steckte ein überdimensionaler Diamant, und seine blaugrüne Krawatte war mit einer Nadel geschmückt.«

»Mit einer Nadel? Wie kann sie das wissen?«

»Ob betrunken oder nüchtern oder im Delirium – meine Schwester ist eine bemerkenswerte Frau, eine Kunstmalerin, der alle Einzelheiten sofort auffallen.«

Nun erinnerte sich Harry, daß sie auch den Anstecker am Revers seines Sportmantels sofort entdeckt hatte. *So was entgeht mir nicht …* »Vielleicht kam ein Arzt am anderen Ende des Korridors herein, oder er schlüpfte unbemerkt an den Schwestern vorbei.«

»Mag sein«, antwortete Tom. »Aber er kam nicht von da hinten. Diese Tür wurde nach acht versperrt und an die Alarmanlage angeschlossen. Davor warnte mich die Schwester, als ich anrief und fragte, ob ich Maura am späteren Abend besuchen dürfe. Wer hier nach acht ein und aus geht, muß den Lift benutzen und sich in der Schwesternstation melden.«

»Ja, das weiß ich. Immerhin arbeite ich schon seit Jahren in dieser Klinik. Warum haben Sie Sidonis und den Schwestern nichts von diesem mysteriösen Doc erzählt?«

»Da war so viel los, und deshalb fand ich keine Gelegenheit. Außerdem ist Maura ziemlich unbeliebt im Alexander 9. Also würde man ihr nicht glauben – schon gar nicht, wenn ihre Aussage anderen Beobachtungen widerspricht.«

»Vermutlich haben Sie recht.«

Jetzt war es elf Uhr vorbei. Statt das überlastete Personal von Alexander 9 zu strapazieren, hatten sie Mauras Bett ins Zimmer 928 zurückgerollt. Fünfzehn Minuten später kam Richard Cohens Anruf. Evies Tomographie war noch nicht abgeschlossen. Aber die ersten Bilder bestätigten, was sie befürchtet hatten. Ein massiver Blutsturz. Durch das rasche Anschwellen und den starken Druck war ein Teil des Gehirns gegen den Knochen an der Schädelbasis gepreßt und die Blutzirkulation der Gehirnrinde total und irreparabel abgeschnitten worden – in jener grauen Materie, die alle Gedanken hervorrief. Eine Operation konnte Evie nicht retten. Nun würde man noch einige EEGs vornehmen. Und danach mußte eine Entscheidung getroffen werden.

Während Maura Hughes in ihrem röchelnden, unnatürlichen Schlaf lag, saß Harry ihrem Bruder in dem schwach beleuchteten Zimmer gegenüber. Einerseits wollte er allein sein, die Ereignisse und den Entschluß überdenken, den man bald von ihm verlangen würde, andererseits war er dankbar für die Gesellschaft des jungen Polizisten.

»Niemand kann mir erklären, was ein Delirium tremens ist oder warum meine Schwester daran leidet«, seufzte Hughes. »Als sie die Treppe hinabstürzte, war sie zweifellos betrunken. Aber ich kenne viele Leute, die viel mehr trinken und niemals in solche Schwierigkeiten geraten.«

»Wenn ein Alkoholiker von seiner Sucht loszukommen versucht, kriegt er das große Zittern und Darmprobleme. Außerdem drohen zwei besonders schlimme Gefahren – ein Schlaganfall und das Delirium tremens. Normalerweise tritt der Schlaganfall am ersten oder zweiten Tag ein, das Delirium etwa eine Woche nach dem letzten Drink. Wann das geschehen wird, können wir nicht vorhersehen.«

»In manchen Dingen ist Maura bei klarem Verstand – selbst wenn sie Spinnen und Schlangen sieht.«

»Das erscheint mir keineswegs ungewöhnlich. Die Mischung von Phantasie und Realität ist unerklärbar. In meiner Praxis behandle ich einige Alkoholiker. Viele waren jahrelang trocken, obwohl's ihnen schwerfiel. Wenn Sie wollen, schicke ich einen oder zwei zu Ihrer Schwester?«

»Leute von den Anonymen Alkoholikern?«

»Eventuell.«

»Ich habe sie immer wieder gebeten, die Anonymen Alkoholiker aufzusuchen. Aber sie weigert sich. Wahrscheinlich ist sie zu stolz.«

»Vielleicht sollten Sie heute nacht Polaroids oder Videos von ihr machen.«

Über diesen Vorschlag mußte Tom Hughes grinsen. »Eine gute Idee! Dr. Corbett, darf ich fragen, was zwischen Ihnen und diesem anderen Arzt vorgeht?«

»Meinen Sie Sidonis?« Harry zuckte die Achseln. »Sicher haben Sie das meiste schon gehört. Er behauptet, meine Frau sei seine Geliebte gewesen und habe sich seinetwegen von mir trennen wollen. Nun denkt er, sie hätte mir gestern in einem Restaurant alles erzählt. Und er kennt sogar den Namen des Lokals. Wenn ich mich jetzt an den Abend erinnere, nehme ich an, sie wollte mir tatsächlich die Wahrheit sagen. Aber sie hat's nicht getan.«

»Also glauben Sie ihm? Es gibt noch eine andere Möglichkeit. Vielleicht war er verrückt nach Ihrer Frau und ist Ihnen beiden zu diesem Restaurant gefolgt.«

Harry schaute zu Boden und schluckte den Kloß hinunter, der in seiner Kehle saß. »Nein, ich glaube ihm.«

»Und weil er vermutet, Sie wären informiert gewesen, wirft er Ihnen vor, Sie hätten Ihrer Frau irgendwas gegeben. Was?«

»Ein Mittel, das Evies Blutdruck erhöht und bewirkt hat, daß ihr Aneurysma geplatzt ist.«

»Großer Gott! Gibt's solche Medikamente?«

»Sogar mehrere. Wir benutzen sie, wenn der Blutdruck eines Patienten bedrohlich niedrig ist.«

»Wird dieses Zeug injiziert oder eingenommen, in Form von Tabletten oder einer Flüssigkeit?«

Harry lächelte grimmig. »Nein, es wird nicht geschluckt. Dazu wäre ein Patient, der's tatsächlich braucht, gar nicht fähig ...«

»Was ist los, Dr. Corbett?«

Plötzlich war Harry aufgesprungen. »Mir ist was eingefallen. Evie bekam eine fünfprozentige Dextrose-Infusion. Traubenzucker in Wasser.«

»Was meinen Sie damit?«

»Das fand ich ungewöhnlich – am Abend vor ihrer Operation, nachdem ihr Zustand die ganze Zeit stabil war, und ich fragte sie, wer es angeordnet habe. Sie glaubte, es wäre der Anästhesist gewesen. Normalerweise beginnt man erst im OP mit einer solchen Infusion.« Harry eilte zur Tür. »Wenn jemand anruft – ich bin in der Schwesternstation. In ein paar Minuten komme ich zurück.«

*

Auf Evies Krankenblatt stand die Medikation: »D 5 W; 1000 $cm^3$;50 $cm^3$ pro Stunde. T. A. Dr. Baraswatti.«

T. A. – telefonische Anweisung. Harry überflog den Inhalt der Karte. Offenbar hatte Baraswatti die Patientin am späten Nachmittag aufgesucht, um festzustellen, welche Vorbereitungen er für die Anästhesie treffen mußte. »4 Uhr 15«, hatte die Schwester in ihren Notizen vermerkt. Aber die telefonische Anweisung war erst um halb sieben erfolgt.

Harry rief die Telefonistin an. In dieser Nacht war Dr. Baraswatti im Dienst, und er machte keinen Hehl aus der Tatsache, daß der Kollege ihn geweckt hatte. »Keine Ahnung, wovon Sie reden, Dr. Corbett«, erwiderte er mit seinem abgehackten indischen Akzent. »Ich nehme meine Infusionen erst im OP vor. Immer. Warum sollte ich mich plötzlich anders verhalten?«

»Das – das weiß ich nicht«, murmelte Harry und legte auf, während sich der Anästhesist erkundigte, ob er noch andere Fragen beantworten könne.

Harry setzte sich auf die Schreibtischkante und studierte Evies Krankenblatt. Zu Mittag, um 1 Uhr 30, war sie in Alexander 9 eingetroffen. Der Anästhesist hatte sie Viertel nach vier untersucht und die Medikation festgelegt. Um halb sieben rief jemand, der sich als Baraswatti ausgab, die Stationsschwester an und verordnete der Patientin eine Dextrose-Infusion. Wie aus den Notizen der Schwester hervorging, hatte sie um 6 Uhr 50 einen 18er Angiokatheter in Evies linkes Handgelenk eingeführt. Ein paar Stunden später war, nach Maura Hughes' Aussage, ein Arzt ins Zimmer gekommen. Und kurz danach hatte sich das Aneurysma geöffnet, infolge eines systolischen Blutdrucks von dreihundert.

Nun beschuldigte Caspar Sidonis ihren Ehemann, er habe ihr ein blutdrucksteigerndes Mittel injiziert und die Katastrophe verursacht. Versuchte Sidonis, ihn hereinzulegen? Aber der reale oder fiktive Arzt, den Maura beschrieben hatte, sah dem arroganten Kardiologen nicht ähnlich, der wesentlich größer war als eins siebzig, dichtes pechschwarzes Haar besaß und einen Schnurrbart trug. Irgendwas stimmte da nicht. Verwirrt und beunruhigt kehrte Harry ins Zimmer 928 zurück.

Maura Hughes war inzwischen erwacht und wand sich heftig umher.

»Kurz nachdem Sie gegangen waren, fing sie zu stöhnen an«, erklärte Tom, »so als hätte sie Schmerzen oder einen Alptraum. Dann wachte sie plötzlich auf. Und jetzt stemmt sie sich mit aller Kraft gegen die Gurte. Die Halluzinationen sind schlimmer denn je.«

»Läuten Sie nach der Schwester.« Harry wischte Mauras schweißnasses Gesicht mit einem Handtuch ab und vergewisserte sich, daß die Sauerstoffzufuhr funktionierte. Offensichtlich bestand keine unmittelbare Gefahr. »Die Wirkung des Sedativums scheint nachzulassen. Was in den Köpfen der Delirium-tremens-Patienten vorgeht, kann man mit Medikamenten nicht ändern. Dadurch wird nur die Reaktion gemildert. Ich werde sie mal untersuchen.«

»Gene, Gene, seien Sie nicht gemein!« sang Maura und versuchte sich aufzubäumen. Dann lächelte sie ihn an und rief mit einem Dixie-Akzent, der Scarlett O'Hara stolz gemacht hätte:

»Darlin', ich schwör's beim Grab meiner Mutter – wenn

Sie diese verdammten Ameisen verscheuchen, ist alles in Ordnung.«

Indem Harry ein Stethoskop und sein Ophthalmoskop benutzte, untersuchte er sie so gründlich, wie es unter den Umständen möglich war. Maura half ihm nicht, aber sie wehrte sich auch nicht. Unentwegt schwatzte sie und tat ihr Bestes, um die imaginären Insekten zu verjagen. Währenddessen meldete sich die Schwester über die Sprechanlage. Sie nahm gerade im Konferenzraum den Schichtwechselbericht entgegen. Falls keine ernsthaften Probleme auftauchten, würde sie später vorbeikommen.

»Ich sehe keinen Grund zur Sorge, Tom«, versicherte Harry. »Im Augenblick beobachten wir ihren Zustand ohne die Maske des Tranquilizers und …«

»He, ich suche einen gewissen Sidonis – Dr. Cash Sidonis oder so ähnlich.«

Harry und Tom wandten sich zur Tür, wo ein bleicher, fast kahlköpfiger Mann in einem Polyester-Anzug stand und sie prüfend musterte. Zwischen seinen Fingern steckte ein ausgefranster Stenoblock, von einer Metallspirale zusammengehalten, dem er den Namen Sidonis entnommen hatte. Die tiefliegenden kleinen Augen waren umschattet. Aus zwei Meter Entfernung roch Harry den Kettenraucher. Zwei bis drei Schachteln Zigaretten pro Tag.

»Lieutenant Dickinson!« rief Tom und sprang auf.

Blinzelnd zeigte der Mann auf den jungen Polizisten und versuchte sich an ihn zu erinnern. »Der Yalie, nicht wahr?«

Tom schnitt eine Grimasse. »Ja, so könnte man mich nennen. Ich bin Tom Hughes, und das ist Dr. Harry Corbett. Harry, das ist Lieutenant Albert Dickinson, Detective im Revier zwei-acht. Dort ist ein Posten für einen Detective frei, und ich hab' mich drum beworben. Er saß im Gremium.«

»An Ihrer Stelle würde ich mir keine Hoffnungen machen«, bemerkte Dickinson nicht allzu freundlich. »Ein knochenharter Konkurrenzkampf! Obwohl ein paar PR- und Image-Leute glauben, das Yale-Studium würde zu Ihren Gunsten sprechen. Aber viele Beamte, die auf der Straße arbeiten, sind sich da nicht so sicher. Wir hätten lieber einen Jungen vom Schläger-College. Wenn Sie verstehen, was ich meine.« Sein heiseres Gelächter ging in abgehacktes Husten über.

Äußerlich ungerührt, schaute Tom ihn an, und Harry fragte sich, ob das rüde Benehmen des Lieutenants zu einer Art Test gehörte.

»Die nennen jeden, der auf dem College war, einen Yalie«, erklärte Tom gelassen. »In meinem Fall stimmt's zufällig. Nicht, daß es eine Rolle spielen würde.«

»Also Sie sind Corbett«, sagte Dickinson, »der Doc, über den sich Sidonis beschwert hat. Wenn ich mit ihm geredet habe, will ich Sie verhören. Der Bastard muß verdammt wichtige Leute kennen, nachdem's ihm gelungen ist, mich mitten in der Nacht hierherzulotsen.«

»Verschwindet, ihr widerlichen Ameisen!« schrie Maura. »Ihr geht mir auf die Nerven!«

»Wer ist das?« Der Lieutenant sah sie gleichmütig an.

»Meine – eh – Schwester Maura«, antwortete Tom und zwang sich, noch etwas gerader dazustehen.

Wie Harry feststellte, hatte der junge Mann die Hand geballt, die sich außerhalb von Dickinsons Blickfeld befand. Der Lieutenant starrte Maura an. Nach zehn Sekunden beendete er die Musterung. Maura Hughes war eine hoffnungslose Trinkerin. »He, wißt ihr beide, warum die Iren Whisky und die Araber Öl haben?« fragte er unvermittelt. »Kommt ihr nicht drauf? Weil sich die Iren zuerst was aussuchen durften!« Als er wieder zu lachen anfing, spuckte Maura in seine Richtung. Aus fast drei Meter Entfernung verfehlte sie ihn nur um ein paar Zentimeter. »Biest!« schimpfte er und strich über seine Wange, um herauszufinden, ob sie ihn vielleicht doch getroffen hatte.

»Schwachkopf!« zischte sie.

In diesem Augenblick tönte die Stimme der Nachtschwester aus der Sprechanlage und unterbrach den Wortwechsel. »Ist da ein Detective Dickinson? Wenn ja – Sie müssen sich in der Schwesternstation melden, bevor Sie ein Krankenzimmer betreten. Dr. Sidonis möchte Sie sprechen und erwartet Sie im Konferenzraum neben der Schwesternstation.«

»Gehen Sie nicht weg, Corbett«, sagte Dickinson. »Und Sie auch nicht, Yalie.« Er schob den Notizblock in die Tasche seines Jacketts, stapfte hinaus, und Tom wartete, bis der Mann außer Hörweite war.

»Nun müssen Sie sich auf einiges gefaßt machen. Dickinson ist völlig kaputt. Solange sich's irgendwie vermeiden läßt, rührt er keinen Finger – nicht einmal, um seiner eigenen Mutter zu helfen.«

»Trotzdem sitzt er im Gremium, das neue Detectives herauspickt?«

»Typische New Yorker Polizeilogik. Man hat mir gesagt, ich sei der aussichtsreichste Kandidat für den Posten. Aber wie Sie soeben hörten – man darf sich niemals sicher sein. Auf diese unverhoffte Begegnung mit Albert D. hätte ich lieber verzichtet.«

»Tut mir leid.«

»Das ist nicht Ihre Schuld. Machen Sie sich seinetwegen keine Sorgen. Albert wird Sie mit ein paar Fragen aus dem Polizistenlehrbuch ärgern, damit er irgendwas in seinen Bericht schreiben kann. Sobald er merkt, daß es keine verdächtigen Anhaltspunkte gibt, wird er die nächsten ein oder zwei Stunden im Dunkin' Donuts herumlungern.«

»Aber die gibt's.«

»Was?«

»Verdächtige Anhaltspunkte.«

# 9

Harry schilderte sein Telefonat mit dem Anästhesisten und erzählte, was auf Evies Krankenblatt stand. Als er seinen Bericht beendete, wurde die Patientin ins Zimmer 928 zurückgebracht. Ihr Anblick erschütterte ihn, und er erkannte, daß er bereits begonnen hatte, in der Vergangenheitsform an Evie und das gemeinsame Leben zu denken. Allem Anschein nach war die Frau, die er vor knapp zehn Jahren geheiratet hatte, tot.

Während sie an den Monitor und das Beatmungsgerät angeschlossen wurde, erklärte Richard Cohen: »Das EEG zeigte nur geringe Aktivitäten. Nicht genug, um die diversen Teams an der Arbeit zu hindern – falls Sie einverstanden sind. Wie Sie wissen, ist höchste Eile geboten. Die Organe beginnen abzusterben.«

»Ja, das weiß ich. Wann wird das zweite EEG gemacht?«

»Morgen früh um zehn.«

Harry schaute auf seine Frau hinab. In den fünfundzwanzig Jahren seiner ärztlichen Tätigkeit hatte er mit zahlreichen Hinterbliebenen die Erfahrung des Todes und der Trauer geteilt, in allen vorstellbaren Formen. Aber nichts davon hatte ihn auf diese Situation vorbereitet. Vor ein paar Stunden war sie der wichtigste Mensch in seinem Leben gewesen. Vor ein paar Stunden hätten sie – trotz der Affäre mit Sidonis – immer noch die Chance nutzen können, ihre Ehe zu retten. Plötzlich war alles vorbei, und er wurde gebeten, Evies Tod zu bestätigen, indem er den Kollegen erlaubte, ihrem Körper lebenswichtige Organspenden zu entnehmen. Den betroffenen Familien hatte er in solchen Stunden stets geholfen und die richtigen Worte gefunden. Er selbst hatte so eine Entscheidung noch nie treffen müssen. »Legen Sie die Papiere auf den Schreibtisch der Schwesternstation«, hörte er sich sagen. »Bevor ich gehe, unterzeichne ich sie. Aber morgen früh will ich Evie noch einmal sehen – ehe die Kollegen zu arbeiten beginnen.«

»Dafür werde ich sorgen.« Cohen bedankte sich, sprach ihm etwas unbehaglich sein Beileid aus und verließ das Zimmer. Wenig später war das Beatmungsgerät justiert, und der medizinisch-technische Assistent folgte dem Neurochirurgen. Sue Jilson überprüfte Evies Blutdruck und den Monitor. Dann wandte sie sich zu Harry. »Das wurde Ihrer Frau vor der Tomographie abgenommen«, sagte sie kühl und reichte ihm die Kette mit dem Diamanten von Tiffany's. »Und ich sehe keinen Grund, ihr's wieder umzuhängen.«

Mit eisiger Miene erwiderte er ihren Blick. »Ich schon«, sagte er und legte die Kette um Evies Hals.

Als er sich umdrehte, war er mit Tom Hughes und den beiden Patientinnen allein. Maura setzte ihren Monolog fort und unterbrach ihn nur, um imaginäre Quälgeister von ihrem Bettzeug zu zupfen. Leise surrte Evies Beatmungsgerät und versorgte die Organe mit Sauerstoff, die jetzt einen neuen Wert gewannen – jedes individuell betrachtet.

Tom schaltete die Deckenleuchte aus. Nur die Neonlampen über den Betten brannten. »Tut mir wirklich leid, was Sie alles durchmachen.«

»Danke«, würgte Harry hervor und schaute zu seiner Frau hinüber.

»Wenn Sie drüber reden wollen – ich habe Zeit und bin kein bißchen müde.«

»Vielleicht im Flur. Nicht hier drin.«

Sie schoben die Stühle vor die Tür. Im schwach beleuchteten Korridor hörte man nur die leisen nächtlichen Geräusche des Krankenhausbetriebs. »Wenn's Ihnen schwerfällt, über Ihre Frau zu sprechen – Sie müssen's nicht«, bemerkte Hughes.

»Aber es könnte mir tatsächlich helfen.«

»Okay. Sobald ich den Mund halten soll, sagen Sie's. Wie

ich gestehen muß, fasziniert das wenige, was Sie bisher erzählt haben, meine Polizistenseele. Was geht hier nach Ihrer Meinung vor?«

»Keine Ahnung. Wahrscheinlich gibt's für alles eine simple, idiotische Erklärung. Die Schwester, die diese telefonische Medikation entgegennahm, mißverstand den Namen des Anästhesisten … Und irgendein Arzt, der mit uns befreundet ist, kam in die Abteilung, um nach einem anderen Patienten zu sehen. Bei dieser Gelegenheit besuchte er Evie …«

»Das sind *zwei* simple Erklärungen. Wenn man mehr als eine Erklärung für Dinge braucht, die zufällig geschehen, trifft nach meinen Erfahrungen keine zu. Würden Sie mit mir ins Zimmer zurückgehen, nur für eine Minute?«

Nach kurzem Zögern folgte Harry dem jungen Mann in den halbdunklen Raum.

Erst wanderte Hughes um Mauras, dann um Evies Bett herum, untersuchte die Wände, die Lichtschalter, die Betten. Seine Schwester beobachtete ihn neugierig. »Statt eine beruhigende Erklärung vorauszusetzen, nehmen wir zunächst mal das Allerschlimmste an«, begann er, während er seine Inspektion fortsetzte. »Ein Doktor – oder jemand, der als Doktor posierte – ordnete telefonisch die Dextrose-Infusion an und meldete sich mit dem Namen des echten Anästhesisten. Später kam er in dieses Zimmer, von den Schwestern unbemerkt, beruhigte Maura und verabreichte Ihrer Frau das blutdrucksteigernde Mittel. Ebenso unauffällig, wie er aufgetaucht war, verließ er die Abteilung. Nun brauchen wir ein Motiv und eine Erklärung. Warum sollte irgend jemand so was tun? Und wie konnte er ein und aus gehen, ohne die Aufmerksamkeit einer Schwester zu erregen?«

»Dickinson ist ja auch unbemerkt hier eingetroffen.«

»Wegen des Schichtwechsels. Aber er hätte nicht unbeobachtet verschwinden können.«

»Und was suchen Sie jetzt?«

»Spuren, die unser mysteriöser Doktor vielleicht hinterlassen hat«, erwiderte Tom. »Wenn wir Fingerabdrücke von allen Ärzten besäßen, die in dieser Klinik arbeiten …«

»Okay, Dr. Corbett«, fiel Dickinson ihm ins Wort, »jetzt wird's Zeit für unser kleines Gespräch.« Er lehnte sich an den Türrahmen und seufzte müde. »Um die Vorschriften zu befolgen, muß ich Ihnen mitteilen, daß Sie das Recht haben zu schweigen. Alles, was Sie sagen, kann vor Gericht gegen Sie verwendet werden …«

»Moment mal!« mischte Tom sich ein. »Wird er verhaftet?«

»Noch nicht, aber bald, und ich wollte schon mal die Formalitäten erledigen.«

»Lieutenant Dickinson, Sie wissen nicht genau, was hier passiert ist.«

»Wollen Sie hören, was ich *weiß*, Yalie? Ganz egal, wieviel diese Ärzte kriegen – Sex, Geld, Macht, Drogen und so weiter – sie wollen immer noch mehr. So sind sie nun mal. Wenn ich's mit einem ungelösten Fall zu tun habe und einer von zehn Verdächtigen ist ein Doktor, dann tippe ich auf den. Nun, Dr. Corbett, wenn Sie mir ein paar Fragen beantworten würden …«

»Lieutenant, nachdem Harry heute abend weggegangen war, sah noch ein anderer Arzt nach Mrs. Corbett«, warf Tom Hughes ein.

»O nein. Der nächste, der nach Dr. Corbett in dieses Stockwerk kam, waren Sie. Und um diese Zeit hatte man Mrs. Corbett schon in die Röntgenabteilung gebracht. Das habe ich mit den Schwestern abgeklärt. Alle Besucher wurden registriert.«

»Da irren sich die Schwestern. Jemand war hier. Ein weißer Mann im Arztkittel. Etwa eins siebzig groß, braunes Haar, braune Augen.«

»Wer behauptet das?«

Wie Toms Miene verriet, hatte er die Frage erwartet, aber die Antwort fiel ihm schwer. »Meine Schwester«, verkündete er tapfer. »Erst sprach der Mann mit ihr, dann ging er hinter den Vorhang zu Mrs. Corbett, und schließlich verschwand er. Bald danach platzte ihr Aneurysma.«

»Das haben Sie also gesehen, kleine Lady?« Dickinson grinste boshaft.

»Sie Hohlkopf! Sie sollten den Kerl niederknallen, der Ihr Toupet gemacht hat. Wenn ich Schuhcreme auf ein Salatblatt schmiere, würde es realistischer aussehen.«

Der Lieutenant lächelte immer noch. Aber er war sichtlich gekränkt. Erst jetzt bemerkte Harry das Toupet. Ein Punkt mehr für Maura Hughes' Beobachtungsgabe.

»Wollen Sie nicht was trinken, kleine Lady?« schlug Dickinson vor.

»Maura«, flehte Tom, »würdest du bitte diese blöden Witze bleibenlassen und dem Detective erzählen, was du gesehen hast?«

Wortlos zuckte sie die Achseln.

»Sparen Sie sich die Mühe, Tom«, sagte Harry. »Der Detective würde ihr kaum glauben. Also, Lieutenant, bringen wir es hinter uns.«

»Lieutenant Dickinson, könnten Sie jemanden von der Spurensicherung rufen?«

»Wozu?«

»Vielleicht finden wir ein paar Fingerabdrücke von dem Doktor, der hier drin war.«

»Fingerabdrücke in einem Krankenzimmer, eh? Eine phantastische Idee, Yalie! Im Lauf des vergangenen Tages waren wahrscheinlich zweihundert Leute da.«

»Beim Sicherheitsdienst der Klinik liegen Fingerabdrücke von fast allen Personen, die sich in diesem Raum aufgehalten haben, inklusive der Ärzte«, erklärte Harry. »Solche Maßnahmen werden schon jahrelang getroffen, seit ein verurteilter

Kinderschänder bei seiner Bewerbung log und einen Job als Pfleger in der Kinderabteilung bekam.«

»Großartig! Sicher werden sich die Jungs von der Spurensicherung wahnsinnig freuen, wenn sie mitten in der Nacht aus den Betten geholt werden, nur weil eine Säuferin erzählt, sie habe jemanden gesehen, der niemand anderem in diesem Flur aufgefallen ist.«

»Hören Sie, Lieutenant, ich kenne meine Schwester«, beteuerte Tom. »Deshalb weiß ich, daß jemand hier war.«

»Und ich sage Ihnen, Spinnen und Ameisen und Riesenschlangen hinterlassen keine Fingerabdrücke. Also, Corbett, fangen wir an. Sicher fühlen Sie sich besser, wenn Sie sich alles von der Seele reden ....«

*

Kurz nach Mitternacht hatte Harry sämtliche emotions- und phantasielosen Fragen des Lieutenants beantwortet. Albert Dickinson verhehlte nicht, daß er Caspar Sidonis' Geschichte für bare Münze nahm. Um zu verhindern, daß Evie mit einem anderen Mann durchbrannte, hatte Harry ihr ein blutdrucksteigerndes Mittel verabreicht – in der Hoffnung, man würde ihren Tod dem geplatzten Aneurysma zuschreiben und keine Fragen stellen. Nun wurden Blutproben zur Analyse ins Labor des Amtsarztes geschickt. Falls man irgendwelche ungewöhnlichen Substanzen fand, insbesondere blutdrucksteigernde Medikamente, würde Harry vermutlich im Untersuchungsgefängnis landen.

»Motiv, Methode, Gelegenheit«, bemerkte Dickinson. »Im Augenblick fehlt uns nur noch die Methode.«

Nach Harrys Ansicht war es sinnlos, den feindseligen Detective über die telefonisch angeordnete Dextrose-Infusion zu informieren. Zweifellos würde Pramod Baraswatti den rätselhaften Zwischenfall am nächsten Morgen mit den Schwestern abklären. Früher oder später mußte eine entsprechende Aktennotiz auch in Dickinsons Hände fallen. Natürlich würde der Detective annehmen, Harry hätte die Schwester angerufen, um Vorbereitungen für seine tödliche Injektion zu treffen.

*Motiv, Methode, Gelegenheit.*

Der Lieutenant hatte Harry in einem Nebenraum verhört. Nun folgte er ihm ins Krankenzimmer zurück. »Yalie, solange sie noch lebt und der Doc in dieser Abteilung bleibt, muß ein Bulle Wache halten.«

»Aber sie wurde bereits für klinisch tot erklärt«, entgegnete Hughes.

»Wollen Sie mich zwingen, jemand anderen herzuschicken, oder ein bißchen Teamgeist beweisen?«

»Tolles Team«, murmelte Hughes.

»Was haben Sie gesagt?«

»Schon gut, ich werde aufpassen.«

»Ja, das dachte ich mir. Ich hab' den Schwestern schon gesagt, daß man ihn nicht mit ihr allein lassen darf, solange sie noch lebt.«

»Aber ...«

»Ist das klar?«

»Natürlich, Lieutenant.«

Harry begleitete Dickinson in den Flur und wartete, bis sich die Lifttüren geschlossen hatten.

»Ist er weg?« fragte Hughes, als Harry ins Zimmer zurückkam.

»Vorerst. Sobald irgendwelche verdächtige Spuren in Evies Blut gefunden werden, will er mich verhaften.«

»Glauben Sie, das wird passieren?«

Harry rieb sich die brennenden Augen. »Ach, verdammt, ich weiß nicht, was ich denken soll. Was für ein Arschloch dieser Kerl ist! Ich meine, er hätte doch wenigstens jemanden von der Spurensicherung holen können. Wenn sich tatsächlich was herausstellen würde ...«

»Dazu brauchen wir ihn gar nicht.« Tom ergriff Harrys Arm und führte ihn zu den Aufzügen.

»Was?«

»Wir haben den Streber, der kommt gerade herauf.«

Im selben Augenblick glitten die Lifttüren auseinander, und ein schlanker Schwarzer trat aus der Kabine, der fast zerbrechlich wirkte. Er trug eine Detroit Tigers-Jacke und eine Detroit Lions-Mütze, in einer Hand hielt er einen Aktenkoffer, in der anderen eine große Box für Angelgeräte.

»Hat er dich gesehen?« fragte Tom.

»Nein, obwohl er an mir vorbeiging. Ich schwöre, Albert würde nicht einmal eine Leiche bemerken, wenn sie von seiner Zimmerdecke runterhängt.«

»Vielen Dank, daß du mir den Gefallen tust. Harry Corbett, das ist Lonnie Sims, Streber genannt.«

Sims stellte die Box auf den Boden und schüttelte Harrys Hand mit festem Verteidigergriff.

»Noch ein Detective«, teilte Tom der Nachtschwester mit, die an ihnen vorbeieilte. Dann gingen sie ins Zimmer 928. »Lonnie und ich waren Kommilitonen in Yale, als ich meinen Magister in Kriminologie machte. Der beste Typ in der Crime Scene, den diese Universität jemals produziert hat. Und er sucht für sein Leben gern Fingerabdrücke.«

»Stimmt genau, Alter.« Sims stellte die Box auf einen Stuhl und öffnete sie. »Stimmt genau.«

»Einer meiner Freunde, Doug Atwater, hat hier einiges zu sagen«, erklärte Harry. »Wahrscheinlich haben Sie ihn gesehen, Tom. Vor einer Weile war er hier.«

»Groß, attraktiv, blond?«

»Ja, das ist er. Sicher kann er uns die Akte mit den Fingerabdrücken beschaffen.«

»Großartig!« Sims zog Gummihandschuhe an. Dann reichte er Tom und Harry je ein Paar. »Ich kenne einige Leute vom FBI-Labor in D.C., die werden uns auch helfen. Jetzt spielen wir ein kleines Theaterstück. Tom, deine Schwester soll uns Tips geben. Und versuch nichts anzufassen, schon gar nicht dieses stählerne Bettgestänge. Harry, Sie spielen den mysteriösen Fremden. Und Sie dürfen auch nichts anfassen.«

»Okay.« Harry schaute an Mauras Bett vorbei zu Evie hinüber, die reglos dalag. Inzwischen wurde sie nicht einmal mehr von Krämpfen geschüttelt. Sie hatte zumindest *ein* zweites Leben geführt. Mit Caspar Sidonis. Gab es noch andere Geheimnisse in ihrer Vergangenheit? Hatte eines dieser Rätsel ihren Tod verursacht? Er ging zur Tür, um seine Rolle zu spielen. Schon jetzt glaubte er zu wissen, daß sich bei der Untersuchung von Evies Blutproben, die mehrere Tage oder sogar Wochen dauern konnten, irgend etwas herausstellen würde. Am nächsten Tag würde die Patientin nicht mehr hier liegen. Man mußte den Raum saubermachen. Wenn Dr. X Fingerabdrücke hinterlassen hatte, mußten sie in dieser Nacht gefunden werden. Am nächsten Morgen wäre es zu spät.

»Warum heißen Sie Streber?« fragte Harry, und Lonnie Sims schaute Tom an.

»Nun ja, er war schon immer verdammt gut«, antwortete Hughes. »Wären die Prüfungen schwerer gewesen, hätte keiner außer Lonnie den Abschluß geschafft.«

*

Als Harry das Krankenhaus verließ, lag das erste Tageslicht über der City. Lonnie Sims' Ermittlungen hatten über zwei Stunden gedauert, und soweit Harry das feststellen konnte, wurde der Mann seinem Ruf gerecht – er war tatsächlich ein Genie.

»Vor allem muß man sich am Daumen orientieren«, hatte der Streber erklärt. »Am klammheimlichen, boshaften Daumen. Die meisten sogenannten Experten von der Spurensicherung streuen ihren Staub nur auf die obere Seite der Gegenstände. Aber man muß drunter nachschauen. Zeigen Sie mir einen Labortypen mit schmutzigen Hosenbeinen unterhalb der Knie, und ich zeige ihnen einen Mann, der was von seinem Handwerk versteht.«

Mit Mauras Hilfe dirigierte er Harry und Tom im Zeitlupentempo durch ein halbes Dutzend möglicher Szenarios, beobachtete ihre Bewegungen mit Argusaugen und rief ›Stop‹, wann immer er eine besondere Stelle nach Spuren absuchen wollte. Der mysteriöse Doc habe keine Gummihandschuhe getragen, versicherte Maura. Sims strich seinen Staub über die Unterseiten der Plastiktische und Geländerstangen an beiden Betten, bearbeitete Türgriffe und Lichtschalterkordeln, die Kopf- und Fußenden der Betten, sogar die gesamte Einrichtung des Badezimmers. Dafür benutzte er ein Spezialpulver und infrarotes Licht, Lupen und eine winzige Kamera, die dem neuesten Stand der Technik entsprach. Er fand etwa fünfzig Fingerabdrücke, einige deutlich, andere stark verwischt.

Schließlich erklärte er, wenn Doug Atwater ihnen die Akten mit den Fingerabdrücken des Klinikpersonals zur Verfügung stellen könne, sei alles möglich. Als er seine Box schloß und Tom Hughes aus Alexander 9 hinausbegleitete, war es drei Uhr morgens. Harry rief Phil und Evies Familie an. Dann saß er eine Zeitlang im dunklen Zimmer, neben dem Bett seiner Frau, konzentrierte seine Gedanken auf nichts – und alles.

»Passen Sie gut auf sich auf, Gene«, sagte Maura, ehe er den Raum verließ.

Er hatte geglaubt, sie würde schlafen. Erst jetzt merkte er, daß sie ihm zuliebe geschwiegen hatte – in diesen letzten Minuten, wo er mit seiner Frau allein gewesen war. Oder das Beruhigungsmittel wirkt, dachte er. Vielleicht läßt auch das Grauen des Delirium tremens allmählich nach. Oder sie besitzt genug Willenskraft, um es für eine Weile zu besiegen.

»Ja, das werde ich tun«, erwiderte er. »Passen Sie auch auf sich auf. Und vielen Dank für Ihre Hilfe.«

Auf dem Weg durch den Korridor blieb er bei der Schwesternstation stehen und unterzeichnete die schriftliche Erlaubnis für die Entnahme von Evies Organen. Die Gewißheit, daß irgendwo irgend jemand das Herz bekommen würde, auf das er verzweifelt hoffte, linderte die tiefe Trauer ein wenig. Aber nichts konnte die Verwirrung mildern – oder die böse Ahnung.

Die Straßen waren fast menschenleer. Emotional ausgelaugt, fuhr Harry nach Hause und spähte durch einen Schleier nebelhafter Müdigkeit. Er parkte in der Garage, einen Häuserblock von seiner Wohnung entfernt. Wie immer schlief Rocky Martino, der Nachtwächter des Apartmentgebäudes, in seinem abgewetzten Ledersessel, deutlich sichtbar für alle, die durch seine Glastür schauten. Wenn er's auch niemals zugeben würde – er war über Sechzig. Ebensowenig gestand er ein, daß er mehr Alkohol konsumierte, als es seiner Gesundheit nützte, oder daß er während der Arbeit trank. Aber er tat beides, und die meisten Hausbewohner wußten es. Solange Harry hier wohnte, hatte man bei fast jeder Eigentümerversammlung beschlossen, Rocky zu feuern. Aber da während seiner Schicht noch nie was Nennenswertes passiert und weil er ein netter Kerl war, unternahm man nichts. Harry überlegte, ob er ans Glas klopfen oder sogar die antiquierte Türglocke klingeln lassen sollte.

Schließlich zog er seine Schlüssel hervor. Beim ersten metallischen Klirren stand Rocky auf. »Doc, Sie haben mich fast zu Tode erschreckt«, klagte er und öffnete die Innentür. »Ich dachte, alle würden längst in ihren Betten liegen. Wann sind Sie weggegangen?«

»Was meinen Sie?«

»Nun, ich sah Sie nicht rausgehen, nachdem der Typ Ihr chinesisches Essen geliefert hatte.«

Harrys Puls beschleunigte sich. »War's wirklich für mich? Sind Sie sicher?«

»Klar.«

»Haben Sie auf meinen Summer gedrückt, bevor der Mann im Lift raufgefahren ist?«

»Ich – eh – ich glaube schon.«

»Und danach ist er gleich wieder verschwunden?«

Rocky geriet sichtlich in Panik. Und es war ebenso offensichtlich, daß er log. »Klar, er fuhr rauf und kam sofort wieder runter.«

»Wann war das, Rocky?« Harry ging zum Aufzug.

»Das weiß ich nicht, Doc. Vielleicht zehn. Oder elf. Warum?«

Harry betrat die Liftkabine und hielt die Tür auf. »Weil ich den ganzen Abend nicht daheim war«, entgegnete Harry schärfer als beabsichtigt, »und weil ich kein chinesisches Essen bestellt habe.«

Die Wohnungstür war geschlossen. Doch das bedeutete nichts. Evie und Harry hatten das Sicherheitsschloß nur benutzt, wenn sie daheim gewesen waren. Einmal hatte sie ihren Schlüssel drinnen liegenlassen. Der Hausverwalter hatte die Tür mit einer Kreditkarte geöffnet. Jetzt überlegte Harry, ob er die Polizei anrufen sollte, bevor er hineinging. Aber er fühlte sich erschöpft, und es würde womöglich Stunden dauern, bis die Bullen hier eintrafen.

Langsam öffnete er die Tür und erwartete ins Dunkel zu starren. In der Diele brannte Licht, anscheinend auch in sämtlichen Räumen. Sogar von der Stelle aus, wo er stand, sah er, daß alles durchwühlt worden war. Hielt sich der Eindringling immer noch im Apartment auf? Nun würde ein vernünftiger Mensch zweifellos in die Halle zurückkehren und die Polizei anrufen.

Aber in diesem Augenblick war Harry nicht vernünftig. Er schlich durch die Diele. Halb und halb hoffte er, der Kerl würde ihn anspringen, denn er brauchte dringend jemanden, den er niederschlagen konnte.

Niemand ließ sich blicken. Überall herrschte ein wildes Chaos. Bilder waren abgehängt, sämtliche Schubladen aufgerissen, die Matratzen aus den Bettgestellen gezerrt worden. Und am Boden häufte sich der Inhalt jedes einzelnen Schranks. Sogar die Teppiche waren zusammengerollt. Hatte der Einbrecher einen Safe gesucht? Wenn ja, war er enttäuscht worden. Sie hatten nur sehr wenig Geld in der Wohnung verwahrt, und Evies wertvoller Schmuck, bei weitem das extravaganteste Eigentum der Corbetts, lag in einem Banksafe. Trotzdem sah es so aus, als hätte man die kostbarsten tragbaren Gegenstände entwendet. Evies Schmuckschatulle war leer, der Nerzmantel verschwunden, ebenso wie das Tafelsilber, einige Kristallgläser und ein paar kleine Kunstgegenstände, inklusive einer Picassozeichnung im Wert von etwa fünfzehntausend Dollar, die Evie aus ihrer ersten Ehe mitgebracht hatte.

Am gründlichsten war das kleine Arbeitszimmer durchsucht worden. Der Eindringling hatte die Polsterung des Schreibtischsessels zerschnitten, die Schubladen entleert und teilweise zertrümmert, den Inhalt vermutlich inspiziert und dann relativ ordentlich neben einer Wand gestapelt. Im Regal, das vom Boden bis zur Decke reichte, stand kein einziges Buch mehr. Jedes war durchgeblättert und auf den Teppich geworfen worden. Da stimmt irgendwas nicht, dachte Harry und schob einen Teil des Durcheinanders mit der Fußspitze beiseite. Zweifellos ein Einbruchsdiebstahl, aber ein Diebstahl, der einem bestimmten Zweck diente.

Er wanderte in die Küche, die genauso brutal und gründlich durchwühlt worden war wie die übrigen Räume. Ein paar Minuten lang schaute er sich um, bevor er die vier ungeöffneten weißen Kartons auf dem Tisch entdeckte. Jeder enthielt ein inzwischen erkaltetes chinesisches Gericht. Obenauf lag ein Glückskeks, in Wachspapier gewickelt. Harrys erster Impuls drängte ihn, das Ding mitsamt dem restlichen Essen an die Wand zu schleudern. Dann packte er den Keks aus und las, was auf dem beiliegenden Zettel stand. *Das Licht des Glücks wird seinen Weg auch weiterhin erhellen.*

## 10

Als er das verwüstete Apartment verließ und mit dem Bus zur Klinik zurückfuhr, war es fast acht. Er hatte die Polizei verständigt. Lustlos suchten zwei Beamte nach Fingerabdrücken. Ein Einbruch in Manhattan war offenbar so uninteressant wie ein Obdachloser, der auf der Straße einen Pappbecher mit Münzen schüttelte, um die Aufmerksamkeit der Passanten zu erregen.

Nach einer halben Stunde gelangten die Bullen zu der Überzeugung, es müßte sich um den Routine-Einbruch eines Profis handeln, der vielleicht – oder vielleicht auch nicht – gewußt hatte, daß Harry den ganzen Abend im Krankenhaus verbringen würde. Seine Vermutung, die Person könnte einen bestimmten Zweck verfolgt haben, wischten sie beiseite. Dann erklärten sie, möglicherweise würden einige der gestohlenen Gegenstände bei einem polizeibekannten Pfandleiher auftauchen. In der Zwischenzeit wäre es ratsam, wenn Harry versuchte, möglichst viel aus seiner Versicherungsgesellschaft herauszuholen, die gestohlenen Sachen ersetzte und das restliche Geld auf der Bank einzahlte.

Harry durchquerte die Halle des MMC und eilte zu den Aufzügen des Alexander-Traktes. Ringsum herrschte der übliche Betrieb. Er fragte sich, wie vielen hundert oder tausend Leuten er im Lauf der Jahre begegnet war, die das Hospital betreten hatten, so wie er an diesem Morgen, um einen

Ehepartner, ein Kind, Mutter oder Vater ein letztes Mal zu sehen. Für lange Zeit war sein Leben mit Evie problematisch und emotionslos gewesen. Aber bis zum letzten Abend hatte er niemals die Hoffnung aufgegeben, es könnte wieder so werden wie früher.

Während er an der Schwesternstation von Alexander 9 vorbeiging, bemerkte er verstohlene Seitenblicke, den veränderten Tonfall eines Gesprächs. Wahrscheinlich hatte sich Sidonis' Story bereits im ganzen Haus herumgesprochen. Harry hatte es niemals genossen, den Mittelpunkt von Klatschgeschichten zu bilden, weder im positiven noch im negativen Sinn. Nun erschauerte er, als er sich vorstellte, wie man Sidonis' Märchen verzerren und ausschmücken würde; die schlichte Wahrheit war schon schlimm genug. Und solange man keine Erklärungen für die telefonisch angeordnete Dextrose-Infusion und Mauras geheimnisvollen Doc fand, würden immer neue Gerüchte kursieren.

Schweigend saßen seine Schwiegereltern, Carmine und Dorothy DellaRosa, neben Evies Bett. Der Postbeamte im Ruhestand und die Sekretärin einer Verwaltungsbehörde, seit über vierzig Jahren verheiratet, waren in ihrer kleinen Heimatstadt in New Jersey ehrbare Stützen der katholischen Kirche, normal und reserviert, im Gegensatz zu ihrer vitalen, extravaganten Tochter, ihrem einzigen Kind.

Harry schüttelte Carmines Hand und küßte Dorothys Wange. Im Lauf der Jahre waren die beiden immer nett zu ihm gewesen, aber niemals warmherzig. »New Jersey-Grotesken«, hatte Evie sie manchmal genannt.

»Gerade hat sie einen Arm bewegt«, sagte Dorothy. »Zumindest glauben wir das.«

»Gewisse Reflexe verursachen Muskelkontraktionen. Aber es hat nichts zu bedeuten, Dorothy. Mach dir keine Hoffnungen.« Harry zeigte auf Mauras leeres, frisch bezogenes Bett. »Wo ist die Frau, die da drüben lag?«

»Weiter unten am Flur, in einem anderen Zimmer – die arme Seele«, erwiderte Dorothy. »Die Schwestern sagten, soeben sei ein Bett frei geworden. Und sie wollten nicht, daß sie diesen – diesen Augenblick stört.«

Wie Harry wußte, würde Carmine seine Frau reden lassen, solange man ihm keine direkte Frage stellte, die nur er beantworten konnte.

Harry beschloß, seinen Schwiegereltern den Einbruch vorerst zu verheimlichen. Früher oder später würde er sie darüber informieren müssen. Aber jetzt waren sie angesichts der Tragödie und seiner Entscheidung, Evies Organe zu spenden, schon unglücklich genug.

Friedlich lag Evie in ihrem Bett, die Augen von einem Klebeband verschlossen, immer noch mit einem Beatmungsgerät und der Dextrose-Infusion verbunden. Aber die Behandlung, die ihre Gehirngeschwulst reduzieren sollte – eine Hyperventilation zur Senkung des Kohlendioxydwerts und zur Erhöhung der Wasserstoffionen im Blut sowie harntreibende Medikamente zur Entwässerung – war beendet worden. Die zweite Testreihe – eine neuerliche Tomographie und ein EEG – und die Versuche, eine spontane Atmung herbeizuführen, hatten die Diagnose des Hirntods bestätigt.

Nun standen nur mehr der endgültige Abschied und der Besuch des Arztes bevor, der Evie offiziell für tot erklären würde. Danach würden die Leute von den New York Regional Transplant Services mit ihrer Arbeit beginnen. Er umfaßte die Hand seiner Frau, hielt sie fest und überlegte, ob die DellaRosas schon irgend etwas von Caspar Sidonis gehört hatten. Bald würden sie's erfahren. Falls die Todesursachc eindeutig feststand – ein geplatztes Aneurysma –, mußte der Amtsarzt keine Autopsie anordnen, schon gar nicht, wenn mehrere Organspenden auf dem Spiel standen. Aber er hatte umfangreiche toxikologische Untersuchungen verlangt.

»Vater Moore ist soeben gegangen«, sagte Dorothy.

»Tut mir leid, daß ich ihn verpaßt habe.«

»Er hat Evelyn die letzte Ölung erteilt.«

»Gut.«

Evie hatte sich seit Jahren nicht mehr als Katholikin betrachtet und nicht versucht, ihre erste Ehe von der Kirche annullieren zu lassen. Aber das würden ihre Eltern niemals zugeben.

»Ist es wirklich richtig, die Organe zu spenden? Evelyn war so – so schön.«

»Es ist richtig, Dorothy. Danach wird sie genauso schön sein. Okay?«

»Ja, ich – ich denke schon. Was das Begräbnis betrifft …«

Harry erriet, was sie sagen wollte. »Möchtest du's arrangieren?«

»O ja. Danke.«

»Was immer du auch unternimmst – ich bin mit allem einverstanden. Die Leute vom Bestattungsinstitut sollen sich an die Klinik wenden.«

»Weißt du, ob Evelyn ein Adreßbuch besaß?«

»Das hat sie hierher mitgenommen. Wenn's dir recht ist, rufe ich dich später an, und wir gehen die Namen durch.«

»Nicht nötig. Meine Freundinnen werden die Nummern anrufen. Wer will, kann zum Begräbnis kommen. Unsere Kirche ist ziemlich klein, aber wir haben nicht besonders viele Verwandte. Also gibt's genug Platz. Sprichst du mit den Leuten hier in New York?«

»Natürlich.« Harry zog Evies Handtasche unter dem Nachttisch hervor. Ihre Brieftasche hatte sie zu Hause gelassen, aber ihre Kosmetika, etwas Geld und das Adreßbuch eingesteckt. Er nahm das kleine, in Leder gebundene Buch heraus und blätterte darin. In Evies akkurater Handschrift waren die Namen notiert, in Blockbuchstaben, und viele weckten lebhafte Erinnerungen an glücklichere Ehejahre. Er wollte das Buch seiner Schwiegermutter reichen, doch da entdeckte er zwei kleine Zettel, die auf der letzten Seite klebten. Auf jedem standen ein Name, eine Adresse und eine Zahl, die wie eine Sozialversicherungsnummer aussah. Seltsam. Harry löste die Zettel unauffällig von der Buchseite und steckte sie in die Tasche seines Jacketts. Ohne zu bemerken, was er getan hatte, ergriff Dorothy das Buch, bedankte sich und führte ihren Mann aus dem Zimmer.

»Sie war so schön«, hörte Harry sie sagen. Eine Zeitlang wartete er, bis er sicher sein konnte, daß die DellaRosas vorerst nicht zurückkehren würden. Dann öffnete er die Handtasche noch einmal. Zwischen Lidschatten, Lippenstift, Rouge und einem Zwanzigdollarschein fand er einen Schlüsselanhänger mit einem grauen Hasenfuß und drei Schlüsseln. Zwei waren relativ neu, und er verglich sie mit den Wohnungs- und Hausschlüsseln an seinem eigenen Schlüsselbund. Keine Ähnlichkeit. Der dritte Schlüssel gehörte zu einem Postkasten.

Gerade wollte er die beiden Zettel studieren, als Ben Dunleavy eintrat. Evies Neurochirurg wurde in der Klinik respektiert, aber wegen seiner Sprunghaftigkeit und Intoleranz auch gefürchtet. Aus einleuchtenden klinischen Gründen und infolge gewisser Untersuchungsergebnisse hatte er beschlossen, die Entfernung des Aneurysmas hinauszuzögern. Nun war seine Patientin gestorben, ehe er sie operieren konnte.

»Harry …« Sein Händedruck und sein Tonfall wirkten kühler, als es die Umstände erfordert hätten. Offenbar hatte Sidonis bereits mit ihm gesprochen.

»Sind Sie gekommen, um Evie für tot zu erklären?«

Der Neurochirurg nickte und betrachtete sie. Offenbar fand er es überflüssig, weitere Untersuchungen durchzuführen, ehe er seine Aufgabe erledigte. Harry schaute auf die Wanduhr. Neun Uhr, zwölf Minuten und fünfunddreißig Sekunden. Zu diesem Zeitpunkt war Evie offiziell tot.

»Sicher muß ich nicht betonen, wie leid's mir tut«, begann

Dunleavy. »Schon seit Jahren pflege ich die Operation solcher Aneurysmen hinauszuzögern. Evie ist mein erster Todesfall. Bisher litten nur zwei meiner Patienten an Gehirnblutungen, bevor sie in den OP gebracht werden konnten, und beide haben's gut überstanden.«

Harry las zwischen den Zeilen. Offensichtlich wollte der Mann den Fall abschließen. »Ben, vielleicht hatte Sidonis eine Affäre mit Evie. Das weiß ich nicht. Aber er beschuldigt mich zu Unrecht.«

Ausdruckslos sah Dunleavy ihn an. »Das hoffe ich, Harry. Geben Sie mir Bescheid, wenn Sie meine Hilfe brauchen.«

Ehe Harry antworten konnte, verließ der Neurochirurg das Zimmer. Erst die Schwestern, jetzt Dunleavy. Obwohl keine stichhaltigen Beweise vorlagen, war man nicht bereit, im Zweifelsfall für den Angeklagten zu plädieren. Schmerzhaft krampfte sich Harrys Magen zusammen. Nun mußte er sich auf Schwierigkeiten gefaßt machen.

Er setzte sich auf den Stuhl, den Dorothy benutzt hatte, und nahm die beiden Zettel aus seiner Tasche. Allem Anschein nach war der eine vom Rand einer Zeitschriftenseite abgerissen worden, der andere von einem Briefbogen. Auf jedem standen der Name eines Mannes, die Adresse, die Telefonnummer, das Geburtsdatum und die Sozialversicherungsnummer, in Evies Handschrift hastig hingekritzelt. Der eine Name lautete James Stallings, zweiundvierzig Jahre alt, mit einer Adresse an der Upper East Side. Und der zweite Mann, ein gewisser Kevin Loomis, siebenunddreißig Jahre alt, stammte aus Queens. Harry steckte die Zettel in seine Brieftasche und den Hasenfuß mit den Schlüsseln in die Brusttasche seines Jacketts.

Ehe er die Handtasche in den Papierkorb warf, durchsuchte er sie ein letztes Mal. Schließlich beugte er sich zu Evies Leiche hinab und küßte sie sanft auf die Stirn. »Tut mir leid, Kindchen«, flüsterte er, »das alles tut mir so leid.«

Behutsam strich er über ihre Wange und verließ das Zimmer. Während er zu den Aufzügen ging, hörte er hinter sich im Korridor eine wohlbekannte Stimme rufen: »He, würde bitte jemand hierherkommen? Befreien Sie mich von diesen verdammten Insekten!«

*

»Er hat mir zugezwinkert, Sherry. Das schwöre ich.« Im sterilen Kittel, mit Gesichtsmaske, spähte Schwester Marianne Rodriguez in den Brutkasten, wo der winzige Sherman O'Banion sein zweieinhalbwöchiges Erdendasein verbracht hatte. Die Intensivstation für Neugeborene im New York Children's Hospital war die beste von Manhattan und ständig voll besetzt, mit dreißig Neugeborenen, die bei der Geburt zwischen einem und fünf Pfund gewogen hatten. Im Alter von fünfundzwanzig Wochen geboren, wog Sherman ein Pfund und hundertvierzig Gramm. Seine Mutter, eine Hausfrau, blieb daheim, um zwei andere Kinder zu betreuen, der Vater arbeitete nachts, am Fließband einer Fabrik. Trotz des geringen Gewichts und anderer Probleme ging es Sherman erstaunlich gut.

»Überlegst du dir manchmal, was aus diesen kleinen Dingern werden könnte?« fragte Sherry Hiller.

»Also, ich wette, Sherm wird Football spielen. Hast du seinen Daddy gesehen?«

Umgeben von Schläuchen, Drähten und diversen Geräten, glich der Säugling einem Besucher von einem anderen Planeten. Eine Zellophanhülle konservierte seine Körperwärme. Um die Gefahr einer Gelbsucht zu verringern, beleuchteten ihn fototherapeutische Lampen. Winzige Augenschilde schützten ihn vor ultravioletten Strahlen, ein Beatmungsgerät kontrollierte Tempo und Ausmaß der Atmung. Am Bauch und an den Beinen maßen Sensoren die Körpertemperatur, die Geschwindigkeit der Herzschläge, die Konzentration des

Sauerstoffs im Blut. Ein intravenöser Schlauch steckte in einer winzigen Ader am Kopf und versorgte ihn mit Flüssigkeit und Antibiotika. Mit Bauch und Nase verbunden, lieferte ein Schlauch die erforderliche Spezialnahrung.

Marianne ging um den Brustkasten herum, notierte die Körpertemperatur des Babys, die Anzahl der Herzschläge pro Minute, die Hautfarbe. Zweifellos war der Sauerstoffwert ein bißchen zu niedrig. Die dunkle Hautfarbe, die Laborwerte und Testergebnisse hatten auf einen Herzfehler hingewiesen, der wahrscheinlich bald operativ korrigiert werden mußte.

Aber Marianne war nicht besorgt. Seit sechs Jahren arbeitete sie in der Kinderklinik, und sie hatte Säuglinge genesen sehen, die viel schlecher dran gewesen waren als Sherman O'Banion. Natürlich gab es auch schlimmere Fälle. Blindheit infolge mehrerer Faktoren, zerebrale Lähmung, geistige Entwicklungsstörungen, zahlreiche chirurgische Eingriffe, Tod – entweder plötzlich aufgrund eines Herzstillstands oder schleichend, von einer Infektion verursacht – und in späteren Jahren schließlich Lernschwäche. Solche Komplikationen mußte jede Schwester in der Säuglingsabteilung akzeptieren und bewältigen.

Als es an der Glaswand klopfte, drehte sich Marianne um. Die Frau, die Spezialnahrung aus der Diätküche brachte, winkte ihr fröhlich mit ihren Fingern zu, die in einem Gummihandschuh steckten. Diese Mitarbeiterin hatte Marianne noch nie gesehen – zumindest war sie sich da ziemlich sicher. Vorschriftsmäßig trug die Frau eine Kopfbedeckung, eine Gesichtsmaske und einen sterilen Kittel. Nur die stämmige Gestalt und die dunkelbraunen Augen waren zu erkennen. Weil die Augen funkelten, gewann Marianne den Eindruck, die Frau müßte ein heiteres Gemüt besitzen. Sie bedeutete ihr, die Nahrung auf der Theke abzustellen. Später würden die Schwestern alles holen. Zustimmend nickte die Frau, gehorchte und verließ die Abteilung.

Marianne überprüfte die Geräte. Um ihren Job zu erledigen, brauchte sie nicht nur medizinische, sondern auch mechanische Kenntnisse. Aber jeder Apparat wurde von einem Team speziell ausgebildeter Techniker gewartet, in manchen Fällen von einer ganzen Abteilung. Die Kosten der Intensivstation für Neugeborene, bei kurz- und langfristigen Behandlungen gleichermaßen, waren überraschend hoch. Bevor ein Baby, von der Mutter ausgesetzt, an einer Infektion gestorben war, hatte es fast neun Monate auf dieser Station verbracht. Man hatte einen Trauergottesdienst für das Kind arrangiert. Nur die Schwestern und ein paar Ärzte waren erschienen. Um es neun Monate lang am Leben zu erhalten, hatte man anderthalb Millionen Dollar ausgegeben.

»Okay, Sherm«, sagte Marianne, »jetzt wirst du gefüttert.«

»Bringst du Jessicas Haferschleim mit?« bat Sherry.

»Klar. Brauchst du sonst noch was?«

»Nein, danke.«

Beschriftete Flaschen enthielten die Spezialnahrung, für jeden Säugling eine Tagesration. Bei manchen hatte man Muttermilch hinzugefügt, bei anderen improvisiert. Jede Flasche war mit Zellophan versiegelt. Bevor Marianne danach griff, zog sie Handschuhe an. Dann öffnete sie die Siegel, schraubte die Verschlüsse von Shermans Flaschen ab und goß die Glukose dazu, die ihm die Kinderärztin verordnet hatte.

Sie versiegelte die Flaschen wieder, bis auf eine. Wie schon sooft fragte sie sich, warum man diese Siegel überhaupt verwendete, wo sie doch so leicht entfernt und ersetzt werden konnten. Sie überprüfte die Etiketten und stellte alle Flaschen außer jenen, die für Jessica Saunders und Sherman O'Banion bestimmt waren, in den Kühlschrank, ehe sie zu den Brutkästen zurückkehrte.

»Was macht man mit einem hungrigen Mann?« sang sie, während sie die Nahrung für den Säugling in den Schlauch füllte.

»Könntest du Jessica für mich füttern, Marianne?« fragte Sherry. »Der Monitor unseres kleinen Mondgesichts Logan schlägt Alarm. Ich glaube, die Leitungen haben sich gelockert, und ich will sie ersetzen.«

»Klar«, antwortete Marianne wieder. Als sie dem winzigen Mädchen die Spezialnahrung verabreichte, hörte sie den Alarm. In ihrer Nähe piepste der kardiologische Monitor. Eine halbe Minute lang ignorierte sie das Geräusch, weil sie annahm, es würde von den Kabeln des Babys verursacht, das sie ›Mondgesicht‹ nannten. Doch der Alarm verstummte nicht. »Sherm, das ist doch Mondgesicht Logan, oder?« erkundigte sie sich, ohne aufzublicken.

Ein paar Sekunden lang erklang nur das Piepsen. »Heilige Scheiße!« rief Sherry plötzlich. »Marianne, es ist Sherman!«

Über Shermans kardiologischen Monitor lief eine schnurgerade Linie. Marianne stellte Jessicas Fläschchen ab und rannte zu seinem Brutkasten zurück. Vom Beatmungsgerät bewegt, hob und senkte sich die Brust des zwei Wochen alten Babys. Es sah so aus wie immer, nur die Hautfarbe hatte sich beträchtlich verdunkelt.

Nun ertönte auch der Sauerstoffalarm. Marianne checkte die Kabel. Aber keines hatte sich gelockert. Sie hielt das Teleskop an die Brust des Kindes. Kein Herzschlag. Hastig beschleunigte sie die Beatmung und drückte auf die kleine Brust. »Sher, gib seine Code-Nummer durch und ruf Laura hierher!« drängte sie. »Verdammt!«

Eine knappe Minute später unternahmen die Kinderärztin Laura Pressman, zwei andere Kinderärzte und zwei Schwestern einen Wiederbelebungsversuch. Marianne versorgte sie mit den nötigen Geräten. Aber sie hatte von Anfang an ein ungutes Gefühl. Das Tempo von Shermans Herzschlägen war von akzeptablen 130 sofort auf null herabgesunken. Keine Verlangsamung, keine unregelmäßigen Schläge. So als wäre ein Auto, das mit einer Geschwindigkeit von 100 km/h fuhr, gegen eine Ziegelwand geprallt. Offensichtlich war irgend etwas im defekten Herzen des Säuglings gerissen, ein Muskel oder eine der fragilen Trennwände. Während das Team unentwegt auf die Brust drückte, wurden dem Säugling Medikamente verabreicht. Epinephine – Atropine – noch mehr Epi – Bicarbonate.

Über eine halbe Stunde lang behandelten sie das Baby. Aber mit jeder Minute erkannte Marianne die hoffnungslose Situation noch deutlicher. Schließlich beendete Laura Pressman die Herzmassage, trat vom Brutkasten zurück, schaute die anderen an und schüttelte den Kopf. »Tut mir leid. Ihr alle habt großartige Arbeit geleistet.«

Sherry Hiller umarmte ihre Kollegin und versuchte sie zu trösten. Mühsam hielt Marianne Rodriguez die Tränen zurück, die früher oder später fließen würden, und befreite die kleine Leiche von Schläuchen und Drähten. Bald würde man den Brutkasten hinausrollen und durch einen frisch gereinigten ersetzen. Und es würde nicht allzulange dauern, bis man wieder ein neugeborenes Baby in die Abteilung brachte.

*

Sechs Etagen tiefer, im Kellergeschoß, klopfte die stämmige Diätküchenangestellte, immer noch mit Maske, Kittel und Kopfbedeckung, an die Tür der selten benutzten Herrentoilette und wartete. Dann schlüpfte sie hinein, verschloß die Tür und knipste das Licht an.

Das Toxin, das den Herzstillstand verursacht hatte, übte eine so starke Wirkung aus, daß nur eine geringe Dosis erforderlich gewesen war. Selbst wenn man Sherman O'Banions Nahrung wider Erwarten analysierte, würde man nicht wissen, wonach man suchen sollte, und nichts finden.

Im hohen Abfalleimer stand eine Segeltuchtasche unter benutzten Papiertüchern. Zehn Minuten später verließ ein Mann die Toilette, die Tasche in der Hand. Darin steckten der

Kittel, die Kopfbedeckung und die Gesichtsmaske, ein Kissen, eine Frauenperücke und ein Etui mit Kontaktlinsen. Der Mann hatte kurzgeschnittenes braunes Haar, trug Jeans, ein weites Sweatshirt und abgetragene Nikes. Was seine Größe, sein Gewicht und seine äußere Erscheinung betraf, war er nicht sonderlich bemerkenswert.

## 11

Der Trauergottesdienst für Evie fand in der überfüllten kleinen Kirche St. Anne's statt. Draußen, unter dem grauen Himmel, herrschte eine ebenso düstere Stimmung wie in der Kapelle. Mit achtunddreißig Jahren war die schöne, temperamentvolle Evelyn DellaRosa, eine begabte Schriftstellerin und Reporterin, plötzlich gestorben. Nur wenige der Anwesenden dachten nicht über die Vergänglichkeit des Lebens nach, die Launen von Krankheiten und Chancen.

Vor der hundertfünfzig Jahre alten, weißgestrichenen Kirche lag der pittoreske Hauptplatz von Sharpston, der Kleinstadt im nördlichen New Jersey, wo Evie aufgewachsen war und wo ihre Eltern immer noch wohnten.

Wie Harry feststellte, fanden sich erstaunlich viele Leute ein, um seiner Frau die letzte Ehre zu erweisen. Jedesmal, wenn jemand die Kapelle betrat, hatte er das Gefühl, Evie schlechter zu kennen denn je. Außer den Verwandten, seinen befreundeten Kollegen aus dem Krankenhaus und den Nachbarn aus New York erschienen Mitarbeiter vom Magazin, verschiedene Künstler und Mäzene, Leute vom Rundfunk und Fernsehsender, für den Evie seit zehn Jahren nicht mehr gearbeitet hatte, und einige, die er gar nicht kannte.

Kurz vor dem Beginn der Messe traf Evies erster Ehemann, John Cox, jetzt ein TV-Vizepräsident, mit einer attraktiven jungen Frau ein. Soviel Harry wußte, hatte Evie nach der überstürzten, in einer extrem feindseligen Atmosphäre abgewickelten Scheidung nie mehr mit ihm gesprochen.

Die Trauertage nach ihrem Tod waren von Lieutenant Dickinsons Besuchen bei Nachbarn und Angestellten der Klinik, bei Carmine und Dorothy DellaRosa gestört worden. Wenig später hatte Dorothy ihren Schwiegersohn angerufen und sich nach Caspar Sidonis erkundigt.

»Keine Ahnung, ob Sidonis die Wahrheit sagt oder nicht«, erwiderte Harry. »Und offen gestanden, es ist mir auch egal. Ich liebte Evie, und sie liebte mich. Da bin ich mir ganz sicher. Selbst wenn sie sich mit diesem Mann eingelassen hätte, was ich stark bezweifle, wären wir zusammengeblieben.«

»O Gott«, hatte Dorothys einziger Kommentar gelautet.

Als die Messe begann, drehte er sich um und beobachtete, wie Caspar Sidonis in der letzten Reihe Platz nahm. Der Anblick des Kardiologen beschwor eine eigenartige Mischung aus Zorn und Verlegenheit herauf. *Ein Ehemann, dem man Hörner aufgesetzt hat* – eine ekelhafte Formulierung, und sie führte zu noch widerwärtigeren Gedanken.

»Gerade ist Sidonis hereingekommen«, flüsterte er Julia Ransome zu, einer Literaturagentin und Evies bester Freundin in New York.

»Macht's dir wirklich was aus?« fragte sie, ohne nach hinten zu schauen.

Harry dachte darüber nach. Vielleicht gehörte das zum Beruf einer Literaturagentin – jedenfalls besaß sie das Talent, stets die Quintessenz einer Situation zu erfassen. »Nein, um die Wahrheit zu gestehen«, entgegnete er schließlich.

Seit er sich von Evies Leiche abgewandt und das Hospitalzimmer verlassen hatte, versuchte er seine Gefühle zu analysieren. Er überlegte, ob er seine Praxis aufgeben, aus New York wegziehen und woanders neu anfangen sollte, in einem jener kleinstädtischen Paradiese mit niedrigen Verbrechensraten, die von so vielen Allgemeinmedizinern gerühmt wurden. Aber genausowenig, wie er seine Patienten mit dem pharmazeutischen Job bei Hollins/McCue vertauschen konnte, wollte er sie auch jetzt nicht im Stich lassen. Außerdem würde ihm Albert Dickinson ohnehin nicht erlauben, den Wohnsitz zu ändern.

Evies Sarg stand auf einem Podest, von Blumen umgeben. In der Mitte eines Kranzes aus weißen Rosen erhob sich eine Vergrößerung des makellosen, sterilen, professionellen Porträtfotos, das sie auf Harrys Schreibtisch gestellt hatte. Ein Begräbnis würde nicht stattfinden. Am Tag, nachdem die Todesanzeige in der *Times* erschienen war, hatte ihn ein Anwalt aus Manhattan angerufen.

Drei Wochen zuvor hatte Evie ein neues Testament abgefaßt, ihre Einäscherung verfügt und den Schmuck sowie die Kunstgegenstände nicht mehr Harry, sondern ihren Eltern vermacht. Offenbar hatte sie mit der Scheidung gerechnet. Harry erhielt nur die gemeinsame Versicherungspolice von 250.000 Dollar. In diesem neuen Testament wurde Caspar Sidonis nicht erwähnt.

Harry saß auf der vordersten Kirchenbank, zwischen Julia und seinen Schwiegereltern. Rechts von Julia hatten sein Bruder, Gail und die drei Kinder Platz genommen. Direkt hinter ihm saß Doug Atwater. Harry war dankbar, weil keiner seine Gedanken zu lesen vermochte, die sich in diesem Augenblick um den Wunsch drehten, die Zeremonie möge bald zu Ende gehen, damit er nach Hause fahren konnte.

Mit der Hilfe seines Freundes Steve Josephson, dessen Frau und einer Putzkolonne hatte er das Apartment aufgeräumt. Nun herrschte wieder die gewohnte Ordnung, abgesehen von den zerbrochenen Schubladen und den verschwundenen Gegenständen. Nun wollte er an ein oder zwei Abenden im C. C's Cellar mit der Combo spielen und sich dann in die Arbeit stürzen.

Die Messe war würdevoll und ziemlich kurz. Den Vorschlag, eine Rede zu halten, hatte er abgelehnt. Der Priester, der Evie seit ihrer Kindheit gekannt hatte, tat sein Bestes, um einen Sinn in ihrem Tod zu finden. Aber Harry hörte nur einzelne Wortfetzen, denn er versuchte einen Sinn in ihrem *Leben* zu finden. Wieder einmal wanderten seine Gedanken zu Evies Dextrose-Infusion und dem echten oder falschen Arzt, der unbemerkt in die neurochirurgische Abteilung eingedrungen war. Ein weiteres Rätsel komplizierte die unerklärlichen Ereignisse: drei Schlüssel an einem Hasenfuß.

»Bist du okay?« wisperte Julia, als der Priester seinen Nachruf beendete.

»Eigentlich nicht«, erwiderte Harry. »Hör mal, Julia, hast du heute abend Zeit? Gehen wir was trinken? Ich möchte etwas mit dir besprechen.«

Obwohl sich Harry und Evie gelegentlich mit Julia und ihrem Mann getroffen hatten, war er noch nie mit ihr allein gewesen. Einige Jahre älter als Evie, schlank, attraktiv und hochintelligent, bemühte sie sich derzeit um ihre dritte Ehe. Ihre Agentur zählte zu den erfolgreichsten in Manhattan.

Eine Zeitlang dachte sie über seine Bitte nach, und ein paar Minuten später, während der heiligen Kommunion, neigte sie sich zu ihm. »Um neun im Ambrosia's«, flüsterte sie.

Er nickte. »Danke.«

Nach der Messe erboten sich Phil, Julia und Doug Atwater, bei ihm zu bleiben. Doch er wollte allein in der Kapelle sitzen.

»Kann ich irgendwas tun?« Vater Francis Moore sprach sanft und leise. Trotzdem zuckte Harry zusammen.

»Nein. Nein, danke, Vater. Ich habe nur nachgedacht.«

»Das verstehe ich.«

Als Harry die Kirche verließ, begleitete ihn der alte Priester, eine Bibel in der Hand. »Gehen Sie jetzt zu den DellaRosas?«

»Ja. Nur für eine kleine Weile. Ich bin sehr müde.« Natürlich konnte er dem Besuch bei seinen Schwiegereltern nicht ausweichen. Aber er beschloß, möglichst bald nach New York zurückzufahren.

»Das verstehe ich«, wiederholte Vater Moore. »Wenn wir uns auch nie zuvor begegnet sind – Dorothy und Carmine halten sehr viel von Ihnen, und sie sagen, Sie seien ein guter, sanftmütiger Mann.«

»Danke.« Ein paar Schritte vor dem Geistlichen, stieg Harry die Kirchenstufen hinab. Ein paar Leute standen auf dem Hauptplatz und unterhielten sich.

Als er den Fuß der Treppe erreichte, kam Sidonis zu ihm. »Sie haben sie umgebracht, Sie Bastard«, stieß er heiser und drohend hervor. »Das wissen Sie, und ich weiß es auch. Bald werden auch alle anderen erfahren, daß Sie Evie ermordet haben. Weil Sie's nicht ertragen konnten, sie zu verlieren …«

Vor dreiunddreißig Jahren hatte Harry zum letztenmal seine Faust ins Gesicht eines Mannes geschlagen und damals kaum die Wange des Rabauken verletzt, von dem er herausgefordert worden war. Und der größere, stärkere Junge hatte sich schmerzhaft gerächt. Diesmal attackierte Harry seinen Gegner aus einem viel günstigeren Winkel. Hinter dem Fausthieb steckten größere Wut und effektivere Kraft. Er traf Sidonis' Nase, und der Kardiologe stürzte rücklings in ein niedriges, regennasses Gebüsch. Aus beiden Nasenlöchern quoll Blut.

Schockiert ließ Francis Moore die Bibel fallen. Harry hob sie seelenruhig auf, wischte sie an seinem Hosenbein ab und gab sie dem Priester zurück. »Wahrscheinlich bin ich gar nicht so sanftmütig, Vater.«

*

Das Ambrosia's war ein stets überfülltes, gehobenes Bistro an der Lexington, in der Nähe der Seventy-ninth. Bevor Harry mit einem Taxi hinfuhr, verbrachte er eine Stunde in seiner Praxis, um Laborberichte zu studieren und einigen Papierkram zu erledigen. Mittlerweile nieselte es nicht mehr, die Wolken begannen sich aufzulösen, und die City wirkte wie frisch gewaschen.

Als er das Lokal kurz vor neun betrat, saß Julia Ransome bereits an einem der hohen schwarzen Acryltische gegenüber der Theke, einen Drink in der Hand. Nach Manhattan-Maßstäben war es noch früh, sogar für einen Donnerstag, aber die Leute standen schon jetzt in Dreierreihen an der Bar.

Julia und Harry tauschten Wangenküsse. In der schwarzen Seidenbluse und der bedruckten, indisch gemusterten Weste paßte sie zu den beautiful people, die hier verkehrten.

»Wen mußtest du bestechen, um diesen Tisch zu kriegen?« fragte er und setzte sich zu ihr.

»Seit zehn Jahren schreibt Donny, der Barkeeper da drüben, einen Roman«, erklärte sie lächelnd. »Ich habe versprochen, das Werk zu lesen, wenn es fertig ist. In der Zwischenzeit brauche ich nur anzurufen, wenn ich herkommen will, und er setzt einen oder zwei Kumpel auf diese Stühle, um Plätze für mich freizuhalten. Eine Literaturagentin genießt nun mal gewisse Vorteile. Auch meine Schneiderin schreibt ihren ersten Roman, ebenso der Installateur, den ich zu jeder Tages- und Nachtzeit zu mir beordern kann. Innerhalb von zehn Minuten ist er da. Der Trick liegt in der Fähigkeit, herauszufinden, welche Leute ihre Bücher niemals fertigstellen werden. Manchmal irre ich mich. Dann muß ich den Roman lesen und mir einen neuen Zahnarzt, Automechaniker oder was auch immer suchen.«

»Nett von dir, mich hier zu treffen.«

»Falls du glaubst, ich hätte gezögert, konnte ich dir offensichtlich noch nicht klarmachen, daß du zu meinen liebsten Freunden gehörst.«

»Danke.«

»Das meine ich ernst, Harry.« Julia leerte ihr Glas und winkte der Kellnerin zu. »Was trinkst du?«

»Bourbon ohne alles. Am besten einen doppelten.«

»Wow! So kenne ich dich ja gar nicht.«

»Keine Bange. Wenn ich das ganze Zeug tatsächlich in mich reinschütte, muß man mich mit einem Schubkarren rausbringen.« Er wartete, bis die Kellnerin die Drinks serviert hatte und wieder gegangen war. »Bitte, Julia, erzähl mir von Evie.«

Die Agentin musterte ihr Glas. »Was willst du wissen?«

»In diesem Augenblick wäre vermutlich fast alles, was du mir verraten würdest, eine Neuigkeit für mich. Der Arzt, den ich dir heute in der Kirche gezeigt habe – und der behauptet, Evie sei seine Geliebte gewesen, bildet sich ein, ich hätte ihr ein Medikament gegeben, um das Aneurysma platzen zu lassen. Was mich betrifft, täuscht er sich. Aber bezüglich seiner restlichen Theorie bin ich mir nicht so sicher …« Harry schilderte die Ereignisse an jenem alptraumhaften Abend in Alexander 9, berichtete von seinem Gespräch mit dem Anästhesisten und erläuterte seine Schlußfolgerungen. »Wirklich, Julia, ich wußte nichts von Evies Verhältnis mit einem anderen Mann, obwohl sie in diesem letzten Jahr kein besonders gutes Verhältnis zu *mir* hatte. Ich dachte – vielleicht hat sie dir was erzählt.«

In der Stille, die nun folgte, erwartete er, Julia würde beteuern, sie habe keine Ahnung, was er meine.

Plötzlich schaute sie ihn an und nickte. »Du warst von Anfang an ausgebootet, Harry. Mit dem Vietcong konntest du fertig werden.« Sie schenkte ihm ein kurzes, ironisches Lächeln. »Aber gegen Evie DellaRosa hattest du keine Chance. Wir kannten uns, seit sie während der Studienzeit einen Sommer bei mir verbrachte. Das ist nun fast zwanzig Jahre her. In vieler Hinsicht war sie eine aufregende, faszinierende Frau, und ich werde sie weiß Gott vermissen. Ich habe sie in dieser ganzen Zeit niemals zufrieden gesehen. Was und *wen* sie auch hatte – sie wollte immer mehr. Und es kümmerte sie nicht, auf welche Weise sie ihr Ziel erreichte oder wen sie dabei verletzen würde. Das gehörte einfach zu ihr – dieses verführerische Charisma, das mir sooft Angst einjagte, und es verhinderte, daß wir uns näherkamen. Heute war John Cox in der Kirche. Hast du ihn gesehen?«

»Ja.«

»Was hat Evie dir von ihrer gescheiterten Ehe erzählt?«

»Daß er ihr untreu war und daß sie von einem seiner Seitensprünge erfuhr. Nachdem sie ihn zur Rede gestellt hatte, feuerte er sie aus der Nachrichtenredaktion des Senders und diffamierte sie in der ganzen Branche.«

»Paßt das zu seiner Teilnahme am Trauergottesdienst?«

»Nein, und es hat mich ziemlich überrascht, daß er gekommen ist.«

»Er war verrückt nach Evie. Und er hatte keine Affäre. Aber *sie*, Harry – mit seinem Boss. Ich weiß nur, was John mir erzählt hat, und das war nicht viel. Jedenfalls hat er sie nicht gefeuert, sondern der Boß. Und er war's auch, der sie überall in Mißkredit brachte. Ich glaube, John hätte ihr noch eine Chance gegeben. Doch dafür interessierte sie sich nicht.«

»War sie glücklich mit mir?«

»Eine Zeitlang. Vielleicht ein oder zwei Jahre. Evie mußte im Rampenlicht stehen, immer im Mittelpunkt der Action. Ein Teil ihres Ichs kämpfte gegen dieses Bedürfnis. Deshalb hat sie dich wahrscheinlich geheiratet, auf der Suche nach Stabilität. Aber diese anderen Neigungen waren stärker.«

»Wußtest du von Sidonis?«

»Nein. Ich wußte auch nichts von anderen Affären während eurer Ehe. Falls es welche gab. Vielleicht fand sie so was nicht wichtig genug, um drüber zu reden. Oder sie hatte kein Vertrauen zu mir.«

»Sie war unzufrieden mit ihrem Job bei diesem Magazin. Aber …«

»Oh, sie *haßte* ihn. Sie war dafür geschaffen, *vor* der Kamera zu stehen, Harry. Das weißt du. Zumindest solltest du's wissen. Seit sie bei *Manhattan Woman* angefangen hatte, suchte sie den Rückweg ins Rampenlicht.«

»Irgendwie gewann ich den Eindruck, daß sie sich in letzter Zeit mit einem besonderen Projekt befaßte.«

»Da hast du sicher recht.«

»Kannst du mir sagen, was es war?«

Julia schüttelte den Kopf. »Als wir uns das letzte Mal trafen, versuchte ich sie auszuhorchen. Aber sie erzählte mir nur, es sei was ganz Großes und die Produzenten von Geraldo und Povich und anderen Regenbogen-Shows würden ihr eine Menge Geld und Sendegarantien anbieten – nur um zu sehen, was sie vorzuweisen hatte.«

Nachdenklich starrte er die gegenüberliegende Wand an. Darauf funkelte das kunstvolle, etwa zwei Meter hohe Neonbild einer Frau im Stil der zwanziger Jahre. Nur ihr Profil und ihre Hand waren zu sehen. Zwischen ihren Fingern steckte eine Zigarettenspitze. Irgend etwas an diesem Porträt erinnerte ihn Evie, obwohl sie nur selten geraucht hatte. Wahrscheinlich würde es lange dauern, bis ihn nichts mehr an sie erinnerte. »Keine weiteren Fragen, Euer Ehren«, sagte er und trank seinen Bourbon. »Vielen Dank für diesen Abend, Julia.«

»Unsinn, du bist ein großartiger Kerl. Und Evie konnte von Glück reden, weil sie dich eingefangen hatte – wenn sie's auch nicht zu schätzen wußte. Glaubst du wirklich, daß sie ermordet wurde?«

»Keine Ahnung, was ich denken soll … In ein paar Wochen müßte die chemische Blutanalyse abgeschlossen sein – sogar noch früher, wenn sich dieser Detective durchsetzt, der meinen Skalp an seine Zeltstange hängen will. Wenn einer der Tests positiv ist – ich will mir gar nicht vorstellen, was dann passieren wird. Aber ich wüßte auch nicht, ob ich den Resultaten trauen kann, wenn sie negativ ausfallen.«

»Also glaubst du dieser Frau, Evies Zimmergenossin im Krankenhaus?«

Während Harry über die Frage nachdachte, betrachtete er die Neonraucherin. Zwei Tage nach Evies Tod war er wieder in die Abteilung Alexander 9 gegangen. Inzwischen hatte man Maura Hughes nach Hause geschickt. »Verdammt zittrig, aber sie ging nicht mehr auf Spinnenjagd«, hatte eine Schwester Mauras Zustand bei der Entlassung beschrieben. Harry glaubte, daß man sie nur deshalb so schnell hinausexpediert hatte, weil ihre Krankenversicherung den Aufenthalt in der Klinik nicht länger bezahlen wollte. Ein typisches Szenario. Die Versicherungsgesellschaften verkürzten stationäre Behandlungen und weigerten sich, höhere Kosten zu erstatten, wollten aber keine Verantwortung für ihre Strategie übernehmen.

»Harry?« Neugierig neigte sich Julia vor und musterte ihn. »Ich habe nach Evies Zimmergenossin im Krankenhaus gefragt. Erst wolltest du antworten, dann schienen deine Gedanken abzuschweifen.«

Er schaute in sein leeres Glas. Nach jahrelanger, fast völliger Abstinenz war er zum Amateurtrinker geworden. Bald würde er blau sein. Daß er sich leicht ablenken ließ, war das erste Anzeichen. *Na und*, dachte er, *je besoffener, desto besser.*

»Ja, ich glaube ihr«, erwiderte er. »Nachdem ich gegangen war, kam ein Doktor ins Zimmer oder jemand, der einen Arzt spielte. Wenig später platzte Evies Aneurysma. Ich glaube, er hat irgendwas in die Dextrose-Infusion injiziert. Vielleicht hängt's mit der Story zusammen, an der Evie gearbeitet hat. Verdammt, wenn ich bloß wüßte, was da los war!«

»Hast du ihr Büro durchsucht?«

»In der Redaktion?«

»Nein, im Village.«

»*Was*?«

»Sie hat ein Büro gemietet, in Greenwich Village. Wußtest du das nicht?«

»Eh – nein, das wußte ich auch nicht. Wo genau liegt das Büro?«

»Keine Ahnung.«

Harry strich über die Tasche, in der Evies Hasenfuß mit den Schlüsseln steckte. »Dieses Büro muß ich unbedingt finden.«

Besorgt starrte sie ihn an. »Geh erst mal nach Hause und schlaf dich aus. Morgen wird das Büro auch noch dasein. Außerdem – da du nicht weißt, wo es ist, wird's eine Weile dauern, bis du's aufstöberst. Dort gibt's kein Telefon. Daran erinnere ich mich. Sie hat's mal erwähnt.«

»Danke. Julia, wer zum Teufel war sie?«

Die Literaturagentin legte einen Zwanziger und einen Zehner unter ihr Glas. Dann führte sie Harry aus der Bar, in die kühle Nachtluft. »Wenn du diese Frage zehn Leuten stellst, die Evie kannten, wirst du zehn verschiedene Antworten kriegen. Es wäre so ähnlich, als würden die sprichwörtlichen Blinden einen Elefanten beschreiben, indem jeder den Teil benennt, den er berührt. Schlange, Baum, Mauer, Stein, Blatt. Alles trifft zu, aber nur bis zu einem gewissen Grad. Nehmen wir uns ein Taxi?«

Harry wußte, daß sie weit entfernt von seinem Apartment wohnte. »Hör mal, sorg dich nicht um mich. Ich muß ein paar Schritte machen und den Bourbon-Nebel aus meinem Hirn scheuchen. Und dann ruh' ich mich aus. Das verspreche ich dir.« Sie warteten, bis er ein Taxi für Julia an den Straßenrand gewunken hatte und umarmten sich.

»Ruf an, wenn du mich brauchst«, bat sie. »Und versuch nicht mehr herauszufinden als die andern Blinden. Sonst machst du dich verrückt.«

Harry beobachtete, wie das Taxi um eine Ecke bog. Dann wanderte er langsam in die Innenstadt.

## 12

Gemächlich schlenderte er die Lexington hinab, zur Fifty-eight, hinüber zum Central Park. Er ging gern durch die Stadt, zu jeder Tageszeit, aber am liebsten nachts. Nur gut, daß er's nicht besonders eilig hatte. Der doppelte Bourbon verlangsamte seine Schritte. Eine Zeitlang überlegte er, ob er diese ganze Nacht in einigen Bars vergessen sollte. Aber er wollte über die Informationen nachdenken, die er von Julia Ransome bekommen hatte. Und wenn er blau war, konnte er nicht denken.

Während der achtzehn Monate in Vietnam war er zum funktionsfähigen Alkoholiker geworden. Oft genug hatte er exzessiv getrunken, um das Grauen seines Jobs zu verkraften. Darin unterschied er sich kaum von den meisten anderen Offizieren. Glücklicherweise war es ihm nach dem Krieg gelungen, mit den Trinken aufzuhören. Und was er noch erfreulicher fand – er hatte seine Gefühle niemals mit Narkotika betäubt. Für viele Ärzte und Sanitäter, die's getan hatten, tobte der Krieg immer noch, und daran würde sich bis zu ihrem Tod nichts ändern.

Beim Brunnen vor dem Plaza überquerte er die Straße und schaute in die Fifth Avenue. Die Redaktion von *Manhattan Woman* lag an der Forty-seventh Street. Nun war es fast elf Uhr. Falls nicht irgendwelche Mitarbeiter das Erscheinen des nächsten Hefts vorbereiteten, würde er keinen Zugang zu Evies Büro finden. Aber er ertrug es noch nicht, nach Hause zu gehen, und der C. C.'s Cellar war um diese Zeit unangenehm voll. Außerdem zählte die Band, die gerade dort auftrat, nicht zu Harrys Favoriten – ein populäres, progressives Quartett, dessen Musik er zu prätentiös fand.

Ehe er noch länger über die Vorzüge einer ausgedehnten Sauftour nachdenken konnte, ging er bereits stadteinwärts, zur Redaktion des Magazins. Unterwegs kaufte er eine

Packung Pfefferminzbonbons, um seine Alkoholfahne zu bekämpfen. Und während seiner Wanderung zur Forty-seventh, die zehn Häuserblocks entfernt lag, kaute Harry Corbett sie alle.

Am Empfang in der Halle des geschmackvoll eingerichteten Gebäudes saß ein Nachtwächter, legte seinen *National Enquirer* beiseite und musterte den Besucher mißtrauisch. Harry erklärte, Evie sei gestorben und er würde gern ihre Sachen durchsehen, bevor sie in einen Karton verfrachtet und irgendwo gelagert wurden. Dann nahm er ihr Foto und einen Zwanziger aus seiner Brieftasche.

Der Nachtwächter betrachtete das Porträt der attraktiven Frau, steckte den Geldschein in seine Hemdtasche und telefonierte. Drei Minuten später trat Harry aus dem Lift und folgte dem Flur der *Manhattan-Woman*-Redaktion im zweiundzwanzigsten Stock.

»Dr. DellaRosa, es tut uns allen so leid, daß Evie gestorben ist. Wenn ich mich vorstellen darf – ich bin Chuck Gerhardt vom Layout.« Der Mann war Anfang Dreißig, mit schütterem, kurzgeschnittenem Haar, und engen schwarzen Jeans und einem schwarzen Rollkragenpullover. An seiner schweren Halskette hing ein abstraktes Gebilde aus Metall und Glas, das Harry an eine Tuba erinnerte. Sein schlaffer Händedruck konnte ihm höchstens eine Kalorie kosten.

»Freut mich, Sie kennenzulernen«, erwiderte Harry. »Und vielen Dank für Ihr Beileid. Irgendwie kann ich noch gar nicht glauben, daß sie tot ist.« *Dr. DellaRosa.* Er hatte Verständnis für Evie und die anderen Frauen, die ihren Nachnamen behielten, wenn sie heirateten. Und er fand es sinnlos, den Mann zu korrigieren. Jahrelang war er nicht in die Redaktion eingeladen worden, und er beabsichtigte nicht, sie nach dieser Nacht noch einmal zu betreten. Er suchte nach Anhaltspunkten, die auf Evies geheimes Projekt hinwiesen, und die Adresse ihres Verstecks in Greenwich Village. Natürlich würde er auch weitere Informationen über das Leben mit der fremden Frau, mit der er neun Jahre lang verheiratet gewesen war, dankbar entgegennehmen.

»Sie haben Glück, daß ich noch da bin«, bemerkte Gerhardt. »Anfang nächster Woche erscheint unsere neue Ausgabe, und ich habe noch massenhaft Arbeit. Das nennen wir unsere ›Panik-Phase‹. Deshalb war ich heute nicht beim Trauergottesdienst. Alle unsere hohen Tiere gingen hin, aber die Vasallenschar, an der die eigentliche Arbeit hängenbleibt, wurde an die Schreibtische gekettet.«

»Schade, daß Sie nicht kommen konnten. Die Messe war sehr schön. Verzeihen Sie die Störung.«

»He, kein Problem! Ich kann's auch kaum fassen, daß Evie nicht mehr da ist. Sie war unsere beste Redakteurin, Dr. DellaRosa, und sie hat sich immer mächtig ins Zeug gelegt.«

»Das weiß ich. Hören Sie, seit dem Gottesdienst finde ich keine Ruhe. Also trieb ich mich in der City herum, und dann beschloß ich, ihre Sachen durchzusehen.«

Chuck Gerhardt warf ihm einen sonderbaren Blick zu. »Das hat doch der Typ getan, den Sie gestern hergeschickt haben, Dr. DellaRosa. Nein, nein, vorgestern. Daran erinnere ich mich …«

»Haben Sie den Mann gesehen?« In Harrys Körper spannten sich alle Muskeln an.

»Nur ganz kurz. Zufällig war ich vorn beim Empfang, als er ankam. Kathy, unsere Empfangsdame, führte ihn in Evies Büro. Stimmt was nicht?«

»Doch, alles in Ordnung«, log Harry und erweckte den Eindruck, plötzlich würde ihm einfallen, was geschehen war. »Jetzt weiß ich's wieder. Das war mein Partner. Sein Fitneßzentrum liegt hier in der Nähe, und er erbot sich, mal vorbeizuschauen. Nachdem soviel passiert ist, hab ich's einfach vergessen. Macht's Ihnen was aus, wenn ich jetzt in Evies Büro gehe?«

»Nein, natürlich nicht.«

»Am Ende des Flurs, nicht wahr?«

»Nein – eh – Sie finden das Büro da unten, an diesem Korridor. Dort hat sie die letzten zwei Jahre gearbeitet.«

»Ach ja, ich war länger nicht hier.«

An der hellbraunen Eichentür stand immer noch Evies Name. Harry trat ein, obwohl er wußte, daß seine Mühe keinen Erfolg versprach. Wie erwartet, war der Raum leer geräumt worden. Nichts auf dem Schreibtisch oder in den Schubladen, nichts in den Aktenschränken, nichts an den Wänden. In einer Ecke stapelten sich die Bücher, die das kleine Regal enthalten hatte. Harry ahnte, daß jeder einzelne Band durchgeblättert worden war. Nun schwanden seine letzten Zweifel. Man hatte den Einbruchdiebstahl im Apartment nur inszeniert, um eine gründliche Suche zu tarnen. *Aber wonach*?

Nur zur Sicherheit überprüfte er die Unterseiten aller Regalfächer und Schubladen. Nichts. Auch der Papierkorb war leer. Harry versuchte sich vorzustellen, wie jemand einfach in diesen Raum gehen und ihn ausräumen konnte. Offensichtlich war die Story, die man der Empfangsdame erzählt hatte, plausibel gewesen. Sicher ein ganz cooler Typ. Ein Eisberg. Kein Amateur.

*Hingen die Diebstähle in der Wohnung und im Büro mit Evies Tod zusammen*? *Konnte es anders sein*? Impulsiv setzte sich Harry in den Schreibtischsessel und schaltete den Computer ein. Prompt erschien das Programm der Festplatte, und er drückte auf eine Taste, um die zuletzt bearbeitete Datei abzurufen. Nichts. Es gab keine Dateien. Keine Korrespondenz, keine Artikel, nicht einmal ein Word-Processing-Programm. Alle Dateien waren gelöscht.

»Kann ich Ihnen helfen?« Chuck Gerhardt stand in der Tür und lächelte verständnisvoll.

»Nein, danke.« Harrys schwaches, verwirrtes Lächeln war

echt. »Danke für alles.« Gerhardt legte drei Zehndollarscheine auf den Schreibtisch. »Das war ich Evie schuldig. Jetzt gehört's Ihnen.«

»Unsinn. Bitte, behalten Sie das Geld. Sicher würde sie nicht wollen, daß Sie's nach ihrem Tod zurückzahlen.«

»Oh, das war keine Leihgabe. Sie hatte einen Freund im Village, der ungewöhnlichen Schmuck repariert. Als sich meine Kette öffnete, fiel das Medaillon auf den Marmorboden unten in der Halle und zerbrach in mehrere Stücke. Das habe ich in Deutschland gekauft, während eines ganz besonderen Urlaubs mit einem ganz besonderen Freund. Ich dachte, ich müßte es wegwerfen. Aber Evies Juwelier hat's gerettet.«

*Das Village.* Niemals hatte Evie jenseits der Fifth Avenue eingekauft. Sogar das C. C.'s war ihr unkonventionell erschienen. Vorhin hatte Julia das geheime Büro in Greenwich Village erwähnt. Und jetzt das. »Chuck, wissen Sie zufällig, wer dieser Juwelier ist?«

»Das hat mir Evie nie erzählt. Aber seine Visitenkarte klebte an der Innenseite des Etuis, in dem das Medaillon lag, als ich's zurückbekam. Die habe ich sicher aufgehoben. Gehen wir in mein Büro.«

Harry folgte Gerhardt in ein großes Studio, das mit den Werkzeugen und Produkten seines Berufs übersät war. Eine Zeitlang wühlte der Layout-Designer in seinen Schreibtischschubladen, dann hielt er triumphierend eine Visitenkarte hoch. »Paladin Thorvald, exquisite Juwelen, Antiquitäten und Sammlerstücke.« Harry notierte sich die Adresse. »Jetzt können Sie das Geld bedenkenlos behalten, Chuck«, meinte er und klopfte auf seine Schulter. »Immerhin haben Sie's verdient.«

*

Harry blieb vor einem Geldautomaten stehen, zog sich ein paar Dollars und fuhr mit einem Taxi ins Village. Gleich hinter der

Bleecker Street lag Paladin Thorvalds Laden, zwei Häuserblocks von der Bowery entfernt. Es war fast ein Uhr morgens, aber hier trieben sich immer noch zahlreiche Leute auf den Straßen herum, so wie in vielen Teilen Manhattans. Natürlich warteten auch die allgegenwärtigen finsteren Gestalten den Beginn ihrer speziellen nächtlichen Stunden ab.

Bis jetzt hatte Harry keine bestimmten Pläne geschmiedet. Er wollte nur Evies Foto herumzeigen. Wenn er kein Glück hatte, würde er nach Hause fahren, ein paar Stunden schlafen und die Ermittlungen am nächsten Morgen fortsetzen. Er mußte sich beeilen. Wer immer das Apartment und Evies Büro durchsucht hatte, war raffiniert und verzweifelt genug, um einen Mord zu begehen. Und um alles noch schlimmer zu machen, brauchte Albert Dickinson nur einen positiven Bericht des Leichenbeschauers, bevor er sich auf seinen einzigen Verdächtigen stürzte – einen gewissen H. Corbett.

Thorvalds kleiner Laden lag im Erdgeschoß eines schäbigen gelben Ziegelgebäudes. Eiserne Gitterstäbe schützten das Tafelglas der einzigen Schaufensterscheibe. Wie ein kleines Schild verriet, war das Geschäft zwischen neun und neunzehn Uhr geöffnet. Harry spähte hinein. Im Licht einer trüben Glühbirne sah er eine Kollektion, die offensichtlich die Grenze zwischen Antiquitäten und Trödel überschritten hatte. Wohl kaum nach Evies Geschmack. Sicher hatte sie ihre gewohnten Jagdgründe nicht verlassen, um diesen Laden aufzusuchen. Also müßte er ihr Büro in der Nähe finden.

Erst zeigte er ihr Foto drei Kunden, die einen kleinen Supermarkt verließen, dann dem Verkäufer. Der Mann, ein Pakistani oder Inder, erkannte Evie und erklärte, sie sei oft hier gewesen. Aber er wußte nicht, wo sie wohnte. Er übernahm immer die Nachtschicht ab dreiundzwanzig Uhr. Bis zu diesem Abend hatte Harry sich nicht vorstellen können, seine Frau würde nachts allein durch diese Straßen wandern. Während er von einem Häuserblock zum nächsten ging, spürte er, wie er das Interesse der finsteren Gestalten erregte. Sie rückten immer näher. Entweder war er ein Neuling oder eine leichte Beute – möglicherweise beides. Bald würden sie über ihn herfallen. Er schaute auf seine Uhr. Wie dumm und leichtsinnig, um diese Zeit hierherzukommen …

Immer wieder schaute er über seine Schulter. Schließlich kehrte er zu Thorvalds Laden zurück. Zwei Passanten hatten Evie nie gesehen, zwei andere waren bei seinem Anblick davongerannt. Nun beschloß er, in ein Taxi zu steigen und nach Hause zu fahren. Als er am Antiquitätengeschäft vorbeiging, spähte er noch einmal zwischen den Gitterstäben hindurch. Im Hintergrund des Laden ging ein großer bärtiger Mann in einem weiten Hemd oder Kaftan umher.

Harry klopfte an die Schaufensterscheibe, und der Mann wandte sich zu ihm. Dann zeigte er auf seine Armbanduhr und bedeutete ihm zu verschwinden. Aber Harry ließ sich nicht abwimmeln und klopfte wieder. Diesmal hielt er Evies Foto und zwei Zwanziger hoch. Zögernd kam der Mann zur Auslage. In seinem kunstvoll bestickten Kaftan, mit Vollbart, dickem Pferdeschwanz und einem einzelnen schweren goldenen Ohrring sah er aus wie eine Kreuzung zwischen Eric dem Roten und Ivan dem Schrecklichen. Trotzdem wirkte sein Gesicht freundlich und beruhigend, wenn es kleinere Kinder auch erschrecken mochte. Während er das Foto musterte, schien er Evie zu erkennen. Hastig zeigte Harry auf seinen Ehering, das Porträt, sich selbst und schließlich auf die Dollarscheine. Ein paar Sekunden lang zauderte Paladin Thorvald immer noch, dann zuckte er die Achseln, schaltete seine Alarmanlage aus und öffnete die Tür.

»Sind Sie Desirees Mann?« fragte er, nachdem Harry sich vorgestellt hatte. »Ich wußte nicht, daß sie verheiratet war. Noch dazu mit einem Doktor …«

Harry dachte an die vielen Stunden, die er mit Evie verbracht hatte, um den Verlobungsdiamanten auszusuchen und dann die Eheringe. Noch vor kurzem hätte ihn die Neuigkeit überrascht, daß sie nachts durchs Village gestreift war, unter dem Namen Desiree und ohne Ehering.

Aber jetzt konnte ihn nichts mehr erschüttern. »Mr. Thorvald, ich versichere Ihnen – ich *bin* ihr Mann. Zumindest war ich's bis vor ein paar Tagen. Dürfte ich hineinkommen und mit Ihnen reden?«

Obwohl Thorvald zurücktrat und ihn einließ, spürte Harry das Unbehagen des Mannes. Er entschied, daß es keinen Grund gab, irgend etwas zu verschweigen – außer der polizeilichen Vermutung, Evie sei ermordet worden.

»Hier«, sagte er und hob die beiden Zwanziger. »Behalten Sie's, so oder so.«

Das ließ sich Thorvald nicht zweimal sagen. Er stopfte die Geldscheine in die tiefe Tasche seines Kaftans und hörte sich Harrys Geschichte gleichmütig an. »Und was genau wollen Sie wissen?« Plötzlich runzelte er argwöhnisch die Stirn.

»Wenn Sie mir verraten könnten, wo sie gewohnt hat – das wäre großartig.«

»Im Village leben viele verschiedene Typen aus vielen verschiedenen Gründen. Zum Beispiel, weil man hier die Privatsphäre respektiert, die es anderswo nicht gibt. Leben und leben lassen, wenn Sie verstehen, was ich meine. Als Desiree Ihre Frau war und Ihnen nichts von ihrer Wohnung im Village erzählt hat, hatte sie offensichtlich ihre Gründe.«

Harry mußte sich nicht sonderlich bemühen, seiner Stimme einen eindringlichen Klang zu verleihen. »Bitte, Mr. Thorvald! Evie ist gestorben. Mit achtunddreißig Jahren. Wir hatten ein schönes Heim, Freunde, Zukunftspläne. Und nun muß ich herausfinden, wer Desiree war. Wie immer sie sich auch genannt hat, sie war meine Frau. Und ich glaube, ich besitze die Schlüssel zu ihrer Wohnung. Bitte! Zeigen Sie mir einfach nur das Haus, und ich verschwinde. Mehr verlange ich nicht von Ihnen. Nur das.«

Nachdenklich strich Thorvald über seinen Bart und starrte auf seine Sandalen hinab. »Zwei Türen weiter«, erklärte er schließlich. »Eine frisch lackierte rote Tür. Erster Stock. Zumindest glaube ich, daß sie das einmal erwähnt hat. Aber ich bin mir nicht sicher. Ich war nie in diesem Haus.«

»Danke. Ich weiß, Sie wollten's mir nicht erzählen. Und nun werde ich Sie nicht länger belästigen.«

Paladin Thorvald musterte Harrys Gesicht. »Tut mir leid, daß Ihre Frau tot ist.«

*

Hoch oben in der roten Lacktür waren zwei kleine Fensterscheiben eingelassen. Harry stellte sich auf die Zehenspitzen und spähte hindurch. Im Hausflur ließ sich niemand blicken. Er schaute nach allen Seiten und vergewisserte sich, daß die finsteren Gestalten immer noch Abstand hielten. Dann zog er den Hasenfuß mit den Schlüsseln aus der Tasche. Bis jetzt hatte er gehofft, er könnte sich irren, und es bestünde kein Grund, Evie ein Doppelleben anzudichten. Doch diese Hoffnung schwand dahin, als sich der erste Schlüssel im Schloß herumdrehte.

Er schlüpfte hinein und verschloß die rote Tür hinter sich. Im schwachbeleuchteten Flur stank es nicht allzu schlimm, aber er hätte eine gründliche Reinigung vertragen. Zeitschriften lagen auf einem kleinen, zerkratzten Tisch. Neben fünfundzwanzig Klingelknöpfen hingen Postkästen in zwei Reihen. Harry überflog die Namen auf den schwarzen Plastikstreifen, weiße Initialen für die Vornamen und die Nachnamen. Bei manchen waren Zettel mit weiteren Namen dazugeklebt worden. Kein einziges D, kein einziger Name kam ihm bekannt vor. Aber beim Apartment 2F war überhaupt kein Name angegeben. Und Evies Schlüssel paßte ins Schloß des dazugehörigen Postkastens.

Das Fach war leer. Plötzlich hörte er ein leises, scharrendes

Geräusch an der Haustür und fuhr herum, sein Puls beschleunigte sich. Niemand spähte durch die Fensterscheiben, aber da war zweifellos jemand gewesen.

Sekundenlang überlegte Harry, ob er sich auf der Straße umschauen sollte. Doch er besann sich eines Besseren. Wer immer da draußen gestanden hatte – es mußte eine Person sein, mit der er nichts zu tun haben wollte. Und es erschien ihm wichtiger, das Apartment 2F zu durchsuchen.

Das Erdgeschoß bestand aus einem halbdunklen Korridor mit Stuckwänden und mehreren Wohnungstüren. An einer Seite führte eine Treppe ohne Teppich nach oben, schmal genug, so daß Harry sich fragte, wie die Hausbewohner jemals eine Couch oder einen Kühlschrank in ihre Apartments befördern konnten. Ein Lift schien nicht zu existieren.

Immer noch entnervt von der Erkenntnis, daß er beobachtet wurde, stieg er die Stufen hinauf, leise und vorsichtig. Das Apartment 2F lag im Hintergrund des Gebäudes. Als er zur Tür ging, versuchte er sich vorzustellen, wie Evie diesem Flur gefolgt war. Vor der Wohnung angekommen, lauschte er atemlos. Stille. Er klopfte behutsam. Dann noch einmal. Nichts. Sein Herz schlug wie rasend, als er den zweiten Schlüssel ins Schloß steckte und herumdrehte – als er die Welt der Frau betrat, die sich Desiree genannt hatte.

## 13

Tiefes Dunkel erfüllte das Apartment. Im schwachen Licht, das vom Flur hereinfiel, fand Harry einen Lichtschalter und drückte darauf.

Hastig schloß er die Tür hinter sich. Das kleine, spärlich möblierte Wohnzimmer bildete einen krassen Kontrast zu dem untadeligen, geschmackvoll ausgestatteten Apartment, das er zusammen mit Evie bewohnt hatte. Offensichtlich war hier eine eifrige Schriftstellerin tätig gewesen. Auf dem fadenscheinigen Teppich lagen Aktenordner und Manuskriptseiten. Wie die Titel verrieten, hatte die Bewohnerin nicht nur an einem Projekt gearbeitet. Eine elektrische Schreibmaschine stand auf einem Klapptisch, neben einem billigen Computertisch mit PC und Laserdrucker. Vor einer Wand reihten sich ein Fernseher, ein Videorecorder und sieben oder acht Videokassetten aneinander. Es gab auch ein Telefon. Ein paar Sekunden lang lauschte Harry dem Freizeichen, ehe er den Hörer auf die Gabel zurücklegte und den Apparat vergeblich nach der Nummer absuchte. Einige Leute kannten sie wahrscheinlich. Aber Evies beste Freundin Julia gehörte nicht dazu.

Harry öffnete einen leeren Schrank. Dann inspizierte er die Küche. Mehrere Flaschen Diätlimonade, eine Braun-Kaffeemaschine, eine Mikrowelle. In den Kästen fand er Snacks und Konserven, im Kühlschrank ein paar Tiefkühlgerichte und ein halbes Dutzend verschiedener Eiscremes von Ben & Jerry's, Evies Lieblingssorten.

Neben der Küche lag ein kleines Bad mit einer Duschkabine, ohne Wanne. Das Shampoo war Evies Marke. Auch die diversen Düfte der Körperpuder und Seifen erinnerten ihn an seine Frau. Über dem Waschbecken hing ein Apothekenschränkchen mit Spiegeltüren. Harry betrachtete sein Gesicht – müde, aschfahl, unrasiert. Hatte Gene Hackman jemals so gräßlich ausgesehen? Im Schrank standen mehrere Pillenröhrchen ohne Etiketten. Er erkannte Valium, Seconol und ein Weckamin. Vermutlich enthielten die anderen Röhrchen verschiedene Schmerztabletten. Von allen waren die Etiketten abgerissen.

In einer kleinen Flasche steckte weißes Pulver. Harry schüttete eine geringe Menge auf seine angefeuchtete Fingerspitze und strich über seinen Gaumen. Sofort entstand ein sonderbares taubes Gefühl. Offensichtlich Kokain. Evie hatte niemals auch nur das geringste Interesse an Drogen gezeigt. Und er konnte sich nicht entsinnen, daß sie ein einziges Mal das bißchen Marihuana angenommen hätte, das ihr gelegentlich auf Parties offeriert worden war.

Desirees Drogenkonsum mußte der Entspannung gedient haben, in seltenen Fällen. Unabhängig von ihrem Doppelleben, hätte er's gemerkt, wenn sie süchtig gewesen wäre. Er öffnete eine Schublade im Toilettentischchen und starrte bestürzt auf den Inhalt. Nur Kondome, sonst nichts. Etwa fünfzehn verschiedene Sorten und Marken, in Schachteln oder Päckchen. Ein paar gewöhnliche aus dem Supermarkt, einige exotische aus Spezialläden. Harry griff nach einer Schachtel. Auf einer Seite stand ›Thai Tickler‹, auf der anderen prangte eine anstößige Zeichnung, neben dem Versprechen: ›Garantiertes Vergnügen für sie und ihn.‹

Ärgerlich warf er die Schachtel zurück und schloß das Schubfach. Ein Teil von ihm wollte einfach nur verschwinden und das alles vergessen. Inzwischen hatte er mehr über seine Frau und ihr *alter ego* erfahren, als er wissen wollte. Und er fürchtete die Enthüllungen, die ihn auf den Manuskriptseiten und im Computer erwarteten. Aber er durfte ihnen nicht ausweichen. Nachdem er mitten in einem Alptraum gelandet war, gab es nur einen einzigen Ausweg – er mußte hindurchgehen, bis zum anderen Ende.

Das Schlafzimmer bot gerade genug Platz für ein King-Size-Bett, eine Kommode und eine Schrankwand. Erst schaute Harry unters Bett, dann öffnete er eine Schranktür. Dahinter hingen vierzehn Abendkleider – elegant, sexy, keineswegs billig. Schicke Schuhe standen am Boden, alle aus den noblen Geschäften, die Evie bevorzugt hatte. In einem anderen Teil des Schranks fand er Nachthemden, Negligés, Teddies und weitere provozierende Schlafzimmergarderobe. Diese nicht sonderlich subtile Kollektion mißfiel ihm. Wenn er Evies Körper unter einem schlichten Flanellnachthemd oder einem einfachen Baumwoll-T-Shirt gespürt hatte, war es viel erotischer gewesen. Vielleicht hatte sie wegen seines simplen Geschmacks die wenigen Spitzendessous, die daheim in ihren Schubladen lagen, nur selten getragen. Oder Evie und Desiree waren völlig verschiedene Frauen gewesen.

Verwirrt und mittlerweile eher traurig als wütend, kehrte er ins Wohnzimmer zurück, zu den Schriftstücken, die sie vermutlich das Leben gekostet hatten. Er öffnete einen dünnen Aktenordner mit der Aufschrift ›Vorwort.‹

*

Zwischen den Laken

**Die Macht und der ungewöhnliche Einfluß des sexuellen Undergrounds in Amerika**

*Die Männer finden mich schön – die Frauen übrigens auch. Seit ich diese Reaktion kenne, ziehe ich meinen Nutzen daraus. Ich bin intelligent, gebildet und an vielen Dingen interessiert. Aber am meisten faszinieren mich Sex und Macht. Diesem Buch können Sie entnehmen, wie ich – und viele andere Frauen, mit denen ich zusammengearbeitet und die ich interviewt habe – ihr Aussehen und ihren Sex-Appeal einsetzen, um andere zu verführen und zu beherrschen, Männer ebenso wie Frauen. Außerdem werden Sie von geschäftlichen Beschlüssen erfahren, die zu Millionengewinnen oder -verlusten führten und die man nur getroffen hatte, um eine von uns zu beglücken. Sie werden herausfinden, welche Politiker mit ihren Ämtern betraut oder gefeuert wurden, weil wir es wollten. Manchmal werden wir für den Einfluß bezahlt, den wir ausüben, und zwar sehr großzügig. Wir halten Richter, Politiker, Geschäftsmänner etc. unter Kontrolle – einfach nur, um zu beweisen, daß wir's schaffen.*

*Sind wir's wert? Lesen Sie dieses Buch und entscheiden Sie selbst …*

Harry legte den Aktenordner ab und ergriff einen anderen mit der Aufschrift ›Korrespondenz‹, der Briefe von den Cheflektoren mehrere großer Verlage enthielt. Offensichtlich interessierten sich alle für Leseproben aus ›Zwischen den Laken‹ von Desiree. Die Briefe waren an das Postfach eines Agenten namens Norman Quimby in Manhattan adressiert.

Soviel Harry wußte, hatte Evie den Mann nie erwähnt, und er fragte sich, ob dieser Quimby überhaupt existierte. Einige Briefe stammten von Produzenten diverser TV-Shows, unter Evies Namen an ein anderes Postfach adressiert. Man bot ihr eine ernsthafte Diskussion über einen langfristigen Deal an, falls sie ›Desiree‹ präsentieren und die Tonbandaufnahmen und Filme vorlegen würde, die sie zu besitzen behauptete. Außerdem versprachen die Produzenten, die von Evie geforderten Sicherheitsvorkehrungen zu treffen, um Desirees Identität zu schützen und die mystische Aura zu betonen, die sie umgab.

*Ich glaube, es ist eine ausgezeichnete Idee, Desirees Identität zum bestgehüteten Geheimnis seit Pearl Harbour hochzustilisieren,* schrieb ein Produzent. *Wenn die Sendung ausgestrahlt wird, ist das Buch bereits erschienen, und die Publicity müßte ein Phänomen heraufbeschwören – Madame X, Sydney Barrows, Christine Keeler und Heidi Fleiss in einer Person, mit einem Touch von Marilyn und den Kennedys. Vorerst kann ich Ihnen noch keine Zahlen nennen. Aber ich versichere Ihnen schon jetzt, daß wir ins Geschäft kommen werden, falls Sie liefern, was Sie angeblich besitzen.*

Nun griff Harry nach einem Video, das nur mit einer Eins gekennzeichnet war. Mehrere Mappen lagen am Boden, eine mit ›Vids‹ beschriftet. Darin steckten sechs Inhaltsangaben, jede ein bis zwei Seiten lang und mit einer Nummer versehen. Er schob das Video eins in den Recorder.

*In diesem Film sehen Sie eine Frau, die sich Briana nennt,* las er.

*Sie ist einunddreißig und war Homecoming Queen* an einer großen Universität in den Südstaaten. Jetzt arbeitet sie als Physiotherapeutin in einer Klinik außerhalb von Washington, D.C. Nachts jobbt sie für einen Hostessenservice. Pro Nacht erhält sie ein Honorar von 2000 $. Sie hat nicht viele Kunden und trifft sie nur, wenn sie Lust dazu hat. Fünfzig Prozent ihrer Einnahmen führt sie an die Agentur ab. Vor kurzem wurde sie von ihrem Freund schwanger und beschloß, den Job beim Hostessenservice aufzugeben. Das Video – eine Art Abschiedsgeschenk Brianas an sich selbst wurde von einer Kamera aufgenommen, die in ihrem Apartment hinter einem Spiegel versteckt war. Davon wußte die Besitzerin der Agentur nichts. Briana handelte auf eigene Faust. Aber sie hatte bereits einen Vertrag mit einer mächtigen Tabak-Lobby abgeschlossen. Wenn sie die Wahl des Senators beeinflussen konnte, der auf dem Video zu sehen ist, sollte sie 50.000 $ erhalten, für das Video selbst weitere 50.000 $. Die Gesichter und Stimmen Brianas und des Senators wurden elektronisch verfremdet …*

In morbider Faszination beobachtete Harry eine Frau mit großen, jugendlichen Brüsten und einem perfekten, muskulösen Teenager-Körper. Sie ließ sich von einem Mann ausziehen, der nicht annähernd so gut gebaut war und den sie ›Senator‹ nannte. Aufreizend forderte sie ihn heraus, streichelte ihn, und beim Liebesspiel entlockte sie ihm schließlich das Versprechen, eine weitere saftige Erhöhung der Tabaksteuer nicht zu befürworten. Die Frau wirkte so unglaublich sexy, verführerisch und raffiniert, daß der Senator schon nach zwei Minuten zum Höhepunkt gelangte.

Infolge der elektronischen Tricks, die das Gesicht verwischten und die Stimme verzerrten, konnte Harry den

* Königin der Cheerleaders eines Footballteams, die gewählt wird, wenn es nach einem siegreichen Auswärtsspiel heimkommt.

Mann nicht identifizieren. Er überlegte, ob das Video auf Tatsachen beruhte oder von Desiree inszeniert worden war. *Hatte sie sich auch selbst in solchen Situationen vor der Kamera produziert?* Unglücklicherweise mußte er das annehmen, und er beschloß, sich die restlichen Videos erst anzuschauen, wenn er das übrige Material durchgesehen hatte.

Er schaute auf seine Uhr. Kurz vor zwei. Seufzend dankte er seinem Beruf, der ihn gelehrt hatte, nach einem harten Arbeitstag eine Nachtschicht durchzustehen, ohne auch nur sekundenlang die Konzentration zu verlieren. Bis zum Morgengrauen würde er hierbleiben und dann seine Wohnung aufsuchen, duschen und frische Sachen anziehen, bevor er den Dienst im Krankenhaus antrat.

Während er die Aktenordner und losen Blätter betrachtete, versuchte er zu entscheiden, wie er bei seinen Nachforschungen am besten vorgehen sollte. Ein dünner Stapel sprang ihm ins Auge, fünf bis zehn Seiten, von einem Gummiband umwunden, unter dem ein gelber Zettel mit Evies Handschrift steckte – ›Manager (siehe frühere Notizen und Desirees Tagebuch)«.

*Alle zwei Wochen treffen sie sich im Camelot Hotel,* begann die erste Seite. *Jung, attraktiv, einflußreich. In Pages Auftrag schloß ich mich sechs anderen Frauen an – alle zählen zu den schönsten, begehrenswertesten in der City. Das Honorar für einen Abend: tausend in bar. Jede Frau sollte sich um einen bestimmten Kunden kümmern. An meinem ersten Abend, einem Dienstag, wurde ich ins Zimmer geschickt, das ...*

Plötzlich erstarrte er. Vor der Wohnungstür erklang ein Geräusch. Irgend jemand schien sich ans Holz zu drücken und zu lauschen. Lautlos legte Harry die Papiere beiseite, schlich auf Zehenspitzen zu einem Fenster und zog vorsichtig die Jalousie hoch. Er sah eine Feuerleiter, eine Hintergasse. Aber das Fenster wurde, ebenso wie das benachbarte, von einem Eisengitter mit Vorhängeschloß gesichert. Harry kehrte zu dem Tisch zurück, auf den er Evies Schlüssel gelegt hatte. In diesem Augenblick klopfte es zweimal an der Tür, ganz leise. Er trat zwei Schritte vor und blieb stehen. Da klopfte es wieder, diesmal etwas lauter. Sein Blick irrte zu Desirees Papieren. Wo sollte er das alles verstecken?

»Wer sind Sie?« hörte er sich keuchen und ging zur Tür.

»Hier ist Thorvald, Paladin Thorvald«, flüsterte eine gepreßte Stimme. »Ich muß mit Ihnen reden.«

»Wie sind Sie ins Haus gekommen?«

»Bitte, es ist sehr wichtig.«

Harry schaute sich noch einmal um, bevor er mit den Schultern zuckte und die Tür öffnete.

Blitzschnell stürmten zwei Männer in dunklen Windjacken herein, der eine groß und wie ein Profi-Ringer gebaut, der andere etwas kleiner, aber ebenfalls kräftig. Über beide Gesichter waren Nylonstrümpfe gezogen. »Ich habe gelogen«, knurrte der größere und schob Harry ins Apartment zurück.

Harrys Reaktion war ein reiner Reflex. Erst schlug er seine Faust ins Gesicht des größeren Eindringlings und schleuderte ihn gegen die Wand neben der Tür, dann trat er nach dem anderen und traf ihn seitlich am Knie. Fluchend stürzte der Mann zu Boden. Harry rannte an ihm vorbei zur offenen Wohnungstür, aber der Größere stellte ihm ein Bein, und er fiel der Länge nach in den Hausflur. »Hilfe!« rief er und sprang auf.

Ehe er davonlaufen konnte, packte ihn der große Mann an den Fußknöcheln. Schreiend versuchte Harry, ihn abzuschütteln. Er wog hundertachtzig Pfund, aber der Riese zerrte ihn hoch wie eine Fetzenpuppe. Unter der Strumpfmaske war sein Gesicht blutverschmiert.

»Verdammt, hol das Zeug raus!« fauchte er und schleifte Harry in die Wohnung zurück. »Dieser Kerl dreht durch!«

Mit aller Kraft riß Harry einen Fuß los und rammte ihn ans Kinn seines Widersachers. Der Griff wurde gelockert, und er konnte sich erneut befreien. Inzwischen war der untersetzte Mann wieder auf die Beine gekommen, stand aber etwas unsicher da. Als er Harrys Arme seitlich an den Körper zu pressen versuchte, vollführte sein Gegner – behende wie ein Derwisch – eine Drehung um die eigene Achse, auf die Baryschnikow stolz gewesen wäre, und bohrte ihm einen Ellbogen in die Kehle. Der stämmige Bursche brach wieder zusammen.

Auf dem Weg zur Tür stolperte Harry, und die Verzögerung genügte dem Riesen, um ihn erneut festzuhalten. Aber seine Arme blieben frei. Während er zu einem Fausthieb ausholte, schoß ein heftiger Schmerz durch seine Brust und den Rücken und glich einem Elektroschock – so ähnlich wie damals auf der Laufbahn des MMC-Fitneßcenters, nur viel schlimmer. Seine Knie gaben nach, sein Blickfeld verschleierte sich, und beide Männer hielten ihn am Boden fest.

»Das Zeug!« zischte der eine.

»Okay, okay, ich hab's, ich hab's.«

Im schwülen, dumpfen Nebel unerträglicher Qualen roch Harry den widerwärtigen, süßlichen Gestank von Chloroform. Eine Sekunde später wurde ein Lappen, mit dem hochwirksamen Betäubungsmittel getränkt, auf seine Nase und den Mund gepreßt. Die grauenhaften Stiche in seiner Brust erlaubten ihm nur eine schwache Gegenwehr. Und als seine Sinne schwanden, fühlte er sich sogar erleichtert, weil auch der Schmerz verebbte. Eine Zeitlang kämpfte er und wandte die einzig mögliche Taktik an – er weigerte sich zu atmen. Aber da über dreihundert Pfund auf ihm lagen, erlahmte seine Widerstandskraft sehr schnell.

*Wie ist einem zumute, wenn man stirbt*, war sein letzter Gedanke, bevor er tief Luft holte.

*

*»Welche Namen haben Sie in den Papieren gelesen?«...*
*»An was für Namen erinnern Sie sich?«...*
*»Haben Sie die Kassetten abgehört?«...*
*»Was ist da drauf?«...*

Schwerelos wie Federn schwebten die Fragen durch pechschwarzes Nichts und streiften Harrys Bewußtsein, dann glitten sie davon.

*»Hat Ihre Frau mit Ihnen über ihren Job gesprochen?«...*
*»Wie haben Sie von diesem Apartment erfahren?«...*
*»Kennen Sie's schon lange?«...*
*»Wer weiß sonst noch Bescheid?«...*

Die Männerstimme klang sanft und geduldig und keineswegs fordernd. Aber Harry fühlte sich machtlos und konnte ihr nicht widerstehen. Unentwegt dröhnten die Fragen, nur von seinen langsamen, schwerfälligen Antworten durchbrochen, die aus seiner Kehle kamen, aber irgendwie fremd wirkten.

*»Fangen wir noch mal von vorn an, Harry. Verraten Sie mir, was Sie heute nacht hier gelesen haben, in allen Einzelheiten«...*

*»Nennen Sie jeden Namen, an den sie sich erinnern – jeden Namen – jeden Namen«...*

Harry lag flach auf dem Rücken, an ein Bett gefesselt. Über jedem Auge klebten Wattebäusche. Er konnte seine Hände bewegen, aber weder Arme noch Beine oder Füße – den Kopf, aber nicht die Schultern. »Lassen Sie mich aufstehen«, hörte er sich ächzen.

»Sobald ich überzeugt bin, daß Sir mir alles erzählt haben, werden Sie befreit. Kann ich bitte noch etwas Pentothol haben?«

Die Nebelschwaden in Harrys Gehirn begannen sich aufzulösen, er spürte keine Schmerzen mehr in der Brust, und er war nicht gestorben. Zumindest glaubte er das.

»Halten Sie still, Harry. Versuchen Sie nicht, Ihren Arm zu bewegen. Gleich werden Sie sich besser fühlen.«

Die Stimme des Inquisitors klang kultiviert und intelligent – das war keiner der beiden Kerle, die ihn angegriffen hatten. Aber sie waren auch da. Harry hörte sie atmen und malte sich aus, wie die drei neben dem Bett standen und ihn anstarrten.

»Davon brauche ich noch mehr«, sagte die kultivierte Stimme. »Und füllen Sie diese Spritze mit dem Ketamin da drüben. Ich glaube nicht, daß er noch mehr zu sagen hat. Nun, wir werden's ja sehen.«

Harrys linker Arm spürte eine Bewegung, einen abrupten Einstich. *Sind Sie's?* schrien seine Gedanken. *Nicht wahr, Sie sind's – der Doktor in Alexander 9* ... Dann breitete sich angenehme Wärme in der Finsternis aus, die Fragen und seine eigenen Antworten schwebten wieder vorbei.

*»Woran erinnern Sie sich sonst noch?«*...

*»Welche Namen?«*...

*»Welche Adressen?«*...

*»Welche Tonbänder?«*...

*»Was noch?«*...

*»Was noch?«*...

*»Was noch?«*...

*

Allmählich stieg er aus den Tiefen eines warmen, schwarzen Ozeans empor. Sein Kopf fühlte sich geschwollen an, seine Brust glich einem Ballon. Ringsum schwirrten sonderbare Blasen und Wortfetzen – die Begegnung mit den beiden Schlägertypen – das Verhör – die sanfte Stimme. Er war an ein Bett gefesselt und ... *Moment mal!* Vorsichtig hob er den linken Arm, dann den anderen. Die Fesseln waren verschwunden. Auch die Beine hatte man befreit. Er tastete nach den Klebebändern über seinen Lidern, zog sie langsam und schmerzhaft herunter, entfernte die Wattebäusche.

Im Zimmer herrschte dichtes Dunkel. Er bekämpfte eine

plötzliche Übelkeit, zwang sich, aus dem Bett zu steigen, und ging zum Fenster. Als er die Jalousie hochzog, stach das grelle Licht der Vormittagssonne in seine Augen. Er schlug die Hände vors Gesicht und wartete.

Endlich konnte er sich umschauen. Er stand in Desirees Schlafzimmer, vollständig angezogen, bis auf die Schuhe, die er neben dem Bett entdeckte. Und seine Uhr war verschwunden. In der linken Armbeuge fand er eine winzige Stichwunde, die zweifellos von einer Injektion stammte. Abgesehen von den Möbeln war der Raum leer geräumt. Keine Kleider im Schrank. Kein Parfüm auf der Kommode. Auch aus dem Bad und dem Wohnzimmer hatte man Evies Sachen entfernt. Der Computer und der Drucker waren verschwunden, die Schubfächer im Bad von ihrem deprimierenden Inhalt befreit. Im Apothekenschrank standen keine Pillenröhrchen. Evies Schlüssel lagen nicht mehr auf dem Tisch, nur seine eigenen und seine Brieftasche. Wie er erst jetzt bemerkte, hatte man ihm seine Armbanduhr weggenommen. Geplagt von heftigen Kopfschmerzen, die nicht so bald nachlassen würden, sank er auf die Couch. Er griff zum Telefon, wählte die Nummer seiner Praxis, und Mary Tobin seufzte erleichtert. »Oh – Dr. Corbett, ich habe schon überall angerufen, sogar die Polizei.«

»Wie spät ist es?«

»Pardon?«

»Wie spät ist es, Mary?«

»Mittag. Fast Mittag. Wo stecken Sie denn, um alles in der Welt?«

»Das erkläre ich Ihnen, wenn ich Sie sehe. Jetzt muß ich nach Hause. Wahrscheinlich komme ich erst um drei in die Praxis. Können Sie den Leuten andere Termine geben? Am Samstag hole ich die verlorene Zeit nach.«

»Sind Sie okay?«

»Sagen wir mal, ich hab' mich schon besser gefühlt. Bis

später.« Harry schlüpfte in seine Schuhe, unternahm einen letzten ergebnislosen Rundgang durch die Wohnung und verließ das Haus. Vor wenigen Stunden hatte er die Lösung des Rätsels in der Hand gehalten. Und weil er so unvorsichtig gewesen war, hatte er die Chance vertan, sich zu retten. Immerhin wußte er jetzt, wenn auch nur annähernd, wer Evie DellaRosa wirklich gewesen war. Und er kannte eine Stimme – eine sanfte, kultivierte Stimme mit schwachem britischem Akzent.

## 14

Kevin Loomis hatte sich bereits um fünf Uhr morgens angezogen. Lautlos ging er in die Küche und schloß die Tür hinter sich. Nur weil er nicht schlafen konnte, sah er keinen Grund, Nancy oder die Kinder zu wecken. Nach Mitternacht war er ins Bett gekrochen und noch eine gute Stunde wach geblieben. Insgesamt zehn Stunden Schlaf, seit er vor einigen Tagen Evelyn DellaRosas Foto zwischen den Todesanzeigen in der *Times* entdeckt hatte … Zunächst war er sich sicher gewesen, Desiree auf dem Bild zu erkennen, dann hatte er daran gezweifelt. Gewiß, da gab's eine gewisse Ähnlichkeit. Aber die Frau auf dem Foto sah jünger aus – und nicht so attraktiv wie Desiree.

Er stellte eine Tasse mit dem Kaffee von gestern in die Mikrowelle und nahm sie in sein Büro im Kellergeschoß mit, ein winziges Plätzchen zwischen Kisten, Sportgeräten, die um diese Jahreszeit nicht gebraucht wurden, Heizungsrohren und gestapelten Hohlziegeln. Seit seiner Beförderung kam er nur selten hierher, aber das provisorische Büro war immer noch ein geeigneter Ort, wo er sich verkriechen und nachdenken konnte. Bald würde er in einem richtigen Arbeitszimmer sitzen. Am Vorderzaun des kleinen Hauses, das an einer Allee in Queens lag, verkündete ein Schild: ›Zu verkaufen.‹ Es hatten sich bereits Interessenten gemeldet, ein Installateur und seine Frau. Wenn das Geschäft abgewickelt war, würden Kevin und Nancy eine fabelhafte Villa in Port Chester erwerben. Ein Grundstück von anderthalb Morgen, zwölf Zimmer, drei Kamine, vier Bäder – das Traumhaus, das sie stets für einen *irrealen* Traum gehalten hatten.

Neuer Job, neues Auto, neues Haus, neue Geschäftsfreunde, neue Geheimnisse … Wie schnell sich das alles ereignet hatte! Vielleicht war es das, was ihn störte. Nicht die Sache mit Desiree oder Kelly oder der Tafelrunde, sondern Kevin Loomis' rasanter Aufstieg. Sosehr er sich auch bemühte, er konnte sein Unbehagen nicht abschütteln.

»Die meisten Ritter waren jahrelang in leitenden Positionen tätig«, hatte Burt Dreiser erklärt, zum Zeitpunkt jenes Angebots, das Kevins Leben entscheidend veränderte. »Und als Mitglieder der Tafelrunde sind sie auf einzigartige Weise miteinander verbunden. Am Anfang werden Sie sich eingeschüchtert fühlen. Aber keine Bange. Ich habe Ihre Arbeit lange genug beobachtet. Würde ich Ihnen nicht rückhaltlos vertrauen, hätte ich Sie niemals zu meinem Nachfolger ernannt. Glauben Sie einfach an die Prinzipien der Tafelrunde und erkennen Sie, daß unser Anliegen die Methoden der Problemlösung rechtfertigt. Alles andere ist unwichtig.«

An seine Antwort erinnerte sich Kevin nicht mehr. Offensichtlich war's die richtige gewesen – und damals auch die reine Wahrheit. Im Lauf seines Lebens hatte er schon oft ein paar Ecken abgeschnitten – legale, moralische und andere –, für Dinge, die er haben wollte oder an die er glaubte. Was mit der Tafelrunde und ihren verschiedenen Projekten zusammenhing, konnte er voll und ganz akzeptieren, insbesondere, wo doch so viel auf dem Spiel stand, für seine Firma und ihn selbst. Alles wäre perfekt, wenn er sich nur etwas wohler fühlen würde.

Auf seinem Schreibtisch lag Evelyn DellaRosas Todesanzeige. Er strich die Zeitungsseite glatt und las den Text noch einmal. Gewiß, eine Redakteurin des Magazins *Manhattan Woman* würde gut zu den Informationen passen, die sie über Desiree erhalten hatten. Aber die Ehefrau eines Arztes? Wenn sie auch nicht mit Kevin geschlafen hatte, sie war dazu bereit gewesen und Gawaine hatte intime Kontakte eingestanden, obwohl er behauptete, ein Geschlechtsverkehr habe nicht stattgefunden. Aber Kevin glaubte, daß der Mann log. Natürlich arbeiteten die Ehefrauen mancher Ärzte als Callgirls. So was kam vor. Wer hätte nicht die Artikel über Sexclubs in Vorstädten gelesen oder die Berichte in der Sendung ›Hard Copy‹ gesehen? Aber Kevin hätte nie vermutet, man würde ihn eines Tages in solche Affären hineinziehen. Er las weiter. »... plötzlich in einem Manhattan-Hospital gestorben ...«

Plötzlich gestorben. *Was bedeutete das?*

Sollte er mit Galahad und den anderen darüber reden? Vielleicht. Beim nächsten Treffen, beschloß er. »Und welchen Unterschied macht's?« hörte er sich laut fragen.

Selbst wenn Desiree tatsächlich Evelyn DellaRosa gewesen war – na und? Nichts wies auf irgendwelche Zusammenhänge zwischen ihrem Tod und der Tafelrunde hin. Gar nichts. Einmal hatte er sich das eingeredet, als er plötzlich an den Wortwechsel zwischen Galahad und Merlin denken mußte, bei der letzten Zusammenkunft.

*Wir haben zuviel erreicht, um irgendwas zu riskieren.* Hatte Galahad das nicht gesagt? Jedenfalls so was Ähnliches. Und was hatte Merlin geantwortet?

*Überstürzten Sie nichts ... Finden Sie erst mal heraus, ob sie bei einer unserer Firmen versichert ist.*

Vielleicht kein exaktes Zitat, aber durchaus sinngemäß. Schon damals war ihm Merlins Kommentar unheimlich erschienen. Nicht der Wortlaut, aber der Tonfall – und die Miene des Mannes. So als hätte er sich gemeinsam mit Galahad über einen Insider-Scherz amüsiert.

*Und jetzt war die Frau, die sich möglicherweise Desiree genannt hatte, gestorben – plötzlich – in einer Klinik …*

Verwirrt zuckte Kevin zusammen, als das Telefon läutete. Er riß den Hörer von der Gabel.

»Hallo, Kevin, hier ist Burt. Hoffentlich habe ich Sie nicht geweckt. Hören Sie, vor kurzem ist was passiert, und wir sollten darüber reden. Nichts Ernstes, und Sie müssen sich keine Sorgen machen. Könnten wir uns auf meinem Boot treffen, sagen wir, um halb acht?«

Das Boot. Der einzige Ort, wo Dreiser sich sicher fühlte. Und das hing mit der Tafelrunde zusammen.

»Natürlich«, erwiderte Kevin und räusperte sich. »In ein paar Minuten fahre ich los. Er steckte Evelyn DellaRosas Todesanzeige in ein Kuvert, legte es in eine Schreibtischschublade und schob es ganz nach hinten. Dann stieg er die Treppe hinauf, legte eine Nachricht für Nancy und die Kinder auf den Küchentisch und ging zur Garage.

»He, Boß, hast du nichts vergessen?« Nancy stand in der Haustür. In einer Hand hielt sie seine Aktentasche, in der anderen eine Packung Pistazien – sein hartnäckigstes Laster. Sie trug den Morgenmantel aus beiger Seide, den er ihr zu Weihnachten geschenkt hatte. Im Licht der frühen Morgensonne, von den Ahornbäumen am Straßenrand gedämpft, sah sie sehr reizvoll aus. Sie hatten sich in der neunten Schulklasse bei einem Kirchenpicknick kennengelernt und sofort ineinander verliebt. Damals war Nancy Sealy zauberhaft gewesen. Und jetzt, vierundzwanzig Jahre und drei Kinder später, erschien ihm Nancy Sealy Loomis immer noch genauso schön. Plötzlich wurde ihr Bild von der Vision der verführerischen Kelly verdeckt, die nackt auf seinen Schenkeln saß und ihn geduldig streichelte, nach allen Regeln der

Kunst. Für einen Augenblick, so wie in jener Nacht, bestand seine ganze Welt aus ihrem glänzenden, rabenschwarzen Schamhaar. Er hatte ihr erlaubt, ihn abzulecken und sogar in den Mund zu nehmen. Nur für eine Weile. Auf dieser Welt gab es keinen heißblütigen Mann, der nein gesagt hätte. Aber so wie bei seiner Begegnung mit Desiree hatte er vor dem Geschlechtsverkehr die Grenze gezogen. Und er war seiner Selbstkontrolle dankbar.

Er nahm die Aktentasche und die Nüsse entgegen, küßte seine Frau auf die Wange, dann auf die Lippen und noch einmal auf die Lippen – diesmal viel leidenschaftlicher.

»Oh, ist das ein Annäherungsversuch?« fragte sie und knabberte an seinem Ohr. »Wenn ja, rufe ich im Büro an und sage Marty ...«

»Leider habe ich keine Zeit, Schätzchen. Ich bin mit Burt verabredet. Aber ich versuche, heute abend früher nach Hause zu kommen. Noch besser, ich ruf' dich an. Vielleicht treffen wir uns im Starlight Motel.«

Strahlend schaute sie zu ihm auf. »Meinst du's ernst?« Eine Liebesnacht mit Kevin in einem Motel – davon schwärmte sie, seit sie den Traum während der Studienzeit verwirklicht hatten, nur ein einziges Mal.

»Heute nachmittag rufe ich dich an«, versprach er. »Wenn's irgendwie geht, tun wir's.« Er küßte sie noch einmal und eilte zu seinem Lexus. Nie wieder Kelly oder eine andere Hosteß, gelobte er sich. Klar, er war ein treuer Ehemann, aber kein gottverdammter heiliger Franziskus. Früher oder später hatte es passieren müssen. Wenn man mit dem Feuer spielt, verbrennt man sich – so was ließ sich gar nicht vermeiden. Natürlich würde er Burt seine Entscheidung mitteilen, aus Höflichkeit, nach allem, was der Mann für ihn getan hatte. Aber sein Entschluß stand fest. Zur nächsten Party würde Lancelot ein Mädchen weniger einladen müssen. Oder er wollte sich mit zwei Hostessen vergnügen.

In zügigem Tempo fuhr er zum Midtown Tunnel. Dreisers Boot, eine grandiose, zwölf Meter lange Bertram, lag in einem Yachtclub nahe dem Seventy-ninth Street Boat Basin vertäut, am Hudson River. Erst die Forty-second Street entlang, dann den West Side Highway hinauf, dachte er. Aber in letzter Minute besann er sich anders und nahm den FDR. An der Seventy-second konnte er in den Central Park biegen. Wenn er Glück hatte, würde er sein Ziel lange vor dem verabredeten Zeitpunkt erreichen. Auf dem Rücksitz stand sein Laptop, und er mußte eine Menge Papierkram erledigen. Viertausendfünfhundert Dollar hatte dieser tragbare Computer die Firma Crown gekostet. Mehr, als er nach seinem Arbeitsantritt in sechs Monaten verdient hatte. Er steckte eine Sinatra-Disc in den CD-Player und schloß die Fenster. Zu diesem maßgefertigten Soundsystem gehörten zwölf Lautsprecher und ein Zwölf-Band-Equalizer. *Fantastisch*, dachte Kevin. *Das Traumgerät. Der Traumjob. Das Traumhaus.* Nun funktionierte sein Leben wie eine gutgeölte Maschine. Wollte er das alles vermasseln? In jeder erfreulichen Situation suchte er den berühmten Haken, die dunkle Wolke am silbernen Horizont. Wahrscheinlich sah Desiree dieser Evelyn DellaRosa einfach nur ähnlich, und seine lebhafte Phantasie war mit ihm durchgegangen.

In der Stadt herrschte kein allzu dichter Verkehr. Als Kevin am Dock ankam, war es erst sieben. Aber Burt frühstückte bereits auf seinem Hinterdeck, ein attraktiver fünfzigjähriger Mann mit dunklem, leicht ergrautem Haar und aristokratischen Zügen.

»Ich habe in der Stadt übernachtet«, erklärte er. Einladend wies er auf die Kaffeekanne und den Krug mit dem Orangensaft.

*In der Stadt* bedeutete *an Bord*. Und *an Bord* bedeutete vermutlich *mit Brenda Wallace*. Vielleicht hat er mich nur hierherbestellt, weil er ein Alibi braucht, dachte Kevin. »Wenn man schon in der Stadt bleiben muß, ist's nirgendwo schöner als hier«, meinte er und zeigte auf den Hudson.

»Haben Sie das neue Haus schon gekauft?«

»Heute oder morgen ist's soweit.«

»In Port Chester, nicht wahr?«

»Ja.«

»Eine sehr hübsche Gegend.«

»Und das Haus ist wirklich schön. Nancy wäre verzweifelt, wenn der Deal nicht zustande käme.«

»Falls irgendwelche Schwierigkeiten auftauchen, geben Sie mir Bescheid. Ich kann fast alle Probleme lösen.«

»Danke.«

Dreiser warf den Rest seines Brötchens über die Reling, und eine Möwe fing den Bissen in der Luft auf. »Also, was ist los mit Ihnen?« fragte er unvermittelt, und Kevin spürte, wie alle Farbe aus seinem Gesicht wich.

»Keine Ahnung, was Sie meinen.«

»Kevin, vor fünf Jahren wurde ich in die Tafelrunde eingeführt, kurz nachdem man sie gegründet hatte. Als ich den Vorsitz von Crown übernahm, mußte ich mich von dem Verein distanzieren. Sollte man jemals gegen die Tafelrunde ermitteln, wird unser Aufsichtsrat bestreiten, von ihrer Existenz zu wissen. Darin sind wir uns alle einig. Die Ritter wollten meinen Sitz einfach eliminieren oder vielleicht jemandem von einer anderen Firma anbieten. Glauben Sie mir, es fiel mir nicht leicht, den Leuten einen Nachfolger aus der Crown schmackhaft zu machen.«

»Freut mich, daß es Ihnen gelungen ist.«

»Ja, und das dürfen Sie niemals vergessen. Lassen Sie mich erklären, was es für uns bedeutet, der Tafelrunde anzugehören. Vor etwa einem Jahr erlitt ein Ritter eine schlimme Lebensmittelvergiftung, in irgend einem verdammten chinesischen Restaurant. Er wurde ins Krankenhaus gebracht und starb an einem Herzinfarkt. Danach konnte der Aufsichtsrat seiner Firma keinen Ersatzmann empfehlen, weil es mit dem Toten irgendwelche Probleme gegeben hatte. Die Ritter, mich selbst eingeschlossen, gewannen den Eindruck, er hätte sich nicht richtig für unsere Projekte engagiert. Deshalb traute ihm niemand. Wäre er nicht gestorben, hätten wir ihn wahrscheinlich eliminiert. Er wäre der erste gewesen. Aber wenn er sich nicht geändert hätte, wäre es passiert. Da seine Firma, Mutual Cooperative Health, nicht mehr in unserer Runde repräsentiert war, verlor sie in diesem vergangenen Jahr in etwa neunzehn Millionen. Einen solchen Fehlschlag werde ich Crown niemals zumuten.«

»Und?«

»Kevin, wie ich schon mehrmals betont habe – diese Männer sind sehr vorsichtig und sehr mißtrauisch. Diese Reporterin – wie hieß sie doch gleich?«

»Sie nannte sich Desiree, aber ich glaube, in Wirklichkeit hieß sie DellaRosa, und sie …«

»Jedenfalls hat sie einige Leute verärgert. Nun fragen sie sich, was Sie ihr erzählt haben?«

»Gar nichts …«

Dreiser hob eine Hand. »Bitte, lassen Sie mich ausreden.«

»Tut mir leid«, murmelte Kevin.

»Allzu schlimm war's wohl nicht. Aber damals waren Sie ein Neuling. Die Ritter kannten sie nicht. Deshalb konnten sie Ihnen nicht rückhaltlos vertrauen. Das verstehen Sie doch, oder?«

»Ja.«

»Okay. Das Schlüsselwort lautet ›Vertrauen‹. Wenn Sie diesen Männern Unbehagen bereiten, trauen sie Ihnen nicht, Kevin. Und wenn sie Ihnen nicht trauen, sind Sie draußen. Dann wäre auch Crown ausgebootet. Das würde uns schmerzlich treffen, Kevin. Neunzehn oder zwanzig Millionen Dollar im Jahr, und weiß Gott wieviel in den nächsten Jahren – das wäre ein unerträglicher Verlust.«

»Natürlich, ich verstehe.«

»Warum zum Teufel haben Sie dann Lancelot angerufen, um sich über das Mädchen zu beschweren, das er Ihnen geschickt hat?« Fast unmerklich hatte Dreiser seine Stimme erhoben.

Verblüfft runzelte Kevin die Stirn. Warum war sein Vorgesetzter so lückenlos informiert worden? Sollte er sich mit irgendeiner Erklärung oder Entschuldigung aus der Affäre ziehen? Doch er besann sich eines Besseren. In diesem Augenblick wollte Dreiser nur eine einzige Antwort hören. »Das war ein Mißverständnis, und es wird nicht mehr vorkommen.«

»Ausgezeichnet, ausgezeichnet!« Dreiser hob eine Faust und schlug emphatisch in die Luft. »Was Sie mit den Mädchen treiben, sobald sie in Ihrem Zimmer sind, ist mir egal, Kevin. Aber je früher die anderen wieder glauben, Sie wären ihresgleichen, desto eher werden Sie tatsächlich dazugehören. Vielleicht finden Sie das alles trivial. Aber glauben Sie mir, in dieser Gruppe ist nichts trivial. Dafür steht einfach zuviel auf dem Spiel.«

»Gewiß, ich verstehe.«

»Gut. Sicher werden Sie's schaffen – solange Sie nicht vergessen, worauf's ankommt.«

## 15

Sechs Tage nach dem Trauergottesdienst und einen Tag vor seinem fünfzigsten Geburtstag erfuhr Harry, daß er kein potentieller Verdächtiger in einem mutmaßlichen Mordfall mehr war, sondern der einzige Verdächtige in einem definitiven Mordfall.

Der Morgen begann wie alle anderen seit Evies Tod.

Obwohl die Gedanken wie Tornados durch sein Gehirn wirbelten, versuchte er konzentriert und professionell zu wirken. Für ihn stand es beinahe fest, daß der Mann, der ihn in jener Nacht mit Drogen traktiert und verhört hatte, für Evies Ermordung verantwortlich war. Aber Harry konnte nichts unternehmen. Nachdem er Desirees Apartment verlassen hatte, war er in Paladin Thorvalds Laden gegangen. Die beiden Schläger hatten den Namen des Trödlers benutzt. Doch der wußte von nichts und schien an Harrys Verstand zu zweifeln. Was das betraf, würde er bald Gleichgesinnte finden.

Von Thorvalds Geschäft war Harry zum lokalen Polizeirevier geeilt. Sobald er die Tür erreichte, wurde ihm bewußt, worauf er sich einlassen würde, und so beschloß er, erst einmal heimzufahren. Einen Häuserblock weiter nahm er seinen ganzen Mut zusammen und kehrte zum Revier zurück. Da er keine Schlüssel zu Desirees Wohnung vorweisen konnte, füllte er ein Formular aus und wartete anderthalb Stunden, bis ein Officer den zuständigen Hausverwalter aufspürte. Das Apartment 2F war an eine gewisse Crystal Glass vermietet. Laut Aussage des Verwalters hatte sie sechs Monatsmieten im voraus bezahlt. Harry fragte sich, ob diese Crystal zu Evies ›Kolleginnen‹ gehörte oder nur ihrer raffinierten Phantasie entsprungen war. Wider besseres Wissen hoffte er, seine Widersacher hätten in der Wohnung irgendwas übersehen, daß zumindest die Möglichkeit nahelegen würde, er wäre bei halbwegs klarem Verstand. Aber die Polizisten fanden nichts. Gar nichts.

»Melden Sie sich, falls Sie weitere Informationen erhalten, Dr. Corbett«, bat der Ermittlungsbeamte und grinste herablassend.

»Natürlich«, hatte Harry versprochen.

Die beiden Schlägertypen mußten ihm gefolgt sein. *Wie lange?* Beunruhigt überlegte er, ob er Julia Ransome unwissentlich in Gefahr gebracht hatte, und rief sie an, um sie zu warnen. Aber in den letzten Tagen war nichts Ungewöhnliches passiert.

Als Albert Dickinson in der Praxis erschien und ihn aufgrund des neuen Beweismaterials zum einzigen Verdächtigen ernannte, hatte Harry gerade ein Belastungs-EKG an einem sechsundsiebzigjährigen pensionierten Drucker namens Daniel Gerstein vorgenommen. Der griesgrämige Patient, der ein Nazi-Konzentrationslager überlebt hatte, weigerte sich beharrlich, einen anderen Arzt zu konsultieren und die Ursache seiner ständigen Brustschmerzen feststellen zu lassen. Deshalb wich Harry vorübergehend von seinem Entschluß ab, solche Untersuchungen nicht mehr durchzuführen.

Gerstein strampelte sich auf dem Ergometer ab, ohne besondere Symptome zu zeigen oder Veränderungen im Kardiogramm zu bewirken. »Degenerative Arthritis im Brustkorb und in den Schultern«, erläuterte Harry. Aber Gerstein verlangte eine imposantere Diagnose und eine hilfreiche Medizin, wie sie auch seinen Freunden von *ihren* Ärzten verschrieben wurde. Da entschied sich Harry für ›fortgeschrittene, nicht kardiologisch bedingte thorakale Gelenkneuralgie‹ und ein bißchen Motrin.

Während er den Monitor beobachtete, der keine Abnormitäten aufwies, fragte er sich, ob sein eigenes Belastungs-EKG auch nur halb so gut ausfallen würde. Wegen der Brustschmerzen, die in Desirees Apartment aufgetreten waren, hatte er sogar einen Herzspezialisten angerufen. Aber nachdem er erfahren hatte, der Mann sei verreist und würde an einer Konferenz teilnehmen, versuchte Harry nicht mehr, ihn zu erreichen. Statt dessen drehte er besonders temperamentvolle Runden auf der Laufbahn des MMC-Fitneßcenters. Seit jener Nacht spürte er keine Schmerzen mehr. Und jeder Tag, den er ohne neue Symptome überstand, vernebelte seine Erinnerung an die gräßlichen Qualen noch effektiver und beschwor immer neue plausible Erklärungen für den Anfall herauf.

Sicher reagierte sein Herz infolge seiner Familiengeschichte – des sogenannten Corbett-Fluchs – überempfindlich. Kleinere Wehwehchen, die normale Leute einfach ignorieren, gewannen in seinem vorbelasteten Bewußtsein eine größere Bedeutung. Auch sein Bruder würde sich gelegentlich mit Herzbeschwerden herumschlagen, so wie jeder Mensch. Trotzdem blätterte Phil nicht im Kalender, und er wandte sich nicht an Kardiologen, weil er keine Sekunde lang glaubte, seine Gene hätten ihn zu einem verfrühten Herztod verdammt.

*Irgendwann – bald*, dachte Harry, als er ein Rezept für Daniel Gersteins blutdrucksenkendes Medikament ausschrieb. Irgendwann – bald – würde er sich einem Belastungs-EKG unterziehen. Aber im Augenblick, Fluch hin, Fluch her, gab es wichtigere Sorgen in seinem Leben. Zum Beispiel jetzt, wo Mary Tobins Stimme durch die Sprechanlage knisterte und zwei Besucher ankündigte, einen Officer Graham und einen Detective Dickinson.

*

Der Lieutenant dirigierte den uniformierten Officer Graham zu einem der Stühle, die Harry ihnen angeboten hatte. Aber er selbst wanderte umher. Er stank immer noch nach Zigaretten und trug denselben formlosen Polyesteranzug wie damals in der Klinik. »Also, Doc«, begann er und inspizierte die Diplome und Kunstgegenstände, »ich sagte Ihnen schon im Hospital, wir würden uns wiedersehen. Und da bin ich.«

»Und da sind Sie«, bestätigte Harry sarkastisch.

»Was für ein volles Wartezimmer Sie haben … Sind Sie immer so beschäftigt?«

»Könnten Sie vielleicht nach fünf noch mal kommen, Lieutenant? Die meisten Leute da draußen mußten sich ziemlich beeilen, um ihre Termine einzuhalten. Und ich möchte ihnen nicht allzuviel von ihrer kostbaren Zeit stehlen.«

»Ich wünschte, mein Doktor würde auch so großen Wert auf Pünktlichkeit legen. Dr. McNally am Central Park West. Kennen Sie ihn?«

»Nein. Wie lange wird's dauern, Lieutenant?«

»Je nachdem.«

»Und wovon hängt's ab?«

»Von Ihnen, Doc. Können Sie irgendwas mit diesem Namen anfangen?« Er zog sein Notizbuch hervor und las vor, wobei er jede einzelne Silbe betonte: »Metaraminol?«

Harrys Herz wurde bleischwer. Soeben war der schwache Hoffnungsschimmer erloschen, Evies Blutanalyse hätte ein negatives Resultat ergeben. »Ein Markenname. Wir Ärzte kennen das Medikament unter der Bezeichnung Aramin.«

»Wissen Sie, was es bewirkt?«

»Ja. Kommen Sie zur Sache, Lieutenant.«

»Haben Sie dieses Metaraminol vorrätig?«

»Heutzutage wird es nur mehr selten verwendet. Ich hab's nicht, und ich hatte es nie. Würden Sie mir jetzt sagen, was Sie zu sagen haben, und dann gehen? Draußen sitzen meine Patienten ...«

Dickinson fuhr zu Harry herum und ballte die Hände. »Was ich zu sagen habe, werde ich verdammt noch mal sagen, wenn ich dazu bereit bin. Und falls Sie sich nicht genauso verhalten können wie mein verdammter Doktor, der die Leute warten läßt, bis sie schwarz werden, sollten Sie Ihre Sprechstundenhilfe beauftragen, alle nach Hause zu schicken.«

»Verschwinden Sie. Sofort, oder ...«

»Oder was? Rufen Sie sonst die Polizei?« Dickinson seufzte ostentativ, als müßte er sich mühsam beruhigen. »Hören Sie, Doc. Versuchen wir zusammenzuarbeiten, das wäre für sämtliche Beteiligten besser.«

Harry riß den Telefonhörer von der Gabel, um die Nummer des lokalen Polizeireviers zu wählen. Dann zögerte er, legte wieder auf und lehnte sich in seinem Sessel zurück. »Nun, was wollen Sie?«

»Daß Sie sich für den Mord an Ihrer Frau verantworten.«

»Was?«

»Doc, ich weiß, daß Sie's getan haben. Und Sie wissen's auch. Jeder, der irgendwas von solchen Fällen versteht, weiß es. Nun müssen Sie's nur noch zugeben.«

»Aber ich habe nichts getan. War Aramin in Evies Blut?«

Dickinson lächelte herablassend. »Ungefähr so viel, daß es die Köpfe des ganzen New-York-Giants-Footballteams sprengen würde. Der Amtsarzt meint, nur ein Doktor oder ein Apotheker würde das Zeug kennen. Also, Doc?«

Jetzt war es Harry, der tief aufseufzte. »Ich habe sie nicht getötet.« Mochten die Informationen auch wenig überzeugend klingen – er sah keinen Grund, den Lieutenant im unklaren zu lassen. »Sie wurde nach meiner Ansicht von einem Arzt ermordet. Wahrscheinlich war's der Mann, den Maura Hughes ins Zimmer kommen sah. Evie arbeitete an einer Story, die irgend jemandem große Sorgen machte. Soviel ich weiß, ging's um teure Callgirls und äußerst wichtige Leute. Und damit sie ihre Recherchen nicht beenden konnte, wurde sie umgebracht. In der Nacht nach dem Trauergottesdienst fand ich ihre Unterlagen in einem Apartment im Village.«

»Und?«

»Dort brachen dieser Doktor und seine beiden Schlägertypen ein, bevor ich allzuviel lesen konnte.« Früher oder später würde er die Wahrheit über Evies *alter ego* und ihre Story enthüllen müssen. Aber dazu war er noch nicht bereit.

»Wieso wissen Sie, daß er ein Arzt ist?«

»Mit absoluter Sicherheit weiß ich's nicht. Ich glaube es nur, weil er sich mit Krankenhäusern und Medikamenten auskennt. In diesem Apartment injizierte er mir was ziemlich Kompliziertes und nahm mich stundenlang ins Verhör.

Schließlich räumte er zusammen mit seinen Leuten die Wohnung aus und verschwand.«

»Nachdem Sie sein Gesicht gesehen hatten, ließ er Sie am Leben?«

»Ich – ich sah sein Gesicht nicht, die beiden anderen übrigens auch nicht«, erklärte Harry und beobachtete, wie sich Dickinsons zynische Miene in ungläubiges Staunen verwandelte. »Die Schläger trugen Strumpfmasken. Und ehe der Doktor erschien, wurden mir die Augen zugeklebt. Maura Hughes ist die einzige mir bekannte Person, die ihn gesehen hat.«

Allzulange brauchte er nicht, um zu verstehen, warum ihn der mysteriöse Arzt am Leben gelassen hatte. Unter dem Einfluß starker hypnotischer Chemikalien hatte Harry seine gesamten Erkenntnisse verraten – also nicht besonders viel. Der Mann wußte, daß Harry gestört worden war, bevor er Evies Material genauer studieren konnte. Deshalb hatte er nichts herausgefunden, was irgend jemanden diskriminieren würde. Keine Namen, keine Daten, keine Adressen. Wenn der Doktor an die Methoden glaubte, die er bei solchen Verhören anwandte – und er war offensichtlich ein Experte –, würde er sich wohl kaum von Harry bedroht fühlen.

Aber er war auch noch aus einem anderen Grund am Leben geblieben. Hätte Caspar Sidonis seine wilde Wut und seinen Verdacht nicht ausposaunt, würde niemand bezweifeln, daß Evie eines natürlichen Todes gestorben war. Ein Blutsturz infolge eines Aneurysmas wurde im allgemeinen als Todesursache akzeptiert. Sicher hätte der Amtsarzt den Totenschein unterzeichnet, ohne Nachforschungen anzustellen.

Statt dessen war, auf Sidonis' Betreiben, eine gründliche Blutanalyse vorgenommen worden. Dabei hatte man das Aramin identifiziert, und sämtliche Verdachtsmomente wiesen auf Harry hin. Falls er nun ermordet worden oder verschwunden wäre, würde die Polizei ihre Ermittlungen intensivieren.

Die Gladiatoren hatten ihn verschont, damit ihn die Löwen zerfleischen konnten.

»Wieso wissen Sie eigentlich, daß der Kerl in diesem Apartment derselbe war, der Ihre Frau umgebracht hat?« fragte Dickinson.

»Das weiß ich nicht. Zumindest bin ich mir nicht sicher. Würden Sie jetzt gehen?«

»Ich habe einen Durchsuchungsbefehl für diese Praxis und Ihre Wohnung, Doc. Mal sehen, ob wir das Medikament finden.«

»Aber das ist doch lächerlich! Wenn ich dieses Verbrechen verübt hätte, wäre ich wohl kaum so dumm, das Aramin zu verwahren.«

»Immerhin waren Sie dumm genug, einen Mord zu begehen und zu glauben, man könnte Ihnen nichts nachweisen. Das ist noch dümmer, als das Medikament aufzuheben. Sehen Sie's, Graham? Hab' ich's nicht gesagt? Diese Ärzte bilden sich ein, andere Leute hätten nichts im Hirn. Deshalb vermasseln sie alles und werden immer geschnappt.«

Unbehaglich rutschte der junge Polizist auf seinem Stuhl umher und wich dem Blick seines Vorgesetzten aus.

»Wollen Sie die Praxis durchsuchen, während ich meine Patienten behandle?«

»Wenn Sie ein Geständnis ablegen würden, wär's nicht nötig. Hören Sie, ich bin über die Affäre Ihrer Frau mit diesem Super-Doc informiert. Sie wollte Ihnen davonlaufen. Und ich glaube auch zu wissen, wie gern Sie diese nette kleine Versicherungspolice kassieren würden. Außerdem weiß ich, welche Droge Sie Ihrer Frau verabreicht haben und daß Sie als letzter bei ihr waren, als sie starb. Vielleicht haben Sie im Affekt gehandelt. Sie war sehr schön, und Sie konnten den Gedanken nicht ertragen, sie zu verlieren. Und dann gehen Sie am Medikamentenzimmer vorbei. Sie denken an dieses Aneurysma, und im nächsten Augenblick liegt das Zeug in Ihrer

Hand. Verurteilung wegen Mordes im Affekt. Mehr haben Sie nicht zu befürchten. So schlimm ist es nicht, Doc. In fünf Jahren sind Sie wahrscheinlich wieder draußen. Oder Sie müssen gar nicht crst sitzen, wenn Sie einen guten Anwalt finden.« Dickinson studierte die gerahmte Inschrift, die neben dem Silberstern an der Wand hing. *Hat drei Feinde getötet*.

Diese Worte schienen ihre Wirkung nicht zu verfehlen.

Plötzlich ging Harry eine Frage durch den Sinn, gefolgt von der Antwort. »Lieutenant, wenn Sie das alles über mich wissen und mich für den Mörder meiner Frau halten – warum sind Sie dann nicht mit einem Haftbefehl hergekommen?«

»Wie, bitte?«

»Vermutlich hat sich der zuständige Richter oder Staatsanwalt oder sonstwer geweigert, einen Haftbefehl auszustellen, bevor Sie meinen geheimen Aramin-Vorrat finden. Habe ich recht?«

Dickinsons verkniffene Kinnmuskeln verrieten, daß er sich durchschaut fühlte. »Und wenn schon? In zwei Wochen tritt das Große Geschworenengericht zusammen. Dann wird das Beweismaterial für eine Anklageschrift reichen. Fangen wir an, Graham.«

»Moment mal, Officer!« Endlich in der Offensive, ließ Harry nicht locker. »Da steckt noch mehr dahinter, was, Lieutenant? Hängt's mit Maura Hughes zusammen? Sie hat versichert, nach mir sei noch jemand im Zimmer gewesen. Und der Richter glaubt ihr. Ist es das?«

»Sie haben Ihre Frau getötet, Corbett.«

»Also? Glaubt ihr der Richter?«

»Ihr nicht!« Nun konnte Dickinson seinen Frust und Zorn kaum noch verbergen. »Aber ihrem gottverdammten Yalie-Bruder. Dieses Arschloch hat sich einfach über mich hinweggesetzt und einen Bericht eingereicht. Klar, der muß mit aller Macht sein eigenes Süppchen kochen. Aber glauben Sie mir, eher kriegt Charles Manson den Detective-Posten, bevor wir diesen Kerl nehmen. Und bilden Sie sich bloß nicht ein, man hätte ihm die Story abgekauft. Der Richter wartet nur, bis ein paar Dinge geklärt sind, das ist alles. Was Ihre Zeugin betrifft, diese ausgeflippte Säuferin – ihr Bruder kann nicht für sie in den Zeugenstand treten. Sobald man sie sieht und ihr zuhört, wird kein Mensch glauben, daß sie irgendwas gesehen hat außer Spinnen und Fliegen. Erlauben Sie uns jetzt, mit unserer Arbeit anzufangen?«

»Habe ich eine Wahl?«

»Nein, Corbett. Was für ein selbstgefälliger Bastard Sie sind! Ich hasse selbstgefällige Bastarde. Und Ihre Frau haben Sie auch getötet. Die Leute, die so was tun, hasse ich genauso. Nur unter uns gesagt, Doc – ich werde Sie in die Mangel nehmen. Früher oder später machen Sie einen Fehler. Verlassen Sie sich drauf. Kommen Sie, Graham, gehen wir an die Arbeit.«

*

Zwei Stunden lang durchsuchten Dickinson und Graham die ganze Praxis. Endlich verschwanden sie. Harry wartete ein paar Minuten, bis er sicher sein konnte, die Polizisten würden nicht wiederkommen. Dann kehrte er mit einer Tasse lauwarmem Kaffee und einem Brötchen in sein Sprechzimmer zurück.

Er nahm einen Zettel aus seiner Brieftasche und rief Maura Hughes an. Beim sechsten Läuten meldete sie sich.

»Miss Hughes, hier ist Harry Corbett, Evies Mann. Erinnern Sie sich an mich?«

»Ja, natürlich.« Sie lallte nicht, aber ihre Stimme klang belegt.

Hatte sie wieder getrunken? Das konnte er nicht feststellen. »Wie fühlen Sie sich?«

»Es ist mir schon mal besser gegangen.«

»Tut mir leid.«

»Schlechter auch schon.«

Vergeblich wartete er auf weitere Informationen, um die er nicht gebeten hatte. »War die Polizei bei Ihnen?«

»Ncin.«

»Gerade hat der Detective meine Praxis verlassen, und ich glaube, er wird sich bald bei Ihnen melden. In Evies Blut wurde ein Medikament gefunden. Man hat sie ermordet.« Tiefe Stille am anderen Ende der Leitung. »Dieser Lieutenant Dickinson hält mich für den Täter. Und ich glaube, es muß der Doktor gewesen sein, den Sie gesehen haben.« Beharrliches Schweigen. »Miss Hughes, sind Sie noch da?«

»Nennen Sie mich Maura. Ja, ich bin noch da.«

»Sind Sie okay?«

»Meinen Sie, ob ich trinke?«

Harry stellte sich eine Frau vor, die im Morgenmantel am Küchentisch ihres kleinen schäbigen Apartments saß und in ein halbvolles Glas starrte, eine halbleere Flasche Southern Comfort neben ihrem Ellbogen. Und diese Vision bedrückte ihn. »Ja, das habe ich wohl gemeint. Verzeihen Sie. Es geht mich nichts an. Hören Sie, ich möchte Sie treffen. Das ist sehr wichtig für mich.«

»Warum?«

»Dieser Dickinson will mir den Mord an Evie in die Schuhe schieben. Soeben hat er stundenlang meine Praxis durchsucht, vor den Augen der Patienten. Und ich schlug ihn nur deshalb nicht mit einem Stuhl nieder, weil mir einfiel, wie Sie ihn genannt haben. Schwachkopf.«

»Daran erinnere ich mich.«

»Nun, es gibt nur einen einzigen Grund, warum ich noch nicht verhaftet wurde. Ein Richter, ein Staatsanwalt oder vielleicht einer von Dickinsons Vorgesetzten befürchtet, der Mann, den Sie laut Aussage Ihres Bruders gesehen haben, könnte wirklich da gewesen sein.«

»Das war er auch.«

»Ja, ich weiß, und deshalb will ich mit Ihnen reden. Irgendwie muß ich herausfinden, wer er ist, und Sie sind die einzige Person, die ihn gesehen hat.«

Nun entstand wieder ein langes Schweigen. »Wann wollen Sie mich besuchen?« fragte sie schließlich.

»Heute abend?«

»Das geht nicht.«

»Also morgen.« Er überlegte, ob er hinzufügen sollte, daß er am nächsten Tag Geburtstag hatte – seinen fünfzigsten Geburtstag. Doch er besann sich anders. »Hören Sie, Maura, falls Sie verlegen sind, weil Sie trinken – das ist nicht nötig.«

»Um halb acht. Sie haben meine Telefonnummer. Vermutlich wissen Sie auch, wo ich wohne.«

»Natürlich. Danke, Maura.«

»Und – Dr. Corbett?«

»Ja?«

»Ich weiß nicht mehr, wann mir zum letzten Mal irgendwas peinlich war. Aber da Sie mich darauf ansprechen – meine Stimme klingt nur so, als hätte ich getrunken, weil ich eben erst aufgewacht bin. Seit meiner Operation habe ich keinen Tropfen mehr getrunken.«

»He, das ist großartig.«

»Eigentlich wollte ich wieder trinken.«

»Bitte – tun Sie's nicht!« Harry mußte sich gar nicht erst um einen verzweifelten Unterton bemühen.

Auch diesmal dauerte es sehr lange, bis sie antwortete. »Wahrscheinlich kann ich mich bis morgen abend zusammenreißen. Im Grunde will ich gar nicht trinken. Vielleicht langweile ich mich nur.«

»Ihr Bruder erzählte mir, Sie seien eine Malerin. Haben Sie was gemalt, seit Sie wieder daheim sind?«

»Nein. Ich hänge einfach nur rum, schlafe, tue mir selber leid und denke übers Trinken nach.«

»Wollen wir morgen abend essen gehen? Daß ich immer

noch ein freier Mann bin, verdanke ich Ihnen. Ich könnte Ihnen ein paar Fragen stellen, und Sie würden aus Ihrer Wohnung rauskommen.«

Wenn sie so unglücklich war, wie sich ihre Stimme anhörte, würde sie zustimmen. Er spürte, wie sie überlegte, auf welche Weise sie ja sagen sollte. »Muß ich mich schick anziehen?« fragte sie unvermittelt.

»Nur wenn Sie wollen. Solange ich nicht arbeite, sind Jeans das Schickste, was ich besitze.«

»Dann gehe ich sehr gern mit Ihnen essen.«

## 16

Um Mitternacht feierte er seinen fünfzigsten Geburtstag mit einem Glas Champagner und Famous-Amos-Schokoladenkeksen. Er hatte in den letzten dreihundertfünfundsechzig Tagen keinen Krebs bekommen und war nicht von einem Bus überfahren worden. Aber alles in allem blickte er auf ein ziemlich lausiges fünfzigstes Lebensjahr zurück. Und das einundfünfzigste fing nicht besonders verheißungsvoll an. Eine Zeitlang versank er in Selbstmitleid, blätterte im Album mit den Hochzeitsfotos und schlummerte ein, nachdem er eine halbe Seite seines wirksamsten Schlafmittels gelesen hatte – ›Moby Dick‹. Ahab erlebte auch kein grandioses Jahr.

Als sich der Radiowecker um fünf Uhr fünfundvierzig einschaltete, war er schon seit einer knappen Stunde wach und beendete gerade seine gymnastischen Übungen, die er beim Marine Corps gelernt hatte und zu absolvieren pflegte, wenn er nicht joggte. Er war schon immer sportlich gewesen – Little League-Baseball, Querfeldeinlauf, Basketball im College. Zum Sportstar hatte er sich zwar nicht geeignet, aber infolge seiner Begeisterung viele Wettbewerbe gewonnen. Die Intensität, die er immer noch besaß, widmete er mittlerweile dem Kampf gegen die Jahre, die unaufhaltsam verstrichen. Während er nun die üblichen sechzig Kniebeugen auf fünfundsiebzig steigerte, schöpfte er Kraft aus seiner Abneigung gegen Albert Dickinson.

Am vergangenen Abend hatte er in der Eingangshalle seines Aparmenthauses den Detective und einen anderen uniformierten Polizisten angetroffen. Der Lieutenant verhörte Armand Rojas, der tagsüber Wache hielt, verstummte aber, sobald Harry in der Tür erschien. Nach dem Fiasko mit dem Lieferanten vom chinesischen Imbiß-Service, das er Rocky verdankte, hatte er beiden Portiers ein großzügiges Trinkgeld gegeben und sie angefleht, besser aufzupassen. Als er die beiden Beamten in seine Wohnung führte, fragte er sich trotzdem, ob der mysteriöse Arzt irgendwie hereingelangt war, um ein paar Aramin-Ampullen zu deponieren. Oder hatte Dickinson das erledigt?

Zu Harrys maßloser Erleichterung kam bei der anderthalbstündigen Durchsuchung nichts heraus. Doch mit jeder ergebnislosen Minute wuchsen Dickinsons Ärger und Entschlossenheit. Ehe er endlich ging, wiederholte er mehrmals seine Drohung, Harry in die Mangel zu nehmen, in verschiedenen ausdrucksvollen, vulgären Formulierungen.

Vor dem Schlafzimmer lag ein kleiner Balkon mit Ausblick auf den Mitteltrakt eines anderen Apartmentgebäudes. Hier hätte man bequem sonnenbaden können, wären die paar Quadratmeter nicht so schattig gewesen. Was den Balkon betraf, hatte Evie beim Einzug in die Wohnung viele Pläne geschmiedet, aber bald das Interesse verloren. An der ganzen Hausfront gab es ähnliche Balkone, und in den oberen Etagen boten sie eine gute Aussicht und viel Sonnenschein. Mit der Zeit wurde der Balkon zum Symbol für die Dinge des Ehelebens, die Evie zweitklassig fand. Deshalb hatte sie ihn nie mehr betreten.

Harry stellte den Tisch, die Stühle, das kleine Sofa mit der Turnmatte, den Hometrainer, die Gewichte und den kleinen Fernseher wieder an den gewohnten Platz. Dann schaltete er die Nachrichtensendung ein, stemmte zehn Pfund schwere Kugelhanteln hoch und bemühte sich, die Rückenmuskeln zu stärken, die in Nhatrang zerfetzt und später zusammengeflickt worden waren. An diesem Morgen handelte der erste Bericht von den zahlreichen Gerüchten über das sexuelle Fehlverhalten des Präsidenten, die ihn unentwegt plagten und seine Effektivität unterminierten. Die zweite Story befaßte sich mit der republikanischen Verschleppungstaktik, die gegen die von der Regierung geforderten strengeren Kontrolle der Krankenversicherungsprämien gerichtet war.

An dritter Stelle stand Evies Ermordung. »Evelyn DellaRosa, Redakteurin bei *Manhattan Woman* und Ehefrau des prominenten Arztes Dr. Harry Corbett, starb letzte Woche im Manhattan Medical Center an einer Gehirnblutung.« Hinter der Nachrichtensprecherin erschien Evies Foto mit der knallroten Unterschrift ERMORDET. »Laut verläßlicher polizeilicher Informationsquellen wird wegen Mordes an der früheren Schönheitskönigin und TV-Reporterin ermittelt ...«

Harry legte die Hanteln beiseite und sank auf ein Knie, während die Einzelheiten der Labortests aufgelistet wurden. Erst wurde ein Foto vom MMC eingeblendet, dann die Nahaufnahme einer Aramin-Ampulle, aus der eine Spritze ragte. Schließlich sah Harry sein eigenes Bild, ein zwanzig Jahre altes Foto, das ihn in Galauniform zeigte und das irgend jemand im *Times*-Archiv ausgegraben hatte.

»Den polizeilichen Informationsquellen zufolge ist Evelyn DellaRosas Ehemann zur Zeit der einzige Verdächtige. Angeblich hat Dr. Corbett, der nach seiner Teilnahme am Vietnamkrieg die Tapferkeitsmedaille Silverstar erhielt, seine Frau vor dem verhängnisvollen Blutsturz als letzter besucht. Die Polizei behauptet, in der Ehe des Paares habe es Probleme gegeben. Im Augenblick sind keine weiteren Einzelheiten bekannt …«

Harry schlug die Hände vors Gesicht. In seinen Augen brannten Erschöpfung und Schweiß. Dickinson macht seine Drohung wahr. Und abgesehen von dem Versuch, bis zur Explosion möglichst gelassen zu bleiben, konnte Harry nichts unternehmen. Das Telefon läutete. Als er den Hörer abhob, meldete sich Rocky Martino, der Nachtportier. Soeben war ein Filmteam von Channel 11 in der Halle aufgetaucht, und der Reporter wollte Harry wegen des Mordes an seiner Frau interviewen.

*Sagen Sie ihnen, sie sollen sich verpissen,* dachte Harry. »Sagen Sie ihnen, ich gebe keine Interviews, und erzählen Sie nichts. Gar nichts. Kann ich durch die Hintertür im Heizungskeller rausgehen? … Großartig. Glauben Sie mir, Rocky, ich habe Evie nichts angetan … Danke, daß Sie so denken. Vergessen Sie's nicht – wenn Sie mir helfen wollen, dürfen Sie mit niemandem drüber reden.«

Ein paar Sekunden nachdem er aufgelegt hatte, klingelte das Telefon wieder, und diesmal war sein Bruder am Apparat. Vor dem Trauergottesdienst hatte Harry ihm erzählt, was im Krankenhaus geschehen war. Phil hatte sich erboten, ihn mit einem Spitzenanwalt bekannt zu machen. Aber Harry wollte erst einmal abwarten.

»Hast du die TV-Nachrichten gesehen?« fragte Phil.

»Ja.«

»Bist du okay?«

»Wärst du's an meiner Stelle?«

»Wann hast du von diesem Medikament in Evies Blut erfahren?«

»Gestern nachmittag. Die Polizei hat in der Praxis danach gesucht – und abends in meiner Wohnung.«

»Offenbar haben sie nichts gefunden. Hättest du mich doch angerufen, als die Bullen in deiner Praxis aufgekreuzt sind!

Du hast gewisse Rechte. Und du hättest mir erlauben müssen, meinen Freund Mel anzurufen. Ein widerlicher Hurensohn. Das ist natürlich ein Kompliment. Soll ich jetzt mit ihm telefonieren?«

»Wieso kennst du ihn, Phil?«

»Was glaubst du denn? Jedes Jahr kauft er einen neuen Mercedes bei mir. Seit ich in dieser Branche bin. Diesmal war es ein 600 SEL, ein großer schwarzer. Auf so was muß man achten, wenn man einen Anwalt sucht. Nicht auf die Noten, die er beim Examen gekriegt hat. Sicher, er wird dich einiges kosten. Zwischen zwanzigtausend und fünfundzwanzig.«

Harry war schockiert. »Laß mich drüber nachdenken, okay?«

»Nimm dir nicht zuviel Zeit. Oh, und – Harry ...«

»Ja?«

»Alles Gute zum Geburtstag.«

Danach rief Mary Tobin an, weil Harry die Titelseite zweier Zeitungen beherrschte. Er bat sie, nicht zu protestieren, wenn jemand seinen Termin absagte oder sogar den Arzt wechseln wollte. Erst Rock, dann Phil, jetzt Mary – und es war erst kurz nach halb sieben. Schweigend bedankte er sich bei Evie, die auf einer Geheimnummer bestanden hatte.

Er zog den Trainingsanzug aus. Während er wartete, bis das Wasser in der Dusche heiß wurde, läutete das Telefon. Diesmal überließ er das Problem dem Anrufbeantworter, ging aber zum Apparat, um zu hören, wer sich melden würde.

»Hallo, hier sind Evie und Harry ...« Ihre Stimme. Welch ein bittersüßes, unheimliches Erlebnis, ihr zu lauschen! Bevor er zur Arbeit ging, würde er ein neues Band besprechen.

»Dr. Corbett, hier ist Samuel Rennick, der Anwalt des Krankenhauses. Falls Sie daheim sind – würden Sie sich bitte melden ...«

Harry lehnte sich an den Pfosten der Badezimmertür. Aus der Dusche drang Dampf und erfüllte den kleinen Raum. *Zum Teufel mit Dickinson.*

»Okay, dann muß ich wohl eine Nachricht hinterlassen und später versuchen, Sie in der Klinik zu erreichen ...« Als ob der Anwalt wüßte, daß Harry zuhörte, machte er eine Pause. »Dr. Erdman möchte heute morgen die neuesten Entwicklungen mit Ihnen besprechen. In seinem Büro, um zehn. Wenn Ihnen der Termin nicht zusagt, rufen Sie bitte seine Sekretärin an. Dr. Erdman hat mich gebeten, an der Unterredung teilzunehmen, außerdem Dr. Lord, den Chefarzt, Dr. Josephson, den Chef Ihrer Abteilung, und Mr. Atwater von Manhattan Health. Ab acht Uhr bin ich in Dr. Erdmans Büro. Dort können Sie mit mir reden, wenn Sie wollen. Danke.«

Owen Erdman, ein politisch interessierter, in Harvard ausgebildeter Endokrinologe, fungierte seit fast zehn Jahren als Präsident des MMC. In dieser Zeit hatte er eine eher schäbige Institution in eine erstklassige Klinik verwandelt und ihren ramponierten Ruf wiederhergestellt. Das Juwel in der Krone seiner Neuerungen war die Verbindung mit Manhattan Health. Aber Harry wußte, wie fragil die Allianzen zwischen solchen Betrieben sein konnten, wenn die Regierung eine Reform des Gesundheitswesens anstrebte, und sie funktionierten nur, solange sie profitabel blieben. Deshalb würde eine negative Publicity des MMC dem Vorstand von Manhattan Health großen Kummer bereiten.

Wie Harry in der Gerüchteküche des Hospitals erfahren hatte, erregte sein kleiner Sieg über den Sidonis-Ausschuß das Mißfallen des Präsidenten. Nun trug er die Schuld am weiteren Ruß, der auf Erdmans Dach herabsank. Hastig duschte er, dann telefonierte er mit seinen Bruder. »Phil, ich nehme dein Angebot an. Setz dich mit diesem Anwalt in Verbindung.«

»Verdammt schlau von dir.«

»Falls das stimmt, ist's mein erster kluger Schachzug seit einer halben Ewigkeit.«

*

Der Anwalt Mel Wetstone ging um ›fünfundzwanzig Prozent runter, weil Phil so ein guter Freund ist.‹ Zwanzigtausend Dollar, ein Stundenlohn von dreihundertfünfzig.

Und da regt sich der Präsident über die Krankenversicherungsprämien auf, dachte Harry. Vielleicht sollte er sich auch mal ums Justizsystem kümmern … Er beschloß, die zwanzigtausend von seiner Altersversorgung abzuzweigen, statt seine Ersparnisse anzugreifen.

Kurz nach dem Telefonat traf er seinen neuen Anwalt im Konfrenzraum für Allgemeinmediziner im sechsten Stock des MMC-Alexander Building. Wetstone war ein sichtlich gutsituierter Mittvierziger mit einem Dutzend Pfund Übergewicht und schütterem dunklen Haar, das transplantiert aussah. Bei jedem seiner Atemzüge erklang ein leises Pfeifgeräusch. Mühsam verdrängte Harry den Gedanken an die dreihundertfünfzig Dollar pro Stunde, erzählte zum erstenmal die ganze Geschichte in allen Einzelheiten und schilderte auch die Begegnung im Village mit seinem geheimnisvollen Peiniger. Wetstone war ein guter Zuhörer und fiel ihm nur selten mit einer Frage ins Wort.

»Also haben Sie nichts Schlimmes getan«, bemerkte er, nachdem Harry seinen Bericht beendet hatte, »und die Leute glauben das Gegenteil. In meinem Job ist das die Norm. Nun muß ich verhindern, daß man Ihnen was Schlimmes antut. Was meinen Sie, worum es bei dieser Besprechung um zehn Uhr gehen wird?«

»Das weiß ich nicht genau. In letzter Zeit habe ich einige Ansichten geäußert, die der Verwaltung mißfallen. Und nun blamiere ich sie auch noch in aller Öffentlichkeit. Vorerst werden sie mich wohl nicht feuern, obwohl sie's könnten. Wahrscheinlich fragen sie mich, ob ich mich freiwillig vom Dienst suspendieren lasse, bis die Situation geklärt ist.«

»Möchten Sie das?«

»Natürlich nicht.«

»Dann werden wir dieses Ziel anstreben. Sie haben mir erklärt, wer Erdman ist, und ich kenne Sam Rennick. Wer sind die anderen Typen?«

»Bob Lord ist der Chefarzt, und Orthopäde. Neuerdings ärgert er sich über mich, weil ich darauf bestehe, daß wir Allgemeinmediziner weiterhin einfache Brüche einrichten dürfen, statt die Patienten an Spezialisten zu überweisen. Für ihn sind die Kompetenzen sehr wichtig, und ich glaube, er ist ziemlich eng mit dem Arzt befreundet, der ein Verhältnis mit Evie hatte. Deshalb wird er sich sicher nicht auf meine Seite stellen. Bei Josephson und Atwater sieht's anders aus, weil sie zu meinen besten Freunden gehören. Steve – das ist Josephson – leitet die allgemeinmedizinische Abteilung, bis Grace Segal ihren Schwangerschaftsurlaub beendet. Und Atwater ist ein Jazzfan, ebenso wie ich. Manchmal gehen wir zusammen in Clubs, oder er hört zu, wenn ich mit meiner Combo auftrete.«

Nun erwartete Harry die üblichen Fragen. *»Oh, was für ein Instrument spielen Sie?«* Oder: *»Also sind Sie ein Profi? Wo treten Sie denn auf?«* Aber Wetstone legte seine Notizen zusammen und stand auf. »Mal sehen, ob ich mit Sam Rennick reden kann, bevor wir in Erdmans Büro gehen. Ich habe ihm ausrichten lassen, er soll meinen Funkrufempfänger anrufen. Bis jetzt hat er's nicht getan.«

»Wie Sie vorhin erwähnt haben, kennt er Sie. Vielleicht fürchtet er sich vor Ihnen.«

Wetstone grinste, doch seine kleinen dunklen Augen blieben kühl und geschäftsmäßig. »Keine Ahnung. Jedenfalls sollte er sich vor mir in acht nehmen.«

Im Alexander Building gab es vierzehn Etagen. Der Lift, der nach unten fuhr, war fast voll, als sie den sechsten Stock erreichten, und bei seiner Ankunft in der Halle überfüllt. Ein Schild an der Wand ermahnte die Fahrgäste, ihre Wertsachen vor Taschendieben zu schützen. Nach ein paar tausend Liftfahrten hatte Harry seine Brieftasche automatisch aus der Gesäßtasche gezogen und in die Innentasche des Jacketts gesteckt. Er malte sich aus, wie es wäre, in einem kleinen ländlichen Krankenhaus zu arbeiten, wo kein Gedränge herrschte und wo man sich nicht vor Taschendieben hüten mußte. Aber falls ihn die MMC-Verwaltung feuerte, gab's diesseits von Bora Bora ganz sicher kein kleines ländliches Krankenhaus, das ihn einstellen würde.

Der Konferenzraum grenzte an Owen Erdmans Büro. Darin stand ein langer, glänzend polierter Tisch aus Kirschbaumholz mit abgerundeten Ecken und intarsiertem MMC-Wappen in der Mitte. Auch die Stühle waren mit dem Wappen geschmückt. Vor einigen Jahren hatte Harry das Zimmer zum letztenmal betreten, und er glaubte sich zu entsinnen, daß es damals noch nicht so imposant eingerichtet war. Er versuchte den Wert der Möbel zu schätzen, gab es aber bald auf, weil ihm Vergleichsmöglichkeiten fehlten. *Das hätte Evie gewußt*, dachte er. *Wahrscheinlich auf den Dollar genau.*

Als er zusammen mit Wetstone ankam, wurde er bereits von Steve Josephson, Doug Atwater und dem Orthopäden Bob Lord erwartet.

»Wie geht's dir?« fragte Steve, und Harry antwortete mit einem Achselzucken, das *Was glaubst du wohl?* bedeuten sollte.

»Hast du eine Ahnung, wer für Evies Tod verantwortlich ist?« erkundigte sich Doug.

»Nicht direkt«, erwiderte Harry vorsichtig. Wetstone hatte ihm geraten, seine Theorie zu verschweigen, sogar seinen Verbündeten.

»Erinnern Sie sich an das Telefon-Partyspiel, das wir als Jungs gespielt haben?« hatte der Anwalt gefragt. »Hören Sie auf die Stimme der Erfahrung. Ganz egal, wie wohl Ihnen die Leute gesonnen sind – sobald sie hören, was Sie sagen, beginnt sich die ursprüngliche Version zu ändern.«

Trotz Wetstones Warnung hätte Harry nicht gezögert, Josephson und Atwater von Evies Doppelleben zu erzählen, wäre Lord nicht hier gewesen. Etwa anderthalb Minuten lang herrschte ein unangenehmes Schweigen, bevor Erdman und der Anwalt des Krankenhauses eintrafen, gefolgt von einer attraktiven Frau, die sehr professionell wirkte und als Miss Hinkle vorgestellt wurde, die PR-Managerin vom MMC. Harry schüttelte ihr die Hand und glaubte, einen Eiszapfen zu ergreifen.

»Also, Dr. Corbett«, begann Sam Rennick, »würden Sie bitte die Ereignisse aus Ihrer Sicht schildern und mit der Nacht beginnen, in der Ihre Frau gestorben ist?«

»Moment mal, Sam«, protestierte Wetstone, »ich dachte, es gibt gewisse Grundregeln …«

Seltsam distanziert hörte Harry zu, während die beiden Anwälte diskutierten, die er vor diesem Tag nicht gekannt hatte. Gelegentlich mischte sich einer der anderen Konferenzteilnehmer ein. Und manchmal vernahm er sogar seine eigene Stimme. Aber sie klang verzerrt, die Bedeutung seiner Worte schien sich zu verwischen. Die Situation war einfach zu surreal. Statt sich zu konzentrieren, ließ er seine Gedanken abschweifen. Er versuchte sich vorzustellen, wie viele Stunden – vielleicht ein paar hundert – er demnächst mit juristischen Spitzfindigkeiten verbringen würde. Plötzlich befand er sich in einer Welt, wo alles – so unlogisch und bizarr es auch wirken mochte – möglich war.

Während seine berufliche Zukunft erörtert wurde, dachte er unerklärlicherweise an eine seiner Patientinnen, einen Teenager namens Melinda Olivera. Vor kurzem hatte er ihre schwere Mononukleose diagnostiziert und so aggressiv behandelt, daß sie schon einen Tag später einen Schülerball besuchen konnte. Für ihn war die Definition des Arztberufes stets eindeutig gewesen. Ein Mensch erkrankt, und man tut sein Bestes, um ihn zu heilen. Und nun mischten Anwälte und Verwaltungsbeamte und PR-Manager mit.

»Da bin ich anderer Meinung.« Doug Atwaters scharfe Stimme durchdrang den Nebel in Harrys Gehirn. Aber er hatte keine Ahnung, worüber sie gerade sprachen. »Ich habe die Angelegenheit bereits mit dem Aufsichtsratsvorsitzenden von Manhattan Health diskutiert, und er hat mit dem medizinischen Direktor und ein paar anderen leitenden Angestellten geredet. Noch nie gab es Beschwerden über Dr. Corbett – seine Arbeitsweise, seine Honorare oder sein Verhalten. Deshalb sehen wir keinen Grund, warum er seine Stellung im MMC aufgeben sollte.«

»Was wird die Öffentlichkeit denken, wenn …«

Doug unterbrach Miss Hinkle. »Bitte, ich möchte nicht unhöflich sein, Barbara, aber wir brauchen eine definitive Erklärung der Krankenhausverwaltung, daß Dr. Corbett vorerst nicht formell angeklagt wurde und daß wir …«

Von der weiteren Debatte nahm Harry kaum ein Wort zur Kenntnis – aber nicht, weil seine Gedanken davonwanderten. Er hatte in der rechten Tasche seines Sportjacketts nach einem Kugelschreiber getastet. Da war keiner. Statt dessen berührte er zwei Gegenstände, die am Morgen nicht darin gesteckt hatten. Er hatte nicht einmal gewußt, daß er sie immer noch besaß. Langsam schloß er die Finger darum und legte sie auf seine Knie.

»Dann sind wir uns also einig«, sagte Mel Wetstone. »Die Klinikleitung wird einen angesehenen Mitarbeiter unterstützen, der nicht wegen eines Verbrechens verurteilt oder auch nur angeklagt wurde. Und Dr. Corbett wird keine öffentlichen Erklärungen abgeben, ohne Miss Hinkle zu konsultieren. Vorerst wird er seine Tätigkeit im MMC fortsetzen. Okay, Dr. Corbett? … Dr. Corbett?«

»Eh? O ja, danke, das ist großartig.« Nur mühsam konnte Harry seinen Blick von seiner Armbanduhr und dem Hasenfuß mit Evies Schlüsseln losreißen. Beide Sachen waren aus Desirees Apartment verschwunden. Hatte Evies Mörder im überfüllten Lift hinter ihm gestanden?

Vermutlich sollten ihn die Schlüssel daran erinnern, wie verletzlich er war, und ihn zur Vorsicht ermahnen. Bevor er irgend etwas sagte, mußte er gründlich nachdenken. Doch es bestand auch eine andere Möglichkeit, die ihn noch mehr beunruhigte. Betrachtete ihn der Mörder seiner Frau als Schachfigur in irgendeinem makabren Spiel?

»Wie, bitte?« fragte Wetstone.

»Verzeihen Sie«, erwiderte Harry und merkte, daß seine Gedanken wieder einmal woanders waren.

»Soeben haben Sie gesagt: ›So einfach wird's nicht sein.‹«

»Was bedeutet das?«

»Oh – nichts.« Hastig steckte Harry die Uhr und die Schlüssel in seine Tasche. »Nichts Wichtiges.«

*

***Leichenbeschauer stellt fest: Reporterin ermordet!***

Kevin Loomis starrte die Schlagzeile der *Times* und Evelyn DellaRosas Foto an – dasselbe, das in der Todesanzeige erschienen war. So wie in der vergangenen Woche versuchte er sich einzureden, ihre Ähnlichkeit mit Desiree sei reiner Zufall. Aber im Grunde seines Herzens kannte er die Wahrheit. Vor anderthalb Monaten hatte sie auf seinem Schoß gesessen, nur mit BH und Slip bekleidet, seine verkrampften Rückenmuskeln massiert und ihn ausgefragt, sehr charmant und entwaffnend.

Während er den Artikel las, zitterten seine Hände so heftig, daß er die Zeitung auf den Tisch pressen mußte. Bei der letzten Sitzung war Desiree mehr oder weniger abgetan worden. Keine ernsthafte Gefahr für die Tafelrunde. Wenige Tage später hatte man sie in ihrem Krankenhausbett ermordet. Ihr Ehemann, ein Arzt, wurde verdächtigt, aber vorerst nicht verhaftet. *Vielleicht, weil er sie nicht getötet hatte.*

Kevin fühlte sich elend. Auf der Fahrt in die City sagte er sich immer wieder, seine sonderbare Reaktion würde nur mit der oberflächlichen Intimität zusammenhängen, die er vor nicht allzu langer Zeit mit der Frau geteilt hatte. In den Zeitungen – mittlerweile hatte er alle Berichte gelesen – wurden Eheprobleme erwähnt. Die *Daily News* deutete an, es habe einen Liebhaber gegeben. Deshalb sei Evelyn DellaRosa oder Desiree, oder wie immer die Frau heißen mochte, von ihrem Mann ermordet worden.

Obwohl er sich nicht erinnerte, daß er dem richtigen Weg von seiner Zufahrt zum Crown Building in der Mitte Manhattans gefolgt war, parkte er in der Tiefgarage vor seinem Namen, der in blauen Buchstaben an der Wand stand. Dann fuhr er mit dem Lift zu seinem Büro im dreißigsten Stock hinauf. Brenda Wallace erwartete ihn und konnte ihre Begeisterung kaum bezähmen, als sie ihm die Neuigkeiten erzählte.

»Vor ein paar Minuten hat Ihre Frau angerufen, Mr. Loomis«, verkündete sie, atemlos vor Aufregung. »Die Leute, die Ihr Haus kaufen wollen, haben ihre Hypothek gekriegt. Und Sie können bald Ihr neues Domizil in Port Chester beziehen. Die Bank ist mit dem Deal einverstanden.«

Hinter ihr stand Burt Dreiser in der Tür, zwinkerte Kevin zu und hielt einen Daumen hoch. Seine Miene ließ keinen Zweifel an der Rolle, die er bei der Transaktion gespielt hatte.

An jenem Tag an Bord seines Boots hatte er versichert: »Ich kann fast alle Probleme lösen.«

»Am Mittwoch soll alles abgewickelt werden«, jubelte Brenda. »Mrs. Loomis sagt, Sie können sie im Büro anrufen, wenn Sie wollen. Bis fünf bleibt sie da. Sie läßt Ihnen ausrichten, auf das Haus kommt's nicht an, und Sie müssen's nicht unbedingt kaufen. Aber nach ihrem Hochzeitstag ist das der glücklichste Tag ihres Lebens.«

## 17

Maura Hughes' Apartment lag an der Upper West Side, einen halben Häuserblock vom Morningside Park entfernt. Als Harry von seiner Praxis aus hinging, hoffte er, daß sie Wort gehalten hatte und nüchtern geblieben war. Da er in einer eher ärmlichen Gegend praktizierte, kannte er den Alkohol in seiner schlimmsten tödlichen Form, aber auch in diversen anderen Masken. Ohne zu übertreiben, konnte er behaupten, während jener achtzehn Monate in Vietnam habe er nicht so viele Tragödien beobachtet wie hier in New York, wo sie so häufig von der Trunksucht bewirkt wurden. Und nun hing seine Zukunft von einer Trinkerin ab – ein beunruhigender Gedanke. Nicht einmal in nüchternem Zustand war sie glaubwürdig. Wenn sie wieder zu trinken begann, würde man ihr nicht einmal zuhören.

Nachdem Maura den Besuch jenes geheimnisvollen Doktors erwähnt hatte und weil es kein Beweismaterial gab, das Harry mit der Aramin-Injektion verband, bekam Dickinson keinen Haftbefehl. Aber Mel Wetstone bestätigte die Behauptung des Detectives, ein Großes Geschworenengericht würde Anklage erheben, wenn überzeugende Indizien vorlagen. Offensichtlich fieberte der Anwalt einem Prozeß entgegen, der gewaltige Dimensionen annehmen konnte – Sex, Ehebruch, Versicherungsgelder, das Doppelleben einer schönen Reporterin, Prostitution, mysteriöses Gift, Ärzte. *Zirkusdirektor im großen Medienspektakel, für ein Stundenhonorar von dreihundertfünfzig Dollar* ... Harry versuchte sich zu entsinnen, ob er jemals erwogen hatte, Jura zu studieren.

Er kam an einem Blumenladen vorbei und überlegte, ob er einen Strauß kaufen sollte. Besser nicht. Blumen erinnerten zu sehr ans Krankenhaus und ließen sich leicht mißdeuten. Nicht, daß er Maura irgendwie interessiert hätte. Höchstens als Southern Comfort-Lieferant. Aber im Lauf der Jahre hatte er unangenehme Erfahrungen mit Patienten und Patientinnen gesammelt, die sein Engagement falsch interpretierten – etwa seinen sorgenvollen abendlichen Anruf bei einer Frau, deren leidenschaftliche Gefühle ihm entgangen waren – oder das stundenlange nächtliche Gespräch am Krankenbett eines jungen Mannes.

Schließlich entschied er sich für eine Schachtel Pfefferminzbonbons mit Schokolade. Falls Maura an typischen Entzugserscheinungen litt, würde ihre Gier nach Alkohol wenigstens teilweise in einen Heißhunger auf Süßigkeiten übergehen.

Der Zustand der Häuser besserte sich merklich, als er sein Ziel erreichte. In fast allen Eingangshallen der Apartmentgebäude mit den guterhaltenen Sandsteinfassaden saßen Portiers. Kurz vor halb acht war der Abend noch warm, wolkenlos und ziemlich hell. Harry blieb bei einem Spielplatz stehen. Auf der rissigen geteerten Fläche spielten mehrere Teenager – schwarze und weiße – Basketball. Wenn sie auch keine Ahnung von Teamgeist hatten, so war es doch erfreulich, ihre geschickten Sprünge zu beobachten. Er atmete die Energie der City ein, und spürte, wie sich die nervliche Anspannung des gräßlichen Tages allmählich lockerte. In diesen langen Stunden hatte es nur wenige Lichtblicke gegeben – Doug Atwaters erfolgreiche Bemühungen, ihm die Stellung am Krankenhaus zu erhalten, dann die aufmunternden Anrufe und der Zuspruch zahlreicher Patienten, die ihre Solidarität bekundeten.

Obwohl er nicht wußte, was er von Maura Hughes erwarten durfte, freute er sich auf ihre Gesellschaft. Seit Evies Tod hatte er nur einmal mit den Jungs im C. C.'s gespielt und die meisten Abende allein verbracht.

Sechs breite Zementstufen führten vom Gehsteig zur reichgeschnitzten Mahagonitür des hübschen dreistöckigen Sandsteinhauses hinauf, schmiedeeiserne Gitter schützten die unteren Fenster. Harry nahm an, Maura würde im Erdgeschoß wohnen. Zu seiner Überraschung las er ihren Namen neben dem obersten Klingelknopf. Nachdem er sich per Sprechanlage angemeldet hatte, drückte sie auf den Türöffner.

»Am Treppenabsatz«, erklärte sie. Ihre Stimme klang hell und lebhaft. Erleichtert stieg er die Stufen hinauf. So sehr er sich auch nach Gesellschaft sehnte – er wollte seine Freizeit nicht als Babysitter einer aktiven Alkoholikerin verbringen. Sie stand auf der Schwelle ihrer Wohnungstür. In der Klinik hatte sie eher klein gewirkt. Aber sie war fast eins fünfundsiebzig groß, mit einem biegsamen Körper, in aufrechter Haltung. Sie trug fadenscheinige Jeans, ein weites Baumwollhemd, Turnschuhe und einen weißen Turban. An den Ohren hingen große Emailleringe, die bei jeder Bewegung die Farbe wechselten, wie ein Kaleidoskop. Irgendwie sah sie verhärmt aus und schien sich unbehaglich zu fühlen. Harry drückte ihre schmale, kühle, glatte Hand, und es fiel ihm schwer, diese schlanke, unauffällig elegante Frau mit der rastlosen Delirium-tremens-Patientin in Verbindung zu bringen. Nur der Turban, um den Kopfverband gewickelt, erinnerte ihn an jene andere Maura.

Er gab ihr die Pfefferminzbonbons, und sie bedankte sich mit einem schwachen Lächeln, das er eher traurig als heiter fand. »Kommen Sie doch herein.«

»Was für schöne Ohrringe Sie tragen ...«

»Danke. Die habe ich selber gemacht.«

Harry folgte ihr in einen hellen Wohnraum, der etwa fünfzehn Meter im Quadrat maß. Auf dem glänzend polierten Eichenholzboden lagen orientalische Teppiche. Offensichtlich war die indirekte Beleuchtung an der hohen Zimmerdecke von einem Spezialisten installiert worden. Sicher nicht das schäbige, deprimierende Zwei-Zimmer-Apartment, das er sich vorgestellt hatte …

»Überrascht?« fragte Maura, die seine Miene richtig deutete.

An den Wänden hingen imposante Ölgemälde, Aquarelle und Collagen. Manche – vor allem die Porträts – erschienen ihm melancholisch und sehr realistisch. Aber die anderen waren abstrakt, dynamische Farben- und Formenwelten, präzise organisiert oder chaotisch. Von Kunst verstand er nicht allzuviel, doch sie hatte ihn immer fasziniert. Was er jetzt betrachtete, strahlte vibrierende Kraft und einen intensiven, überwältigenden Zorn aus. »Unglaublich«, meinte er und wanderte langsam umher.

»Jetzt male ich nicht mehr in diesem Stil. Und ich will's auch nicht.«

»Sind das alles Ihre Werke?«

»Sogar Trinkerinnen bringen gelegentlich was zustande«, erwiderte sie kühl.

»He, tut mir leid, wenn's so geklungen hat. Das meine ich nicht. Diese Bilder sind wirklich eindrucksvoll.«

»Danke. Möchten Sie was trinken? Cola? Ein Glas Wein?«

»Cola wäre großartig.« In letzter Sekunde verkniff er sich den Kommentar, es sei gefährlich, Alkohol im Haus zu verwahren. Er folgte ihr in die kleine, funktionell eingerichtete Küche, eindeutig die Domäne einer Hobbyköchin. Durch eine Tür zur Linken sah er einen weiteren großen Raum, ein Atelier mit Oberlicht, voller Staffeleien und gestapelten Leinwänden. Mauras Bett stand unterhalb eines Bücherregals, das bis zur Decke hinaufreichte, zwischen Topfpalmen und Farnwedeln.

»Verzeihen Sie, wenn ich angespannt oder nervös wirke.« Sie kehrte ihm den Rücken und füllte zwei Gläser. »Das bin ich nämlich. Vielleicht hätte ich Sie anrufen und unser Treffen abblasen sollen.«

Dann reichte sie ihm ein Glas, führte ihn ins Wohnzimmer zurück und wies auf ein Sofa, ehe sie ihm gegenüber in einen Sessel sank.

Auf dem gläsernen Couchtisch an ihrer Seite lag eine geöffnete *Times*, mit einem Artikel über Evie. Harry zeigte darauf. »Wenn ich einen Mordverdächtigen zu einer Cola einladen würde, wäre ich auch nervös.«

»Hoffentlich ist Ihnen klar, daß ich anders denke. Wie wir beide wissen, haben Sie Ihrer Frau das Medikament nicht verabreicht.«

»Und wer war's?«

»Dr. Corbett, warum sind Sie hier?«

»Bitte, nennen Sie mich Harry. Sobald ich die Praxis verlassen habe, bin ich nicht mehr Dr. Corbett.«

»Ach ja, Ihre Praxis ... Dr. Corbett – Harry, mein Bruder erzählte mir, Sie hätten Erfahrung mit Alkoholismus und würden Leute kennen, die mir helfen und mich zu den Anonymen Alkoholikern bringen könnten. Falls Sie mich besuchen, um meine Seele zu retten, möchte ich uns beiden einen langen, unangenehmen Abend ersparen. Meine Seele will nicht gerettet, sondern eingenebelt werden.«

»He, ich weiß nicht mehr genau, was ich Ihrem Bruder erzählt habe. Aber ich bin kein Experte. Ich möchte nur kranken Menschen helfen.«

»Sind Sie denn nicht deshalb zu mir gekommen? Um sich zu vergewissern, daß ich nicht trinke?«

»Das habe ich keineswegs behauptet. Wenn Sie glauben, ich würde versuchen, Ihre Seele zu retten – wieso haben Sie mich dann eingeladen?«

»Weil ich gestern nicht trinken wollte. Und heute will ich's.«

Am liebsten wäre er die Wände hochgegangen. Entweder hatte er sich in die Nesseln gesetzt, oder sie war entschlossen, ihn dorthin zu verfrachten. Wenn er sie bezüglich seiner Motive belog, würde sie's merken. Und wenn er die Wahrheit sagte oder ihr einen Vortrag hielt, würde er wahrscheinlich bald wieder die Basketballspieler beobachten – noch bevor seine Cola warm wurde. »Maura, ich habe mich an Sie gewandt, weil ich in Schwierigkeiten bin«, erklärte er schließlich. »Da draußen tut ein Bulle sein Bestes, um mich zu kreuzigen, die Klinikleitung will mich feuern, und nur Sie allein wissen etwas, das mir vielleicht hilft. Ich habe keine Ahnung, wen Sie zu Evies Bett gehen sahen oder warum er sie umbrachte. Neulich hätte er auch mich töten können. Nun, er tat's nicht, weil er wahrscheinlich glaubt, die Polizei würde mich früher oder später verhaften. Und weil er bezweifelt, daß ich irgendwelche Trümpfe in der Hand halte. Aber die habe ich. Zwei Trümpfe. Sie kennen sein Gesicht, und ich habe seine Stimme gehört.«

»Und jetzt fürchten Sie, ich würde Ihnen nichts nützen, wenn ich trinke.«

»Als Sie das letzte Mal tranken, wären Sie fast gestorben. Ich will nicht, daß Sie sterben.«

Aufmerksam musterte sie sein Gesicht. »Ich möchte wirklich trinken.«

»Ja, ich weiß«, antwortete er mitfühlend. »Und ich würde gern davonlaufen – irgendwohin, wo es unerträglich warm ist, wo man mit Muschelschalen bezahlt und noch nie was von Prozessen wegen ärztlicher Kunstfehler, Mordanklagen oder Großen Geschworenengerichten gehört hat. Trotzdem werde ich's nicht tun.«

Maura schob ein Pfefferminzbonbon in den Mund, schloß die Augen und ließ es auf der Zunge zergehen. »Das haben Sie gewußt, nicht wahr? Daß ich was Süßes brauche ...«

In der harten Ziegelmauer, hinter der sie ihre Gefühle verbarg, schien sich eine Lücke zu öffnen. »Deshalb bin ich noch lange kein Experte.«

Sie aß noch ein Bonbon. »Pro Tag zehn- bis elftausend Kalorien, in Form von Pralinen und Keksen. Und ich habe noch kein Gramm zugenommen.«

»Seien Sie doch froh. Wenn ich so was nur anschaue, muß ich schon den Gürtel weiter schnallen.«

Beinahe lachte sie. *Beinahe*. Harry wartete, und sie zupfte am Rand der Bonbonschachtel, verschloß sie, stellte sie auf den Tisch. Offenbar war dies der große Augenblick. Sie überlegte, ob sie ihn bitten sollte, seinen Rettungsversuch aufzugeben und zu verschwinden. Falls sie sich dazu entschloß, mußte er gehen, und sie würde sich betrinken.

»Tut mir leid, daß ich's Ihnen so schwermache, Harry«, seufzte sie. »Nur Sie allein stehen zwischen mir und der Flasche Southern Comfort, draußen in der Küche.«

»Nein, Sie selbst stehen dazwischen, Maura. Wenn mich diese Erkenntnis zum Experten macht, bin ich vielleicht doch einer.«

In der Stille, die nun folgte, spürte er, wie sich die obersten Ziegel aus der Wand lösten. *Halt bloß den Mund*, befahl er sich. Er hatte schon genug gesagt, und jedes weitere gottverdammte Wort würde sie in ihr Schneckenhaus zurückjagen …

»Wie gefällt Ihnen dieser Turban?« fragte sie plötzlich. »Ich habe kaum noch Haare. Und es ist mir peinlich. Anfangs versuchte ich's mit einer Perücke. Aber die sah lächerlich aus.«

»Wie bei Dickinson.«

»Was meinen Sie?«

»Albert Dickinson. Sie haben sein Toupet mit einem Salatblatt verglichen. Erinnern Sie sich?«

Wie er ihrer Miene entnahm, wußte sie nichts mehr davon. »Ach ja«, entgegnete sie unsicher. »Sie finden den

Turban häßlich. Das merke ich Ihnen an. Soll ich ihn runternehmen?«

»Tun Sie einfach, was Sie wollen.«

»Möchten Sie immer noch mit mir essen gehen?«

»Natürlich.«

»Sogar mit einem schäbigen, kahlköpfigen Huhn, das ständig Erdnüsse und Rosinen in sich reinstopft?«

»Warum nicht?«

Maura riß den Turban herunter und schleuderte ihn in eine Ecke. Inzwischen war ihr rotblondes Haar ein bißchen nachgewachsen, aber die Operationsnarbe zeigte sich immer noch klar und deutlich. »Sie starren mich an.«

Das konnte er nicht leugnen, wenn er sie auch aus anderen Gründen betrachtete, als sie vermutete. Jetzt, wo sie keine Kopfbedeckung mehr trug, gewann er den Eindruck, er würde ihr Gesicht zum erstenmal sehen. Die Schwellungen und dunklen Flecken, die sie entstellt hatten, waren verschwunden, die Haut schimmerte glatt und blaß, mit einem schwachen, natürlichen rosigen Hauch. Über den hohen Wangenknochen entdeckte er ein paar Sommersprossen. Ihre meergrünen Augen schienen von innen her zu leuchten. Und sie hatte volle, sinnliche Lippen. Harry spürte, wie sein Mund trocken wurde. »Also – ich glaube – diesen Turban brauchen Sie nicht«, stammelte er.

»Okay, der Turban ist passé. Falls Sie immer noch essen gehen wollen, ich schwärme für indische Küche.«

»Ich auch, und ich kenne genau das richtige Lokal.« Während er sich wieder umschaute, erkannte er in zwei oder drei besonders ausdrucksstarken Bildern Mauras Selbstporträts, sehr kunstvoll gemalt. Das konnte niemand bestreiten. Aber nach Harrys Ansicht gab keines auch nur annähernd die Anziehungskraft und das sanfte Mysterium dieser Frau wieder.

»Wirklich, Sie sind sehr nett«, betonte sie, »und ich würde

Ihnen gern helfen, wenn ich's kann.« Sie nahm eine braune Windjacke von einer Sessellehne und schlüpfte hinein. »Hat Ihnen schon irgend jemand gesagt, daß Sie aussehen, wie …? Moment mal, gleich weiß ich's – Gene Hackman. Ja, ich finde, Sie sind ihm ein bißchen ähnlich.«

Was sollte er antworten? Er schaute sie an, und seine Miene war etwas zu gleichgültig. *Erinnerte sie sich nicht?* »Eh – ja, das hat mir schon jemand gesagt.«

»Ihre Frau?«

»Nein, jemand anderer. Maura, eigentlich wollte ich Sie erst nach dem Dinner bitten, von diesem mysteriösen Doc zu erzählen. Aber könnten Sie mir schon jetzt sagen, wie er aussah – wie Sie ihn Ihrem Bruder beschrieben haben?«

Erst glaubte er, sie würde seinen Wunsch erfüllen. Dann verengten sich ihre Augen, und er spürte ihre Verwirrung. »Ich weiß noch, daß jemand ins Zimmer kam. Zumindest glaube ich's. Aber das ist alles.«

»Können Sie sich sein Gesicht nicht vorstellen?«

Traurig schüttelte sie den Kopf. »Harry, bis jetzt habe ich's nicht gemerkt. Aber ich erinnere mich nur sehr vage an jene Nacht. An fast gar nichts.«

## 18

»Schauen Sie mal, wie gut dieser Junge werfen kann.« Harry stand mit Maura am hohen Drahtzaun, der den Basketballplatz umgab. »Da drüben, der Kleine in den Boxershorts.«

Der Teenager, kleiner und flinker als die anderen, tat ihm den Gefallen, hochzuspringen und den Ball aus sechs Meter Entfernung im Korb zu versenken.

»Großartig«, meinte Maura.

Ein paar Minuten lang beobachteten sie das Spiel, dann

gingen sie die Manhattan Avenue hinab, zum Central Park. »Wollen Sie den ganzen Weg zu Fuß gehen?« fragte Harry.

»Ich weiß, es klingt unglaubwürdig. Aber bevor ich die Treppe runterfiel und mir den Schädel einschlug, war ich eine recht gute Joggerin.«

»Okay, dann gehen wir«, entschied Harry und schilderte seine eigenen Bemühungen, fit zu bleiben.

»Wie geduldig Sie sind … Ich dachte, Sie würden mich wegen dieses Doktors ins Verhör nehmen.«

»Darüber reden wir später.«

»Sosehr ich's auch bedaure – ich entsinne mich wirklich nicht, wie er aussah. Seit ich wieder daheim bin, habe ich kaum ans Krankenhaus gedacht. Weil ich's nicht wollte. Jetzt möchte ich's, aber mein Gehirn kommt mir vor wie Schweizer Käse. Manche Dinge, einige Gespräche haften glasklar in meinem Gedächtnis. Und andere …«

»Nur aus Neugier – erinnern Sie sich an Lonnie alias Streber, den Freund Ihres Bruders? Damals war er im Zimmer.«

»Ein Schwarzer, nicht wahr?«

»Genau!« bestätigte Harry eifrig. »Wissen Sie noch, was er anhatte und was er in jener Nacht tat?«

»Er trug eine Mütze …«

»Sehr gut, das stimmt. Was noch?«

Sie schaute zu einer Fensterreihe hinauf und schüttelte bedrückt den Kopf. »Nichts. Tut mir leid, Harry, ehrlich. Genausogut könnte ich versuchen, mich zu erinnern, wer in der dritten Schulklasse neben mir saß. Ich weiß, ich war da, und in meiner Phantasie sehe ich ein paar verschwommene Bilder – sogar das Kleid meiner Lehrerin, aber keine besonderen Einzelheiten.«

Nun fiel ihm wieder ein, daß sie Jennifers Anstecknadel und Dickinsons Toupet sofort bemerkt hatte, wie schnell und mühelos sie auf Lonnies Szenario eingegangen war. In jener

Nacht hatte der Teil ihrer Hirnrinde, der für die Wahrnehmung sorgte, ausgezeichnet funktioniert – vielleicht besser als normalerweise. Doch ihre Fähigkeit, Informationen zu speichern oder abzurufen, war beschädigt worden, sogar schwer. »Kein Wunder«, erwiderte er und hoffte, er würde seine Sorge und Enttäuschung nicht zu deutlich zeigen. »Die Gehirnerschütterung, die Operation, der Alkohol, der Entzug, die Medikamente – angesichts all dieser Belastungen haben Sie sich verdammt gut gehalten.«

»Danke, Harry. Und jetzt wechseln wir das Thema. Reden wir über Kunst.«

»Und über Kriegshelden.« Im Lauf der Jahre hatte er bei gesellschaftlichen Anlässen nur selten die Konversation beherrscht. *Nachdenklich* – so definierte er dieses Verhalten; *langweilig*, hatte Evies Urteil gelautet. Aber das Gespräch mit Maura Hughes fiel ihm leicht. Während sie dahinwanderten, erzählte er von seinem Leben, und plötzlich erwähnte er den Corbett-Fluch, die ungewöhnlichen Brustschmerzen – Probleme, die er noch niemandem anvertraut hatte.

»Und wer ist Ihr Doktor?« fragte sie.

»Ich suche mir einen«, entgegnete er etwas zu hastig.

Da blieb sie stehen, packte seine Arme und drehte ihn zu sich herum. »Versprochen?«

Er wußte nicht, wie lange er in ihre smaragdgrünen Augen starrte, bevor er antwortete. »Im Augenblick ist so viel los, und ich weiß nicht, wann ich mich drum kümmern werde. Aber ich gebe Ihnen mein Wort.« Dann wechselte die Ampel auf Grün, und sie überquerten den Columbus Circle.

Einen halben Häuserblock vom Central Park entfernt, erklärte Maura: »Trotz meiner derzeitigen Erinnerungslücken besitze ich ein untrügliches Gedächtnis, sobald's um Dinge geht, die man mir versprochen hat. Und ich kann sehr hartnäckig sein, wenn ich will.«

»Ich glaube, wenn Sie wollen, können Sie sehr viel.«

Erstaunt lauschte er seiner eigenen Stimme. *Flirtete er tatsächlich mit Maura?*

»Wie nett von Ihnen, so was zu sagen, Harry – vor allem, weil sie mich viel länger im Delirium gesehen haben als in halbwegs normalem Zustand.«

»Was hat Sie aus der Bahn geworfen?«

»Sie meinen, warum ich trinke?«

»Ja.«

Sie lachte. »Glauben Sie, irgendeine schreckliche Tragödie hätte mich zum Alkoholismus getrieben? Ein dunkler Punkt in meiner Vergangenheit?«

»Nun ja – das habe ich wohl angenommen.«

»Tut mir leid, daß ich Sie enttäuschen muß. Da gab's zwar sehr viel, was ich lieber nicht erlebt hätte, aber keine besondere verhängnisvolle Tragödie. Der Alkohol war sogar ein Gottesgeschenk. Zumindest für eine Weile.« Maura erzählte von ihren wohlhabenden Eltern, den Sommerferien in Reitcamps, den Internatsjahren und ihrem vorzeitig abgebrochenen Studium. Damals hatte ihre Rebellion gegen den Lebensstil der Eltern und deren heuchlerische Gesellschaftsschicht eine Kluft aufgerissen, die nicht mehr überbrückt worden war. »Letzten Endes geriet mein Vater in finanzielle Schwierigkeiten, und meine Mutter verließ ihn. Er starb bei einem Autozusammenstoß, irgendwo außerhalb von Los Angeles – sternhagelvoll, falls Sie's wissen wollen. Auch die Frau, die mit ihm im Wagen saß, wurde getötet.«

Während sie von ihrem Vater sprach, bemerkte Harry, wie sich ihre Miene und der Klang ihrer Stimme veränderten. Die Kinnmuskeln wirkten verkrampft, sie sprach langsam und stockend. Über die grünen Augen schien sich ein Schatten zu senken, ein Schutzschild, der ihre Emotionen verbarg. »Und ihre Mutter?« fragte er, um sie auf andere Gedanken zu bringen.

»Sie lebt noch. Aber Tom und ich hören nur zu Weihnachten von ihr. Vermutlich hängt sie auch an der Flasche. Ich glaube, ich interessiere mich vor allem deshalb so intensiv für die tragischen und ungerechten Dinge in dieser Welt, weil meine Eltern nie darüber sprachen.«

Dann erzählte sie von dem großen amerikanischen Roman, den sie zu schreiben versucht hatte, von ihrem zweijährigen Aufenthalt in einem Navajo-Reservat in Arizona. Doch für die Schriftstellerei fehlte ihr das nötige Engagement, die Kontakte mit den Navajos und anderen armen Leuten bedrückten sie und verstärkten das Gefühl ihrer Ohnmacht. Je härter sie gekämpft hatte, um ihrem Leben einen Sinn zu geben, desto weniger war es ihr gelungen.

»Eines Tages staubte ich meinen Malkasten ab und breitete paar Leinwände aus – nicht, um einen Lebensinhalt zu finden, eher aus therapeutischen Gründen. In der High School hatte ich einen Kunstkurs belegt, aber viel war nicht draus geworden. Diesmal zog mich die Malerei von Anfang an in ihren Bann. Und ich brachte einiges zustande, wenn's auch niemand zur Kenntnis nahm. Plötzlich passierte mir was Wunderbares – Southern Comfort. Ich fand heraus, daß der Alkohol irgendwas in mir befreite – oder vielleicht die Kanten entschärfte. So genau weiß ich's nicht. Jedenfalls konnte ich besser malen, wenn ich trank.«

»Zumindest haben Sie sich's eingebildet«, korrigierte er.

»Nein. Ob Sie's glauben oder nicht, es klappte wirklich viel besser. Das merkten auch die Besitzer diverser Galerien und einige Kunstsammler. Eine Zeitlang waren meine Werke sehr gefragt. Ich kaufte sogar das Haus, in dem ich immer noch wohne. Und dann – zunächst registrierte ich's gar nicht – begann ich seltener zu arbeiten, weil ich den Großteil meiner Zeit vertat, um zu trinken und meinen Rausch auszuschlafen. Das letzte Bild, das irgend jemanden interessierte, malte ich vor etwa drei Jahren. Wann ich das letzte verkauft habe, weiß ich nicht mehr.«

»Wurden Sie von einem Spezialisten behandelt? Haben Sie sich nie an die Anonymen Alkoholiker gewandt?«

»Wozu? Ich fand immer irgendwelche Gründe, um zu trinken – gescheiterte Beziehungen, Ungerechtigkeiten, schlechte Kritiken, berufliche Fehlschläge. Ein paar Wochen lang ging ich zu einer Therapeutin. Sie meinte, ich würde einfach nur das Temperament und die Leidenschaft einer Künstlerin besitzen. Außerdem glaubte ich damals, ich könnte jederzeit zu trinken aufhören, wenn ich's wollte. Nach allem, was inzwischen passiert ist, bin ich mir nicht mehr so sicher.«

»Das ist immerhin ein Anfang.«

»Die Erkenntnis, daß Sie *nicht* jederzeit aufhören können …«

Bei der Ninety-seventh betraten sie den Central Park. Das Lokal, das Harry empfohlen hatte, lag an der Ninety-third, nahe der Lexington Avenue. Obwohl es schon fast neun war, schimmerte immer noch schwaches Tageslicht zwischen den Bäumen. Sie folgten einem Kiesweg zum Reservoir. Über dem spiegelglatten Wasser regte sich kein Windhauch.

»Ich liebe diese Stadt wirklich«, sagte Harry. »Besonders den Park.«

»Gehen Sie oft hier durch? Auch in der Nacht?«

Soweit sie es in der Dunkelheit feststellen konnte, die sich nun verdichtete, war der Weg am Ufer des Reservoirs menschenleer. »Nach meiner Meinung ist das noch keine Nacht. Und es stimmt, ich komme oft hierher, wenn's finster ist. Natürlich forderte ich das Schicksal nicht heraus, indem ich mich durch die Büsche schlage. Aber die Wege sind sicher.« Er ließ einen kleinen Stein über die Wasserfläche hüpfen. »Oh, dreizehn Sprünge! Ein neuer Weltrekord.«

»Wieso habe ich nur acht gezählt?«

»Klar, ich seh's schon – mit Ihnen werde ich noch viel Ärger kriegen.«

Sie stiegen einen Waldweg hinauf, der zur Straße führte,

und genossen ihr freundschaftliches Schweigen. Inzwischen war das letzte graue Tageslicht erloschen.

»Hören Sie, Harry«, begann Maura nach einer Weile, »ich habe nachgedacht, und ich möchte Ihnen einen Deal vorschlagen. Sie meinen, ich sollte mich an einen Facharzt oder die Anonymen Alkoholiker wenden. Und ich glaube, Sie brauchen die Hilfe eines Herzspezialisten, um herauszufinden, was Ihre Brustschmerzen verursacht. Wenn Sie Ihr Problem anpacken, bin ich bereit, meines in Angriff zu nehmen.«

»Das habe ich Ihnen ohnehin schon versprochen.«

»Aber es muß bald geschehen. Wenn Sie wollen, gehe ich schon morgen zu einem Treffen der AA.«

»Sicher habe ich keine Angina pectoris. So was würde ich merken. Ich mache mir nur ein bißchen Sorgen wegen meiner Familiengeschichte und ...«

»Abgemacht oder nicht?«

Sie blieben stehen und schauten sich an. Wieder einmal wurde sein Mund trocken, und er schluckte. »Abgemacht. Vorausgesetzt, Sie rufen mich an, ehe Sie was trinken, und geben mir die Chance, Ihnen diesen Unsinn auszureden.«

»Abgemacht.« Ihr Lächeln war hoffnungsvoll und warmherzig. Plötzlich änderte sich ihre Miene. Sie hob die Brauen. »Harry!« rief sie und schaute über seine Schulter.

»Kein Wort mehr!« fauchte der Mann, der direkt hinter ihm stand, und Harry erkannte die Stimme sofort. Sie gehörte dem größeren der beiden Schlägertypen, die in Desirees Apartment eingedrungen waren.

Harry wollte sich umdrehen. Aber der Kerl, um einige Zentimeter größer, schlang ihm einen Arm um den Hals und drückte eine Revolvermündung zwischen seine Rippen.

Instinktiv wandte Maura sich ab, versuchte davonzulaufen und prallte mit dem Partner des Schlägers zusammen. Der Mann war von einer höher gelegenen Stelle des Waldwegs herabgerannt. Dort hatte er offenbar gewartet, um jeden Fluchtversuch in die Richtung der Straße zu vereiteln. Maura stieß einen Schrei aus, als der kleinere, stämmige Bursche ihr Handgelenk packte und ihr den Arm auf den Rücken drehte. Dann zerrte er sie durchs Gebüsch bergauf, abseits vom schmalen Pfad. Harrys Widersacher schob ihn unsanft hinterher. »Diesmal werden Sie nicht auf uns eindreschen, Arschloch«, knurrte er.

Harry stolperte über eine dicke Wurzel. Aber der Arm, des Riesen, der seinen Hals umklammerte, bewahrte ihn vor einem Sturz. Nach zwanzig Schritten kamen sie im dichten Unterholz nicht mehr weiter. Hier war es viel dunkler als in der Nähe des Waldwegs.

»Okay, auf die Knie, alle beide!« befahl der größere Mann, trat in Harrys Kniekehlen und brachte ihn zu Fall.

Maura, deren Hand fast bis zum Nacken hochgezogen wurde, war ihrem Angreifer hilflos ausgeliefert. »Was für eine hübsche Figur«, meinte er, zwang sie zu Boden und kniete sich auf ihren Rücken. »Wirklich nett.«

»Halt den Mund und tu einfach nur, was du tun mußt«, zischte der andere.

»Laßt sie in Ruhe!« flehte Harry. »Sie erinnert sich an nichts. Deshalb kann sie niemandem gefährlich werden. Glauben Sie mir!«

»Seien Sie still, verdammt noch mal!« Etwas Hartes, eine Faust oder der Revolverlauf, traf Harry direkt hinter dem rechten Ohr. In seinem Schädel explodierten grelle weiße Lichter und heftige Schmerzen. Dann sank er vornüber und schlug am Boden auf. Alle Luft preßte sich aus seinen Lungen.

»Nein, bitte – nicht …«

Durch den Schleier einer halben Ohnmacht hörte er Maura schreien. Plötzlich wurde ihre Stimme von einem grausigen Gurgeln abgewürgt. Er spürte ihre Tritte. Verzweifelt stampften ihre Füße neben ihm ins Erdreich, und er hob den Kopf. Sein Blickfeld verschwamm, aber im Dunkel sah er den kräftigen kleinen Mann rittlings auf Mauras Rücken sitzen, beide Hände um ihren Hals gelegt. »Nein!« flüsterte Harry kraftlos. »Nicht!« Er versuchte sich aufzurichten. Aber der Herkules stellte einen Fuß zwischen seine Schulterblätter und drückte ihn wieder hinab.

Plötzlich grunzte der Schläger, der auf Maura kauerte, fiel seitwärts und rollte wie eine Holzfigur den Hang hinab, zum Reservoir. Fast im selben Moment schrie der Größere schmerzlich auf, stürzte und umfaßte seinen rechten Arm. Automatisch wälzte er sich zweimal herum und ging hinter einem dicken Eichenstamm in Deckung. Die Nebel in Harrys Gehirn lösten sich erstaunlich schnell auf. Doch er konnte nicht feststellen, was da geschah. Dann sah er den Revolver am Boden liegen, nur zwei Meter entfernt. Zögernd kroch er hinüber und erwartete jeden Augenblick, der Riese würde ihn zusammenschlagen. Statt dessen umklammerte der Mann immer noch seinen Arm, rappelte sich auf und taumelte zwischen den Büschen davon.

Harry ergriff die Waffe und schleppte sich zu Maura. Das Gesicht nach unten, lag sie reglos da. Aber sie atmete. Vorsichtig drehte er sie herum und hob mit seiner freien Hand ihren Kopf hoch. »Alles in Ordnung«, wisperte er und bekämpfte ein Schwindelgefühl. »Ich bin's, Harry.«

Einen Finger um den Abzug des Revolvers gekrümmt, spähte er ins Dunkel, versuchte eine Bewegung oder eine Silhouette zu erkennen. Allmählich verhallten die Schritte seines Angreifers, und die Stille war so tief wie die Finsternis. Als Harry nach Mauras Halsschlagader tastete, spürte er ein kraftvolles Pochen. Sein eigener Puls raste. Nun öffnete sie die Augen und begann leise zu schluchzen. Er schaute immer noch in den Wald. Dann legte er den Revolver auf seinen Schenkel und streichelte ihre Wange.

»Beinahe hätte er mich erwürgt«, flüsterte sie und räusperte sich. »Ich bekam keine Luft mehr.«

»Ja, ich weiß. Jetzt haben Sie's überstanden.«

»Was – was ist passiert?«

»Da bin ich mir nicht sicher. Ich glaube, beide wurden angeschossen. Aber ich hörte keinen Knall. Sind Sie okay?«

»Sobald ich zu zittern aufhöre, wird's mir bessergehen. O Gott, das alles geschah so schnell.«

»Diese Typen arbeiten für den Doktor, den Sie gesehen haben. Wahrscheinlich wollten die beiden Sie umbringen und mich am Leben lassen – den einzigen Verdächtigen im Mordfall Evie DellaRosa.« Einen Arm um ihre Schultern gelegt, half er ihr, sich aufzusetzen.

»Ist da jemand?« hauchte sie und zeigte ins Dunkel.

Angespannt lauschten sie. Tiefe Stille. In einer Hand den Revolver, zog er sie auf die Beine. In seinem Kopf pochte es immer noch, und er fühlte sich schwindlig. Nur eine leichte Gehirnerschütterung, entschied er, berührte die mißhandelte Stelle hinter seinem Ohr und zuckte gequält zusammen. Aber er spürte keine Schwellung – nichts würde die Story eines nächtlichen Angriffs im Park untermauern. Diese Schläger verstanden ihr Handwerk. Echte Profis. Aber irgend jemand in diesem Wald hatte sie übertrumpft.

Aufeinander gestützt, stiegen Maura und Harry den Hang hinab. Der dunkle Weg, etwas heller als das Gestrüpp, war verlassen. Den Finger am Abzug der Waffe, sah Harry sich um. »Ich war mir sicher, daß der Bastard hier heruntergerollt ist.«

»Vielleicht wurde er nur verletzt, so wie der andere.«

»Danach sah's nicht aus. Aber es ist möglich.«

»Jetzt gefällt's mir nicht mehr im Park.«

»Klar, es wäre keine schlechte Idee, endlich abzuhauen ...«

Noch während er sprach, zeigte sie zu einem Baum, etwas weiter oben am Hang. Hinter dem Stamm ragte ein Arm hervor, an dem schlaffe Finger hingen, die Handfläche nach oben gekehrt. In weitem Bogen näherten sie sich dem Baum, von oben her. Der Mann, der Maura fast erdrosselt hätte, lag auf der Seite, an den Stamm gelehnt, in dunklen Jeans und einem schwarzen Rollkragenpullover, eine Wange im feuchten Erdreich. Blicklos starrte das sichtbare Auge zum Himmel hinauf.

»Da!« Harry wies auf den Rücken des Mannes. »Sehen Sie!«

Maura bückte sich und betrachtete ein blutiges Loch, so groß wie ein Zehncentstück. »Was sollen wir tun?«

Vergeblich tastete Harry die Jeanstaschen des Toten nach einer Brieftasche ab, und er erwartete auch gar nicht, eine zu finden. »Ich habe keinen Schuß gehört. Sie etwa?«

»Nein. Aber ich war vollauf damit beschäftigt, dem knarrenden Himmelstor zu lauschen.«

»Vermutlich hat der Schütze einen Schalldämpfer benutzt, wie alle Profis. Verschwinden wir.«

Maura rieb ihren schmerzenden Hals. »Je eher, desto besser.«

## 19

Die Spätnachrichtensendungen und die Morgenzeitungen erwähnten die Entdeckung eines erschossenen Mannes im Central Park. Um zweiundzwanzig Uhr hatte die Polizei den Toten gefunden, von einem anonymen Anrufer alarmiert. Das Opfer trug keine Brieftasche bei sich und war noch nicht identifiziert worden. Obwohl der erste Eindruck auf einen Raubmord hindeutete, schlossen die Ermittlungsbeamten eine Hinrichtung nicht aus.

Als Harry am nächsten Morgen das Krankenhaus betrat,

befanden sich seine Gedanken im mittlerweile gewohnten Zustand heilloser Verwirrung. Das Rätsel um Evies Tod blieb im Dunkeln. Und die anderen unerklärlichen Ereignisse warfen zusätzliche Schatten auf das Geheimnis. Wer hatte im Central Park eine Waffe mit Schalldämpfer abgefeuert? War die Ankunft des Retters ein Zufall gewesen? Oder hatte ein Verbrechensbekämpfer Wache gehalten? Nichts ergab einen Sinn.

Nur wenige Dinge schienen festzustehen. Harry glaubte immer noch, daß ihm keine Gefahr drohte. Offensichtlich ließ man ihn am Leben, weil er wegen Mordes an seiner Frau verurteilt werden sollte. Hingegen war Maura keineswegs in Sicherheit. Mochte Albert Dickinson ihre Aussage auch nicht ernst nehmen – der Mörder sah das ganz anders.

In der Nacht hatte sie kaum über das schreckliche Erlebnis gesprochen. Aber Harry erschauerte bei dem Gedanken, wie sie sich gefühlt haben mußte – die Killerhände um den Hals.

Nachdem sie den Park verlassen hatten, waren sie in Harrys Apartment gegangen. Beide fürchteten, Maura würde in ihrer eigenen Wohnung ein zu großes Risiko eingehen. Wenn der Nachtwächter Rocky auch keinen ausreichenden Schutz bot, so war er doch besser als gar nichts. Sie glaubte, ihr Bruder hätte mit seinem offiziellen Bericht, der ihre Aussage bestätigte, seine Zukunft bei der Manhattan-Polizei ohnehin schon aufs Spiel gesetzt. Diesmal bestand sie darauf, daß er nicht hineingezogen wurde – zumindest nicht in amtlicher Funktion. Damit war Harry nicht ganz einverstanden. Aber nach allem, was sie durchgemacht hatte, wollte er nicht versuchen, sie umzustimmen. Von einer Telefonzelle aus informierte er das Revier 911 über die Leiche im Central Park. Vorerst würde Tom Hughes nichts erfahren.

In der Wohnung angekommen, setzten sie sich im kleinen, mit Eiche getäfelten Arbeitszimmer aufs Sofa, und Harry schaltete den Fernseher ein. Erschöpft trank Maura eine Tasse Kräutertee, knabberte an einem Stück Butterkuchen und sagte nicht viel. Nach einer Stunde begann die erste Nachrichtensendung in Channel 2 und verkündete, im Central Park, nahe dem Reservoir, sei ein Mann ermordet worden.

»Okay, Harry«, seufzte Maura, »jetzt bin ich soweit. Würden Sie mir bitte erklären, was da passiert?«

»Wenn ich das bloß wüßte …« Er erzählte von den verwirrenden, deprimierenden Erkenntnissen, die er in Evies Greenwich-Village-Apartment gewonnen hatte, von dem Doktor mit dem kultivierten Akzent, den beiden Männern, die dort eingedrungen und dann an diesem Abend im Park aufgetaucht waren.

Ohne ihn zu unterbrechen, hörte Maura zu. »Also geht's um Sex«, meinte sie, nachdem er seinen Bericht beendet hatte.

»Gewissermaßen – ja. Irgendwann im Lauf ihrer Recherchen, wenn man's so nennen will, muß Evie auf die falsche Person gestoßen sein. Wer immer es war, er brachte sie um oder ließ sie ermorden, mittels einer Methode, die keinen Verdacht erregen würde. Solche Aneurysmen platzen immer wieder, und der oder die Täter rechneten nicht mit einer Autopsie. Aber Caspar Sidonis' Behauptung, ich hätte einen Grund gehabt, meine Frau zu töten, beschwor eine neue Situation herauf. Nun muß der Mörder beweisen, daß Sidonis recht hat …«

»… und die einzige Augenzeugin beseitigen«, ergänzte Maura. »Harry – nach allem, was Sie mir über Evie erzählt haben, muß sie ein armer, total verdrehter Mensch gewesen sein.«

»Glauben Sie mir, diesen Eindruck hat sie nie gemacht.«

»Und – Kinder? Wollten Sie keine?«

»Oh, doch.«

»Ihre Frau nicht?«

»Sie versicherte, sie würde sich Kinder wünschen, obwohl's nicht stimmte. Klar, ich weiß, das klingt so, als hätte ich schon vor Jahren aus dieser Ehe aussteigen oder Evie gar nicht erst heiraten sollen. Aber im Grunde war's gar nicht so schlimm – ich meine, auf der alltäglichen Basis. Wir lebten zusammen wie viele Paare, standen morgens auf, gingen zur Arbeit, hatten genug Geld und Freunde, machten gelegentlich Urlaub, kauften hübsche Sachen und schliefen regelmäßig miteinander – zumindest am Anfang. Und ich kümmerte mich um meine Patienten, spielte bei einer Jazzband mit, trainierte im Fitneßcenter, joggte durch den Park. Wahrscheinlich wollte ich meine Ehe nicht so genau unter die Lupe nehmen.«

»Ja, das verstehe ich. Vielleicht trägt jeder, der unglücklich verheiratet ist, solche Scheuklappen – manchmal sogar jahrelang.« Maura lehnte sich zurück und schloß die Augen. »Aber Sie haben immer noch viel Zeit, Harry.«

»Wofür?«

Gähnend streckte sie sich. »Für was auch immer ...«

Stunden später erwachte er schweißgebadet aus jenem Alptraum, der ihn schon oft heimgesucht hatte. Er stand irgendwo in Nhatrang und spähte am Lauf seines Gewehrs entlang. Vor der Mündung hob ein junger Vietcong-Soldat seine Waffe.

Sein Gesicht und sein Blick hatten sich unauslöschlich in Harrys Erinnerung eingegraben. Angstvoll weiteten sich die Augen. Der Mann versuchte mit seinem halbautomatischen Schießeisen zu zielen. Da entlud sich Harrys Gewehr. Wie eine reife Melone zerplatzte die Brust des Burschen. Nach ein paar Sekunden trat ein anderer Soldat vor die Mündung, noch jünger, starrte seinen Feind und den Toten an und hob seine Waffe. Wieder war Harrys Gewehr explodiert ...

Am anderen Ende des halbdunklen Raums flackerte das TV-Gerät, mit kaum hörbarem Ton. Maura Hughes schlief unter einer Wolldecke, den Kopf in Harrys Schoß. Er griff nach der Fernbedienung und schaltete den Fernseher aus. Im tiefen Dunkel strich er über ihr Gesicht und das flaumweiche, eben erst nachgewachsene Haar. Während des ganzen Abends hatte sie sich kein einziges Mal für ihre Vergangenheit entschuldigt oder ihre Trunksucht zu analysieren versucht. Kein einziges Mal hatte sie über die gefährliche Situation geklagt, in die sie geraten war. Sie besaß zwar keine Tapferkeitsmedaillen, aber auf ihre Art war sie eine Heldin. Und er fühlte sich immer stärker zu ihr hingezogen. Er bewegte seine Beine. Da drehte sie sich auf den Rücken und schaute zu ihm auf. »Mmmm – halte ich Sie wach?« fragte sie träumerisch.

»Nein. Seit einiger Zeit verbringe ich mehr Nächte auf diesem Sofa als im Bett. Wollen Sie nicht ins Gästezimmer gehen und sich richtig ausschlafen?«

»Wäre es eine Alternative, hierzubleiben?«

»Wenn Sie wollen …«

Die Augen fielen ihr wieder zu, und sie drehte sich lächelnd zur Seite. »Genau das will ich.«

*

Im Krankenhaus lagen drei seiner Patienten aus der Praxis. Ein vierjähriges asthmatisches Mädchen sollte entlassen werden, und Harry notierte detaillierte Instruktionen für die Mutter, die selbst noch ein halbes Kind war. Aber die genauen Informationen und seine Trostworte konnten sie nicht beruhigen. Schließlich nahm er eine Visitenkarte aus seiner Brieftasche und schrieb die Telefonnummer seines Apartments auf die Rückseite. »Hier, Naomi. Das ist meine Privatnummer. Melden Sie sich, wenn's Probleme mit Keesha gibt. Sicher wird's nicht nötig sein.«

Die blutjunge Frau steckte die Karte in ihre Jeanstasche und umarmte ihn dankbar.

Nach drei ereignislosen Tagen in der kardiologischen Abteilung war der zweite Patient von einem Herzspezialisten an Harry zurückverwiesen worden. Schon seit fünfzehn Jahren war er der Hausarzt des netten, zahnlosen, immer leicht verwirrten alten Mannes. Da er nur eine Sozialversicherung hatte, bestanden gute Chancen, daß man ihn innerhalb einer Woche nach Hause schicken würde. Er nannte Harry ›Dr. Carson‹, klopfte ihm auf den Rücken und forderte ihn auf, stets sein Bestes zu geben. Dann könnte er eines Tages ein guter Doktor werden.

Harry lächelte wehmütig bei dem Gedanken, wie typisch und normal sein Dienst früher verlaufen war. Während er nun durch die Klinik ging, bemerkte er neugierige Blicke, sah ausgestreckte Zeigefinger und hörte lebhaftes Getuschel. *Das ist der Mann. Der Doktor, der seine Frau ermordet hat. Ich glaub's einfach nicht, daß sie ihn frei herumlaufen lassen, noch dazu im Hospital ...*

Seufzend stieg er in den Lift und fuhr zum vierten Stock des Alexander Building hinauf. Denselben Aufzug hatte er mit Mel Wetstone benutzt, im dichten Gedränge, in unmittelbarer Nähe von Evies Killer. Diesmal war er allein.

Der letzte Patient, den er aufsuchen mußte, lag in Alexander 505, ein dreiunddreißigjähriger Architekt namens Andy Barlow, seit zwei Jahren HIV-positiv. Nun kämpfte er gegen eine *Pneumocystis carinii*, eine schwere Lungenentzündung – das erste Anzeichen für den Ausbruch von Aids. In den beiden symptomfreien Jahren hatte er bei einer Firma in der City gearbeitet, während seiner Freizeit Obdachlose in einem Hospiz betreut und eine Kampagne organisiert, die Drogensüchtige mit hygienischen Informationen versorgte und eine bessere Behandlung von Aids-Patienten anstrebte. *Noch ein echter Held*, dachte Harry, als er das Zimmer betrat.

Andy Barlow, an eine Sauerstoffflasche angeschlossen, sah nicht so gut aus, wie Harry es gewünscht hätte – viel zu blaß, die Lippen violett. Fast aufrecht saß er im Bett, atmete mühsam und brachte trotzdem ein Lächeln zustande. »Hi, Doc«, würgte er hervor und hustete.

»Hi.« Harry rückte einen Stuhl ans Bett, setzte sich und studierte Barlows Krankenblatt. Erstaunlicherweise sahen die Werte – Blutkonzentration, Sauerstoffmenge, diverse chemische Quantitäten – und die Bruströntgenbilder besser aus als der Patient selbst. Man durfte immerhin Hoffnung schöpfen.

»Gibt's was Neues?« fragte Barlow.

»Nun, diese Testergebnisse verraten uns, daß wir gewinnen könnten.«

»Erzählen Sie das meinen Lungen.«

»Ist's so schlimm?«

»Eigentlich nicht ...« Andy machte eine Pause, um Luft zu holen. »Das Atmen fällt mir ein bißchen leichter. Und ich muß nicht mehr so oft husten.« Dann hustete er ein paarmal und lachte über sich selbst. »Typisch – ich nehme wieder mal den Mund zu voll.«

Harry untersuchte den Hals, die Brust, das Herz und den Magen seines Patienten. »Nicht übel«, verkündete er, inzwischen tatsächlich ermutigt. »Wie geht's Ihrem Seelenleben?«

»Wenn man zwei Jahre lang HIV-positiv war, ist man auf so was vorbereitet.« Andy zuckte die Achseln. »Aber ich bin immer noch stocksauer – und ich habe Angst.«

»Ich auch.«

»Das merke ich. Und ich weiß es zu schätzen, daß Sie's zugeben.«

Andy Barlow war keineswegs Harrys erster Aids-Patient, nicht einmal der zehnte. Bei jedem hatten eine gesündere Lebensweise, Fitneßtraining, Präventivmedikationen und aggressive Behandlungen von Infektionen zu einer Besserung geführt. Aber einige waren gestorben. Barlows Lungenentzündung bildete den ersten Meilenstein auf einer neuen Straße. Und die Frage, ob und wann die Aids-Krankheit ausbrechen würde, war beantwortet. Jetzt mußten Arzt und Patient ihre Prioritäten und Erwartungen ändern. Harry nahm eine weitere – überflüssige – Brustuntersuchung vor, um seine Emotionen unter Kontrolle zu bringen.

»Nehmen Sie's nicht persönlich«, bat Andy. »Aber ich glaube, der Tod macht mir weniger angst als der lange Aufenthalt in dieser Klinik. Ich saß sooft an den Krankenbetten meiner Freunde, und jetzt geht's mir genauso wie ihnen. Davor fürchte ich mich.«

»Ja, das verstehe ich. Nun, ich werde mich bemühen, Sie möglichst bald hier rauszuholen und dafür zu sorgen, daß Sie auch draußen bleiben. Leider kann ich Sie nicht von Ihrer Angst befreien. Versuchen Sie sich auf eine Tatsache zu konzentrieren – der Augenblick ist alles, was Sie haben, was jeder von uns hat. Kosten Sie Ihr Leben aus, voll und ganz.«

»Daran sollten Sie mich immer wieder erinnern.«

»Natürlich, wenn Sie's wollen. Und jetzt hören Sie mir zu. Ich glaube ernsthaft, Ihr HIV-Virus hat seine Blütezeit überschritten. Immerhin sind Ihre Werte besser geworden.«

»Gut. Ich gehöre nämlich zu den Architekten, die an der Renovierung des Claridge Performing Arts Center mitgewirkt haben. Und ich möchte am 21. bei der Eröffnung dabeisein.«

»In zehn Tagen? Kein Problem. Dann werde ich nicht einmal mehr zum Stethoskop greifen.«

»Versprochen?«

»Ehrenwort.«

Im rechten Handgelenk eine Kanüle, streckte Andy seine Linke aus und schüttelte Harrys rechte Hand.

Harry erwiderte den Druck. Dann wandte er sich rasch ab und verließ das Zimmer. An solche Situationen würde er sich niemals gewöhnen, niemals immun dagegen werden. Und er wollte es auch gar nicht. Er ging zur Schwesternstation und notierte Anweisungen für Andy Barlows intensivierte Beatmungstherapie. In seiner Nähe schwatzten zwei Schwestern mit der Sekretärin. Er kannte die drei Frauen schon seit vielen Jahren. Jetzt unterbrach keine das Gespräch, um ihn zu begrüßen. Er legte das ausgefüllte Formular auf den Schreibtisch der Sekretärin. »Nur ein paar neue Instruktionen.«

»Danke, Doktor«, erwiderte sie, ohne aufzublicken. »Ich kümmere mich darum.«

Sekundenlang erwog er, eine Konfrontation zu erzwingen – die Frauen zu bitten, sie sollten ihn nicht vorschnell verurteilen. Doch er besann sich anders. Unabhängig von seinen verfassungsmäßig garantierten Rechten, hielten ihn die meisten Leute für schuldig, bis das Gegenteil erwiesen war. Und solange der Fall ungeklärt blieb, würde man ihm kühl und distanziert und stumm begegnen. Dagegen konnte er nichts tun.

Er verließ die Klinik und trat in den warmen, wolkenlosen Morgen hinaus. Da er seinen ersten Patienten erst in zwanzig Minuten erwartete, schlenderte er gemächlich zur Praxis. Wie mochte Maura sich jetzt fühlen? Als er sich von ihr verabschiedet hatte, war ihr die Realität ihrer Situation bewußt geworden. Reizbar, nervös und beunruhigt starrte sie vor sich hin. Und obwohl sie es nicht aussprach, ahnte er, was sie dachte – mit einem Drink wäre alles viel leichter zu ertragen. Sie vereinbarten, daß sie mit einer Freundin in ihre Wohnung gehen, einige Sachen packen und dann für ein paar Tage zu Harry ziehen würde. In der Zwischenzeit sollte sie überlegen, ob sie ihren Bruder anrufen wollte. Für den Fall, daß sie in ihre Wohnung zurückkehren würde, erbot sich Harry, einen Leibwächter zu engagieren.

»Wozu?« fragte sie.

Es wäre sinnlos gewesen, über diesen Punkt zu diskutieren. Vor allem, weil er ihr recht geben mußte. Wenn irgend jemand, insbesondere ein Profi, ihren Tod wünschte, mußte sie sich in einem sicheren Versteck verkriechen. Sonst würde sie sterben. So einfach war das.

Als er die Praxis erreichte, saß nur eine einzige Person im Wartezimmer – ein Mann, den er nie zuvor gesehen hatte. Das fahle Gesicht mit den eingefallenen Wangen und hohlen Augen kündete von schweren Zeiten, das schwarze, mit grauen Strähnen durchzogene Haar war kurz geschnitten. Sichtlich nervös, hob er den Kopf. Er trug verblichene Jeans, abgewetzte Turnschuhe und eine marineblaue Windjacke mit dem Yankees-Emblem auf einer Brusttasche. Bevor Harry in Mary Tobins Büro ging, nickte er dem neuen Patienten kurz zu, und der Mann lächelte schwach.

»Wer ist unser Freund?« flüsterte Harry und studierte den Terminkalender. Ein paar Absagen, kein Name in der Spalte, die für diesen Zeitpunkt vorgesehen war.

»Walter Concepcion, arbeitslos, nicht versichert.«

»Was fehlt ihm?«

»Er hat Kopfschmerzen.«

»Und wer hat ihm meine Praxis empfohlen?«

»Ob Sie's glauben oder nicht, er hat was von Ihnen in der Zeitung gelesen.«

»Ein Doktor, der des Mordes an seiner Frau verdächtigt wird – gibt's eine bessere Empfehlung?«

»Nun ja«, sagte Mary, »soviel ich mich erinnern kann, haben Sie noch nie einen Patienten abgewiesen. Deshalb war ich so frei und ließ ihn ein Anmeldungsformular ausfüllen.«

»Gut. Es sieht nicht so aus, als würden uns die Patienten demnächst die Tür einrennen.«

»Oh, irgendwie werden wir's schon überstehen. Wie geht's Ihnen?«

*Gar nicht schlecht – abgesehen von einem Mordversuch an Maura, einem Mord, den ich mit ansehen mußte, und weiteren unerklärlichen Ereignissen. Wirklich, gar nicht schlecht.* Statt dessen seufzte er: »Ich bin verwirrt ins Bett gegangen und verwirrt aufgestanden.«

»Dann geht's Ihnen genauso wie uns allen«, entgegnete Mary lächelnd. »Warten Sie's einfach ab, dann wird sich alles von selbst klären.« Sie sah müde und bekümmert aus. Aber obwohl sie ängstliche Anrufer beruhigen, Absagen kommentarlos hinnehmen und Reporter abwimmeln mußte, sorgte sie sich um *sein* Befinden. Und so setzte er auch Mary auf seine Heldenliste.

Dann überflog er das Anmeldungsformular des neuen Patienten. Walter Concepcion, fünfundvierzig, kein Telefon, ein Verwandter – sein Bruder in Los Angeles – und eine Adresse in Spanish Harlem. Wie Mary bereits betont hatte, war er nicht versichert. Aber er hatte einen Beruf angegeben – Privatdetektiv. Harry führte ihn in sein Sprechzimmer.

»Ja, früher war ich Privatdetektiv«, antwortete Concepcion auf Harrys Frage. »Aber vor ein paar Jahren hatte ich einige Schwierigkeiten, und die Lizenz wurde mir entzogen.« Wie sein New Yorker Akzent ohne Latino-Einschlag verriet, war er in den USA geboren. »Nächsten März kriege ich die Lizenz zurück. Ich erledige immer noch kleinere Jobs, unter dem Tisch, wenn Sie wissen, was ich meine.«

Nun zeigte sich die Nervosität, die Harry bereits aufgefallen war, in zuckenden Wangenmuskeln, in den Fingern, die sich ständig bewegten.

»Was für Probleme hatten Sie?« erkundigte sich Harry. »Drogen?«

Ohne zu zögern, nickte der Patient. »Kokain. Genaugenommen Crack. Ich dachte, ich hätte es im Griff.«

»Das schafft niemand.«

»Ja, da haben Sie recht. Jetzt bin ich seit fast drei Jahren clean. Keine Drogen, kein Schnaps, kein Wein. Nichts. Nicht daß ich deshalb eine Medaille oder sonst was verdienen würde. Aber ich habe mich wieder unter Kontrolle.«

»Dann haben Sie eine bewundernswerte Leistung vollbracht«, meinte Harry. Das freimütige Wesen des Mannes gefiel ihm ebenso wie die intelligenten, tiefliegenden Augen, die seinem Blick nicht auswichen. »Also, Mr. Concepcion, ich habe etwa zwanzig Minuten Zeit, bevor mein nächster

Patient eintrifft. Die Ursache von Kopfschmerzen ist schwer zu diagnostizieren, aber ich will mein Bestes tun. Vielleicht müssen Sie noch ein- oder zweimal kommen.«

»Okay, Doc, falls Sie bereit sind, noch ein bißchen auf Ihr Honorar zu warten. Ich bin zwar nicht pleite, aber ich muß ziemlich genau überlegen, wer was kriegen soll – und wann, verstehen Sie?«

»Kein Problem. Gehen Sie ins Zimmer zwei an der linken Seite. Dort werde ich Sie untersuchen.«

Als Concepcion das Sprechzimmer verließ, klingelte Harrys Privattelefon. Dieser Anschluß bot ihm die Möglichkeit, Gespräche zu führen, ohne die Praxisleitung zu besetzen. Außerdem konnten ihn die Notrufe aus dem Krankenhaus jederzeit erreichen. »Dr. Corbett«, meldete er sich und sah die Post durch, die Mary auf seinen Schreibtisch gelegt hatte. Hauptsächlich Reklame.

»Sie machen mir Sorgen, Doktor«, sagte die vertraute Stimme mit dem schwachen Akzent. »Beträchtliche Sorgen.«

Erschrocken hielt er den Atem an. »Wer sind Sie?«

»Der Mann, den Sie gestern abend so gnadenlos in eine Falle gelockt und getötet haben, war mir sehr ans Herz gewachsen.« Seltsam, wie emotionslos die Worte klangen …

»Hören Sie, ich habe niemandem eine Falle gestellt. Ihre Schläger versuchten uns umzubringen. Und ich bedauere keineswegs, daß wir gerettet wurden – wenn ich auch nicht weiß, von wem.«

»Ich glaube, Sie lügen, Dr. Corbett. Leider habe ich nicht mit der Möglichkeit gerechnet, Sie könnten jemanden beauftragen, Ihnen zu folgen. Bald werden Sie erkennen, wie leichtsinnig Sie waren. Sehr leichtsinnig – und sehr dumm.«

»Wer sind Sie? Warum tun Sie mir das an? Warum haben Sie Evie umgebracht?«

»Allmählich bereiten Sie mir große Unannehmlichkeiten, Dr. Corbett«, fuhr die sanfte Stimme fort. »Und dagegen werde ich etwas unternehmen. Natürlich wäre es viel einfacher für alle Beteiligten, wenn Sie clevere, schmerzlose Mittel und Wege fänden, sich das Leben zu nehmen.«

»Gehen Sie zum Teufel.«

»Tot – oder lebenslänglich im Gefängnis. Ich fürchte, das sind Ihre einzigen Alternativen. Wenn Sie sich jetzt noch nicht umbringen wollen, werden Sie sich anders besinnen, bevor ich mit Ihnen fertig bin. Das verspreche ich Ihnen. Der Mann, den Sie gestern abend erschießen ließen, war ein guter Freund, und er muß gerächt werden.«

Am liebsten hätte Harry den Hörer auf die Gabel geworfen. Statt dessen saß er wie gelähmt da, suchte verzweifelt nach Worten, die ihm aus der Bedrängnis helfen würden. »Warum lassen Sie uns nicht in Ruhe? Ich habe keine Ahnung, wer Sie sind. Und Maura Hughes weiß es auch nicht. Genausowenig erinnert sie sich an ihren Klinikaufenthalt.«

»Ah, könnte ich das bloß glauben … Aber kommen wir auf das Thema Ihrer Strafe und Ihres Selbstmords zurück – beides ist unumgänglich. Um Ihnen zu zeigen, wie ernst ich's meine, habe ich mir diesen jungen Gentleman ausgesucht, mit dem Sie vor kurzem gesprochen haben. Barlow, nicht wahr?«

»Sie Bastard! Rühren Sie ihn nicht an!«

»Allem Anschein nach ein netter Bursche. Aber unglücklicherweise hat er sich an den falschen Arzt gewandt.«

»Nein!«

»Wägen Sie Ihre Möglichkeiten ab, Dr. Corbett. IV-Morphium wirkt völlig schmerzlos. In Ihrem Fall wären ein paar Schlaftabletten genauso zweckdienlich. Oder Kohlenmonoxid.

Wie wär's mit einem Sturz aus großer Höhe? Ein himmlisches, rauschhaftes Gefühl, und dann tut's nur eine Sekunde lang weh. Und eine Kugel durch den Gaumen würde wahrscheinlich noch geringere Schmerzen bereiten.«

»Bitte!« flehte Harry. »Bitte, gedulden Sie sich noch eine Weile. Ich brauche Zeit, um eine Entscheidung zu treffen.«

»Oh, Sie haben soviel Zeit, wie Sie wollen.«

»Besten Dank.«

»Aber ich fürchte, Mr. Barlow hat keine Zeit. Guten Tag, Doktor.«

»Nein!« schrie Harry, als das Freizeichen piepste. »Verdammt, nein!« Im selben Moment blickte er auf und sah Walter Concepcion in der Tür stehen. »Ich – ich wollte nur wissen, ob ich einen Termin ändern kann«, erklärte er verlegen.

Auch Mary Tobin hatte den Schrei gehört und stürmte ins Sprechzimmer.

»Rufen Sie Alexander 5 an«, befahl er. »Die sollen sich sofort um Andrew Barlow kümmern. Zimmer 505. Ich bin schon unterwegs.«

»Ja, Doktor«, sagte Mary Tobin.

»Mr. Concepcion, Sie müssen ein andermal wiederkommen.« Ohne eine Antwort abzuwarten, rannte Harry an dem verwirrten Mann vorbei, aus der Praxis, hinaus auf die sonnenhelle Straße. Das Manhattan Medical Center lag sechs Häuserblocks entfernt.

## 20

In diesem Stadtteil staunten die Leute nicht, wenn sie einen Mann im Anzug und in Halbschuhen über den Gehsteig sprinten und Passanten beiseite stoßen sahen. Harry glaubte, er würde durch einen Morast laufen. Inzwischen war die Temperatur auf dreißig Grad gestiegen, und in der schwülen Luft konnte er kaum atmen. Die Fußgänger machten ihm Platz, und ein paar drehten sich um. Aber die meisten spähten an ihm vorbei, um festzustellen, wer ihn verfolgte. Er wußte, daß er seine Schritte noch beschleunigen konnte, doch es widerstrebte ihm, sein ganzes Potential zu nutzen, weil die Ursache der Brustschmerzen noch immer ungeklärt war. Bei jedem Häuserblock fragte er sich, wann er das unangenehme, fast lähmende Gefühl wieder spüren würde.

Als er die Klinik erreichte, hing das Jackett über seinem Arm, und er wischte sich mit einem Hemdsärmel die schweißnasse Stirn ab. Dann stürmte er durch die Halle und erwartete auf der Anzeigentafel einen Notruf für Alexander 5 zu lesen. Da stand nichts. Und der Funkspruchempfänger, der in seinem Gürtel steckte, piepste auch nicht. In der Halle herrschte dichtes Gedränge, wie üblich. Aus Rücksicht auf die Patienten und das Personal zwang er sich im Korridor, der zum Alexander-Trakt führte, seine Schritte zu verlangsamen. Zu gewissen Tageszeiten kam man im Lift schneller voran als auf der Treppe. Daran verschwendete er keinen Gedanken. Dankbar für sein regelmäßiges Training im Fitneßcenter nahm er immer zwei Stufen auf einmal. Wieder einmal verspürte er ein leichtes Unbehagen in der Brust, aber nichts Schlimmes – nichts, was definitiv auf Herzbeschwerden hingewiesen hätte. Muskulär oder gastrointestinal, entschied er und legte die Info zu seinen Gedächtnisakten.

Vor der Tür 505 stand einer der Metallwagen für Notfälle. Fluchend lief Harry darauf zu und sah, daß die Abdeckung nicht entfernt worden war. In der Nähe standen die beiden Schwestern, die ihn eine Stunde zuvor so ungeniert brüskiert hatten, und schwatzten. Sie schauten ihn an, und er fühlte ihre Verachtung. »Was ist hier los?« fragte er.

»Das wissen *wir* doch nicht«, erwiderte eine der Frauen spitz. »Sagen Sie's uns.«

Harry rannte an ihnen vorbei ins Zimmer. Neben dem Bett stand Steve Josephson, ein Stethoskop in der Hand und beugte sich über Andy Barlow, um Brust und Rücken abzuhorchen. Der junge Architekt, dem pro Minute sechs Liter Sauerstoff zugeführt wurden, sah so aus wie am Morgen – krank, aber nicht ernsthaft gefährdet.

»Offensichtlich ist irgendwas in beiden Lungenflügeln«, murmelte Josephson vor sich hin, dann richtete er sich auf und entdeckte Harry. »Ah, da bist du ja. Gerade wollte ich meine Visite beenden, als die Schwestern mich hierherschleppten. Deine Sprechstundenhilfe hatte angerufen und gesagt, wir müßten uns um Mr. Barlow kümmern – ein Notfall.«

Während Harry zum Bett eilte, drängten sich Ärzte, Schwestern und die Sekretärin in der Tür. Welche Erklärung er auch abgeben mochte, seine ohnehin schon geringe Glaubwürdigkeit würde weiteren Schaden nehmen. Soeben war er von einem Wahnsinnigen meisterhaft düpiert worden. »Jemand hat in meiner Praxis angerufen, über die Privatleitung«, flüsterte er und hoffte, das Publikum würde nichts verstehen. »Und dieser Mann deutete an …« Er warf einen Blick auf den Patienten und wählte seine Worte sehr sorgfältig. »… Andrew würde vielleicht was zustoßen.«

»Aber – warum?« fragte Barlow. Dann erstickte ein Hustenanfall seine Stimme.

»Könnte man die Tür zumachen?« Harry wandte sich zu den Zuschauern. Aber niemand rührte sich.

Seufzend ging er hinüber und ergriff die Klinke. Corinne Donnelly, die Oberschwester, hob eine Hand. »Okay, ich schließe die Tür. Aber ich bleibe hier und höre mir an, was Sie zu sagen haben.« Ungefähr so alt wie Harry, war sie früher eine gute Freundin gewesen. Jetzt musterte sie ihn herausfordernd und schien eine Konfrontation zu suchen.

»Kommen Sie herein«, erwiderte er müde.

Nachdem sie die Leute verscheucht hatte, trat sie ein und schloß die Tür. Steve Josephson lehnte sich an die Wand, und Harry kehrte zum Bett zurück. »Wenn wir auch nicht darüber gesprochen haben, Andy – Sie wissen sicher, daß meine Frau gestorben ist und was einige Reporter von mir behaupten.«

»Ja, aber ich glaube ihnen nicht.« Diese wenigen Worte bewirkten einen neuen Hustenanfall, und Harry überlegte, wieviel Kraft diese Szene den Kranken kosten würde.

»Dann beurteilen Sie die Situation völlig richtig. Ich habe meiner Frau nichts angetan. Nun ist der Kerl, der ihr die tödliche Injektion verabreicht hat, schrecklich wütend auf mich. Keine Ahnung, warum … Offenbar will er mich fertigmachen, indem er meine Patienten bedroht.«

»Meinst du, er hat Evie ermordet, weil er dich haßt?« fragte Steve Josephson. »Und deshalb versucht er sich auch an deinen Patienten zu vergreifen?«

»Wahrscheinlich hat er Evie aus anderen Gründen getötet. Ich glaube, er fühlte sich wegen ihrer Recherchen bedroht. Aber was Andy betrifft, lautet die Antwort ja. Ich weiß, es klingt verrückt, Steve. Trotzdem …«

»Das *klingt* nicht verrückt«, mischte sich Corinne Donnelly ein, »es *ist* verrückt, Dr. Corbett. Darüber sollten wir in meinem Büro reden.«

Harry sah seinen Patienten an. »Was immer Sie zu sagen haben – Sie können hier sprechen.«

»Okay, wie Sie wollen, Doktor. Ich werde die Leiterin aller Schwesternstationen anrufen und bitten, Dr. Erdman und Dr. Lord sofort über diesen Unsinn zu informieren. Natürlich glaube ich die Geschichte von Ihrer Frau und dem mysteriösen Anrufer keine Sekunde lang. Ich weiß nicht, was hier vorgeht und was mit Ihnen los ist. Nur eins steht fest – in letzter Zeit haben Sie sich drastisch verändert. Vielleicht liegt's an einem posttraumatischen Streß-Syndrom, und es hängt mit Ihren Kriegserlebnissen zusammen – oder mit der Beziehung zwischen Ihrer Frau und Dr. Sidonis. Was immer dahintersteckt, Sie brauchen Hilfe, bevor noch jemand Schaden nimmt. Und uns allen zuliebe sollten Sie sich freiwillig vom Dienst suspendieren lassen, bis die Wahrheit ans Licht kommt. Dieser junge Mann hat schon genug

Probleme – auch ohne die Gefahr, in die ihn sein Arzt bringen könnte.«

Als Harry zu Josephson hinüberschaute, trat sein alter Freund unbehaglich von einem Fuß auf den anderen und senkte den Kopf. Im langen Schweigen, das nun entstand, drangen leise Geräusche durch die Tür. Zweifellos preßten irgendwelche Lauscher ihre Ohren ans Holz. Corinne wollte hinausgehen und das unerwünschte Publikum verjagen.

Aber Harry hielt sie zurück. »Schon gut. Mrs. Donnelly, Sie haben recht. Selbstverständlich muß ich meine Patienten vor diesem – diesem sadistischen Irren schützen. Es gibt allerdings keinen Grund zu der Annahme, er würde seine bedrohlichen Aktivitäten beenden, wenn ich mich vom Dienst suspendieren lasse. Und wenn ich meine Praxis schließe, würde ich meine Schuld an einem Verbrechen eingestehen, das ich nicht begangen habe. Tut mir leid, ich bleibe hier und stehe das alles durch.«

»Sicher nicht, solange ich in diesem Haus was zu sagen habe«, fauchte sie, stolzierte aus dem Zimmer und stieß beinahe mit den Leuten zusammen, die sich vor der Tür drängten.

»Harry, ich stehe hundertprozentig hinter dir«, beteuerte Josephson. »Gib mir Bescheid, falls ich irgendwas tun kann. Bis später, Mr. Barlow. Hoffentlich wissen Sie, daß Sie keinen besseren Arzt finden würden als meinen Freund.«

»Klar.«

Josephson drückte Andys Hand, klopfte auf Harrys Schulter, verließ das Zimmer und schloß die Tür hinter sich.

»Vermutlich haben wir beide schwere Zeiten vor uns«, meinte Barlow.

Jetzt atmete er etwas mühsamer, und Harry merkte ihm die Erschöpfung an, das dringende Ruhebedürfnis. Für einen Mann in Andys Zustand war jede Art von Streß gefährlich. Harry fühlte sich wütend und hilflos zugleich. Wie eine

Marionette wurde er von einem grausamen Verrückten manipuliert. »Andy, es tut mir so leid.«

»He, was können Sie denn dafür?«

»Später schaue ich noch mal nach Ihnen.«

»Danke … Doc?«

»Ja?«

Zum zweitenmal an diesem Morgen streckte der Aids-Patient seine Hand aus, und Harry griff danach. »Alles wird gut, Doc.«

»Natürlich, das weiß ich.«

Als Harry in den Flur eilte, stieß er fast mit einem dunkelhäutigen Krankenpfleger zusammen, der einen Korb vom Injektionsservice trug. »Oh, verzeihen Sie bitte«, entschuldigte sich der Mann mit ausgeprägtem indischem Akzent.

»Schon gut«, murmelte Harry. Auf dem Weg in die Richtung der Schwesternstation merkte er, wie man ihm abrupt den Rücken kehrte und alle Aktivitäten sekundenlang erstarben. So rasch wie möglich verließ er die Abteilung. Von seiner Praxis aus würde er Doug Atwater anrufen und sich gegen Corinne Donnelly wehren, die seine Suspendierung anstrebte. Auch mit Mel Wetstone wollte er telefonieren.

Während er die Treppe hinabstieg, fragte er sich, was geschehen wäre, wenn der Unbekannte im Central Park die beiden Schläger der Polizei übergeben hätte, statt auf sie zu schießen. Dann wäre der ganze Alptraum vielleicht schon überstanden. Statt dessen hatte Evies Killer entschieden, daß Harry für die Schießerei büßen sollte. In der Eingangshalle spürte er wieder neugierige Blicke und hörte Getuschel. *Konnte es noch schlimmer werden?*

Vier Etagen höher schlenderte der Pfleger unbemerkt ins Zimmer 505 und stellte seinen Korb neben das Bett. Er trug die Kopfbedeckung und den Bart eines Sikh. Schläfrig schaute Andrew Barlow zu ihm auf. »Alles okay?«

»O ja, alles in bester Ordnung«, antwortete der Mann in

stockendem Englisch, spähte durch seine Hornbrille und inspizierte den Infusionsgeräteständer. »Nur ein Routine-Check. Keine Nadeln. Keine neue Medikation.«

»Gut …« Andy lächelte schwach und schlief wieder ein.

Auf dem Namensschild des Pflegers stand »Sanjay Samar«. Er überprüfte die Dextroseflasche und die Plastikschläuche. Dann injizierte er eine Flüssigkeit durch den Gummiteil einer Anschlußstelle. »Nur um den Schlauch zu reinigen«, erklärte er leise.

»Mhm …« murmelte Andy, ohne die Augen zu öffnen.

Während Sanjay den Inhalt seines Metallkorbs ordnete, bemerkte er eine helle Stelle in seiner Armbeuge. In Zukunft würde er besser aufpassen müssen, wenn er seine Haut färbte. Er verließ das Zimmer. Zielstrebig ging er zu der Treppe, die am weitesten von der Schwesternstation entfernt lag. Seine gleichmütige Miene verriet nicht, was er dachte. Aber hinter den Brillengläsern und den dunkelbraunen Kontaktlinsen funkelten seine blauen Augen.

## 21

»Okay, Doc, fangen wir noch mal an.«

»Und wo?«

»Natürlich am verdammten Anfang.« Albert Dickinson, dessen zerknitterter Anzug dringend einer Reinigung bedurfte, drückte seine Pall Mall aus und zündete sich eine neue an. Der Aschenbecher quoll über. Im kleinen Vernehmungszimmer roch es nach Tabak, schalem Kaffee und Schweiß. Unbehaglich rutschte Harry auf dem harten Stuhl umher und überlegte, ob er irgendwas sagen sollte, ohne Mel Wetstone anzurufen. Aber er hatte nichts verbrochen und nichts zu verbergen, abgesehen von seiner Verwicklung in den nächtlichen Mord im Central Park. Trotzdem häuften sich seine Probleme. Und nun war auch noch ein junger Mann gestorben, der ihm viel bedeutet hatte.

Etwa zwanzig Minuten nachdem Harry aus dem Zimmer 505 gegangen war, hatte eine Hilfsschwester den Aids-Patienten friedlich im Bett liegen sehen, ohne Puls und Atmung. Wegen der starren, erweiterten Pupillen und der schnurgeraden EKG-Linie wurden die Wiederbelebungsversuche bald abgebrochen. Obwohl am Morgen besonders hektischer Betrieb im Hospital herrschte und zahlreiche Ärzte, Schwestern und Pfleger, medizinisch-technische Assistenten und Studenten ständig kamen und gingen, hatte niemand beobachtet, daß nach Harry jemand in Andrew Barlows Zimmer gewesen wäre.

Als Harry die Nachricht erhielt, sagte er die Termine der wenigen Patienten ab, die seine Praxis an diesem Tag noch aufsuchen sollten, und kehrte ins MMC zurück – leicht benommen, wie in einem bösen Traum. Andy lag auf dem Rücken, im Halbdunkel, ein Laken bis ans Kinn gezogen. In seinem Gesicht zeigten sich bereits die ersten Todesflecken. Harry wollte schreien wie ein verwundetes Tier, die Möbel zertrümmern, die Kabel aus den Wänden reißen, einen Stuhl durch die Fensterscheibe schleudern. Statt dessen saß er allein am Bett, umklammerte Andy Barlows Hand und weinte.

Bevor er die Abteilung verließ, telefonierte er dreimal. Zunächst teilte er Owen Erdman mit, er würde sich später noch einmal melden und ein Treffen mit ihm vereinbaren, das möglichst bald stattfinden müsse. Dann hatte er Andys Familie und Albert Dickinson informiert.

»Wenn Sie glauben, ich würde Sie von meiner Liste streichen, nur weil Sie mich verständigt haben, sind Sie verrückt.« Der Detective dachte kurz nach und fügte hinzu: »Aber genau das ist ja der springende Punkt.«

»Was?«

»Daß Sie verrückt sind.«

Dickinson konnte ihm nichts anlasten, ehe eine Autopsie ergeben würde, Andy wäre keines natürlichen Todes gestorben. Aber sogar ein negatives Resultat würde unbeantwortete Fragen hinterlassen. Immerhin war der Zustand des jungen Architekten stabil gewesen, und dem Lieutenant lagen die Aussagen der Schwestern vor, Dr. Corbetts überflüssiger Alarm habe den Patienten aufgeregt.

»Das war kein falscher Alarm«, betonte Harry mit übertriebener Geduld. »Meine Sprechstundenhilfe hat den Anruf mitgehört.«

»Da muß ich Sie korrigieren, Sir. Sie hörte das Telefon läuten. Sogar ein blöder Bulle wie ich kennt den Unterschied zwischen einem Klingeln und einem abgehörten Gespräch.«

»Nun, einer meiner Patienten war auch da. Er stand in der Tür. Sicher hat er irgendwas von diesem Telefonat mitgekriegt. Zumindest das, was *ich* sagte.«

»Also, das überzeugt mich restlos.«

»Seien Sie nicht sarkastisch.«

»Dann erzählen Sie mir keine lächerlichen Geschichten – so als wäre ich geistig zurückgeblieben.«

»Der Mann heißt Walter Concepcion«, erklärte Harry und entsann sich, was er über seinen neuen Patienten erfahren hatte – ein ehemaliger Privatdetektiv, jetzt arbeitslos, früher drogensüchtig, chronische Kopfschmerzen, nervöses Muskelzucken. Genau der Zeuge, den Dickinson von seinem Lieblingsverdächtigen erwarten würde und der großartig zu der Alkoholikerin Maura Hughes paßte.

»Geben Sie mir die Adresse von diesem Walter Sowieso, und ich werde mit ihm reden.«

»Hören Sie mal, was hätte ich zu gewinnen, wenn ich so ein Telefonat erfinden würde?«

»Lassen Sie mich mal überlegen ... Warum sollten Sie einen Anruf des Mannes erfinden, der angeblich Ihre Frau getötet und nun seine Absicht bekundet hat, einen armen Schwulen um die Ecke zu bringen, der ohnehin bald sterben würde? Keine Ahnung.«

»Ich habe meine Frau nicht getötet und das Telefongespräch nicht erfunden. Sind Sie jetzt fertig mit mir?«

»Vielleicht ist der Bursche an Herzversagen gestorben«, bemerkte Dickinson und lockerte seine Krawatte. »Wenn ich Aids und eine Lungenentzündung habe, und mein Doktor stürmt rein und behauptet, jemand will mich ermorden, flippe ich auch aus.«

Harry seufzte. »Immerhin informierte ich Sie über Andys Tod und wartete in Alexander 5, während Sie zusammen mit Ihrem Beamten das Personal ins Verhör nahmen. Dann kam ich mit Ihnen hierher aufs Revier, ohne meinen Anwalt zu verständigen. Anderthalb Stunden lang saß ich da und beantwortete Fragen, die ich schon zwei- oder dreimal beantwortet hatte. Ich habe Ihre Beleidigungen und Anspielungen und Beschuldigungen ertragen und Ihnen keinerlei Schwierigkeiten gemacht. Im Augenblick fühle ich mich ziemlich mies, nachdem Andy Barlow eben erst gestorben ist. Ich mochte ihn, und ich bemühte mich, seine Lungenentzündung in den Griff zu kriegen. Vermutlich wurde er von Evies Mörder getötet. Aber dieser Mann bin ich nicht. Wenn Sie weitere Fragen haben, die ich noch nicht kenne – bitte. Ansonsten möchte ich nach Hause gehen.«

»Falls das Ergebnis der Autopsie positiv ausfällt, sind Sie dran.«

»Okay.«

»Und wenn nicht, sind Sie auch dran.«

»Nun, das ist *Ihr* Problem.«

Dickinson wollte die halb gerauchte Pall Mall ausdrücken. Dann merkte er, was er tat, schnippte die Asche in Harrys Richtung und sog wieder an seiner Zigarette. Harry nahm sein Jackett von der Stuhllehne und wandte sich zur Tür.

»Da Sie keinen Richter oder Staatsanwalt von meiner Schuld überzeugen können, kriegen Sie keinen Haftbefehl. Und die Leute haben recht – ich bin kein Mörder.«

»Erzählen Sie das dem Großen Geschworenengericht, Doc. Das wird wie ein Ziegelhaufen auf sie herabstürzen. Darauf wette ich einen Wochenlohn.«

»Sie wissen ja, wo Sie mich finden, Lieutenant.«

*

Kurz nach drei Uhr kehrte Harry in seine Praxis zurück. Das Wartezimmer war leer. Einsam und verloren saß Mary Tobin hinter der Glaswand des Empfangs. »Jetzt haben wir Mrs. Gonsalves und den Silverman-Kindern schon zum zweitenmal abgesagt. Doris Gonsalves trug's mit Fassung, im Gegensatz zu Mrs. Silverman, die sich furchtbar aufregte. Vor ein paar Minuten rief sie an und bat mich, Dr. Lorello die Unterlagen ihrer Familie zu schicken.«

»Marv ist ein wunderbarer Arzt, und er wird gut für die Silvermans sorgen.«

»Stört Sie das gar nicht?«

»Doch, Mary. Aber was soll ich machen?«

»Keine Ahnung. O Gott, es tut mir so leid, Dr. C. Das alles geht mir gewaltig an die Nieren.«

»Mir auch.«

»Wie schrecklich, daß Andy Barlow gestorben ist …«

Wütend packte er ein leeres Krankenblatt und zerknüllte es. »Der Bastard, der ihn ermordet hat, wird's bitter büßen. Das schwöre ich.« Er warf das zerknitterte Papier in die Richtung des Abfallkorbs, den er um einen halben Meter verfehlte. »Vorhin habe ich Andys Familie in Delaware angerufen und ihr Bescheid gegeben. Diesen Teil meines Jobs hasse ich jedesmal. Und am schlimmsten ist's, wenn man die Angehörigen telefonisch verständigen muß.«

Mary stand auf und umarmte ihren Boß. Auch ihre Verwandten hatten im Lauf der Jahre einige Tragödien erlebt, und sie wußte, wie man Trost spenden konnte. Ihre rundliche Figur strahlte eine besondere Wärme aus, die ihn an seine Mutter erinnerte – an die Zeit vor ihren wiederholten Schlaganfällen, vor dem Gewichtsverlust von siebzig oder achtzig Pfund. Dankbar erwiderte er die Umarmung.

»Leider habe ich noch eine schlechte Nachricht«, erklärte sie, als er sie losließ. »Sara hat gekündigt.«

Bedrückt senkte er den Kopf. Vier Jahre lang hatte die Schwesternpraktikantin in seiner Praxis gearbeitet, eine lernwillige, tüchtige junge Frau. Die Patienten liebten sie, und sie hatte ihm mehr Geld eingebracht, als er ihr bezahlt hatte. Nun schaute er traurig zu ihrem dunklen Büro hinüber. »Was ist passiert?«

»Nun ja, diese ganze Sache macht ihr schwer zu schaffen. Und ich glaube, ihr Mann hat ein bißchen Druck auf sie ausgeübt. Heute wurde ihr angeblich schlecht, deshalb ging sie nach Hause. Aber sie will in dieser Woche noch arbeiten – sogar zwei Wochen, wenn Sie wollen.«

»Eine Woche genügt«, erwiderte Harry seufzend. »Morgen rede ich mit ihr.« *Noch ein Unglücksfall.* »Mary, haben Sie diesem Walter Concepcion einen neuen Termin gegeben?«

»Für nächste Woche, am Mittwoch. Er versuchte mir zu erklären, warum er Ihr Telefongespräch belauscht hat. Und es war ihm peinlich, daß er nicht weggegangen ist.«

»Oh, ich bin sogar froh drüber. Haben Sie seine Telefonnummer?«

»Ja. Im Formular hat er keine notiert. Aber er gab sie mir später. Wahrscheinlich ist sein Telefon im Flur irgendeiner Pension.«

»Schreiben Sie mir seine Adresse und die Nummer bitte auf. Ich werde versuchen, ihn zu erreichen.« In diesem Augenblick läutete das Privattelefon im Sprechzimmer, und Harrys Atem stockte. »Schnell, Mary!« flüsterte er, obwohl niemand in der Nähe war, der zuhören konnte. »Kommen Sie mit, falls er's wieder ist.«

Sie rannten ins Sprechzimmer, wo er sie zu sich winkte und ihr bedeutete, mitzuhören. Beim vierten Klingelton meldete er sich. »Dr. Corbett.«

»Hallo, Harry, wie gut, daß ich dich erwische! Hier ist Doug.«

Harry legte eine Hand über die Sprechmuschel. »Nur Doug Atwater«, erklärte er sichtlich enttäuscht. »Bis jetzt hat der Killer noch keinen Fehler gemacht, und es war wohl nur Wunschdenken, als ich glaubte, diesmal würde ihm einer unterlaufen.« Er wartete, bis Mary hinausgegangen war. Dann nahm er die Hand von der Sprechmuschel. »Hi, Doug.« Atwater war so ungefähr die einzige Person, die mit dem MMC in Verbindung stand und deren Stimme er in diesem Augenblick ertrug.

»Gerade rief mich Owen an, Harry, und er wollte wissen, ob ich schon was von dir gehört hätte. Er erzählte mir von dem armen Burschen in Alexander 5. Einfach grauenvoll! Natürlich bist du nicht dafür verantwortlich. Das weiß ich.«

»In dieser Klinik läuft ein Verrückter herum. Er hat Evie getötet, und nun versucht er mir zu schaden, wo er nur kann.«

»Ja, Owen hat erwähnt, du würdest so was vermuten.«

»Genau das passiert wirklich.«

»He, reiß mir nicht den Kopf ab! Soeben hast du mir zum erstenmal von diesem Irren erzählt.«

»Tut mir leid.«

»Harry, die Schwestern haben Owen gesagt, du hättest angerufen und dich vom Dienst suspendieren lassen. Stimmt das?«

»Nein. Zwanzig Jahre habe ich gebraucht, um mich als Arzt zu etablieren. Jetzt werde ich nicht den Schwanz einziehen. Außerdem, wenn ich nicht im MMC rumhänge und kämpfe, werden sie den Verbrecher niemals finden. Und so, wie's aussieht, werde ich ihn auch nur per Zufall entlarven.«

*Herumhängen und kämpfen.* Harry dachte an jenen Morgen, wo er sich bei Phil beschwert hatte, es gebe keine Herausforderungen in seinem Leben.

»Wirst du mit Owen drüber reden?« fragte Atwater.

»Ja. Das wollte ich schon vor einigen Stunden. Aber dann wurde ich von einem Detective aufgehalten. Übrigens, du kennst den Kerl – es ist derselbe, der auch den Mord an Evie untersucht.«

»O nein! Er ist ein Idiot. Glaubt er etwa, du hättest den Tod dieses Patienten verschuldet?«

»Ja.«

»Scheiße, Harry. Kann ich dir irgendwie helfen?«

»Ich wünschte, das wäre möglich.«

»Und du hast keine Ahnung, wer dir das alles antut?«

»Nicht die leiseste.«

Nun entstand ein unangenehmes Schweigen. »Vielleicht solltest du den Dienst in der Klinik wirklich quittieren«, sagte Atwater schließlich. »Nur für eine Weile. Bis sich die Wogen glätten. Ich stehe hundertprozentig hinter dir. Aber wenn sich die Schwestern auf den Kriegspfad begeben und Owen durchdreht, wird's gefährlich.«

»Also glaubst du mir auch nicht. Das höre ich am Klang deiner Stimme.«

»Sei doch vernünftig, Harry. Diese Situation muß man aus mehreren Blickwinkeln betrachten.«

»Danke für den Anruf, Doug. Und wenn mich jeder einzelne von euch rauswerfen will, ich gehe nicht.«

Ohne eine Antwort abzuwarten, warf Harry den Hörer auf die Gabel und sank in seinen Sessel. Soeben hatte sich sein langjähriger Freund, wahrscheinlich sein letzter Verbündeter in leitender Stellung, aus der Affäre gezogen. Atwater besaß zwar nicht die Kompetenz, ihn aus der Klinik zu entlassen, aber er konnte ihm die Zusammenarbeit mit Manhattan Health aufkündigen, der Organisation, der er vierzig oder fünfzig Prozent seiner Praxispatienten verdankte. Wenn diese Kooperation ein Ende fand, würde er den Laden schließen müssen.

Mary Tobin erschien in der Tür und verkündete, für diesen Tag habe sie alles erledigt. Nun wollte sie gehen und ein paar Besorgungen machen. Harry dankte ihr und bat sie nicht sonderlich überzeugend, sie solle sich nicht aufregen.

Voller Unbehagen schaute er ihr nach. Den Schicksalsschlag, der ihm vermutlich von Atwaters Seite drohte, würde er erst morgen erwähnen. Heute hatte sie schon genug verkraften müssen. Sein Blick wanderte über den Schreibtisch. Kein Papierkram.

Seufzend griff er zum Telefon und wählte die Nummer seines Apartments, dann rief er bei Maura an. In beiden Wohnungen meldete sich der Anrufbeantworter. Er teilte jedem Gerät mit, um vier würde er daheim sein. Schließlich telefonierte er mit Owen Erdman, und sie vereinbarten einen neuen Termin, um seine Zukunft im Manhattan Medical Center zu erörtern. Die Augen geschlossen, legte er seine Füße auf die Tischkante und fragte sich verzweifelt, was er tun könnte, um diesem Wahnsinn ein Ende zu bereiten.

Als das Telefon klingelte, fiel er fast aus dem Sessel. Schon wieder der Privatanschluß. Er nahm den Hörer ab, aber er sagte nichts. Und die kurze Stille am anderen Ende der Leitung verriet ihm alles. *Der Killer. Und er rief an, um sich am Leid seines Opfers zu weiden.*

»Die Autopsie wird ergebnislos verlaufen«, erklärte die unverwechselbare Stimme.

»Wieso wissen Sie das?«

»Ich besitze ein sehr starkes, äußerst kurzlebiges Neurotoxin. Sobald es seine tödliche Wirkung ausgeübt hat, beginnt es den Körper zu verlassen. Der letzte Stoffwechsel, in den dieses Gift einbezogen wird, setzt unmittelbar nach dem Tod ein. Und da wagen wir, die Indianer im Amazonas-Becken als *Wilde* zu bezeichnen. Glauben Sie mir, das sind geradezu virtuose Mörder.«

Deutlich spürte Harry die ungeheuere Arroganz des Killers, seine Selbstsicherheit. Da er erfahren hatte, welche Konsequenzen der Zorn des Mannes nach sich ziehen konnte, wählte er seine Worte sehr sorgfältig. »Was wollen Sie von mir?«

»Dasselbe wie zuvor. Ihren Selbstmord. Am besten mit Abschiedsbrief – idealerweise mit dem Geständnis, Sie hätten Ihrer Frau – wie hieß es doch gleich? – ach ja, Aramin verabreicht. Danach können Sie in Frieden sterben. Und ich habe mein Ziel erreicht.«

»Aber ich bedrohe Sie doch gar nicht. Niemand bringt Sie in Gefahr – wo ich den Leuten noch nicht einmal klarmachen kann, daß Sie existieren.«

*Wo ich den Leuten noch nicht einmal klarmachen kann, daß Sie existieren ...*

Plötzlich überschlugen sich Harrys Gedanken. Gewiß, der Mann war verrückt, aber verdammt schlau. Warum ging er das Risiko ein, in der Praxis anzurufen, wo irgend jemand mithören konnte? Und Harry brauchte nur einen einzigen verläßlichen Zeugen. Der Mann kannte den Privatanschluß. Offenbar wußte er auch, daß seine Sprechstundenhilfe solche Gespräche an ihrem Apparat nicht mithören konnte. Aber wieso war er so sicher, daß Mary Tobin in diesem Augenblick nicht neben Harry stand? Tollkühn und arrogant – aber wohl kaum unvorsichtig. *Warum dieses Risiko?* Angestrengt dachte Harry nach. Und dann fand er die Antwort. *Der Bastard beobachtete die Praxis! In diesem Augenblick! Ganz in der Nähe!* Keine andere Erklärung würde einen Sinn ergeben.

»Hören Sie, gerade kommt ein Bote von einem der Büros in den obersten Etagen herunter. Ich muß ihm ein Päckchen geben. Wenn Sie mir noch was zu sagen haben, bleiben Sie dran. Gleich bin ich wieder da.« Er legte den Hörer auf den Schreibtisch und rannte zur Haustür.

Auf der anderen Straßenseite, zwei Häuser weiter unten, stand eine Telefonzelle. *Von dort aus mußte sein Peiniger ihn angerufen haben!*

Harry stürmte ins Licht des Spätnachmittags hinaus. Als er über die Straße rannte, entging er nur mit knapper Not einem gelben Taxi. Die Telefonzelle war leer. Aber der Hörer hing herunter, schwang hin und her, wie ein Pendel. Und wie das weiße Taschentuch auf dem schmalen Metallbord verriet, würde man keine Fingerabdrücke finden. Harry raste zur Fifth Avenue, zur nächsten Ecke. Inmitten des lebhaften Fußgängerverkehrs schaute er sich um, suchte nach jemandem, der sich für ihn zu interessieren schien. Niemand. Carla DeJesus, die alte Besitzerin eines kleinen Trödelladens, fegte gerade den Gehsteig vor ihrer Tür. Nun unterbrach sie ihre Arbeit, um ihm zuzuwinken. Er winkte zurück, eilte zu ihr und fragte, ob sie jemanden bemerkt habe, der die Straße hinabgelaufen sei. Nein, niemand war ihr aufgefallen.

Am liebsten hätte er geschrien und um sich geschlagen. Aber es gab schon so viele Leute, die an seinem Verstand zweifelten.

»Warte nur, du Bastard, ich werde dich schon finden«, murmelte er, während er seinen Weg fortsetzte und sich immer wieder umblickte. »Koste es, was es wolle!«

Schließlich kehrte er in die Praxis zurück und rief noch einmal in seinem Apartment an. Schon beim ersten Läuten meldete sich Maura. Erst jetzt, wo er ihre Stimme hörte, erkannte er, welche Sorgen er sich um sie gemacht hatte.

»Hi, hier ist Harry.«

»Wie geht's Ihnen, Mr. Doc?« Die Frage klang viel zu melodiös, zu fröhlich, und seine Verzweiflung wuchs.

»Haben Sie getrunken, Maura?«

Die lange Pause war eine aufschlußreiche Antwort. »Nur ganz wenig.«

»Bitte!« Mühsam bekämpfte er seine Angst um Maura, seinen heftigen Zorn. »Hören Sie sofort auf! Bitte! Ich brauche Sie doch so dringend. Offenbar glaubt Evies Killer, ich hätte gestern abend jemanden beauftragt, uns in den Park zu folgen. Er bildet sich ein, ich wäre schuld am Tod dieses Mannes. Um mir's heimzuzahlen, ermordete er vor ein paar Stunden einen meiner Patienten – einen dreiunddreißigjährigen Architekten. Er wanderte einfach in die Klinik und brachte ihn um. Vorhin rief er hier in meiner Praxis an und prahlte damit ...« Harry mußte sich unterbrechen, um nach Fassung zu ringen, und Maura schwieg. »Hören Sie«, würgte er hervor, »im Augenblick habe ich kaum noch Freunde – fast niemanden außer Ihnen. Und ich weiß nicht, was ich tun soll. Dieser Schurke will meine Patienten ermorden, bis – bis ich mir das Leben nehme.«

Eine Zeitlang blieb es still am anderen Ende der Leitung. Dann fragte Maura: »Warum kommen Sie nicht nach Hause, Harry?«

»Was werden Sie tun?«

»Erst mal gehe ich unter die Dusche.«

Harry schickte ein stummes Dankgebet zum Himmel. »Den Kaltwasserhahn müssen Sie ziemlich stark aufdrehen.«

## 22

Harry hatte reichliche Erfahrungen mit akuten Alkoholikern gesammelt und wußte, daß ihr Versprechen wenig bedeutete – vor allem, wenn sie beteuerten, sie würden nicht mehr trinken. Während er in einem Taxi durch die City fuhr, rechnete er mit dem Schlimmsten. Nach seiner Ansicht trug Maura teilweise selbst die Verantwortung für ihre neuerliche Trinkerei. Doch er wußte auch, daß sie zu früh aus dem MMC entlassen worden war – nicht, was die Operation oder das Delirium tremens betraf, sondern ihren Alkoholismus. Sie hätte länger im Krankenhaus bleiben müssen. Und sie brauchte jemanden, der eine effektive Behandlung für sie ausarbeitete. Eigentlich sollte sie vom Gesundheitssystem profitieren. Eine Psychotherapie, Kontakte mit den Anonymen Alkoholikern, vielleicht einen längeren Aufenthalt in einer Entzugsanstalt ... Früher wäre das alles geschehen. Aber jetzt – selbst wenn ihr ein Arzt die wirksamste Heilkur verordnete – würde ihre Krankenversicherung ein Veto einlegen.

In den Datenbanken der Versicherungsträger gab es Codes für alle möglichen Krankheiten, Verletzungen und abnorme Zustände, von Lepra bis zum Schwarzwasserfieber. Einige Codes setzten einem Klinikaufenthalt, Therapien und zumutbaren Kosten gewisse Grenzen. Aber kein Code berücksichtigte die Komplexität eines Individuums, seine Reaktion auf Krankheiten. Und kein Code hieß ›Maura Hughes‹ oder ›Harry Corbett‹. *Was für eine schöne neue medizinische Welt ...*

Er bezahlte den Taxifahrer und erwog, irgendwelche Bonbons zu kaufen. Vielleicht sehnte sie sich nach Süßigkeiten. Dann zuckte er die Achseln, überquerte die Straße und ging zu seiner Haustür. Er fühlte sich so müde und entmutigt. Nur Zorn und Frust fachten das bißchen Kampfgeist an, das noch in ihm steckte. Andy Barlow hatte nicht sterben wollen, sondern geplant, in der kurzen Zeit, die ihm noch blieb, Gebäude zu entwerfen, Konzerte zu besuchen und die Gesellschaft seiner Freunde zu genießen. Wenn Maura Hughes sich selbst zerstören und trinken wollte, bis ihre Leber oder ihr Magen oder ihr Gehirn zu funktionieren aufhörten, konnte Harry Corbett genauso wenig dagegen tun wie sonst jemand. *Keine Bonbons.*

Eine Reisetasche neben sich, wartete sie gleich hinter der Wohnungstür. »Ich ziehe wieder nach Hause.«

»Warum?« fragte er erbost. »Weil Sie getrunken haben? Oder weil Sie noch mehr trinken möchten?«

»Wahrscheinlich aus beiden Gründen. Streiten wir nicht, Harry, okay? Ich kann weder Ihnen noch mir selber nützen, und ich verstehe nicht, welchen Unterschied ein paar Drinks mehr oder weniger machen würden.«

»Einen sehr großen.« Er wollte sie anschreien und ihr erklären, im Gegensatz zu Andy Barlow könne sie ihr Schicksal selbst bestimmen. Statt dessen holte er tief Atem, um sich zu beruhigen, und umfaßte ihre Arme. Ihre Augen waren immer noch klar. Seit dem Telefonat hatte sie offenbar nichts mehr getrunken, und eine kleine Chance bestand immer. »Gehen wir rein und reden. Nur ganz kurz.«

»Bitte, Harry! Ich spiele nicht mit Ihnen, ich versinke nicht in Selbstmitleid, und ich bringe sie nicht dazu, mich anzuflehen und vom Alkohol fernzuhalten.«

»Das habe ich auch nicht angenommen. Hören Sie, im Augenblick geht's uns beiden ziemlich schlecht. Es bedrückt Sie, daß Sie sich nicht erinnern, wie der Bastard aussah. Auch für mich wär's gut, wenn Sie's wüßten. Aber wenn nicht – dann eben nicht. So wichtig ist's wirklich nicht. Was ich viel wichtiger finde – niemand außer Ihnen kennt die Wahrheit über Evie und mich. Deshalb können Sie mich dran hindern, den Verstand zu verlieren. Und ich würde Ihnen auf ähnliche Weise helfen. Bitte, gehen wir hinein.«

Ein paar Sekunden lang starrte sie ihn schweigend an. »Hat Ihnen schon jemand gesagt, daß Sie wie Gene Hackman aussehen?« fragte sie schließlich.

Verwirrt starrte er sie an. Dann bemerkte er das Funkeln in ihren Augen. »Nun ja – jetzt, wo Sie's erwähnen …«

*

Sie saßen auf dem Sofa im Arbeitszimmer, tranken Kaffee und suchten einen Sinn hinter den Ereignissen, die ihr Leben durcheinanderbrachten. Als eine Stunde später Harrys Funkrufempfänger piepste und ihn aufforderte, den Anrufbeantwortungsdienst anzurufen, waren sie nicht allzuweit gekommen. Maura hatte zugegeben, sie würde ihren Alkoholismus nicht sonderlich effektiv bekämpfen, aber versichert, sie brauche keinen Aufenthalt in einem Reha-Zentrum – schon gar nicht, wenn Harry die Kosten bestritt. »Bloß keine geschlossene Anstalt!«

Danach schlug er ihr vor, mit Murphy Oates zu reden, dem Pianisten von der Haus-Band im C.C.'s Cellar. Früher alkohol- und heroinsüchtig, war er nun schon seit zehn Jahren clean und stocknüchtern, wenn er auch nur selten darüber sprach.

»Klar, ich unterhalte mich sehr gern mit Ihrem Freund, und was immer er sagt, will ich tun«, versprach Maura. »Alles. Nur keine Klapsmühle.«

»Wahrscheinlich ist er im Club.«

»Jetzt?«

»Der Laden wird erst in zwei Stunden geöffnet. Aber die Musiker kommen immer vorher und proben. Um diese Zeit gefällt's mir dort am besten. Da ist's düster und relativ still, wie im Mutterschoß. Gerade fällt mir ein, daß Andy Barlow mal da war und mich spielen hörte ...« Seine Gedanken kehrten wieder in das abgedunkelte Zimmer 505 zurück, zu dem schmalen Gesicht, das leblos an die Decke starrte. Seit dem Telefongespräch mit Mauras fröhlicher Stimme hielt er sich an hauchdünnen Fäden fest, und die drohten jetzt zu zerreißen. Plötzlich glaubte er, an einer Glaswand hinabzugleiten. »Dieser Verrückte hat's zugegeben!« Verzweifelt sprang er auf und wanderte umher. »Er rief einfach an und verkündete, er habe Andy getötet – so gleichmütig, als wollte er mir gestehen, er sei heute morgen hierhergeschlichen, um die Zeitung von meiner Türschwelle zu stehlen.

Und ich konnte es nicht verhindern. Was soll ich denn tun? Für ihn bin ich eine Marionette. Lauf dahin, Harry, lauf dorthin. Stirb, Harry … Werde ich ihn jemals unschädlich machen? Wer ist der nächste?«

»Gehen wir.« Maura ergriff seine Hand. »Verschwinden wir von hier. Im Club fühlen Sie sich sicher ein bißchen besser.«

»Das weiß ich nicht. Lassen Sie mich erst mal rausfinden, was dieser Anruf bedeutet. Dann entscheiden wir, was wir machen.« Harry wählte die Nummer des Anrufbeantwortungsdienstes.

Normalerweise plauderte die Telefonistin gern mit ihm. Aber nun klang ihre sonst so freundliche Stimme kühl und förmlich. Offenbar hatte sie sich auf die Seite der Leute geschlagen, die ihn für den Mörder seiner Frau hielten. Die Gerüchte schienen sich wie giftige Nebelschwaden auszubreiten. »Da hat jemand für Sie angerufen, Dr. Corbett, ein Mr. Walter Concepcion«, erklärte sie und bemühte sich nicht, den Namen spanisch auszusprechen. »Er sagte, er sei Ihr Patient, doch es würde sich nicht um ein medizinisches Problem handeln. Nur Sie können ihm helfen.«

Er notierte sich die Nummer – dieselbe, die Mary ihm in der Praxis gegeben hatte – und wählte sie. Nach dem fünften Läuten meldete sich eine Frau. »*Diga?*«

»*Buenas tardes. Esta Walter Concepcion, por favor?*« Nachdem er zwei Jahrzehnte lang am Rand von Spanish Harlem praktiziert hatte, beherrschte er die Sprache einigermaßen, aber sein Akzent verriet den Amerikaner.

»*Un momento.*« Der Hörer wurde beiseite gelegt, und Harry stellte sich eine Frau in einem gemusterten Hauskittel vor, die zum Fuß einer abgewetzten Eichenholztreppe ging. »*Oye, Walter!*« rief sie prompt. »*Walter Concepcion! Teléphono!*« Diesmal zeigte Harrys Vision seinen dürren, nervösen neuen Patienten, der in fadenscheinige Pantoffel schlüpfte, eine Tür im ersten Stock einer schäbigen Pension öffnete und die Stufen herabstapfte.

»*Hola*«, sagte er, fast im selben Moment, wo Harry seine Stimme zu hören erwartete.

»Mr. Concepcion, hier ist Dr. Corbett.«

»Oh, danke, daß Sie so schnell anrufen, Doc. Das Mädchen in Ihrer Praxis erzählte mir, was nach diesem Telefongespräch geschehen war. Tut mir sehr leid. Und nun wollte ich fragen, ob Sie mal Zeit haben, damit wir drüber reden können.«

»Deshalb wollte ich mich auch schon bei Ihnen melden.« Harry bedeutete Maura, es würde nicht lange dauern. Bevor er der Polizei die Nummer seines neuen Patienten gab, mußte er ihn besser kennenlernen. Außerdem wollte er ihn auf das entwürdigende Verhör vorbereiten, das Dickinson ihm zumuten würde.

Und noch ein Gedanke war ihm durch den Sinn gegangen. Voller Stolz hatte Concepcion erklärt, er sei mit seiner Alkohol- und Drogensucht fertig geworden. Äußerlich betrachtet, gab er seinen Mitmenschen nicht gerade ein leuchtendes Beispiel für die Vorzüge der Abstinenz. Aber er war intelligent und clever, und er schien sein Problem ernst zu nehmen. Sicher würde er seine Genesung nicht gefährden. Falls Murphy Oates den Abend nicht im Club verbrachte, konnte sich Maura auch Concepcion zum Vorbild nehmen. »Haben Sie in einer Stunde Zeit?« fragte Harry und nahm an, der ehemalige Privatdetektiv würde wohl immer Zeit finden.

»Sagen Sie einfach nur, wo – und ich komme hin, Doc.«

Nach kurzem Zögern nannte Harry ihm die Adresse des Clubs.

*

Der C.C's Cellar war ein Hundertzwanzig-Plätze-Schuppen an der Fifty-sixth Street westlich von der Ninth Avenue. An den zerkratzten Ziegelmauern hingen signierte, schwarzgerahmte

Fotos von Jazzgrößen. Viele hatten ihr Leben im Verborgenen zugebracht, verstrickt in einen Teufelskreis aus Armut, Sucht und Schmerzen. Vor wenigen Jahren war C.C., Carl Cataldo, gestorben und hatte den Club seiner Nichte Jackie hinterlassen. Soweit Harry das feststellen konnte, hatte sich das Etablissement kaum verändert, seit Carl es vor Jahrzehnten eröffnet hatte – abgesehen von ein paar neuen Fotos an den Wänden und einer hochmodernen Lautsprecheranlage.

Als er mit Maura ankam, sah er nur vier Leute im schwach beleuchteten Hauptraum. Hinter der Theke stand die rundliche Jackie mit ihrer fleckigen weißen Schürze. Ein knorriger alter Hausmeister, der schon seit dem ersten Tag hier arbeitete, fegte den Boden des kleinen privaten Partyraums. Und auf der Bühne probten zwei Gitarristen.

»He, Doc!« rief der eine. »Spielst du mal wieder Baß für uns?«

»Vielleicht später, Billy.«

»Wann immer du willst.«

»Hast du eine Ahnung, wo Murphy steckt?«

Der Mann schüttelte den Kopf und zupfte ein paar Takte aus ›I Remember You‹, die unglaublich romantisch klangen. In diesem Club regte sich niemand über Harrys negative Publicity auf, und die Leute hatten seinen Verlust nur erwähnt, um ihm ihr aufrichtiges Beileid auszusprechen. Sie trauten seiner Musik, und sie trauten ihm. So einfach war das. In einer Acht-Millionen-Stadt war dies der einzige Ort, wo er sich wirklich sicher und akzeptiert fühlte.

»Spielen Sie nur, wenn Sie wollen«, sagte Maura und nippte an ihrem Sodawasser. »Ich bin okay.«

»Danke, vorerst nicht. Im Apartment dachte ich, eigentlich würde ich gern spielen. Aber jetzt möchte ich nur hier sitzen, mit Ihnen … O Gott, Maura, er ging einfach in Alexander 5, an allen vorbei, in Andys Zimmer und wieder raus. Wieso hat ihn niemand bemerkt?«

»Und wieso kam er in unser Zimmer, als Evie getötet wurde? Offensichtlich kennt er sich in Krankenhäusern aus. Und wenn man fest entschlossen ist, bringt man alles fertig. Außerdem herrscht in den meisten Hospitälern eine ziemlich stressige Atmosphäre. Wer dort arbeitet, ist voll darauf konzentriert, keine Fehler zu machen. Ich glaube, manchmal könnte man sogar einen Elefanten durch die Flure führen, und niemand würde was merken. Wahrscheinlich weiß dieser Kerl genau, wie er sich verhalten muß.«

»Da haben Sie sicher recht.«

»Harry, ich würde Ihnen so gern helfen.«

»Das können Sie, verdammt noch mal! Sagen Sie einfach, Sie würden zu trinken aufhören.«

Ihre Augen verengten sich. In diesem scharfen Ton hatte er noch nie mit ihr gesprochen. »Okay, ich tu mein Bestes. Genügt das?«

»Ja, vorerst schon.«

Sie starrte in ihr Glas. »Erzählen Sie mir von dem Mann, den wir hier treffen. Er ist Privatdetektiv, nicht wahr?«

»Das war er mal. Dann hatte er Alkohol- und Kokainprobleme. Was er verbrochen hat, weiß ich nicht. Jedenfalls verlor er seine Lizenz, und jetzt will er sie zurückhaben.«

»Da, dieser Mann an der Theke – das könnte er doch sein.«

Jackie zeigte zu ihnen herüber und drückte Walter Concepcion ein Glas Sodawasser in die Hand. In seinem karierten Sportjackett sah er etwas vertrauenswürdiger aus als am Vormittag.

Während er zum Tisch kam, schaute Harry ihn prüfend an und fragte sich, welchen Eindruck er auf Dickinson machen würde. Concepcion bewegte sich mit natürlicher Anmut. Offenbar hatte er früher Sport betrieben. Aber er wirkte ausgelaugt und chronisch krank. Und Dickinson würde niemals glauben, daß der Mann schon seit Jahren clean war.

Harry machte ihn mit Maura bekannt. Als Walter sich

setzte, zeigte er auf die Drinks. »Drei Sodawasser, an einem Tag, wo jeder vernünftige Mensch ein Bier vertragen würde. Könnte es sein, daß ich nicht der einzige bin, der schwach werden könnte?«

Beeindruckt hob Harry die Brauen. »Ich habe unser gemeinsames Laster mit keinem Wort erwähnt, Maura. Das müssen Sie doch wissen, weil Sie das ganze Telefongespräch gehört haben.«

»Oh, Harry will nur nett sein«, erklärte sie. »*Ich* bin hier der Schluckspecht.«

»Also, auf uns Schluckspechte!« Harry hob sein Glas, und alle prosteten einander zu.

»Wirklich, der Bursche gefällt mir«, verkündete Maura.

Nach fünf Minuten wußte Harry, daß er den Mann in der Praxis richtig eingeschätzt hatte. Wenn man ihm zuhörte und sein gewinnendes Grinsen sah, vergaß man bald das fahle, eingefallene Gesicht und den beharrlich zuckenden Wangenmuskel. Er war in New York geboren und aufgewachsen. Nach dem Kriegsdienst hatte er sich selbständig gemacht.

Unbefangen, sogar humorvoll erzählte er von seiner Trunk- und Cracksucht. Doch die Intensität in seinen Augen verriet deutlich, wie ernst er das Thema nahm. Auf dem Höhepunkt seiner Karriere hatte er tausend Dollar pro Tag verdient und war sehr gefragt gewesen. Sein Abstieg begann, als er einem getarnten Bullen seinen Revolver für ein bißchen Crack verkaufte. Damals war's ihm egal gewesen – nur der nächste Fix hatte ihn interessiert. Aber seit dem Entzug sah er die Welt wieder mit anderen Augen.

»Meistens gehe ich zu den Anonymen Drogensüchtigen«, sagte er, zu Maura gewandt. Inzwischen war es an der Zeit, das heikle Thema anzuschneiden. »Aber wenn Sie wollen begleite ich Sie sehr gern zu den Anonymen Alkoholikern.«

»Je früher, desto besser«, erwiderte Maura.

Jackie servierte Brezeln und eine neue Runde Sodawasser.

Inzwischen hatte sich Hal Jewell zu den beiden Gitarristen gesellt, ein Schlagzeuger, der Harry an Buddy Rich erinnerte. Dann erschien ein Schlagzeuger namens Brisby, Partner in einer der erfolgreichsten schwarzen Anwaltskanzleien in der City. Die vier spielten eine klassische Nummer in D-Dur, die Harry nie zuvor gehört hatte. Mittlerweile war eine Dreiviertelstunde vergangen. Die Musik und die angenehme Überraschung, die Walter Concepcion ihm bereitete, linderten den Seelenschmerz ein wenig.

Durch die Akustik im fast leeren Raum klang die Musik noch eindringlicher. Schweigend hörten sie zu, bis Brisbys melancholische Schlußtakte verhallten.

Nach einer Weile räusperte sich Concepcion. »Ich – eh – ich muß Ihnen etwas sagen, Dr. Corbett. Natürlich habe ich furchtbare Kopfschmerzen. Bis jetzt konnte mir niemand helfen. Aber das war nicht der einzige Grund, warum ich in Ihre Praxis kam.«

»Oh?«

»Hoffentlich sind Sie mir nicht böse. Wenn doch, würde ich's verstehen.«

»Sprechen Sie weiter.«

»Eigentlich wollte ich's Ihnen schon heute vormittag erklären. Aber da telefonierten Sie, und dann rannten Sie davon, ehe ich mit Ihnen reden konnte. Doc, ich habe Ihre Geschichte in den Zeitungen gelesen – jeden einzelnen Artikel über Sie und Ihre Frau und die Ereignisse im Krankenhaus. Davon war ich völlig fasziniert. Ich sprach sogar mit der Schwester eines Freundes drüber, die im MMC arbeitet. Und sie – eh – erzählte mir von Ihrem Streit mit diesem Herzspezialisten. Wie hieß er doch gleich?«

Harry überlegte, ob er das Thema wechseln sollte. Aber Concepcion wirkte weder bedrohlich noch besessen. Und vielleicht konnte er sogar vernünftige Vorschläge machen. »Sidonis. Caspar Sidonis.«

»Ja, genau.« Concepcion starrte auf seine Hände hinab. »Und Sie sind sicher die Maura, die in Mrs. Corbetts Zimmer lag, Miss. Soviel ich weiß, glaubt Ihnen niemand, was Sie gesehen haben …«

»Walter, könnten Sie zur Sache kommen?« bat Harry.

»Also, ich brauche einen Job. Klar, ich sehe nicht danach aus. Aber ich bin gut. Verdammt gut. Sie beteuern, Sie hätten Ihre Frau nicht getötet. Und Maura behauptet, jemand sei nach Ihnen im Zimmer gewesen. Nun will ich Ihnen helfen, diese Person zu finden. Wenn's klappt, bezahlen Sie mich. Wenn nicht, nur die Spesen.«

Nachdenklich runzelte Harry die Stirn. Keine Sekunde lang hatte er die Möglichkeit crwogen, einen Privatdetektiv zu engagieren. Gewiß, die Idee war nicht schlecht, aber Walter Concepcion wohl kaum der ideale Kandidat. Und dann erwachte Harrys Mitgefühl, als er sich vorstellte, wie der Mann in seinem schäbigen Pensionszimmer den kleinen Schrank geöffnet und das beste Jackett hervorgeholt hatte – in der Hoffnung, einen Job zu ergattern. »Nun, ich weiß nicht recht …«

»Was halten Sie von der ganzen Sache, Walter?« fragte Maura. »Nach allem, was Sie gelesen haben?«

Concepcion strich über die Bartstoppeln, die sein Kinn bedeckten. »Hier geht's nicht um eifersüchtige Ehemänner oder andere Amateure. Das steht fest. Wir haben's mit einem psychopathischen, soziopathischen Profikiller zu tun – mit einem gewissenlosen Mann. In dieses Bild paßt Dr. Corbett nicht. Und deshalb halte ich ihn für unschuldig.«

»Da haben Sie völlig recht«, bemerkte Harry.

»Und ich glaube auch nicht, daß Sie einen Killer engagiert haben.«

»Auch das stimmt. Aber was Ihren Vorschlag betrifft, Walter – ich weiß wirklich nicht …« Harry nahm an, daß Concepcion gewisse Erfahrungen besaß, und wenn er seine Unschuld beweisen wollte, brauchte er Hilfe. Andererseits zögerte er, sich mit einem Mann einzulassen, den er kaum kannte. Maura ersparte ihm weitere Überlegungen.

»Abgemacht.«

»Was?«

»Harry, Sie wollten ja sagen, glauben Sie mir. Das Wasser steht uns bis zum Hals. Und wir wissen nicht, was wir tun sollen. Walter kann uns helfen. Das spüre ich.«

»Ja, das denke ich auch, Dr. Corbett.«

Nur um den Schein zu wahren, ließ sich Harry noch fünfzehn Sekunden Zeit. »Wenn Sie für mich arbeiten, sollten Sie mich Harry nennen.«

»Okay, Sie werden's nicht bereuen. Das verspreche ich.« Concepcion schüttelte Harrys Hand – mit dünnen, knochigen, aber erstaunlich starken Fingern.

In der nächsten halben Stunde schilderte Harry die Ereignisse in allen Einzelheiten. Concepcion hörte aufmerksam zu und fiel ihm mehrmals ins Wort, um diesen oder jenen Punkt zu klären. »Ist dieser Typ, der die Fingerabdrücke gesammelt hat, schon auf irgendeine heiße Spur gestoßen?« … »Hatte Ihre Frau jemals eine Affäre?« … »Die beiden Namen in ihrem Adreßbuch – haben Sie inzwischen was über die Leute herausgefunden?« … »Wissen Sie, für wen Ihre Frau gearbeitet hat?« …

Als Harry seinen Bericht beendete, hatten sie bereits zwei Stunden im Club verbracht. Allmählich trafen die ersten Gäste ein. »Nun, was meinen Sie?«

Concepcion drehte an dem schmalen goldenen Ring, den er am Mittelfinger der rechten Hand trug. »Erst mal müssen wir feststellen, für wen diese Desiree gearbeitet hat. Damit fange ich an.«

»Viel Glück«, erwiderte Harry, beeindruckt von der Logik dieser Idee. »Und was können wir inzwischen tun?«

»Wir sollten an das Gesicht herankommen, das Maura irgendwo in ihrem Gehirn vergraben hat.«

»Meinen Sie, mittels Hypnose?«

»Ja, das wäre eine Möglichkeit.«

Harry rieb sich die Augen. »Warum ist mir das nicht schon längst eingefallen, Maura? Wirklich, ich komme mir wie ein Idiot vor.«

»In letzter Zeit hatten Sie den Kopf voll«, erwiderte sie. »Hören Sie, Harry, ich will alles versuchen. Vielleicht geben wir noch ein paar Dollar mehr aus, und wer immer mich hypnotisiert, kann meinem Unterbewußtsein klarmachen, daß Southern Comfort wie Diätsuppe oder sonst was schmeckt. Kennen Sie jemanden?«

»Allerdings. Pavel Nemec. Vielleicht haben Sie schon von ihm gehört. In der Branche nennt man ihn den ›Ungarn‹.«

»Ah, die letzte Rettung für Kettenraucher!« rief Maura. »Soviel ich gehört habe, muß man sechs Monate warten, bevor man einen Termin bei ihm kriegt.«

»Vor einiger Zeit hab' ich mal seinen Sohn behandelt. Und damals gab er mir seine Privatnummer. Vielleicht wird er uns schon morgen empfangen.«

Concepcion pfiff leise vor sich hin. »Dann müssen Sie eine ganze Menge für seinen Jungen getan haben.«

»Eigentlich nicht«, murmelte Harry. »Aber Pavel bildet sich's ein. Okay, Walter, wir sind im Geschäft.«

»Nun ja – fast.« Concepcion musterte ihn mit schmalen Augen. »Wenn ich Informationen kaufen soll, brauche ich Geld. Und für die Spesen. Keine Bange, ich werde Buch führen.«

»Um was für Summen geht's denn?«

»Die Spesen – vielleicht fünfhundert.«

»Und die Informationen?«

»Keine Ahnung. Etwa tausend.«

»Fünfzehnhundert Dollar!« rief Harry. »Vorhin sagten Sie, ich müßte nur zahlen, wenn Sie Erfolg haben.«

»Ich bin ein Profi, und ich weiß, was Informationen kosten.

Was glauben Sie, wieviel dieser Kerl für den Mord an Ihrer Frau gekriegt hat?«

»Okay, okay, ich hab's begriffen. Kommen Sie morgen in meiner Praxis vorbei, dann gebe ich Ihnen das Geld.«

»Großartig. Sie werden's nicht bereuen.«

»Das haben Sie vor den fünfzehnhundert auch schon behauptet.«

Concepcion stand auf und schüttelte ihnen die Hände. »Morgen oder übermorgen kriegen wir einen Termin bei den Anonymen Alkoholikern, Maura. Das verspreche ich Ihnen.«

»Wunderbar, ich bin bereit.«

Er wandte sich ab, dann drehte er sich noch einmal um. »Oh – Harry?«

»Sonst noch was?«

»Wenn's irgendwie geht, ich könnte einen kleinen Vorschuß gebrauchen.«

Harry gab ihm einen Zwanziger – und dann noch einen. »Warum habe ich das Gefühl, ich wäre in einen Whirlpool gefallen?«

Statt zu antworten, schenkte Concepcion ihm sein unwiderstehliches Lächeln und ging davon.

»Bin ich reingelegt worden?« fragte Harry.

Maura schüttelte den Kopf. »Wohl kaum. Offenbar ist's Ihnen immer viel zu gut gegangen. Jeder muß essen. Ich vertraue ihm. Außerdem hatte er bereits zwei grandiose Ideen, auf die wir nicht gekommen waren.«

»Klar, an die Hypnose hätte ich denken müssen«, seufzte er.

## 23

Ungeduldig, das Gesicht nach unten, lag Kevin Loomis auf dem King-Size-Bett, das einen Großteil seines Schlafzimmers in den Garfield Suites einnahm. Er konnte die Sitzung der Tafelrunde kaum erwarten. Seit er wußte, daß Evelyn DellaRosa ermordet worden war, stand er Höllenqualen aus. In diesen Tagen hatte er immer wieder überlegt, ob er versuchen sollte, Sir Gawaines Inkognito zu lüften. Vielleicht würde der Mann zugeben, die Tote sei Desiree gewesen. Aber wenn die Organisation erfuhr, Kevin habe versucht, die Identität eines Ritters zu eruieren, würde man ihm wahrscheinlich den Laufpaß geben. Vorerst wollte er den Mund halten und hoffen, Gawaine würde das Thema anschneiden.

Die junge Schönheit namens Kelly kniete über seinen Hinterbacken und knetete seine verkrampften Rückenmuskeln. Auf dem Sessel lagen ihr orientalisches Seidenkleid – diesmal rot mit Goldfäden – und ihr schwarzes Spitzenhöschen. Er beobachtete sie im großen Wandspiegel – die hoch angesetzten, festen Brüste mit den kleinen dunklen Knospen, die perfekt gerundeten Hüften und Schenkel. *Kelly. Noch ein belangloser Name*, dachte er. Wie Lancelot und Merlin und Desiree und die anderen – Schattennamen ohne Substanz, nur erfunden, um Geheimnisse zu hüten. Namen, die am hellichten Tag verschwanden.

»Heißt du wirklich Kelly?« fragte er.

Im Spiegel sah er ihr Lächeln und fühlte sich albern. Natürlich war er nicht der erste, der diese Frage stellte. »Ja, wenn du's willst«, antwortete sie leise und gelassen.

Er schloß die Augen und fühlte sich ein bißchen schwindlig. Da massierte ihn diese wundervolle Frau, jederzeit bereit, intime Freuden mit ihm zu teilen, und sie durfte ihm nicht einmal ihren Vornamen verraten. War sie eine Reporterin? Oder studierte sie vielleicht Atomphysik an der Columbia? Oder war sie einfach nur eine aufstrebende Hure? Kelly, Tristram, Desiree, Galahad, Gawaine. *Schattennamen.*

*Was würde Nancy sagen, wenn sie das wüßte?* Würde sie glauben, daß er bei diesem Spiel mitmitschte? Glaubte er's selbst? Er drehte sich um. »Jetzt werde ich duschen.«

Kelly beugte sich hinab und küßte seinen Schwanz, der sofort anschwoll. »Soll ich mitkommen?«

»Nein«, entgegnete er in viel zu scharfem Ton. *Sag mir lieber, was zum Teufel ich hier treibe.* »Zieh dich an und bestell unser Dinner … Ganz egal, was – solang's das Teuerste auf der Karte ist.«

»Filetsteak medium. Daran erinnere ich mich.«

*

Sobald er die Stuyvesant Suite betrat, suchte er Blickkontakt mit Gawaine. Angesichts des elegant gekleideten Ritters mit den exquisiten Manieren hatte Kevin stets geglaubt, er hätte eine Privatschule und vielleicht sogar eine der Eliteuniversitäten besucht. An diesem Abend wirkte das verbindliche Lächeln etwas gezwungen.

Die sieben Stühle mit den hohen Lehnen umgaben den Tisch im Abstand von knapp anderthalb Metern. Wie üblich stand Tristrams Namensschild zwischen Kay und Lancelot. Gawaine steuerte seinen Platz an, schräg gegenüber, und Kevin fing seinen Blick auf. Lächelnd nickte er. Dann schlenderte er zu ihm. »Wie geht's?«

»Kann nicht klagen.«

»Diesmal hat mir Lancelot eine Chinesin geschickt. Elf Punkte auf einer Zehnerskala, meint er. Sicher hat er recht. Ich glaube fast, er versucht das Desiree-Fiasko wiedergutzumachen.«

»Ja, vermutlich.« Gawaine grinste unbehaglich und zog seinen Stuhl unter dem Tisch hervor.

Ehe Kevin ihn weiter aushorchen konnte, eröffnete Merlin die Sitzung.

*Vielleicht weiß er gar nichts über Evelyn DellaRosa*, dachte Kevin, *und er hat nicht einmal ihr Foto gesehen.*

Wie Galahads Finanzbericht zu entnehmen war, hatten die Beiträge der Ritterschaft das Operationskapital wieder aufgestockt und die vereinbarten 600.000 $ erzielt. Da man keine schriftlichen Unterlagen verwahrte, konnte sich Kevin nicht vorstellen, wie es dazu gekommen oder ob irgendeine der besonderen Regeln angewandt worden war. Aber alle anderen schienen die Projekte zu kennen und genau zu wissen, was von jedem einzelnen erwartet wurde.

Zuerst sprach Kay über einen der drei größeren Pläne, die an diesem Abend erörtert werden sollten. Er betonte eifrig, nun seien die Abstimmungen bezüglich der gesetzlichen Erlaubnis vorgenommen worden, die den Firmen ermöglichte, für alle künftigen Mitarbeiter genetische Datenbanken anzulegen. Erst psychologische Untersuchungen, dann Aids-Tests und schließlich genetische Analysen. Alle wußten, daß dieses ganze Paket den betroffenen Firmen kaum nützen würde. Aber es konnte den Krankenversicherungsgesellschaften dieser Firmen einige Millionen ersparen.

»Natürlich werden die üblichen Gerichtsprozesse stattfinden«, erläuterte Kay. »Nun, in diesem Fall haben wir alles unter Kontrolle. Es wird ungefähr ein Jahr dauern, bis das Urteil verkündet, angefochten und bestätigt wird – vielleicht ein bißchen länger, wenn die Gewerkschaften halbwegs gute Anwälte engagieren. Jedenfalls werden wir gewinnen.«

»Je schneller, desto besser«, warf Lancelot ein. »Nach meiner Ansicht sollte man schon im Kindergarten genetische Untersuchungen durchführen. Überall laufen gottverdammte Mutanten herum.«

Ringsum erklang Gelächter. Loomis zwang sich, einzustimmen, und sah, wie ausdruckslos Gawaines Grinsen wirkte. Um Kays Leistung zu würdigen, trommelten Kugelschreiber auf den Tisch, und Percivale klatschte sogar enthusiastisch Beifall. *Zehn Millionen für die Branche – vielleicht noch mehr*. Tristram dachte an die Zahl, die Burt Dreiser auf seinem Boot genannt hatte. *Neunzehn Millionen Dollar*. Soviel hatte die Firma jenes verstorbenen Ritters innerhalb eines Jahres verloren, weil es ihr verwehrt worden war, seinen Platz in der Tafelrunde neu zu besetzen. *Neunzehn Millionen Dollar*. Angenommen, Crown Health profitierte in ähnlicher Weise von Tristrams Arbeit – dann müßte sein Bonus von einem Prozent 190.000 $ ausmachen.

Wenn sich niemand bereit fand, Desiree zu erwähnen – *er* würde das Schweigen gewiß nicht brechen.

Nun berichtete Gawaine über das neueste Bestreben der Organisation, eine Legislative zu erwirken, die den Versicherungsgesellschaften gestatten würde, die Behandlungsmethoden unheilbarer Patienten zu bestimmen. Kevin beobachtete ihn aufmerksam und bemerkte, wie der Ritter in seinen Notizen wühlte und mit einem Bleistift spielte. Zweifellos war er nervös.

»Beachten Sie bitte, daß wir definieren müssen, welche Krankheiten unheilbar sind. Dann können wir entscheiden, ab wann die Behandlung nicht mehr kosteneffektiv wäre. Wir wollen den Versicherten keine teuren Krankenhausaufenthalte und Spezialisten bezahlen, wenn ohnehin keine Hoffnung besteht. Je früher uns diese Möglichkeit eröffnet wird, desto besser. Im Augenblick herrscht ein exzellentes legislatives Klima. Tristram hat jenen Versicherungsbeauftragten zur Vernunft gebracht. Da gibt's also keine Probleme. Schon seit Jahren erklären wir den Gesetzgebern und der Öffentlichkeit, wir würden die Kosten bestreiten und müßten deshalb das Recht erhalten, die Art der Therapien zu bestimmen. Nun sieht's so aus, als könnten wir sogar noch mehr erreichen. Lancelot, würden Sie bitte Bericht erstatten?«

Lancelot legte seine halbgerauchte Zigarre beiseite und räusperte sich. Während einer Sitzung zündete er niemals einen Glimmstengel an, aber er mochte nicht auf sein wichtigstes Requisit verzichten. Er schenkte seinem Vorredner ein spitzbübisches Lächeln und hielt den Daumen hoch. Auf diese Geste reagierte Gawaine kaum, was Tristram nicht entging.

»Im nächsten Teil des Programms«, begann Lancelot, »geht es um Institute für Schmerzpatienten, palliative Center, wie wir sie nennen – PCs. Dort lindert das Personal die Beschwerden, ohne die Ursachen der Krankheit zu bekämpfen. Die Leute, die wir als unheilbar einstufen, werden also nur mit dem Nötigsten versorgt. Und das kostet nicht viel. So ein Hospiz ist quasi die Fortsetzung einer Klinik oder eines Pflegeheims, aber viel billiger. Keine Spezialbehandlung, keine Infusionen, überhaupt keine Therapie. Nur schmerzlindernde Medikamente rund um die Uhr, in menschlicher Atmosphäre verabreicht. Und was am besten ist – wir entscheiden, wie diese PCs aussehen sollen und wer sie betreiben wird. In manchen Fällen kaufen wir sogar die Gebäude.«

Nach einer halbstündigen Diskussion über die palliativen Center ergriff Merlin das Wort.

»Was für eine phantastische Sitzung!« jubelte er. »Nun, es freut mich, Ihnen mitzuteilen, daß auch ich erfreuliche Neuigkeiten zu berichten habe. Inzwischen wurde – auf begrenzter Basis – das Modifikationsprogramm durchgeführt, das gewisse Angestellte betrifft, und ich kann Ihnen die Ergebnisse in den ersten zehn Fällen vorlegen. In jedem dieser Fälle wurde der Versicherungsnehmer von seiner Firma gefeuert. Manche fanden neue Stellen in Betrieben, die nicht bei den Mitgliedern der Tafelrunde versichert sind. Und andere zahlen achtzehn Monate lang weiterhin ihre Beiträge, so wie es das Gesetz gestattet. Einige bewerben sich bei der Medicaid, der staatlichen Gesundheitsfürsorge. Aber in den meisten Fällen sind wir als Versicherungsträger aus dem Schneider.«

Loomis erinnerte sich nicht an dieses Modifikationsprogramm. Anscheinend nutzte Merlin die finanziellen Möglichkeiten der Tafelrunde und ihren Einfluß, um die Kündigung kostspieliger Versicherungsnehmer zu erwirken. Wenn das zutraf, attackierte die Organisation zum erstenmal bestimmte Personen. Er studierte seine Kopie des Computerausdrucks, den Merlin verteilt hatte. »Qualifikationen«, lautete die Überschrift – die Faktoren, die der Computer verwendet hatte, um einzelne Fälle auszusuchen. Darunter standen zehn Namen, neben jedem ein Versicherungsträger, eine Diagnose und eine Summe, zwischen 300.000 $ und 1,7 Millionen. Die vierte Person war bei Crown versichert.

| Versicherungsnehmer | Mitversichert | Versicherungsträger |
|---|---|---|
| 4. DeSenza, Elizabeth | Ryan | Crown |
| Diagnose | Summe | |
| Kopfverletzung | 1300000 $ | |

Als Kevin den Namen anstarrte, ließ er sich nichts von seinen Gefühlen anmerken, obwohl es ihm schwerfiel. Beth DeSenza arbeitete in einer Textilfabrik außerhalb der City am Fließband. Von einem Baseball an der Brust getroffen, hatte ihr Sohn Ryan einen Herzstillstand und einen Gehirnschaden erlitten. Dank der umfassenden Versicherungsvorkehrungen der Firma wurde er nun in einer angesehenen – und teuren – Reha-Klinik behandelt. In Übereinstimmung mit Beth' Gewerkschaft hatte Kevin dieses Arrangement getroffen. Sie war die einzige Versicherungsnehmerin, die sich in all den Jahren seiner Tätigkeit für Crown die Mühe gemacht hatte, seinen Namen herauszufinden und ihm einen Dankesbrief zu schreiben. Im Kuvert steckte auch ein Foto von Ryan, vor seinem Unfall aufgenommen. Einen erhobenen Schläger in der Hand, grinste er verlegen unter einer viel zu großen Baseballkappe hervor.

»Vielen Dank, Mr. Loomis«, hatte sie geschrieben, »für die Behandlung, die Sie meinem Jungen ermöglichen.«

Nancy hatte den Brief rahmen lassen. Und nun sollte Beth nicht länger von Crown versichert werden. Ohne finanzielle Beteiligung ihrer Firma würde sie die hohen Prämien nicht zahlen können. Tristram fühlte sich elend.

»... diesem Resultat zufolge – vorausgesetzt, das Projekt wird nicht in allzu auffälliger Weise beansprucht«, fuhr Merlin fort, »können unsere Versicherungsgesellschaften pro Monat drei bis sechs Millionen sparen. Keine Goldader, aber auch kein Pappenstiel.«

Wieder klopften die Kugelschreiber anerkennend auf den Tisch.

»Warum wurden die betreffenden Versicherungsträger vor der Entlassung dieser Personen nicht konsultiert?«

Tödliche Stille erfüllte den Raum.

Dann erwiderte Merlin: »Leider begreife ich nicht, was Sie meinen, Tristram.«

Obwohl Loomis mit ruhiger Stimme gesprochen hatte, spürte er den rasenden Puls in seinen Ohren. Alles schien im Zeitlupentempo zu geschehen, und die sechs Gesichter, die ihn musterten, schienen einem Wachsfigurenkabinett zu entstammen – mit ausdrucksvollen Mienen, aber ohne Leben.

Plötzlich nahm er schräg gegenüber eine Bewegung wahr. Gawaine schüttelte kaum merklich den Kopf, seine Augen glühten, und das unausgesprochene Wort, das die Lippen formten, explodierte in Kevins Kopf.

*Nein!*

Da sich alle anderen Blicke auf ihn richteten, glaubte er, niemand außer ihm hätte die stumme Warnung bemerkt. »Ich – eh – tut mir leid. Was ich fragen wollte – warum haben Sie sich nicht bei uns nach weiteren Namen erkundigt?«

»Ah, vielen Dank, jetzt ist mir alles klar«, erwiderte Merlin. »Offenbar habe ich Sie mißverstanden.«

»Vielleicht kann ich Ihre Frage beantworten, Tristram«, mischte Kay sich ein, »da ich das Programm für die Auswahl der Klienten entworfen habe. Diese rein geschäftsmäßigen Entscheidungen überlassen wir einem Computer, damit sie möglichst rational und emotionslos getroffen werden. Wie Sie den Faktoren entnehmen können, werten wir zahlreiche Daten aus, bevor wir einen Entschluß fassen. Mehrere tausend Versicherungsnehmer werden überprüft. Ohne die Präzision eines Computers wären wir außerstande, diese Arbeit zu leisten.«

Nun hatte Kay die Aufmerksamkeit der Ritter auf sich gelenkt. Nur Gawaine schaute unverwandt zu Kevin hinüber, das Gesicht angespannt und bleich. In seinen Augen lag immer noch die unausgesprochene Warnung.

»Natürlich, ich verstehe.« Tristram zwang sich zu einem Lächeln.

*

Ohne weitere Zwischenfälle ging die Sitzung der Tafelrunde zu Ende. Die Ritter verließen die Stuyvesant Suite in der umgekehrten Reihenfolge ihrer Ankunft. Zunächst überlegte Kevin, ob er an Gawaine herantreten und eine Erklärung verlangen sollte. Aber er kannte die Zimmernummer des Mannes nicht, und in der Nähe des Konferenzraums könnte man ihn beobachten. Und so kehrte er mit gemischten Gefühlen in seine Suite zurück.

Kelly lag auf dem Bett, nur im Spitzenhöschen, schaute sich einen Film im Fernsehen an und aß die Weintrauben, die vom Dinner übriggeblieben waren. Offensichtlich war sie mit sich und der Welt zufrieden. Kevin warf das Kleid in ihren Schoß. »Geh.«

»Aber ich soll bis morgen früh bei dir bleiben.«

Er zog einen Fünfziger aus seiner Brieftasche und drückte ihn in ihre Hand. »Keine Bange, ich erzähl's niemandem. Und du darfst es auch nicht verraten. Sei vorsichtig, wenn du verschwindest. Bis zum nächstenmal.«

Kelly warf das Kleid beiseite, stellte sich auf die Zehenspitzen und küßte ihn leidenschaftlich. Als er eine ihrer Brüste umfaßte, richtete sich die Knospe sofort auf. Verführerisch preßte sie ihren glatten, schlanken Körper an ihn. »Ich will dich«, wisperte sie.

Eine Minute lang, in der die Zeit zu erstarren schien, gehörten seine Gedanken nur dieser Frau. Noch hatte er seinem Wunsch, mit ihr zu schlafen, nicht nachgegeben. Doch er wußte, daß der Augenblick bei jeder Begegnung näher rückte. Vielleicht war es das, was er wirklich brauchte. Er durfte sich den Dämonen nicht stellen, die ihn plötzlich quälten – nein, er mußte ihnen ausweichen ...

»Oh, ich begehre dich so sehr«, stöhnte sie wieder und preßte ihren Bauch an seinen erigierten Penis. »Ich möchte dich in mir spüren.«

Energisch packte er ihre Schultern und schob sie von sich. Sie war ein Teil der Tafelrunde. Einer der Schattennamen. Wozu sie ihn jetzt verleiten wollte, würde ihn noch enger an die Organisation binden. Und vermutlich würde sie eine hohe Prämie erhalten, wenn sie ihn herumkriegte.

*Sehen Sie, Tristram, Sie können's doch*, würden die Ritter sagen. *Alles können Sie!*

»Raus mit dir!« fauchte er. »Sofort!«

Ihr trauriger Blick wirkte echt. Beinahe hätte er laut über ihre schauspielerische Leistung gelacht. Sie zog sich das Kleid über den Kopf, drehte sich um und bat ihn, den Reißverschluß hochzuziehen. »Nächstes Mal?«

»Mal sehen. Geh jetzt, bitte.«

Nachdem sie die Tür hinter sich geschlossen hatte, wartete er einige Sekunden. Dann füllte er ein Glas mit Bourbon und leerte es in einem Zug. Bevor er Beth DeSenzas Namen auf Merlins Computerausdruck gelesen hatte, waren ihm bei keinem der Tafelrundenprojekte moralische Bedenken gekommen. In diese Programme wurden hauptsächlich Gesetze und Gesetzgeber verwickelt. Jener Versicherungsbeauftragte, ein selbstgefälliger, rein politisch motivierter Bastard, verdiente nach Kevins Ansicht nichts Besseres, als hereingelegt zu werden. Und im korrupten Klima der Versicherungsbranche, wo ein Hund den anderen biß, herrschten nun mal rauhe Sitten. Aber jetzt ging es um einen Menschen aus Fleisch und Blut. Er konnte hinter den Fronten stehen und Granaten auf den Feind schleudern, doch nun war er in einen Nahkampf geraten. Plötzlich hatte der Feind Augen.

Verdammt, was sollte er tun? Mußte er sich anpassen, alle Skrupel verdrängen? Blieb ihm was anderes übrig? Und zu welchem Preis? Ein Zwölf-Zimmer-Haus und eine sichere Zukunft für sich und seine Familie. Diesen Preis hatte er bezahlt. Er war auf den fahrenden Zug gesprungen, und nun mußte er sich festklammern und das Beste daraus machen.

Wenn er Kelly das nächste Mal traf, würde er bereit sein – wozu auch immer.

Als er sich einen zweiten Drink eingoß, klingelte das Telefon. »Tristram.«

»Hier ist Gawaine«, flüsterte der Ritter. »Können wir reden?«

»Klar, ich bin allein.«

»Haben Sie das Mädchen weggeschickt?«

»Ja.«

»Oh, Sie werden Ärger kriegen. Meine Hosteß ist im Nebenzimmer.«

»Worum geht's? Warum haben Sie mich bei der Sitzung gewarnt?«

»Ich kenne Ihren Namen. Kennen Sie meinen?«

»Nein.«

»Stallings. Jim Stallings. Vizepräsident im Manhattan-Büro von Interstate Health Care.«

Bei diesem gigantischen Konzern hatte sich Kevin einmal um einen Vertreterjob beworben. Deshalb war er gut über das Management informiert. »Sprechen Sie weiter.«

»Loomis, wir müssen reden. Morgen mittag. Punkt zwölf. Haben Sie Zeit?«

»Ja, aber …«

»Im Battery Park. Die Bänke an der Hudson-Seite. Passen Sie bloß auf, daß Ihnen niemand folgt.«

»Aber …«

»Bitte, Loomis. Gedulden Sie sich bis morgen, und seien Sie vorsichtig.«

»Nur eins noch«, bat Kevin, ehe Gawaine auflegen konnte. »Haben Sie das Pressefoto von dieser Evelyn DellaRosa gesehen?«

»Natürlich.«

»Und was glauben Sie? Nannte sie sich Desiree?«

»Daran habe ich keine Sekunde lang gezweifelt. Nur an *Ihnen.* Ich war mir nicht ganz sicher, ob Sie schon mit Leib und Seele zur Tafelrunde gehören. Aber nach diesem Abend hoffe ich, daß Sie immer noch ein Außenseiter sind, so wie ich. Darauf würde ich sogar mein Leben wetten.«

Eine Zeitlang lauschte Kevin dem Freizeichen, dann legte er den Hörer auf die Gabel und trat ans Fenster. Vierzehn Etagen tiefer strömte der schwache nächtliche Verkehr durch verlassene Straßen, wie im Zeitlupentempo. Ein Taxi hielt direkt vor dem Hotel. Hastig stieg eine junge Frau ein – die namenlose Lady im engen, schimmernden roten Kleid.

Während das Auto um eine Ecke bog, ahnte Kevin, daß er sie zum letztenmal gesehen und zum letztenmal ihren wohlgeformten, straffen Körper gestreichelt hatte. Er schaute auf seine Uhr. Elf Stunden. Noch elf Stunden bis zum Treffen im Battery Park.

## 24

Um halb vier Ohr morgens gab Maura den Versuch auf, doch noch einzuschlafen, und schlich auf Zehenspitzen vom Gästezimmer zum Studio. Durch eine halboffene Tür sah sie Harry in seinem Bett liegen. Nach der Rückkehr aus dem C.C.'s Cellar hatte sie erwartet, er würde sie bitten, unter seine Decke zu kriechen. Er mochte sie. Zweifellos. Aber es gab Gründe – viele Gründe, warum er Abstand hielt. Vor allem, weil sie vor einigen Stunden ihrem Frust und ihren Dämonen nachgegeben und getrunken hatte.

Okay, dachte sie. Ein emotionales Engagement würde ihr ebensowenig in den Kram passen wie ihm. Trotzdem – sie konnte sich nicht erinnern, wann ihr ein Mann zuletzt so gut gefallen hätte. Noch wichtiger – er gehörte zu den nettesten, anständigsten Männern, die sie kannte. Sicher wäre es erfreulich gewesen, eine Nacht in seinen Armen zu verbringen und die Chips fallen zu lassen, wohin sie wollten.

Sie schaltete das Licht im Arbeitszimmer ein, ging zum Regal und berührte einige Buchrücken. Nun brauchte sie eine möglichst anspruchslose Lektüre. Aber vielleicht wäre was Schwieriges besser, überlegte sie und zog ein dünnes Taschenbuch hervor. Lord Byrons Gedichte. Auf dem Vorsatzblatt stand der Name *Evelyn DellaRosa*, in wunderschöner Handschrift. Natürlich hing Harrys distanziertes Verhalten auch mit Evie zusammen. Maura schloß das Buch und stellte es wieder an seinen Platz. Nach dem schrecklichen Mord hatten sie so viel erleiden müssen, und sie konnte kaum glauben, daß seit jener Nacht nur wenige Wochen verstrichen waren. Sie studierte wieder die einzelnen Titel. Schließlich entschied sie sich für ein Buch über Irland.

In sechs Stunden würde sie Pavel Nemec treffen, zusammen mit Harry, und sie hoffte inständig auf einen Erfolg. Wenn sie das Gesicht zum Vorschein brachte, das sich in ihrem Unterbewußtsein verbarg, würde sie den demütigenden Rückfall halbwegs wettmachen. Sie war noch nie hypnotisiert worden und wußte nicht, ob sich eine schlaflose Nacht vorteilhaft oder ungünstig auswirken mochte. Andererseits spielte es wohl keine Rolle, falls der legendäre Ungar seinen Ruf verdiente.

Wie Harry prophezeit hatte, war sein Name von entscheidender Bedeutung gewesen.

»Was haben Sie eigentlich für Nemecs Sohn getan?« fragte Maura, als er verkündete, die Hypnose würde bereits am nächsten Vormittag stattfinden.

»Für Ricard? Nicht viel. Ich nahm eine Routineuntersuchung in einem Ferienlager vor. Dort war ein Schülerorchester versammelt. Er spielt Waldhorn.«

»Und?«

»Unter einem seiner Arme, fand ich einen Knoten, der mir mißfiel.«

»Krebs?«

»Genaugenommen die Hodgkinsche Krankheit. Zum Glück im Anfangsstadium. Jetzt ist's etwa sechs Jahre her, und Ricard gilt als geheilt.« Er hatte ganz beiläufig darüber gesprochen, so wie Maura über bestimmte Mischungen von Malfarben. Aber sie wußte aus eigener Erfahrung, wie's in solchen Feriencamps zuging. Normalerweise horchten die Ärzte nur die Brust der Kinder ab, im Gegensatz zu Harry, der Pavel Nemecs Sohn gründlich untersucht hatte. Weil Harry – eben Harry war.

Maura erinnerte sich an das Drama im Krankenhaus. Davon hatte er ihr erzählt, auch vom Anruf seines Freundes Atwater, der ihn veranlassen wollte, vorübergehend den Dienst zu quittieren. Bei einer Besprechung sollte entschieden werden, ob Harry weiterhin im MMC arbeiten durfte.

Eine solche Behandlung verdient er nicht, dachte sie erbost und strich über ihr flaumweiches neues Haar, die immer noch empfindliche Operationsnarbe. Und er verdient's ebensowenig, wie *ich* ihn behandelt habe. Es war dumm und charakterlos, wieder zu trinken. Und ich muß froh sein, weil er so nett zu mir war, statt einfach eine Flasche in meine Hand zu drücken und mich hinauszuwerfen ...

»Nie wieder«, flüsterte sie, obwohl sie wußte, wie oft sie dieses Versprechen schon gebrochen hatte. »Das war's, Lady. Kein Tropfen mehr.«

Sie blätterte in dem dicken Bildband, betrachtete irische Landschaften und spürte, wie ihre Lider schwer wurden. Was fühlte man, wenn man hypnotisiert wurde? Vielleicht gar nichts ... Der O'Brians Tower auf den Klippen von Moher im County Clare verschwamm, dann glitt er davon.

*Nie wieder.* Die Worte gellten in ihrem Gehirn. *Kein Tropfen mehr ...*

Kaffeeduft drang in ihre Nase, und sie öffnete die Augen. Zwischen den Häusern schimmerte bleiches Morgenlicht und schien ins Zimmer. Harry saß im Lehnstuhl neben dem Sofa, im grauen Jogginganzug, ein Handtuch um den Hals. Offenbar hatte er soeben sein Fitneßtraining absolviert. Sein dunkles Haar glänzte schweißnaß, und mit den geröteten Wangen sah er noch attraktiver aus. Träumerisch drückte sie seine Hand. »Wie spät ist es?«

»Kurz nach sieben. Falls Sie noch ein bißchen schlafen möchten, wir haben Zeit genug. Wie egoistisch von mir, Sie zu wecken ...«

»Dann bin ich auch egoistisch und bleibe wach.«

»Wie fühlen Sie sich?«

»Nüchtern.« Das war die einzige Antwort, die er hören wollte, und sie wußte es.

»Sind Sie bereit, den Ungarn zu besuchen und Ihr Seelenleben erforschen zu lassen?«

»Ja. Aber er muß sich gewaltig anstrengen, wenn er in Bereiche vordringen will, die noch niemand betreten hat.«

»Er ist ein Hexenmeister. Das hat man mir zumindest erzählt. He, hören Sie doch! Wie fleißig Evies Dreihundert-Dollar-Kaffeemaschine in der Küche arbeitet! Gleich nach unserer Hochzeit warf sie meinen alten Mister Coffee raus. Ihrer geht selber in den Gourmet-Laden, findet die perfekte Mischung, malt die Bohnen, brüht sie auf und schmeckt das Gebräu ab.«

»Oh, mir läuft schon das Wasser im Mund zusammen.«

»Wie trinken Sie Ihren Kaffee?«

»Müssen Sie noch danach fragen, nach dem gestrigen Tag?«

»Also schwarz«, sagte Harry lächelnd.

*

Normalerweise kümmerte sie sich nicht um ihre äußere Erscheinung. Ein ehemaliger Liebhaber hatte erklärt, das sei gar nicht nötig. Aber an diesem Tag gab sie sich etwas größere Mühe – ein bißchen Make-up, die Emaille-Ohrringe, die Harry so gut gefielen, ein Baumwollkleid statt der üblichen Designerjeans.

Sie war nervös und fürchtete, die Hypnose könnte erfolglos verlaufen. Doch ihr graute auch vor anderen Möglichkeiten. In den zweieinhalb Jahren ihrer Talfahrt hatte sie bis zur Bewußtlosigkeit getrunken, ohne ihre Umgebung oder ihre Gesellschaft zu beachten. Nun fragte sie sich, ob Pavel Nemec eine Auswahl treffen würde, wenn er ihre Erinnerungen enthüllte. Sicher war es besser, wenn die meisten im Unterbewußtsein verborgen blieben.

Nemec wohnte und arbeitete an der Upper East Side. Bevor sie ihn aufsuchten, fuhren Maura und Harry mit einem Taxi zu seiner Praxis. Unterwegs hielten sie vor ihrem Haus, um einen Skizzenblock, Kohle- und Buntstifte zu holen, und er hob fünfzehnhundert Dollar von seiner Bank ab. »Nun muß ich meine Patienten wieder einmal vertrösten, und meinen

Dienst im Krankenhaus übernimmt heute vormittag jemand anderer. Viele Leute halten mir immer noch die Treue. Aber allmählich stelle ich sie auf eine harte Probe.«

Mitfühlend nickte sie. »Bald wird sich alles ändern. Vertrauen Sie mir.« Plötzlich kam ihr ein Gedanke. »Schauen Sie mich mal an.«

Er gehorchte, und zwei Häuserblocks weiter hatte sie ein passables Porträt von ihm skizziert. Kurz bevor sie die Praxis erreichten, war die Zeichnung fast perfekt.

»Erstaunlich«, meinte er.

»Ich kann's noch besser. Aber nun weiß ich wenigstens, daß ich's überhaupt noch kann. Es ist schon eine Weile her … Einmal verbrachte ich einen Sommer in Italien und zeichnete die Touristen auf der Piazza Navona.«

Walter Concepcion stand bereits im Wartezimmer und schwatzte mit der Frau am Empfang, die ihr als Mary Tobin vorgestellt wurde. An diesem Morgen trug er ein schwarzes T-Shirt, und Maura stellte fest, was für sehnige, muskulöse Arme er besaß. Das hatte sie nicht erwartet. Am linken Delta-Muskel prangte die kunstvolle Tätowierung eines Totenschädels. Eine Schlange kroch aus einer Augenhöhle.

»Gerade hat Dr. Erdmans Büro angerufen«, sagte Mary. »Die Besprechung soll morgen um zehn stattfinden. Im Konferenzraum.«

Harry seufzte. »Dann müssen Sie auch die morgigen Termine absagen.«

»Das habe ich schon getan.«

»Einfach lächerlich! Vielleicht sollten wir den Laden für eine Weile schließen.«

Die Augen seiner Sprechstundenhilfe verengten sich. »Wenn Sie das tun, suche ich mir einen von diesen Bambusstöcken. Sie wissen schon – damit muß man nur zweimal zuschlagen, und schon hängt die Haut in Fetzen runter …«

»Okay, okay. Mal sehen, was morgen passiert.«

»Ja, das wäre wohl am besten. Vorhin habe ich Ihren Anwalt telefonisch über die Besprechung informiert. Sie sollen ihn heute anrufen. Aber er wird auf jedenfall dasein.«

»Warum auch nicht, bei dreihundertfünfzig pro Stunde …«

»Wie, bitte?«

»Nichts, Mary, nichts. Ich bin einfach nur in meiner üblichen idiotischen, nervtötenden Stimmung. Meistens dauert's nicht lange.«

»Gott sei Dank.«

Er gab Walter Concepcion einen Umschlag mit dem Geld, und Maura sah ihm an, daß er immer noch an dem ehemaligen Privatdetektiv zweifelte. Aber sie vertraute ihm. Immerhin hatte er ihnen gezeigt, wo sie anfangen mußten – die ersten Schritte zum Gegenangriff.

»Gut, jetzt sind wir im Geschäft.« Concepcion steckte den Umschlag ein. »Keine Bange, Harry, ich werde alle Ausgaben belegen, mit Quittungen und so weiter. Übrigens, ich habe schon gestern abend losgelegt. Als ich nach Hause kam, rief ich etwa vierzig Hostessen-Services an. Ich erzählte, vor sechs Monaten wäre ich zum letztenmal in der Stadt gewesen und eine Frau namens Desiree hätte mir die Nacht meines Lebens geboten. Unglücklicherweise war's ein Freund, der damals dieses Arrangement traf, und nun weiß ich nicht, wie ich an das Mädchen rankomme. Geld ist kein Problem, aber ich will nur diese Desiree haben, keine andere. Bei drei Services hatte ich den Eindruck, sie würden die Lady kennen. Sie wollen versuchen, Desiree zu erreichen, und ich soll wieder anrufen. Und ein vierter Service namens Elegance erklärte mir, das Mädchen würde nicht mehr für ihn arbeiten. Auf den werde ich mich jetzt konzentrieren.«

»Warum?« fragte Maura.

»Weil die Frau, mit der ich sprach, anfangs nur vage Antworten gab. Sie notierte sich meine Nummer und versprach, man würde mich zurückrufen. Etwa eine Stunde später meldete sich eine andere Frau und stellte sich als Page vor. Ich glaube, die schmeißt den ganzen Laden. Eine Zeitlang spielten wir Katz und Maus. Ich redete dauernd von Geld, und sie betonte immer wieder, sie würde keine Desiree kennen. Schließlich gestand ich ihr, ich hätte von Desirees Tod erfahren und würde Informationen über sie brauchen. Wenn Page bereit wäre, mich zu treffen, würde ich ihr fünfhundert Dollar zahlen. Nur für eine halbe Stunde. Keine Minute länger. Und falls sie keine Fragen beantworten will, muß sie's nicht tun. Zunächst glaubte ich, sie würde nein sagen. Aber dann versicherte sie wieder, sie würde keine Desiree kennen. Und da merkte ich, daß sie schwach wurde. Morgen vormittag treffen wir uns.«

»Klingt vielversprechend«, meinte Maura.

»Ich habe eher das Gefühl, daß wir um fünfhundert Dollar betrogen werden«, murmelte Harry.

»Verlassen Sie sich auf mich, Boß«, erwiderte Walter, und der Muskel neben seinem Mundwinkel zuckte ein paarmal. »Offenbar wissen Sie's noch nicht, aber Sie haben soeben den Deal des Jahrhunderts abgewickelt. Wir bleiben in Verbindung. Vielleicht setzen wir uns morgen abend zusammen und vergleichen unsere Forschungsergebnisse. Übrigens, Maura, wenn Sie wollen, vereinbare ich einen Termin mit den Anonymen Alkoholikern.«

»Natürlich will ich.«

»Sie haben ja meine Privatnummer«, sagte Harry. »Melden Sie sich, wenn Sie irgendwas rausfinden.« Zögernd fügte er hinzu: »Walter, tut mir leid, daß ich's Ihnen so schwermache. Von jetzt an will ich mich bessern.«

Concepcion kniff sich in seinen Unterarm. »He, diese dicke Haut könnte genausogut einem Rhinozeros gehören. Außerdem habe ich bis jetzt nichts getan, um Ihr Geld zu verdienen. Sobald ich Ergebnisse auf den Tisch lege, und das passiert ganz sicher, werden Sie nicht mehr an mir rumnörgeln.« Er schüttelte beiden die Hände, winkte Mary Tobin zu und verließ die Praxis.

»Kommen Sie, Maura«, sagte Harry. »Auf der Fifth kriegen wir ein Taxi.«

»Okay.« Plötzlich mußte sie eine unerklärliche Panik bekämpfen. »Bringen wir's hinter uns.« An der Tür drehte sie sich noch einmal um. »Halten Sie mir die Daumen, Mary. Jetzt gehen wir zum Hexenmeister.«

*

›P. Nemec, Verhaltensforschung‹, verkündete die diskrete Messingplakette über der Türglocke.

Der Ungar begrüßte sie freundlich und servierte ihnen in seinem viktorianischen Wartezimmer mit der exquisiten Eichenholztäfelung Tee und Kuchen. Eine Zeitlang unterhielten sich Harry und Nemec über die Ereignisse der letzten Jahre. Sie hatten sich lange nicht gesehen. Wie Maura vermutete, war der grauhaarige Hypnotiseur Anfang Sechzig. Obwohl er etwas zu dünn war, sah er topfit aus. Sie fand ihn charmant und erstaunlich bescheiden.

Trotzdem wuchs ihre Angst. Immer wieder hatte sie versucht, das Gesicht des Mannes im weißen Arztkittel heraufzubeschwören. Aber je intensiver sie sich bemühte, desto nebelhafter verschwammen ihre Erinnerungen. Nun fragte sie sich, ob das Delirium tremens, die Operation und die Medikamente die Realität so stark verzerrt hatten, daß der Mann nur in ihrer Phantasie aufgetaucht war.

Ihre Hände zitterten ein wenig, und sie stellte ihre Teetasse ab. Schweigend saß sie da, während Harry die Situation erklärte. Nemec hörte aufmerksam zu. Nach einer Weile stand er auf und ging langsam hinter Mauras Sessel.

Behutsam umfaßte er ihre Schultern, neigte sich herab und flüsterte ihr ins Ohr: »Sie müssen sich nicht fürchten, Maurie. Vor gar nichts.«

*Maurie*, nicht Maura. Verwirrt runzelte sie die Stirn. Niemand außer ihrem Vater hatte sie jemals so genannt – nur bis zu ihrem zehnten Lebensjahr.

Inzwischen war Harry verstummt. Überdeutlich hörte sie die Verkehrsgeräusche, die von der Straße heraufdrangen, und wußte es – nun würde es geschehen. Keine Couch, kein Pendel, keine New-Age-Musik, überhaupt keine Spielereien. Aber Nemec begann zu arbeiten – in diesem Augenblick, in diesem Raum, stellte sich vor ihren Sessel, legte seine Fingerspitzen an ihre Schläfen. Inzwischen hatte sie die Augen geschlossen. Aber ihre Gedanken überschlugen sich. Bilder und Gesichter rasten durch ihr Gehirn, wie ein Video auf ungeduldiger Suche. Gesichter aus der Kindheit – Lehrer, Spielkameraden, Tom, die Mutter – Häuser und Räume, ländliche Szenerien und städtische Straßen. An einige Visionen erinnerte sie sich sofort, an andere gar nicht …

Und plötzlich wiederholte sich eine Szene – unentwegt. Ihr Vater hielt einen Drink in der Hand und wandte sich zu ihr, die geröteten Augen voller Verachtung. Aus seinem Mund sprühte Speichel, als er sie mit heiserer Stimme anschrie: »*Du bist eine Versagerin, Maurie … Ein hoffnungsloser Fall … Nichts bringst du zustande. Du ärgerst mich nur. Genau wie deine Mutter … Daß ich sie geheiratet und dich gekriegt habe – das waren die beiden schlimmsten Fehler in meinem Leben … Wärst du nicht zur Welt gekommen, hätte ich sie gar nicht geheiratet …*«

»Ganz ruhig, Maurie«, bat Nemec in sanftem, aber entschiedenem Ton. »Nie wieder wird er so mit Ihnen reden … Er war krank. Das ist alles … Solche Worte haben Sie nicht verdient. Doch er konnte nicht anders.« Beschwichtigend strichen die Hände über ihren Kopf. »Die ganze Zeit haben Sie sich bemüht, seine Wünsche zu erfüllen … Aber er haßte sich selbst viel zu sehr, um irgend jemanden zu lieben … Niemals bedachte er, was er Ihnen antat … Jetzt können Sie sich von ihm befreien, Maura … Für immer …«

Allmählich wichen die wirbelnden Bilder zurück. Obwohl Mauras Augen geschlossen blieben, sah sie den Mystiker in seiner grauen Strickjacke umherwandern. Ihre Angst war verflogen, die dunkle Wolke der Selbstverachtung, die ihr Leben so lange überschattet hatte, schwebte davon und hinterließ ein unbeschreibliches Gefühl inneren Friedens. Wie oft hatte der Vater sie gedemütigt und ihren Stolz verletzt. Nicht einmal die Nachricht von seinem Tod konnte die schreckliche Saat vernichten, die er in ihre Seele gepflanzt hatte. Zeit ihres Lebens, wann immer ein Erfolg in greifbare Nähe gerückt war, hatten ihre pathologischen Selbstzweifel Mittel und Wege gefunden, um den Hoffnungsschimmer zu zerstören …

*Eine Versagerin* … Wann hatte er sie zum erstenmal so genannt? Als sie sieben oder acht gewesen war?

Endlich erkannte sie, daß es nicht ihre Schuld gewesen war. Was Arthur Hughes ihr angetan hatte, verdiente sie nicht. Und sie glaubte ihrem neuen Freund, der ihr versichert hatte, der Vater würde ihr nie wieder weh tun.

Die Augen immer noch geschlossen, sah sie Nemec zum Tisch gehen. Er holte den Skizzenblock, die Stifte, und legte alles in ihren Schoß. *Nun müssen wir arbeiten.* Sie hörte seine Stimme, doch sie wußte, daß er schwieg. *Von diesem Augenblick an sind Sie frei, Maura, und Sie werden sehen, was Sie sehen müssen …*

Später erzählte ihr Harry, sie habe kein einziges Mal die Lider gehoben, bevor die detaillierte Skizze vollendet gewesen sei. Geradezu unheimlich, wie der Kohlestift in ihrer Hand über das Papier geglitten war, wie das Gesicht des Mannes Gestalt angenommen hatte – ein zusammenhangloser und doch folgerichtiger Vorgang … Und in jenem Moment, wo sie das Porträt immer noch mit ihrem Stift und einem Finger schraffiert hatte, war es ihm wie Schuppen von den Augen gefallen. Er kannte den Mann.

Wohlig streckte Maura die Arme aus und warf ihren Kopf in den Nacken. Sie fühlte sich entspannt und erfrischt, so als wäre sie einem warmen Bad entstiegen. Deutlich entsann sie sich, daß sie Evie DellaRosas Mörder gezeichnet – und daß Pavel Nemec ihr geholfen hatte, wie kein Therapeut oder Arzt je zuvor. Seit sie denken konnte, hatte sie ihr eigenes Wesen falsch eingeschätzt, Fehler gesehen, für die sie niemals verantwortlich gewesen war. Von diesen imaginären Mängeln zur Selbstzerstörung getrieben, war es ihr stets mißlungen, das Versprechen zu halten, das sie sich immer wieder gegeben hatte.

*Nie wieder … Kein Tropfen mehr …*

Sie öffnete die Augen und betrachtete das Porträt. Dann zeichnete sie die Krawatte des Mannes, in der eine Nadel steckte, und färbte sie grün, mit goldgelben Punkten. Pavel Nemec saß wieder in seinem Sessel. Gelassen nippte er an seinem Tee. »Wie haben Sie das geschafft?« fragte sie.

Freundlich lächelte er sie an und zuckte die Achseln. »So erfolgreich bin ich nicht immer, wenn ich mit meinen Patienten arbeite. Manchmal glaube ich, durch dichten Nebel zu wandern. Und an anderen Tagen, so wie heute, sehe ich alles glasklar. Ich denke, Sie haben schon lange auf mich gewartet, Maura. Wahrscheinlich jahrelang.«

»Sie haben etwas gegen meine Trunksucht unternommen, nicht wahr?«

»Nein, das taten Sie selbst – und zwar sehr energisch, wie ich hinzufügen möchte.«

Als sie sich zu Harry wandte, glänzten Tränen in ihren Augen. »Ich hab's hingekriegt«, flüsterte sie und gab ihm das Porträt.

»Offensichtlich. Die Ähnlichkeit ist verblüffend.«

»Wieso wissen Sie das?«

»Weil ich ihn sah. Den Mann, den Sie gezeichnet haben. Während ich im Krankenzimmer war, trieb er sich im Flur herum. Dann wartete er auf eine Gelegenheit, sein Werk zu vollenden, das er mit der telefonischen Anordnung begonnen hatte, Evie eine Dextrose-Infusion zu verabreichen.«

»Vor dem Zimmer?«

»Er polierte den Boden, lauschte einem Walkman – der Typ, den man ständig sieht, ohne ihn wirklich wahrzunehmen. Nachdem ich die Abteilung verlassen hatte, fiel er den Schwestern nicht auf, weil er gar nicht fortging. Er war schon da. Und bevor ich zurückkehrte, verschwand er.«

»Sind Sie sicher?« fragte Maura.

Harry studierte die Zeichnung nur ein paar Sekunden lang. »Noch nie im Leben war ich mir so sicher. Ihr beide seid ein verdammt gutes Team.«

Da sprang Maura auf, eilte zu dem unscheinbaren kleinen Mann und küßte seine Wange. »Und dabei wissen Sie gar nicht besonders viel … Nicht einmal die Hälfte!«

## 25

New-York-City-Hitze erfüllte die Luft. Vom Asphalt stiegen Dampfwolken hoch, und die Kinder drehten Hydranten auf. Kevin Loomis verließ sein klimatisiertes Büro gegen zehn Uhr dreißig. Auf ausgedehnten Umwegen wanderte er zum Battery Park, einer Oase an der Südspitze der Insel, wo der Hudson und der East River zusammentrafen. Um James Stallings' Warnung vor etwaigen Verfolgern zu beherzigen, hatte er jeden Schritt dieses Trips sorgsam geplant.

Am Morgen hatte er eine fünfundvierzigminütige Konferenz der acht Manager durchgestanden, die Burt Dreisers Planungskomitee angehörten. Obwohl nichts Ungewöhnliches geschehen war, hatte er sich ständig beobachtet gefühlt und alle Kommentare Dreisers doppelsinnig gefunden. Als er sich von Brenda Wallace verabschiedete und erklärte, er würde zu einem Busineß Lunch gehen, das er schon vor Wochen vereinbart habe, schwitzte er, und das hing keineswegs mit der Hitze zusammen. Irgend jemand hatte Evelyn DellaRosa ermordet. Und der andere Ritter, der mit ihr zusammengewesen war, fürchtete sich genauso wie Kevin.

*Ich war mir nicht ganz sicher, ob Sie schon mit Leib und Seele zur Tafelrunde gehören ...* Was zum Teufel hatte er damit gemeint? Loomis überquerte die Straße bei Rot und wich mehreren wütenden Taxifahrern aus.

Dann betrat er ein kleines Herrenmodengeschäft, in dem sich nur selten mehr als ein oder zwei Kunden aufhielten. In diesem Augenblick traf er nur den Eigentümer an. Seit Kevin ein Mitglied der Tafelrunde war, besuchte er den Laden regelmäßig.

Der Anproberaum lag im Hintergrund. Neben einem Ausgang, der zu einer Seitengasse führte. Er bestellte ein Hundertfünfzig-Dollar-Hemd, ließ sich Maß nehmen und verschwand unter irgendeinem Vorwand durch die Hintertür.

Am Ende der Gasse stieg er in ein Taxi, fuhr zur East Side und ging an mehreren Häuserblocks entlang bis zu einer U-Bahnstation. Ein paarmal schlüpfte er in Hauseingänge, um den Gehsteig hinter sich zu beobachten. Der Battery Park lag am Ende der Linie. Als er sein Ziel erreichte, hatte er noch zehn Minuten Zeit.

Da er nach wie vor mit der Möglichkeit rechnete, verfolgt zu werden, schlenderte er lässig zu einem asphaltierten Kinderspielplatz und blieb eine Weile am hohen Drahtzaun stehen. Etwa zwanzig Kinder schaukelten hin und her, schwangen auf Wippen hoch und nieder, stiegen auf Klettergerüste, lachten und kreischten. Kevin dachte an seine eigenen Kinder. Was für ein wundervolles Leben stand ihnen bevor ... Jedes würde ein eigenes Zimmer in einem wunderbaren Haus bewohnen, inmitten eines Gartens, wo es genug Platz für eine riesige Schaukelanlage und einen Swimmingpool gab – in einer gepflegten Vorstadtgemeinde mit erstklassigen Privatschulen. Unbegrenzte Möglichkeiten …

Sonnenlicht glitzerte im Flußwasser. Im Süden ragte die Freiheitsstatue empor, von flimmernder Hitze umhüllt. Kevin schaute sich wieder um und ging auf einem grasbewachsenen Weg nach Norden. Jetzt war es Punkt zwölf. Das Jackett über dem Arm, wanderte er an mehreren besetzten Bänken vorbei. Büroangestellte aßen ihren Lunch, eine Stadtstreicherin schlief auf einem Kissen aus Zeitungen, zwei junge Mütter schaukelten ihre Kinderwagen, junge Liebespaare knutschten, ohne ihre Umgebung wahrzunehmen. *So normal.*

»Hierher, Loomis!« Auch Stallings trug sein Jackett über dem Arm und winkte ihm aus dem Schatten eines hundertjährigen Ahornbaums zu. Zwischen seinen Füßen stand eine Aktentasche. Die innere Anspannung, die Kevin bei der Tafelrundensitzung aufgefallen war, zeigte sich jetzt noch deutlicher. Nervös spähte Gawaine nach allen Seiten und fuhr sich mit der Zunge über die Lippen. »Sind Sie sicher, daß Sie nicht verfolgt wurden?«

»Ganz sicher. Wer macht Ihnen soviel angst?«

»Lancelot, Kay, Galahad, Merlin – oder jemand, den sie angeheuert haben … Scheiße, Loomis, ich weiß nicht, was ich tun soll, und ich kann kaum glauben, daß das alles wirklich passiert.«

Die Panik des Mannes wirkte ansteckend. Obwohl Loomis noch gar nicht wußte, was eigentlich los war, spürte er, daß sich sein Puls beschleunigte. »He, beruhigen Sie sich. Gehen wir spazieren?«

»Nein, nein, hier ist's okay. Setzen wir uns. Lehnen Sie sich an den Baum und behalten Sie die Leute im Auge – falls uns irgend jemand zu scharf beobachtet.«

Dunkle Ringe umrahmten Stallings' Augen, Schweiß perlte auf seiner blassen Haut, und er glich einem gehetzten Tier.

»Vor zwei Tagen kam Lancelot zu mir«, begann er, als sie im Gras saßen. »In Wirklichkeit heißt er Pat Harper. Kennen Sie ihn außerhalb der Tafelrunde?«

»North East Live. Dort haben wir früher zusammen Golf gespielt.«

»Also, er paßte mich nach der Arbeit ab, und wir fuhren in seinem Rolls nach Connecticut.«

»Das paßt zu Lance. Allzuviel weiß ich nicht über ihn. Nur daß mir von seinen Zigarren schlecht wird und daß er ein besserer Golfer ist als ich. Über die anderen Ritter habe ich auch kaum was herausgefunden.«

»Da geht's Ihnen genauso wie mir. Mit dieser Heimlichtuerei verfolgen sie einen ganz bestimmten Zweck. Im Grunde ist's ihnen egal, ob wir rausfinden, wer sie sind. Aber sie wollen einen grandiosen, mystischen Eindruck erwecken.«

»*Sie*? Wen genau meinen Sie damit?«

»Alle. Sogar Percivale. Die stehen alle auf einer Seite des Zauns, wir beide auf der anderen. Eine Zeitlang dachte ich, es beträfe nur mich und Sie wären einer von ihnen, obwohl Sie nach mir dazukamen. Sie wirkten immer so selbstsicher – und in alles eingeweiht, was da vorging. Aber als Sie Desirees wegen genauso ausgequetscht wurden wie ich, glaubte ich allmählich, Sie müßten auch ein Außenseiter sein. Dann hörte ich gestern abend Ihre Frage, und da war ich mir fast sicher.«

»Bisher hatte ich nur bei den Sitzungen Kontakt mit den Rittern. Ich rede natürlich mit meinem Boß, der mich zu seinem Nachfolger bestimmte. Das ist alles. Und bei der Arbeit sprechen wir niemals über die Tafelrunde – nur auf seinem Boot.«

Stallings schaute zum Fluß hinüber und holte tief Atem, so als wollte er von einer Klippe in die Tiefe springen. »Hat Ihr

Boß jemals erwähnt, daß sie alle Mörder sind?« fragte er unvermittelt.

Bestürzt starrte Kevin ihn an und erwartete ein Grinsen zu sehen – *ätsch, das war nur ein Spaß*. »Moment mal, Jim«, erwiderte er und zwang sich zur Ruhe. »Das meinen Sie doch nicht ernst.«

Gawaine lachte freudlos. »Doch. Zunächst versicherte Lancelot, alle seien sehr zufrieden mit meiner Leistung, besonders mit dem Projekt, das den Versicherungsanspruch gewisser Leute beendet. Weil die Tafelrundengeschäfte so unorthodox seien – dieses Wort hat er gebraucht, *unorthodox* –, müsse jedes neue Mitglied eine Probezeit absolvieren. Nun hätte ich diese Phase überstanden und könnte meiner Firma und mir selbst große Vorteile verschaffen.«

Wieder spähte er verstohlen nach allen Seiten. Dann öffnete er seine Aktentasche, zog einen Computerausdruck hervor und drückte ihn in Kevins Hand. Die Liste von ›Qualifikationen‹ glich jener, die Merlin bei der Versammlung vorgelegt hatte – den Faktoren, die Beth DeSenza ihren Job kosteten. Aber *diese* Liste begann mit: *Derzeit in stationärer Behandlung.*

»Kennen Sie die Analysen der künftigen Kosten?« fragte Stallings.

»Darüber hat Merlin gesprochen – die voraussichtliche Summe, die unsere Branche im Verlauf jeder einzelnen Krankheit bezahlen muß.«

»Genau. Nun, dieses Programm zielt auf ein künftiges Minimum von fünfhunderttausend Dollar ab. Lancelot hat mich beauftragt, das Programm jede Woche durch unsere Datenbanken zu schleusen und zwei oder drei Namen rauszusuchen. Aids, Krebs, chronisches Herzleiden, Geisteskrankheit, multiple Traumata, Blutkrankheiten, cystische Fibrosis, sogar Babys, die mit Untergewicht geboren wurden.«

»Sicher gibt es keinen Mangel an Krankheiten, die mit der Zeit eine Million kosten würden.«

»Manchmal noch mehr. Sogar zwei Millionen. Bei Knochen- oder Lebertransplantationen. Ein fünfundzwanzigjähriger Geistesgestörter, der außerhalb einer Klinik nicht leben kann, kostet bis zu seinem fünfunddreißigsten Geburtstag einen siebenstelligen Betrag. Und seine Lebenserwartung ist mehr oder weniger normal.«

»Was passiert mit diesen Namen?«

Stallings biß sich in die Unterlippe. »Diese Liste soll ich den anderen Rittern persönlich übergeben – Ihnen offensichtlich nicht. Wahrscheinlich absolvieren Sie immer noch Ihre Probezeit. Dann soll ich fünfundzwanzig Prozent der Gesamtsumme, die jede der Personen meine Firma kosten würde, an eine Schweizer Bank überweisen. Wie Lancelot erklärte, würde das Geld von Auszahlungen an nicht existente Patienten stammen. Allem Anschein nach ist er sehr stolz auf das System. Er behauptet, es sei erprobt worden und idiotensicher.«

»Und was geschieht mit den Patienten, deren Namen auf der Liste stehen?«

Hilflos zuckte Sir Gawaine die Achseln. »Sie sterben.«

»Also werden sie im Krankenhaus ermordet?«

»Dieses Wort hat Lancelot nicht benutzt. Er sagte nur, meine Firma würde sich pro Monat zwischen anderthalb und zwei Millionen ersparen, und zwar netto.«

»Oh, ich glaub's einfach nicht. Für das alles muß es eine andere Erklärung geben.«

»Suchen Sie doch eine. Ich hab's getan, ohne Erfolg. Wie sollte man denn sonst soviel Geld sparen?«

»Und alle machen mit?«

»Meines Wissens – ja.«

»Das ist verrückt! Wie können sie nur so was tun? Wie wollen sie damit durchkommen, immer wieder?«

Stallings schob den Computerausdruck in seine Aktentasche, verschloß sie und drehte an den Zahlenrädchen der Sicherheitsschlösser. »Keine Ahnung. Aber ich muß immer wieder an diese Evelyn DellaRosa denken. Wer ihr dieses Zeug injiziert hat …« Seine Stimme erstarb, und er schaute einem Frachter nach. Ganz in der Nähe fuhr ein Mädchen in engen Shorts und ärmellosem T-Shirt vorbei, auf Rollerblades, Hand in Hand mit einem Jungen. *So normal.*

»Haben Sie Lancelot nach Evelyn DellaRosa gefragt?«

»Ich erwähnte sie. Aber er behauptete, wenn sie Desiree gewesen wäre, würde er's wissen. Dann fragte ich, wer das Problem im Krankenhaus erledigt habe, auf welche Weise. Und da antwortete er, dafür sei er nicht zuständig.«

»Irgendwas müssen Sie mißverstanden haben.«

»Kevin, hat man Ihnen einen Zusatzbonus von einem Prozent aller Beträge versprochen, die sich Ihre Firma durch die Arbeit der Tafelrunde erspart?«

»Ja.«

»Mir auch. Lancelot betonte, was ein Prozent bei anderthalb bis zwei Millionen pro Monat ausmachen würde. Außerdem erklärte er, die Kosten für schwerkranke und unheilbare Patienten seien außer Kontrolle geraten, unsere Firmen würden bedrohliche Zeiten erleben wie noch nie, und die Reform des Gesundheitswesens würde alles noch verschlimmern. Das Geld, das unsere Methoden einsparen, könnte für neue Arbeitsplätze und bessere Dienstleistungen in der ganzen Branche sorgen. Und dann wies er auf Krankheiten wie Aids, metastatischen Krebs und Muskeldystrophie hin. »Im Grunde sind solche Patienten so gut wie tot, sobald die Ärzte ihre Diagnose gestellt haben‹, sagte er, ›denn diese Krankheiten können nicht geheilt werden, oder?‹ Und wollen Sie wissen, was am schlimmsten ist, Loomis? Während er auf mich einredete, kaufte ich ihm alles ab. Dollars und Cents, Profit und Verlust, *Kostenreduzierung,* um Himmels willen! Ich dachte nicht mehr an die Lebensqualität dieser Leute, und stimmte ihm zu. Diagnose, Prognose – das war's. Nur darauf kam's an. Ich malte mir sogar aus, wie die zusätzlichen fünfzehntausend pro Monat unseren Lebensstandard ändern würden. Erst im allerletzten Moment, kurz bevor ich mich restlos einwickeln ließ, erinnerte ich mich, daß wir über *Menschen* sprachen. Und ich glaube, daran dachten Sie gestern auch, als Sie anfingen, Merlins Programm in Frage zu stellen.«

»Weil ich eine Frau kenne, deren Name auf der Liste steht …«

Stallings nickte. »Deshalb habe ich Ihnen bedeutet, den Mund zu halten. Auf der Rückfahrt zur City fragte ich Lancelot, was geschehen würde, wenn ich mich nicht an dem Projekt beteilige. Nicht viel, erwiderte er. Bis jetzt habe nur ein einziger Ritter seine Mitarbeit an einem Programm verweigert – Sir Lionel, vor etwa einem Jahr. Aber bevor die Tafelrunde entscheiden konnte, ob er ihr weiterhin angehören sollte, starb er an einer Lebensmittelvergiftung.«

»O Gott«, stöhnte Kevin, »ich weiß alles über ihn. Nach seinem Tod verlor seine Firma ihren Sitz in der Tafelrunde. Den bekamen wahrscheinlich Sie, Jim. Mein Boß erläuterte an Hand dieses Beispiels, was möglicherweise geschehen würde, wenn ich nicht spure. Aber Lionel starb nicht an der Lebensmittelvergiftung, sondern erst danach – an einem Herzinfarkt, im Krankenhaus. So wie …«

»Spucken Sie's nur aus. So wie Evelyn DellaRosa. Und nur der Himmel mag wissen, wie viele andere unheilbare Patienten.«

Kevin fühlte sich elend. »Hat Lancelot den Eindruck erweckt, die Ritter wären für Lionels Tod verantwortlich? Klang es wie eine Drohung?«

»Keine Ahnung. Sein Lächeln ist schwer zu deuten.«

Verständnisvoll nickte Kevin. Das war ihm auch schon aufgefallen.

»Während er mir Lionels Geschichte erzählte, lächelte er unentwegt. Ich war mir nicht sicher, was ich davon halten sollte, aber ich bekam eine Gänsehaut. Und ich wußte nicht, was ich ihm sagen sollte.«

»Wie seid ihr verblieben?«

Stallings wich Kevins Blick aus. »Bis morgen abend habe ich Zeit, dann muß ich die ersten Namen vorlegen und das Geld in die Schweiz überweisen.«

»O nein! Und wer kriegt diese Millionen? Die Ritter? Der Kerl – der's macht?«

»Das weiß ich nicht. Jedenfalls geht's um eine Riesensumme, wenn man meine zwei oder drei Klienten mit den zwei oder drei zusammenzählt, die jedes andere Mitglied der Tafelrunde heraussucht.«

»Und diese Menschen werden – einfach sterben?«

»Alle sind schwerkrank. Und in dieser Stadt gibt's so viele Kliniken und Patienten, daß offensichtlich niemand vermutet, da wäre was faul ... Loomis, was sollen wir tun?«

»Vielleicht ist's nur eine Art Loyalitätstest«, meinte Kevin verzweifelt.

»Das glauben Sie doch selber nicht.«

»Könnten Sie die Ritter nicht verpfeifen?«

»Wie denn? Ich habe keinerlei Beweise. Außerdem – falls die Tafelrunde entlarvt wird, bin ich genauso dran wie alle anderen. Was soll dann aus meiner Familie werden?«

»Wollen Sie die Typen bei der nächsten Sitzung einfach bitten, aufzuhören?«

»Nun, das wäre eine Möglichkeit.«

»Und Sir Lionels Lebensmittelvergiftung?«

»Deshalb habe ich Sie eingeweiht. Wenn wir mit vereinten Kräften versuchen, die Ritter von ihren Plänen abzubringen ...«

»Ich muß erst mal nachdenken.«

»Warten Sie nicht zu lange. Ich habe nur bis morgen Zeit,

um die Namen zu nennen und … Nein, ich glaube, ich schaff's nicht.« Stallings schaute auf seine Uhr. »In ein paar Minuten muß ich im Büro sein. Bitte, Loomis, reden Sie mit niemandem darüber, bevor wir uns wieder treffen. Okay?«

»Klar, ich versprech's Ihnen.«

»Nicht mit Ihrem Boß, nicht mit Ihrer Frau, mit niemandem.« Stallings Angst war echt, und nach allem, was Kevin erfahren hatte, verstand er die Gefühle des Mannes. »Vor morgen abend rufe ich Sie an.« Sie tauschten ihre Visitenkarten aus, und jeder schrieb seine private Telefonnummer auf die Rückseite. »Und, Kevin – wenn ich gegangen bin, warten Sie bitte fünf Minuten, bevor Sie den Park verlassen.«

»Wir bleiben in Verbindung.«

Die Aktentasche in der Hand, schlenderte Sir Gawaine zur U-Bahnstation. Kevin stand neben dem Ahornbaum, starrte ins Leere, und sein Gehirn weigerte sich zu überdenken, was er soeben gehört hatte. Nur ein einziger Gedanke ging ihm durch den Sinn – falls Stallings' Vermutung zutraf, gab es nur inakzeptable Möglichkeiten.

»He, Mister!«

Verwirrt drehte er sich um. Zwei Jungs standen auf dem Weg, in Shorts, mit Yankee-Kappen – etwa zehn Jahre alt, wie sein Sohn Nicky. Und beide schwenkten Baseballhandschuhe. »Ja, was gibt's?!«

»Würden Sie unseren Ball rüberwerfen? Da, direkt neben Ihren Füßen!«

Kevin hob einen abgewetzten Hardball voller Grasflecken auf und warf ihn den Jungs zu.

Mühelos fing ihn der größere auf, so wie Nicky, wenn der Vater ihm einen Ball zuwarf.

»Danke, Mister!« rief der Junge. »Echt guter Wurf!«

# 26

Dic Nacht war warm und schwül. In diesem Klima entstanden unweigerlich die intensivsten Versionen des Traums. Die Hände geballt, lag er auf dem Bauch, das Gesicht im schweißnassen Laken vergraben, und jeder einzelne Muskel spannte sich an. Während gewisser Phasen wußte er, daß dies alles der Vergangenheit angehörte, daß er das grausige Ereignis nur in seiner Phantasie noch einmal erlebte.

Aber er war wie immer machtlos und konnte nicht aus dem Schlaf emportauchen.

»… Hyconidol entspricht fast genau, Atom für Atom, der Neurotransmitter-Chemikalie, die auf das Schmerzempfinden einwirkt. Und das bedeutet, daß ich diese Nerven nach Belieben aktivieren kann – jeden einzelnen. Überlegen Sie mal, Mr. Santana. Keine Verletzung – kein Blut. Nur Schmerzen. Reine Schmerzen. Abgesehen von meiner Arbeit hat Hyconidol nicht den geringsten klinischen Wert. Aber wenn wir's jemals vermarkten, wäre ›Agony‹ ein passender Name. In der Tat, ein unglaubliches Zeug. Eine kleine Injektion? Ein schwaches Prickeln? Ein stärkeres? Nun, Sie haben sicher verstanden, worum's geht.«

Rays Mund ist trocken wie die Wüste. Und sein Herz hämmert so heftig, daß er meint, der Doktor müßte es sehen. *Bitte, nicht*, schreit er lautlos, *bitte* … Percheks Daumen drückt auf den Kolben.

»Fangen wir mit einer geringen Dosis an. Nur eine schwache kühle Brise über ein paar Zahnlücken. Wir interessieren uns für die Namen der mexikanischen Geheimagenten, Mr. Santana. Mr. Orsino wird alles notieren. Und ich warne Sie. Einige der Namen, die Sie nennen sollen, kennen wir schon. Also wäre es sehr unangenehm für Sie, sollten wir Sie bei einem Täuschungsmanöver ertappen – oder falls Sie versuchen, Zeit zu gewinnen.«

»Lecken Sie sich selber am Arsch. Dann würde ich doch auch Zeit gewinnen, nicht wahr?«

Der Doktor lächelt nur. Und die letzte Stimme, die Ray vor der Injektion vernimmt, gehört Joe Dash.

*Wenn man stirbt, kann man zwischen drei Möglichkeiten wählen ...*

Nur ein kleines bißchen wird der Kolben in der Spritze heruntergedrückt.

Eine knappe halbe Minute später spürt Ray eine sanfte Vibration im ganzen Körper, so, als wäre schwacher elektrischer Strom eingeschaltet worden. Seine Kopfhaut strafft sich, die Gesichtsmuskeln zucken. Um ein unangenehmes taubes Gefühl zu verscheuchen, reibt er die Fingerspitzen aneinander.

Inzwischen hat Perchek eine Stoppuhr aus einem Koffer genommen. »Vermutlich wird diese winzige Dosis eine Minute und zwanzig Sekunden wirken. Bei höheren Dosen dauert's etwas länger. Aber in Ihrem Fall ist die Zeit relativ. Ein paar Sekunden werden Ihnen wie eine Stunde erscheinen, eine Minute wie ein ganzes Leben. Möchten Sie uns ein paar Namen verraten?«

»Cary Grant, Mick Jagger, Marilyn Monroe ...«

Perchek zuckt die Achseln und drückt wieder den Kolben herunter. Jetzt verdoppelt sich die Intensität des Gefühls, das Unbehagen vervierfacht sich. Kein elektrischer Schmerz mehr – ein brennender ... Heiße Messerspitzen schneiden in Rays Hände und Füße, in seinen Bauch, in die Leisten, ins Kreuz. So plötzlich wie ein Sommergewitter bricht der Schweiß aus allen Poren, sticht ihm in die Augen, tränkt sein T-Shirt.

»Nur eine etwas höhere Dosis, dabei belassen wir's – vorerst«, sagt Perchek, mißt Rays Blutdruck und fühlt ihm den Puls. »Wir haben's nicht besonders eilig, was, Mr. Orsino?«

Jenseits der Mauern lärmt die fröhliche Fiesta de Nogales.

Feuerwerk und Musik. Die Leute werden die ganze Nacht feiern. Und wenn das Fest zu Ende geht, wird Ray wahrscheinlich nicht mehr leben.

Der Doktor hat recht – die nächste Stunde dauert eine Ewigkeit. Zweimal rauben ihm die Schmerzen beinahe die Besinnung. Und jedesmal wird ihm irgendwas injiziert, das ihn vor der nächsten Hyconidol-Dosis weckt. Allmählich gewöhnt er sich an den Klang seines eigenen Geschreis. Und irgendwann macht er in die Hose. Zwischen den Injektionen zucken seine Muskeln unkontrollierbar, hin und wieder würgt er stöhnend einen Namen hervor. Perchek schaut zu Orsino hinüber, der den Kopf schüttelt. Wann immer Ray lügt, wird er mit einer erhöhten Dosis bestraft. Und seine Antwort ist ein gellender Schrei.

... Wenn man stirbt, kann man zwischen drei Möglichkeiten wählen ... Drei Möglichkeiten ... Drei Möglichkeiten ... Drei Möglichkeiten ...

Sein Kopf fällt nach hinten, sein Blickfeld verschleiert sich. Wenn er ins grelle Licht der kahlen Glühbirne starrt, protestieren seine Augen nicht mehr. So als hätte der grausige Schmerz die Sehkraft getrübt. Schweiß rinnt über seinen Körper, das Nervensystem ist zerrüttet, das Gehirn steht kurz vor dem Zusammenbruch. Deshalb muß er einen Namen nennen, den sie kennen, und Percheks chemischen Angriff stoppen – wenigstens für eine kleine Weile. Er hat sein Bestes getan, um die ersten beiden, von Joe Dash erwähnten Phasen in die Länge zu ziehen. Jetzt erlahmt sein Widerstand. Irgendwas muß er erzählen, damit die Schmerzen aufhören.

»Bastard!« kreischt er, als die Dosis wieder erhöht wird. »Verdammter Bastard! Okay. Okay. Nicht noch einmal. Ich rede ...«

Doch dann unterbricht ihn ein knarrendes Geräusch, die Tür fliegt auf. Durch dichten Nebel weht eine atemlose Männerstimme heran.

»Anton, draußen sind Regierungstruppen!« ruft der Mann in perfektem Englisch. »Dutzende Soldaten. Ich glaube, die haben Alacante. Vorhin wurde sein Haus von US-Agenten durchsucht. Der Tunneleingang ist immer noch geschlossen, aber sie werden ihn bald finden. Anton, sie sind hinter dir her. Wie sie's rausgefunden haben, weiß ich nicht. Aber sie wissen, daß du hier bist.«

*Die Stimme.* Ray versucht die schwebenden Fragmente seiner Gedanken zu verbinden. Diese Stimme kennt er.

»Orsino, gibt's einen anderen Weg nach draußen?« fragt Perchek.

»Durch diese Tür, Doktor. Da führt ein kurzer Tunnel zu einem Haus auf der anderen Straßenseite. Alacante hat ihn gegraben.«

»Jetzt muß ich zurück«, keucht die Stimme, »bevor sie den Haupttunnel finden – und mich.«

»Danke für die Warnung, mein Freund.«

»Falls ich irgendwas tun kann, du weißt, wie du mich erreichst.«

Knarrend schließt sich die Tür. Ein paar Sekunden lang hallen hastige Schritte wider. Und dann tiefe Stille. In diesen wenigen Sekunden konzentriert sich Rays umnebeltes Gehirn auf die Stimme.

*Sean Garvey!*

»Garvey, Sie Bastard! Sie Hurensohn!« schreit er und erinnert sich an den Augenblick, wo er zusammen mit seinem Boß von Alacantes Männern verschleppt wurde.

*Oft genug hatte ich das Gefühl, daß irgendwas mit Garvey faul ist,* denkt er. *Wie leichtsinnig, nicht drauf zu achten – wie dumm …*

»Mr. Santana, offensichtlich muß die Therapie vorzeitig beendet werden«, bemerkt Perchek.

Irgendwo im oberen Stockwerk wird eine Tür zertrümmert, Schüsse krachen.

»Doktor, ich glaube, wir sollten gehen«, sagt Orsino.

»Da haben Sie recht, Mr. Orsino«, stimmt Perchek zu. »Aber nur bis zu einem gewissen Grad.«

Er wendet sich ab und greift in seinen Koffer. Als er sich wieder umdreht, hält er einen stumpfnasigen Revolver in der Hand. Und ehe Orsino reagieren kann, wird er in seinen Mund geschossen, der nur mehr zur Hälfte existiert. Sein Kopf fliegt nach hinten, in einer plumpen Pirouette wirbelt er herum, dann bricht er im Staub zusammen.

Im oberen Stock verstummen die Schüsse, Schritte nähern sich, und sie hören Stimmen. Der Doktor richtet die Automatic auf Santanas Stirn. Krampfhaft beißt Ray die Zähne zusammen und zwingt sich, die Augen offenzuhalten, denn er will alles sehen, bis zum letzten Moment.

Dann schenkt ihm Perchek jenes Lächeln, das er hassen und fürchten gelernt hat, senkt die Waffe, tritt vor und entleert die fast volle Spritze in die Ader. »Keine Bange, an dieser Dosis werden Sie sterben, bevor sie ihre volle Wirkung ausübt.« Hastig steigt er über Orsinos Leiche hinweg und läuft zum unterirdischen Fluchtweg.

»Garvey!« brüllt Santana. Sein letzter Zorn gilt nicht dem Wahnsinnigen, sondern dem Freund, der ihn verraten hat. »Garvey, dafür werden Sie in der Hölle schmoren!«

Wenig später explodiert sein Nervensystem in einem Schmerzensvulkan. Er schreit unentwegt, wirft den Kopf hin und her, beißt in seine Lippen, wirft sich seitwärts zu Boden. In allen Nerven und Fasern seines Körpers verstärkt sich der Schmerz.

»*Garveeeey!*«

*

Schweißüberströmt richtete sich Walter Concepcion im Bett auf. Nach über sieben Jahren war er fast immun gegen den Alptraum geworden. Aber gewisse Rückreisen in jenen Keller, in die Domäne des Doktors, erschienen ihm immer noch schlimmer als andere. Und diese – die erste, seit er seine Heimat Tennessee vor ein paar Wochen verlassen hatte, um nach New York zu ziehen – übertraf alle Höllenqualen.

Der Schmerz hatte die Erinnerungen geweckt. So wie immer. Dieser elektrische Nervenschmerz begleitete fast jede Minute seines Lebens, nachdem der Doktor vor sieben Jahren die Spritze in seinen Körper entleert hatte. Mit bebenden Fingern ergriff er einen Zipfel des Lakens, wischte sich die Stirn ab und tastete in der Schublade des Nachttischchens nach der Bibel, die er ausgehöhlt hatte, um sein Percodan zu verwahren. Alles durfte man aus seinem Pensionszimmer entwenden, sogar seine Waffe. Aber nicht das Percodan. Das verstand sein Doc zu Hause in Tennessee. Nach jahrelangen neurologischen Behandlungen, Psychotherapien, Gruppentherapien mit den Anonymen Alkoholikern und anonymen Drogensüchtigen und diversen Klinikaufenthalten hatte der Mann den Versuch aufgegeben, seinen Patienten zu kurieren, und schrieb nur mehr Rezepte aus. Das verstand auch der ortsansässige Apotheker, der den Vorrat regelmäßig aufstockte. Für diese Männer und andere, die Rays Geschichte kannten, war er eine Legende – der Mann, der Anton Perchek gefangen hatte.

Falls sich der chronische Schmerz nicht verstärkte, würde Santana mit den Pillen, die er daheim eingepackt hatte, einen Monat lang auskommen. Es widerstrebte ihm, seine Drogen auf der Straße zu beschaffen. Aber notfalls würde er es tun. Anton Perchek lebte, und jetzt wickelte er seine niederträchtigen Geschäfte in New York ab. Bevor der Mann nicht starb, konnte Ray die Stadt nicht verlassen.

Wie er von Harry erfahren hatte, war die Hypnose erfolgreich verlaufen. Bald würde Maura mit dem Kriminologen zusammentreffen, den ihr Bruder kannte. Gemeinsam wollten sie Computerausdrucke des Porträts produzieren, mit verschiedenen Tarnmasken. Und diese Zeichnungen sollten in allen New Yorker Krankenhäusern ausgehängt werden. Santanas Plan war ganz einfach – er mußte den Doktor immer wieder attackieren und irritieren. Früher oder später würde er einen Fehler machen.

Er warf zwei Percodan in seinen Hals und spülte sie mit einem Glas Wasser hinunter. Dann suchte er seine Kleidung für das Treffen mit Page aus. Er würde das Sportjackett tragen, um die Schulterhalfter und seine .38er zu verbergen. Wenn er auch nicht mit Schwierigkeiten rechnete, er mußte sich auf alles gefaßt machen. Seit dem Verrat und der Festnahme in Nogales war er stets auf der Hut.

Deshalb zog er die Pistole unter dem Kopfkissen hervor und schraubte den Schalldämpfer ab. An jenem Abend im Central Park hatte das sperrige Ding bestens funktioniert. Aber es beeinträchtigte die Zielgenauigkeit. Und außerdem – wenn er Anton Perchek endlich gegenüberstand, wenn er die .38er auf einen Punkt zwischen den Augen richtete und abdrückte, sollte der Doktor den Knall hören.

## 27

»Die Besprechung wird nicht besonders angenehm verlaufen«, meinte Mel Wetstone, während er mit Harry zum Krankenhaus fuhr. »Aber ich versprech's Ihnen, Sie müssen sich keinen Scheiß von diesen Leuten anhören.« Er hatte Harry mit dem Mercedes abgeholt, der ihn – laut Phil – als Spitzenanwalt auswies. Ebenso wie der Deckel des Kofferraums waren alle vier Türen mit elektronischen Schließmechanismen versehen, und die hintere Couch – so was durfte man wohl kaum *Rücksitz* nennen – ließ sich verstellen.

Sicher war es beruhigend zu wissen, daß Wetstone genug Erfolge verbuchen konnte, um sich ein solches Transportmittel zu leisten. Aber an diesem Tag attackierte der Mercedes Harrys Midlife-Crisis-Gefühle seiner eigenen Unzulänglichkeit. Und bei jedem Häuserblock, den sie passierten, sank sein Selbstwertgefühl noch mehr in sich zusammen, wie ein leckes Schlauchboot. Glücklicherweise mußte er nur mehr wenige Häuserblocks verkraften, bis sie ihr Ziel erreichen würden. »Hat Sam Rennick erwähnt, wie sie sich verhalten wollen?« fragte er.

»Sam tut recht geheimnisvoll. Aber eins steht fest – er wird keinen der Punkte akzeptieren, die wir vorgelegt haben, weder Miss Hughes' Skizze noch die Raumpfleger-Theorie oder den Anruf des Killers in Ihrer Praxis. Die Gentlemen möchten Sie von der Klinik fernhalten, bis der Fall gelöst ist.«

»Können sie das?«

»Wahrscheinlich. In den Krankenhausgesetzen gibt's ein paar Nebenparagraphen, die ziemlich vage ausdrücken, wer wem dies oder jenes antun darf. Was sicher beabsichtigt ist. Falls Sie sozusagen abserviert werden – und glauben Sie mir, vorher spielen wir einige Trümpfe aus – können wir eine gerichtliche Verfügung erwirken. Aber wir müßten einen verständnisvollen Richter finden. Da wäre es schon eine bessere Idee, den Angriff hier und jetzt abzuwehren, und genau das habe ich vor.«

Harry starrte durch das getönte Fenster auf die Szenerie, die an ihm vorbeiglitt. Wollte man ihn vom Dienst suspendieren? Das mußte verhindert werden. Erstens waren die Patienten sein emotionaler und finanzieller Lebensnerv. Und zweitens – wenn er nicht im Krankenhaus arbeitete, wäre es viel schwieriger, den Killer unter Druck zu setzen. Diese Strategie würde vielleicht zum Erfolg führen. Darauf hatten seit der Zusammenarbeit mit Concepcion einige Anhaltspunkte hingewiesen.

An diesem Vormittag traf sich Maura mit Lonnie Sims, dem Freund ihres Bruders. Der ›Streber‹ hatte Zugang zur graphischen Software, die man benutzte, um gemeinsam mit Tatzeugen das Aussehen von Verdächtigen zu eruieren. Gemeinsam wollten sie Lauras Skizze mit Farben und Details fotografische Schärfe verleihen. Dabei würden Farbfotos entstehen, *en face* und *en profil*. Danach würden sie gewisse Einzelheiten hinzufügen oder weglassen, um mehrere Porträts des Mannes in verschiedenen Masken herzustellen.

Als Harry und der Anwalt zum zweitenmal seit Evies Tod den MMC-Konferenzraum betraten, wirkte die Atmosphäre förmlicher – und bedrohlicher. Rings um den wuchtigen Tisch standen mehrere Mikrophone. Alle Darsteller des ersten Dramas hatten sich eingefunden, zusammen mit einigen Neulingen – Mitglieder des MMC-Aufsichtsrats, die Oberärzte einzelner Abteilungen, die Oberschwestern von Alexander 9 und Alexander 5, Caspar Sidonis und ein Gerichtsstenograph. Neben dem Anwalt der Klinik saß jemand, den Harry nicht kannte – ein grobschlächtiger Mann in einem schäbigen blauen Anzug.

Steve Josephson drückte Harrys Hand, und Doug Atwater lächelte unbehaglich. »Freut mich, daß wir miteinander reden können, bevor's losgeht, Harry«, flüsterte er. »Wahrscheinlich hast du's mißverstanden, was ich bei unserem letzten Telefongespräch sagte. Ich dachte, es wäre am besten für dich. Aber du hast es offenbar in die falsche Kehle gekriegt. Glaub mir, ich stehe immer noch hundertprozentig hinter dir.«

Obwohl ein halbes Dutzend sarkastischer Antworten auf Harrys Zunge lagen, sprach er keine einzige aus. Das verdiente Atwater nicht. Im Lauf der Jahre hatte er Harrys Kampf um eine angesehene Position der Allgemeinmedizin im MMC stets unterstützt. Und er hatte Harry nur vorgeschlagen, vorübergehend den Dienst zu quittieren, weil er die Besprechung vermeiden wollte, die nun stattfinden sollte. Unweigerlich würde man Harry im Lauf der Verhandlung demütigen und letzten Endes beiseite schieben. »Klar, das verstehe ich, Doug. Aber ich habe nichts verbrochen, und deshalb weigere ich mich, kampflos das Feld zu räumen.«

»Dann mach ihnen die Hölle heiß«, wisperte Atwater und grinste aufmunternd.

Sam Rennick erläuterte die Grundregeln, die er gemeinsam mit Mel Wetstone aufgestellt hatte. Zunächst würden die Zeugen aussagen und dann die Fragen beider Anwälte beantworten. Harry erhielt die Erlaubnis, nach jeder Zeugenaussage das Wort zu ergreifen. Aber er durfte die Zeugen nicht direkt ansprechen und nur die Fragen seines Anwalts beantworten. Nach dem Abschluß der Verhandlung würden die Direktionsmitglieder und Ärzte eine geheime Abstimmung durchführen, um über sein Schicksal zu entscheiden.

»Bevor Sie beginnen, Mr. Rennick«, sagte Doug Atwater, »möchte ich betonen, daß Dr. Corbetts Zusammenarbeit mit der Manhattan Health Cooperative fortgesetzt wird, solange er Zugang zu dieser Klinik hat und seine Patienten hier betreuen kann.«

Da die MHC ihre Ärzte stets selber aussuchte, hätte sie Harry einfach von ihrer Liste streichen können. Dann wäre diese Verhandlung überflüssig geworden. Eine solche Maßnahme hatte er befürchtet. Und nun war er doppelt froh, daß er sich bei seinem kurzen Gespräch mit Atwater beherrscht hatte.

Die Oberschwester von Alexander 9 machte den Anfang, indem sie die Aussagen der Schwestern vorlas, die zum Zeitpunkt von Evies Tod im Dienst gewesen waren. Niemand außer Maura Hughes bezweifelte, daß Harry seine Frau vor der tödlichen Gehirnblutung als letzter besucht hatte. Detailliert berichtete Sue Jilson von seiner Absicht, einen Milchshake zu holen und dann zu Mrs. Corbett zurückzukehren. Der Anwalt des Krankenhauses bat die Schwester, die Sicherheitsvorkehrungen in ihrer Abteilung zu erläutern. Dann erkundigt er sich nach Maura Hughes' Zustand.

»Geradezu ein klassischer Fall von Delirium tremens«, erwiderte die Oberschwester. »Rastlos und aggressiv. Sie schwitzte sehr stark und war meistens desorientiert. Wenn sie dem Personal nicht vorwarf, man würde sie ignorieren, kämpfte sie gegen imaginäre Insekten. Fast die ganze Zeit stand sie unter dem Einfluß von Medikamenten. Trotzdem war sie eine sehr anstrengende Patientin.«

Harry und Mel Wetstone wechselten einen Blick. Natürlich wußte der MMC-Anwalt, daß Mauras Zeichnung vorgelegt werden sollte, und nun versuchte er, ihre Glaubwürdigkeit zu erschüttern. Deshalb hatte Harry ihr davon abgeraten, an der Verhandlung teilzunehmen und das Porträt selbst zu präsentieren. Vorsorglich hatte Mel ihn gewarnt und prophezeit, was man ihr zumuten würde.

Nun räusperte sich der Anwalt, nippte an seinem Wasserglas und schenkte der Schwester ein frostiges Lächeln. »Tut mir leid, daß Miss Hughes Ihrer neurochirurgischen Abteilung zur Last gefallen ist.«

Aber der Sarkasmus entging ihr. »Danke.«

»Sie haben kein Mitleid mit Alkoholikern, nicht wahr?«

»Kann ihnen irgend jemand solche Gefühle entgegenbringen?«

Er wartete eine Weile, bis sämtliche Zuhörer die Bedeutung dieser Antwort erkannt hatten. »Allerdings – manche Leute denken anders darüber. Die American Medical Association hat den Alkoholismus offiziell zur Krankheit erklärt, ebenso wie die American Psychiatric Association. Hoffentlich betreffen Ihre Vorurteile nicht zu viele andere Krankheiten. Ich habe keine weiteren Fragen an Sie.«

Errötend legte sie ihre Notizen zusammen und starrte einen Punkt an, der ihr alle Blickkontakte ersparte. Falls Wetstone das Gewicht ihrer Aussage nicht vollends entkräftet hatte, so war es doch verringert worden. Er wandte sich zu Harry. »Haben Sie Miss Hughes seit ihrer Entlassung aus der Klinik getroffen, Dr. Corbett?«

»Ja.«

»Und wie geht's ihr?«

»Recht gut. Nach der Operation hat sie nicht mehr getrunken, und sie beginnt wieder zu malen.« Auf diese Notlüge hatten sie sich am Vortag geeinigt.

»Ach ja, sie ist eine begabte, anerkannte Künstlerin. Haben Sie eine ihrer Zeichnungen bei sich?«

»Eine Kopie, in mehrfacher Ausführung. Miss Hughes konnte sich nicht an die Gesichtszüge des Mannes erinnern, und so ging sie zu einem Hypnotiseur.«

»Pavel Nemec, nicht wahr?«

Wie das Gemurmel verriet, war der Ungar den meisten Anwesenden bekannt.

»Ob er ein Arzt ist, weiß ich nicht«, fuhr Harry fort. »Aber er half ihrem Gedächtnis nach. Dazu brauchte er nur fünfzehn bis zwanzig Minuten.«

»Mr. Rennick«, sagte Wetstone, »hier ist Pavel Nemecs notariell beglaubigte Aussage. Er ist sich sicher, daß die bewußte Skizze das Gesicht des Mannes darstellt, der um neun Uhr achtundzwanzig ins Zimmer 928 kam – nachdem Dr. Corbett weggegangen war, um einen Milchshake für seine Frau zu holen.« Bevor er weitersprach, wartete er, bis alle einflußreichen Verhandlungsteilnehmer eine Kopie erhielten. »Haben Sie den Mann gesehen, den dieses Porträt zeigt, Mr. Corbett?«

»Ja. Er trug die Kleidung eines Hauswarts, und bei meiner Ankunft schob er vor dem Zimmer 928 eine Poliermaschine über den Boden. Als ich wegging, war er immer noch da. Aber bei meiner Rückkehr ließ er sich nicht mehr blicken.«

»Sind Sie sicher?«

»Ganz sicher. Auf dieser Zeichnung ist er sehr gut getroffen. Maura Hughes hat einen unglaublichen Blick für Einzelheiten. Und sie erinnert sich sogar an die Farbe seiner Krawatte, in der eine Nadel steckte.«

Einige Leute brachen in Gelächter aus.

»Wie grotesk«, murmelte Caspar Sidonis, aber laut genug, so daß es alle hörten.

»Und dieser Mann, Dr. Corbett ...« Emphatisch schwenkte Wetstone die Skizze umher. »Dieser Mann wartete den geeigneten Augenblick ab, schlüpfte in einen Arztkittel, den er aus dem Gehäuse seiner Poliermaschine genommen hatte, ging ungeniert ins Zimmer 928 und verabreichte Ihrer Frau die tödliche Aramin-Dosis.«

»Ja, ich glaube, genau das hat er getan«, bestätigte Harry.

Die meisten Gesichter musterten ihn ausdruckslos. Aber er spürte, daß die Mehrheit immer noch an ihm zweifelte. Kommentarlos bedeutete Wetstone dem MMC-Anwalt, er habe keine weiteren Fragen an seinen Mandanten. Da es, zumindest theoretisch, die Aufgabe der Klinik war, Gegenbeweise zu erbringen, würde kein Kreuzverhör stattfinden. In diesem Punkt hatte Mel gewonnen.

Nun stellte Sam Rennick den Mann im schäbigen blauen Anzug vor – Willard McDevitt, Chefhauswart im MMC. Der etwa fünfzigjährige Mann mit den geröteten Wangen und einer Nase, die offensichtlich mehrfach gebrochen worden war, sprach im Brustton der Überzeugung und schien zu glauben, er könnte sich niemals irren. Irgendwie erinnerte er Harry an Bumpy Giannetti, den Rabauken, der ihn nach Schulschluß regelmäßig verfolgt und verprügelt hatte, von der siebten bis zur zehnten Klasse. Würde Bumpy ihn jetzt, wo er der Hauptverdächtige in zwei Mordfällen war, endlich respektieren?

»Mr. McDevitt, erkennen Sie den Mann auf dieser Zeichnung?« fragte Rennick.

»Nein, den habe ich noch nie im Leben gesehen«, erwiderte McDevitt und schaute triumphierend zu Harry hinüber.

»Und der Mann, der in der Mordnacht den Boden vor dem Zimmer 928 poliert hat? Der vermeintliche Mörder?«

»Also, wenn in Alexander 9 eine Poliermaschine aufgetaucht ist, muß sie zu meiner Ausrüstung gehört haben, und die wird nur von meinen Leuten benutzt.«

»Könnte jemand einen solchen Apparat ins Krankenhaus mitgebracht haben?«

»Möglich ist alles. Aber diese Dinger wiegen fast fünfhundert Pfund und sind so groß wie ein Wäschetrockner. Wie sollte man so was unbemerkt ins Krankenhaus schmuggeln?«

»Und wenn die Maschine aus ihrem Geräteraum entwendet wurde?«

»Höchstens mit Waffengewalt. Ich habe ein Ausgabesystem entwickelt, um unbefugte Leute von unseren Sachen fernzuhalten. Jeder Schraubenschlüssel muß vermerkt werden. Und eine fünfhundert Pfund schwere Poliermaschine verschwindet nicht so leicht.«

»Danke, Mr. McDevitt.« Rennick nickte Wetstone zu, ohne ihn anzuschauen, was Harry nicht entging. Zynisch amüsierte er sich über die albernen Spielregeln eines Berufs, in dem solche diskreten Pantomimen akzeptiert wurden und sogar zur Tagesordnung gehörten. Dann beobachtete er, wie Sidonis dem Direktionsmitglied, das an einer Seite saß, etwas zuflüsterte und dabei auf ihn zeigte. Vielleicht waren die Pantomimen in der medizinischen Welt etwas subtiler, aber gewiß genauso abscheulich wie in der juristischen.

»Wo werden die Poliermaschinen verwahrt, Mr. McDevitt?« begann Wetstone.

»In einem Kellerraum, hinter einer doppelt verschlossenen Tür. Nur ich und Gus Gustavson, mein Vize, besitzen Schlüssel. Und die Ausgabe jeder Poliermaschine muß von ihm oder mir schriftlich bestätigt werden.«

»Ich verstehe. Trotzdem muß ich Sie fragen – könnte ein Mann, der nicht für Sie arbeitet, an ein solches Gerät herankommen?«

»Unmöglich.«

*Schon wieder dieser Blick.* Harry erwiderte ihn, was er bei seinen Konfrontationen mit Bumpy Giannetti niemals gewagt hatte, hielt ihm stand und brachte sogar ein schwaches Lächeln zustande. Hätte Wetstone ihn über den nächsten Teil seiner Strategie informiert, wäre das Grinsen viel breiter ausgefallen. Der Anwalt stand auf, öffnete die Tür und trat zurück. Sekundenlang herrschte tiefe Stille, die dann von einem surrenden Geräusch unterbrochen wurde. Ein großer blonder Mann im braunen Overall der MMC-Wartung mit einer Kennkarte an der Brusttasche schob eine dröhnende Maschine herein und begann die Fliesen rings um den plüschigen Orientteppich zu polieren. Am Rand des Geräts stand in roten Buchstaben: MMC-EIGENTUM.

»Was zum Teufel ...« rief McDevitt.

Wetstone nickte dem Neuankömmling zu, der die Poliermaschine ausschaltete. »Kennen Sie diesen Mann, Mr. McDevitt?«

»Nein.«

»Mr. Crawford, arbeiten Sie in diesem Krankenhaus?«

»Nein.«

»Wo haben Sie dieses Gerät geholt?«

»Aus einem Kellerraum. An der Tür steht ›Wartung‹.«

»War es schwierig?«

Der blonde Mann grinste. »Ein Kinderspiel. Jetzt bringe ich das Ding zurück, wenn's okay ist.«

Während er die Poliermaschine aus dem Konferenzraum rollte, begannen alle gleichzeitig zu reden und zu gestikulieren. Harry bemerkte, daß mehrere Ärzte lachten, und Willard McDevitt sah aus, als wollte er Wetstone an die Kehle springen. Statt dessen hörte er dem MMC-Anwalt zu, der flüsternd auf ihn einsprach, schob seinen Stuhl zurück und stelzte hinaus. Mel verzichtete auf ein selbstgefälliges Lächeln. Seelenruhig saß er da und beobachtete die Wirkung seiner Posse. Zum erstenmal gewann Harry den Eindruck, die Stimmung im Konferenzraum könnte zu seinen Gunsten umschlagen. Vielleicht dachten die Leute, wenn Rennick und sein Zeuge sich bezüglich der Poliermaschine irrten, mochten ihnen auch in anderer Hinsicht Fehler unterlaufen.

»Moment mal, verdammt!« Offensichtlich verlor Caspar Sidonis die Geduld. Er eilte zum Kopfende des Tisches, und Owen Erdman rückte seinen Stuhl beiseite, um ihm Platz zu machen. »Dieser Mann ist ein mieser Winkeladvokat!« fauchte Sidonis und zeigte auf Wetstone. »Mit seinen miesen Tricks versucht er Sie, von den wesentlichen Punkten dieses Falls abzulenken. Und ich fürchte, Sam, Sie haben's ihm ziemlich leicht gemacht. Das ist kein Gerichtssaal, sondern ein Krankenhaus, und wir sind nicht hierhergekommen, um juristische Spitzfindigkeiten zu diskutieren, sondern um das Vertrauen unserer Patienten zu rechtfertigen – die genausogut andere Kliniken aufsuchen könnten. Deshalb müssen wir verhindern, daß das MMC in ganz New York City lächerlich gemacht wird. Und wir wollen die Medizinstudenten auch weiterhin veranlassen, ein Praktikum bei uns zu absolvieren.«

Der Mann ist gut, verdammt gut, dachte Harry anerkennend. Um den Mord an Evie und die Demütigung im Auditorium zu rächen, lief Sidonis zu großer Form auf. Die Leidenschaft, die ihn beflügelte, entsprang seinem Haß gegen Harry, seiner Überzeugung von dessen Schuld.

Wieder einmal versuchte Harry, die Atmosphäre im Konferenzraum einzuschätzen. Jetzt sah es nicht mehr so gut für ihn aus. Wetstone richtete sich auf, als wollte er Sidonis widersprechen. Doch er besann sich eines Besseren und sank in seinen Sessel zurück. Wenn er sich gegen den einflußreichen

Chef der kardiologischen Abteilung stellte, würde er seinem Mandanten womöglich schaden.

»Ja, ich hatte ein Verhältnis mit Evie DellaRosa, das gebe ich freimütig zu«, fuhr Sidonis fort. »Schon seit Jahren existierte ihre Ehe mit Harry Corbett nur mehr auf dem Papier. Am Abend bevor sie in unsere Klinik kam – einen Tag vor ihrem Mord – erzählte sie ihm von uns. Das weiß ich. Und deshalb hatte er ein Motiv. Und noch eines – eine Zweihundertfünfzigtausend-Dollar-Versicherungspolice. Die Gelegenheit, die er fand, um das Verbrechen zu verüben, wurde bereits von den Schwestern bezeugt. Und die Methode konnte nur ein Arzt wählen. Natürlich besteht die entfernte Möglichkeit, daß Dr. Corbett unschuldig ist und seine verrückte Theorie der Wahrheit entspricht. Aber nicht einmal seine Unschuld würde irgend etwas an einer unumstößlichen Tatsache ändern – zwei unserer Patienten, die in enger Verbindung mit ihm standen, sind gestorben. Auf Kosten unserer Klinik schlachten die Medien diesen Fall hemmungslos aus. Allmählich verlieren wir das Vertrauen der Öffentlichkeit, das wir uns so hart erkämpft haben. Harry Corbett schuldet diesem Hospital Respekt und Rücksichtnahme. Deshalb sollte er auf seinen Dienst verzichten, bis der Mordfall geklärt ist. Da er sich weigert, seine Pflicht zu tun, müssen *wir* in Aktion treten. Ich versichere Ihnen hier und jetzt – ich werde nicht länger in einem Institut arbeiten, das unfähig ist, für sich selbst und seine Patienten einzustehen und die richtigen Maßnahmen zu ergreifen. Danke.«

Erschöpft – oder nur scheinbar entkräftet – stützte er sich auf mehrere Stuhllehnen, als er zu seinem Platz zurückkehrte. Wetstone seufzte tief auf, und Harry senkte entmutigt den Kopf. Mit seiner Ansprache hatte Sidonis die Klinik an ihren beiden empfindlichsten Stellen getroffen – ihrer Reputation und ihrem Geldbeutel.

*Weltberühmter Herzspezialist verläßt Hospital wegen*

*Mordverdachts gegen Dr. Corbett* – vor Harrys geistigem Auge erschien die nächste Schlagzeile der *Daily News*.

Als er sich zu Wetstone wandte, flog die Tür auf und Owen Erdmans ansonsten unerschütterliche Sekretärin stürmte herein. »Verzeihen Sie, Dr. Erdman«, entschuldigte sie sich atemlos, »ich habe versucht, die Leute zurückzuhalten. Aber sie wollten nicht auf mich hören. Sandy hat schon den Sicherheitsdienst verständigt. In ein paar Minuten werden die Beamten heraufkommen.«

Sie trat beiseite, und eine kleine Schar marschierte in den Konferenzraum, angeführt von Mary Tobin. Hinter ihr erschienen Marv Lorello, alle anderen Mitglieder der allgemeinmedizinischen Abteilung und einige von Harrys Patienten, manche mit ihren Kindern im Schlepptau. *Zwei Dutzend Leute, schätzte Harry. Eher drei.* Er erkannte Clayton Miller, den er gemeinsam mit Steve Josephson mittels eines Aderlasses von einem gefährlichen Lungenödem befreit hatte.

Während sich die Gruppe an einem Ende des Raums versammelte, ging Harrys Patientin Mabel Espinoza zum Tisch, begleitet von zwei Enkelkindern, die sich an ihren Rock klammerten. »Ich bin Mabel Espinoza«, stellte sie sich mit ihrem ausgeprägten Latino-Akzent vor. Aber es fiel niemandem schwer, ihre Worte zu verstehen. In ihrer würdevollen Haltung, die Harry stets bewundert hatte, zog sie alle Blicke auf sich. »Ich bin einundachtzig Jahre alt. Seit zwanzig Jahren betreut Dr. Corbett meine Familie und mich. Nur weil ich einen so großartigen Arzt habe, lebe ich immer noch. Das würden auch viele andere seiner Patienten sagen. Wenn ich zu krank bin, um in die Praxis zu kommen, besucht er mich zu Hause. Und wenn jemand nicht zahlen kann, ist er sehr geduldig. Dieses Gesuch wurde von über zweihundert Leuten unterzeichnet, innerhalb eines einzigen Tages. Auch von mir. Danke.«

»Das war die Idee Ihrer Mary«, flüsterte Wetstone in Harrys Ohr. »Aber ich hätte nie gedacht, daß sie's schaffen würde.«

Nun ergriff eine andere Frau das Wort, die sich als Doris Cummings vorstellte, Lehrerin an einer Schule in Harlem. Sie las das Gesuch vor, das zweihundertdrei von Harrys Patienten unterschrieben hatten und das erläuterte, warum ihre Familien auf ihn angewiesen waren. »... Wenn Dr. Corbett ohne ersichtlichen Grund von seinem Dienst am Manhattan Medical Center suspendiert wird, werden wir uns in Zukunft an eine andere Klinik wenden. Außerdem werden wir aus der Manhattan Health austreten. Dieser Mann spielt eine entscheidende Rolle für unser Wohlbefinden. Deshalb wollen wir ihn nicht verlieren.«

Marv Lorello flüsterte Doris Cummings etwas zu. Dabei zeigte er auf Owen Erdman. Sie ging um den Tisch herum und legte dem MMC-Präsidenten das Gesuch vor. Gegenüber von Harry mischte sich eine distinguierte Frau namens Holden, ehemals Vorsitzende des Verwaltungsaufsichtsrats, eine Träne von der Wange. Zu ihrer Rechten stand Mary Tobin und strahlte wie die Mutter eines Kindes, das soeben mit Auszeichnung promoviert hatte.

Nun sprach Marv Lorello im Namen der allgemeinmedizinischen Abteilung und bezeichnete Harry als unschätzbaren Freund und leuchtendes Vorbild aller praktischen Ärzte, insbesondere der Berufsanfänger. Er las eine Erklärung vor, die sämtliche Allgemeinmediziner im MMC unterzeichnet hatten. Falls man Harry ohne stichhaltigen Beweis für seine Schuld vom Dienst suspendieren sollte, würden sie das Hospital verlassen. Nachdem er das Papier auf das Gesuch der Patienten gelegt hatte, führte er die Gruppe hinaus.

Es gab keine weitere Diskussion, und die Abstimmung war nur mehr eine Formsache, obwohl sich zwei der zwölf Stimmberechtigten gegen Harry aussprachen. Sobald das Resultat bekanntgegeben worden war, verließ Caspar Sidonis den Konferenzraum.

»Was für eine imposante Show, Dr. Corbett!« bemerkte Erdman kühl. »Es wäre wirklich tragisch, wenn sich herausstellen würde, daß Sie diese Loyalität nicht verdienen. Haben Sie noch etwas zu sagen?«

»O ja. Ich möchte mich für das Ergebnis der Abstimmung bedanken, und ich werde meine Unschuld beweisen, indem ich den wahren Mörder finde. Wenn ich sein Porträt in der Klinik aushängen darf ...«

»Ausgeschlossen!« stieß Erdman hervor. »Mein Personal wird die Kopien dieser Skizzen diskret verteilen. Aber wir werden die Öffentlichkeit nicht zu der Vermutung veranlassen, ein Mörder könnte, als Hauswart getarnt, hier eindringen und unsere Patienten umbringen. In diesem Punkt müssen Sie sich unseren Wünschen fügen.«

Harry schaute seinen Anwalt an, der die Achseln zuckte und nickte.

»In diesem Fall dürfen Sie ihre Tätigkeit an unserer Klinik fortsetzen«, entschied Erdman.

»Fahren Sie nach Hause?« fragte Wetstone, als sie das MMC verließen.

»Nein, ich gehe in die Praxis. Ich glaube, Mary hat einen Lunch verdient.«

»Am besten im Ritz.«

## 28

Das Thermometer an der Mauer neben dem Eingang zur U-Bahnstation Battery Park hing im grellen Sonnenlicht. Trotzdem – fünfunddreißig Grad waren fünfunddreißig Grad. Als Jim Stallings zur Treppe ging, in einer Hand die Aktentasche, in der anderen das zerknitterte Jackett, schwitzte er, fühlte sich gräßlich und verfluchte seine Vorliebe für dunkle Hemden. Sicher, sie gefielen ihm, und sie bildeten einen eindrucksvollen Kontrast zu den weißen Hemden seiner Kollegen. Aber es war einfach albern, an einem solchen Tag Königsblau zu tragen.

Nun, in letzter Zeit hatte er viele Dummheiten gemacht.

In der Station herrschte dichtes Gedränge. Touristen, die Ellis Island und die Freiheitsstatue besichtigt hatten, mischten sich unter die Passagiere der Staten-Island-Fähre und eine Teenagerschar in Camp-Cityside-T-Shirts. Fast jeder beklagte die Hitze. Stallings zwängte sich hinter zwei Cityside-Mädchen durch die Sperre. Kichernd schwatzten sie über einen Jungen, dem man verboten hatte, am Ausflug teilzunehmen. Stallings hörte zu und versuchte herauszufinden, was der Junge verbrochen hatte und wohin sie alle fahren würden. Ehe er irgendwas in Erfahrung bringen konnte, gesellten sich die beiden Mädchen zu den anderen Campern, und eine kreischende Phalanx stürmte die breiten Stufen hinab.

Am Bahnsteig wartete ein Zug. Battery Park war die Endstation. Deshalb fand man fast immer einen Platz, sogar während der Rush-hour. Aber diesmal mußte Stallings stehen. Wie er den ärgerlichen Stimmen ringsum entnahm, würde sich die Abfahrt verzögern. Der Waggon war klimatisiert, der Schacht natürlich nicht. Mit den Fahrgästen strömte stickige, heiße Luft herein und verscheuchte die schwache kühle Brise, die aus der Klimaanlage wehte. Unter Stallings' Armen klebte das schweißnasse Hemd an der Haut. Er schaute durchs Fenster, beobachtete die Menschenmassen, die sich die Treppe herab und über den Bahnsteig wälzten. Bevor Loomis zur Crown zurückkehrte, sollte er zehn Minuten warten. Wahrscheinlich war's bald soweit.

Nicht, daß es eine Rolle spielte, wenn sie im selben Zug landeten. Solange sie nicht im selben Waggon fuhren … Aber

Stallings, der niemals nervös oder paranoid gewesen war, hatte Angst. *Eine irrationale Angst*, versuchte er sich einzureden.

Sir Lionel hatte die Tafelrunde gefährdet und einen plötzlichen mysteriösen Tod erlitten. Etwa ein Jahr später war Evelyn DellaRosa im Krankenhaus ermordet worden. Auch sie hatte die Wege der Ritterschaft gekreuzt. In *ihrem* Körper war das tödliche Gift gefunden worden. Gab es einen Zusammenhang zwischen den beiden Fällen? *Möglich, aber zweifelhaft*, dachte Stallings. Und nun mußte er in vierundzwanzig Stunden eine Liste von stationär behandelten Patienten vorlegen, die das Zeitliche segnen sollten. Oder er würde die Tafelrunde gefährden.

Sicher war's richtig, mit Kevin Loomis zu reden, entschied er. Ein geradliniger, anständiger Kerl. Wenn ich ihn auch nicht restlos überzeugt habe – sobald er sich näher mit dem Problem beschäftigt, wird er die Wahrheit erkennen. Dann werden wir gemeinsam eine Lösung finden … Er wischte sich mit einem Hemdsärmel den Schweiß von der Stirn. Mittlerweile war der Waggon überfüllt, die Hitze unerträglich, und es würde nicht mehr allzulange dauern, bis jemand zusammenbrach. »He, passen Sie doch auf!« rief ein Fahrgast.

»Gehen Sie zum Teufel!« lautete die Antwort.

Eine bucklige alte Frau mit einer vollgestopften Einkaufstasche quetschte sich zwischen Stallings und die Sitze. Als sie stehenblieb, bohrte sie ihren Schuhabsatz in seine Zehen. Er entschuldigte sich und zog seinen Fuß hervor. Mit blutunterlaufenen Augen starrte sie ihn an und murmelte etwas, was er glücklicherweise nicht verstand.

Endlich schlossen sich die Türen, und ein paar Sekunden lang schienen den Fahrgästen neue Qualen zu drohen. Aber dann setzte sich der Zug fast widerstrebend in Bewegung. Stallings war größer als die meisten Leute ringsum. Die Aktentasche und das hoffnungslos zerknitterte Jackett in der linken Hand, konnte er sein Gleichgewicht halten, indem er einerseits die Stange über dem Kopf der alten Lady umklammerte und andererseits von den Menschenmassen gestützt wurde. Da er täglich mit der U-Bahn von der Upper East Side zur Arbeit fuhr, war er ein leidgeprüfter und sehr toleranter Pendler. Aber so elend hatte er sich noch nie gefühlt. Um alles noch schlimmer zu machen, schwankte der Waggon gnadenlos hin und her. Vielleicht wollte der Fahrer den Zeitverlust aufholen.

Der Schuhabsatz der alten Lady landete wieder auf seinem Fuß. Diesmal stieß er sie beiseite, womit er sich einen vernichtenden Blick und ein weiteres Schimpfwort einhandelte. Wenig später ging ein heftiger Ruck durch den Waggon und schleuderte mehrere Leute gegen Stallings. Er spürte einen schmerzhaften Stich in der rechten Seite, über dem Gürtel. Eine Biene? Eine Mücke? Er griff nach unten und strich über die Stelle. Nun war das brennende Gefühl fast verflogen. Das Hemd steckte immer noch rundum in der Hose. Ehe er wieder nach der Metallstange greifen konnte, warf ihn ein neuer Ruck gegen die Fahrgäste, die hinter ihm standen.

»Halten Sie sich doch fest, um Himmels willen!« schrie eine Stimme, als er zurückgeschleudert wurde.

»Idiot!« fügte jemand anderer hinzu.

»Tut mir leid«, murmelte Stallings und überlegte immer noch, was der sonderbare Stich bedeuten mochte. Er war schon oft gestochen worden, von Bienen und Mücken, und nicht allergisch dagegen. Aber – durchs Hemd hindurch? Das hatte er noch nie erlebt.

Bevor der Zug in die City Hall Station einfuhr, wurde sein Tempo gedrosselt. Einige Fahrgäste bahnten sich einen Weg zu den Türen, und das Gedränge verstärkte sich.

»Verzeihen Sie.« Eine Frau versuchte sich an Stallings vorbeizuschieben. »Sir?«

Er konnte nicht antworten. Heftig hämmerte sein Herz

gegen die Rippen. In seinen Ohren donnerte der Puls wie Artilleriefeuer. Eine grausige Übelkeit und ein Schwindelgefühl erfaßten ihn, der Schweiß rann in Strömen über sein Gesicht. Immer schneller drehten sich die Lampen im Waggon. Er mußte sich hinlegen – sofort.

»He, was machen Sie denn?« schrie jemand.

Seine Hand war von der Stahlstange geglitten.

»He, Kumpel …«

Stallings' Knie knickten ein, sein Kopf sank nach hinten.

Unkontrolliert zuckten Arme und Beine. Füße trafen ihn, als die Leute zurückzuweichen versuchten, und er spürte, wie er in seine Unterlippe biß. Aber er empfand keinen Schmerz. Ein Wortschwall drang zu ihm. Wie ein fernes Echo durch einen Tunnel.

»Ein Herzinfarkt.« … »Irgendwas hat er im Mund.« … »Drehen Sie ihn herum! Auf die Seite!« … »Ich bin Sanitäter! Gehen Sie weg!« … »Jemand muß was tun.« … »Das will ich doch, Lady. Machen Sie Platz!« … »Jemand muß die Polizei holen …«

Immer undeutlicher wehten die Worte heran. Stallings fühlte, daß ringsum Leute knieten und ihn berührten. Darauf konnte er nicht reagieren. Seine Sinne schwanden, Blut rann von der Unterlippe zum königsblauen Hemd hinab, und er spürte, wie sich seine Blase entleerte. Nun wurden die verschwommenen Bilder von schwarzen Schatten verjagt, Stimmen und Geräusche verstummten …

Alle Leute im Gedränge konzentrierten sich auf Stallings – alle außer einem unscheinbaren Mann im bedruckten Sporthemd, der zwischen zwei Helfern hindurchgriff und den Henkel der Aktentasche packte. Langsam zwängte er sich durch das Gewühl und unterdrückte ein Lächeln. Was für einen komplizierten Plan Sir Gawaine geschmiedet hatte, um auf dem Weg zum Battery Park allen Beobachtern zu entrinnen … Natürlich hatte er nicht wissen können, daß eine Verfolgung überflüssig gewesen war. Routinemäßig installierte Galahad Wanzen in den Hotelzimmern aller Ritter – winzige Geräte, die dem neuesten Stand der Technik entsprachen.

Nun öffneten sich die Türen, und die Leute strömten auf den Bahnsteig. Gleichmütig ließ sich der Mann, der Stallings' Aktentasche trug, von der Menge treiben. Beim nächsten Häuserblock würde er die Spritze aus seiner Hosentasche ziehen und durch ein Kanalgitter werfen. Das Kardiotoxin, das er Stallings injiziert hatte, gehörte zu seinen Lieblingswaffen, ein besonderes Gift, außerhalb des unteren Amazonas fast unbekannt – so stark, daß der Rest in der Spritze immer noch genügen würde, um einen Menschen zu töten. Und die feine Nadel konnte durch eine Pore stechen, ohne eine sichtbare Wunde zu hinterlassen. Selbst wenn ein winziger Blutstropfen hervorgequollen war – im königsblauen Hemdenstoff würde er niemandem auffallen. Noch ein Hitzschlag. *Schön, einfach schön.*

Anton Perchek verließ die U-Bahnstation, als zwei Polizisten hineinstürmten. »Lassen Sie sich nur Zeit, Gentlemen«, flüsterte er. »Sie brauchen sich nicht zu beeilen.«

## 29

In Harrys Apartment hatte sich die Stimmung wesentlich gebessert. Walter Concepcion und Maura waren kurz nacheinander eingetroffen, beide mit erfreulichen Neuigkeiten.

Genau das brauchte er. Nach der Verhandlung war er vor seiner Praxis aus Mel Wetstones Mercedes gestiegen und hatte wieder die Schmerzen verspürt. Eher stechend als dumpf und beklemmend, waren sie vom Rücken zur Mitte des Brustbeins gekrochen. Allzulange dauerte der Anfall nicht, vielleicht drei oder vier Minuten. Und es war erträglich, aber der schlimmste Schmerz seit einer ganzen Weile. Er küßte Mary Tobin, um sich für ihre Hilfe zu bedanken, eilte zum Medikamentenschrank und nahm die Nitroglyzerinpillen heraus. Doch da ließ das stechende Gefühl bereits nach. Wenn's Angina pectoris ist, überlegte er, dann bestimmt kein klassischer Fall.

Trotzdem – Maura würde ihren Teil der Abmachung einhalten und mit Concepcion zu den Anonymen Alkoholikern gehen. Wenigstens ein Belastungs-EKG ... Harry ging zum Schreibtisch, wählte die Nummer eines befreundeten Kardiologen und ließ das Telefon tatsächlich einmal läuten, bevor er wieder auflegte. In Zukunft würde er die Nitroglyzerinpillen immer bei sich tragen und beim ersten Anzeichen dieser sonderbaren Attacken eine schlucken. Wenn das funktionierte und die Schmerzen aufhörten, hing das Problem wahrscheinlich mit seinem Herzen zusammen. Dann würde er den Kardiologen anrufen. Bis dahin konnte das Belastungs-EKG warten.

Anschaulich schilderte er die Verhandlung, nachdem Maura und Concepcion angekommen waren, besonders die Katastrophe, die ihm bei Caspar Sidonis' Rede gedroht hatte, dann Mel Wetstones und Mary Tobins bewundernswerte Aktivitäten.

»Weiß dieser Sidonis, in welcher Angelegenheit Ihre Frau recherchiert hat?« fragte Concepcion.

»Das bezweifle ich. Was ich über ihr Doppelleben herausgefunden habe, erzählte ich nur der Polizei. Es wäre sinnlos gewesen, Sidonis zu informieren. Er hätte es ohnehin nicht geglaubt.«

»Vermutlich ist er ein gefährlicher Feind. Halten Sie sich von ihm fern. Würde er die Klinik tatsächlich verlassen, wenn Sie weiterhin Ihren Dienst versehen?«

»Wohl kaum. Aber man weiß ja nie. Sidonis erweckte den Eindruck, er könnte einfach aus dem MMC rausspazieren und in einem anderen Krankenhaus arbeiten. Andererseits hat er ein großes Forschungslabor bei uns, und wenn er auch zur Kategorie gehört, die pro Jahr eine Million verdient, ist's gar nicht so einfach. In der City gibt's keine Klinik ohne Chefkardiologen, und die wären sicher nicht erfreut, wenn Sidonis versuchen würde, in ihr Terrain einzudringen.«

Dann berichtete Maura, sie habe zusammen mit Lonnie Sims ein paar Bilder des Mannes hergestellt, in fotografischer Qualität – das Original, je drei Ansichten *en face* und *en profil*, außerdem eins mit Brille und Kinnbart, eins mit Schnurrbart und blonden Haaren, eins mit langen dunklen und blauen Augen. Die hatte Sims alle verkleinert, auf einem einzigen Blatt in Kanzleipapiergröße aneinandergefügt, mir leeren Feldern für weitere Informationen, und zehn Kopien für sie ausgedruckt.

»Man müßte ihn auch als Frau darstellen«, bemerkte Concepcion, während er die Porträts studierte.

»Was?«

»Scheinbar kann der Kerl in Krankenhäusern durch Wände gehen, und deshalb frage ich mich, wie er als Schwester aussehen würde.«

»Oh, Lonnie hat verschiedene Frauenperücken und Makeups ausprobiert. Das führte zu ein paar Dutzend Kombinationen und Möglichkeiten. Aber wenn wir so viele Bilder auf einem Blatt gedruckt hätten, wären sie zu klein ausgefallen. Und außerdem – fünfzehn oder zwanzig Porträts auf einmal würden den Betrachter verwirren.«

»Das stimmt. Wir machen Kopien und hängen sie in allen MMC-Abteilungen auf. Vielleicht auch in anderen Kliniken.«

»Bei uns geht's nicht«, erwiderte Harry und erzählte von seiner Diskussion mit Owen Erdman, der die Verteilung der Bilder überwachen und in aller Diskretion arrangieren wollte.

»Dann wird's nicht klappen«, protestierte Concepcion so aufgeregt, wie Harry ihn noch nie gesehen hatte.

»Was meinen Sie?«

»Bedauerlicherweise bestehen nur geringe Chancen, daß irgend jemand die Bilder studiert und ruft: ›Ah, das ist unser Mann!‹ Manchmal passiert so was, aber nicht oft. Wir müssen die Bilder aus einem anderen Grund überall zur Schau stellen – weil wir den ›Doktor‹ ärgern wollen, bis er vor lauter Zorn leichtsinnig wird und nur noch einen einzigen Gedanken kennt – Ihnen alles heimzuzahlen.«

»Sie reden so, als würden Sie ihn kennen.«

In Concepcions Wange begann der Muskel zu zucken. »Persönlich kenne ich ihn nicht, Harry. Aber ich weiß, wie sich solche Psychos verhalten. Statt in unsere Falle zu tappen, stolpert er eher über sein eigenes Ego. Und das erreichen wir am ehesten, wenn wir ihn in Wut bringen.«

»Tut mir leid, Walter, ich habe dem Direktor versprochen, im MMC keine Bilder an die Wände zu hängen. Daran muß ich mich halten. Meine Position ist ohnehin schon gefährdet – und Erdman für sein zügelloses Temperament berühmt. In einer Woche werde ich noch mal an ihn herantreten. Vorerst nicht.«

»Wie Sie wollen, Doc.« Concepcion konzentrierte sich wieder auf die Porträts. »Phantastisch, Maura«, lobte er und steckte die Kopie in seine zerkratzte lederne Aktentasche.

»Wieso können Sie das beurteilen?«

»He, ich bin zwar kein Experte«, entgegnete er fröhlich, »aber wenn ich ein gutes Kunstwerk anschaue, merke ich's.«

»Danke. Sobald wir den Kerl hinter Gittern sehen, werden wir wissen, ob ich wirklich ein grandioses Kunstwerk geschaffen habe.«

*Falls er so lange lebt.* Sekundenlang fürchtete Concepcion, er hätte die Worte laut ausgesprochen.

Maura glaubte einen Schatten zu beobachten, der über sein Gesicht glitt – so als wäre er plötzlich zu einem fernen Ort zurückgekehrt. Er nahm einen Schluck von der Limonade, die

Harry ihnen serviert hatte, stellte das Glas ab, und sein breites, sympathisches Grinsen verdrängte den Schatten. »Nun will ich von ›Elegance‹ erzählen, *mis amigos*, dem Hostessenservice für anspruchsvolle Gentlemen, und der Chefin namens Page. Wir trafen uns an der East Side, in einer schummrigen, fensterlosen Bar. Und mein Verdacht hat sich bestätigt. Desiree arbeitete vier oder fünf Monate lang für Elegance, auf freiberuflicher Basis. Eh – tut mir leid, daß ich's sagen muß, Harry, aber sie war offensichtlich sehr gefragt.«

»Toll.«

»He, sind Sie okay?«

Harry zuckte die Achseln. »Sprechen Sie weiter.«

»Also, diese Page ist stinksauer, weil ein paar reiche, mächtige Leute von einem Vertrag mit ihr zurücktraten, nachdem sie herausgefunden hatten, daß Desiree eine Reporterin war. Sie versuchte eins der anderen Mädchen zu interviewen und wurde verpfiffen. Da glaubte Page, man würde sie belohnen, wenn sie Desiree feuerte. Statt dessen wurde Elegance ausgebootet, und sie verlor eine Menge Geld. Einerseits war sie wütend genug, um über diese Typen zu reden, andererseits jagen sie ihr schreckliche Angst ein. Zwei kamen zu ihr, um sie Desirees wegen in die Zange zu nehmen. Anfangs wollte sie nichts davon erzählen, und ich schmierte ihr Honig ums Maul, bis sie's tat. Harry – eh, ich fürchte, die fünfzehnhundert sind weg.«

»Die ganze Riesensummme?«

»Nun, ich dachte, entweder – oder. Sie hatte ein paar Drinks intus. Und ich sagte mir, ich müßte ihr ein gutes Angebot machen, sonst wäre alles für die Katz gewesen.«

»Fünfhundert gehen auf Ihre Rechnung.«

»Harry!« rief Maura.

»Schon gut, tut mir leid. Reden Sie weiter, Walter, ich vertraue Ihnen.«

»Die Namen der Männer kennt sie nicht, abgesehen von

einem gewissen Lance. Wahrscheinlich ist's sein Nachname. Er bezahlte sie immer in bar und gab ihr Bescheid, wenn ein Mädchen den Ansprüchen nicht genügte. Zweimal pro Monat gingen sieben ihrer besten Hostessen ins Camelot Hotel, wo sie die ganze Nacht blieben. Was die Männer dort trieben, weiß sie nicht genau. Aber nach allem, was ihre Mädchen erzählten, haben diese Kunden irgendwas mit der Versicherungsbranche zu tun.«

»Versicherungen?«

»Mehr hat sie nicht gesagt. Wenn's auch nicht viel ist – ich wurde hellhörig. Nun will ich mich im Camelot an ein Zimmermädchen ranmachen. Zimmermädchen wissen alles, und in dieser City stammen die meisten aus Südamerika. Vielleicht kriege ich raus, wer die Kerle sind, das wäre ein verheißungsvoller Ausgangspunkt.«

*Zweimal pro Monat treffen sie sich im Camelot Hotel ...*

»Sparen Sie sich die Mühe«, sagte Harry und dachte an Evies Aufzeichnungen. »Wenn mich nicht alles täuscht, hat meine Frau zwei Namen notiert.« Die beiden Namen, die er in Evies Adreßbuch gefunden hatte, standen auf einem Zettel in seiner Brieftasche, und das Original steckte in einem alten Turnschuh, auf dem Boden eines Schranks im Flur. Nun legte er das Papier auf den Tisch, rief die Telefonauskunft an und wählte die Nummer der New York Public Library. In der Präsenzbibliothek arbeitete eine Bibliothekarin namens Stephanie Barnes – eine seiner ersten Assistentinnen und eine der wenigen, die ihn nicht verlassen hatte, um Babys oder besser bezahlte Jobs zu kriegen, sondern um zu studieren. Harry hatte ihr mit einem großzügigen Bonus übers erste Jahr hinweggeholfen. Jetzt – glücklich verheiratet und Magister in Bibliothekswissenschaft – hatte sie Babys und verdiente mehr, als er ihr zahlen könnte. Im Lauf der Jahre hatte sie ihre Freundschaft mit Harry bewahrt und ihm klargemacht, daß eine tüchtige Bibliothekarin fast alles herausfinden konnte.

»Stephanie, ich hab' da zwei Namen mit Adressen und Sozialversicherungsnummern«, sagte er, nachdem sie ihm zu Evies Tod kondoliert und er versichert hatte, er sei nicht der Mörder seiner Frau. »Wahrscheinlich sind beide in der Versicherungsbranche tätig. Können Sie mir Informationen über die Männer beschaffen? Ich will vor allem wissen, wo sie arbeiten und was sie machen. Morgen wär's okay, wenn Sie nicht zu beschäftigt sind. Aber eigentlich dachte ich – in einer Stunde …«

Stephanie warnte ihn und meinte, er dürfte sich keine allzu großen Hoffnungen machen. Aber nach dreißig Minuten rief sie zurück.

»Bingo!« verkündete Harry und notierte sich die Informationen. »Allem Anschein nach hat Ihre Freundin Page richtig getippt, Walter. James Stallings, Vizepräsident von Interstate Health Care. Kevin Loomis, erster Vizepräsident von Crown Health and Casualty. Zwei Aufsteiger. Loomis hat zwei Jahre an einem Gemeinde-College in New Jersey studiert. Bis vor zwei Jahren war er nur Vertreter. Und jetzt ist er ein großes Tier. Keine Ahnung, warum er in Queens lebt, obwohl er soviel verdient. Stallings besuchte eine Privatschule – St. Stephens, Dartmouth, dann die Handelsakademie in Wharton. Für seine Leistungen in der Firma und in der Branche hat er schon eine Menge Auszeichnungen eingeheimst.«

»Soll ich die Nummern der Firmen aus dem Telefonbuch raussuchen?« fragte Maura.

Harry klopfte auf seinen Notizblock. »Offenbar kennen Sie keine Leute vom Kaliber meiner Freundin Stephanie. Hier hab' ich die Büro- und Privatnummern von beiden.«

»Bei wem wollen Sie's zuerst versuchen?«

Harry wandte sich an Concepcion.

»Natürlich nehmen wir uns erst mal den Preisträger vor«, sagte Walter. »Überlegen wir uns vorher, wie Sie am besten an ihn rantreten könnten?«

»Ich glaube, ich improvisiere lieber«, erwiderte Harry, wählte die Nummer von Interstate Health Care und fragte nach James Stallings.

Wenige Sekunden später meldete sich eine Sekretärin. »Mr. Stallings' Büro.«

»Hi, ich versuche Jim Stallings zu erreichen. Ich bin Collins, Harrison Collins, Jims Klassenkamerad in Dartmouth. Dort gehöre ich zum Komitee ehemaliger Schüler, und Jim ist nächstes Jahr für einen renommierten Preis vorgesehen. Deshalb wollte ich mit ihm einige Einzelheiten erörtern.« Harry wurde von seinem kleinen Publikum mit zwei erhobenen Daumen belohnt.

Bevor die Sekretärin antwortete, entstand eine unnatürlich lange Pause. »Tut mir leid, Mr. Collins, Mr. Stallings kann Ihren Anruf nicht entgegennehmen.«

»Wann soll ich denn zurückrufen?«

Wieder herrschte ein längeres Schweigen am anderen Ende der Leitung. »Worum geht's?«

»Um einen Preis. Jim soll in Dartmouth einen Preis bekommen.«

»Bedauerlicherweise ist Mr. Stallings krank, Mr. Collins. Sehr krank. Er – er liegt auf der Intensivstation des Memorial Hospitals.«

»Oh, wie schrecklich! Aber er wird doch wieder gesund?«

»Mehr kann ich Ihnen ohne Erlaubnis nicht verraten. Tut mir leid.«

Harry wiederholte den Wortlaut des Telefonats. Dann benutzte er seinen Doktortitel, um sich mit der Oberschwester der Memorial-Intensivstation verbinden zu lassen. Das Gespräch dauerte nur eine Minute. Langsam legte er den Hörer auf die Gabel. »Heute nachmittag erlitt Stallings einen Herzstillstand in der U-Bahn. Jetzt ist er an ein Beatmungsgerät angeschlossen. Doch der Gehirntod trat bereits ein. Mehr konnte sie mir nicht sagen.«

»Wie alt war er?« fragte Maura, und Harry schaute auf seine Notizen.

»Zweiundvierzig.«

»Nicht das übliche Alter für einen Herzstillstand«, meinte Concepcion.

»Was glauben Sie?«

»Verdammt, das gefällt mir nicht. Ganz und gar nicht. Jetzt sollten Sie den anderen anrufen. Wie heißt er doch gleich?«

Harry wählte bereits die Nummer von Crown Health and Casualty. »Bitte, ich möchte Mr. Loomis sprechen. Kevin Loomis.«

In abgewandelter Form erzählte er seine Geschichte der Sekretärin des ersten Vizepräsidenten. Dieses Jahr gehörte Harrison Collins zu den Preisrichtern der American Insurance Association, und Loomis zählte zu den drei Kandidaten. Er wußte, wie gut diese Lüge klang.

Nach wenigen Sekunden war Loomis am Apparat. »Was kann ich für Sie tun Mr. Collins?«

»Sind wir die einzigen in dieser Telefonleitung?«

»Was?«

»Können Sie offen reden?«

»Natürlich. Was soll das?«

»Mr. Loomis, ich heiße nicht Collins, sondern Corbett. Dr. Harry Corbett. Wissen Sie, wer ich bin?«

»Ich lese Zeitungen.«

»Mr. Loomis, es geht um meine Frau, meine verstorbene Frau Evelyn.«

»Warum rufen Sie mich an?«

»Um meine Unschuld am Tod meiner Frau zu beweisen, stelle ich Nachforschungen über ihre Vergangenheit an. Sie hat für den Hostessenservice Elegance gearbeitet. Soviel ich weiß, traf sie James Stallings und Sie im Camelot Hotel.«

»Unsinn! Ich war nie im Camelot Hotel, ich kannte Ihre

Frau nicht, und ich kenne niemanden namens Stallings. Nun, ich bin sehr beschäftigt und …«

»Als meine Frau starb, fand ich ihr Adreßbuch. Darin standen Ihr Name, Ihre Adresse und Ihre Sozialversicherungsnummer. Was Stallings betrifft, hatte sie diese Angaben ebenfalls notiert. Vermutlich entnahm sie die Informationen Ihrem Führerschein. Reden Sie lieber mit mir oder der Polizei?«

»Dr. Corbett, ich mag es nicht, wenn man mir droht. Ich kenne Sie nicht, und Ihre Frau kannte ich auch nicht. Jetzt lege ich auf. Rufen Sie mich nicht mehr an.«

»Vorhin telefonierte ich mit der Oberschwester der Memorial-Intensivstation. Heute nachmittag hat James Stallings einen Herzstillstand erlitten. Er ist bewußtlos und an ein Beatmungsgerät angeschlossen. Aber er wird nicht mehr aufwachen. Einem Hirntoten kann man nicht helfen.«

Nun entstand ein langes Schweigen, das Harry als Erfolg wertete.

»Hören Sie, ich kenne keinen Stallings, und ich habe Ihnen nichts mehr zu sagen.«

»Ich gebe Ihnen meine Nummer. 80070/3400 in Manhattan. Rufen Sie mich an, sobald wie möglich. Ich glaube, wir müssen miteinander reden.«

Ohne zu antworten, unterbrach Loomis die Verbindung.

»Sicher wird er überprüfen, was ich ihm über Stallings erzählt habe«, meinte Harry. »Und danach wird er sich bei mir melden.«

»Vielleicht hat er Evies Killer engagiert«, gab Maura zu bedenken.

# 30

Auf der Memorial-Intensivstation durfte jeder Patient zwei Besucher empfangen. Als Loomis am nächsten Nachmittag um vierzehn Uhr fünfzehn eintraf, war James Stallings' Kontingent bereits erschöpft. Trotzdem wurde Kevin in ein kleines Wartezimmer mit Polstermöbeln und religiösem und erbaulichem Lesestoff geschickt. Im Fernseher lief ein Trickfilm.

Die Besuchszeit dauerte von zwölf bis zwanzig Uhr. Aber dies war seine erste Gelegenheit seit dem Gespräch mit Harry Corbett, das Hospital aufzusuchen. Nach dem Telefonat hatte er das Memorial angerufen und erfahren, James Stallings liege auf der Intensivstation. Sein Zustand sei kritisch. Danach wählte Kevin die Nummer von Stallings Büro in der Interstate Health und hoffte, dort etwas mehr zu erfahren. Sobald die Sekretärin nach seinem Namen fragte, legte er auf. Zutiefst erschüttert, stand er nur mühsam eine einstündige Besprechung durch, bei der ihm Burt Dreiser direkt gegenübersaß und ihn wohlwollend anlächelte.

*Burt, Sie kennen doch Sir Gawaine, den großen, attraktiven Burschen, der sechs oder sieben Monate vor mir zur Tafelrunde stieß? Sie wissen nicht zufällig, wieso er auf der Memorial- Intensivstation liegt, in kritischem Zustand?*

Nach der Sitzung mußte er sich beeilen, um rechtzeitig bei Julias Ballettaufführung zu erscheinen. Er wäre lieber zu Nickys Little League-Spiel gegangen. Aber er hatte mit Nancy vereinbart, sie würden sich abwechseln. Wenn sie nach Port Chester übersiedelt waren, würde auch der kleine Brian an verschiedenen Aktivitäten teilnehmen, und dann mußten sie einen neuen Terminplan aufstellen.

Erst um halb neun war er mit Nancy allein. Die Kinder lagen endlich in ihren Betten. Da er die vergangene Nacht in den Garfield Suites verbracht hatte, waren seit dem letzten längeren Gespräch anderthalb Tage verstrichen. Sie bemerkte seine ungewöhnliche Nervosität und fragte, was ihn bedrücke. Statt zu behaupten, alles sei in Ordnung, erklärte er, die Arbeit sei ziemlich anstrengend gewesen. Und auf die Frage nach dem Pokerabend antwortete er, diesmal habe er ›ein paar Dollars‹ gewonnen. Dann erzählte sie von einigen Familienneuigkeiten, begann mit ihm zu flirten und streichelte seinen Schenkel. Einige Wochen lang hatten sie nicht miteinander geschlafen – zum letztenmal, ehe er zur vorletzten Tafelrundensitzung gegangen war. Er schützte Kopfschmerzen und Müdigkeit vor. Außerdem müsse er Dreiser anrufen. Er hatte sich gezwungen, ihre gekränkte, besorgte Miene zu übersehen, und war in sein Kellerbüro geflohen. Dort hatte er noch einmal mit der Memorial-Intensivstation telefoniert. *Kritisch.*

»Verzeihen Sie.«

»Eh?«

Blicklos hatte er den Bildschirm angestarrt, auf dem ein Bugs-Bunny-Klassiker flimmerte. Eine Frau stand in der Tür des Wartezimmers, groß und schlank, mit kurzem rotblondem Haar und hübschem, schmalem Gesicht. Ohne die dunklen Schatten unter den Augen wäre sie schön gewesen. »Möchten Sie Jim Stallings besuchen?«

»Ja.«

Nun trat sie vor und streckte ihre Hand aus. »Ich bin Vicky Stallings. Seine Frau.«

Unbehaglich stand er auf. »Kevin Loomis. Vom Crown Health. Ich – ich habe mit Jim Karten gespielt.«

»Oh, dann waren Sie mit ihm zusammen, an dem Abend, bevor – bevor's geschehen ist. Fanden Sie ihn okay?«

»Völlig okay.«

»Als er plötzlich zusammenbrach, fuhr er mit der U-Bahn.« Sie schien nicht nur mit Kevin zu sprechen, sondern auch mit sich selbst. »In der City Hall Station … Seine Sekretärin sagt, er sei in der Innenstadt verabredet gewesen. Aber sie weiß nicht, mit wem. Wieso kennen Sie ihn?«

»Ich – eh – wir spielen immer am selben Abend Karten.«

»Ach ja. Das haben Sie bereits erwähnt. Ich kann nicht mehr klar denken. Wahrscheinlich hat er wieder verloren.« Trotz ihrer Verzweiflung bemühte sie sich, höflich Konversation zu machen. »Er hat sich nie für Karten interessiert, und soviel ich weiß, spielt er nicht besonders gut. Aber diesen Abend wollte er nie versäumen. Wahrscheinlich geht's da nicht so sehr ums Pokern – eher um Geschäfte.«

Wie seltsam, diese Lüge von der Frau eines anderen Mannes zu hören ... »Tut mir leid, was mit ihm passiert ist. Bis jetzt konnte ich nur erfahren, daß er sich in einem kritischen Zustand befindet. Ist er – ich meine ...«

Vicky Stallings schüttelte den Kopf. Plötzlich verlor sie die Beherrschung, und er wartete verlegen, bis sie zu schluchzen aufhörte. Sie entschuldigte sich beschämt, und er versicherte, dazu bestehe kein Grund. »Gerade ist meine Schwester gegangen«, würgte sie hervor. »Wollen Sie ihn allein besuchen? Ich sehe später nach ihm. Von diesen Pokerabenden hat er kaum was erzählt. Und er erwähnte Sie kein einziges Mal. Es ist sehr nett von Ihnen, daß Sie hierhergekommen sind.«

»Tut mit leid, was passiert ist«, wiederholte Kevin.

Seit er denken konnte, hatte er eine Aversion gegen Krankenhäuser. Und Intensivstationen haßte er ganz besonders. Widerstrebend ging er zur Rezeption, und die Schwester beschrieb ihm den Weg zur Nummer drei, einem kleinen Raum mit Glaswänden und teilweise zugezogenen Fenstervorhängen. Der Patient erinnerte nur entfernt an den weltgewandten Manager, der ihm fünf Monate lang bei den Tafelrundenkonferenzen gegenübergesessen hatte. Auf dem gedunsenen Gesicht klebten Schläuche, die in Mund und Nase führten. Neben dem Bett zischte und surrte ein großes Beatmungsgerät, über den Monitor flackerte irgendein obszönes elektronisches Spektakel. Stallings' Lippen – was Kevin davon sehen konnte – waren geschwollen, wund und rissig, die Augen zugeklebt. In regelmäßigen Abständen schienen alle Muskeln zu zucken, die Handflächen drehten sich nach außen. Über dem Kopf zeigte ein größerer Bildschirm einen gleichmäßigen Herzrhythmus. Doch Kevin wußte, daß dieses beruhigende Schauspiel täuschte.

*Hirntot*. So hatte sich Dr. Harry Corbett ausgedrückt. *Hirntot.*

In Kevins Phantasie erschien Evelyn DellaRosas Foto. Eine klassische Schönheit. War auch sie auf diese Weise gestorben? Mit Schläuchen in allen Körperöffnungen? Gedunsen und hirntot, nur noch künstlich am Leben erhalten, bis irgendein Doktor ins Zimmer geschlendert war, um den Stecker aus der Dose zu ziehen? Wartete dieses Schicksal auch auf Kevin Loomis?

Er trat näher ans Bett heran. War Stallings' Herzstillstand in der U-Bahn zufällig erfolgt? Wegen seiner besonderen Situation, die mit der Tafelrunde zusammenhing, hatte er unter starkem Druck gestanden. Fast vierzig Grad auf dem Bahnsteig ... Und in den klimatisierten Waggons war es kaum kühler gewesen. Wenn man Pech hatte, geriet man in einen der alten Waggons ohne Klimaanlage. War er herzkrank gewesen? Oder hatte man die Begegnung im Battery Park beobachtet? Vielleicht hatte Stallings in der U-Bahn einen Ritter erkannt. War er ermordet worden?

*Verdammt, Jim, was ist passiert?* schrien Kevins Gedanken.

*Was soll ich tun?*

»Vielen Dank für Ihre Geduld, Mr. Loomis.« Vicky Stallings hatte ihr Gesicht gewaschen und dezent geschminkt.

»Nennen Sie mich Kevin. Es ist so traurig. Wissen die Ärzte, was geschehen ist?«

»Ich würde gern mit Ihnen reden, Kevin«, wisperte sie. »Im

Wartezimmer. Wahrscheinlich würde Jim nichts hören. Aber man kann nie wissen.«

»Ja, ich verstehe.«

Sie kehrten in den kleinen Raum zurück, wo Wile E. Coyote sich gerade an einer riesigen Rakete festschnallte und an Road Runner vorbeischwirrte.

»Wenn's zu schmerzlich für Sie ist, müssen Sie nicht mit mir sprechen«, betonte Kevin und schaltete den Fernseher aus.

»Viel gibt's nicht zu sagen. Die Ärzte meinen, es sei hoffnungslos. Nach ihrer Ansicht hat sein Herz acht oder neun Minuten stillgestanden. Die Mund-zu-Mund-Beatmung, die ein Fahrgast in der U-Bahn vornahm, nützte wohl nichts. Erst die Sanitäter konnten Jim einigermaßen zum Leben erwecken.«

»Hatte er jemals Herzbeschwerden?« Inbrünstig wünschte er sich eine positive Antwort.

»Letztes Jahr schaffte er den New Yorker Marathon in dreieinhalb Stunden. Und vor etwa sechs Monaten schloß er eine hohe Lebensversicherung ab. Da mußte er ein Belastungs-EKG machen lassen, und das Ergebnis war grandios.«

*Eine hohe Lebensversicherung.* Nachdem Kevin der Tafelrunde beigetreten war, hatte er seine eigene Lebensversicherung aufgestockt. *Zweieinhalb Millionen und bei einem Unfalltod eine zusätzliche halbe Million.*

»Ja, er sah immer topfit aus.«

»Die Ärzte meinen, vielleicht hätte er in der Hitze stark geschwitzt und zuviel Kalium verloren. Darauf könnte das Herz sehr empfindlich reagieren. Es kommt darauf an, was er in der Stunde davor getan hat …« Neue Tränen drohten Vicky Stallings' Stimme zu ersticken. Vermutlich würde sie wieder die Beherrschung verlieren.

Auch Kevin war einem Zusammenbruch nahe. Stallings' Herz hatte nicht zufällig versagt. Ebensowenig, wie Evelyn DellaRosa und der Ritter namens Lionel eines natürlichen

Todes gestorben waren. Irgend jemand hatte Stallings bei jenem Treffen im Battery Park beschattet und danach attackiert. Nun war er so gut wie tot. Der unerschütterliche Sir Gawaine. Hatte auch er ein neues Haus gekauft – nach seiner Aufnahme in die Tafelrunde?

Am liebsten hätte er geschrien. Er schaute geflissentlich auf seine Uhr, und Vicky half ihm aus der Verlegenheit. »Danke, daß Sie gekommen sind, Kevin«, sagte sie und reichte ihm die Hand. »Wer weiß? Vielleicht geschieht ein Wunder.«

»Ich werde für ihn beten«, versprach er und floh aus dem Wartezimmer, von einem heftigen Schwindelgefühl erfaßt. Jetzt brauchte er einen Drink.

*

Bevor er ins Büro zurückkehrte, trank er in der nächstbesten Bar zwei Wodka Tonics. Brenda Wallace legte ihm ein paar Briefe zur Unterschrift und eine Liste von Anrufern vor. Dabei beobachtete er, wie sie sich bewegte – anmutig und sehr sinnlich. Burt Dreiser hatte das große Eckbüro, die Yacht *und* Brenda Wallace. Wann war er zu der Überzeugung gelangt, er könnte alles tun, was die Tafelrunde von ihm verlangte? Hatte er jenes gräßliche Projekt zusammen mit den anderen geplant? Und warum zum Teufel fiel es Kevin so schwer, in Burts Fußstapfen zu treten?

Er beendete seine Arbeit. Eine Zeitlang starrte er aus dem Fenster und betrachtete die City, dann rief er George Illych an, den Versicherungssachbearbeiter der Crown-Belegschaft, der sich um alle seine Policen kümmerte. »Hier ist Kevin Loomis. Wie geht's, George?«

»Danke, bestens, Kevin. Was kann ich für Sie tun?«

Kevin stellte sich vor, wie Illych an seinem Schreibtisch saß, in den Sessel zurückgelehnt, und einen sehnsüchtigen Blick auf seine geliebten Winstons warf. Pro Tag rauchte der joviale, übergewichtige Billard- und Golfspieler zwei Schachteln, und er gehörte zu den schlimmsten Versicherungsrisiken, die Kevin kannte.

»Neulich haben Nancy und ich ein Haus in Port Chester gekauft.«

»He, das ist ja phantastisch! Erst die große Beförderung, dann das große Haus.«

»Und dann die große Versicherung. Die will ich aufstocken, da ich nun – inklusive Prämien fast dreihunderttausend verdiene.«

»Kein Problem. Wieviel haben wir zuletzt draufgepackt?«

»Eine Million. Vor vier Monaten. Das Resultat der ärztlichen Untersuchung gilt doch noch?«

»Sechs Monate lang. Wieviel schwebt Ihnen jetzt vor?«

»Noch eine Million. Das wären dann im Ganzen dreieinhalb.« *Plus fünfhunderttausend nach einem Unfalltod.* Aber das sprach Kevin nicht aus.

»Alles für Nancy?«

»Ja.«

»He, Kumpel, kein Problem. In zwei Tagen schicke ich Ihnen den Papierkram.«

»Wunderbar. Danke, George.«

»Wie wär's mit ein bißchen Billard? Irgendwann nach der Arbeit?«

»Billard gegen Sie? Das kann ich mir nun wirklich nicht leisten.«

»Moment mal, gerade sind Sie der Dreieinhalb-Millionen-Mann geworden.«

»Der bin ich nur, wenn ich sterbe.«

»Klar. Eins zu null für Sie.«

Eine halbe Stunde später kam Brenda Wallace in Kevins Büro, um sich zu verabschieden. Hastig verstaute er einige Papiere in der Schreibtischschublade. Nein, heute brauche er sie nicht mehr, erklärte er seiner Sekretärin, und sie schenkte ihm ein strahlendes Lächeln, ehe sie den Raum verließ.

Kevin öffnete seine Aktentasche und nahm einen Zeitungsausschnitt heraus, einen Artikel über Evelyn DellaRosa. Während er Harry Corbetts Nummer wählte, betrachtete er ihr Gesicht.

»Hier ist der Mann, den Sie neulich angerufen haben, Corbett«, teilte er dem Anrufbeantworter mit. »Ich will mit Ihnen reden. Vielleicht könnten Sie morgen früh um neun daheim sein. Dann melde ich mich wieder.«

Er steckte den Artikel in die Aktentasche und packte die Zeichnungen dazu, die er vorhin angefertigt hatte – Pläne und Skizzen vom Keller seines Hauses in Queens. Dabei hatte er vor allem die Positionen der Waschmaschine, des Trockners, der Tür und der Stromleitung berücksichtigt.

## 31

Kurz vor Mitternacht klopfte Maura leise an Harrys halboffene Schlafzimmertür. Er lag im Bett, hellwach, und versuchte einzuschlafen. Aber er war viel zu aufgedreht. Seit Maura ihn dazu überredet hatte, Walter Concepcion zu engagieren, überschlugen sich die Ereignisse. Und nun hatte Kevin Loomis, der Vizepräsident dieser Versicherungsgesellschaft, auch noch eine Nachricht auf dem Anrufbeantworter hinterlassen. Er wollte reden. Morgen früh würde er sich wieder melden. Allmählich schloß sich der Kreis, mit winzigen Schritten kamen sie Evies und Andy Barlows Mörder immer näher.

»Kommen Sie herein, Maura, ich bin wach.«

»Kann ich Sie zu einer Tasse Tee verleiten und Ihnen ein bißchen Gesellschaft leisten?« In einer weiten Baumwollhose und einem ärmellosen T-Shirt stand sie auf der Schwelle. Falls sie besonders verführerisch und sexy aussehen wollte, hatte sie ihr Ziel erreicht.

Harry richtete sich auf und bedeutete ihr, Platz zu nehmen. Auf der Bettkante, in sicherer Entfernung. »Tee – nein. Ein bißchen Gesellschaft – ja.«

*Ein bißchen Gesellschaft.* Seit er sie in ihrem Apartment besucht hatte, wuchs die Anziehungskraft, die sie auf ihn ausübte. Es war albern, das wußte er. Albern und gefährlich. Beide waren anfällig und verwundbar. Erst vor wenigen Wochen hatte er seine Frau verloren. Maura war ihrer Trunksucht verfallen. Und nun gab es viel zu tun, denn sie mußten einen Killer entlarven.

»Morgen ziehe ich wieder nach Hause, Harry«, erklärte sie unvermittelt.

Er versuchte seine Verblüffung und seinen Kummer zu verbergen. »Das ist nicht nötig.«

»Früher oder später würde ich's ohnehin tun. Ich möchte Ihnen nicht davonlaufen. Hoffentlich verstehen Sie's. Mein Kopf ist voller Bilder, die ich malen will. Wie Kometen schießen sie durch meine Phantasie.«

»Großartig. Ich fürchte nur, Sie sind in Ihrer Wohnung nicht sicher.«

»Vor dem Mörder nicht. Und hier genausowenig. Diese Gefahr droht mir überall, solange er nicht geschnappt wird. Wenigstens kann mir der Fusel nichts mehr anhaben. Den fand ich noch schlimmer als den Killer. Seit ich heute abend bei den Anonymen Alkoholikern war, glaube ich, daß ich's geschafft habe. Natürlich gibt's keine Garantie, und ich gehe weiterhin zu diesen Treffen. Aber von jetzt an bin ich wahrscheinlich okay. Also ist bei all diesen schrecklichen Dingen auch was Gutes herausgekommen.« Sie lächelte ihn an. »Und nun muß ich eine Zeitlang allein sein. Auch Sie brauchen Ihren Freiraum.« Sie setzte sich und zog die Beine an.

Im schwachen Licht, das vom Flur hereinfiel, sah er nur

ihre Silhouette. Er versuchte sich zu entsinnen, wann er Evie zum letztenmal umarmt und mit ihr geschlafen hatte. Wann es zum letztenmal wichtig für ihn gewesen war. Er spürte die Gefühle, die sich in seinem Körper regten. Während der letzten Tage hatte er sie bezähmt.

*Und heute nacht?* Unsicher griff er nach Mauras Hand. »Ich brauche keinen Freiraum, und ich will nicht, daß Sie fortgehen.«

Als sie etwas näher rückte, roch er ihr Parfum. Bald würde der Widerstand, an den er sich so krampfhaft geklammert hatte, vollends dahinschmelzen.

»Harry, Sie kennen mich nicht. Ich bin knochenhart. Früher habe ich nette, freundliche Männer wie Sie zum Frühstück verspeist und danach die Kerne ausgespuckt.«

Er wich ein wenig zurück und musterte sie mit zusammengekniffenen Augen. »Haben Sie das mal im Kino gehört? So klingt's nämlich.«

»Stimmt genau. Ich glaube, es war die Garbo. Jedenfalls wollte ich immer dominieren. Und es ist leider wahr. Ich kann mich gar nicht mehr an den letzten Liebhaber erinnern, der mir wirklich was bedeutet hat. Meistens sollten mir die Männer nur den perversen Beweis liefern, daß ich was wert bin.«

»Oh, Sie sind eine ganze Menge wert – und sehr sexy.«

»Sogar ohne Haare?«

»Davon hast du genug. Außerdem zeigt diese Minimalfrisur mehr von deinem Gesicht.« Er zog sie an sich und umfaßte eine ihrer Brüste. Leise stöhnte sie, schmiegte sich noch fester an seine Hand und legte den Kopf auf seine Schulter.

»Seit du damals die Treppe zu meiner Wohnung hinaufgestiegen bist, wünsche ich mir, du würdest mich begehren, Harry. Aber jetzt habe ich Angst. Wir beide haben soviel durchgemacht – und wir wurden so schmerzlich verletzt.«

»Wir müssen nicht miteinander schlafen, Maura. Liegen wir einfach nur da und halten uns in den Armen.«

Langsam glitt ihre Hand zu seinen Shorts hinab. »Laß dir das bloß nicht ausreden.«

Ans Kopfteil des Betts gelehnt, küßte er ihre Lippen, ihren Nacken, ihren Hals. Sie kniete über seinen Schenkeln und zog ihm das T-Shirt aus. Als sein Mund nur mehr wenige Zentimeter von ihren Brüsten entfernt war, schlüpfte sie aus ihrem eigenen Hemd und warf es beiseite. Sofort begann er eine Brustwarze mit seiner Zunge zu umkreisen.

»Mit einem Mann zu schlafen, wenn ich nüchtern bin – das wird ein umwerfendes Erlebnis für mich«, flüsterte sie.

»In dieser Nacht müssen wir es nicht tun.«

»Halt den Mund … Aber hör mir zu, Harry. Ich will dich nur lieben, wenn nichts passieren kann. Für mich wär's das erste Mal nach langer Zeit. Zumindest glaube ich das. Du weißt ja, wie wir Blackout-Säufer sind.«

»Keine Bange, Evie war die Kondom-Queen. Die neueste Schachtel liegt in der Nachttischschublade, schon seit Monaten. Wahrscheinlich wurde sie noch gar nicht geöffnet.«

»Dann ist's jetzt soweit.«

Zärtlich und sehnsüchtig küßten sie sich. Er schob seine Hand in ihre Hose, über die Hüfte, bis er feuchte Wärme berührte. So lange sie's ertragen konnte, ließ sie sich liebkosen, dann zerrte sie seine Shorts nach unten und schürte sein Verlangen, mit ihren Lippen, mit ihrer Zunge.

»Nicht so hastig, Maura«, flehte er. »Ich bin wirklich aus der Übung, und es soll etwas länger dauern.«

»Wer sagt denn, daß es nur einmal passieren muß?« murmelte sie, rückte wieder nach oben und half ihm, ihre Hose auszuziehen.

Splitternackt, mit wunderbarer weißer Haut und kurzem, weichem Haar, war sie die sinnlichste Frau seines Lebens. Jetzt lag sie ausgestreckt auf dem Bauch, und er kniete neben ihr, ließ seine Hände über ihren schlanken, seidigen Körper wandern, streichelte immer wieder ihre Hinterbacken. Dann legte er sich behutsam auf sie, massierte ihre Rückenmuskeln und schob ihre Beine mit seinen Knien auseinander. Er fühlte sich so erregt, daß es schmerzte. Aufreizend küßte er die Innenseiten ihrer Schenkel und berührte wieder das Zentrum ihrer erotischen Gefühle. Auch sie war bereit.

»Bitte, Harry, nicht so. Beim erstenmal möchte ich dein Gesicht sehen, dein liebes, wundervolles Gesicht.«

Da küßte er ihren Nacken und drehte sie herum. Die Beine angewinkelt, nahm sie seinen Penis in ihre Hand. Ein paar magische, zeitlose Sekunden lang verharrten sie in dieser Stellung, die Blicke ineinander versunken.

»Schau mich an«, hauchte sie und half ihm, in sie einzudringen. »Bitte, laß die Augen offen. Nur mehr eine kleine Weile. Du sollst doch sehen, wie glücklich du mich machst.«

*

Als das Telefon läutete, schien das Morgenlicht durch die Jalousien ins Zimmer. Harry wußte nicht genau, wann sie endlich eingeschlafen waren. Wahrscheinlich erst vor kurzer Zeit. Sie hatten sich geliebt und ausgeruht und noch einmal geliebt, geduscht und gegessen und sich dann wieder geliebt.

»Wenn du mit Fünfzig so phantastisch bist«, hatte Maura irgendwann gestöhnt, »muß ich froh sein, daß ich dich nicht schon vor fünfundzwanzig Jahren kennengelernt habe.«

»Damals warst du elf.«

»Oh, das ist nicht der springende Punkt.«

Eine Stunde später lag sie neben ihm und berührte sanft die Narben auf seinem Rücken. Er hatte ihr alles über Nhatrang erzählt.

Beharrlich läutete das Telefon, und Maura bewegte sich träge. Sieben Uhr fünfzig, verkündete das Display seines Radioweckers. Seufzend hob er den Hörer ab. »Hallo?«

»Harry?«

»Ja.«

»Hier ist Doug. Tut mir leid, daß ich dich geweckt habe.«

»Oh, ich bin schon seit Stunden wach.«

Spielerisch griff Maura unter die Decke, um ihn zu streicheln. Er schob ihre Hand beiseite und bekämpfte seinen Lachreiz.

»Was zum Teufel treibst du eigentlich?« fragte Atwater. Wie seine gepreßte Stimme verriet, meinte er nicht, was Harry gerade in seinem Schlafzimmer trieb.

»Wovon redest du?«

»Von diesen Plakaten, verdammt noch mal! Bitte, Harry, wir sind Freunde. Halt mich nicht zum Narren.«

Abrupt setzte sich Harry auf. Inzwischen war er hellwach. Maura spürte, daß es Ärger gab, und hob den Kopf.

»Doug, du mußt mir glauben, ich habe keine Ahnung, was los ist.«

»Im ganzen MMC hängen die Plakate, an allen schwarzen Brettern. Und in mindestens zwei anderen Krankenhäusern. Plakate mit acht Versionen vom Porträt dieses Mannes, der angeblich deine Frau getötet hat. Owen ist wütend.«

Stöhnend legte Harry eine Hand über die Sprechmuschel. »In der ganzen Klinik hängen Plakate. Das muß Concepcions Werk sein.« Dann setzte er das Gespräch mit Atwater fort. »Sicher hat's der Typ getan, der in meinem Auftrag Nachforschungen anstellt. Ich hab's ihm ausdrücklich verboten, Doug, ich schwör's dir. Offensichtlich hat er's trotzdem getan. Sind's nur die Porträts? Oder ist noch was auf den Plakaten zu sehen?«

»Natürlich. Harry, ich bin kein Idiot. Behandle mich nicht wie …«

»Bitte, Doug, was steht drauf?«

Harry hörte, wie Atwater tief Atem holte und sich zu beruhigen versuchte. »Daß dieser Mann wegen Mordes an Evelyn DellaRosa gesucht wird. Wer sachdienliche Hinweise liefern kann, soll dich unter der Nummer anrufen, die ich soeben gewählt habe. Für Informationen, die zur Verhaftung des Täters führen, ist eine Belohnung von fünfzigtausend Dollar ausgesetzt.«

»Wieviel?«

»Fünfzigtausend.«

»Fünfzigtausend?«

»Owen hat einen Tobsuchtsanfall gekriegt.«

»Sag ihm, es tut mir leid. Ich werde ihm alles erklären und die Plakate eigenhändig runternehmen.«

»Harry, es geht nicht nur ums MMC. Die Universitätsklinik hat angerufen – und St. Barts. Sicher werden sich noch andere Krankenhäuser melden.«

»Ich kümmere mich drum, Doug.«

»Wer ist der Kerl, der das verbrochen hat?«

»Den kennst du nicht. Danke für den Anruf.« Harry legte auf. »Und ich kenne ihn auch nicht«, murmelte er. »Maura, kannst du deinen Bruder erreichen?«

»Ich glaube schon.«

»Frag ihn, ob's in New York jemals einen lizenzierten Privatdetektiv namens Walter Concepcion gegeben hat.«

*

»Pünktlich um neun rief Kevin Loomis an. Inzwischen hatte das Telefon noch dreimal geklingelt. Ein Hauswart vom MMC, einer von der Universitätsklinik, einer vom Bellevue. Und jeder hatte den Mann auf dem Plakat gesehen. Zwei wollten die Hälfte der Belohnung kassieren, ehe sie irgendwas erzählten. Danach schaltete Harry seinen Recorder ein, da er weitere Gespräche aufzeichnen wollte, und holte einen Notizblock aus dem Arbeitszimmer, um Buch zu führen.

»Zum Teufel mit Concepcion!« fluchte er nach jedem Anruf. »Zum Teufel mit Concepcion!«

Loomis rief aus einer Zelle an und schlug ein Treffen vor. »Kommen Sie heute abend um elf zur Südostecke der Kreuzung Third Avenue und Fifty-first.« Seine Stimme klang etwas belegt, aber nicht übermäßig nervös. »Tragen Sie eine Baseballkappe. Ich hole Sie ab.«

Ehe Harry irgendwelche Fragen stellen konnte, hängte Loomis ein.

In der nächsten halben Stunde meldeten sich zwei weitere Personen, die an der Belohnung interessiert waren. Maura sprach mit beiden, aber keiner konnte einen nennenswerten Anhaltspunkt liefern. »Vielleicht sollten wir uns an gewissen Kriterien orientieren, um die Informationen richtig einzuschätzen. Sagen wir einfach, wenn uns der Anrufer zu dem gesuchten Mann führen kann, ist's okay. Ansonsten – nein, danke.«

»Maura, ich *habe* keine fünfzigtausend Dollar.«

»Eins nach dem anderen. Dazu hat uns gestern abend der Redner bei den Anonymen Alkoholikern geraten.«

»O Gott …«

Der nächste Anrufer war Tom Hughes. Soweit er's feststellen konnte, hatte es in Manhattan oder in einer anderen City im Staat New York niemals einen lizenzierten Privatdetektiv namens Walter Concepcion gegeben. Aber er würde sich weiterhin umhören. Wutentbrannt knallte Harry den Hörer auf die Gabel. Dann wählte er die Nummer der Pension, in der Concepcion wohnte. Walter meldete sich persönlich.

»Zum Teufel, Concepcion, ich will wissen, wer Sie sind und warum Sie mir in den Rücken fallen.«

Fünfzehn Sekunden lang herrschte tiefe Stille. »Bei Ihnen oder bei mir?«

# 32

»… das Gesicht des Mannes sah ich nicht, weil ich gefesselt war und mich nicht umdrehen konnte. Aber trotz der Schmerzen und Drogen erkannte ich die Stimme meines Chefs – Sean Garvey. Er war ein sogenannter Pendler, teils CIA, teils DEA, und er organisierte unsere Aktivitäten in Nordmexiko. Eines Tages verriet er mich und lieferte mich seinem Freund Anton Perchek aus …«

Als der Mann, der den falschen Namen Walter Concepcion trug, im Apartment angekommen war, hatte Harry die Beherrschung verloren. Ohne eine Erklärung abzuwarten, drückte er ihn im Flur gegen die Wand und hätte ihn geschlagen, wäre er nicht von Maura zurückgehalten worden. Jetzt saß er neben ihr im Wohnzimmer auf dem Sofa und hörte verblüfft zu, während Ray Santana berichtete, er sei Geheimagent bei der Drug Enforcement und drei Jahre lang in Mexiko tätig gewesen, dann gefangengenommen und von Anton Perchek gefoltert worden.

»… nachdem Garvey den Keller verlassen hatte, wies Orsino, ein Mitarbeiter des Drogenbosses, den Doktor auf einen Tunnel hin, der zu einem Haus auf der anderen Straßenseite führte. Da in Nogales eine Fiesta stattfand, herrschte dichtes Gedränge in den Straßen. Deshalb dachte Orsino, sie könnten der mexikanischen Polizei entwischen. Er wußte offenbar nicht, mit wem er's zu tun hatte. Natürlich war's kein Zufall, daß weder Fotos noch verläßliche Beschreibungen vom Doktor existierten. Perchek zog eine Pistole aus seiner Aktentasche und schoß in den Mund des armen Kerls. Dann richtete er die Waffe auf mich. Aber er ärgerte sich, weil ich nicht zusammengebrochen war. Damit hatte ich ihn zutiefst beleidigt. Ich sollte sterben, aber ganz langsam. Statt mich zu erschießen, injizierte er mir eine volle Spritze Hyconidol.«

»O Gott«, flüsterte Maura, und Santana erschauerte.

»Ja, es war grauenhaft – unbeschreiblich. Doch er irrte sich. Ich starb nicht …«

Fasziniert beobachtete Harry den Mann, der den Rest seiner Geschichte erzählte. Santanas Stimme klang vital, aber in den Augen lag eine seltsame Leere, so als befände er sich an einem fernen Ort. In Gedanken schien er jene Ereignisse noch einmal zu erleben.

*

»… Ray … Um Himmels willen, Ray, kommen Sie zu sich!« Eine beschwörende Stimme dringt in Santanas Bewußtsein, und er kämpft dagegen, um im Dunkel zu bleiben. Schließlich öffnet er stöhnend die Augen und versucht, das Gesicht hinter den Worten zu erkennen. Sein Körper fühlt sich an, als wäre er mit einem Baseballschläger traktiert worden, und er liegt auf dem schmutzigen Kellerboden, ein zusammengeknülltes Kleidungsstück unter dem Kopf. »Ray, ich bin's – Vargas. Wo ist Perchek? Bitte! Wir haben schon soviel Zeit verloren.«

Jetzt sieht er das Gesicht etwas klarer. Joaquin Vargas. Einer der Männer, die Alacantes' Vertrauen genießen und Rays Gefangennahme vorbereitet haben. Ein mexikanischer Geheimagent? »Vargas – nie hätte ich gedacht, daß Sie …«

»Schon gut. Wo ist Perchek?«

Ray steht mühsam auf, und die letzten Nebel verschwinden aus seinem Kopf. Offenbar überschätzt der Doktor seine vielgepriesene Droge. Oder er kennt Santana nicht. »Wie lange sind Sie schon hier?«

»Eine halbe Stunde. Vielleicht auch etwas länger. Sie lagen da wie ein gestrandeter Fisch. Zuerst glaubten wir, Sie wären tot.«

»Er ging da drüben in diesen Tunnel, der zu einem Haus auf der anderen Straßenseite führt.«

»In den Tunnel!« befiehlt Vargas. Sofort stürmen drei uniformierte Polizisten durch die Tür.

»Sie wissen nicht, wie er aussieht«, sagt Ray. »Aber ich schon. Ich brauche eine Waffe.«

»Moment mal, Ray, Sie sind zu …«

»Ich bin okay. Joaquin, Sie ahnen nicht, was der Bastard mir antat. Bitte, geben Sie mir Ihr Schießeisen.«

Widerstrebend legt Vargas seinen Revolver in Santanas Hand – eine Neun-Millimeter-Smith-&-Wesson.

Ray tätschelt seine Schulter. »Verdammt, Sie haben mich ganz schön zum Narren gehalten.« Ohne eine Antwort abzuwarten, läuft er die Treppe hinauf.

Falls Garvey die Wahrheit gesagt hat – wenn es auf den Straßen tatsächlich von Polizisten wimmelt, die alle Gringos checken, besteht die Chance, daß Perchek noch nicht fliehen konnte. Es ist fast achtzehn Uhr. Über der Hauptstraße liegen lange Spätnachmittagsschatten, eine kleine Parade marschiert zur Plaza. Auf den Gehsteigen stehen nur ein paar Leute – wahrscheinlich eine Ruhepause vor dem abendlichen Fest. Einige tragen Kostüme und Masken.

Versteckt sich Perchek hinter einer solchen Maske, womöglich zwischen den Mexikanern, die an der Parade teilnehmen? Oder hat er die Stadt bereits verlassen? Wohl kaum. Überall klopfen Polizisten an Türen, durchsuchen Seitengassen, versperren alle Wege, die aus Nogales führen.

Ray fühlt sich nach der Tortur elender, als er's wahrhaben will. Aber bei jedem Schritt wächst seine Zuversicht. Und er weiß, daß seine Kräfte zurückkehren werden, sobald er sie braucht. Er folgt der Parade, bis ihn einer von Vargas' Beamten zu sich ruft. Neben dem Polizisten steht ein Mann, der wild gestikuliert und unentwegt schwatzt, nackt bis auf eine rotseidene Unterhose.

»Diesen Burschen fanden wir da drüben in einer Seitengasse, Mr. Santana, gefesselt und geknebelt«, erklärt der Polizist. »Zwei Häuserblocks weiter. Er behauptet, vor knapp zehn Minuten habe ihm ein Gringo mit Waffengewalt sein

Kostüm weggenommen, Hände und Füße mit Stricken zusammengebunden und seinen Mund zugeklebt. Nun suchen wir einen maskierten Clown in einem rotgetupften Anzug, mit orangegelber Perücke. Nach der Beschreibung dieses Mannes müßten wir den Kerl bald aufspüren. Er kann uns gar nicht entwischen, weil die Plaza umstellt ist.«

Ray nickt, obwohl er spürt, daß da irgendwas nicht stimmt. Ohne mit der Wimper zu zucken, hat der Doktor den arglosen Orsino erschossen – einen Verbündeten. *Warum sollte er einen Clown, der sein Gesicht kennt, am Leben lassen?* Santana steckt die Smith & Wesson in seinen Gürtel, eilt zu der Gasse, wo der Mann gefunden wurde, und entdeckt ein zerknülltes Klebeband. Keine Menschenseele weit und breit … Unentwegt explodieren Knallkörper, also hätte man den Schuß wohl kaum gehört. Trotzdem lebt der Bursche.

Wonach Ray sucht, weiß er nicht, aber er umrundet hastig den schäbigen Häuserblock, dann den nächsten und übernächsten. Überall häuft sich der Abfall des Festes, mehrere Betrunkene schlafen in Eingängen oder zwischen Mülltonnen. Eine Gestalt, etwas abseits von den anderen, erregt sein Interesse, eine hübsche, etwa zwanzigjährige Frau, die auf der Seite liegt, den Rücken an eine Mauer gedrückt, unter einer zerschlissenen mexikanischen Decke. Noch bevor er sie erreicht hat, ahnt er, daß sie tot ist.

Bestürzt zieht er die Decke weg. Sie trägt nur einen weißen Baumwollslip. Und sie war schwanger – vielleicht im siebten Monat. Über der vergrößerten linken Brustwarze klafft ein obszönes Kugelloch, mit verkrustetem Blut gefüllt. Wahrscheinlich hat der Doktor ihre Kleider irgendwo versteckt, bevor er ins Clownskostüm geschlüpft ist, um sie später anzuzuziehen.

Von einem plötzlichen Adrenalinschub angespornt, erwachen Rays Beine zu neuem Leben. Während er zur Hauptstraße sprintet, zieht er den Revolver aus dem Gürtel. Ein

Jongleur, als Skelett kostümiert, produziert sich vor einem etwa fünfzigköpfigen Publikum. Hinter einer Ecke versteckt, beobachtet Santana die Leute. Sie schwatzen, feilschen mit Straßenhändlern oder schauen dem Jongleur zu.

Plötzlich sieht er sie. Auf der anderen Straßenseite. Langsam und unauffällig entfernt sie sich von der Menge – von ihm. Sie ist bloßfüßig, ein Schal verdeckt ihr Gesicht. Eine unscheinbare Passantin in einer bemerkenswerten Szenerie. Unscheinbar, ein wesentliches Attribut des Doktors.

Ray eilt den Gehsteig entlang, die Menge zwischen sich und der Frau. Wenn es tatsächlich Perchek ist, wird's nicht einfach sein, ihn zu schnappen. Ringsum tummeln sich zahlreiche potentielle Geiseln und potentielle Opfer, falls es zu einer Schießerei kommt. Nur ein einziger Versuch. Eine zweite Chance wird er nicht kriegen. Wenn er sich irrt, wird er eine schockierte, verletzte Frau beruhigen müssen. Aber er ist seit zwanzig Jahren Bulle, und die Erfahrung, die er in dieser Zeit gesammelt hat, sagt ihm, daß er sich nicht irrt. *Ein einziger Versuch.*

So lange wie möglich bleibt er im Schatten der Häuser. Dann stürmt er über die Straße, um die Frau von hinten anzugreifen. Erst in letzter Sekunde spürt sie die Nähe des Verfolgers und dreht sich um. Aber er ist bereits hochgesprungen, den Revolver in der Hand. Seine Schulter rammt ihren Rücken und schleudert sie auf die gefurchte Sandstraße. Im Augenblick des Zusammenpralls – sobald er die harten Muskeln spürt, weiß er, daß es Perchek ist.

Einen russischen Fluch auf den Lippen, dreht sich der Doktor auf den Rücken und will die Pistole in seiner rechten Hand heben. Aber das weite Umstandskleid behindert ihn. Mit der Linken packt Santana das Handgelenk seines Feindes, mit der Rechten drückt er die Smith & Wesson ins weiche Fleisch unterm Kinn. »Lassen Sie die Waffe fallen, Perchek, oder Sie sind tot.«

Die eisblauen Augen des Doktors scheinen ihn zu versengen, das Gesicht verzerrt sich zu einer haßerfüllten Grimasse.

Langsam, ganz langsam läßt Anton Perchek die Pistole aus seinen Fingern gleiten.

*

Harry massierte seinen Hals. Erst jetzt wurde ihm bewußt, daß er seit einer halben Stunde keinen Muskel bewegt hatte. Ray Santana saß ihm gegenüber – zusammengesunken, erschöpft von der Schilderung seiner Qualen.

Wortlos ging Maura in die Küche und kochte Kaffee. Niemand sprach, bevor sie das Tablett ins Wohnzimmer getragen und drei Tassen gefüllt hatte.

»Und was ist danach passiert?« fragte Harry.

»Nichts Gutes. Percheks Injektion brachte mich nicht um. Aber in den letzten sieben Jahren wünschte ich immer wieder, ich wäre daran gestorben. Mein Nervensystem hat einen irreparablen Schaden erlitten, und die Schmerzen sind chronisch. Manchmal ist's erträglich – oft die reine Hölle.«

»Sicher haben Sie einige Ärzte konsultiert.«

»Da sie Percheks Chemikalie nicht kannten, hatten sie keine Ahnung, wo sie anfangen sollten, und die meisten hielten mich für verrückt. Nun, Sie wissen ja, wie manche Ärzte die Dinge beurteilen, die nicht in den Lehrbüchern stehen. Sie dachten, ich hätte es nur auf Drogen oder eine staatliche Pension abgesehen. Schließlich quittierte ich den Dienst, aus gesundheitlichen Gründen, und wurde für hundertprozentig invalide erklärt. Ich gehe zu den Anonymen Alkoholikern und Drogensüchtigen, aber die können mich nicht von den Schmerzen befreien. Daheim in Tennessee gibt's glücklicherweise einen Arzt und einen Apotheker, die meine Schwierigkeiten verstehen. Also bekomme ich problemlos mein Percodan.«

»Und Ihre Familie?« fragte Maura.

Wehmütig zuckte Santana die Achseln. »Meine Frau Eliza versuchte zu begreifen, was mit mir geschehen war und was ich durchmachte. Aber da wir von den Ärzten nicht ermutigt wurden, gab sie's auf. Letztes Jahr heiratete sie einen Lehrer aus Knoxville.«

»Kümmert sich Ihr Sohn um Sie?«

»Er studiert. Ab und zu ruft er an. Ich habe ihn schon lange nicht mehr gesehen.«

»Wie traurig!« seufzte Maura.

»Ich kam ganz gut zurecht – bis vor ein paar Wochen. Erst ein Jahr, nachdem Perchek im mexikanischen Staatsgefängnis außerhalb von Tampico gelandet war, hörte ich, er sei während eines Fluchtversuchs bei einem Hubschrauberunfall getötet worden. Daran zweifelte ich. Wenn man genug Geld hat, erreicht man in Mexiko fast alles. Laut mehrerer verläßlicher Zeugenaussagen explodierte der Helikopter über dem Meer. Was man aus dem Atlantik fischte, wurde aufgrund einer röntgenologischen Untersuchung der Zähne als Perchek identifiziert.«

»Das schien Sie nicht zu überzeugen.«

»Drücken wir's mal so aus – was ich glauben wollte und was ich glaubte, war zweierlei.«

»Wieso sind Sie nach New York gezogen?« fragte Harry.

»Weil mich ein alter Freund anrief, der fürs gerichtsmedizinische FBI-Labor in Washington, D.C., arbeitet. Mr. Sims, Ihr Experte, hatte ihm ein paar Fingerabdrücke zur Identifikation geschickt. Einer stimmt zu etwa fünfundneunzig Prozent mit Percheks Daumenabdruck überein – was mich nicht sonderlich überraschte, schon gar nicht, als ich erfuhr, er sei im Krankenhauszimmer einer ermordeten Frau gefunden worden. Deshalb kam ich hierher und überlegte, wie ich an Sie rankommen sollte. Mein Freund in D.C. versprach, mir etwas Zeit zu lassen, bevor er Sims informieren würde.«

»Aber warum haben Sie uns denn verheimlicht, wer Sie sind?«

»Offen gestanden, ich wußte nicht, auf welcher Seite Sie stehen. Ich dachte, Sie könnten Perchek beauftragt haben, Ihre Frau zu töten. Nicht einmal nach der Nacht im Central Park war ich mir hundertprozentig sicher.«

Harry stöhnte. »Dann haben *Sie* diesen Mann erschossen!«

»Stört Sie das?«

»Allerdings.«

»Immerhin habe ich Mauras Leben gerettet. Und Ihres vielleicht auch.«

»Hätten Sie diese Männer festgenommen, statt einen umzubringen, würde Andy Barlow wahrscheinlich noch leben.«

»Seien Sie nicht albern, Harry!« fauchte Santana. »Hier haben wir's mit Killern zu tun – nicht mit Universitätsprofessoren oder Sozialarbeitern, sondern mit Killern. Ist das klar? Diese Leute lassen sich nicht aufs Polizeirevier schleppen – sie morden. Tut mir leid um Barlow. Er hätte nicht sterben dürfen. Aber ich bin nicht dran schuld.«

»Sie sind gefährlich – eine wandelnde Dynamitstange mit ganz kurzer Zündschnur. Im Grunde ist's Ihnen egal, wer draufgeht, solange Perchek auch ins Gras beißt.«

»Damit haben Sie völlig recht, *Bruder*.«

»Wahrscheinlich fliege ich Ihretwegen aus dem MMC raus, *Bruder*.«

»Unsinn! Vielleicht werden sie abgemahnt, aber sicher nicht gefeuert. Dafür ist Ihr Anwalt zu gut. Regen Sie sich ab, wir nehmen die Plakate runter. Jetzt haben sie lange genug an den Wänden gehangen, um Perchek zu ärgern, und ihren Zweck erfüllt.«

»*Um Perchek zu ärgern!* Sie sind wirklich unbezahlbar! Ist Ihnen aufgefallen, wie oft das gottverdammte Telefon geklingelt hat, seit Sie hier sitzen? Alle Irren von Manhattan glauben, sie könnten mir fünfzigtausend Dollar abluchsen. *Und Sie wollen Perchek ärgern!* Verschwinden Sie, Santana. Ich hab' schon genug Probleme mit meinen Feinden. Auf die Machenschaften meiner sogenannten Freunde kann ich verzichten.«

Jetzt verlor Maura die Geduld. »Seid endlich still! Es ist mir egal, ob ihr euch mögt oder nicht. Aber wenn jeder auf eigene Faust loszieht, wird er diesen Perchek wohl kaum schnappen. Harry, du bist Arzt, kein Bulle. Und Sie, Ray, können nicht so einfach ins Krankenhaus spazieren, wo der Kerl sein Unwesen treibt. Also seid ihr aufeinander angewiesen.« Harry starrte Santana an, und Maura sprang auf. Die Hände in die Hüften gestemmt, stand sie zwischen den beiden Männern. »Soll ich euch zum Händedruck zwingen – wie Schuljungs nach einer Keilerei? Okay. Wir halten zusammen, und bevor wir was unternehmen, besprechen wir's. Abgemacht?«

»Abgemacht«, murmelten sie.

»Also, dann kommt!« befahl sie hastig, ehe ein neuer Streit ausbrechen konnte. »Nehmen wir die Plakate runter.«

*

Vor dem schwarzen Brett außerhalb der chirurgischen MMC-Abteilung drängten sich einige Leute – Schwestern, medizinisch-technische Assistenten und Ärzte, darunter ein Anästhesist, ein Internist und Caspar Sidonis. Alle redeten gleichzeitig und gaben ihre Kommentare zu den Fahndungsfotos ab, die über Nacht im ganzen Krankenhaus aufgetaucht waren.

»Den habe ich schon mal gesehen«, sagte eine Schwester und zeigte auf das Foto, das einen bärtigen Perchek zeigte.

»Seit dir dein Billy letztes Jahr weggelaufen ist, hast du alle Kerle in der City gesehen, Janine«, entgegnete eine Kollegin.

»Das finde ich gar nicht komisch«, zischte Janine.

»Ganz recht, Janine«, mischte Sidonis sich ein, »und diese

neueste – Demütigung unserer Klinik ist auch nicht komisch.« Sobald der Chefkardiologe das Wort ergriffen hatte, waren alle anderen verstummt. »Wie jeder im MMC weiß, hat Harry Corbett seine Frau getötet. Er ertrug den Gedanken nicht, sie zu verlieren. Deshalb brachte er sie um. So einfach ist das. Natürlich stellen diese Bilder nur ein Ablenkungsnmanöver dar. Der Mann ist unzurechnungsfähig, ebenso wie die Frau, die das Originalporträt gezeichnet hat – das Produkt eines kranken, vom Alkohol umnebelten Gehirns, mehr nicht. Warten Sie's nur ab. Ich hab's satt, wie Corbett die Leute in unserem Hospital manipuliert. Fünfzigtausend Dollar Belohnung! Also wirklich!«

Hastig zerstreute sich das Personal, peinlich berührt vom Gefühlsausbruch des Herzspezialisten, der – was mittlerweile die Spatzen von den Dächern pfiffen – mit der ermordeten Patientin liiert gewesen war. Als er sich zum Gehen wandte, stieß er beinahe mit einem Mann im langen Laborkittel zusammen. Die Kennkarte auf der Brusttasche identifizierte einen Gastprofessor namens Heinrich Hauser, zur Zeit in der endokrinologischen Abteilung tätig.

»Da muß ich Ihnen beipflichten, Doktor«, bemerkte Hauser mit ausgeprägtem deutschem Akzent. »Dieser Corbett macht uns allen eine Menge Ärger.«

»Danke, Doktor«, erwiderte Sidonis und musterte den Arzt, der etwa zehn Zentimeter kleiner war als er selbst, mit kurzgeschnittenem grauem Haar, dicken Brillengläsern und gelblichen Zähnen. Dieses Gebiß widerte den Kardiologen an. Instinktiv wich er zurück und fürchtete, schlechter Atem könnte seinen Geruchssinn beleidigen. Soviel er sich erinnerte, hatte er den Mann nie zuvor gesehen. Aber er nahm nur selten Notiz von Leuten, die seinen Interessen nicht dienlich waren.

»Nun wünsche ich Ihnen noch einen angenehmen Tag«, sagte Hauser.

»Gleichfalls …« Sidonis schaute ihn mit schmalen Augen an. »Sind wir uns schon einmal begegnet?«

Das gelbe Grinsen veranlaßte Sidonis, rasch wegzuschauen. »Das bezweifle ich, Doktor. Aber vielleicht werden wir uns bald wieder treffen.«

## 33

Am Abend ging die dreitägige Hitzewelle in einen angenehmen Sommerregen über. Harry verließ sein Apartment um halb elf und fuhr mit einem Taxi zur East Side. Um sich an die Anweisung zu halten, trug er eine Kappe im Baseballstil – die einzige, die er in seinen Schränken gefunden hatte. Sie stammte aus Evies Washingtoner Zeit, marineblau, mit goldener Aufschrift über der Krempe: ›U.S. Senate‹. Nachdem er das Vorwort von Desirees Werk ›Zwischen den Laken‹ gelesen hatte, fragte er sich, ob die Mütze vielleicht eine Trophäe war.

Owen Erdman war wütend gewesen, weil man die Plakate aufgehängt hatte, trotz jener ausdrücklichen Vereinbarung. Aber Harry nahm alle herunter, und so lief er – wie Santana prophezeit hatte – nicht Gefahr, seine Stellung im MMC zu verlieren. Ray und ein Gehilfe, den er engagiert hatte, entfernten die Fahndungsbilder aus sechs anderen Krankenhäusern.

Als die beiden Männer das Apartment verließen, grollten sie einander immer noch. Harry vertraute Santana nicht mehr, der nur im eigenen Interesse handelte und behauptete, jedes Opfer, das irgend jemand bringen und das zu Percheks Tod führen würde, lohne sich.

Eine Zeitlang überlegten sie, ob sie Albert Dickinson einweihen sollten, um die Dinge zu beschleunigen. Doch sie besannen sich eines Besseren. Statt ihnen zu helfen, würde der

Lieutenant eher Probleme heraufbeschwören. Der Doktor war arrogant und tollkühn, aber nicht dumm. Womöglich würde Dickinson ihn veranlassen, irgendwo unterzutauchen – das Schlimmste, was passieren könnte.

Während Harry und Santana die Plakate von den Wänden rissen, blieb Maura in der Wohnung und nahm die Anrufe entgegen. Pro Stunde meldeten sich zwei bis drei Leute. Die meisten erzählten nur Unsinn. Aber einige Informationen klangen interessant. Maura hatte sie pflichtbewußt notiert und versprochen, zurückzurufen.

Fünfzehn Minuten vor dem Treffen mit Kevin Loomis bezahlte Harry den Taxifahrer an der Ecke Park und Fifty-first und ging den restlichen Weg zu Fuß. Obwohl er bezweifelte, daß er verfolgt wurde, hatte er das Erlebnis in Desirees Wohnung nicht vergessen. Er schlenderte zur Forty-ninth hinunter und zurück, blieb in mehreren Eingängen stehen, um die Ereignisse auf der Straße zu beobachten. *Nichts*. In dieser Nacht arbeitete die Müllabfuhr, und der schwache Regen konnte den Gestank der gefüllten Plastiksäcke, die vor allen Türen lagen, nicht vertreiben. Seit dem letzten längeren Müllmännerstreik in Manhattan war einige Zeit vergangen. Und in solchen Sommernächten konnte Harry verstehen, warum man solche Probleme schnell zu lösen pflegte.

Um diese Zeit herrschte kaum Verkehr. Die Kreuzung Fifty-first und Third war fast leer. Evies U.S.-Senate-Mütze tief in die Stirn gezogen, lehnte er an einem Lampenpfosten und wartete. Fünf Minuten nach elf hielt ein gelbes Taxi am Straßenrand, und die Beifahrertür schwang auf. »Steigen Sie ein, Doktor«, sagte der Chauffeur. Seine Stimme klang wie Schmirgelpapier.

»Sind Sie Loomis?« fragte Harry, als das Auto nach Norden bog.

»Nein.« Der Fahrer schwieg, bis sie sich der Ecke Fifth Avenue und Fifty-seventh näherten. »Wenn ich die Fifth überquert habe, springen Sie raus und laufen zur Sixtieth. Da werden Sie abgeholt. Ich hab' mein Geld schon gekriegt. Beeilen Sie sich.« Er drosselte das Tempo, und ehe die Ampel auf Rot wechselte, raste er dicht vor dem Fifth-Avenue-Verkehr über die Kreuzung, womit er ein wütendes Hupkonzert entfachte. Aber falls ihnen ein Wagen folgte, hatte das Manöver ihn abgehängt.

Harry rannte die Fifth hinauf zur Sixtieth. Sobald er die Ecke erreichte, rollte ein schwarzer Lexus heran. Die Tür öffnete sich. Während das Auto langsam weiterfuhr, stieg Harry ein. Am Steuer saß ein attraktiver Mann um die Vierzig, der zum Central Park South abbog und beschleunigte. »Kevin Loomis«, stellte er sich vor. »Verzeihen Sie die Nacht-und-Nebel-Aktion. Bedauerlicherweise bin ich mir nicht einmal sicher, ob das Theater was genutzt hat. Stallings und ich waren wirklich sehr vorsichtig. Trotzdem haben sie unsere Zusammenkunft beobachtet. Und auf dem Rückweg zum Büro erlitt er einen Herzstillstand.«

»Wer sind *sie*?«

»Die Leute, die ich für die Mörder Ihrer Frau halte. Deshalb beschloß ich, Sie heute abend zu treffen. Das sind Manager aus der Versicherungsbranche, die sich in einem Verein namens Tafelrunde organisiert haben. Und ich gehöre auch dazu.« Sie bogen in den West Side Highway und fuhren nordwärts.

Verblüfft hörte Harry zu, während Loomis den Geheimbund beschrieb und seine Probleme erläuterte. Harry mochte den Mann auf Anhieb – die präzise Ausdrucksweise, die Cleverneß, die nach der Bronx roch. Falls die Tafelrunde so exklusiv war, wie Kevin Loomis sie darstellte, konnte man kaum glauben, daß er sich zu den Mitgliedern zählte.

Zwei Punkte erregten Harrys Aufmerksamkeit. Erstens die Heimlichtuerei und das Mißtrauen – offensichtlich hatte Loomis nur sehr wenig über die anderen Ritter erfahren, deren

Verein eher einer Undercover-Regierungsorganisation glich als einem Club alter Knaben. Und zweitens der Eindruck, den der Charakter des Mannes machte. Was Evie und Stallings zugestoßen war, schien ihn ernsthaft zu bekümmern. Trotzdem wirkte er weder verängstigt noch verzweifelt, sondern ruhig und gelassen. Seltsam – am Telefon hatte seine Stimme ziemlich nervös geklungen.

»Was Ihre Frau betrifft, kann ich nur Vermutungen anstellen«, fuhr Loomis fort. »Ich nehme an, Sie hatten nichts mit ihrem Tod zu tun.«

»Sicher, es gab Probleme in unserer Ehe. Aber ich hätte Evie niemals umgebracht.«

»Die Leute von der Tafelrunde sind schrecklich paranoid, und sie dachten, Desiree hätte ihnen nachspioniert.«

»Nein, sie schrieb ein Buch und bereitete eine TV-Sendung vor – über das Thema Sex und Macht im Geschäftsleben und in der Politik.« Harry schilderte die Ereignisse in Desirees Apartment, ohne den Doktor zu erwähnen. »Als Evie Ihrer Gruppe in diesem Hotel begegnete, durchsuchte sie Ihre Brieftaschen, sobald sich eine Gelegenheit ergab, und fand heraus, daß Sie alle in der Versicherungsbranche tätig sind. Mehr wußte sie sicher nicht. Ich glaube, sie hatte nicht die leiseste Ahnung, warum Sie Ihre Sitzungen abhielten.«

»Offensichtlich war die Tafelrunde anderer Meinung. In meiner Gegenwart deuteten die Ritter nicht einmal an, daß sie Desiree aufspüren und ermorden wollten. Aber sie haben's getan. Daran zweifle ich keine Sekunde lang. Wer ihr dieses Mittel injiziert hat, weiß ich nicht. Wahrscheinlich derselbe Kerl, der unsere kostspieligen Versicherungsnehmer beseitigt.«

»Zum Beispiel Andy Barlow, einen meiner Patienten. Und der Bastard war auch noch so unverschämt, diesen Mord vorher anzukündigen.« In knappen Worten berichtete Harry von seinen Telefongesprächen mit dem Killer.

Bevor er seine Informationen über Anton Perchek preisgab, wollte er etwas mehr über Loomis und dessen Motive erfahren. Sie erreichten die Bronx über den Henry Hudson Parkway und fuhren zum Van Cortland Park.

Unbehaglich fragte sich Harry, ob Loomis log oder etwas verschwieg. »Kevin, wieso erzählen Sie mir das alles? Sie gehören doch zu dieser Tafelrunde. Wenn sie vernichtet wird, hätten Sie auch drunter zu leiden.«

»Nun, da gibt's mehrere Gründe. Ich habe eine ganze Menge über Sie gelesen, Doc. Und es mißfällt mir, daß man Ihr Leben zerstören will. Sie nahmen am Vietnamkrieg teil und wurden für Tapferkeit vor dem Feind ausgezeichnet. Damals war ich noch zu jung, um zu kämpfen. Aber mein Bruder Michael verlor da drüben ein Bein. Außerdem geht mir die ganze Sache an die Nieren. Verstehen Sie mich nicht falsch – ich bin kein Heiliger. Wirklich nicht. Die meisten Aufträge, die ich von der Tafelrunde erhalten würde, könnte ich erledigen, ohne mit der Wimper zu zucken. Doch jetzt weiß ich, daß Patienten ermordet werden, und da hört's bei mir auf – ganz egal, ob sie unheilbar sind oder wieviel sie die Versicherungsträger kosten. Ich möchte als Kronzeuge aussagen und irgendeinen Deal mit der Staatsanwaltschaft aushandeln – falls ich Beweismaterial finde.«

»Was meinen Sie?«

»Es gibt keine schriftlichen Unterlagen, und Stallings war der einzige, der meine Aussage vielleicht bestätigt hätte. Trotzdem will ich's versuchen, den Behörden dieselbe Geschichte erzählen, die Sie soeben gehört haben, und die Namen nennen, die ich kenne. Aber ich glaube, die Anwälte der anderen Ritter werden mich in Stücke reißen.«

»Nicht unbedingt. Die ganze Zeit hatte ich das Gefühl, daß Evies Mörder mich verschont, weil ich der Hauptverdächtige bin. Warum sollte er mich loswerden? Und da alles auf mich hindeutet – was sollte Stallings oder Sie veranlassen, diese

Verbrechen der Tafelrunde anzulasten? Also haben die Ritter nichts zu befürchten.«

»Genau. Sie sagten, der Mörder Ihrer Frau habe Sie zum Selbstmord treiben wollen. Und das hätte den Ausschlag gegeben. Was Stallings angeht, bin ich mir nicht sicher – aber ich hätte sofort aufgehört, die Tafelrunde zu verdächtigen.«

»Was Sie vorhaben, erfordert sehr viel Mut. Wenn Sie sich an die Behörden wenden, werde ich Ihnen beistehen – falls das ein Trost ist.«

»Danke. Leider wäre es kein Pluspunkt – nach allem, was über Sie in den Zeitungen steht. Die Bullen hassen Sie.«

»Sogar abgrundtief«, betonte Harry grinsend. »Hören Sie zu, Kevin. Mir ist da was eingefallen, das uns weiterhelfen könnte. Erinnern Sie sich an die Kriterien auf diesem Papier, das Stallings Ihnen gezeigt hat?«

»Da habe ich noch was Besseres.« Kevin gab ihm den Computerausdruck von Merlins Programm – die Faktoren, die Beth DeSenza den Job gekostet hatten. Dann bog er in den Mosholu Parkway, um über den Major Deegan Expressway zur City zurückzukehren.

»Wie viele Versicherungsgesellschaften sind darin verwickelt?« fragte Harry.

»Vermutlich fünf – meine oder Stallings' Firma nicht mitgerechnet. Zwei kenne ich – Comprehensive Neighborhood Health und Northeast Life and Casualty. Welche Konzerne die drei anderen Ritter repräsentieren, weiß ich noch nicht. Aber das werde ich rauskriegen.«

»Seien Sie bloß vorsichtig. Offensichtlich haben diese Typen was gegen Leute, die ihnen Steine in den Weg legen.« Harry studierte die Faktoren. »Wie hoch ist die geringste Summe, für die sich so ein Mord lohnt? Eine halbe Million?«

»Exakt.«

Harry rollte den Ausdruck zusammen und schlug damit auf seine Faust. Allmählich nahm seine Idee Gestalt an. »Kevin, ich weiß es wirklich zu schätzen, daß Sie sich an mich gewandt haben, bevor Sie zum Bezirksstaatsanwalt gegangen sind. Und jetzt werde ich *Ihnen* was zeigen.« Als er eine zusammengefaltete Kopie des Plakats hervorzog, bog Kevin in eine Seitenstraße und schaltete die Innenbeleuchtung des Autos an.

»Nie gesehen«, erklärte er nach einer halben Minute.

»Das ist Evies Mörder. Dafür haben wir Beweise. Kurz bevor er die tödliche Injektion verabreichte, beobachtete ich ihn vor ihrer Tür. Und ihre Zimmergenossin sah ihn reinkommen. Glücklicherweise hinterließ er einen Fingerabdruck, der vom FBI-Labor identifiziert wurde. Er heißt Anton Perchek, ein Arzt, Kevin, auf der ganzen Welt als meisterhafter Folterknecht bekannt, der seine Opfer während ihrer gräßlichen Qualen wach und am Leben erhält. Angeblich starb er vor sechs Jahren bei einem Hubschrauberunfall, nachdem er aus einem mexikanischen Gefängnis geflohen war.«

»Und Sie glauben, er arbeitet für die Tafelrunde?«

»Zweifellos ist er der Mann, der die unheilbaren Patienten eliminiert.«

Kevin gab das Plakat zurück und lenkte den Lexus wieder auf den Highway. Eine Zeitlang schwiegen sie, dann sagte er, ohne den Blick von der Straße abzuwenden: »Nageln Sie ihn fest.«

Nachdenklich runzelte Harry die Stirn. »Da fällt mir was ein. Vorhin erwähnten Sie zwei der betreffenden Firmen. Ich habe nicht allzu viele Patienten von der Comprehensive. Aber einige sind bei Northeast Life versichert. Angenommen, ich suche einen aus, diagnostiziere eine unheilbare Krankheit und schicke ihn ins MMC …«

»Das könnten Sie tun?«

»Ich glaube schon. Würde der Ritter von Northeast Life nach dem Köder schnappen? Wie heißt er?«

»Pat Harper alias Lancelot, der Mann, der Stallings die Aufnahme in den Insiderkreis angeboten hat – unter grausigen Bedingungen.«

»Also würde alles auf ihn hinweisen, wenn mein Patient in Gefahr geriete. Sehr gut.«

»Wollen Sie den armen Kerl tatsächlich diesem Anton Perchek ausliefern?«

»Oh, ich kenne jemanden, der mit Vergnügen den Köder spielen würde. Könnten Sie mich zu meiner Praxis bringen? In der 116th, bei der Fifth.«

»Klar. Ich wußte ja, daß es richtig war, Kontakt mit Ihnen aufzunehmen.«

Wieder einmal fühlte Harry sich unbehaglich. Loomis hatte kein einziges Mal erwähnt, wie sich sein Plan auf seine Familie und ihn selbst auswirken würde. Von seiner Familie war nie die Rede gewesen. Und er hatte beschlossen, sich zunächst an Harry und erst dann an den Bezirksstaatsanwalt zu wenden. *Warum?* Hatte er überhaupt vor, die Behörden zu informieren?

*Nageln Sie ihn fest.* Warum nicht *wir*?

Und dann erkannte Harry plötzlich die Wahrheit. Was ihn an dem Mann störte, war die Kaltschnäuzigkeit – so als würden die geschilderten Ereignisse jemand anderen betreffen. Und er hatte mit Harry gesprochen, weil er gar nicht beabsichtigte, den Staatsanwalt aufzusuchen. Jetzt ergab alles einen Sinn. Loomis' innere Ruhe, sein unerschütterlicher Gleichmut. Keine Spur von Angst. Er war Vizepräsident einer Versicherungsgesellschaft. Wenn er starb, würde seine Familie bestens versorgt sein.

»Sind Sie okay?« fragte Harry, als sie sich den Lichtern der City näherten.

»Eh? Oh – natürlich. Ich mache mir immer noch Sorgen. Aber nachdem ich mit Ihnen geredet habe, fühle ich mich besser.«

»Gut. Wir können die Tafelrunde unschädlich machen. Das wissen Sie.«

»Ja.« Jetzt schwang unverkennbare Trauer in Loomis' Stimme mit.

»Kevin, Sie wissen, was ich im Krieg erlebt habe.«

»Nur, was in den Zeitungen stand.«

»Meine Truppe geriet in einen Hinterhalt. Auf einem Berghang hatten sich einige Vietcongs verschanzt, die uns mit Granaten bewarfen. Die meisten unserer Jungs starben oder wurden schwer verletzt. Irgendwie schaffte ich's, drei zum Sanitätshubschrauber zu schleppen. Dafür bekam ich die Medaille – als hätte ich damals gewußt, was ich tat. Und dann explodierte direkt hinter mir ein Geschoß. Wahrscheinlich traf es eine Miene, denn der halbe Dschungel schien in die Luft zu gehen. Keine Ahnung, wer mich da rausgeholt hat ... Eine Woche später kam ich wieder zu mir. Man hatte mehrere Metallsplitter aus meinem Rücken geschnitten und eine halbe Niere rausoperiert. Ein paar Monate verbrachte ich in einer Reha-Klinik. Die Schmerzen waren grauenhaft, und ich dachte eine Zeitlang, ich würde nie mehr gehen können.«

»Aber Sie können wieder gehen.«

»Ja. Und nun komme ich zur Pointe meiner Geschichte. Nach drei Monaten hielt ich's nicht mehr aus. Ich fuhr in einem Rollstuhl aus der Klinik, einen Revolver unter der Decke versteckt. Eine halbe Stunde lang – verdammt, ich weiß nicht mehr, wie lange – saß ich im Wald, das Schießeisen im Mund, den Finger am Abzug.«

»Und warum haben Sie nicht abgedrückt?«

Harry zuckte die Achseln. »Wahrscheinlich wurde mir klar, daß das nicht *mein* Job war.«

Inzwischen hatten sie den Fluß überquert und näherten sich der Praxis.

»Gut für Sie.«

»Kevin, die Hoffnungslosigkeit ist ein relativer Begriff.

Sicher, James Stallings' Situation ist hoffnungslos. Aber Ihre nicht. Denken Sie darüber nach, ja?«

Sekundenlang gewann Harry den Eindruck, Kevin würde antworten. Doch er nickte nur und konzentrierte sich auf die Straße. Harry fand, er hätte genug gesagt, um einem Mann, den er kaum kannte, Ratschläge zu erteilen. Zumindest hatte er seine Meinung ausgesprochen. Schweigend fuhren sie bis zur Praxis.

»Sollte ich noch irgendwas wissen, bevor ich den Köder für Sir Lancelot auswerfe?«

»Tun Sie einfach nur, was nötig ist«, erwiderte Loomis. »Viel Glück.«

Harry stieg aus dem Lexus. Mittlerweile hatte es zu regnen aufgehört, aber die Luft war immer noch feucht. »Warten Sie noch eine Woche, bevor Sie zum Bezirksstaatsanwalt gehen. Vorerst könnte uns die Publicity schaden.«

»Kein Problem. Ich hatte ohnehin vor, Ihnen Bescheid zu geben, bevor ich dahin gehe.«

»Danke. Und – Kevin?«

»Ja?«

»Tun Sie all ihren Mitmenschen einen Gefallen und warten Sie das Ende der Ereignisse ab«, bat Harry.

Verlegen wich Loomis seinem Blick aus. »Ja, sicher. Vielen Dank.«

*

Um Mitternacht fand Harry, was er suchte – einen Patienten zwischen fünfunddreißig und fünfundfünfzig, bei Northeast Life und Casualty versichert. Max Garabedian, achtundvierzig Jahre alt, Hausmeister in einer Schule – sehr pflichtbewußt und ein bißchen hypochondrisch veranlagt. Aber im großen und ganzen war er gesund. Und darauf kam es an. Natürlich durfte er nicht in eine andere Klinik eingeliefert werden, wenn er bereits im MMC lag.

Harry überlegte, ob er ihn anrufen und einweihen sollte. Besser nicht. Wenn Garabedian dem Plan zustimmte, würde man ihn womöglich des Versicherungsbetrugs bezichtigen. Nein, der Mann brauchte nicht zu erfahren, daß er sich ins Krankenhaus begeben würde, um eine unheilbare Krankheit behandeln zu lassen.

Harry notierte alle Daten, die man in der MMC-Aufnahme brauchen würde. Nun gab es nur mehr zwei Probleme: Er mußte eine geeignete Krankheit erfinden und Ray Santana überreden, den Köder zu spielen.

## 34

Harry stieg in Grey 2 aus dem Lift und ging zu dem Regal neben der Schwesternstation, in dem die Krankenblätter lagen. Wenn er sich auch bemühte, kein Aufsehen zu erregen, so wußte er doch, daß alle Schwestern und Pfleger und Sekretärinnen in der Abteilung seine Ankunft registrierten. Außerdem versuchte er nonchalant zu wirken, obwohl er sich wie auf einer Nachtpatrouille im Dschungel fühlte.

Vor drei Tagen hatte er den Patienten einliefern lassen, der unter dem Namen Max Garabedian im Zimmer 218 lag, Harry besuchte ihn jeden Morgen. Um den Mann vor einer Anklage wegen Betrugs zu bewahren, würde er noch einen anderen Patienten ins MMC einweisen, wahrscheinlich sogar *mehrere*. Bis jetzt funktionierte die Farce, was er gründlichen Vorbereitungen und einem unglaublichen Glück verdankte. Aber die Uhr tickte. Nach zweitägiger intensiver Arbeit hatte er Ray Santana ins Krankenhaus expediert. Die Diagnose lautete: »Akute lympho-zythämische Leukämie, kompliziert durch eine zu geringe Anzahl weißer Blutkörperchen und bakterielle, womöglich tödliche Herzinnenhautentzündung.« Um Sir

Lancelots Versicherungsgesellschaft zu alarmieren, hatte Harry noch hinzugefügt, Garabedian sollte von Kopf bis Fuß geröntgt werden und zudem sei er für eine Knochenmarkstransplantation vorgesehen. Kevin Loomis hatte den Fall getestet und die Daten durch den Computer von Crown Health and Casualty laufenlassen. Wie sich dabei herausstellte, würden die Behandlungskosten in den 2,2 Jahren, die Garabedian vermutlich noch zu leben hatte, 697.000 $ betragen. Dazu kamen 226.000 $ für die Knochenmarkstransplantation, die seine Lebenserwartung auf 13,6 Jahre verlängern würde. Wenn Lancelot das Auswahlprogramm der Tafelrunde benutzte, würde Max Garabedians Name im Northeast-Life-Computer wie ein Leuchtfeuer strahlen.

Harry studierte Garabedians Krankenblatt, die Notizen und Laborberichte, die er eingetragen hatte. Das Testergebnis stand unter dem Namen des Chefhämatologen. Diese Notiz hatte er selbst unterzeichnet und die Kopie, die im Fach des Hämatologen abgelegt worden war, verschwinden lassen. Solche Manöver sollten verhindern, daß Schwestern und Sekretärinnen Verdacht schöpften. Aber jede Maßnahme vergrößerte die Gefahr der Entdeckung, und Harry geriet unter wachsenden Druck. Jede Nacht schlief er nur vier bis fünf Stunden. Er hatte keinen Appetit und litt an einem unangenehmen trockenen Husten, den er seinen flatternden Nerven zuschrieb.

Um die Anspannung noch zu erhöhen, schienen die Tafelrunde und der Doktor vorerst nicht nach dem Köder zu schnappen.

Harry ergänzte das Krankenblatt mit einem längeren Bericht über Garabedians bisherige Therapie. So wie bei den beiden ersten Visiten redete das Personal auch diesmal nur mit ihm, wenn er jemanden direkt ansprach. Sehr gut. Je weniger man ihn befragte, desto seltener mußte er lügen. Und er war noch nie ein guter Lügner gewesen.

»Wahrscheinlich Tuberkulose«, fügte er hinzu, um die

Schwestern von überflüssigen Besuchen in Max' Zimmer abzuhalten. Alles in allem mußte dieses Krankheitsbild sogar die großzügigsten Versicherungsträger aufrütteln. Und wenn das Klinikpersonal Ray Santanas hagere Gestalt, die bleichen, eingefallenen Wangen und dunklen Schatten unter den Augen betrachtete, würde es wohl kaum an der erschreckenden erfundenen Diagnose zweifeln.

*Betrug.*

Garabedian, den Harry bei der Einweisung als ›erfolgreichen Börsenmakler‹ bezeichnet hatte, lag in einem Einzelzimmer. Während seines Aufenthalts im MMC sollte er von seinen eigenen, speziell ausgebildeten Schwestern betreut werden. Eine Privatdetektivin namens Paula Underhill übernahm die Nachtschicht, Maura die Tag- und Abendschichten, mit Brille und brünetter Perücke. Wegen der erforderlichen Vorsichtsmaßnahmen trugen beide Gesichtsmasken und desinfizierte Kittel. Natürlich würde auch Anton Perchek in Tarnkleidung erscheinen. Aber Maura und Santana glaubten, sie würden ihn sofort erkennen. Und Paula Underhill, eine drahtige junge Frau aus Brooklyn, Inhaberin eines schwarzen Kenpo-Karategürtels, wollte ihr Bestes tun.

*Betrug.*

Die Spezialschwestern halfen Harry, ein besonders kniffliges Problem zu lösen – die Labortests. Täglich ließ er das Blut analysieren, aber nicht die Anzahl der weißen Blutkörperchen, die bei Santana normal war. Da seine eigenen Schwestern für ihn sorgten, würde das MMC-Personal die Testergebnisse nicht allzu genau verfolgen, wenn überhaupt. Diese Prozedur sollte den Eindruck erwecken, der Patient würde einen gewaltigen Arbeitsaufwand erfordern und deshalb zusätzliche Privatschwestern brauchen. In Garabedians Krankenblatt standen auch die gefälschten Resultate der Blutuntersuchungen, die Harry in seiner Praxis vorgenommen hatte. Falls er Hinweise vom Klinikpersonal erhielt, würde er weitere Labortests vornehmen lassen. Aber er hörte nichts.

Die meisten anderen Details waren einfach zu bewältigen – zumindest theoretisch. In Gaze gewickelt, klebten die Infusionsschläuche an Santanas Haut. Die Medikamente tropften in die Gaze oder ins Spülbecken. Entweder verschwanden die Tabletten sofort, oder der Patient verbarg sie unter der Zunge, bis sie beseitigt werden konnten. Natürlich schluckte er alle drei bis vier Stunden Percodan oder Demerol, um seine Schmerzen zu lindern.

*Betrug.*

Die letzte Hürde war die griffbereite Pistole, auf der er bestand. Sowohl die Privatdetektivin, selbst bewaffnet, als auch Maura, die keine Waffe trug, wollten ihm helfen, das Schießeisen notfalls zu verstecken.

*Betrug. Betrug. Betrug.*

Harry beendete seine Eintragungen ins Krankenblatt mit der Erklärung, Garabedians Zustand würde sich ein wenig bessern. Aber er müsse noch zehn bis vierzehn Tage in der Klinik bleiben. Northeast Life and Casualty beschäftigte, wie die meisten Versicherungsträger in der schönen neuen medizinischen Welt, ein Team, das die Krankenblätter der stationär behandelten Patienten überprüfte, um weitere Zahlungen zu verweigern, sobald die ›Diagnose‹ eine Entlassung erlaubte.

Vor dem Zimmer 218 stand ein Metallwagen mit Handschuhen, Kitteln und Masken, die bei einer Isolation infolge infektiöser Krankheiten benötigt wurden. Harry staffierte sich entsprechend aus, betrat das Zimmer und schloß die Tür. Neben dem Bett saß Maura, einen Skizzenblock auf den Knien. Ray schaute sich ›Regis and Kathie Lee‹ im Fernsehen an.

»Irgendwelche Probleme?« fragte Harry.

»Er will, daß ich ihn im Bett wasche«, seufzte Maura.

»He, als ich das letztemal im Hospital lag, wurde ich jeden

Tag zweimal gewaschen«, klagte Ray. »Soll ich etwa auf liebevolle Betreuung verzichten – nur weil ich nicht krank bin?«

»Keine Wäsche im Bett«, entschied Harry. »Statt dessen verordne ich Ihnen drei Einläufe pro Tag.«

»Und ich hab' mich nicht mal getraut, um *einen* zu bitten.«

»Vermutlich hat sich noch niemand blicken lassen.«

»Keine Menschenseele. Das Personal meidet mich wie die Pest.«

»Klar. Kann ich was für dich tun, Maura.«

»Schick ihn zu uns – du weißt schon, wen.«

Harry zeigte auf Rays Kissen. »Fällt's Ihnen schwer, das Ding zu verstecken?«

»Nein, solange meine Schwester alles erledigt, was ansonsten die MMC-Ladies tun würden. Die haben sich schon ein paarmal bei ihr bedankt, und ich wäre nicht überrascht, wenn sie für Maura sammeln würden. Irgendwelche Fortschritte in der Außenwelt?«

»Inzwischen rufen nicht mehr so viele Leute an. Aber einige melden sich immer noch. Ein Labortechniker vom Good Samaritan schwört, unser Mann sei ein kahlköpfiger Arzt aus Polen. Und eine Schwester von der Universitätsklinik behauptet, er würde dort als Pfleger arbeiten – schwarzhaarig, mit Ohrring.«

»Wahrscheinlich trifft beides zu«, meinte Santana. »Wir sollten rausfinden, an welchen Tagen er in diesen Krankenhäusern gesehen wurde. Da müßte sich herausstellen, daß dort gleichzeitig ein oder zwei Tafelrunden-Patienten gestorben sind.«

»Nun, wenn unsere Posse nicht zum Erfolg führt, helfe ich Ihnen, die Plakate wieder aufzuhängen. Dann habe ich sicher nichts mehr zu verlieren.«

»Stimmt. Aber falls hier was schiefgeht und wir erwischt werden, wird man Sie nicht einmal mehr als Patient im MMC aufnehmen.«

»He, *amigo*, warum so pessimistisch? Was könnte denn schieflaufen?«

*

Den ganzen Tag hatte Ray Santana unter ungewöhnlich starken Schmerzen gelitten, vor allem hinter den Augen und in den Fingerspitzen. Um zehn Uhr morgens bekam er ein Percodan, fünf Stunden später wurde ihm Demerol gespritzt. Fünfzehn Minuten nach der Injektion schlief er endlich ein. Aus einer Infusionsflasche rann ein hochwirksames Antibiotikum, das die Herzinnenhautentzündung bekämpfen sollte, in die dicke, um seinen Arm gewickelte Gazebandage.

Maura wusch ihr Gesicht, um sich auf ihre sechste Achtstundenschicht in drei Tagen und die zweite hintereinander vorzubereiten. Trotz ihrer Müdigkeit fühlte sie sich immer noch aufgedreht. Von Anfang an hatten sie gewußt, daß es lange dauern konnte, bis die Falle zuschnappen würde. Wenigstens waren sie selber noch nicht hineingetappt. Santana atmete tief und gleichmäßig, als sich seine ›Privatschwester‹ mit der neuesten *People*-Ausgabe neben das Bett setzte. Abgesehen vom Alkohol war sie immer nur nach diesem Magazin süchtig gewesen. Und solange sie sich nicht ernsthaft darin vertiefte, widerstand sie dieser Sucht genauso souverän wie dem Alkoholismus. Die Tür war angelehnt. Vom Flur drangen Geräusche herein, Schritte und Gespräche. Dann eine Männerstimme. »… in dieser Klinik gibt es drei Räume mit umgekehrtem Ventilationssystem, das man für die Isolation bei infektiösen Krankheiten braucht. Durch diesen Flur hier wird man den neuen Flügel mit drei weiteren solchen Zimmern erreichen. Dann dürfte das MMC im Falle einer Epidemie die Nummer eins in der City sein …«

In ihrer Konzentration zwischen diesem Vortrag und der Lektüre hin und her gerissen, merkte Maura nicht, daß Santana wach war. Plötzlich setzte er sich auf und strich über seine Augen. »Sehen Sie ihn, Maura?« keuchte er.

»Wen?«

»Verdammt, den Mann, der da draußen redet!« Sein Blick war von den starken Medikamenten verschleiert, sein Mund staubtrocken.

»... und Sie sagen, die täglichen Kosten eines solchen Raums würden doppelt soviel ausmachen wie für ein gewöhnliches Zimmer?« fragte eine andere Stimme.

»Ja, aber verglichen mit ähnlichen Krankenhäusern ist's nicht so schlimm. Wenn die Ladies und Gentlemen mir folgen würden, zeige ich Ihnen die neueste Errungenschaft in ...«

Jetzt saß Santana kerzengerade im Bett, das Kissen auf den Knien, unter dem die Waffe lag. Maura warf erschrocken die Zeitschrift beiseite. Ungeschickt versuchte er, sich von den Laken und der Infusion zu befreien. Schweiß perlte auf seiner Stirn. »Öffnen Sie die Tür!« flüsterte er heiser. »Sofort!«

»Bitte, erklären Sie mir, was los ist.«

»Beeilen Sie sich, Maura! Öffnen Sie die verdammte Tür!« Er sprang aus dem Bett, das Kissen in der Hand, das er um die Pistole geschlungen hatte, und Maura riß die Tür auf. Etwa zehn Meter weiter unten im Flur, inmitten des üblichen Mittagsgetümmels von Schwestern, Patienten und Besuchern, entfernten sich langsam zehn oder elf gutgekleidete Männer und Frauen.

»Verzeihen Sie!« rief Maura

Der Sprecher blieb stehen, und die ganze Gruppe drehte sich um. Während Santana aus seinem Zimmer spähte, schienen sie zu erstarren. Auch Maura musterte die kleine Schar. Aber aus der Ferne konnte sie nicht feststellen, wer Anton Perchek glich.

»Hurensohn!« brüllte Santana und hob die Waffe. »Gottverdammter Hurensohn!«

In der nächsten Sekunde gellte schrilles Geschrei durch

den Korridor, ein Chaos brach aus, und mehrere Leute rannten in Deckung.

Als Santana zur Tür stürmte, löste sich der Infusionsschlauch aus der Plastikflasche. Klirrend stürzte der Ständer zu Boden. Ray stolperte darüber und fiel gegen Maura, stieß sie auf die Knie und verlor das Gleichgewicht, aber nur für wenige Sekunden. »Hurensohn!« schrie er wieder. Unter dem Armverband hing der Schlauch hervor.

An den Türpfosten gelehnt, feuerte er, und der Schuß krachte wie eine Granatenexplosion. Alle, die im Flur stehengeblieben waren, warfen sich zu Boden und kreischten noch lauter. Hinter Santana sprang Maura auf und sah das zersplitterte, von der Kugel getroffene Glas im Rahmen eines Blumenbilds. Rechts davon drängten sich drei Geschäftsmänner durch die Tür, die ins Treppenhaus führte. Wie eine Peitsche schwang der Infusionsschlauch am Arm Santanas umher, der ihnen auf bloßen Füßen nachlief, vorbei an schreienden, verschreckten MMC-Angestellten, Patienten und Besuchern.

»Rufen Sie den Sicherheitsdienst an!« befahl eine atemlose Stimme.

»Schnappt ihn!« brüllte jemand anderer.

Mehrere Männer waren aufgestanden und verfolgten Santana, in sicherem Abstand. Inzwischen hatte er das Ende des Flurs erreicht und sprintete zum Treppenabsatz. Ein zweiter Schuß hallte durch Grey 2, dann noch einer.

Hastig nahm Maura ihre Maske ab und schlüpfte aus dem Kittel. Jetzt kannte sie nur mehr einen einzigen Gedanken – weg von hier, ehe sie womöglich erkannt und mit Fragen bombardiert wurde. Sie trug eine Schwesterntracht, in einem Fachgeschäft gekauft, und eine schulterlange Perücke. Während die allgemeine Aufmerksamkeit den Ereignissen am Ende des Korridors galt, eilte sie in die andere Richtung, zur Treppe hinter den Aufzügen. Sobald sie die Stufen erreicht hatte, beschleunigte sie ihre Schritte und rannte ins Erdgeschoß hinab. Dort hielt sie kurz inne, um Atem zu schöpfen, dann betrat sie den Hauptgang. Zwei uniformierte Sicherheitsbeamte rasten an ihr vorbei und die Treppe hinauf, gefolgt von zwei Polizisten. Aufregt sprach einer der beiden Officers in ein Funkgerät.

Die Reaktion auf die Krise verlief schnell und bestens organisiert. Vermutlich würde es nur wenige Minuten dauern, bis man Ray Santana festnahm – oder bis man ihm noch was Schlimmeres antat. Maura hoffte, er würde wenigstens einen gezielten Schuß auf den Doktor abgeben, bevor man ihn überwältigte. Mühsam bewahrte sie ihre Fassung, während sie durch die belebte Halle schlenderte. Knisternde Spannung lag in der Luft, zahlreiche Leute flohen zum Ausgang. Wie ein Lauffeuer hatte sich die Neuigkeit von dem verrückten Revolverschwinger verbreitet, der frei im MMC herumlief.

»Nicht schon wieder!« hörte sie jemanden stöhnen, als sie ins helle Nachmittagssonnenlicht trat. »Jedesmal, wenn man sich umdreht, ballert ein Irrer in Krankenhäusern oder Postämtern los.«

Maura wanderte davon und sah ein halbes Dutzend Streifenwagen mit heulenden Sirenen zur Klinik rasen, Lautsprecher plärrten, uniformierte Polizisten umstellten die Klinik. Zwei Häuserblocks entfernt, fühlte sie sich in Sicherheit und betrat eine Telefonzelle, um die Praxis anzurufen. Mary Tobin meldete sich. Da ihr Boß keine Patienten erwartete, war er vor einer halben Stunde nach Hause gegangen. Gegen fünf würde er im MMC nach seinen beiden Patienten sehen.

»Da hat's Ärger gegeben, Mary«, sagte Maura. »Im Augenblick kann ich's Ihnen nicht erklären. Aber wenn Sie das Radio einschalten, werden Sie's bald hören. Am besten schließen Sie die Praxis – so schnell wie möglich.«

Mary war zu klug und hatte in den letzten Wochen zu viel durchgemacht, um Fragen zu stellen. »Okay.«

»Danke für Ihr Verständnis. Nun muß ich Harry anrufen.

Übrigens, der Max Garabedian, den man in den Nachrichtensendungen erwähnen wird, ist Ray Santana.«

»Wer?«

»Ray – ich meine, Walter Concepcion. Wir nehmen Kontakt mit Ihnen auf, Mary, sobald wir's können. Bitte, verschwinden Sie sofort aus der Praxis.« Maura nahm noch einen Vierteldollar aus ihrer Tasche und wählte Harrys Privatnummer. Als sie den Anrufbeantworter hörte, stöhnte sie: »Ich bin's! Geh an den Apparat, wenn du da bist, ich flehe dich an … Harry?« Sie wollte schon einhängen, doch da meldete er sich.

»Hi, Maura. Ich warte immer noch auf Anrufe, und ich glaube, einer klang ziemlich verheißungsvoll. Jetzt werden wir vielleicht den großen Durchbruch schaffen. In ein paar Minuten komme ich ins MMC, dann erzähle euch alles, dir und Ray …«

»Das würde ich an deiner Stelle nicht tun.«

## 35

Als Maura im Apartment eintraf, hatte man bereits die Flughäfen abgeriegelt, um den verrückten, aus dem Manhattan Medical Center entwichenen Revolverschützen zu schnappen. Max Garabedian, ein achtundvierzigjähriger Börsenmakler, hatte sein Krankenzimmer verlassen und wild um sich geschossen. Vorerst waren keine Einzelheiten bekannt, aber offensichtlich hatte niemand ernsthafte Verletzungen erlitten. Garabedian, zuletzt in einem blauen Pyjama und barfuß gesichtet, befand sich immer noch auf freiem Fuß.

Wütend und einer Panik nahe, rannte Harry in der Wohnung umher. »Hätte ich ihm bloß nicht vertraut! Sobald er auf die idiotische Idee kam, diese verdammten Plakate aufzuhängen, hätte ich ihn feuern müssen … Hoffentlich ist er okay. Aber im Augenblick würde ich ihn am liebsten erwürgen … Sicher hat er die Nerven verloren, weil Perchek plötzlich aufgetaucht ist. Und wieso hast *du* ihn nicht gesehen? … Jeden Moment kann die Polizei hier antanzen, Maura. Versicherungsbetrug, versuchter Mord und weiß Gott was sonst noch alles … Dickinson wird jubeln … Was zum Teufel soll ich tun?«

Das Fiasko im Krankenhaus war nicht sein einziges ernsthaftes Problem. Innerhalb kürzester Zeit mußte er eine Entscheidung treffen, die ihn fünfundzwanzigtausend Dollar kosten würde – fast seine gesamten Ersparnisse. Santanas Nervenzusammenbruch trieb ihn in die Enge. Zweifellos würde die Polizei bald das Apartment stürmen. Wenn er den Deal akzeptieren wollte, den ihm ein Fremder telefonisch vorgeschlagen hatte, mußte er verschwinden, bevor die Bullen aufkreuzten.

»Bitte, setz dich, Schatz«, sagte Maura und schaltete wieder den Channel 11 ein. »Nur für ein paar Minuten. Versuch dich zu beruhigen.«

Von Sender zu Sender variierten die Berichte. Die meisten schickten ihre Teams in die Klinik. Aber der Channel 11 und eine andere Station hatten bereits verkündet, Garabedians Arzt sei Dr. Harry Corbett, immer noch dringend des mysteriösen Mordes an seiner Frau Evelyn DellaRosa verdächtig, die ebenfalls Patientin im MMC gewesen war.

Was wird der echte Max Garabedian jetzt durchmachen, überlegte er besorgt. Vergeblich hatte er versucht, den Hausmeister daheim anzurufen. Vermutlich arbeitete er noch, aber Harry wußte nicht, in welcher Schule. Maura versuchte das Kultusministerium zu erreichen. Auch dort meldete sich niemand. »Erst halb fünf, und niemand ist da. Kein Wunder, daß in dieser Stadt so viele Analphabeten rumlaufen.«

»Was soll ich bloß tun?« seufzte er zum zehntenmal. »Um

neun erwartet mich der Kerl in New Jersey. Und in fünf Viertelstunden schließt die Bank.« Er begann wieder umherzuwandern. »Nun sollte ich mich beeilen, sonst erfahren die Banker, daß ich wieder mal im Mittelpunkt des Medieninteresses stehe. Und sie werden sich ohnehin nicht freuen, wenn ich fünfundzwanzigtausend abhebe. Was immer wir auch beschließen, ich werde erst mal das Geld holen. Danach können wir nicht hierher zurückkommen.«

Der Anruf, der die Belohnungssumme um die Hälfte verringert hatte, war zum Zeitpunkt der Schießerei im MMC erfolgt. Bei der Ankunft im Apartment hörte Harry das Band des Anrufbeantworters ab. Zwei Nachrichten, so uninteressant wie all die anderen während der letzten vier Tage. Als das Telefon wieder klingelte, glaubte er, Maura würde den Schichtwechsel im Zimmer 218 melden. »Hallo?«

»Ist dort Dr. Harry Corbett?« Die Stimme eines Mannes in mittleren Jahren, mit einem Akzent, den er nicht identifizieren konnte – vielleicht deutsch oder schweizerisch.

»Ja.«

»Ich rufe wegen des Mannes auf diesem Plakat an – und wegen der Belohnung.«

Gequält schnitt er eine Grimasse und wünschte, er hätte den Job seinem Anrufbeantworter überlassen. Dann notierte er den Zeitpunkt des Anrufs. »Okay. In welcher Klinik arbeiten Sie?«

»In keiner. Mein Boß hat mich über die Plakate und die Belohnung informiert.«

»Und wer ist das?«

»Der Mann auf den Porträts. Seinen Namen möchte ich am Telefon nicht nennen. Die Initialen lauten A. P. Aber vielleicht wissen Sie das schon.«

Sobald Harry die Initialen des Doktors hörte, hielt er den Atem an und überlegte, ob er vielleicht mit Perchek höchstpersönlich telefonierte. Doch die Stimme klang anders. Sollte er vorgeben, er hätte keine Ahnung, wer Anton Perchek war? *Würde er sonst irgendwas verraten?* »Wer sind Sie?«

»Ich kümmere mich um das Sicherheitssystem in seinem Haus. Manchmal springe ich auch als Leibwächter ein, wenn er mich braucht. Ich bin jetzt in einer Telefonzelle. Wenn Sie A. P. kennen, wissen Sie, daß er nicht zögern würde, mich wegen dieses Anrufs zu töten.«

Hastig schrieb Harry auf, was der Mann sagte. »Reden Sie weiter.«

»Treffen wir uns heute abend. Meine Information für Ihr Geld.«

»Wieviel Geld?«

»Nach unserer Begegnung werde ich nicht in der Stadt bleiben – nicht einmal in diesem Land. Der Doktor und ich hatten einige Probleme, und ich glaube, er will mich aus dem Weg räumen. Deshalb muß ich möglichst schnell verschwinden. Ich begnüge mich mit der Hälfte der Belohnung, die Sie ausgesetzt haben. Fünfundzwanzigtausend in bar.«

»Soviel habe ich nicht.«

»Dann beschaffen Sie's. Ich lasse mich nicht runterhandeln. Fünfundzwanzigtausend, oder der Deal platzt. Dafür gebe ich Ihnen die Adresse des Doktors und ein aktuelles Foto, das ohne sein Wissen aufgenommen wurde. Ich erkläre Ihnen auch, wie das Sicherheitssystem in seinem Haus funktioniert. Dort finden Sie Beweise für die Rolle, die er beim Tod Ihrer Frau gespielt hat, außerdem noch anderes Beweismaterial. Was Sie damit machen, liegt bei Ihnen.«

»Aber …«

»Dr. Corbett, mir fehlt die Zeit für lange Diskussionen. Ich muß noch einige Vorbereitungen treffen. Heute abend um neun. Wenn Sie den Doktor kennen, werden Sie verstehen, warum ich niemandem traue. Sie müssen tun, was ich sage, sonst verlieren wir alle beide. Also, hören Sie gut zu …«

Harrys Bank sperrte um sechs Uhr abends zu. Auf dem Sparkonto lagen 29.350 $, auf dem Girokonto etwa 5.000. Er kannte keinen einzigen Bankangestellten persönlich. Nun verfluchte er sich, weil er nicht mehr verdiente, weil er den Hollins/McCue-Job abgelehnt, weil er nicht Ophthalmologie studiert und Ray Santana jemals vertraut hatte. Das Sparbuch und das Scheckbuch in der Tasche, schlich er mit Maura durch die hintere Kellertür aus dem Haus. Sie rannten in die Garage zu seinem BMW, hielten kurz bei einem Zeitungskiosk, dann fuhren sie zur Bank. Da Harry nicht wußte, wieviel Platz 25.000 $ einnahmen, noch dazu in Hundertern, wie es der Anrufer verlangte, hatte er einen Aktenkoffer mitgenommen.

Dreißig Minuten vor Schalterschluß betrat er die Bank, eine relativ große Zweigstelle. Vor den sechs Kassen standen immer noch Warteschlangen. Fünfundzwanzigtausend – soviel Bargeld hatte er noch nie auf einmal in der Hand gehalten. Konnte die Bank überhaupt so viel auszahlen?

Draußen saß Maura am Steuer des BMW. Wie Percheks Sicherheitschef erläutert hatte, sollte das Geld zu einer Mülldeponie auf der New-Jersey-Seite des Hudson gebracht werden, nicht weit von Fort Lee entfernt. Dort mußte Harry allein hinkommen, und zwar um Punkt neun. Den Weg zur Müllhalde, die am Ende einer gewundenen Sand- und Kiesstraße lag, war ihm genau beschrieben worden. In der Mitte des Geländes mußte er viermal die Scheinwerfer aufblenden und neben der Tür an der Fahrerseite warten. Der Anrufer hatte sich nach der Automarke und der Nummer erkundigt. Falls ein anderer Wagen zum Treffpunkt fuhr, ganz egal, ob Harry was damit zu tun hatte oder nicht, würde der Deal ins Wasser fallen – für immer.

»Soviel mir das Geld auch bedeutet«, hatte der Mann betont, »ich will nicht dafür sterben.«

»Wie kann ich sicher sein, daß Sie mich nicht in eine Falle locken?«

»In welche Falle? Zu welchem Zweck? Wenn mein Boß Sie ermorden wollte, wären Sie längst tot. So einfach ist das. Falls Sie ihn kennen, müßten Sie's wissen. Für ihn sind Sie in lebendem Zustand viel interessanter. Außerdem macht's ihm Spaß, andere Leuten zu quälen. Die Unwiderruflichkeit und die Ruhe des Todes sind seine Feinde.«

Unwillkürlich erschauerte Harry. »Ich habe einen Revolver.«

»Wenn Sie keinen hätten, wären Sie ein Narr. Und glauben Sie mir, ich besitze auch einen.«

»Bevor ich Ihnen das Geld gebe, möchte ich die Informationen checken.«

»Dafür haben Sie fünf Minuten ...«

Fünfzehn Sekunden lang studierte die Kassiererin den Auszahlungsbeleg, den Harry ihr vorgelegt hatte. Dann überprüfte sie den Kontostand und lächelte durch die Plexiglasscheibe. »Wie wollen Sie's denn haben?«

Das ist New York City, erinnerte er sich, kein Provinznest. Offenbar war es hier gar nicht so ungewöhnlich, daß jemand fünfundzwanzigtausend von seinem Konto abhob. »In Hundertern«, erwiderte er. Da sie seinen Kontostand auf ihrem Computerschirm sah, war es überflüssig, Nonchalance zu heucheln.

»Haben Sie irgendwas, wo Sie das Geld verstauen können? Oder soll ich Ihnen einen unserer Umschläge geben?«

»Nein, danke, ich habe einen Aktenkoffer«, entgegnete Harry und hielt ihn hoch. Wie er ihrer Miene entnahm, merkte sie, daß er nicht zu den Leuten gehörte, die so was alle Tage machten.

»Jetzt brauche ich nur mehr Mr. Kinchleys Okay.« Sie verließ ihren Posten und ging hinter die Glaswand, zu den Schreibtischen, wo einige Bankbeamte saßen. Nervös beobachtete er, wie sie einen elegant gekleideten, etwa vierzigjährigen Mann mit gebräuntem Seglerteint und markantem Kinn ansprach.

*Komm schon*, dachte er, *gib mir endlich mein gottverdammtes Geld*. Wenn's in der Bank nicht klappte, wollte er seinen Bruder Phil anrufen, der in Short Hills wohnte, etwa fünfundvierzig Autominuten von Fort Lee entfernt. Aber das würde die Situation erheblich komplizieren.

Unauffällig spähte er durch ein Fenster an der Vorderfront. Auf der anderen Straßenseite, direkt gegenüber saß Maura im BMW. Sie trug eine Sonnenbrille und einen großen weißen Schlapphut, der lebhaft wippte. Wahrscheinlich hörte sie Radiomusik.

Trotz seiner inneren Anspannung mußte Harry lächeln. In der Hitze des Gefechts hatte sich die Beziehung vertieft, und sie waren schon nach kurzer Zeit enge Freunde geworden. Mit Evie hatten ihn niemals solche Gefühle verbunden. Diese Freundschaft verlieh den Liebesnächten eine unbefangene Zärtlichkeit, die er in seiner Ehe nicht gekannt hatte.

Nun stellte er die Freundschaft auf eine harte Probe, wenn auch widerstrebend. Trotz der Glaubwürdigkeit des mysteriösen Anrufers und der Initialen Percheks verspürten Harry und Maura ein wachsendes Unbehagen. Andererseits gab es – wie der Mann betont hatte, keinen Grund, warum der Doktor versuchen sollte, Harry in eine Falle zu locken. Für das Geld interessierte sich Perchek sicher nicht. Für ihn waren fünfundzwanzigtausend nur ein Almosen.

Offenbar blieb ihm nichts anderes übrig, als die Instruktionen zu befolgen und das Beste zu hoffen. Aber beim Anblick des Autotelefons, das Evie im BMW hatte installieren lassen, war Maura plötzlich auf eine Idee gekommen. Und wenig später hatte sie einen Plan geschmiedet. Für die Strategie spielten drei wesentliche Elemente eine Rolle, und Maura besaß sie alle: Ein Auto, ein Handy und Mut, sogar die Bereitschaft, sich in Gefahr zu begeben. Am Zeitungskiosk hatte sie eine Straßenkarte vom Gebiet rings um Fort Lee gekauft. Darauf war die Mülldeponie nur als schwarzer

Fleck am Flußufer eingezeichnet, zwei Häuserblocks breit und lang, umgeben von Vorortstraßen. Sobald wie möglich würde Maura ihr Auto und das Handy holen, unbemerkt in die Nähe der Müllhalde fahren und eine Stelle suchen, wo sie sich verstecken und das Gelände beobachten konnte. Um acht Uhr zwanzig, nachdem Harry seine Garage verlassen hatte, würde sie ihn anrufen, dann noch einmal, wenn er New Jersey erreichte. Wenn ihr nichts Verdächtiges auffiel, konnte er unbesorgt zur Mülldeponie weiterfahren. Und falls es Probleme gab, würde sie telefonisch um Hilfe rufen. Sie bat ihn, die Waffe mitzunehmen, die er dem Killer im Central Park abgenommen hatte. Doch er fand, es wäre besser, wenn sie die Waffe bei sich trüge. Und schließlich hatte sie zugestimmt.

»Tut mir leid, Sir, daß es so lange gedauert hat.«

Verwirrt drehte er sich zur Kasse um, dann merkte er, daß die junge Frau neben ihm stand. »Oh – das macht nichts.« Er hielt den Atem an und ballte die Hände, damit sie nicht zitterten. Bald würde die Rush-hour beginnen. Falls sich die Transaktion in der Bank nicht mehr allzulange verzögerte, würde Maura genug Zeit finden, um die George Washington Bridge zu überqueren, einen Abstellplatz für ihr Auto zu suchen und auf das Gelände der Mülldeponie zu schleichen. Aber wenn sie Phil um Hilfe bitten mußten – ganz egal, ob er das Geld rechtzeitig beschaffen konnte – , würde sie das Ziel zu spät erreichen.

»Wenn Sie mich begleiten würden, Sir … Mr. Kinchley übergibt Ihnen das Geld.«

»Wunderbar!« Harry lächelte gleichmütig, und das Blut rauschte in seinen Ohren.

*

Kevin Loomis saß allein in seinem Kellerbüro. Auf dem Schreibtisch lagen Fotos von seiner Familie, unter einer langen Liste. Nun konnte er jeden einzelnen Punkt abhaken. Die Versicherungspolice war absolut wasserdicht, solange niemand den Verdacht schöpfte, er könnte Selbstmord begangen haben. Ein Selbstmord würde ihn – nein, Nancy – zwei Millionen von den dreieinhalb kosten, ganz zu schweigen von den fünfhunderttausend, die bei einem Unfalltod dazukamen. Aber er hatte alles präzise geplant. Nichts würde die Vermutung nahelegen, er wäre freiwillig aus dem Leben geschieden.

Sorgfältig hatte er die Gästeliste für die Barbecue-Party zusammengestellt, die am nächsten Abend stattfinden sollte. Zu den vierzehn Leuten gehörten die respektabelsten, erfolg- und einflußreichsten Nachbarn, die sie kannten, lauter Persönlichkeiten, die sich für das Wohl der Gemeinde einsetzten. Der Pastor und seine Frau, Nancys Chef und seine Frau, der Anwalt, der den lokalen Little-League-Verein leitete, der Präsident des Rotaryclubs. Nancy fand es seltsam, daß Kevin nur zwei der amüsanteren Freunde einlud, die gern Bier tranken. Aber sie akzeptierte seine Erklärung, sie müßten sich gebührend von einigen Anwohnern verabschieden, bevor sie nach Port Chester zogen.

In Wirklichkeit brauchte er Gäste, die später bezeugen würden, er sei bis zum Zeitpunkt des Unfalls überaus fröhlich gewesen und habe etwas zu tief ins Glas geschaut. Zwei Männer würden ihn in den Keller begleiten – zwei Nachbarn, in deren Häusern er kleine Reparaturen ausgeführt hatte, ein Ladenbesitzer und der Pastor. Von der Treppe aus würden sie ihre Taschenlampen auf den Wasserstrahl richten, der aus dem defekten Waschmaschinenschlauch sprudelte. Sie würden aussagen, Kevin habe die erforderlichen Fähigkeiten besessen, um den Schaden zu beheben, und sei durchs knöcheltiefe Wasser gewatet. Niemals würden sie den Augenblick vergessen, wo seine Hand das zerrissene Kabel des Trockners berührt habe. Zum Teufel, was soll's, dachte er. Sie waren Freunde und würden alles für Nancy tun. Er bezahlte einen viel höheren Preis.

Auch für die Kinder war gesorgt. Nicky und Julia würden die Nacht bei Freunden verbringen, Brian sollte bei Nancys Eltern schlafen. Was für ein seltsamer Gedanke – wenn er sie morgen nachmittag wegschickte, würde er sie zum letztenmal sehen. Gewiß, nun standen ihnen schwere Zeiten bevor. Aber es wäre viel schlimmer, wenn die Familie verarmen und der Vater im Gefängnis landen würde.

*Vielleicht gibt es ein Leben nach dem Tod*, überlegte er. *Und vielleicht werde ich sie alle Tag für Tag beobachten.*

Er ordnete die Fotos und schaute jedes zum letztenmal an. Dann schlang er ein Gummiband um den Stapel und legte ihn in ein Schubfach. Er zerriß die Liste und warf sie in einen Beutel voller Abfälle, den er in die Garage bringen wollte, zur Mülltonne. Schließlich ging er noch einmal zur Waschmaschine und zum Trockner, um seine Vorbereitungen zu überprüfen. Die Schnur, die vom gelockerten Schlauch zum Kellerfenster führte, befand sich genau an der richtigen Stelle. Wenn er ganz kurz daran zerrte, würde sich der Schlauch lösen. Dann mußte er die Schnur durchschneiden und verschwinden lassen – seine vorletzte Tat auf Erden. Und die letzte – seine Hand, die arglos hinter den Trockner griff …

Natürlich ahnte Harry Corbett, was Kevin beabsichtigte. Die Vietnam-Story, die er im Auto erzählt hatte, war nicht besonders subtil gewesen. Und Kevin hatte gründlich über die Behauptung nachgedacht, die Situation sei keineswegs hoffnungslos. Nun, Corbett konnte leicht reden – er mußte keine drei Kinder versorgen.

Seit jenem Abend hatte Kevin noch ein paarmal mit ihm gesprochen und versucht, einen optimistischen Eindruck zu erwecken. Er erwartete nicht, daß Corbett irgend etwas unternehmen würde, um ihm zu helfen. Was würde der Doktor dadurch gewinnen? Und in gut vierundzwanzig Stunden war ohnehin alles vorbei.

Kevin inspizierte die Waschmaschine und den Trockner. Gewiß, die Polizei würde Nachforschungen anstellen, aber niemals beweisen können, daß es kein Unfall gewesen war.

Erleichtert seufzte er und verspürte die Genugtuung eines Mannes, der eine gute Leistung vollbracht hat. An diesem Abend wollte er ein wundervolles Dinner mit seiner Familie genießen. Und später würde er Nancy in die Arme nehmen – und sie lieben wie nie zuvor.

## 36

Die spätsommerliche Hitzewelle – für Stromausfälle, Unfälle und Todesfälle in der ganzen Stadt verantwortlich gemacht – war endlich überstanden. Am frühen Abend sank die Temperatur auf achtzehn Grad, und die erfrischende Brise roch nach Regen. Harry setzte Maura um Punkt sechs bei ihrem Auto ab und fuhr zu seiner Wohnung zurück. Dort würde er den Zeitpunkt des Aufbruchs abwarten, fünfzehn Minuten nach acht. Die Uhr am Armaturenbrett des BMW funktionierte seit Jahren nicht mehr. Weder Evie noch er selbst hatten sie jemals reparieren lassen, und so schaute er immer wieder auf seine Casio. Als er sich seiner Garage näherte, rief Maura an, um sein Autotelefon zu checken und zu berichten, der Verkehr zwischen der Brücke und ihrem Apartment halte sich in Grenzen. Um acht Uhr zwanzig würde sie sich wieder melden, wie vereinbart. »Und gegen zehn gehen wir zur Polizei, Harry, du wirst's schon sehen. Diesmal müssen sie uns glauben. Paß gut auf dich auf.«

»Klar. Aber du auch, okay?« Er parkte den Wagen und verließ die Garage. Einen halben Häuserblock entfernt, rollte ein

Streifenwagen vorbei, ganz langsam. Wurde Harry beobachtet? Dank Santana gab es keinen Ort, wo er unbehelligt hingehen konnte. Also kehrte er zum BMW zurück, setzte sich ans Steuer, schaltete das Radio ein und wartete.

WINS, ein Nachrichtensender, lieferte alle zehn Minuten die neuesten Informationen über die bizarren Ereignisse im MMC. Inzwischen war der echte Max Garabedian festgenommen, verhört und wieder freigelassen worden. Er ging in seine Wohnung an der 103rd Street und weigerte sich, die Fragen der Presse zu beantworten, bis ihm sein Anwalt dazu riet. In einer schriftlichen Erklärung, die der Anwalt vorlas, bestritt Garabedian, den Mann zu kennen, der unter seinem Namen ins Manhattan Medical Center eingewiesen worden war. Mit Harry Corbett pflege er nur die normale Beziehung zwischen Patient und Arzt. Er bezeichnete ihn als ›intelligenten, engagierten Doktor‹ und betonte, er wollte kein Urteil abgeben, ehe die Wahrheit ans Licht gekommen sei.

Sekundenlang erwog Harry, ihn anzurufen. Aber vorerst war er unfähig, irgendwas zu tun, außer dazusitzen, bis Viertel nach acht zu warten und Nachrichten zu hören. Man hatte Santana noch nicht geschnappt, und die Behörden verstanden nicht, wie ein bloßfüßiger Revolverschütze im Pyjama unbemerkt aus einem Krankenhaus fliehen konnte, das von Sicherheitsbeamten und Polizisten wimmelte. Offensichtlich beschloß der Sender, seine vornehme Zurückhaltung aufzugeben, denn der Kommentator meinte, dies sei immerhin New York. Möglicherweise habe sich der seltsam gekleidete Flüchtling einfach auf die Straßen von Manhattan gewagt, um mit den Menschenmassen zu verschmelzen.

Um sieben hielt Barbara Hinkle, PR-Managerin vom MMC, eine Pressekonferenz ab, die WINS auszugsweise sendete. Die Klinikleitung könne glücklicherweise versichern, daß bei dem beklagenswerten Zwischenfall niemand verletzt worden sei. Vor Abschluß der ersten Ermittlungen habe die

Verwaltung nichts weiter zu sagen. Aber Miss Hinkle fügte hinzu, Dr. Harry Corbett, der den Revolverschützen in Grey 218 eingewiesen hatte, sei derzeit unerreichbar. »Wie Sie wohl alle wissen, stand er in letzter Zeit, nach dem tragischen Tod seiner Frau, unter starkem Druck. Man teilte mir mit, er würde wegen der seelischen Belastung einen Arzt konsultieren und auch den posttraumatischen Streß behandeln lassen, der mit seinem heroischen Kriegsdienst in Vietnam zusammenhängt ...«

*Posttraumatischer Streß!* »Diese MMC-Barbie spricht mit gespaltener Zunge«, murmelte Harry.

Offenbar hatten die MMC-Ärzte bereits besprochen, wie sie den Schaden bekämpfen wollten, den Dr. Harry Corbett und sein posttraumatischer Streß der Klinik zugefügt hatten. Welchen Namen würden sie nennen, wenn irgend jemand nach seinem Seelenklempner fragte?

»... wir glauben, Dr. Corbett hat einen Patienten unter dem Namen Max Garabedian ins MMC eingewiesen, um einem sehr kranken Menschen zu helfen, der ihm viel bedeutet und der nicht versichert ist«, fuhr die PR-Dame fort. »Vielleicht handelt es sich um einen ehemaligen Kriegskameraden, und der kleine Trick flog auf, als der Mann plötzlich durchdrehte.«

»Nett«, flüsterte Harry. »Nicht übel.« *Und gar nicht soweit hergeholt.*

Nun erwähnte Miss Hinkle nur noch, die Klinikleitung würde die Identität der beiden Privatschwestern überprüfen, die der Revolverschütze ins MMC mitgebracht habe.

Vierzig Minuten lang wurden keine Neuigkeiten gesendet. Und eine knappe halbe Stunde vor Harrys Aufbruch meldete WINS, eines der vielen Rätsel des sonderbaren Falls sei gelöst. Ein Hauswart hatte im Heizungskeller des Krankenhauses einen gefesselten, geknebelten Elektriker gefunden, der mit Waffengewalt seiner Kleidung beraubt worden war. Und seine Beschreibung des Täters paßte auf den Flüchtling.

Dieser hatte fünfundzwanzig Dollar aus der Brieftasche seines Opfers genommen und sie dann zurückgegeben. Nun suchte die Polizei im Zimmer 218, wo der Revolverschwinger drei Tage verbracht hatte, nach Fingerabdrücken.

»Soviel ich mich erinnere, war er nervös und verängstigt«, erzählte der Elektriker. »Aber er hat mich anständig behandelt. Immerhin gab er mir die Brieftasche zurück und erklärte, er würde wissen, wie schwierig es sei, einen neuen Führerschein zu kriegen. Er tat mir nicht weh. Andererseits – vielleicht wäre ich jetzt schlimmer dran, wenn ich seine Forderungen nicht erfüllt hätte …«

Harry schaute wieder auf seine Armbanduhr. Zehn nach acht. Vor der Garage brach allmählich die Dämmerung herein, die Lichter der City flammten auf. Er startete den Motor und steuerte den BMW langsam, ganz langsam zur Ausfahrt.

Um acht Uhr fünfzehn schaltete er das Radio aus und fuhr auf die Straße – das Spiel konnte beginnen.

*

Er passierte einen Häuserblock, dann noch einen. Seltsamerweise verspürte er keine innere Anspannung, obwohl seine Hände das Lenkrad etwas zu fest umklammerten. Er schaute auf die Uhr. Einundzwanzig nach acht. *Wo war sie? Warum rief sie nicht an?* Noch ein Blick auf die Uhr. *Okay, vielleicht ist's erst acht Uhr achtzehn,* dachte er. Sekunden später läutete das Telefon, und er riß den Hörer ans Ohr. »Ja?«

»Harry«, flüsterte Maura atemlos, »ich sitze auf einem Ast, auf einem gottverdammten Baum am Waldrand beim Mülldepot.

Ist das zu fassen? Hätte ich gewußt, daß es einen Mann wie dich gibt, der mich nachts auf einen Baum neben diversen Müllhaufen in New Jersey jagt, mit einem Schießeisen in der Gürteltasche, wäre ich bestimmt keine Säuferin geworden.«

»Ganz so exotisch ist meine Umgebung nicht.« Harry flüsterte, obwohl das überflüssig war. »Ninety-Sixth, Richtung Parkway. Läßt sich schon jemand blicken?«

»Keine Menschenseele. Ich habe ein großartiges Versteck für mein Auto gefunden.«

»Bist du sicher, daß dich niemand beobachtet hat?«

»Völlig sicher. Und du? Wirst du verfolgt?«

»Weiß ich noch nicht.«

»Das spielt ohnehin keine Rolle. Moment mal, Harry, ich glaube, jetzt kommt ein Auto die Straße rauf. Zehn vor neun rufe ich dich wieder an, falls er sich nicht direkt unter diesen Baum stellt.«

»Du machst das phantastisch, Maura. Ist dir auch warm genug? Bald wird's regnen.«

»Klar, ich bin okay, und ich erlebe die Nacht aller Nächte.«

Ein Auge auf die Straße gerichtet, eins in den Rückspiegel, bog er in den Henry Hudson Parkway. Ein paar Autos weiter hinten sah er eine dunkle Limousine, und er vermutete, daß sie ihm schon die ganze Zeit folgte. Aber Maura hatte recht – es war egal, ob ihn der Anrufer beschatten ließ oder nicht. Er würde sich genau an die Anweisungen halten, und Maura war sein As im Ärmel.

Nachdem er die George Washington Bridge überquert hatte, begann es zu nieseln. Die Scheibenwischer nervten ihn, und er schaltete sie immer erst ein, wenn ihm nichts anderes übrigblieb. Diesmal surrten sie schon, als die ersten Tröpfchen herabfielen. In dieser bedeutsamen Nacht durfte er sich keinen dummen Fehler leisten.

Auf der New-Jersey-Seite des Flusses angekommen, konsultierte er seinen Notizblock. Nach zwei Meilen bog er von der Hauptstraße ab, in ein dichtbesiedeltes Arbeiterviertel. Am Straßenrand wuchsen Bäume, in den kleinen Vorgärten der Holzhäuser lagen Bälle, Papierdrachen und andere Utensilien junger Familien. Ein paar Häuserblocks weiter hinten glaubte Harry die Silhouetten zweier Gestalten in der dunklen

Limousine auszumachen. Bald fand er die Ecke, wo er eine Minute lang warten sollte. Als er weiterfuhr, läutete das Telefon. Maura war etwas zu früh dran. Und während er den Hörer ergriff, wußte er bereits, daß es Ärger gab. »Ja?«

»Halt sofort an, Harry!« wisperte sie atemlos. »Hier wimmelt es von Polizisten. Mindestens ein Dutzend. Die Streifenwagen sind nicht zu sehen.«

Sein Blut drohte zu gefrieren, und er spähte wieder in den Rückspiegel, wo die abgeblendeten Scheinwerfer der Limousine schimmerten – zwei oder drei Häuserblocks weiter hinten. Langsam rollte der BMW weiter. »Ich muß hinfahren.«

»Harry, dein Freud Dickinson ist da. Vorhin war er nur zehn Schritte von meinem Baum entfernt. Und jetzt läuft er herum und schaut nach, ob alle in Stellung gegangen sind.«

»Bist du sicher?«

»Natürlich. Er arbeitet mit einem Lieutenant vom hiesigen Revier zusammen. Offenbar ist er ganz versessen darauf, dich zu schnappen. Nach allem, was ich hören konnte, hat irgend jemand die Polizei angerufen und behauptet, du wolltest ihn hier treffen, hättest eine Leiche bei dir und würdest ihm fünfundzwanzigtausend Dollar zahlen, wenn er sie wegschafft und an einem abgeschiedenen, weit entfernten Ort verscharrt. Der Mann sagte, du seist verrückt und würdest die Leute nur so zum Spaß umbringen. Damit möchte er nichts zu tun haben, und er wird aufatmen, wenn du endlich im Knast sitzt und ihm nichts mehr anhaben kannst. Harry, du mußt verschwinden.«

Seine Gedanken überschlugen sich, und er begann das Tempo zu beschleunigen. »Bleib in deinem Versteck, bis die Luft rein ist. Dann fahr zu meinem Apartment. Ich melde mich.«

Ehe er einhängte, hörte er, wie sie ihn bat, vorsichtig zu sein. Er warf wieder einen Blick auf seine Notizen. Noch ein Häuserblock – dann würde er links abbiegen oder geradeaus weiterfahren, statt nach rechts, wie man ihn instruiert hatte.

Wahrscheinlich würde es ein paar Sekunden dauern, bis die Typen in der Limousine merkten, daß er die Anweisungen nicht befolgte. Aber höchstens drei oder vier Sekunden. Mehr Zeit hatte er nicht. Sicher war's am besten, wenn er versuchte, zum Highway zurückzukehren.

*Eine Leiche verscharren?* Warum dachte sich Perchek eine so wahnwitzige Story aus, um ihn in Schwierigkeiten zu bringen? Es sei denn …

Im selben Augenblick, wo Harry erkannte, was da vorging, schaltete er die Scheinwerfer aus, riß das Lenkrad nach links und gab Gas, bog rechts ab und dann wieder links. Jetzt folgte ihm schrilles Sirenengeheul. Zwischen den Bäumen sah er blaues Licht flackern. Die Fahrbahn, fast zwei Wochen lang staubtrocken, war glitschig vom Regen, und der BMW schlitterte in eine Abzweigung, auf einen Zubringer, der geradewegs zur Hauptstraße führte. Nun näherte sich die Tachometernadel der Achtzig-Meilen-Marke. Normalerweise fuhr er nie so schnell, nicht einmal auf der Autobahn. Irgendwelche Leute, die aus ihren Garagen fuhren, um einzukaufen, Kinder auf Fahrrädern – es gab genug Situationen, die zu Katastrophen ausarten konnten. Und die Männer im nicht gekennzeichneten Streifenwagen hatten sicher Verstärkung angefordert.

Verzweifelt versuchte er, klar zu denken. Er mußte wohl oder übel akzeptieren, daß er sich in einer gräßlichen Lage befand. Da raste er über dunkle, regennasse Straßen, durch eine fremde Gegend, in einem sieben Jahre alten Auto – mit einer Leiche im Kofferraum. *Eine Minute* – mehr Zeit blieb ihm nicht. In einer Minute würde die Limousine ihn einholen. Oder die Verstärkung versperrte ihm den Weg.

Er näherte sich der Hauptstraße. Vierspurig, ohne Mittelstreifen. Vermutlich die Schnellstraße, auf der er gekommen war. Jetzt hatte auch die Limousine den Zubringer erreicht. Nur drei Häuserblocks weiter hinten. Und der Vorsprung verringerte sich. Harry wollte bremsen, um nach Norden zu biegen. Doch da entstand eine Verkehrslücke, auf dieser Seite ebenso wie auf der Gegenfahrbahn. Entschlossen beschleunigte er und raste über alle vier Spuren hinweg. Aus beiden Richtungen brausten Sattelschlepper heran, Bremsen quietschten, Hupen plärrten, die Ungetüme schwankten gefährlich und vollführten einen grotesken *pas de deux*. Notgedrungen stoppte der Streifenwagen und wich vor der bedrohlichen Szene zurück.

Auf der anderen Seite der Kreuzung drosselte Harry das Tempo. Er spähte in den Rückspiegel und sah einen der beiden Sattelschlepper umkippen, fast im Zeitlupentempo. In der Ferne jaulten Sirenen – sehr viele Sirenen, immer lauter und lauter. Er bog in eine Seitenstraße, dann in die Zufahrt eines dunklen Hauses. Geräuschlos stieg er aus und erwartete, jeden Augenblick würden Lichter hinter allen Fenstern aufflammen – oder ein Rottweiler würde sich auf ihn stürzen. Er schaute sich um und hatte keine Ahnung, wo er war. Irgendwo hinter dem Haus mußte der Fluß vorbeiströmen. Jenseits der Garage, im Westen, lag ein Wald. Wenn er Glück hatte, konnte er die Bäume erreichen. Und danach würde er weitersehen. Hastig öffnete er den Aktenkoffer und stopfte etwa siebentausend Dollar in seine Taschen. Er trug einen Anzug und elegante Schuhe – das passende Outfit, um die Leute von der Bank zu beeindrucken, aber ungeeignet für einen Flüchtling, dem die Polizei auf den Fersen war. Trotzdem mußte er's versuchen.

Nur widerstrebend steckte er den Schlüssel ins Schloß des Kofferraums. Er wäre lieber davongelaufen, als diesen Teil des Alptraums zu erleben, den Perchek ersonnen hatte. Später würde er in den Zeitungen lesen, was unter diesem Deckel lag. Eine Sirene gellte. Ganz in der Nähe. Sekunden später raste ein Streifenwagen die Straße hinab, mit kreisendem Licht. Harry wich in den Schatten zurück. Immer enger zog sich das Netz zusammen, die Zeit wurde knapp. Er drehte den Schlüssel herum, zögerte noch ein paar Sekunden lang. Dann hob er den Deckel.

Heiße Luft wehte ihm entgegen. Gestank von Blut und Tod.

Unnatürlich verkrümmt, lag Caspar Sidonis im Kofferraum, das markante Gesicht wachsbleich, das Haar blutverkrustet. Ein glatter Durchschuß. Dicht über einem Ohr war die Kugel in den Kopf gedrungen, über dem anderen hinaus. Bittere Galle stieg in Harrys Kehle hoch. Er schluckte sie hinunter, schloß lautlos den Deckel. »Armer Teufel«, flüsterte er.

Ein zweiter Streifenwagen, ohne Lichtsignal und Sirene, rollte vorbei, ein Scheinwerfer suchte alle Häuser und Zufahrten auf der anderen Straßenseite ab. Auch diese Seite würde man inspizieren. Nach einem letzten Blick auf den Kofferraum durchquerte Harry den Hof neben der Garage und kletterte über einen anderthalb Meter hohen Drahtzaun. Als er hinabsprang, nahm ihm ein stechender Schmerz den Atem, direkt unterhalb des Brustbeins, schoß ins Kinn und in die Ohren. Er stolperte, fiel in glitschiges Gras, durchnäßt vom Regen und einem plötzlichen Schweißausbruch.

Überall schienen Sirenen zu heulen. Er kroch zum Waldrand und zog sich an einem Baumstamm hoch. Langsam verebbte der Schmerz, und Harry bezwang ein Gefühl heftiger Übelkeit, ohne zu erbrechen. Dann schloß er die Augen und atmete mehrmals tief durch. Einfach aufgeben – das wäre eine reale Möglichkeit. Sicher würden einige Leute glauben, daß er hereingelegt worden war. Mel Wetstone hatte bereits Wunder vollbracht. Vielleicht würde er seinen Mandanten auch diesmal herausboxen.

Nein. Der Gedanke, von Albert Dickinson verhaftet zu werden und im Gefängnis zu schmachten, war unerträglich.

Etwa hundert Meter entfernt, erklangen Stimmen. Man hatte sein Auto gefunden. Jetzt spürte er die Schmerzen kaum noch. Würde er der Polizei entrinnen? Da er im Dschungel von Vietnam ein Überlebenstraining absolviert hatte und ein paar tausend Dollar bei sich trug, standen seine Chancen nicht schlecht. Er schob das Geld noch tiefer in die Taschen und joggte durch den dichten Wald, so lautlos wie möglich.

## 37

High Hill im eleganten Short Hills, New Jersey, war ein weitläufiges Kolonialhaus mit fünfzehn Räumen und einer riesigen Garage, auf einem hügeligen, drei Morgen großen Grundstück. 1920 von einem Schnapsbaron erbaut, hatte es viermal den Besitzer gewechselt, aber seinen Namen beibehalten. Phil Corbett und seine Familie bewohnten das Anwesen seit fast drei Jahren. Weil ihm pompöse Häusernamen mißfielen, drohte er immer wieder, die Inschrift auf der steinernen Tafel am unteren Ende der Zufahrt durch ›High Upkeep‹ (hohe Instandhaltungskosten) zu ersetzen.

Als das Telefon um halb elf klingelte, am Abend des 30. August, hatte er achthundert Dollar gewonnen und studierte gerade einen potentiellen Royal Flush. Die Pokerpartie, an der sechs Männer teilnahmen, fand jeden Monat in einem anderen Haus statt. Aber die Spieler trafen sich am liebsten in High Hill. Kurz nach dem Einzug hatte Phil das Musikzimmer in einen schalldichten, mit Nußbaum getäfelten Western Saloon verwandelt. Spucknäpfe aus Messing standen auf dem Sägemehl, das den Boden bedeckte. An der Decke kreiste ein Ventilator, im Hintergrund ertönte schräge Musik, kubanische Zigarren lagen bereit. Die Einsätze waren hoch genug, um das Spiel interessant zu gestalten. Und jeder, der mitmachte, konnte sich einen Fünftausend-Dollar-Verlust leisten.

Am früheren Abend hatten einige Gäste die neuesten Ereignisse erwähnt, in die Phils älterer Bruder verwickelt war.

Matt McCann und Ziggy White, zwei Millionäre, die ihr Studium nicht abgeschlossen hatten und mit Phil in Montclair aufgewachsen waren, kannten Harry recht gut.

»Wißt Ihr noch, wie wir ihn bewundert haben?« fragte Matt. »Der Gelehrte, der aufs College ging ... Und wir waren die kleinen Scheißer, die eines Tages im Knast landen würden.«

»Du bewunderst ihn immer noch«, erwiderte Phil. »Klar, er ist ein toller Kerl. Während wir obszöne Summen verdienen, hilft er kranken Leuten, und einige bezahlen ihn nicht einmal.«

»Und was soll der Blödsinn im Krankenhaus? Dieser posttraumatische Streß?«

»Harry ist ungefähr genauso posttraumatisch gestreßt wie du. Offensichtlich will ihn irgend jemand ans Messer liefern. Das hat er mir erzählt, und ich glaub's ihm.«

»Hoffentlich hast du recht«, seufzte Ziggy. »Ich mochte ihn von Anfang an. Aber weißt du – sogar Dillinger hatte einen Bruder.«

»Hör mal, Ziggy, er ist nicht Dillinger ...«

Das Telefon läutete beharrlich – fünf-, sechs-, siebenmal. Normalerweise nahm Gail alle Anrufe entgegen, wenn ihr Mann und seine Kumpel in High Hill pokerten. Aber an diesem Abend war sie mit ein paar Freundinnen ins Kino gegangen. Er betrachtete seine Karo-Zehn, den passenden Buben, die Dame und den König, starrte den Apparat an und versuchte, ihn zum Schweigen zu bringen. Schließlich warf er die Karten hin. »Leider muß ich mich noch eine Weile gedulden, bis ich euch die nächsten Hunderter abnehmen kann, Gentlemen. Am besten gebt ihr's auf. Ich arbeite an einem Royal Flush.«

»Zweifellos«, murmelte jemand.

»Hallo?«

»Phil, hier ist Harry. Bist du allein?«

Unschwer erkannte Phil, wie nervös sein Bruder war. »Eh – nein.«

»Dann geh bitte an einen anderen Apparat.«

Phil legte den Hörer beiseite. »Was den Flush angeht – das war gelogen«, sagte er und schob seine Karten unter das Päckchen, das auf dem Tisch lag. »Spielt ohne mich weiter.« Fünf Minuten später kam er zurück, sichtlich besorgt. »Mein Bruder hat Probleme. Für heute müssen wir leider Schluß machen.«

»Können wir irgendwas tun?« fragte White.

»Ja, in der Tat. Bleib hier, zusammen mit Matt. Und die anderen fahren möglichst schnell nach Hause. Morgen regeln wir die Gewinne und Verluste. Und falls ihr euch dazu aufraffen wollt – betet für Harry. Im Augenblick steckt er ganz tief in der Scheiße und braucht dringend Hilfe.«

»Paß bloß auf, Phil«, mahnte einer der drei anderen Männer. »Keiner will glauben, daß jemand aus seiner Familie in ernsthafte Schwierigkeiten geraten könnte, und manchmal pasiert's trotzdem.«

»Das weiß ich, Stan. Danke. Mir wär's am liebsten, wenn ihr den Anruf vergessen würdet. Aber das liegt bei euch.«

Die drei Männer wechselten unbehagliche Blicke. Dann rannten sie zu ihren Autos hinaus. Kurz nachdem der letzte in der Nacht verschwunden war, hielt ein Streifenwagen mit Lichtsignal auf der Zufahrt.

»Matt, gib auf die Kinder acht, bis Gail heimkommt«, bat Phil. »Wahrscheinlich gegen halb zwölf. Ziggy, ich rede jetzt mit den Bullen. Danach muß ich abhauen, ohne daß mir jemand folgt. Irgendwelche Ideen?«

Während der Schulzeit war White ein Draufgänger gewesen und immer von den höchsten Klippen ins Wasser gesprungen. Oder er stahl in gutbewachten Läden irgendwelche Sachen, die er nicht brauchte. Später hatte er mit dem Kauf von Börsenpapieren auf Zeit ein Vermögen gemacht.

Er brauchte nur wenige Sekunden, um über das Problem nachzudenken. »Kein Grund zur Panik. Matt versteckt sich hier, solange die Bullen dableiben. Erzähl ihnen, deine Frau sei ausgegangen und du würdest die Kinder hüten. Ich begleite die Typen hinaus und schwatze mit Ihnen beim Streifenwagen. Inzwischen schleichst du durch die Hintertür raus. Nimm eine Taschenlampe mit, aber benutze sie nur, wenn die Luft rein ist. Geh durch den Hinterhof und spring über den schmalen Bach. Falls sie dir auflauern, werden sie unten auf der Straße warten – nicht allzu weit entfernt. Sobald sie von hier verschwunden sind, steige ich in mein Auto und tuc so, als würde ich heimfahren. Aber ich biege in Maitland ab. Wir treffen uns bei der Zufahrt der Griffins, die bleiben bis nach dem Tag der Arbeit in England. Weißt du, wo sie wohnen? Okay. Du kannst mich irgendwo in der Nähe meines Hauses absetzen und den Wagen behalten, solange du willst.«

*

Harry kniete im dichten Unterholz, hinter der sanft abfallenden Böschung einer zweispurigen Landstraße. Allzu stark hatte die Nacht nicht abgekühlt, aber er war völlig durchnäßt und zitterte am ganzen Körper. Glücklicherweise hatte er Phil zu Hause erreicht, und sein Bruder zögerte nicht, ihm zu helfen. Wenn er bloß käme … Harry wollte ihn nicht einer Anklage wegen Beihilfe zum Mord aussetzen. Doch er mußte auf freiem Fuß bleiben, um Anton Perchek zu finden und ihm das Handwerk zu legen. Das war seine einzige realistische Chance.

Da Harry nicht genau wußte, von wo er Phil angerufen hatte, und sein Bruder die Gegend von Fort Lee kaum kannte, war es problematisch gewesen, einen Treffpunkt zu vereinbaren. Harry beschloß, jemanden zu bestechen, der ihn zu einer kaum befahrenen Straße bei einem elektrischen Umspannwerk bringen sollte, in der Nähe seiner Heimatstadt Montclair. Dorthin hatte er vor vielen Jahren seinen jüngeren Bruder entführt, um ihn mit Bier und Zigaretten vertraut zu machen und herausgefunden, daß Phil bereits eingeweiht war.

Harry suchte sich einen Motorradfahrer aus, der auf einer Harley saß. Im Wald neben einer Tankstelle versteckt, beobachtete er, wie der Mann in die Toilette ging. Dann sprach er ihn an, sobald er wieder herauskam. Der bärenstarke, tätowierte Bursche fürchtete sich nicht vor der Polizei. Schon nach wenigen Sekunden erklärte er sich zu einer Fahrt bereit, die ihm tausend Dollar einbringen würde. Im Lauf der Jahre hatte Harry oft genug gesehen, was bei Motorradunfällen passieren konnte. Aber er glaubte, daß Claude, so hieß der Mann – das Risiko wert war. Also stülpte er den Ersatzhelm über seinen Kopf, kauerte sich auf den erhöhten Beifahrersitz und schlang die Arme um den Riesen.

»He, wenn Sie zu zudringlich sind, verlange ich noch einen Hunderter mehr«, drohte Claude lachend.

»Wenn Sie halbwegs vorsichtig fahren, halte ich mich gern zurück.«

Auf den ersten ein oder zwei Meilen kamen ihnen vier Streifenwagen entgegen.

»Offensichtlich sind Sie ein ganz heißes Eisen!« rief Claude über die Schulter.

»Falsch geparkt!« sagte Harry.

Während der halben Stunde, die er im Gebüsch neben der Tankstelle verbracht hatte, waren sechs Autos vorbeigefahren, darunter ein Streifenwagen vom Montclair-Revier. Nun wischte er mit einer feuchten Hand über seine Stirn und fragte sich, was er tun sollte. Falls es Möglichkeiten gab, fielen ihm keine ein. Wenigstens war er der Falle entronnen, die Perchek ihm in Fort Lee gestellt hatte.

Nach der fünfundvierzigminütigen Fahrt klapperten seine Zähne, und er gab dem Motorradfahrer außer dem vereinbarten Preis auch noch einen Hunderter Trinkgeld. Dafür hatte er eine Anstecknadel mit einem Totenkopf bekommen. Jetzt begann er zu fürchten, Phil hätte ihn mißverstanden, und er wünschte, Claude wäre in seiner Nähe geblieben.

Zu beiden Seiten seines Verstecks, etwa fünfzig Meter entfernt, beschrieb die Straße eine Biegung. Nach einer Weile schimmerte Licht zwischen den Bäumen. Ein Laster, dachte er und duckte sich. Aber es war ein Wohnwagen, dicht gefolgt von einem Auto. Beide hielten am Straßenrand, Motoren und Scheinwerfer wurden abgeschaltet. Wie erstarrt beobachtete Harry, wie sich die Tür des Wohnwagens öffnete und schloß. Sekundenlang herrschte tiefe Stille. Dann rief Phil: »Harry? Bist du da?«

Ehe Harry antworten konnte, mußte er die Verkrampfung in seinen Schultern und Kinnbacken lockern. Wer saß in diesem anderen Schlitten? Diese Frage beschäftigte ihn nur flüchtig. In diesem Augenblick mußte er sich darauf verlassen, daß Phil wußte, was er tat.

»Hier, kleiner Bruder!« Er stand auf und versuchte, den Schlamm von seinem Anzug zu wischen. Als er zum Wohnwagen ging, sah er, daß es ein Winnebago war.

»Bist du okay?« fragte Phil.

»Klatschnaß, von Todesängsten gequält. Ist das so was Ähnliches wie okay?«

»Ob du's glaubst oder nicht, da drin habe ich einen Jogginganzug für dich.«

»Wer sitzt in diesem Auto?«

»Ziggy White. Erinnerst du dich an ihn?«

»Der Kerl, der mal mit allen Leuten gewettet hat, er könnte eine Meile weit mit verbundenen Augen fahren?«

»Eigentlich wollte ich ihn nicht mitnehmen. Aber er bestand darauf. Immer wieder braucht er einen neuen Kick. Obwohl es ihm genügen müßte, Börsenpapiere auf Zeit zu kaufen. Außerdem kann er's nicht vergessen, wie du Bumpy Giannetti dran gehindert hast, ihn grün und blau zu schlagen.«

»Sag Ziggy, ich weiß seine treue Freundschaft zu schätzen.« Harry ließ sich von seinem Bruder in den Wohnwagen helfen. »Aber damals bin ich wahrscheinlich nur zufällig im richtigen Moment aufgetaucht. Und der Fausthieb auf Bumpys Kinn war ein Zufallstreffer.«

Der Winnebago war wie ein komfortables Hotelzimmer eingerichtet.

»Unglaublich«, meinte Harry und zog sein Hemd aus. »Gehört er dir?«

»Vorerst *dir*. Ein Luxor. Auf zehn Meter Länge hast du alles, was du dir von einem motorisierten Heim wünschen kannst. Zwei Fernseher mit Dachantenne, Fax, Telefon, Bar, Tiefkühltruhe, Stereoanlage, Waschmaschine mit Trockner, Airbags für Fahrer und Beifahrer, Schränke aus Kirschbaumholz. Du hast gesagt, du brauchst ein Auto. Aber ich glaube, du brauchst auch ein Quartier, wo du eine Zeitlang bleiben kannst. Manchmal leasen wir dieses Baby für Leute, die irgendwo wohnen müssen und was gegen Hotels haben. Das bezahlt meine Firma. Die Wagenpapiere findest du im Handschuhfach – und ein paar Zettel. Darauf habe ich notiert, wo du hinfahren und parken darfst und wo nicht. Da steht auch die Nummer von meinem Piepser. Du erreichst mich vierundzwanzig Stunden am Tag.«

»Phil, ich – vielen Dank. Einfach perfekt. Wieviel ...«

»He!« Abwehrend hob Phil eine Hand. »Wenn du danach fragen mußt, willst du's gar nicht wissen.«

Harry trocknete sich ab und zog feuchte Banknoten aus den Taschen. »Leider hast du vergessen, die alles entscheidende Mikrowelle zu erwähnen.«

»Laß sie nicht auf Hochtouren laufen.« Phil warf ihm einen schwarzen Nike-Anzug zu. »Wenn ich mir vorstelle, all die schönen Scheinchen könnten in meinem Winnebago verbrennen – gräßlich! Der Kühlschrank ist gut gefüllt, und da drüben im Schrank findest du ein paar Sachen, die dir sicher passen. Sei bloß vorsichtig und bleib nie zu lange an einem Ort. Brauchst du sonst noch was?«

Harry dachte eine Weile nach. Dann ging er zum kleinen Mahagonischreibtisch, fand Papier und einen Füllfederhalter und schrieb einen Brief an Maura. »Für eine Freundin. Gib's dem Portier in meinem Apartmenthaus. Und danach halt dich raus. Du hast schon genug getan.«

»Was für ein komisches Brüderpaar wir sind!« Phil steckte den Brief ein. »Als du aus Vietnam zurückkamst und ausgezeichnet wurdest, stürzte ich mich mit aller Macht ins Geschäftsleben, um dich irgendwie zu übertrumpfen.«

»Das ist dir ja auch gelungen.«

»Darauf kommt's nicht an. Die ganze Zeit ging's immer nur von mir aus. Du hast nie was gesagt oder getan, das mir das Gefühl gab, ich müßte dich übertreffen. Aber was für eine Rolle spielt das schon? Es war nie ein Wettbewerb – es ist unser Leben, und du bist mein einziger Bruder. Deshalb will ich dich nicht verlieren.«

Im schwachen Licht starrte Harry ihn an. So hatte Phil nie zuvor mit ihm gesprochen. Er lehnte sich an die weiche lederne Kopfstütze des Beifahrersitzes. »Weißt du noch, wie du damals sagtest, ich würde eine Herausforderung brauchen? Nun, die ist aufgetaucht. In Gestalt eines Monsters namens Anton Perchek – ein Arzt. Den muß ich erledigen.« Er schrieb den Namen auf einen Zettel, den er seinem Bruder gab. »Falls mir irgendwas zustößt, das ist Evies Mörder. Außerdem hat er Caspar Sidonis getötet, Andy Barlow, einen meiner Lieblingspatienten, und viele andere Leute. Das FBI weiß, wer er ist, wird's aber nicht zugeben. Vermutlich hat er mal als Folterknecht für den CIA gearbeitet. Angeblich ist er seit Jahren tot. Aber in Evies Krankenzimmer wurde sein Fingerabdruck gefunden. Irgendwie war mir alles egal, Phil. Warum weiß ich nicht. Vielleicht, weil ich fünfzig wurde und Evies wegen, oder weil dieser gottverdammte Familienfluch alles andere verdrängt hat. Aber was jetzt passiert, ist mir nicht mehr egal. Dank dieses Bastards Perchek sind mir viele Dinge wichtig geworden. Vor allem Maura bedeutet mir sehr viel, die Frau, der ich diesen Brief geschrieben habe. Und ich möchte sie besser kennenlernen. Vielleicht heirate ich sie eines Tages – und wenn nicht, dann eine andere Frau, die ihr gleicht. Vermutlich kriege ich sogar Kinder, und du wirst Onkel.«

»Hoffentlich. Dann werde ich die Babys nach Strich und Faden verwöhnen. Wohin fährst du jetzt?«

»Sicher ist's besser, wenn du's nicht weißt. Du mußt die Polizei ohnehin schon belügen.«

»Wie gesagt, du kannst mich jederzeit erreichen.«

»Ja. Mach dir keine Sorgen, Phil. Dieses Spiel werde ich gewinnen.«

»Klar. Und nun werde ich lieber verschwinden.«

»Herzliche Grüße an Ziggy und an Gail und die Kinder.«

Eine Zeitlang standen sie schweigend neben der Tür. Dann umarmten sie sich, zum erstenmal seit dem Tod ihres Vaters.

*

Rocky Martino, der Nachtportier in Harrys Apartmenthaus, hatte allen Grund, sich ein Extra-Schläfchen zu gönnen, denn das war die längste, stressigste Nacht seines Leben gewesen. Innerhalb weniger Stunden schien halb Manhattan über ihn hereinzubrechen. Alle Leute suchten Harry Corbett. Die Polizei von Manhattan, die Polizei von New Jersey, sogar das FBI. Offenbar war eine Leiche über die Staatsgrenze geschmuggelt worden. Mehrere Fernseh- und Rundfunksender schickten ihre Teams ins Haus. Und alle wollten mit ihm reden. Aber er konnte nur immer wieder beteuern, er wisse nicht, wann Harry Corbett seine Wohnung verlassen habe und wann er zurückkommen würde.

Was er den Reportern verschwiegen und nur der Polizei

erzählt hatte – um halb elf war Maura Hughes ins Apartment gegangen und dort geblieben. Zwei Polizisten hatten sie verhört, über eine Stunde lang.

Vor lauter Sorge hatte Rocky mit Shirley Bowditch telefoniert, der Vorsitzenden der Eigentümergemeinschaft. Nun kümmerte sie sich um alles, und man ließ ihn endlich in Ruhe. Er öffnete den Besenschrank hinter der Kellertür, holte seine Schnapsflasche hervor und nahm einen großen Schluck, der in der Kehle brannte und vertraute Tränen in seine Augen trieb. Als er in die Eingangshalle zurückkehrte, klopfte ein großer, breitschultriger Mann im Sportmantel an die Glastür und hielt eine Polizeimarke hoch. Resignierend drückte Rocky auf den Öffner. Der Mann trat ein, stellte sich vor und erklärte, welchem Revier er angehörte. Aber was er wollte, verstand Rocky nicht.

Der Polizist fragte nach Rockys Namen. Dann fügte er hinzu: »Wir brauchen Ihre Hilfe. Wie lange haben Sie noch Dienst?«

»Bis Mittag. Ich arbeite immer von Mitternacht bis Mittag. Armand Rojas, der andere Portier, und ich haben beschlossen …«

»Gut, gut, Rocky. Nun hören Sie zu. In Harry Corbetts Apartment hält sich eine Frau namens Maura Hughes auf.«

»Und?«

»Wenn Sie ein Taxi bestellt, um ihn zu treffen, wollen wir sie fahren.«

Er führte Rocky auf die Straße und zeigte ihm einen Wagen, der einen halben Häuserblock entfernt parkte. »Sobald sie ein Taxi braucht, winken Sie uns. Alles andere erledigen wir.«

»Eh – okay«, stotterte Rocky, von der Körpergröße und brüsken Art des Mannes eingeschüchtert.

Der Riese fischte einen Fünfziger aus seiner Tasche und drückte ihn in Rockys Hand. »Machen Sie keinen Fehler. Und kein Wort zu irgend jemanden. Dann ist noch so ein Schein für Sie drin.«

Wortlos steckte Rocky das Geld ein und beobachtete, wie der Polizist aus seinem Blickfeld verschwand. Dann ging er noch einmal zum Besenschrank. Natürlich würde er den Wunsch des Bullen erfüllen, weil Gott weiß was passieren konnte, wenn er's nicht tat. Außerdem wollte er sich noch einen Fünfziger verdienen. Der Mann, der vor einer Stunde mit dem Lift nach oben gefahren war, um Maura einen Brief zu bringen, hatte ihm nur einen Zwanziger gegeben.

Zur Beruhigung genehmigte er sich noch einen Schluck Wodka. Er mochte Harry Corbett, und er bedauerte, daß der Doc in Schwierigkeiten steckte. Aber das war nicht Rocky Martinos Schuld.

Er kehrte in die Halle zurück. Inzwischen war es fast fünf Uhr morgens. In seiner Tasche steckte leicht verdientes Geld, und sein Magen fühlte sich so warm an wie ein Sonnenaufgang. Draußen, einen halben Häuserblock entfernt, wartete das Taxi. Er fuhr sich mit der Zunge über die Lippen und dachte an sein unverhofftes Glück. Bald würde er noch einen Fünfziger kriegen. Und man durfte ihm wahrhaftig nicht verübeln, daß er mit der Polizei zusammenarbeitete.

## 38

Vier Uhr – fünf – halb sechs … In Harrys Apartment klingelte fast pausenlos das Telefon. Der bizarre Zwischenfall im MMC und Caspar Sidonis' Ermordung, die einer Exekution glich, hatten ihn in den Mittelpunkt des Medieninteresses gerückt. Inzwischen ging Maura nicht mehr an den Apparat. Während der Anrufbeantworter die Namen und Anfragen der

Leute aufzeichnete, saß sie vor dem Fernseher und sah diverse Nachrichtensendungen, lokale und landesweite. Nicht einmal die Fälle Simpson und Tonya Harding hatten soviel Aufsehen erregt. Alle fünf bis zehn Minuten wurden Unterhaltungssendungen oder Spielfilme unterbrochen und die letzten Neuigkeiten verkündet. Und ein Sender änderte sein Programm, um ausschließlich über den Corbett-Fall zu berichten. Unter anderem brachte er Dokumentationen über Sidonis' Lebenslauf und seine Leistungen.

Maura war völlig erschöpft, körperlich und seelisch, aber zu aufgedreht und besorgt, um zu schlafen. Wo mochte sich Harry herumtreiben?

Zwischen den Sofakissen steckte sein Brief, den ein Mann namens White vor ein paar Stunden abgeliefert hatte. *Maura, ich bin okay. Treffen wir uns morgen um zehn Uhr vor dem Haus, in dem Du Walter kennengelernt hast. Wenn ich nicht auftauche, versuch's drei Stunden später noch einmal. Nimm verschiedene Taxis, dann die U-Bahn und geh das letzte Stück zu Fuß. Sei vorsichtig. Wahrscheinlich wird man Dir folgen. Alles Liebe, Harry.*

White hatte ihr nichts verraten – nur daß Harry in Sicherheit war. Eine Stunde später kam Albert Dickinson zu ihr. Die Dienstpistole gezückt, durchsuchte er zusammen mit einem anderen Polizisten das Apartment. Trotz der Anwesenheit des Kollegen begegnete ihr der Lieutenant genauso so rüde und verächtlich wie im Krankenhaus. Ihre Erklärung, Harry sei unschuldig und ein gewisser Anton Perchek habe die Morde begangen, interessierte ihn nicht. Nur eins wollte er wissen – wo er seinen Hauptverdächtigen finden konnte. »Miss Hughes, ist Ihnen bekannt, wie in unserem Staat die Leute bestraft werden, die einem Mordverdächtigen zur Flucht verhelfen? Falls Sie Corbetts Aufenthaltsort kennen und uns diese Information verschweigen, werden Sie den Großteil Ihres restlichen Lebens im Gefängnis verbringen.«

»Sicher wäre das nicht unangenehmer als diese Konversation«, erwiderte sie honigsüß.

»Offenbar liegt diese Klugscheißerei in der Familie. Zu meinem Vergnügen kann ich Ihnen mitteilen, daß wir diesen Detective-Posten jemandem anvertraut haben, der etwas mehr Teamgeist entwickelt als Ihr Yalie-Bruder.«

»Wenn Sie rauchen wollen, müssen Sie rausgehen, Lieutenant.« Maura zeigte nicht zur Tür, sondern zum Fenster, das sich in der sechsten Etage befand. Sekundenlang dachte sie, Dickinson würde sie schlagen. Schließlich war er fluchend hinausgerannt, und sie hatte dreimal die Tür hinter ihm zugesperrt.

Nun lehnte sie sich zurück und sah die Interviews, die zum wiederholten Mal im Fernsehen liefen – Gespräche mit der MMC-Leitung, mit Krankenschwestern und Sicherheitsbeamten, mit dem Elektriker, den der Revolverschwinger überwältigt hatte, und Max Garabedian. Der falsche Garabedian war noch immer nicht identifiziert worden. Derzeit analysierte man die Fingerabdrücke, die man im Zimmer 218 gefunden hatte. *Einsame Spitze, Ray*, jubelte sie stumm.

Zu ihrer Genugtuung hatte sie während der langen, anstrengenden Nacht kein einziges Mal das Bedürfnis nach einem Drink verspürt. Aber sie brauchte ihren Schlaf. Sie stellte den Wecker auf halb neun, schaltete den Klingelton aller Telefone in der Wohnung aus und rückte den Anrufbeantworter neben ihr Bett. Wenn Harry anrief, um ihr eine Änderung seiner Pläne mitzuteilen, wollte sie's wenigstens erfahren. Dann nahm sie einen der Hörer ab. »Jetzt dürft ihr Jungs euch ausruhen«, sagte sie und legte auf.

Um acht drängte sich eine Nachricht vom ›Inside Edition‹-Produzenten in ihr Bewußtsein. Er versprach Harry genug Geld für ein erstklassiges Verteidigerteam, wenn er dem Sender ein Exklusivinterview gab. Nachdem sie geduscht hatte, kochte sie Kaffee und schaute aus dem Fenster. Wolken, aber kein Regen. Der C.C.'s Cellar lag nicht allzuweit vom Apartment entfernt, doch sie wollte sich für den Weg dorthin eine Stunde Zeit nehmen. Erst würde sie mit einem Taxi durch die Stadt fahren, in die Nähe der UNO und zu Fuß zu einer U-Bahnstation gehen, danach wieder in ein Taxi steigen und vielleicht durch ein Kaufhaus mit mehreren Ausgängen schlendern. Schließlich würde sie ein drittes Taxi zu einer Seitenstraße bringen, zwei oder drei Häuserblocks vom Club entfernt. In einer belebten Gegend wie Manhattan, mit U-Bahnstationen und zahlreichen Kaufhäusern, wo man jederzeit verschwinden konnte, dürfte es nicht besonders schwierig sein, etwaige Verfolger abzuschütteln.

Sie zog Jeans, ein kariertes Hemd und Turnschuhe an. Dann nahm sie eine große Stofftasche aus Evies Schrank, warf ihre Geldbörse, die dunkle Perücke, die sie im MMC getragen hatte, und ein weißes Hemd hinein, falls sie ihr Aussehen verändern mußte, und packte – nur zur Sicherheit – Jeans, ein Hemd und Turnschuhe für Harry dazu. Vorerst würde er wohl kaum in die Wohnung zurückkehren. Der Revolver steckte in ihrer ledernen Gürteltasche. Wenn sie auch keinen Waffenschein besaß – das beruhigende Gefühl der Sicherheit wog schwerer als die Angst, erwischt zu werden.

Statt den Lift zu benutzen, stieg sie sechs Treppenfluchten hinab und betrat die Halle durch die Tür hinter Rocky Martinos Rezeption. Verstört sprang er auf und wich zurück, aber sie roch seine Schnapsfahne. Seine Augen waren blutunterlaufen, die Hände zitterten. Trotzdem riß er sich zusammen. »Oh – Sie haben mich ganz schön erschreckt, Miss Hughes«, sagte er und leckte sich über die Lippen. »Was kann ich für Sie tun?«

Sie fragte sich, wie oft sie ebenso erfolglos wie Rocky ihre Trunksucht zu überspielen versucht und geglaubt hatte, es wäre ihr gelungen. »Würden Sie mir ein Taxi rufen?« bat sie und tastete in der Tasche nach ihrer Börse.

»Kein Problem, Ma'am. Haben Sie was von Dr. Corbett gehört?«

»Nein, Rocky.«

»Nun, ich drücke ihm die Daumen.« Er verließ die Rezeption und schlurfte mit übertrieben langen Schritten aus der Halle.

Sekunden später hielt ein Taxi vor der Glastür. Maura gab dem Portier einen Dollar, zögerte und drückte noch einen Fünfer in seine Hand. »Machen Sie mal Pause und gehen Sie auf meine Kosten frühstücken.«

»Klar, danke, Ma'am«, sagte er, schob das Geld in seine Hosentasche und irgend etwas an seinem Lächeln stimmte sie unbehaglich.

Sie eilte an ihm vorbei, zum Taxi hinaus. »Zur UNO.« Als das Auto losfuhr, spähte sie durchs Rückfenster. »Ich erkläre Ihnen, wie ich fahren will. Wenn's ein Umweg ist, kümmern Sie sich nicht drum. Natürlich zahle ich dafür.« Der Chauffeur nickte.

Falls ihr jemand folgte, war er verdammt schlau. Maura sah keinen einzigen verdächtigen Wagen. Oder fuhr irgendwer mit einem Funkgerät vor ihr her? Auch dieses Problem würde sie bald lösen. Das Taxi passierte einen Zeitungskiosk, und sie entdeckte Harrys Foto auf allen Titelseiten. *Lesen Sie alles über den neuen Mord des Doktors!* Jetzt fand sie die Situation nicht mehr witzig, romantisch oder abenteuerlich. Während sie am letzten Abend auf einem Ast bei der Müllhalde gekauert und geglaubt hatte, alles würde ein gutes Ende nehmen, war sie sich wie Grace Kelly in »Über den Dächern von Nizza« oder wie Audrey Hepburn in »Charade« vorgekommen. An diesem Morgen fühlte sie sich entmutigt, müde und verängstigt. Sie versuchte sich vorzustellen, wie Harry zumute gewesen war, als er den Kofferraum seines BMW geöffnet hatte.

Jetzt fuhren sie auf dem Broadway südwärts, und Maura zählte drei Häuserblocks. »Biegen Sie hier rechts ab«, befahl sie. Aber der Chauffeur reagierte nicht. Sie klopfte an die Plexiglasscheibe. »He, nach rechts!«

Da drehte er das Lenkrad links herum und steuerte den Park an. Einen halben Häuserblock weiter drosselte er das Tempo. Maura schlug nicht mehr gegen die Scheibe. Verzweifelt überlegte sie, was mit ihr geschehen mochte, und dachte an den Revolver in ihrer Gürteltasche. Aber erst einmal mußte sie aus diesem Taxi steigen, so schnell wie möglich. Sie umfaßte den Türgriff. Im selben Moment schnappten die elektronischen Schlösser auf. Das Taxi rollte weiter. Plötzlich wurde die Tür an ihrer Seite aufgerissen. Ein Mann sprang herein – ein Riese, breitschultrig, fast zwei Meter groß. Mühelos schob er sie mit einer Hand weg, als wäre sie eine schlaffe Puppe. Ihr Kopf stieß gegen das Fenster. Knapp unterhalb der Operationsnarbe spürte sie den schmerzhaften Aufprall. Ohne eine Anweisung abzuwarten, gab der Fahrer Gas.

Sie erkannte den Riesen sofort – Percheks Killer, der den Kampf im Central Park überlebt hatte. Kreischend warf sie sich auf ihn, rammte die rechte Hand in sein Gesicht und versuchte mit der linken, die Gürteltasche zu öffnen. Der Fausthieb traf den Knochen über seinem Auge, und er schrie auf.

Mit einer Hand betastete er seine Braue, mit der anderen schlug er nach Maura. Doch sie wich dem Angriff aus. Ihre Finger umschlossen den Revolvergriff. Blitzschnell zog sie die Waffe aus der Tasche, drückte die Mündung zwischen die Rippen ihres Feindes und feuerte.

Nichts geschah. Gar nichts. Nun war die einzige Chance vertan. Der Killer entriß ihr den Revolver, rächte sich mit einer kraftvollen Ohrfeige, und ihre Unterlippe platzte. Wieder flog ihr Kopf gegen das Fenster, dann fiel sie vornüber.

Beinahe landete ihre Stirn im Schoß des Riesen. »Die Sicherung«, spottete er mit erstaunlich hoher Stimme. »Bevor wir losballern, müssen wir das hübsche kleine Schießeisen entsichern.« Er packte ihren Nacken und zog sie hoch. Wütend spuckte sie ihn an, bespritzte sein Hemd und sein Gesicht mit Blut. Er wischte seine Wange mit einem Handrücken ab. Dann schlug er sie noch einmal. Ihre Gegenwehr erlahmte. Unsanft drückte er sie nach unten und bohrte ihre Nase in die Sitzpolsterung. »Wir suchen Ihren Kumpel Corbett.«

»Keine Ahnung, wo er ist«, würgte sie hervor. In ihren Schläfen pochte es, und ihr Nacken, den er eisern festhielt, schmerzte genauso heftig. Aber sie würde nicht weinen. Dieses Vergnügen mißgönnte sie ihm. »Ich weiß nicht einmal, ob er noch lebt.«

Triumphierend nahm er Harrys Hemd aus der Stofftasche, zerrte Maura hoch und hielt es ihr vor die Augen. »Wirklich nicht?«

»Falls ich wüßte, wo er ist, würde ich's nicht verraten.«

Da preßte er ihr Gesicht wieder in die Polsterung. »Der Doktor wird sich freuen, wenn er das hört.«

*

Vorsichtig steuerte der meistgesuchte New Yorker Flüchtling den Winnebago Luxor durch die Straßen von Manhattan und versuchte, keine überflüssige Aufmerksamkeit zu erregen. Soweit es möglich war, folgte er den breiten Nord-Süd-Avenues, weil er fürchtete, er würde in den schmaleren Seitenstraßen nicht an geparkten Lastern oder Baustellen vorbeikommen.

Nachdem er den Großteil seines Lebens in der City verbracht und sein Auto oft wochenlang in der Garage gestanden hatte, waren seine Fahrkünste ziemlich eingerostet. Manchmal empfand er es sogar als echte Herausforderung, den BMW rückwärts einzuparken. Wenn er dieses motorisierte Haus durch enge Straßen lenken müßte, könnte er eine Katastrophe heraufbeschwören. Überall hing sein Fahndungsfoto. Ein verbeulter Kotflügel, ein Bulle, die Verhaftung. Wahrscheinlich würde seine Flucht ein so einfaches Ende finden.

Nun war es zehn vor zehn. Harry folgte der Columbus Avenue und versuchte, seine Fahrt so zu timen, daß er um Punkt zehn in die Fifty-sixth biegen würde. Sobald Maura eingestiegen war, würden sie die City verlassen und an irgendeiner abgeschiedenen Stelle alles besprechen. Immerhin gab es einige Leute, die an seine Unschuld glaubten – Maura, Tom Hughes, Mary Tobin, Kevin Loomis, Steve Josephson, Doug Atwater, Julia Ransome, Phil und Gail. Sein Blick streifte den Notizblock, der neben ihm lag und auf den er die Namen geschrieben hatte. Dann fügte er Ray Santana hinzu. Vielen seiner Freunde, Kollegen und Patienten würde es schwerfallen, ihm ein Verbrechen zuzutrauen, geschweige denn einen Mord. Doch die Frage, wer ihm zuliebe ein Risiko eingehen würde, war schwer zu beantworten.

Gemeinsam mit Maura würde er Pläne schmieden. Vor allem mußten sie Ray aufspüren. Er hatte Harrys mißliche Lage zwar erheblich verschlimmert, aber nicht verursacht. Wenn er mit Loomis zusammenarbeitete, könnten sie vielleicht Pluspunkte sammeln.

*Wenn*. Zuerst wollte Harry mit Maura reden und dann sein Bestes tun, um Kevin Loomis' Selbstmord zu verhindern. Schließlich würde er Santana suchen. Und während er das alles erledigte, mußte er sich die Polizei vom Leib halten. *Eins nach dem anderen*, dachte er und erinnerte sich an das blaugoldene Banner, das er bei der Versammlung der Anonymen Alkoholiker gesehen hatte, an die Aufschrift ›Eins nach dem anderen‹.

Er bog in die Fifty-sixth Street. Zum Glück parkten keine Laster oder Personenwagen in zweiter Reihe, und er sah auch keine Baustelle. Aber auch keine Maura. Niemand stand vor dem C.C.s', und der Club war offenbar geschlossen. Während Harry das Tempo drosselte, überlegte er, ob er versuchen sollte, die Haustür zu öffnen. Eine beharrliche Hupe, die hinter ihm plärrte, ersparte ihm die Entscheidung. Erst fuhr er die Amsterdam hinauf, dann kehrte er zur Columbus zurück und schließlich noch einmal in die Fifty-sixth. Nichts. Er rief in seinem und ihrem Apartment an. In beiden Wohnungen meldete sich der Anrufbeantworter. Im C.C.s' ging niemand an den Apparat. Schließlich wählte er die Nummer von Phils Piepser.

»He, Harry, ich hatte gehofft, von dir zu hören. Neulich habe ich was über dich in der Zeitung gelesen.«

»Sehr komisch. Wie haben's Gail und die Kids aufgenommen?«

»Sagen wir mal, wir alle müssen den Familiennamen ein bißchen verteidigen. Wie geht's dir?«

»Nun, ich bin immer noch auf freiem Fuß, was ich *dir* verdanke. Phil, in dem Brief an Maura, habe ich ihr ein Treffen vorgeschlagen. Aber sie ist nicht gekommen. Hat sie den Brief auch wirklich gekriegt?«

»Klar. Heute morgen habe ich mit Ziggy gesprochen. Um drei Uhr nachts hat er ihr den Brief persönlich in die Hand gedrückt.«

»Scheiße.«

»Kann ich irgendwas tun?«

»Vorerst nicht. Du hast schon mehr als genug getan, Phil. Vielen Dank. Wir bleiben in Verbindung.«

»Paß bloß auf mein Luxur-Baby auf. Ich hab' Gail ein Wochenende in diesem hübschen Schlitten versprochen. Und nachdem ich dir den Vorrang gegeben habe, muß ich natürlich erst recht Wort halten.«

Fast eine Stunde lang fuhr Harry um den Treffpunkt herum, in immer weiterem Bogen. Keine Maura. Da stimmte irgendwas nicht. Er ließ sich von der Auskunft Kevin Loomis' Privatnummer geben und versuchte, ihn zu erreichen. Daddy würde gerade Eiscreme für eine Party holen, teilte ihm ein Kind mit. Und Mummy sei im Badezimmer. Harry erklärte, in einer Stunde würde er wieder anrufen.

Fast elf Uhr – zwei Stunden vor dem zweiten Versuch, Maura beim C.C.s' zu treffen … Jedenfalls würde er da sein … Und Maura vermutlich nicht. *Perchek? Dickinson? Schnaps?* Von allen drei Möglichkeiten fand er die letzte am unwahrscheinlichsten. Er checkte den Benzinverbrauch und alles andere, was das Armaturenbrett im Düsenjet-Stil anzeigte. Keine Probleme – bis jetzt. Und so fuhr er wieder stadteinwärts.

Nun hatte er wohl nur mehr eine einzige Alternative – er mußte Ray Santana finden. Wenn es ihm auch widerstrebte, Mary Tobin zu gefährden – es blieb ihm nichts anderes übrig. Und außerdem, dachte er lächelnd, falls ein Kampf zwischen Mary und der Polizei stattfand, würde er eher die Bullen bemitleiden. Er erreichte sie zu Hause. Wie erwartet, versicherte sie, natürlich würde sie alles tun, um ihm zu helfen, und ihre zahlreiche Familie sei auch dazu bereit. »Mein Schwiegersohn Darryl ist der einzige, der schlecht über Sie geredet hat. Sobald er geröntgt und zusammengeflickt worden ist, kommt er nach Hause. Und dabei hat ihn nur meine Tochter in die Mangel genommen. Wenn er's mit mir zu tun kriegt, wird er noch schlimmer aussehen.«

Sie brauchte fünfundvierzig Minuten, um Walter Concepcions Adresse und Telefonnummer aus der Praxis zu holen und nach Hause zurückzukehren. Sobald sie die Praxis betreten hatte, waren ihr die beiden Polizisten gefolgt, die das Haus observierten. »Wir erwischen ihn«, betonte der eine Officer. »Und es wäre unklug, wenn Sie versuchen würden, ihm zu helfen.«

»Junger Mann, ich habe einundzwanzig Enkel und sieben Urenkel«, erwiderte Mary. »Und deshalb würden Sie sich eine ganze Menge aufhalsen, wenn Sie mich ins Gefängnis stecken.«

Um Punkt zwölf rief sie Harry an, gab ihm Concepcions Nummer und Adresse und erzählte von ihrer Unterhaltung mit den Bullen. Unmittelbar nach diesem Telefonat wählte er Rays Nummer. Niemand meldete sich. Einen halben Häuserblock von der Pension entfernt, versuchte er es noch einmal. Diesmal nahm Santana den Hörer ab. Drei Minuten später stürmte er aus dem Haus und sprang auf den Beifahrersitz. Bei seinem Anblick verflog Harrys Zorn, und er seufzte erleichtert, weil er nicht mehr allein war. Er bog in den Harlem River Drive und fuhr nach Norden.

»So ein Fluchtauto laß ich mir gefallen«, bemerkte Santana, der dringend eine Rasur nötig hatte. Er wirkte erschöpfter und nervöser denn je.

»Eine Leihgabe von meinem Bruder. Freut mich, daß Sie entkommen konnten. Sind Sie okay? Sie sehen nicht besonders gut aus.«

»Nun, ich fühle mich so wie immer. Leider hab' ich's im Krankenhaus vermasselt, und ich hoffe, Sie verzeihen mir.«

»War es Perchek, den Sie im Flur gesehen haben?«

»Nein – Garvey. Der Bastard, der mich dem Doktor ans Messer geliefert hat. Während ich im Halbschlaf lag, hörte ich plötzlich seine Stimme vor der Tür. Inzwischen ist's sieben Jahre her. Aber ich wußte sofort, daß er's war. Dann trafen sich unsere Blicke, und er erkannte mich auch – da bin ich mir ganz sicher. Er war mit ein paar Leuten in feinen Anzügen zusammen. Offenbar hat er sein Gesicht operieren lassen, und sein Haar ist schütter geworden. Trotzdem gibt's keinen Zweifel. Er war's. Als ich meine Zimmertür erreichte, rannte er davon. Ich verlor die Beherrschung und schoß auf ihn. Was dann geschah, wissen Sie ja.«

»Haben Sie ein Ahnung, wo er jetzt steckt?«

»Nicht die leiseste. Nach Nogales löste er sich in Luft auf.

Entweder hat er einflußreiche Freunde oder irgendwas, womit er sie erpressen kann. Ich tat alles, um ihn zu finden. Ohne Erfolg. Nirgends gibt's Akten, die seine Arbeit für die Regierung bestätigen. Keine Sozialversicherungsnummer. Keine Steuerrückzahlung. Nichts. Offenbar ist er dauernd umgezogen. Ich rief alle Leute von der DEA und vom CIA an, die ich kenne. Kein einziger Hinweis. Hätten Sie ein bißchen Kaffee für mich?«

Harry zeigte auf die Thermosflasche, und Santana füllte einen Becher. Dann schaltete er den kleinen Fernseher ein, der im Armaturenbrett auf der Beifahrerseite installiert war. Der Nachrichtensprecher berichtete über die neuesten Entwicklungen in der Fahndung nach Dr. Harry Corbett und einem Mann, dessen Fingerabdrücke man in Grey 218 gefunden und den man mittlerweile als Raymond Santana identifiziert hatte, einen ehemaligen DEA-Geheimagenten.

»Damit wäre das Überraschungsmoment geplatzt. Es war nur eine Frage der Zeit. Glauben Sie, Maura ist in Schwierigkeiten?«

»Das *weiß* ich. Bald fahre ich zum Club zurück. Ich habe ihr geschrieben, dort würden wir uns um zehn treffen. Falls keiner von uns beiden auftaucht, würden wir's später noch mal versuchen.«

»Die Leiche in Ihrem Kofferraum erinnert mich an Percheks Methoden. Hat er Maura in seine Gewalt gebracht?«

Entschlossen schüttelte Harry den Kopf. »Daran will ich nicht denken.«

»Erst diese Tafelrunde, dann Perchek und jetzt auch noch der gottverdammte John Garvey. Das schlägt doch wirklich dem Faß den Boden aus.«

»Wo sollen wir anfangen … Ray?«

Die Augen zusammengekniffen, fixierte Santana den Bildschirm. »Douglas Atwater, Vizepräsident von Manhattan Health. Kennen Sie ihn, Harry?«

»Sogar sehr gut. Das ist einer meiner treuesten Fans.«

»Gerade tritt er live im Fernsehen auf und bittet Sie, sich zu stellen, bevor noch jemand dran glauben muß.«

»So?«

»Zufällig ist Ihr treuer Fan derselbe Mann, den ich gestern töten wollte.«

»Garvey?«

»In Fleisch und Blut.«

## 39

Es war sinnlos, in der City zu bleiben, und es gab gute Gründe, die dagegen sprachen. Also verließen sie Manhattan und fuhren auf der Route 684 nach Norden, zur Connecticut-Grenze. Die Stimmung sank auf den Nullpunkt. Um eins hatte sich Maura noch immer nicht vor dem C.C.'s blicken lassen, und sie mußten annehmen, daß sie nicht von der Polizei, sondern von Perchek festgehalten wurde.

»Je länger ich über Atwater nachdenke, desto blöder komme ich mir vor«, gestand Harry.

»Was meinen Sie?« Die Füße auf dem Armaturenbrett, starrte Santana aus dem Seitenfenster und beobachtete dunkle Gewitterwolken. Inzwischen hatte er den Mini-Fernseher abgeschaltet.

»Um Evie eine Dextrose-Infusion zu verpassen und ihr dann Aramin zu injizieren, mußte man gründliche Vorbereitungen treffen. Wer das tat, wußte offensichtlich, an welchem Tag sie im Krankenhaus eintreffen würde. Das erfuhr ich erst vierundzwanzig Stunden vorher. Und Doug war einer der wenigen, die außer mir über den geänderten Termin informiert waren.«

»Seit wann arbeitet er für Ihre Klinik?«

»Er arbeitet nicht direkt fürs MMC, sondern für die Gesundheitsorganisation, die einen Vertrag mit dem Krankenhaus hat.«

»Was? *Gesundheitsorganisation?* Klingt irgendwie unheimlich.«

»Jedenfalls ist der Verein weit vom guten alten Doc entfernt, der mit seiner schwarzen Tasche im Pferdewagen zu den Patienten fährt. Wenn ich mich recht entsinne, arbeitet Doug seit fünf oder sechs Jahren bei Manhattan Health.«

»Ja, dann paßt alles großartig zusammen. Irgendein hohes Tier in der Agency ließ ihn spurlos verschwinden – ein neues Leben, ein neues Gesicht, keine Akten. Wahrscheinlich holte Garvey seinen alten Kumpel Anton nach New York, sobald er den Job bei der sogenannten *Gesundheitsorganisation* hatte. Aus diesen Tafelrundengeschäften muß eine Menge Geld für Perchek rausspringen. Sonst wäre er immer noch auf Reisen, rings um die Welt.«

»Vielleicht wollte er einfach nur seßhaft werden.«

»Natürlich, er ist sozusagen im Halbruhestand. Höchstens fünf oder sechs Morde pro Woche.«

»Und was tun wir jetzt?«

»Ich glaube, wir sollten den alten Garvey anrufen. Für ihn entwirren sich die Dinge genauso schnell wie für uns. Jetzt weiß er, wie nahe ich an ihn herangekommen bin. Und solange ich nicht auftauche, wird er ständig über die Schulter spähen. Mein Schuß im MMC ging zwar daneben, machte ihm aber deutlich klar, daß ich keine Verhandlungen führen will. Außerdem kann er sich denken, welche Informationen Sie mittlerweile über die Tafelrunde erhalten haben. Warum hätten Sie mich sonst unter falschem Namen ins MMC eingeschleust?«

»Aber wir können noch nichts beweisen. Sonst wären wir zur Polizei gegangen. Auch das müssen diese Verbrecher wissen.«

»Klar. Das gibt ihnen eine Chance, im Geschäft zu bleiben, aber nur wenn Sie im Gefängnis oder tot sind und wenn ich mich bestechen lasse oder sterbe.«

»Und Maura?«

Bedrückt schüttelte Santana den Kopf. »Angenommen, die Tafelrunde hat sie in ihrer Gewalt. Dann ist sie ein Verhandlungsobjekt, solange wir am Leben sind, und überflüssig, sobald wir ins Gras beißen.«

»Lassen Sie mich den Bastard anrufen!« fauchte Harry. »Ich möchte mich für seine treue Freundschaft in all den Jahren bedanken.«

»Bleiben Sie bloß cool.«

Harry fuhr auf einen Rastplatz und wählte die Nummer von Atwaters Büro im MMC.

»Wen darf ich bitte melden?« fragte die Sekretärin.

Er zögerte nur kurz. »Dr. Mingus – Charles Mingus.«

Eins von Harrys Idolen, zählte Mingus zu den besten Jazz-Bassisten aller Zeiten, und Atwater kannte ihn zweifellos. Vor etwa zwanzig Jahren wär der Mann gestorben.

Doug fragte schon nach wenigen Sekunden: »Bist du's, Harry?«

»Hi, Doug. Kannst du reden?«

»Ja, sicher. Dr. Mingus – sehr clever. Du bist wirklich ein komischer Vogel, Harry.«

»Vor einer Weile sah ich dich im TV. Danke, daß du dir solche Sorgen um mich machst.«

»He, ich bin so froh, deine Stimme zu hören. Offenbar bist du okay. Wo steckst du denn?«

»Ganz in der Nähe. Ich suche Maura Hughes, und ich dachte, vielleicht weißt du, wo sie ist.«

»Das ist eine verdammt gute Zeichnung, die sie da gemacht hat, nicht wahr, Harry?«

»Was glaubst du? Wurde sie von Percheks Killern entführt?«

»Perchek – Perchek … Diesen Namen kenne ich nicht. Tut mir leid um deine Freundin Maura. Ich hab' sie nur ein einziges Mal gesehen, damals im MMC. Aber ich wette, in nüchternem Zustand und mit etwas mehr Haaren auf dem Kopf ist sie eine sehr schöne Frau – allerdings nicht so phantastisch wie Evie … Nun, wer könnte sich schon mit ihr messen?«

Hastig hielt Harry die Sprechmuschel zu. »Er hat sie«, flüsterte er. Dann ließ er die Hand sinken. »Was willst du für sie haben, Doug?«

»Hörst du nicht zu? Ich sagte doch – ich sah sie nur einmal, im Krankenhaus.«

»Doug, ich weiß, wo Ray Santana ist. Wenn du Maura laufenläßt, kriegst du ihn.«

»Also, das ist zweifellos das verrückteste Gespräch meines Lebens. Erst Perchek, von dem ich nie gehört habe. Und dann Santana, von dem ich auch noch nie gehört habe.«

»Diese Frau bedeutet mir sehr viel, und ich möchte verhindern, daß ihr was zustößt. Sag mir einfach nur, was du willst.«

»Seit dein falscher Patient auf mich geschossen hat, frage ich mich, warum er ins MMC eingeliefert wurde.«

Harry legte wieder eine Hand über die Sprechmuschel. »Jetzt beißt er an … Okay, Doug. Reden wir nicht länger um den heißen Brei herum. Du übergibst mir Maura, und zwar unverletzt, und ich verrate nicht nur, wo Santana steckt – ich erzähle dir auch alles, was ich über die Tafelrunde weiß, welcher Ritter demnächst auspacken wird und was man gegen dich in der Hand hat.«

Diesmal dauerte es etwas länger, bis Atwater antwortete. »Und was wirst du danach tun?«

»Ich verschwinde. Dafür habe ich schon alles vorbereitet – Tickets, Reisepaß, Geld, ein sicheres Versteck. Aber ohne Maura werde ich diese Stadt nicht verlassen.«

»Großer Gott, Harry, dich hat's ja ganz schlimm erwischt. Willst du wirklich soviel riskieren? Für eine *Frau*? Glaub mir, das lohnt sich nicht.«

»Ohne sie ist's mir egal, was mit mir passiert, und ich gehe nicht von hier weg. Das bedeutet, daß du Santana nicht kriegst, und die Tafelrunde kracht zusammen. Spätestens morgen früh müßten wir verschwinden. Also wickle ich heute abend den Deal mit dir ab – oder gar nicht.«

Wieder entstand eine längere Pause. »Wo kann ich dich erreichen?«

»Nirgends, Doug. Ich bin zwar verzweifelt, aber nicht dumm.«

»Das weiß ich. Okay, mein Freund, hast du was zum Schreiben?«

»Ich bin bereit.«

Atwater diktierte eine Telefonnummer im 201-Bereich – im New Jersey-Gebiet, zu dem Fort Lee gehörte. »Ruf mich heute abend um neun an. Dann reden wir.«

»Einverstanden. Und jetzt hör gut zu, Doug. Ich hab' nicht viel zu verlieren. Wenn Perchek meiner Freundin was antut, bringe ich euch beide um.«

»He, Harry, nun reg dich ab! Wir werden miteinander reden und sehen, was wir tun können.«

»Um neun.« Harry hängte ein.

»Bravo, bravo!« rief Santana und applaudierte. »Das war eine tolle Show.«

Harrys Augen glichen Feuersteinen. »Sogar noch besser, als Sie ahnen. Jetzt weiß ich, wo sie ist.«

*

Es regnete, als sie die Tappan Zee Bridge überquerten und nach New Jersey fuhren. Auf der Uhr am Armaturenbrett des Winnebago war es sechs nach sieben. Daneben blinkte ein kleiner Digital-Kalender: »31. August.«

*31. August* – noch ein Tag bis zum Corbett-Fluch.

Während Santana seine Vorbereitungen traf, konzentrierte sich Harry auf die Straße. Am 1. September könnte er tot umfallen, so wie sein Großvater mit siebzig und sein Vater mit sechzig. Aber die Chancen, daß er an diesem Abend getötet wurde, standen viel besser. Andererseits war Santana ein Profi, Harry hatte schon zuvor unter Beschuß gestanden, und sie würden nichts dem Zufall überlassen, wenn sie Maura befreiten.

Kurz vor der Brücke waren sie vom Highway abgebogen, um einen Army-Navy-Laden zu suchen und zu finden. Darin hatte Ray eine halbe Stunde verbracht, dann war er mit einem Gewehr, zwei gefüllten Rucksäcken und einer Quittung über 1123,37 $ herausgekommen. Das Sortiment in diesem Geschäft sei begrenzt, erklärte er, aber das wichtigste Rüstzeug – das Gewehr, das Zielfernrohr und das Fernglas – würden funktionieren.

»Stimmt's, was in den Zeitungen steht?« fragte er, als sie weiterfuhren, und inspizierte das Gewehr. »Haben Sie im Krieg ein paar Leute getötet?«

»Darauf bin ich nicht stolz.«

»Oh, das ist schon okay. Wenn man jemanden getötet hat, weiß man, daß man es kann, und das finde ich am wichtigsten.«

»Ray, ich hasse diese Schurken von ganzem Herzen, und es würde mir nicht schwerfallen, sie alle abzuknallen.«

»Also habe ich eine Sorge weniger.«

Harry war noch nie in Doug Atwaters Haus gewesen, hatte es aber vom Wasser und vom Land aus gesehen. Vor drei Jahren hatte er eine Yacht gemietet, um an Evies Geburtstag eine Überraschungsparty zu geben und vor Manhattan Island zu kreuzen. Das Boot war groß genug für die Combo aus dem Club und etwa vierzig Gäste. Eine solche Extravaganz hatte er sich nie zuvor geleistet. Doch die Ehe drohte bereits wegen seines konservativen Lebensstils zu scheitern. Deshalb war er in tiefster Verzweiflung über seinen Schatten gesprungen.

Soviel er sich entsinnen konnte, war Evie an jenem Abend zum letztenmal glücklich gewesen. Atwater erschien mit seiner üblichen umwerfenden *blonde du jour* – irgendeiner Schauspielerin. *Sandi* oder *Patti*? In der Abenddämmerung stand sie mit Harry an der Reling und sah die Palisades von New Jersey vorbeigleiten. Plötzlich gestikulierte sie hektisch und zeigte auf ein spektakuläres modernes Haus am Ufer. »Oh, das gehört Dougie! Sehen Sie die Veranda? Da haben wir heute morgen Mimosas getrunken. Was für eine Aussicht! Waren Sie schon mal da?«

Bis zu diesem Augenblick hatte Harry nur gewußt, daß Atwater ein elegantes Penthouse an der East Forty-ninth Street bewohnte. Dort hatten sie sich mehrmals getroffen, wenn sie mit Evie und Dougs jeweiliger Gespielin ausgegangen waren. Neugierig schaute Harry von der New Yorker Seite des Flusses hinüber, musterte das Haus und prägte sich ein paar Merkmale ein. Am späteren Abend holte der Kapitän seine Navigationskarten hervor und wies auf die Stelle, wo der Prachtbau stand. Nicht weit von Fort Lee entfernt. Harry hatte überlegt, ob er Atwater darauf ansprechen sollte, und sich eines Besseren besonnen. Sie waren Freunde, aber offensichtlich standen sie sich nicht besonders nahe, denn Harry wurde nie in das Haus eingeladen.

Ein oder zwei Monate später besuchte er seine Mutter im Pflegeheim, das nur wenige Meilen von Atwaters Haus entfernt lag, und so fuhr er hin.

Es war erstaunlich leicht zu finden – ein weitläufiges Gebäude im kalifornischen Stil auf einer Anhöhe, zu dem eine etwa hundert Meter lange Allee hinaufführte. Zu beiden Seiten des geschlossenen schmiedeeisernen Tors erstreckte sich eine etwa zwei Meter hohe Betonmauer und erweckte den

Eindruck einer uneinnehmbaren Festung. Harry hatte gar nicht erst versucht, sich Zugang zu verschaffen.

Aber an diesem Abend würde er dem Haus einen Besuch abstatten, zusammen mit Santana.

»Fahren Sie auf den nächsten Rastplatz«, sagte Ray. »Sie müssen sich ausrüsten, und ich will das Zielfernrohr checken.« Trotz seiner hageren Gestalt und der nervösen Zuckungen hatte er immer selbstsicher und sogar großspurig gewirkt. Aber seit Harrys Telefonat mit John Garvey war er still und in sich gekehrt. Der Wangenmuskel bebte nur mehr ganz schwach, die Hände verrieten Kraft und Entschlossenheit. So mußte er ausgesehen haben, als er an jenem Abend im Central Park gezielt und gefeuert hatte.

Harry steuerte den Winnebago auf einen spärlich besetzten Rastplatz, und Santana warf ihm einen schwarzen Rollkragenpullover, einen Patronengurt, eine enganliegende Strickmütze und einen kleinen Tiegel mit schwarzer Schminke hin, auf dem ›Nightstalker‹ stand. »Vergessen Sie die Handrücken nicht, Sir«, mahnte er und verließ den Wohnwagen, das Gewehr in der Segeltuchhülle unter dem Arm.

Inzwischen regnete es in Strömen. Im Osten flammten Blitze am dunklen Nachthimmel auf. Harry legte die Sachen auf den Beifahrersitz.

*Evie, Andy Barlow, Sidonis. Maura?* Was auch immer geschehen mochte, er war bereit zum Kampf, aber vorher mußte er noch etwas erledigen – ein Telefonat.

*

Als Kevin Loomis auf seine Uhr schaute, versuchte er sich die Überschwemmung im Keller vorzustellen. Wegen des Regens fand das Barbecue im Haus statt, doch das spielte keine Rolle. Alles lief planmäßig. Und jetzt würde es nicht mehr lange dauern.

Vor etwa dreißig Minuten hatte er das Haus durch die Hintertür verlassen, unter dem Vorwand, er würde in die Garage gehen und seine Zählkarte aus der Golftasche holen. Er steckte die Karte ein, die er neben das Garagentor gelegt hatte. Dann eilte er zum halbgeöffneten Kellerfenster an der Seite des Hauses und zog an der straff gespannten Schnur. Der Waschmaschinenschlauch hatte sich leichter lösen lassen, als erwartet.

Jetzt blieben ihm nur noch zehn Minuten Zeit, bis er das Desaster ›entdecken‹ würde.

Lachend und scherzend wanderte er zwischen den Gästen umher und erweckte den Anschein, er würde sich betrinken. Wie seltsam, den genauen Zeitpunkt zu kennen, wo man sterben würde …

Wenn er es von Anfang an gewußt hätte? Wäre es anders gekommen? Nur eine rhetorische Frage. Auch dann hätte er sich den Rittern der Tafelrunde angeschlossen. Seit der ersten Sitzung war er einer von ihnen gewesen. Von da an hätte er den Verlauf der Ereignisse nicht mehr ändern können.

Am frühen Abend hatte er die Kinder weggebracht und sich von ihnen verabschiedet. Ehe seine Nerven zu flattern begannen, hatte er erfreulichen Sex mit Nancy genossen. Nun stand er in der Küche und schaute zur Schublade hinüber, wo die Taschenlampen lagen. Nur noch wenige Minuten … Plötzlich hörte er das Telefon läuten. Sein erster Gedanke galt den Kindern. War ihnen etwas zugestoßen? Er riß den Hörer von der Gabel. »Hallo?«

»Kevin Loomis?«

»Ja.«

»Hier ist Harry Corbett. Wie geht's Ihnen?«

»Gut. Wir feiern eine Party. Deshalb kann ich nicht mit Ihnen reden.«

»Okay, hören Sie einfach nur zu, es dauert nicht lange. Dieser Arzt, den ich ermordet haben soll …«

»Ja?« Als Nancy zur Tür kam und in der Gebärdensprache

fragte, ob jemand mit ihr sprechen wollte, schüttelte Kevin den Kopf.

»Es ist Atwater«, fuhr Harry fort, »Doug Atwater von Manhattan Health – der Ritter, der die Patientenmorde veranlaßt und mit Perchek zusammenarbeitet.«

»Das hatte ich mir bereits gedacht. Atwater ist Sir Galahad, für die Sicherheitsvorkehrungen verantwortlich. Heute sah ich ihn im Fernsehen.«

»Vielleicht haben auch andere Ritter ihre Hand im Spiel. Aber ich glaube, Atwater hat das ganze Projekt geplant. Nun wollen wir ihn schnappen, Perchek natürlich auch.«

»Viel Glück.«

»Kevin, bitte, denken Sie noch mal über alles nach. Wenn wir die beiden erwischen, brauchen wir Ihre Zeugenaussage. Und wenn nicht, müssen Sie versuchen, alle gefährdeten Patienten zu retten.«

»Ich – ich weiß nicht, wovon Sie reden. Selbstverständlich möchte ich die Sache zu Ende bringen. Für heute abend wünsche ich Ihnen alles Gute. Jetzt muß ich aber wirklich Schluß machen.«

»Bitte, Kevin, seien Sie stark, Sie haben soviel zu verlieren. Wie wir alle.«

Ohne zu antworten, legte Kevin den Hörer auf die Gabel. *Zum Teufel mit Corbett – er hatte nicht einmal Kinder.*

Als er den Wasserhahn über dem Spülbecken aufdrehte, fielen nur ein paar Tropfen heraus. »He, Fred«, rief er einem der beiden Männer zu, die er ausgewählt hatte. »Plötzlich hat der Wasserdruck nachgelassen. Was meinen Sie?«

Der Mann zuckte die Achseln. »Schauen wir mal im Keller nach.«

In wachsender Nervosität wartete Kevin, bis Fred die Kellertür geöffnet und auf den Lichtschalter gedrückt hatte.

»Offensichtlich ist die Glühbirne ausgebrannt. Oder ein Kurzschluß …«

Aus der Tiefe drang Wasserrauschen herauf. Kevin gab Fred eine Taschenlampe, dann rief er Reverend Pete Peterson zu sich und drückte ihm die andere in die Hand. Sein Puls begann zu rasen. »Sieht nach einer Überschwemmung aus. Leider stehen meine Gummistiefel mitten im Keller. Bleibt auf der Treppe stehen und leuchtet runter. Mal sehen, was ich tun kann.«

*Jetzt passiert's*, dachte er. Sonderbar – sein ganzes Leben hatte diesem einen Augenblick entgegengestrebt. Er führte die beiden Männer auf die Kellerstufen und stieg in knöcheltiefes Wasser hinab. »O Gott, der Waschmaschinenschlauch hat sich gelöst! Richtet mal die Taschenlampen drauf!«

*Alle Dinge, die ihm so verdammt wichtig erschienen waren, fand er nun bedeutungslos …*

»Vorsicht!« warnte Peterson.

Kevin schob den Schlauch in das Anschlußrohr zurück. »Kein Problem!«

*Was ich tue, ist richtig. Am besten für Nancy. Am besten für die Kinder. Allmächtiger, verzeih mir …*

Sir Tristram, Ritter der Tafelrunde, holte tief Atem. Dann griff er hinter den Trockner. Sein Körper versteifte sich, Funken schossen aus seinen Schienbeinen oberhalb der Wasserfläche, und das Herz stand sofort still. Krampfhaft schlossen sich die Finger um das ausgefranste Kabel. Bevor das Gewicht seines Körpers ihn davon losriß, bevor er ins Wasser stürzte, war er schon seit fünfzehn Sekunden tot.

# 40

›Green Dolphin Street‹. Sie waren noch weit von Atwaters Haus entfernt, als die Musik in Harrys Phantasie ertönte. Rhythmisch klopfte er aufs Lenkrad, sein Kopf wippte im Takt der Baßmelodie.

»Was machen Sie da?« fragte Santana.

»Ich höre meinen Lieblingssong, so wie immer, wenn ich aufgedreht bin. Manchmal merkte ich erst bei diesen imaginären Klängen, wie heftig meine Nerven flattern.«

Prüfend schaute Santana ihn an. Inmitten der schwarzen Schminke glühten seine Augen wie große Perlen. »Hören Sie weiter zu.«

Sie fuhren zum Hudson, zu der schmalen, gewundenen Straße, die parallel zu den Palisades verlief. Nun blendete Harry die Scheinwerfer ab und drosselte das Tempo. Nirgends ließen sich Autos blicken, auch keine geparkten. Die Häuser standen weit auseinander, in majestätischer Höhe, auf bewaldeten Hängen, abseits von der Straße. In den dunklen Regenschleiern sahen Harry und Santana nur die Lichter.

»Wissen Sie immer noch, wo wir sind?« fragte Ray.

»Jetzt bin ich mir nicht mehr so sicher.« Harry spähte durch die Windschutzscheibe, über die riesige Scheibenwischer glitten, fast so lang wie Hockeyschläger. »Wahrscheinlich ist das der Grund, warum die verdammte Melodie in meinem Kopf immer lauter dröhnt.«

»Dann hören Sie lieber nicht mehr zu. Woran orientieren Sie sich?«

»Ich suche die Mauer, von der ich Ihnen erzählt habe, diese Betonmauer.«

Sobald er das letzte Wort ausgesprochen hatte, entdeckte er sie. Etwa einen halben Meter dick, erstreckte sie sich an der Straße entlang, so weit das Auge reichte. Zur Rechten zog sich ein zwei Meter hoher Drahtzaun von der Mauer zu den Klippen hinauf. Harry hielt am äußersten Rand der Fahrbahn, schaltete den Motor aus und zeigte zum engmaschigen Draht. »So einen Zaun gibt's vermutlich auch auf der anderen Seite und hinten bei den Klippen. Also ist das Anwesen ringsherum eingeschlossen.«

»Ein großer Korral. Gibt's einen besseren Schauplatz für Schießereien?«

Als ihr Blick der Straße folgte, konnten sie den Haupteingang ausmachen, etwa fünfzig Meter entfernt. Santana benutzte eine abgeschirmte Taschenlampe, um die Ausrüstung zu sortieren, darunter einen stumpfnasigen Revolver und die halbautomatische Waffe, die – wie Harry annahm – den Killer im Central Park getötet hatte. Außerdem legte Ray ein Seil, Klebeband, zwei Schnappmesser, Drahtscheren, eine Drahtrolle, Schweizer Militärmesser, starke Taschenlampen und mehrere Munitionspackungen bereit. Er übergab Harry den Revolver und ein paar Patronen. »Hier ist die Sicherung. Ziehen Sie den Hebel zurück, sobald Sie das Ding geladen haben, dann zielen Sie und feuern.«

»Einfach zielen und feuern. Wenn's weiter nichts ist …«

»Packen Sie Ihren Rucksack und machen Sie sich bereit.« Santana ergriff das Fernglas und das Gewehr, schaltete die Innenbeleuchtung des Winnebago ab, öffnete die Tür und stieg aus. Beeindruckt beobachtete Harry, wie der ehemalige DEA-Geheimagent lautlos zur Mauer lief und blitzschnell hinaufkletterte. Eine Zeitlang lag er flach darauf und erkundete das Terrain. Nach ein paar Minuten kehrte er zurück. »Das Haus ist gut beleuchtet und gar nicht so weit weg. Erstaunlicherweise konnte ich sogar durch ein paar Fenster schauen. Im kleinen Pförtnerhäuschen sitzt ein Wachtposten. Sonst hab' ich niemanden gesehen.«

»Keine Hunde?«

»Nicht, daß ich wüßte.«

»Hätten wir nicht ein paar große T-Bone-Steaks mitnehmen sollen, für alle Fälle?«

»Wie im Kino?«

»Genau.«

»Harry, jeder gute Wachhund kennt den Unterschied zwischen Fleisch, das einfach nur daliegt, und frischem, das er jagen und töten soll. Sobald uns ein Hund über den Weg läuft, erschießen wir ihn. Für Actionfilme ist das zu simpel, aber verdammt effektiv. Also, wir machen's folgendermaßen. Nachdem ich ein Stück weiter unten über die Mauer gestiegen bin und meine Taschenlampe einmal aufgeleuchtet hat, rufen Sie Garvey an und erklären, daß Sie mit Maura reden wollen. Auf diese Weise können wir feststellen, ob sie wirklich da ist. Hoffentlich seh' ich sie durch ein Fenster. Andernfalls müssen wir näher ranschleichen und sie suchen. Wenn die Taschenlampe zweimal aufflammt, begleiten Sie mich. Dreimal bedeutet Ärger. Dann springen Sie da drüben auf die Mauer und entsichern Ihre Kanone. Versperren Sie den Winnebago und schieben Sie den Schlüssel unters rechte Hinterrad. Noch Fragen?«

»Nein.«

»Sind Sie bereit?«

»Klar. Nur eins noch, Ray …«

»Ja?«

»Bitte, kriegen Sie's nicht in die falsche Kehle. Auch ich habe eine Rechnung mit diesen Leuten zu begleichen. Eine hohe Rechnung. Und ich wollte Sie nur dran erinnern – bleiben Sie cool.«

»Okay«, fauchte Santana, »jetzt hören Sie mir mal zu. Seit dem Tag, wo der Bastard das verdammte Zeug in meinen Körper gespritzt hat, war mir keine einzige schmerzfreie Sekunde vergönnt. *Sieben Jahre lang*. Und ich konnte mich nur trösten, wenn ich mir ausmalte, wie's ihm in diesem dreckigen mexikanischen Knast ging. Jetzt sitzt er da oben in diesem Haus, zusammen mit dem Schurken, der mich den gräßlichen Folterqualen ausgeliefert hat. Erzählen Sie mir bloß nicht, ich soll cool bleiben!«

Harry zuckte vor dem Zorn des Mannes zurück, und es dauerte eine Weile, bis er sich wieder faßte. Beruhigend legte er eine Hand auf Santanas Arm. »Tut mir leid, Ray. Wir schnappen sie. Das verspreche ich Ihnen.«

Wortlos eilte Santana davon und preßte sich an die Mauer. Der Regen hatte nachgelassen, das Tor war besser zu sehen. Ein paar Sekunden lang richtete Harry seinen Blick darauf. Als er wieder zurückschaute, lag Ray auf der Mauer. Wenig später flammte die Taschenlampe einmal auf. Harry konsultierte seine Uhr. Um acht nach neun wählte er die Nummer, die Atwater ihm diktiert hatte.

Beim zweiten Läuten meldete sich der Hausherr. »Dr. Mingus?«

»Ja.«

»Erklär mir noch mal, was du für mich hast.«

»Erst will ich wissen, ob Maura okay ist.«

»Sag mir, was du zu bieten hast.«

»Santana bewohnt ein Pensionszimmer in Spanish Harlem. Wenn du Maura freiläßt, verrate ich dir die Adresse und seinen falschen Namen.«

»Wie hat er mich gefunden?«

»Perchek hinterließ einen Fingerabdruck in Evies Zimmer, und irgend jemand vom FBI gab Santana Bescheid. Diesen Informanten hat er zum Stillschweigen verpflichtet. Niemand außer ihm und mir kennt die Zusammenhänge – nicht einmal der Kriminologe, der den Fingerabdruck sichergestellt hat.«

»Und wie kann ich feststellen, daß du die Wahrheit sagst?«

»Doug, was du feststellst oder nicht, ist mir scheißegal. Sämtliche New Yorker Bullen sind hinter mir her. Sobald ich Maura in meiner Obhut habe, verschwinde ich. Alles andere interessiert mich nicht. Also, wo ist sie?«

»Welche Ritter hatten Kontakt mit dir?«

»Zwei. Einer hieß Jim Stallings. Jetzt ist er tot. Den anderen Namen werde ich nennen, sobald ich mit Maura gesprochen habe. Übrigens hat er mir auch alle anderen Namen verraten.«

»Zum Beispiel?«

»Da wäre ein gewisser Loomis. An den Vornamen erinnere ich mich nicht, aber ich habe ihn notiert.«

»Ist er nicht der zweite, mit dem du gesprochen hast?«

»Nein. Jetzt halt mich nicht länger hin. Die Zeit wird knapp.«

»Ruf mich noch mal an. In genau fünf Minuten.«

Harry hängte ein und wartete in der Finsternis. Undeutlich und verschwommen sah er die Silhouette Santanas, der immer noch auf der Mauer lag. Jetzt hatte es zu regnen aufgehört. Frische, saubere Landluft wehte durchs offene Beifahrerfenster herein. Nur die Lieder der Zirpfrösche und Grillen erfüllten die tiefe Stille. Er berührte die schwarze Schminke, die seinen Handrücken bedeckte.

Neun Uhr fünfzehn. Er nahm den Hörer ab und drückte auf die Wiederholungstaste.

»Also gut«, sagte Atwater, nachdem er Harrys Stimme erkannt hatte, »du hast dreißig Sekunden Zeit. Ich stehe direkt neben ihr und gebe ihr mein Handy. Natürlich höre ich mit. Ärgere mich bloß nicht!«

»Hallo?«

»Maura, ich bin's. Wie geht's dir?«

»Oh, ich habe mir solche Sorgen gemacht, Harry. Keine Bange, ich bin okay. Sie – sie haben mir Bourbon eingeflößt, trotz meiner Gegenwehr. Dann injizierten sie mir irgendeine Droge, damit ich erzähle, wo du bist. Aber das wußte ich nicht.« Ihre Stimme klang etwas gepreßt, aber normal.

»Halt noch ein bißchen durch, Maura. Ich habe alles, was wir brauchen, um aus diesem Land zu verschwinden.«

Nun entstand eine kurze Pause. Doch sie erholte sich sehr schnell von ihrer Überraschung. »Daß du's so schnell schaffen würdest, hätte ich nicht gedacht. Ich bin bereit ...«

Einige Sekunden später drang Atwaters Stimme aus dem Hörer. »Ruf in fünf Minuten wieder an, Harry. Dann schließen wir unseren Deal ab.«

»Sagen wir, in einer halben Stunde. Ich muß den Standort wechseln.«

»Wer ist der andere Ritter, mit dem du gesprochen hast?«

»Pat Harper. Northeast Life and Casualty.« Diesen Namen hatte Kevin Loomis nur ein einziges Mal genannt. Aber es fiel Harry nicht schwer, sich daran zu erinnern. Ein Mädchen namens Pat Harper war seine erste Liebe in der High School gewesen. In diesem Augenblick erschien es ihm richtig, Harper zu erwähnen. Wenn er die Nacht überlebte, war Kevin wenigstens vor Repressalien geschützt.

»Okay, in dreißig Minuten«, stimmte Atwater zu.

Harry lauschte dem Freizeichen und versuchte sich vorzustellen, was hinter dieser Mauer geschah. Drei Minuten lang sah er nur Schwärze. Dann blitzte Santanas Taschenlampe zweimal auf. Es war an der Zeit.

Hastig streifte Harry die Rucksackriemen über die Schultern und steckte den Revolver in seine Gürtelhafter. Er stieg aus, lief geduckt zur Mauer, preßte sich dagegen und eilte zu Santana, der nun am Straßenrand stand.«

»Sie wird nicht im Haus festgehalten«, wisperte Ray. »Vorhin lief jemand – ich glaube, Garvey – durch eine Seitentür raus und nach Norden. Etwa eine Minute später kam er mit ihr zurück, dann führte er sie wieder weg. Jetzt ist er im Haus.«

»Wohin gehen wir zuerst?«

»Zum Wachtposten im Pförtnerhaus. Wenn's eine Schießerei gibt, lassen Sie mich machen – ich habe einen Schalldämpfer.«

»Ja, ich werde dran denken.«

»Sieht nach Nahkampf aus.« Santana lehnte das Gewehr an die Mauer. »Vielleicht kriege ich eine Prämie dafür.«

Aus der Betonmauer ragten einzelne Natursteine, und es war nicht schwierig, hochzusteigen. Gemeinsam erreichten sie den oberen Rand und sprangen auf der anderen Seite in weiches Erdreich hinab. Harry rechnete mit neuen Brustschmerzen und spürte auch einen schwachen Stich – längst nicht so stark wie an jenem Abend, wo er in Fort Lee über den Zaun geklettert war. Wenn dies das Schlimmste war, was ihm in dieser Nacht drohte, würde er's verkraften.

Die Waffen gezogen, schlichen sie zum Pförtnerhäuschen. Eine dunkle, viertürige Limousine parkte daneben. Durch ein kleines Fenster sahen sie den Wachtposten telefonieren.

»Wenn das ein Kontrollanruf ist, haben wir Glück«, flüsterte Santana. »Dann wird sich vorerst niemand um den Mann kümmern. Eine Sorge weniger. Reißen Sie ein Stück Klebeband ab.« Er dirigierte Harry zur anderen Seite des Eingangs, klopfte gegen das Holz und preßte sich an die Wand.

Vorsichtig wurde die Tür geöffnet. Einen Revolver gezückt, trat der Wachtposten heraus. Harry fand nicht genug Zeit, um Santanas Aktion zu würdigen, bevor alles vorbei war. Die Pistole schlug auf das Handgelenk des Mannes, ein elektrisierender Schmerz zwang ihn, die Waffe fallen zu lassen. Ehe er schreien konnte, warf sich Ray auf ihn, hielt ihm den Mund zu und schlang ein Bein um seine Knie.

Schon nach wenigen Sekunden stürzte der Mann rücklings zu Boden. Harry lag auf seiner Brust und schob ihm die Revolvermündung zwischen die Zähne. »Kein Muckser! Verstanden?«

Als der Wachtposten nickte, wälzte Ray ihn auf die Seite und bedeutete Harry, ihm die Hände auf den Rücken zu fesseln. Dann rollte er ihn wieder herum, zog ihm die Waffe aus dem Mund und preßte sie unters Kinn. »Okay. Wo ist das Mädchen?«

Mit schmalen Augen starrte der Mann in das schwarze Gesicht, schien die Gefahren und Vorzüge einer Lüge abzuschätzen. Doch der innere Konflikt dauerte nicht lange. »Im Gästehaus … Am Ende des Weges – zur Linken …«

»Ist Perchek bei ihr?«

Der Name des Doktors ließ die Augen des Mannes angstvoll flackern. Nach kurzem Zögern nickte er.

»Wie viele Männer?« Ray wartete auf eine Antwort, dann richtete er die Revolvermündung aufs linke Auge des Mannes. »Wie viele?«

»Einer – bei Perchek – im Cottage«, stammelte er, »zwei – im Haus.«

»Wo ist Garvey?«

»Wen meinen Sie?«

»Atwater.«

»Ja. Zwei – und er.«

»Stopfen Sie ihm ein Tuch in den Mund und kleben Sie's fest, Harry«, wisperte Santana. »Schlingen Sie das Klebeband um den ganzen Kopf herum. Und dann fesseln Sie seine Füße.«

Harry gehorchte. Gemeinsam schleiften sie den Mann zu einem Baum und banden ihn am Stamm fest.

Danach schaute sich Santana im Häuschen des Wachtpostens um. »Gleich neben der Tür ist der elektronische Öffner für das schmiedeeiserne Tor unten an der Straße. Sieht so aus, als wäre die angrenzende Fußgängertür unverschlossen.« Er schaute auf seine Uhr. »Nun haben wir etwa zwanzig Minuten Zeit. Gehen wir zu ihr.«

Sie folgten der Mauer, die zwischen niedrigen Büschen am anderen Ende des Anwesens mit dem Drahtzaun zusammentraf. Auf der Anhöhe zu ihrer Rechten stand das Haupthaus, alle Fenster hell erleuchtet. Scheinwerfer strahlten die Eingangstreppe an. Fünfzig Meter weiter links funkelten Lichter in einem Wäldchen.

»Dort!« wisperte Harry und zeigte hinüber.

Ray nickte und schlich voraus. Lautlos und geduckt eilten sie zwischen den Bäumen zum Cottage, einer spektakulären Miniaturversion des Hauses. Es bestand fast völlig aus Glas, auf Stahlträgern erbaut, die aus den Klippen ragten, so daß die Veranda über dem Hudson lag. Harry spähte nach unten. Am Fuß der Klippen erstreckte sich felsiges Ufer. Und auf der anderen Seite des schwarzen Flusses glitzerte Manhattan wie die Milchstraße.

Unterhalb der Veranda, direkt an der Klippenwand, lagen Räume, die man von der Vorderseite des Gästehauses aus nicht sehen konnte. Harry und Santana stiegen zu einem vergitterten Fenster hinab und entdeckten Maura, die abwechselnd auf einer Bettkante saß und umherwanderte. Obwohl sie erschöpft aussah, wirkte sie ruhig und gefaßt. Santana legte einen Finger an die Lippen und zeigte zur Veranda.

Vorsichtig kletterten sie nach oben und schauten durch ein breites Panoramafenster in einen großen zeltförmigen Raum mit einem Gewölbe aus Zedernholz, in der Mitte von einem fünfzehn Meter hohen Pfeiler gestützt. Glastüren führten zur Veranda, ein halbes Dutzend riesiger Fenster bot eine prachtvolle Aussicht auf die City. Hinter einem Wachtposten, der ein Schulterhalfter trug und Kaffee einschenkte, saß der Doktor an einem Tisch und las.

Bei diesem Anblick stieß Santana einen unnatürlichen gutturalen Laut hervor, der seinen abgrundtiefen Haß ausdrückte. Er hob einen Stein auf, bedeutete Harry, ihm zu folgen, und sie eilten zu einer Glastür. »Ich zuerst!« wisperte er.

Ehe Harry antworten konnte, hob Santana den Stein und schleuderte ihn durch die Tür. Glassplitter fielen nach innen, und Ray sprang durch die Öffnung. »Nicht!« befahl er dem Wachtposten, der nach seiner Waffe griff.

Harry trat durch den leeren Türrahmen und nahm dem Mann den Revolver ab. Ohne sein Buch beiseite zu legen, schaute Anton Perchek zu ihm auf, dann wandte er sich zu Santana und lächelte belustigt. Seine helle Iris schimmerte fast weiß, und die Pupillen wirkten wie schwarze Löcher im Schnee. Fasziniert starrte Harry ihn an, entdeckte keine Spur von Angst – oder irgendwelchen anderen Gefühlen.

»Runter – Gesicht auf den Boden!« schrie Santana den Wachtposten an.

Als der Mann zögerte, schmetterte Ray den Revolverlauf an seine Schläfe, wobei er Perchek nicht aus den Augen ließ. Stöhnend brach der Wächter zusammen, blieb aber bei Bewußtsein, während Santana ihn fachkundig fesselte. Dann rückte er einen Stuhl vom Tisch weg. Die Waffe mit dem Schalldämpfer auf den Doktor gerichtet, half er Harry, den halb bewußtlosen Mann auf den Stuhl zu ziehen.

Harry band ihn fest, dann trat er an Santanas Seite. Neugierig musterte Perchek die beiden Eindringlinge. Er war zweifellos der Mann, den Harry vor Evies Krankenzimmer gesehen, den Maura gezeichnet hatte. Aber nur in gewisser Hinsicht. Er glich allen Computer-Versionen des Porträts – und keinem einzigen. Hinter die Theke eines Lebensmittelladens hätte er genauso gut gepaßt wie in einen Operationsaal. Er konnte ebenso gut Straßen fegen wie einen Düsenjet steuern, er war jeder – und niemand.

»Nun, Ray – wir haben uns sehr lange nicht gesehen.« Seine Stimme klang leise, hypnotisch und völlig emotionslos.

Mit einem kräftigen Fußtritt stieß Ray den Tisch von Perchek weg. Trotz der schwarzen Schminke las Harry die Anspannung in seinem Gesicht, die auch dem Doktor nicht entging.

»Allzu gut sehen Sie nicht aus, Ray«, bemerkte Perchek, während Harry seine Handgelenke an die schmiedeeisernen Armstützen des Sessels klebte. »Dieser Muskelschwund in den Händen, das Zucken in der Wange ... Drogen? Oder eine Krankheit?«

Harry stellte fest, was für muskulöse Unterarme der Doktor besaß, wie der Bizeps die Ärmel des himmelblauen Polohemds spannte. Rasch tastete Santana ihn ab, um nach einer Waffe zu suchen, doch er fand keine. »Den Schlüssel zu Mauras Zimmer!«

Gleichmütig zuckte Perchek die Achseln, als wollte er bekunden, die Angelegenheit sei zu banal, daß man sich nicht damit befassen müßte. »Da gibt's keine Schlüssel, nur einen Riegel auf dieser Seite.«

Santana bedeutete Harry, die kurze Treppe hinabzusteigen.

Eine halbc Minute später kehrte Harry mit Maura zurück. Besorgt musterte er ihre glanzlosen Augen, die geschwollenen, blutverkrusteten Lippen. Aber sie war offensichtlich nicht ernsthaft verletzt. »Als sie gekidnappt wurde, hat dieser große Kerl sie geschlagen«, erklärte er.

»Sonst noch was?« fragte Santana.

»Abgesehen vom Bourbon, den sie mir einflößten, haben sie mir nichts angetan«, erwiderte sie. »Den Großteil konnte ich ausspucken, und sobald ich allein war, übergab ich mich. Eine Zeitlang war ich betrunken. Jetzt fühle ich mich wieder nüchtern. Sie dachten wohl, ich würde sie um einen weiteren Drink anflehen. Aber ich haßte den Geschmack und den Geruch.« Erleichtert legte Harry einen Arm um ihre Schultern und preßte sie an sich.

Santana starrte den Doktor an. »Welches hohe Tier in der Agency hat Garvey geholfen, so spurlos zu verschwinden?«

»Wirklich, Ray, Sie sehen gräßlich aus.« Perchek lächelte gütig, und seine Stimme wirkte ebenso steril wie seine Augen. »Wissen Sie – immer wieder muß ich dran denken, daß ich in Nogales keine Gelegenheit fand, Ihnen ein Antidot gegen das Hyconidol zu geben. Das ist es, was Ihnen fehlt. Mein Gott, Ray, welch ein Versäumnis! Es tut mir so leid.«

»Lassen Sie den Unsinn und erzählen Sie mir lieber, wer Garvey die neue Identität verschafft hat.«

»Es gibt ein Antidot. Ein verdammt effektives. Im Grunde ist der biochemische Prozeß ganz simpel – eine sogenannte konkurrierende Hemmung. Das Antidot fließt einfach in den Blutkreislauf, verdrängt die garstigen kleinen Moleküle, die seit so vielen Jahren in Ihren Nervenenden sitzen, Ray, und – Bingo, Sie sind geheilt! Überlegen Sie doch mal … Oh, Ihre Augen! Süchtig sind Sie auch noch, was? Ach, Ray! Wie gut ich mir vorstellen kann, was Sie in dieser ganzen Zeit durchmachen mußten! Ein Wunder, daß Sie sich nicht umgebracht haben …«

Wie gelähmt hörte Santana zu. Percheks Worte klangen beruhigend, verführerisch, hypnotisch – und völlig glaubwürdig. Obwohl Harry irgend etwas sagen oder tun wollte, um den Bann zu brechen, stand er reglos da. Es ging um *Rays* Schmerzen.

»… jetzt müssen Sie nicht mehr leiden, Ray. Ich kann Sie für immer von diesen gräßlichen Anfällen befreien. Verlassen Sie sich auf mich. In Zukunft brauchen Sie keine Narkotika mehr. Und Sie werden den Unterschied schon in wenigen Minuten spüren. Bedenken Sie doch – nie wieder Schmerzen! Das garantiere ich Ihnen. Während Sie's ausprobieren, müssen Sie die Fesseln nicht abnehmen. Gehen Sie, und niemand wird Ihnen ein Haar krümmen. Aber ich brauche *ihn*«, fügte Perchek hinzu und wies mit dem Kinn auf Harry. »Nur eine halbe Stunde mit ihm – das ist der Preis für das Antidot.«

Als Harry den Blick des Doktors erwiderte, las er zum erstenmal ein Gefühl in den Augen – einen verzehrenden, verächtlichen Haß. Er wandte sich wieder zu Santana, spürte dessen Zögern.

Auch Perchek erkannte den inneren Konflikt und lächelte sanft. Santana legte den Revolver auf den Tisch und verschloß den Mund des Doktors mit Klebeband. Dann zog er ein seltsames Stahlgerät aus der Tasche, mit Löchern für fünf Finger und spitzen Schrauben.

Sekundenlang versteifte sich Perchek, doch er leistete keinen Widerstand, als Ray nach seiner rechten Hand griff, um sie in den Apparat zu stecken. »Wenn ich auch kein Antidot besitze, der Anblick dieses Dings beglückt mich schon seit Jahren. Ein Freund hat's mir aus China mitgebracht, und ich wette, auch *Sie* haben so was manchmal benutzt. Erst die Nägel, dann das Fleisch, dann die Knochen, und dann die andere Hand. Acht Finger, zwei Daumen, Millimeter um Millimeter. Eigentlich wußte ich nicht genau, warum ich's aufgehoben habe – bis zu diesem Augenblick.« Er zog die Schrauben fester, und die Fingernägel färbten sich weiß, aber der Doktor zeigte keine Reaktion.

»Ray, lassen Sie sich von diesem Mann nicht in seinen Abgrund hinabzerren!« flehte Harry. »Für diese Droge gibt's kein Antidot. Selbst wenn eins existierte – er wird es Ihnen vorenthalten. Bitte, Ray, ich brauche ihn. Vergessen Sie nicht – ich soll für die Morde büßen, die er begangen hat. Kommen Sie, bringen wir ihn zur Polizei. So tief dürfen Sie nicht sinken.«

»Das verstehen Sie nicht, Harry«, entgegnete Santana eisig. »*Siempre estaba yo a su nivell.* Von Anfang an stand ich auf seiner Stufe. Und jetzt verschwinden Sie!« Der Befehl klang wie ein Peitschenknall, und Harry erkannte, daß jeder Protest vergeblich war.

Resignierend umfaßte er Mauras Arm. »Wir warten draußen. Jetzt haben wir noch zehn Minuten, bevor Garvey sich fragen wird, warum ich nicht anrufe.« Während Santana die Schrauben noch fester zog, verließen sie das Cottage.

»Wer deckt Garvey?«

Perchek lächelte unter dem Gliederband, und die Schrauben bohrten sich in die Nägel. Rings um den Stahl quoll Blut hervor, und der Doktor starrte geradeaus.

»Unerträglicher Schmerz – oder eine Antwort!« fauchte Santana. »Treffen Sie Ihre Wahl!«

»Nein, Ray, *Sie* müssen sich entscheiden …« John Garvey stand in der Vordertür und richtete einen Revolver auf Harrys Kopf. Nachdem beide Männer eingetreten waren, folgte ihnen der kraftvolle Riese und zerrte Maura hinter sich her. Er schleuderte sie zu Boden, dann bedrohte er Ray mit einer Waffe. »… und Sie haben nicht viel Zeit.«

## 41

»Leider waren Sie vor sieben Jahren sehr unvorsichtig, Raymond.« Die Revolvermündung immer noch gegen Harrys Schläfe gedrückt, ging Garvey seitwärts zum Panoramafenster, wo er dem Fluß den Rücken kehrte. »Heute abend auch. Mein treuer Diener Big Jerry rief seinen Kumpel im Pförtnerhaus an, um eine Partie Golf mit ihm zu vereinbaren. Und stellen Sie sich vor – keine Antwort! Nehmen Sie dieses Ding von Percheks Hand.«

Santana rührte sich nicht. »Hurensohn! Wie viele unserer Jungs haben Sie auf dem Gewissen? Wie wurden Sie bezahlt?« Er schaute zur Tür, was Garvey sofort bemerkte.

»Lassen Sie den Quatsch! Da draußen ist niemand, das wissen Sie ganz genau. Finden Sie sich damit ab, Raymond, Sie haben's versucht – und verloren. Befreien Sie Anton endlich von diesem Apparat.«

Wieder blickte Santana zur Tür, wobei er die Augen kaum bewegte. Dann lockerte er die Schrauben. Perchek bewegte die Finger. Klirrend fiel das Gerät zu Boden.

»Viele Jungs, die Ihretwegen sterben mußten, hatten Familien«, sagte Ray, »und die Kinder wuchsen ohne Vater auf. Weil wir an unseren Job glaubten, rackerten wir uns für ein Scheißgehalt ab und gingen verrückte Risiken ein. Wir alle vertrauten Ihnen. Und Sie haben einen nach dem anderen ans

Messer geliefert. Wie gut ich ihn verstehe!« Er zeigte auf den Doktor. »Klar, er arbeitet für den Meistbietenden, wer das auch sein mag. Er ist eine Maschine. Aber Sie sind noch schlimmer, der mieseste, feigste Abschaum.«

»Ziehen Sie das Klebeband von seinem Mund!« fauchte Garvey, und Santana gehorchte, aber er behandelte den Doktor nicht allzu sanft. »Wären Sie bloß in Kentucky geblieben, oder wo immer Sie sich verkrochen hatten! Dann ging's uns allen viel besser. Nun müssen wir eine Art Schadenskontrollstelle einrichten, um mein Lieblingsprojekt zu retten.«

»Deshalb haben Sie Perchek aus dem Knast geholt? Damit er für Ihre Tafelrunde die Drecksarbeit erledigt?«

»Drücken wir's mal so aus – sobald ich meine neue Karriere im Krankenversicherungswesen begonnen hatte, erforschte ich all die verheißungsvollen Möglichkeiten. Nun muß ich allerdings feststellen, welcher meiner Ritter eine Lektion in Loyalität braucht. Glücklicherweise kann mir unser Freund Dr. Corbett diese Information geben. Und zufällig haben wir hier den Mann, der ihn dabei unterstützen wird. Du hilfst ihm doch, Anton?«

»Oh, es wird mir ein Vergnügen sein«, beteuerte Perchek lächelnd.

»Treten Sie beiseite, Raymond. Big Jerry wird den Doktor losbinden. Harry, wärst du so freundlich, da hinüberzukriechen und Dr. Percheks Platz in diesem Sessel einzunehmen?«

Der Revolverlauf im Nacken zwang Harry in die Knie. Langsam, auf allen vieren, näherte er sich Maura, die immer noch am Boden lag und starrte Ray an.

Santana kauerte neben Perchek und schaute ein drittes Mal zur Tür, fast unwillkürlich. Nun glaubte Harry, daß sich tatsächlich jemand dort aufhielt. Derselbe Gedanke schien auch Garvey zu beschäftigen. »Jerry, unser Freund Raymond versucht uns sicher zu übertölpeln, aber würden Sie mal da draußen nachsehen? Und dann befreien Sie unseren guten Doktor von seinen Fesseln.«

Während Jerry zur Vordertür eilte, hörte Harry eine Bewegung hinter sich. Plötzlich sprang Santana auf und schoß zweimal aus kürzester Distanz auf seinen ehemaligen Boß. Jerry wirbelte herum und feuerte in Rays Rücken.

Mit einem gespenstischen Schrei prallte Santana gegen Garveys Brust und warf ihn durch die zerborstene Tür auf die Veranda. Jerry stürmte hinterher. Doch er kam zu spät. Santana, inzwischen verstummt, umklammerte seinen Feind im Todesgriff. Obwohl das Leben den Körper bereits verlassen hatte, zuckten seine Beine. Hilflos stieß Garvey gegen das taillenhohe Geländer, und beide Männer stürzten wie steife Puppen in die Tiefe. Garveys schrilles Gebrüll erfüllte die Nacht und riß ab, gleichsam von einer Guillotine zerschnitten.

Entgeistert starrte Jerry auf die Stelle, wo die zwei Männer verschwunden waren, und Perchek rief nach ihm. Als sich der Riese umdrehte, sprang Harry zur Ecke des Tisches, auf dem Santanas Revolver gelandet war, und umfaßte den Griff – im selben Moment, wo der Killer feuerte. Die Tischkante zersplitterte, und Harry wälzte sich davon. Hinter ihm schlug eine Kugel in den Teppich. Jetzt konnte er nicht auf die Schmerzen in seiner Brust reagieren. Er lag bäuchlings am Boden, richtete die Waffe auf den Mann, der ihn töten wollte, und der Alptraum aus Nhatrang kehrte zurück.

Aber diesmal sah er kein junges asiatisches Gesicht, kein Krach gellte in seinen Ohren – er hörte nur ein leises Zischen, das von einem Mündungsblitz begleitet wurde. Oberhalb des Pulloverkragens zerplatzte Jerrys Kehle, der taumelte nach hinten, durchbrach das Panoramafenster und fiel auf die Veranda.

Hastig stand Harry auf, um noch einmal zu schießen. Doch das war überflüssig. Reglos lag der Mann da, Blut quoll aus der zerrissenen Halsschlagader. Innerhalb weniger Sekunden verwandelte sich der rote Strom in ein Rinnsal.

Während Maura zu Harry rannte, legte er seinen Rucksack ab und nahm die starke Taschenlampe heraus. Gemeinsam spähten sie über das Geländer der Veranda. Der Lichtstrahl traf die Felsen, dreißig Meter unterhalb des Hauses, und zwei zerschmetterte Gestalten.

»O Ray«, murmelte Harry, und Maura wandte sich rasch ab.

»Wenigstens ist er von seinen Leiden erlöst worden.« Sie wich der riesigen Leiche aus, die inmitten glitzernder Scherben lag, und ging zur zerbrochenen Tür. »Im MMC gestand er mir, lange würde er's nicht mehr ertragen. Nachdem er die Information über Percheks Fingerabdruck erhalten hatte, dachte er immer öfter an Selbstmord.«

Außerhalb ihres Blickfeldes, stützte er sich aufs Geländer, bis der quälende Schmerz unter dem Brustbein zu verebben begann.

*Verdammt. Nicht jetzt.*

»Perchek injizierte ihm das Hyconidol, und Ray haßte ihn. Aber er wollte sich vor allem an Garvey rächen, der ihn einer grausamen Folter ausgesetzt hatte, ebenso wie die anderen Geheimagenten. Jetzt müssen wir verschwinden, bevor die Kerle aus dem Haupthaus rüberkommen. Und dann rufen wir die Polizei an, von meinem Winnebago aus.« Er ließ das Geländer los und folgte Maura ins Zimmer. »Okay, Perchek, gehen wir. Wenn Sie Ärger machen, töte ich Sie, das schwöre ich.«

»Wie ich soeben festgestellt habe, können Sie das sehr gut«, erwiderte der Doktor, ehe Harry ihm den Mund zuklebte. Er durchschnitt die Stricke, die Perchek an den Sessel fesselten, und drückte ihn zu Boden, das Gesicht nach unten.

Wieder einmal fiel ihm der kräftige Körperbau seines

Gefangenen auf, insbesondere die muskulösen Arme und Schultern. Und obwohl er die Revolvermündung an Percheks Wirbelsäule preßte, wollte er nichts riskieren. »Fester«, sagte er, als Maura dem Doktor die Hände auf den Rücken band. »Gib acht, er darf die Handgelenke nicht anspannen, sonst könnte er sich befreien. Heb den Revolver vom Boden auf und vergewissere dich, daß die Sicherung …«

»Ja, ich weiß, ich weiß.«

Gefesselt und geknebelt, saß der zweite Wachtposten auf seinem Stuhl und beobachtete, wie der Doktor durch die Vordertür geschleift wurde.

»Da hinunter, zum Zaun«, flüsterte Harry. »Paß auf und halt nach den zwei anderen Typen Ausschau.«

Vorsichtig schlichen sie durch regennasses Gebüsch. Zehn Meter. Zwanzig Meter. Bald sahen sie die Betonmauer.

»Da!« wisperte Maura atemlos und zeigte auf eine Gestalt, die lautlos über den Rasen heraneilte, eine Waffe in der Hand.

Harry riß das Klebeband von Percheks Lippen. »Sagen Sie ihm, er soll stehenbleiben.« Als der Doktor schwieg, bohrte sich die Revolvermündung in seinen Nacken. »Verdammt, nun machen Sie schon, oder ich knalle Sie auf der Stelle ab!«

»Hallo, ich bin's! Perchek! Kommen Sie nicht näher! Der gute Doktor bedroht mich mit einem Schießeisen.«

»Wo ist Doug?« rief der Wachtposten.

»Tot. Bleiben Sie, wo Sie sind.«

»Nein, gehen Sie zurück!« befahl Harry. »Sofort! Aber geradewegs übers Gras, wo ich Sie sehen kann! Maura, jetzt laufen wir zum Tor. Irgendwo treibt sich noch einer um. Also halt die Augen offen.«

Sie überquerten den Rasen. Mit einer Hand umklammerte Harry Percheks Handfessel, mit der anderen Santanas Revolver, und Maura richtete ihre Waffe auf den Gefangenen.

»Sicher wär's besser, wenn Sie mich töten würden, Dr. Corbett«, meinte Perchek.

»Seien Sie still!«

»Santana nutzte seine Gelegenheit nicht. Und Sie wissen ja, welch ein Ende er fand …«

Inzwischen hatten sie das Pförtnerhaus erreicht, und Harry spähte hinein. Niemand ließ sich blicken. »Bleib in meiner Nähe, Maura«, flüsterte er. »Ist der Bursche immer noch auf dem Rasen?«

»Ja.«

»Okay.« Harry zog Perchek durch die schmiedeeiserne Fußgängertür neben dem Haupteingang. Fünfzig Meter weiter unten an der Straße stand der Winnebago. »Dieses fahrbare Haus gehört uns, Maura. Unter dem rechten Hinterrad liegt der Schlüssel. Du fährst, ich halte Perchek fest. So beängstigend das Vehikel auch aussieht, es läßt sich mühelos steuern. Schau über die Schulter, bis wir dort sind, und wenn sich was bewegt, mußt du sofort schießen.«

»Meine letzte Chance …« bemerkte der Doktor.

Aber Harry würdigte ihn keiner Antwort. Seine Aufmerksamkeit galt dem Wohnmobil, das nur mehr zehn Meter entfernt war. »Alles okay da hinten?«

»Kein Problem«, erwiderte Maura.

»Gleich sind wir da.« Sie bogen um eine Mauerecke, drei Meter vor dem Winnebago. Weit und breit rührte sich nichts. »Hol den Schlüssel, ich geb dir Deckung.« Harry preßte seinen Rücken gegen die Seitenwand des Wagens, und Maura lief an ihm vorbei zum Hinterrad. Als sie darunter griff, hielt er den Atem an.

»Ich hab ihn«, flüsterte sie, sperrte die Beifahrertür auf und rutschte zum Steuer hinüber.

Unsanft stieß Harry den Doktor zur Tür. »Steigen Sie ein und setzen Sie sich da drüben auf die Couch.«

Im selben Moment krachte ein Schuß, irgendwo über der Mauer beim Tor, und die Kugel schlug ins Metall, neben Harrys Gesicht. Ehe er reagieren konnte, durchbohrte ein zweites Geschoß seinen Oberarm. Schreiend taumelte er gegen die Wand des Winnebago, umklammerte die Wunde und ließ die Waffe fallen. Perchek brauchte nur wenige Sekunden, um zum schmiedeeisernen Tor zu laufen, die Hände immer noch auf dem Rücken gefesselt. Dann wurde der Wohnwagen von einer weiteren Kugel getroffen. Maura sprang heraus, aber der Doktor floh bereits durch die Fußgängertür. Dreimal feuerte sie auf den oberen Rand der Mauer, und der Schatten, der dort gekauert hatte, verschwand in der Finsternis.

»Ich bin okay!« rief Harry. »Steig wieder ein und laß den Motor an. Ich schaff's schon.«

Sobald er eingestiegen und die Tür geschlossen hatte, fuhr Maura los. Er zerriß den Ärmel seines Rollkragenpullovers. Offenbar hatte das Geschoß den Deltamuskel glatt durchschlagen und war auf schrägem Weg wieder ausgetreten. Aus beiden Wunden quoll Blut, aber nicht aus einer Arterie. Obwohl er die Finger und den Ellbogen bewegen konnte, spürte er starke Schmerzen – heftig genug, so daß er befürchtete, auch der Oberarmknochen könnte verletzt sein.

Hastig wickelte er den abgerissenen Ärmel um die Wunden und verknotete ihn mit den Zähnen und der freien Hand, so fest er es ertragen konnte. Während Maura am Tor vorbeifuhr, flammten die Scheinwerfer der geparkten Limousine auf, und Harry bereute bitter, daß er nicht in einen Reifen geschossen hatte. »Sie folgen uns.«

»Wohin soll ich fahren?«

»Zur Rechten liegt der Fluß. Bleib auf der Straße, bis du links abbiegen kannst.«

»Harry, dieses Ding ist riesig.«

»Fahr einfach so schnell du kannst, und dann ein bißchen schneller.« Er riß den Telefonhörer aus der Halterung und wählte 911. »Hier ist Dr. Harry Corbett! Ich werde von der Polizei gesucht. Im Augenblick fahren wir in einem Winnebago die Palisades entlang und werden von Männern verfolgt, die uns töten wollen. Wir …«

Neben Maura zersplitterte das Fenster, Scherben flogen gegen ihren Kopf. Instinktiv duckte sie sich, dann hob sie wieder den Kopf und beschleunigte.

»Bist du okay?« fragte Harry.

»Klar. Mein Arm und mein Gesicht sind zerschnitten. Aber ich bin okay.«

Reifen quietschten und Bremsen kreischten, als sie das Lenkrad nach links riß, und auf dem nassen Asphalt gerieten sie ins Schleudern, spürten einen Aufprall, hörten knirschendes Metall, das sich an Metall rieb. Durch den ganzen Winnebago ging ein heftiger Ruck. Schranktüren flogen auf, das Fax rutschte von seinem Tisch und krachte gegen die Wand, Töpfe und Pfannen und Konserven landeten auf dem Teppich und prallten von den Teakholzbeinen des Tisches ab.

»Würdest du dich bitte anschnallen, Maura?«

»Geht nicht, ich kann das Steuer nicht loslassen.«

Harry ließ den Telefonhörer los, packte Mauras Revolver und lief durch den Wohnraum zu einem Fenster an der Fahrerseite. »Vielleicht hast du sie abgehängt, ich seh sie nirgends …« Hinter ihm zerbrach das Fenster. Er fuhr herum und feuerte dreimal, während Maura scharf nach rechts bog. Da verlor er das Gleichgewicht und schrie auf, als der verwundete Arm gegen eine Möbelkante stieß. Diesmal verlief die Kollision mit der Limousine noch lauter und vehementer. Gewiß, der Personenwagen war schneller, aber im Nahkampf kein Gegner für den Luxor.

»Harry?«

»Ich bin okay. Soweit ich feststellen kann, sind sie zu dritt. Jedenfalls sitzt Perchek im Fond.« Er mußte aus Leibeskräften brüllen, um das Rauschen des Fahrtwindes und das Dröhnen beider Motoren zu übertönen. Nun rasten sie einen steilen Hang hinab.

»O Gott, Harry, ich kann mich kaum auf der Straße halten!«

»Versuch irgendwo nach links zu biegen!«

»Dazu müßte ich erst einmal das Tempo drosseln. Hoffentlich gibt's hier keine allzu scharfen Kurven. Sonst kippen wir um.«

»Halt dich einfach am Lenkrad fest. Du machst das großartig.«

Wenig später tauchte die Limousine wieder an der Seite des Winnebago auf, und diesmal wurde das mittlere Fenster an der Fahrerseite durchschossen. Harry hob seinen Revolver, drückte ab, hörte aber nur ein wirkungsloses Klicken.

»Paß auf, Maura!« rief er, als die Verfolger am Luxor vorbeifuhren

Fast im selben Augenblick raste eine Kugel durch das zerschossene Fenster an ihrer Seite und verwandelte die Windschutzscheibe in ein Spinnennetz. Sie riß das Lenkrad nach links. Nur der Zusammenprall mit der Limousine verhinderte, daß der Winnebago umkippte. Harry kletterte auf den Beifahrersitz, tastete mit dem verletzten Arm nach dem Sicherheitsgurt und gab den Versuch auf. Wenn Maura nicht angeschnallt war, konnte er auch drauf verzichten.

»Harry, jetzt sind sie vor uns und versuchen, uns den Weg abzuschneiden!« kreischte sie. »Durch diese Scheibe kann ich kaum noch was sehen! Gib acht! Da sind sie – direkt vor uns!«

Unterhalb der zertrümmerten Windschutzscheibe stieß die Limousine gegen den Kühlergrill des Luxor, wurde seitwärts geschoben und raste mit Fünfzig-Stunden-Meilen durch ein Dickicht aus jungen Bäumen und niedrigen Büschen. Auch das Wohnmobil kam von der Straße ab. Wie Streichhölzer knickten die dünnen Stämme um, während es mit kreischenden Bremsen bergab raste. Einige höhere Bäume sausten vorbei, Zweige schnellten durch die leeren Fensterhöhlen. Immer wieder wurde das Lenkrad aus Mauras Händen gerissen. Und jedesmal brachte sie's wieder unter Kontrolle.

Plötzlich erreichten sie den Waldrand, eine Grasfläche, die nach zehn Metern im schwarzen Nichts endete. Dahinter funkelten die Lichter Manhattans, darunter strömte der Hudson vorbei.

»Harry! Harry!« schrie Maura und stemmte sich gegen ihren Lehne. »Wir stürzen ab!«

Gleichzeitig kippten die Limousine und der Winnebago über den Klippenrand. Harry hielt sich an der Sitzkante fest, drückte seine Füße gegen die Vorderwand des Innenraums, spähte in stummem Entsetzen durch die zerbrochene Scheibe und beobachtete, wie das dunkle Auto direkt unter ihm in die Wellen tauchte. In etwas weiterem Bogen erreichte auch der Luxor den Fluß. Die vordere Stoßstange schlug mit voller Wucht auf der glänzenden schwarzen Fläche auf. Sofort flogen die Glassplitter der Windschutzscheibe nach innen, die beiden riesigen Airbags entfalteten sich. Kaltes Wasser floß ins Fahrerhaus.

Vom Airbag nach hinten gepreßt, spürte Harry wieder jenen gräßlichen Schmerz in der Brust, der niemals ganz verebbt war. »Maura!« keuchte er.

Innerhalb weniger Sekunden füllte sich der Winnebago mit Wasser. Immer noch vornübergeneigt, begann das gigantische Vehikel zu versinken. Harry kämpfte mit den Wellen, dem Airbag, den Schmerzen in seinem Arm und in der Brust, holte tief Luft und tastete sich zum Fahrersitz hinüber. Jeden Augenblick erwartete er, Mauras Körper zu berühren. Die schlammige Strömung drängte ihn in den Wohnraum. Hastig zog er die Turnschuhe aus, zwang sich zur Ruhe und versuchte sich zu orientieren. Pechschwarze Finsternis hüllte ihn ein.

*Wo waren die Fenster*? Unter ihm? Über ihm? Sanken sie immer noch hinab? Allmählich ging ihm die Luft aus. Er trat um sich, suchte einen Fluchtweg. Nichts. Wasser drang in seine Nase, in den Mund. Bald würde er nach Luft schnappen müssen. Im Wasser gefangen, empfand er eine Panik wie nie zuvor in seinem Leben.

Nun wurden seine Bewegungen schwächer, verpufften wirkungslos, die Qual in seiner Brust wuchs. Wasser sickerte durch seine Kehle.

*Atme*, befahl sein Gehirn. *Du mußt Atem holen*.

Und dann tauchte er in dunklem Nichts unter. Widerstrebend gab er sich geschlagen. Seine Arme wurden schwer, die gräßliche Qual unterhalb des Brustbeins begann nachzulassen. Und im allerletzten Augenblick, bevor er die Besinnung verlor, spürte er eine Hand, die sein Hemd packte.

## 42

Harrys erste Wahrnehmung war der Geruch – ein unverwechselbares Gemisch aus Reinigungsmitteln, Antiseptika, gestärkter Wäsche und menschlichen Krankheiten. Und diese Atmosphäre erschien ihm so vertraut wie sein eigenes Schlafzimmer. Offensichtlich lag er in einer Klinik, in einem Bett, dessen obere Hälfte man um fünfundvierzig Grad hochgeklappt hatte.

Langsam kehrte der Alptraum zurück, ein Bild nach dem anderen. Er mußte tot sein. Das grausige Flußwasser im Mund und in den Lungen – das konnte er unmöglich überlebt haben. *Bin ich im Himmel*, fragte er sich. *Nein, in Iowa* … Jedenfalls war er tot, und das fand er gar nicht so schlimm. Bald würde er die Augen öffnen und schwebende Wolken zu seinen Füßen sehen. James Mason würde neue Rekruten zum himmlischen Lift führen und zur nächsten Etage hinaufschicken.

»Öffnen Sie die Augen, Dr. Corbett.«

Eine Frauenstimme. Harry reagierte nicht sofort, obwohl er fühlte, daß er's könnte. Statt dessen testete er seine Glieder – erst die Beine, dann den linken Arm, schließlich den rechten. Aber der ließ sich nicht bewegen. *Der Arm war verschwunden!* Also hatte die Kugel doch eine Arterie durchtrennt, und der Arm war weg. Er blinzelte und spähte zu seiner Brust hinab. Dort lag der Arm in einer losen Schlinge. »Maura …«, murmelte er und wiederholte den Namen, diesmal etwas lauter.

»Wer ist Maura?« fragte die Frau.

Da öffnete er die Augen vollends und wandte sich zu ihr. Eine junge Frau mit kurzem rotblondem Haar und hübschem, intelligentem Gesicht musterte ihn. Auf der Brusttasche ihres weißen Kittels verkündete ein blaues Schild: »Dr. Carole Zane, Kardiologie.«

Nun lösten sich die Nebelschwaden in seinem Gehirn immer schneller auf. »Maura Hughes, die Frau, die mit mir zusammen war.«

»Ja, eine Frau hat den Unfall überlebt. Aber ich erinnere mich nicht an ihren Namen. Soviel ich hörte, waren Sie in schlimmerem Zustand als Ihre Begleiterin. Ich glaube, sie wurde in ein Krankenhaus in Newark gebracht.«

*Gott sei Dank, sie lebt* – das war vorerst alles, was er denken konnte. »Wissen Sie sonst noch was über den Unfall?«

»Nur daß Sie in einem Wohnwagen saßen und von einer zehn Meter hohen Klippe in den Hudson hinabstürzten.«

»Ein irrer Wohnwagen … Und wo liege ich jetzt?«

»In der Kardiologie der Universitätsklinik von Manhattan. Ich bin Dr. Zane, Herzspezialistin. Letzte Nacht wurden Sie in einem Hubschrauber hierhergebracht. Offenbar war das die nächste Klinik, die in ihrer kardiologischen Abteilung ein Bett frei hatte.«

»Was für ein Tag ist heute?«

»Samstag.«

»Der 1. September?«

»Ja.«

*Der 1. September. Grandpas Ende. Der Anfang von Dads Ende. Und jetzt ist Harry dran ...* »Hatte ich einen Herzinfarkt?«

»Vielleicht. Das wissen wir noch nicht genau. Sie sind Arzt, nicht wahr?«

»Allgemeinmediziner.«

»Okay, also – Sie wurden in den Oberarm geschossen. Der Knochen ist ein bißchen abgesplittert, aber intakt. Nach Ihrer Einlieferung sollte die Wunde genauer untersucht werden. Doch das ging nicht, wegen ihres abnormen EKGs. Es weist auf eine akute Verletzung der hinteren Herzklappe hin. Außerdem sind Ihre Herzenzyme erhöht. Deshalb muß bereits ein kleinerer Schaden bestanden haben.«

»Und ich hatte einen Infarkt ...«

»Den *hatten* Sie nicht. Das EKG ändert sich ständig. Was immer da vorgeht, entwickelt sich noch, was bedeutet, daß wir's in Ordnung bringen können. Eventuell mit einem Bypass.«

»Verdammt.« In knappen Worten erzählte er seine Familiengeschichte und schilderte die Symptome der vergangenen Monate. Die Ärztin machte sich Notizen und unterbrach ihn gelegentlich, um diesen oder jenen Punkt klarzustellen. Zweifellos war sie eine kluge Frau, aber – für Harry noch wichtiger – freundlich, aufmerksam und bestrebt, nicht zu zeigen, wie eilig sie's hatte.

»Spüren Sie jetzt irgendwelche Schmerzen?«

»Nein. Wenn ich liege, tut's nie weh. Meistens erwischt's mich, während ich laufe oder springe.«

»Nun, wegen der Schußwunde und möglicher innerer Verletzungen haben wir uns gegen Blutverdünner und Gerinsellöser entschieden. Aber Sie hängen an einem Nitroglyzerin-Tropf«, fügte sie hinzu und wies auf eine Plastikflasche, die ein Schlauch mit seiner linken Hand verband. Die Ader wurde mittels Zuckerwasser offengehalten.

»Kein Problem«, erwiderte er und überlegte, wie er herausfinden sollte, wo Maura war und wie es ihr ging.

»Wir wollen Ihr Herz möglichst bald katheterisieren.«

»Tun Sie, was immer nötig ist.«

Sie gab ihm ein Formular, das er unterschreiben mußte, um der Operation zuzustimmen. »Auf der zweiten Seite lesen Sie, welche Risiken der Eingriff mit sich bringt. Darüber muß ich Sie informieren …«

»Bemühen Sie sich nicht«, entgegnete er und unterzeichnete das Papier. »Ich war schon mal tot, und das erschien mir gar nicht so schlimm. Dürfte ich mal telefonieren?«

»Vorher möchte ich Ihr Herz und die Lungen abhorchen. Und dann bekommen Sie Besuch.«

Neugierig runzelte er die Stirn und überließ sich der Untersuchung. Ehe Carole Zane zur Tür ging, versprach sie, ihn demnächst im kardiologischen Katheterlabor zu treffen. Harrys Blicke folgten ihr. Erst jetzt bemerkte er den uniformierten Polizisten, der hinter einer Glaswand saß und ihn anstarrte. »Dr. Zane?«

»Ja?« Sie drehte sich um.

»Was macht der Polizist hier drin?«

Sie lächelte geduldig. »Nun, nach allem, was man mir erzählt hat, stehen Sie unter Arrest. Bis später.«

Hastig drückte er auf den elektronischen Knopf, worauf sich sein Oberkörper um ein paar Grad emporhob, und hielt nach einem Telefon Ausschau. Wenn er verhaftet war, würde auch Phil in Schwierigkeiten stecken. Sicher hatte die Polizei den Winnebago bis zu ihm zurückverfolgt.

»Nur ein Anruf, Corbett. So wie im Knast.« Albert Dickinson stand am Fußende des Betts, im üblichen Anzug, und verströmte einen Gestank, als hätte er soeben eine ganze Packung Zigaretten auf einmal geraucht.

Von Zorn und Ekel erfaßt, fragte Harry: »Haben Sie Ihre Leute zu Doug Atwaters Haus hinausgeschickt?«

»Die New Jersey-Polizei arbeitet dran.«

»Vielleicht sollten Sie alle einfach warten, bis jemand diesen Palast niederbrennt. Wissen Sie was über Maura?«

»Vorerst befindet sie sich nicht im Delirium tremens, falls Sie das meinen.«

»Sie mieser Bastard! Haben Sie überhaupt ein Herz?«

»Nicht für Mörder und Säufer.«

»Wenn die Wahrheit ans Licht kommt, werden Sie sich ziemlich blöd vorkommen. Also, was ist mit Maura?«

»Die liegt im Newark City Hospital. Verletzt, aber nicht schwer. Nach allem, was ich gehört habe, verdanken Sie dieser Frau Ihr Leben. Offenbar tauchte sie zuerst aus dem Hudson auf, konnte Sie nicht finden, schwamm wieder runter und zog Sie an Land. Da waren Sie bewußtlos. Die Docs sagen, Sie hätten einen Infarkt erlitten.«

»Ja, das sagen sie. Und die Limousine, die in den Fluß fiel?«

»Die wird grade rausgeholt.«

»Irgendwelche Überlebenden?«

Dickinson schüttelte den Kopf.

»Wie viele Leute saßen drin?«

»Keine Ahnung. Um die kümmere ich mich später. Ich warte, bis Sie ärztlich versorgt worden sind, dann höre ich mir Ihre Aussage an. Also haben Sie genug Zeit, um sich irgendeine verrückte Story auszudenken. Ihre Akte in meinem Büro ist schon zehn Zentimeter dick, vollgestopft mit haarsträubenden Geschichten. Übrigens wissen wir, woher dieser monströse Wohnwagen kommt. Und die New-Jersey-Bullen werden Ihren Bruder besuchen, sobald unser Bezirksstaatsanwalt ihnen erzählt, daß wir ihn wegen Beihilfe und Vorschubleistung einlochen wollen.«

Harry justierte die Sauerstoffschläuche in seiner Nase. Provozierte der Detective ihn absichtlich, um einen Infarkt mit allem Drum und Dran zu beobachten? In diesem Augenblick erschien eine Schwester mit einer Spritze. »Was ist das?« fragte er.

»Nur ein bißchen Demerol, damit Sie sich vor der Katheterisierung entspannen. Die Leute vom Labor werden Sie in ein paar Minuten holen.«

»Bitte, kein Medikament. Ich bin ganz ruhig.«

»Okay. Aber ich muß Dr. Zane informieren.«

»Miss, der Mann steht unter Arrest«, verkündete Dickinson. »Wenn er woanders hingebracht wird, muß der Officer ihn begleiten.«

Ihre Miene verriet, daß seine Persönlichkeit sie nicht so beeindruckte, wie er's gern gesehen hätte, und Harry bat sie um ein Telefon.

»Nur ein Anruf«, erinnerte ihn der Lieutenant.

Harry schluckte ein halbes Dutzend Kommentare über Dickinson und dessen Vorfahren hinunter. Dann telefonierte er mit seinem Bruder. Phil hatte soeben von dem Unfall erfahren und wollte gerade zur Klinik fahren. Erwartungsgemäß nahm er den Verlust des eleganten Wohnmobils auf die leichte Schulter. »He, das sollte ohnehin dein Geschenk zum fünfzigsten Geburtstag sein. Aber ich wollte es noch hübsch einpacken.« Harrys Gesundheitszustand bereitete ihm größere Sorgen. »Klingt fast so, als würdest du dich so lange über den Familienfluch aufregen, bis er dich erwischt.«

»Vielleicht.«

Phil versprach, herauszufinden, wie es Maura ging, und seinen Bruder in ein paar Stunden zu besuchen. Wenig später rollte ein Mann mit hängenden Schultern, Hornbrille und grauem Schnurrbart eine Bahre ins Zimmer. Unter seinem weiten, geöffneten Kittel zeigten sich chirurgische Instrumente. Er hängte die Infusionsflaschen an einen Ständer, der an der Bahre befestigt war. Dann ergriff er das Laken unter

Harrys Kopf. Zu beiden Seiten packten zwei Schwestern dasselbe Leintuch in Hüfthöhe. »He, stehen Sie nicht untätig rum!« herrschte eine der Frauen den Detective an. »Halten Sie das Laken am Fußende fest und helfen Sie uns, ihn hochzuheben.«

Dickinson gehorchte, aber er verzog angewidert das Gesicht.

»Okay!« rief die andere Schwester. »Eins, zwei, drei!«

Zu viert schwangen sie Harry auf die Bahre, als wäre er federleicht. Die Landung jagte einen Stich durch seinen verletzten Arm und irgend etwas, real oder imaginär, in seine Brust.

»Wie lange wird's dauern?« fragte Dickinson.

Eine der Schwestern zuckte die Achseln. »Ein bis zwei Stunden«, antwortete sie und stellte einen tragbaren kardiologischen Monitor/Defibrillator zwischen Harrys Füße. »Je nachdem, was sie finden und welche Entscheidung sie treffen. Möglicherweise wird er in den OP gebracht und kriegt einen Bypass.«

Nun hakten die Schwestern einen kleinen Sauerstofftank an Harrys Mund- und Nasenschläuchen fest und deckten ihn mit einem Laken zu.

Dickinson folgte der Bahre in den Flur hinaus. »Machen Sie mal Pause«, wies er den uniformierten Polizisten an. »Ich gehe mit ihm runter. In einer halben Stunde rufe ich Sie hier oben an und sag' Ihnen, was los ist.«

Zwischen einer Schwester und dem Detective wurde Harry zum Lift gerollt. Lautlos zeigte der Monitor zwischen seinen Füßen die Herzschläge an. In diesen Minuten, kurz vor dem Eingriff, fühlte er sich seltsam fern von der Außenwelt, surreal und sehr sterblich. Aber so fühlte er sich seit dem Abend, wo er mit einem Milchshake für Evie in Alexander 9 zurückgekehrt war. Der Mann vom Katheterlabor schob die Bahre in den Aufzug, Dickinson und die Schwester zwängten sich daneben. Am anderen Ende der Liftkabine, vor Harrys Füßen, befand sich eine zweite Schiebetür. Er hörte, wie sich die Türen hinter seinem Kopf schlossen, wie ein Schlüssel in den Stockwerkanzeiger gesteckt wurde, damit sie ohne Aufenthalt hinunterfahren konnten.

»Was tun Sie denn?« fragte die Schwester. »Das Katheterlabor liegt in der achten Etage, nicht im Keller ...«

Plötzlich verwandelte sich ihre Überraschung in Entsetzen. Verwirrt starrte Dickinson den grauhaarigen Mann an und griff nach seiner Dienstpistole. Dicht neben seinem Ohr hörte Harry einen Schalldämpfer zischen. Die Schwester drehte sich um hundertachtzig Grad, prallte gegen die Metalltür und fiel zu Boden. Um seine Kapitulation zu bekunden, ließ der Lieutenant die Hände sinken. Die Waffe mit dem Schalldämpfer zischte noch einmal und bohrte ein Loch in sein weißes Hemd, auf der linken Seite. Zwei grausige Sekunden lang starrte er auf die Wunde hinab, die sich zu einem roten Kreis vergrößerte. Dann schaute er Harry an, ungläubig und verzweifelt, verdrehte die Augen und brach zusammen.

Harry war zu schockiert, um zu sprechen. Auf dem Bildschirm zwischen seinen Füßen erhöhte sich das Tempo seiner Herzschläge auf 170, und er erwartete jeden Augenblick, eine schnurgerade Linie zu sehen.«

»Hätten Sie mich getötet, als sich die Gelegenheit dazu bot«, sagte Anton Perchek leidenschaftslos. »So wie ich's Ihnen geraten habe. Nun müssen *Sie* sich auf die große Reise vorbereiten.« Der Lift hielt im Keller. Aber der Doktor verhinderte, daß die Tür aufging.

»Sie werden's niemals schaffen.«

»Bis jetzt hab ich's geschafft, nicht wahr?« prahlte Perchek. »Ein kurzer Zwischenstop in meinem Apartment in Manhattan, wo ich ein paar Sachen holte – dann kam ich hierher, um wenige Stunden nach Ihrer Einlieferung meine Vorbereitungen zu treffen. In eine bessere Klinik hätte man Sie gar nicht bringen können, denn ich besitze mehrere hübsche Kennkärtchen aus diesem Haus. Und da ich in diesen Mauern schon einige Aufträge für die Tafelrunde erledigt habe, finde ich mich sehr gut zurecht.«

»Sie sind wahnsinnig.«

»Nun müssen wir unseren Weg fortsetzen. Vor dem Lift erwartet uns ein großer Wäschecontainer, den ich bereitgestellt habe. Heute, am Samstag, ist die Wäscherei fast verlassen. Eine kleine Penthatol-Injektion, und ich kann Sie unbehelligt an den Bügelmaschinen vorbeirollen, hinaus ins Freie.«

»Warum töten Sie mich nicht einfach?« fragte Harry.

Der Doktor ging um die Bahre herum, zeigte ihm den Haß und den Triumph in seinen Augen. »O nein, ich möchte Sie nicht töten – Sie sollen mich um den Tod *anflehen.*«

Unauffällig tastete Harry über die Bahre. Was konnte er als Waffe benutzen? Er würde sich nicht kidnappen und foltern lassen. Lieber wollte er die Sache sofort zu Ende bringen. Hier und jetzt. Seine Augen fixierten den Türöffner neben seinem rechten Fuß. Hinter seinem Kopf befand sich die Tür, die zur Wäscherei führte. Und vor ihm lag vermutlich ein Geräteraum. Oder der Transformatorenraum. Wenn er da hinausgelangte, hatte er vielleicht eine Chance. Zumindest mußte Perchek entscheiden, ob er ihn verfolgen oder fliehen würde.

Die Schlinge umhüllte seinen verletzten Arm locker genug, so daß er ihn bewegen konnte. Langsam, unter dem Laken verborgen, schob er die rechte Hand über seinen Körper. Mit jedem Millimeter verstärkten sich die Schmerzen in der Schulter. Aber er ignorierte sie.

Endlich berührten seine Finger die einzige verfügbare Waffe – die knapp vier Zentimeter lange Infusionsnadel. Er löste sie vorsichtig aus der Kanüle und nahm sie in die linke Hand.

Perchek öffnete die Tür hinter Harrys Kopf. »Ah, da steht

der Container – genau dort, wo ich ihn abgestellt habe.« Er steckte den Revolver in eine Tasche seines Kittels und schob die Bahre weit genug hinaus, so daß er die seitliche Metallstange hinunterklappen konnte. »Und nun die richtige Dosis Penthatol …«

In diesem Augenblick stöhnte die schwerverletzte Krankenschwester, und er drehte sich um.

*Jetzt*, dachte Harry und stach die Nadel in die weiche Stelle unter Percheks rechtem Ohr. Verblüfft und gequält schrie der Doktor auf, taumelte zurück und betastete die winzige Wunde.

Harry sprang von der Bahre, schlug mit aller Kraft zu, traf Percheks linke Wange und warf ihn auf den Betonboden, neben den Wäschecontainer. Dann fuhr er herum und drückte auf den Öffner oberhalb von Dickinsons Leiche. Als die Lifttüren auseinanderglitten, hörte er, wie der Doktor aufstand. Fast kopfüber stürmte er in einen kleinen Vorraum, durch eine Schwingtür und geradewegs in die Hölle.

Durch den riesigen Transformatorenraum der Universitätsklinik führte ein langer Gang mit Betonboden. Die Temperatur betrug fast vierzig Grad, der Lärm war ohrenbetäubend – Maschinen surrten und rumpelten, und das Getöse mischte sich mit dem unablässigen Rauschen des zirkulierenden Wassers. Während Harry der Passage folgte, warf er die Armschlinge beiseite. Jeden Augenblick erwartete er eine Kugel im Rücken zu spüren. Zu seiner Rechten zog sich ein Geländer entlang. Fünf Meter tiefer unten ragte die riesige Turbine, ein grauer Monolith, aus einem Betonblock. Ihr pulsierendes Dröhnen traf Harrys Brust wie ein Faustschlag.

Zu seiner Linken – in einer Tiefe von zwanzig Metern, unterhalb eines schmutzigen Glasgewölbes – strahlten die Boiler, furchterregende Giganten, Hitze und Energie aus. Dreißig Meter weiter vorn, am oberen Ende einer kurzen Treppe, lag die Kontrollstation mit den Glaswänden. Ein großer Mann im braunen Overall saß darin, den Rücken zu Harry gewandt und sah fern.

»Hilfe!« schrie Harry. »Helfen Sie mir!«

Doch der Lärm verschluckte seine Stimme, und er stolperte weiter. Der Schweiß rann in Strömen über sein Gesicht und brannte in den Augen, das gnadenlose Pulsieren der Turbine drehte ihm den Magen um. Als er sich umdrehte, prallte eine Kugel von einer Stahlsäule neben seinem Ohr ab. Perchek war über die Bahre geklettert. Jetzt kniete er vor der Schwingtür und zielte wieder. Harry warf sich auf den Bauch, ein heftiger Schmerz raste von der Schulter in seine Brust. Nur um Haaresbreite verfehlte ihn das Geschoß und besprühte seine Wange mit Zementstaub. Fünfzehn Meter von seinem Kopf entfernt, führten die Stufen zum Kontrollraum hinauf, der offensichtlich schalldicht war. *Fünfzehn Meter*. Er sah sogar die McDonald's-Tüte auf einem Tisch neben dem Fernsehapparat. Aber falls der Ingenieur sich nicht umdrehte und ihn entdeckte, konnte die Glaskammer genausogut auf dem Mond liegen. Wie sollte er sie erreichen, bevor Perchek ihn einholte?

Dann bemerkte er zu seiner Rechten – nur drei Meter weiter vorn – die Treppe, die zur Turbine hinabführte. Auf seine linke Hand und die Knie gestützt, kroch er darauf zu. Der rechte Arm vermochte kein Gewicht zu tragen. In der stickigen, stagnierenden Hitze bekam er kaum Luft. Unbarmherzig pochte der Schmerz unter seinem Brustbein. Er taumelte die Treppe hinab, über den Betonboden und ging hinter der riesigen Turbine in Deckung. Erdung gleich null. Wie eine Kettensäge fuhr die donnernde Vibration durch seinen Körper.

Fünf Meter weiter oben beugte sich Perchek über das Geländer des Korridors. Suchend wanderten seine Augen umher. Es war reiner Wahnsinn, sich hierherzuwagen und einen Mord zu verüben. Offensichtlich triumphierten der Stolz und der Haß des Doktors über seine Vernunft.

Geduckt ging Harry an der Turbine vorbei und versuchte,

außerhalb von Percheks Blickfeld zu bleiben. Hinter ihm grenzte ein Geländer eine noch tiefer gelegene Etage ab. Der fensterlose dreistöckige Transformatorenraum war so riesig wie eine Kathedrale. In der Tiefe rauschte das Wasser. Wahrscheinlich wurde es vom Fluß hereingepumpt, um den Dampf der Boiler zu kühlen, nachdem es die Turbine passiert hatte. War das Leitungsrohr, das zum Hudson zurückführte, groß genug, um einen Mann zu transportieren?

Jetzt näherte sich Perchek den Stufen, die zum Zwischenstock herab- und dann zur tiefsten Etage weiterführten. Harry konnte weder die eine noch die andere Treppe erreichen. Und so floh er nach links und hoffte, die grausige Turbine würde ihn vor dem Doktor schützen.

Aber Perchek entdeckte ihn, und Harry warf sich rücklings zu Boden, als der Revolver einen Mündungsblitz ausspie. Direkt über seinem Kopf zerbarst ein Rohr, donnernd wie ein Güterzug, von gewaltigem Druck getrieben, quoll Dampf heraus und füllte sofort den ganzen Raum, bis zur Decke hinauf. Die Temperatur stieg blitzschnell, die glühendheiße, feuchte Luft brannte in Harrys Lungen. Welch eine Hölle …

Von beiden Treppen war er abgeschnitten. Inzwischen hatte der wirbelnde Dampf die Turbine völlig eingehüllt. Er kroch durch den dichten Nebel, schlüpfte unter die Geländerstange, und die knapp vier Meter, die ihn von der tiefsten Ebene trennten, erschienen ihm wie dreißig. Aber er hatte keine Wahl. Mühsam hielt er sich mit der unverletzten Hand am Geländer fest und glitt über die Kante. Ein paar atemberaubende Sekunden lang hing er in leerer Luft, dann ließ er sich fallen und rollte ungeschickt über den Betonboden. Von den Füßen schoß ein wilder Schmerz durch seine Brust und nahm ihm den Atem. Es dauerte eine Weile, bis er merkte, daß er sich immer noch bewegen konnte.

Nun saß er auf dem tiefsten Grund des Hospitals. Unter dem Betonboden lagen Wassertunnels, begehbare Passagen und Erde. Das massive Podest, das die Turbine trug, ragte aus der untersten Ebene, durch den Boden der Etage, die er soeben verlassen hatte. Und vor ihm wurde die Betonwand von einem Stahlgitter durchbrochen. Harry kroch hinüber und inspizierte es. Einen mal 1,20 Meter groß, versperrte es den Zugang zu einem Betontunnel, der etwa zweieinhalb Meter im Durchmesser maß. Am Boden des Tunnels, fast zwei Meter unter der Stelle, wo Harry kniete, strömten Wellen dahin, das verbrauchte Kühlwasser, das vom Transformatorenraum in den Fluß zurückkehrte. Und neben ihm erlaubte eine Kontrolltafel mit vier Tasten, die Strömung zu regulieren – ›Einfluß öffnen‹, ›Einfluß schließen‹, ›Abfluß öffnen‹, ›Abfluß schließen‹. Ein Fluchtversuch durch den Tunnel zum Fluß war nicht verlockend, aber die einzige Möglichkeit. Da sich der bohrende Schmerz in seiner Brust zusehends verstärkte, würde er es ohnehin nicht schaffen.

Über ihm wich immer noch zischender Dampf aus dem Rohr. Perchek stand irgendwo da oben. Zweifellos bewachte er die beiden Treppen, den einzigen anderen Fluchtweg. Aber jetzt hatte der Doktor ein Problem. Da der Dampfdruck fiel, mußte er einen Alarm auslösen. Bald würde der Ingenieur den Kontrollraum verlassen und nachschauen, was da los war. Jeder vernünftige Mann würde davonlaufen.

Aber Perchek war nicht vernünftig.

Harry rüttelte an dem Gitter. Es war schwer, aber beweglich. Mit zwei gesunden Armen hätte er es mühelos entfernt. Immer wieder schaute er zur Treppe, erwartete jeden Augenblick Perchek aus der Wolke herabsteigen zu sehen. Der grausige Schmerz unter dem Brustbein jagte Höllenqualen ins Kinn, in die Ohren. Keuchend schob er das Gitter beiseite. Das Wasser, das unter ihm dahinrauschte, mußte etwa einen Meter tief sein. Kein weiches Polster … Er fühlte sich schwach und schwindlig, Schweiß brach ihm aus allen Poren – wahrscheinlich erlitt er gerade einen Super-Infarkt.

Wenn er in den pechschwarzen Tunnel hinabsprang und sich von der Strömung in den Fluß treiben ließ, würde er wohl kaum am Leben bleiben. Sicher war es besser, wenn er sich hinter dem Turbinenpodest versteckte. Jeden Moment mußte jemand herunterkommen.

Als er zum Betonsockel kroch, stieg Perchek aus dem wallenden Dampf herab. Harry duckte sich – vorerst unsichtbar, wenigstens für die nächsten Sekunden. Neben ihm stand ein fahrbarer Metallwagen, mit Werkzeugen beladen. Er versuchte mit der linken Hand einen Hammer zu ergeifen, eine wirksame Waffe, aber er würde sie wohl kaum effektvoll benutzen können. Trotzdem – ein kleiner Trost. Perchek schaute sich um, spähte in den Tunnel und entdeckte das beiseite gerückte Gitter, das ihm verriet, daß Harry hiergewesen war. Doch diese Erkenntnis verwirrte ihn. Nun mußte er eine Entscheidung treffen.

Harry umklammerte den Hammer und beobachtete, wie der Doktor vor der Öffnung kauerte und überlegte, ob er hinabspringen sollte. Da die Brustschmerzen jeden Atemzug erschwerten, konnte er sich nur mühsam konzentrieren. Dann stand Perchek auf, wandte sich vom Gitter ab und ließ seinen suchenden Blick durch den Raum schweifen. Harry fluchte leise. Jetzt mußte er irgendwas unternehmen – vielleicht attackieren, vielleicht die Treppe hinaufschleichen ... Da kniete Perchek wieder nieder und starrte in den Tunnel.

Und plötzlich – noch bevor ihm bewußt wurde, was er tat – sprang Harry auf, packte den Werzeugkarren und schob ihn zu Perchek hinüber. Der zischende Dampf und die dröhnenden Maschinen übertönten das Geräusch der Räder. Aber irgendein Instinkt warnte den Doktor, und er drehte sich um – zu spät. Der Wagen prallte gegen seine Schulter und warf ihn ins Wasser hinab. Erschöpft brach Harry zusammen, seine Sinne drohten zu schwinden. Er sah, wie der Doktor in den schwarzen Wellen kniete und nach seinem Revolver tastete.

Mit letzter Kraft richtete Harry sich auf, ergriff das Gitter und verschloß die Öffnung. Zum erstenmal glaubte er, Panik in den Augen des Mannes zu lesen. Dann erinnerte er sich an die Kontrolltafel. Wenn er den Abfluß unterbrach, würde das Wasser steigen, die Waffe wäre noch schwerer zu finden. Dadurch würde er zumindest etwas Zeit gewinnen. Ein Versuch lohnte sich. Atemlos streckte er den linken Arm nach oben und drückte auf die Taste. Unter dem Betonboden knirschte ein Getriebe, und er sank wieder hinab – unfähig, sich zu rühren, kaum imstande, Atem zu holen. Die Lichter begannen zu erlöschen, der gewaltige Lärm verhallte …

Wieviel Zeit war verstrichen? Eine Minute? Eine Stunde? Plötzlich begann sich das Gitter neben Harrys Gesicht zu bewegen. Er öffnete die Augen. Durch einen grauen Schleier sah er Percheks Finger, die stählerne Stangen umfaßten und nach oben drückten, immer wieder. Das steigende Wasser hatte ihn emporgetragen, und er konnte sich nirgends abstützen, um seine Arme mit voller Kraft gegen das Gitter zu stemmen. Bald würden die Wellen über seinem Kopf zusammenschlagen. Harry kämpfte gegen das Dunkel und den Schmerz, richtete sich auf, dann fiel er auf den Rücken, direkt vor das Gitter. Hilflos lag er da und spürte, wie Percheks Finger an seinen Haaren zerrten, an seinem Hemd.

»Verschwinden Sie, Corbett … Rücken Sie beiseite …«

»Fahren – Sie – zur Hölle …«

»Corbett …« Abrupt verstummte die Stimme, in der wilde Panik mitschwang, alle Kraft wich aus den Fingern.

Über den Betonboden floß beruhigendes kühles Wasser und streichelte Harrys Gesicht. Die Finger, die neben seinem Kopf das Metall umklammerten, glitten davon. Langsam vergingen die Minuten, das Wasser berührte Harrys Hals, die Ohren.

Und dann schwieg die Kakophonie der Maschinen und Dampfwolken.

*Tot*, dachte Harry. *Endlich bin ich tot … Aber Perchek auch, Ray … Der Doktor auch …*

Als eine sanfte Hand an seiner Schulter rüttelte, spähte er durch den Nebel. Der Ingenieur kniete neben ihm, und Harry sah einen gelben Schutzhelm, freundliche braune Augen, die ihn durch eine Schutzbrille musterten …

»Sind Sie verrückt? Was machen Sie hier unten? Ein Wunder, daß Sie sich nicht umgebracht haben …«

# Epilog

Gegenüber dem Bett hing ein Wandkalender, und als Harry die Augen öffnete, fiel sein Blick sofort auf die schwarzen Blockbuchstaben.

*2. September. Ein Tag nach dem Corbettfluch*. Er war schon seit einiger Zeit wach und entsann sich an sein Gespräch mit Schwestern und Ärzten – kurz nachdem sie das Beatmungsgerät ausgeschaltet hatten. Sonst erinnerte er sich an gar nichts, abgesehen von der Operation. Für den Rest seines Lebens würde er ein Herzpatient bleiben, vielleicht ein Herzkrüppel. Aber wenigstens hatte er noch ein restliches Leben vor sich.

Er war wieder auf die Intensivstation der Universitätsklinik gebracht worden, aber nicht ins selbe Zimmer wie zuvor. Auf seinem Gesicht lag eine Sauerstoffmaske, die üblichen Schläuche transportierten Infusionen in seine Adern. Trotzdem fühlte er sich erstaunlich gut. Neben dem Bett stand Dr. Carole Zane. »Atmen Sie tief durch, Dr. Corbett.«

Oft genug hatte er Patienten nach Bypass-Operationen betreut. Deshalb wußte er, daß der intensive Schmerz im durchschnittenen Brustbein noch zwei oder drei Tage lang anhalten würde. Doch es war wichtig, die Lungen mit Luft zu füllen. Und so gehorchte er. Auf der linken Seite – nicht im Brustbein – entstand ein stechender Schmerz. Er bewegte die Beine. Keine Schmerzen. Eins hatte operiert werden müssen, um die Ader für den Bypass zu entfernen. Als er über die

Innenseiten seiner Schenkel strich, ertastete er keine Bandagen. Vorsichtig berührte er seine Brust. Die Haut über dem Brustbein war rasiert, aber unversehrt. »He, was ist los?«

»Was meinen Sie?«

»Der Bypass – wird der hier ohne Eingriff gemacht?«

Verwundert starrte sie ihn an, dann verstand sie, was seine Frage bedeutete. »Ich fürchte, wir haben's mit der Anästhesie und den schmerzlindernden Medikamenten übertrieben, Dr. Corbett. Was passiert ist, habe ich Ihnen schon mehrmals erzählt. Ein Bypass war überflüssig. Und wenn Ihre Herztests künftig keine anderen Resultate ergeben, werden Sie auch keinen brauchen. Erinnern Sie sich nicht an die Befunde?«

Er schüttelte den Kopf, und Carole Zane schenkte ihm ihr geduldiges Lächeln, ehe sie sich abwandte. Plötzlich erschien Maura an ihrer Seite, mit einem blauen Auge und Pflastern auf Stirn und Wange. Aber sie strahlte übers ganze Gesicht. »Kennst du mich noch, Doc?«

»Nun, ich denke schon. Die Lady, die mir im Hudson das Leben gerettet hat, nicht wahr? Freut mich, daß du okay bist.«

»Heute morgen wurde ich aus der Klinik entlassen. Zehn Stiche, ansonsten fast nichts. Übrigens, mit deinem Herzen ist alles in Ordnung.«

Er blinzelte verwirrt. »Das begreife ich nicht. Die Schmerzen, das EKG ...«

Triumphierend hielt sie einen Plastikbeutel hoch, in dem ein rötliches, etwa zehn Zentimeter langes Stäbchen steckte. »Das haben sie aus dir rausoperiert. Harry. Bambus. Auf den Röntgenbildern war's nie zu sehen. Seit dem Krieg hat's in deinem Rücken gesteckt und sich langsam nach vorn gearbeitet. Und die Spitze näherte sich allmählich der hinteren Herzklappe.«

»Nachdem wir die normalen Befunde bekommen hatten, führten wir eine Scanner-Untersuchung durch«, erklärte Dr.

Zane. »Und da war das Ding. Zum Glück hat sich's relativ leicht rausholen lassen.«

»Damit wäre der Fluch ad acta gelegt«, bemerkte Maura.

Harry seufzte. »Nur meine Dummheit nicht. Auch das ist ein Fluch. Immerhin hab' ich lange genug an den Unsinn geglaubt, also muß ich mir immer noch Sorgen machen.«

»Vorhin telefonierte ich mit deinem und mit meinem Bruder. Tom und dein Anwalt durchsuchten gerade Atwaters Haus. Da entdeckten sie ein Zimmer, das mit belastendem Material vollgestopft war – Beweise für die miesen Geschäfte dieser Tafelrunde, unter anderem Tonbänder und Akten.«

»Perchek hatte eine Wohnung irgendwo in Manhattan. Dort verwahrte er wahrscheinlich seine Tarnkleidung, diverse Kennkarten und Drogen. Wenn wir uns dort umschauen, finden wir vielleicht das Aramin, das er Evie gespritzt hat.«

»Ist das der Mann, der den Polizisten im Lift getötet hat?« fragte Dr. Zane.

»Und die Schwester.«

»Nein, sie lebt. Sie verbrachte fast die ganze Nacht im OP. Aber jetzt geht's ihr verhältnismäßig gut. Sicher wird sie's überstehen.«

»Oh, da bin ich sehr froh.«

»Aus dem Wassertunnel unter dem Transformatorenraum wurde eine Leiche geborgen. War das dieser Perchek?«

Harry nickte, und als er an Ray Santana dachte, lächelte er unter der Sauerstoffmaske.

»Nun sollten wir ihm ein bißchen Ruhe gönnen«, meinte Dr. Zane. Beruhigend drückte sie seine Hand, justierte die Infusionen und verließ das Zimmer.

Maura hob die Maske und küßte seinen Mund.

»Mein Gott – Bambus!« stöhnte er.

»Bambus«, bestätigte sie, streichelte seine Stirn und küßte ihn wieder. »He, hat dir schon jemand gesagt, daß du wie Gene Hackman aussiehst?«

**Band 12605**

**Jonathan Kellerman**

## Exit

**Thriller aus der Welt der Medizin**

Ärzte und Therapeuten verzweifeln, als es um das undurchsichtige Krankheitsbild der kleinen Cassie geht. Als kurz darauf einer dieser Ärzte ermordet aufgefunden wird, beginnt Dr. Alex Delaware, Detektiv aus Leidenschaft, das Verbrechen mit dem Fall seiner kleinen Patientin zu verknüpfen. Was er schließlich aufdeckt, ist ein Betrugsmanöver großen Stils, an dem sich höchste Kreise zu bereichern suchen, und der vertuschte Fall einer unvorstellbar perfiden Kindesmißhandlung ...

BASTEI LÜBBE

**Band 12608**

**Joe Donnelly**

**Horror-Baby**

**Ein Psychothriller der Spitzenklasse – nach Motiven aus der keltischen Sagenwelt, komponiert vom Meister des Horror-Romans.**

Der Herzinfarkt einer alten Frau beschäftigt die Ordnungshüter in einer schottischen Kleinstadt, denn das Baby, das sie angeblich hütet, und die blutjunge Ginny Marsden sind angeblich spurlos verschwunden. Polizeisergeant David Harper und seine Kollegin Helen Lamont merken bald, daß mehr dahintersteckt – und geraten in einen Strudel grausiger Mysterien ...

BASTEI LÜBBE